SV

Moderne Stücke aus China

Herausgegeben von
Bernd Eberstein

Suhrkamp

für Judith

Druck: Georg Wagner, Nördlingen. Printed in Germany

Inhalt

Einleitung

Das Sprechtheater ist keine chinesische Theaterform. Erst zu Beginn des 20. Jahrhunderts ist es, aus Europa kommend, in China bekannt geworden. Vorher hatte es nur das traditionelle Musiktheater gegeben.

Die Einführung des Sprechtheaters war ein Ergebnis des Zusammenbruchs der alten Ordnung, eine Folge der Krise des Staates, der Gesellschaft und des Geistes, eine Konsequenz auch der Suche nach neuen, zeitgemäß erscheinenden Ausdrucksformen in der Kunst.

In diesen Zeiten des tiefgreifenden Umbruchs und der Erschütterungen wurde die Schaffung eines neuen Theaters von den chinesischen Schriftstellern und Intellektuellen als besonders wichtig angesehen. Im Bereich der Literatur konnte gerade das Theater eine exemplarische Rolle übernehmen. An die Popularität des herkömmlichen Musiktheaters als eine Stätte der Unterhaltung und Erbauung anknüpfend, konnte es zu einem Forum für die Verbreitung neuer Ideen werden und dabei hoffen, eine größtmögliche Zahl von Menschen anzusprechen – gerade jene, die von jeglicher Bildung ausgeschlossen und durch kein anderes Kommunikationsmittel erreichbar waren. Das neue Theater war darüber hinaus ein Faktor der Bewußtseinsfindung, der Entwicklung einer eigenen neuen Identität auf den Trümmern der alten konfuzianischen Werte und Normen.

Schon in den ersten Stücken des chinesischen Sprechtheaters deuteten sich die wesentlichen inhaltlichen Ausrichtungen dieser Kunst an. Im Jahre 1906 wurde in Tokyo – damals ein Sammelbecken der auf den Sturz der mandschurischen Qing Dynastie hinarbeitenden, republikanisch gesonnenen chinesischen Intelligenz – die »Frühlingsweiden-Gesellschaft« (Chun-liu she) gegründet. Ihre Mitglieder spielten eine Bühnenfassung von Harriet Beecher-Stowes Roman *Uncle Tom's cabin* unter dem chinesischen Titel *Die schwarzen Sklaven seufzen zum Himmel* (Hei-nu yu-tian lu). Das Stück wandte sich, mit einem deutlich auf die damalige Lage Chinas gerichteten Bezug, gegen gesellschaftliche Unterdrückung allgemein. Die drängenden gesellschaftlichen Probleme Chinas sowie das Streben nach ihrer Überwindung prägten das chinesische Sprechtheater der folgenden Jahrzehnte in sehr hohem Maße. Nebenbei sei bemerkt, daß sogar das später so wichtige Thema des nationalen Konflikts in dieser

Aufführung schon anklang. Probleme des Individuums und seiner gesellschaftlichen Beschränkungen wurden in den beiden anderen von der »Frühlingsweiden-Gesellschaft« aufgeführten Stücken berührt. Es waren Übersetzungen französischer Gesellschaftsdramen aus dem 19. Jahrhundert: *La dame aux camélias* (Cha-hua nü) des jüngeren Dumas und – unter dem Titel *Heiße Tränen* (Re lei) – Victorien Sardous *La Tosca*. Mit diesen beiden Stücken stand gleich am Anfang ein Thema, welches das chinesische Theater seitdem immer wieder beschäftigte, die Darstellung persönlicher Schicksale von Frauen und Männern im Konflikt zwischen persönlichen Neigungen und gesellschaftlichen Konventionen.

Im übrigen zeigten die drei Stücke natürlich nur zu deutlich, daß das chinesische Sprechtheater in enger Anlehnung, ja Abhängigkeit vom europäischen Theater entstand.

In Anlehnung an das europäische Theater und – so muß man hinzufügen – in Ablehnung der eigenen Theatertraditionen. Denn nicht nur konnte das Sprechtheater auf eine eigene chinesische Tradition nicht aufbauen, sondern im Gegenteil, es mußte sich mit der chinesischen Theatertradition auseinandersetzen, sich gegen sie durchsetzen. Diese Auseinandersetzung dauert in der Form gegenseitiger Beeinflussung bis heute an. Das traditionelle Musikschauspiel – bei uns vor allem in seiner verbreitetsten Form, der Peking-Oper, bekannt – war und ist eine sehr hochentwickelte, in ihren Ausdrucksformen äußerst verfeinerte und reichhaltige Theaterkunst, die sich zudem einer großen Beliebtheit in der Bevölkerung erfreut. Seine in höchstem Maße formalisierten und stilisierten Darstellungsmittel – mehr auf die Darstellung von Typen ausgerichtet als auf die Darstellung von Personen – standen indes einer realistischen, lebensnahen Gestaltung entgegen. Die überwiegend historische Ausprägung des Musikschauspiels – die meisten Stücke hatten Episoden aus der Geschichte zum Inhalt, die Kostüme lehnten sich an historische Vorbilder an – ließ eine Darstellung von Gegenwartsproblemen in dieser Theaterform nur sehr schwer möglich erscheinen.

Eine überaus heftige und grundsätzliche Auseinandersetzung zwischen dem Sprechtheater und dem Musikschauspiel setzte mit der Bewegung des 4. Mai 1919 ein, jener kulturrevolutionären Bewegung, die ihren Namen nach den Demonstrationen gegen die geplante Überlassung der ehemaligen deutschen Rechte in der Provinz Shandong an Japan in den Friedensverhandlungen von Versailles trägt.

Diese Bewegung war ein Kampf der sich als »Neue Jugend« – so der programmatische Titel der führenden Zeitschrift der 4. Mai-Bewegung – empfindenden modernen städtischen Intelligenz Chinas, ein Protest gegen alles Rückständige in der Gesellschaft und Kultur, gegen den Konfuzianismus als eine das Individuum in längst obsolete Hierarchien einbindende Sozialphilosophie, ein Engagement für Rationalismus und Wissenschaftlichkeit, Demokratie und persönliche Freiheit. Angegriffen wurde auch die traditionelle Wertung der verschiedenen literarischen Formen, nach der allein die Dichtung als literarisch wertvoll geachtet, das Theater aber als vulgär verachtet wurde. Mit der Bewegung des 4. Mai rückte das Theater neben der Prosa als für die neuen Aufgaben der Literatur allein geeignetes Ausdrucksmittel in den Mittelpunkt des schriftstellerischen Interesses.

Das entscheidende Merkmal der Theaterdiskussion der 4. Mai-Bewegung war die radikale Ablehnung des traditionellen Musiktheaters zugunsten des Sprechtheaters. Das Musikschauspiel wurde geradezu als primitive Kunst einer längst vergangenen Zivilisationsstufe angesehen, bestimmt durch Aberglauben, Unmoral, überladene Aufmachung und Musik. Selbst seine Eigenschaft als Theater wurde negiert; es wurde als eine Art Varieté bezeichnet. Ein wirkliches Theater, das diesen Namen verdiene, sei nur das Sprechtheater der Europäer. Gerade weil das Sprechtheater in China keine Tradition hatte, war es für die radikal traditionsfeindlichen Intellektuellen des 4. Mai von Wert; die Tatsache, daß es eine europäische Kunstform war, kam darüber hinaus dem betonten Kosmopolitismus dieser Bewegung entgegen. Allein das Sprechtheater wurde für fähig befunden, das alltägliche Leben auf der Bühne darzustellen und die Gesellschaft kritisch zu beleuchten.

»Ibsenismus« war das Theaterprogramm der 4. Mai-Bewegung: »Ibsen beschreibt die tatsächlichen Verhältnisse in der häuslichen Gesellschaft; er bewirkt, daß der Zuschauer erschüttert wird, daß der Zuschauer bemerkt, wie finster und verdorben unsere häusliche Gesellschaft im Grunde ist; er bewirkt, daß der Zuschauer sieht, wie wirklich unvermeidlich die Erneuerung und Revolution unserer häuslichen Gesellschaft ist. Das ist Ibsenismus.«[1]

1 Hu Shi: »Yi-bu-sheng-zhu-yi« (Ibsenismus), in *Xin Qingnian* (Neue Jugend), Vol. IV, Nr. 6 (1918), S. 502.

So drückte die Bewegung des 4. Mai 1919 der Theaterentwicklung der kommenden Jahrzehnte in zweierlei Hinsicht ihren Stempel auf: hinsichtlich der Bevorzugung des Sprechtheaters gegenüber dem Musiktheater seitens der Intelligenz und hinsichtlich der hohen Wertschätzung, die das westliche Theater als Vorbild für das chinesische genoß.

Trotz dieser starken Bevorzugung gelang es dem Sprechtheater nur sehr langsam, einen Platz im chinesischen Theaterleben zu erobern. Das Interesse der 4. Mai-Bewegung an dieser Kunstform äußerte sich nahezu ausschließlich auf der Ebene theoretischer Erörterungen. Aufführungen des Sprechtheaters gab es in diesen Jahren nur wenige, vor allem deshalb, weil es in den frühen 1920er-Jahren nur wenige chinesische Dramatiker und Schauspieler gab, die diese noch neue und ungewohnte Kunst praktisch anwenden konnten. Auch ein Publikum für das Sprechtheater bildete sich nur sehr allmählich heraus. Das chinesische Theaterpublikum blieb – zur nicht geringen Irritation vieler Intellektueller – die starke und verläßliche Stütze des Musiktheaters. Das Problem des fehlenden Publikums gab dem Sprechtheater eine besondere Richtung: die Theatergruppen der 20er- und frühen 30er-Jahre hatten nahezu ausschließlich Amateurcharakter; professionelle Gruppen hatten keine ausreichende Existenzgrundlage. Die meisten Theatergruppen wurden von Studenten der Universitäten und Hochschulen gebildet. Zentrum des Sprechtheaters, wie überhaupt des literarischen Lebens bis zum Ausbruch des Krieges gegen Japan im Jahre 1937, war Shanghai. Besonders nach 1927, als sich das innenpolitische Klima infolge des Bruchs des Bündnisses zwischen der Kommunistischen Partei und der Guomindang verschärfte, zogen viele Intellektuelle und Künstler aus allen Teilen Chinas nach Shanghai, wo sie im Gebiet der Internationalen Niederlassung immer noch verhältnismäßig sicher und ungehindert leben und arbeiten konnten.

Man hat die Literaten der 20er-Jahre die romantische Generation chinesischer Schriftsteller genannt.[2] In der Tat war ein großer Teil der Literatur dieses Jahrzehnts durch den Ausdruck subjektiven Empfindens und Erlebens gekennzeichnet. Es war eine Zeit der individuellen Rebellion gegen traditionelle moralische Normen, eine Zeit auch des

2 Leo Ou-fan Lee: *The Romantic Generation of Modern Chinese Writers*, Cambridge/Mass. 1973.

Sturms und Drangs. Der junge Werther prägte das Lebensgefühl einer ganzen Generation chinesischer Jugendlicher. Auch das Sprechtheater konnte sich diesem Zeitgeist enthusiastischer Subjektivität nicht entziehen; im Gegenteil: es war an seiner Verbreitung maßgeblich beteiligt. Ibsens *Nora* war die repräsentative und gewiß einflußreichste Bühnenfigur dieser Jahre. Sie fand zahllose Anhängerinnen unter den jungen Frauen und viele Schwestern in chinesischen Dramen, ebenso wie viele junge Männer sich in der Gestalt des Armand aus der ebenfalls sehr oft gespielten *Kameliendame* wiedererkannten. Tian Hans in diesen Band aufgenommener Einakter *Rückkehr nach Süden* ist ein überaus typisches Beispiel des Theaters der 20er-Jahre. Und es war die von Tian Han geleitete Theatergruppe »Südchina-Gesellschaft«, die sich durch die Aufführung von Stücken der subjektiv-romantischen Phase des chinesischen Sprechtheaters einen besonderen Namen machte.

Doch daneben traten auch schon in den 20er-Jahren Persönlichkeiten und Theatergruppen hervor, die als wichtigste Aufgabe des Sprechtheaters nicht einen Beitrag zur individuellen Befreiung des Menschen aus den Fesseln der Tradition ansahen, sondern vielmehr eine direkte politische Aufgabe des Theaters hervorhoben. Freiheit des Individuums und Freiheit der Liebe und Eheschließung, die großen Themen des Theaters der 20er-Jahre, wichen langsam einem Anspruch, wie er sich in den Losungen eines »revolutionären Theaters« und »proletarischen Theaters« ausdrückte, die zunehmend in den Programmen und Manifesten der Theatergruppen auftauchten. Besonders in den Jahren 1929 und 1930 läßt sich eine rapide Entwicklung in diese Richtung feststellen: »Seit 1929 erreichte die Theaterbewegung in China eine Zeit neuer Entwicklungen. Die Menschen, die sich um die Theaterbewegung bemühten, erkannten den Fehler des Individualismus und des Ästhetizismus und beschritten alle spontan aber in gleicher Weise den Weg der Massenkunst. Zugleich schossen neue Theatergruppen wie Bambussprossen im Frühling hervor und entwickelten sich unaufhaltsam. Das ist nicht nur ein gutes Symptom der Theaterbewegung, sondern es beweist noch sicherer den Auftrag und die Verantwortung des Theaters in dieser Zeit und in dieser Gesellschaft.«[3]

3 »Xijujie xiaoxi« (Nachrichten aus der Welt des Theaters), in *Dazhong wenyi,* Vol. II, No. 4 (1930); zit. nach *Zhongguo xin wenxue da xi xu-bian* vol. IX, Hongkong o. J., S. 14.

Im Jahre 1930 wurden mehrere der führenden Theatergruppen jener Jahre von der Regierung verboten, und zwar sowohl die unmittelbar politisch engagierten Gruppen, die zum Teil bereits der Kommunistischen Partei nahestanden, als auch solche Gruppen, die eher der Shanghaier Bohème zuzurechnen waren, wie die »Südchina-Gesellschaft«. Dieses Verbot war Anzeichen einer allgemeinen innenpolitischen Zuspitzung, in deren Verlauf die Regierung versuchte, der intellektuellen und politischen Opposition im Lande Herr zu werden. Es hatte tiefgreifende Folgen auf die weitere Entwicklung des Theaters in der Weise, daß sich nunmehr alle bedeutenden Dramatiker einem politisch eindeutig engagierten Theater zuwandten, auch diejenigen, die einem solchen Theater bis dahin indifferent gegenübergestanden hatten. Diese Entwicklung fand ihren Ausdruck in der Gründung der »Liga linker Theatergruppen« im Jahre 1930 (später umbenannt in »Liga linker Theaterleute Chinas«), in der sich unter anderem gerade diejenigen Gruppen vereinigten, die kurz zuvor verboten worden waren. Diese Liga stand unter starkem Einfluß der Kommunistischen Partei und bildete den maßgeblichen organisatorischen und programmatischen Rahmen der Theaterentwicklung in den frühen 30er-Jahren.

In den 30er-Jahren reifte das Sprechtheater in China zu einer eigenständigen Kunstform. Die vorangegangenen Jahrzehnte wurden bestimmt durch theoretische Auseinandersetzungen über die Rolle des Sprechtheaters und der Schauspieler in der Gesellschaft. Diese Auseinandersetzungen hatten in der Regel zu sehr ehrgeizigen und geradezu überschwenglichen Vorstellungen und Programmen geführt, die nicht selten auf den Anspruch hinausliefen, daß das Theater in China den wichtigsten Beitrag zum gesellschaftlichen und kulturellen Wandel zu leisten habe. Die praktische Theaterarbeit jedoch war weit hinter diesem Anspruch zurückgeblieben. Wichtige Theatergruppen gab es, die kaum eine Aufführung auf die Bühne gebracht hatten; ihre Bedeutung lag vorwiegend in den theoretischen Diskussionen und Publikationen ihrer Mitglieder. Vor allem aber herrschte nach wie vor ein viel beklagter Mangel an Dramen chinesischer Autoren, so daß das chinesische Sprechtheater in hohem Maße auf übersetzte oder adaptierte europäische Dramen angewiesen war. Diese hatten zwar eine große Bedeutung als Lehrmaterial und Vorbilder für ein zu schaffendes chinesisches Drama, sie kamen überdies einer weitverbreiteten Europamode unter den jungen Chinesen entgegen – man beachte nur die Gestalt des Wanderers in Tian Hans *Rückkehr nach Süden* –, jedoch litten sie, bis auf wenige Ausnahmen, an einem deutlichen Mangel an Kompatibilität mit den chinesischen Verhältnissen.

All dies ergab sich wohl notwendig aus der Tatsache, daß das Sprechtheater für China eine ganz neue und zunächst sehr fremde Kunstform war. Es bedurfte einer gewissen Zeit zur Überwindung dieser frühen Phase des vorsichtigen Probierens und Auslotens der eigenen Bedingungen und Möglichkeiten. Daß diese Phase sich dem Ende zuneigte, zeigte sich in den 30er-Jahren besonders in den Dramen Cao Yus. In ihnen kam deutlich zum Ausdruck, daß die chinesischen Dramatiker begannen, dieses neue Medium mit großem dramaturgischem Geschick und viel Sinn sowohl für Bühnengerechtigkeit als auch für Realitätsbezug zu handhaben.

Auch in dem Verhältnis zwischen dem Sprechtheater und seinem Publikum zeigte sich in dieser Zeit, daß das Sprechtheater einen gesicherten Platz im kulturellen Leben erworben hatte. Die ersten professionellen Theatergruppen tauchten auf und konnten ihre Existenz aus dem Erlös der Theaterkasse bestreiten. Bis dahin war das kaum möglich gewesen. Das Interesse, das das Sprechtheater in der Bevölkerung fand, war zunächst so gering, daß die Theatergruppen, wie bereits festgestellt, nur als Amateur- oder nebenberufliche Gruppen bestehen konnten. Die Dramatiker und Schauspieler des Sprechtheaters verstanden sich in dessen Anfangszeit als Avantgarde – mit allen Vorzügen und Schwächen, die eine solche gewöhnlich auszeichnen: Neugier und Offenheit des Geistes, Distanz zu den traditionellen kulturellen und ästhetischen Normen; auf der anderen Seite aber neigten sie dazu, den Kontakt zu ihrer Umwelt zu verlieren, sich in ihrer eigenen besonderen »Kunstwelt« abzukapseln und sich unrealistischen Phantasien der eigenen Wirkungsmöglichkeiten hinzugeben. Nur langsam schloß sich die Kluft zwischen dem Sprechtheater und seinem Publikum, und es bildete sich ein zahlenmäßig ausreichender Kreis von Interessenten heraus, auf den sich wenigstens einige professionelle Gruppen stützen konnten. Auch das stand in engem Zusammenhang mit den erfolgreichen Dramen Cao Yus und einiger anderer Dramatiker, die geeignet waren, ein großes und heterogenes Publikum anzusprechen und für das Sprechtheater zu gewinnen.

Trotz dieser Erfolge bei einem größeren Publikum blieb das

Sprechtheater eine durchaus städtische Kunstform. Sein Publikum kam aus den meist jungen gebildeten Bevölkerungsschichten in den großen Städten, wie Shanghai, Tianjin, Peking, Nanking und Kanton. In einem Land wie China, dessen Bevölkerung zu über 80% in dörflicher Umgebung lebt, war sein Wirkungsrahmen daher von vornherein eingeschränkt. Die bäuerliche Landbevölkerung hing weiterhin beharrlich an den traditionellen Theaterformen, den verschiedenen lokalen Arten des Musikschauspiels, dem Puppen- und Schattentheater, sowie den zahlreichen Formen des Geschichtenerzählens. Sie blieb vom Sprechtheater fast gänzlich unberührt; daran hat sich auch bis heute nicht viel geändert.

Nur eine – allerdings sehr bemerkenswerte – Ausnahme gab es: das Theaterexperiment des Dramatikers Xiong Foxi in Ding-xian, einem Landkreis in der nordchinesischen Provinz Hebei. Dort gelang es zumindest vorübergehend, auch der Landbevölkerung das Sprechtheater nahezubringen, und zwar durch die einfachen, derben, fast schwankhaften Stücke Xiong Foxis, die vielfach typische Probleme des Landlebens aufgriffen, wie den Aberglauben, die Wucherzinsen etc. Sie taten das in einer Weise, die eine intime Vertrautheit des Autors mit den dargestellten Problemen bewies.

Während der 30er-Jahre vollzog sich ein weiterer thematischer Wandel im chinesischen Sprechtheater. Unter dem Eindruck des immer stärker werdenden Drucks Japans auf China – 1932 war in den nordöstlichen Provinzen ein japanischer Marionettenstaat gegründet worden – erlangten antijapanische, patriotische Themen eine große Bedeutung. Nahezu ausschließlich wurden die Bühnen durch diese Thematik nach 1937 beherrscht, als mit einem großangelegten Angriff Japans auf China der zweite Weltkrieg in Ostasien begann. Das Theater wurde im kulturellen Bereich zum Hauptträger der Verbreitung patriotischer Gedanken und Gefühle. Zugleich erlebte das Sprechtheater in diesen Jahren die Zeit seiner größten Wirkung und Popularität überall im Lande. Dies ist um so überraschender, da es während der Kriegsjahre von seiner »natürlichen« geographischen und sozialen Basis, den großen Küstenstädten, weitgehend abgeschnitten war und sich stattdessen im chinesischen Hinterland, soweit es nicht von Japan besetzt war, bewähren mußte. Es war der vor allem in den ersten Kriegsjahren vorherrschende Zustand der nationalen Begeisterung und der Entschlossenheit, sich gegen die jahrzehntelangen Demütigungen durch Japan zur Wehr zu setzen, der die gefühlsmäßigen Bedingungen schuf für die Verbreitung und Popularität des Sprechtheaters in diesen Jahren.

Eine weitere Bedingung war die Einsicht vieler Künstler und Schriftsteller, daß sie sich in dieser Zeit der nationalen Krise des populärsten und am leichtesten zugänglichen Mediums bedienen sollten, um den Gedanken des Widerstands gegen Japan im Volk zu verbreiten. So ist es kein Zufall gewesen, daß ein zu dieser Zeit bereits berühmter Roman- und Novellenschriftsteller mit dem Beginn des Krieges anfing, Dramen zu schreiben: Lao She.

Mit der Gründung der Volksrepublik China im Jahre 1949 änderten sich die äußeren Bedingungen für die weitere Entwicklung des Sprechtheaters – ebenso wie für alle anderen Bereiche – ganz grundlegend.

Zunächst waren dem Theater nach den langen Jahren des Krieges und des Bürgerkrieges und des damit auf die Dauer einhergehenden wirtschaftlichen Niedergangs nunmehr friedliche Verhältnisse beschieden. Es bekam nach 1949 – erstmals seit mehreren Jahrzehnten war China unter einer stabilen Zentralregierung geeint – ungleich bessere Entfaltungsmöglichkeiten infolge der sehr viel größeren wirtschaftlichen und organisatorischen Mittel, die den Theatergruppen und -vereinigungen jetzt zur Verfügung standen.

Jedoch brachte die neue Situation ganz gewiß auch erhebliche Probleme für das Theater mit sich. Es sah sich der staatlichen Führung durch eine Kommunistische Partei gegenüber, die nicht mehr um die Macht kämpfen mußte, sondern die Macht in den Händen hielt und ausüben konnte. War die weitgehende Kongruenz der Ziele der meisten Künstler und Dramatiker einerseits und der Kommunistischen Partei andererseits bis dahin das Ergebnis gemeinsamer Überzeugungen und gemeinsamer politischer Erfahrungen (wachsender Druck von Seiten der Guomindang-Regierung, Krieg gegen Japan) gewesen, konnte die Kommunistische Partei nach 1949 ihrerseits die Bedingungen dieser Übereinstimmung vorschreiben. Bei der Verfolgung ihrer gesellschaftspolitischen Ziele erwartete die neue Regierung keineswegs weniger Loyalität seitens der Künstler und Dramatiker als frühere Regierungen. Diese Erwartung wurde, wenn nötig, auch mit staatlichen Mitteln durchgesetzt. Die Schriftsteller, Dramatiker und Schauspieler dagegen fühlten sich eher der Idee des sozialen Fortschritts, gewiß auch der Erwartung einer freien Entfaltung ihrer Kunst verpflichtet, als einer Regierung, die diese Idee gültig definieren und in der Praxis durchsetzen wollte. Aus diesem Gegensatz erwuchsen im Laufe der Zeit erhebliche Spannungen zwischen den im Bereich des Theaters Tätigen und der politischen Führung.

Das Sprechtheater war in China als Medium der Sozialkritik und der politischen Kritik im weitesten Sinne entstanden. Der Zerfall der traditionellen Ordnung und ihrer Normen bildete den Boden, auf dem es wachsen und Früchte tragen konnte. Und trotz aller politisch bedingten Schwierigkeiten (Zensur, Verbote, Verfolgungen etc.) hatte es stets die Freiräume gefunden, die es zur Erfüllung seiner kritischen Aufgaben benötigte. Das änderte sich nach 1949. So war es für die Dramatiker und Schauspieler gewiß kein leichter Schritt, an der neuen Regierung und der sie bildenden politischen Partei Kritik zu üben, denn für ihr Zustandekommen hatten sie sich gerade jahrelang eingesetzt; zumindest waren sie dieser Regierung für die Überwindung der auch im Theater immer wieder angeprangerten alten Verhältnisse verbunden. Es lag also zunächst sehr viel näher, ihr in einer zustimmenden als in einer kritischen Haltung gegenüberzustehen. Damit war dem Sprechtheater gewissermaßen der gesellschaftliche und politische Nährboden entzogen worden. Die neuen Verhältnisse erforderten schon deshalb eine grundlegende Neuorientierung des Sprechtheaters, die aber offensichtlich nur schwer zu finden war. Das ist gewiß ein wesentlicher Grund dafür, daß so viele der bekannten Dramatiker nach 1949 kaum noch literarisch produktiv waren. Darüber hinaus wurden dem Sprechtheater nach 1949 auch die bereits vorher äußerst engen und stets gefährdeten Freiräume für die Äußerung von Kritik allmählich entzogen. Kritik war nicht nur unerwünscht – das war immer der Fall gewesen –, sie konnte auch wirksam unterbunden werden – das war neu.

Eine wichtige Entwicklung nach 1949 war durch das energische Bemühen bestimmt, das Sprechtheater aus dem begrenzten Rahmen der urbanen Intelligenz herauszuführen. In zahlreichen Inszenierungen – nicht nur der Ensembles in Peking und Shanghai, sondern gerade auch auf dem Lande – wurde versucht, die aus Europa übernommene Kunstform des Sprechtheaters dem Kunstgeschmack eines breiten chinesischen Publikums anzunähern. Das wichtigste Mittel bei diesen Bemühungen war die Integrierung bestimmter Darstellungselemente und Aufführungsformen des traditionellen Musiktheaters, wie der Musik, der stilisierten Bewegungen und Gesten. Tatsächlich war es auf diese Weise möglich, dem Sprechtheater neue Publikumsschichten zu erschließen. Nur so konnte die seit den 20er-Jahren immer wieder erhobene Forderung nach einem wirklich chinesischen Sprechtheater erfüllt werden. Nebenbei waren diese Bemühungen auch Ausdruck einer weiteren Grundtendenz im Theaterleben der Volksrepublik China: Das traditionelle Musiktheater trat immer stärker in den Mittelpunkt des Interesses.

Bis zum Jahre 1957, ganz besonders während der in diesem Jahr stattfindenden »Hundert-Blumen-Bewegung«, konnte von den Dramatikern und Schauspielern noch ein gewisser Freiraum genutzt werden. Das Theater konnte in dieser Zeit noch seine Funktion als unvoreingenommener und kritischer Spiegel der Gesellschaft wahrnehmen und manche Erscheinungen, wie den Bürokratismus, Selbstherrlichkeit von Parteifunktionären und Korruption ans Licht der Öffentlichkeit bringen. Viele hervorragende Dramen wurden auch in diesen Jahren noch geschrieben, als deren erfolgreichstes und wohl auch bestes Lao Shes *Teehaus* in diesen Band aufgenommen wurde.

Doch nachdem die »Hundert-Blumen-Bewegung« schon nach kurzer Zeit wieder abgebrochen wurde und in eine Kampagne gegen sogenannte rechte Elemente überging, wurde auch das Sprechtheater als eine lebendige und unabhängige Kunst weitgehend zum Schweigen gebracht. Es wurden kaum noch bemerkenswerte Stücke geschrieben. Das Sprechtheater lebte von der Substanz der Dramatik vergangener Jahrzehnte. Wie jede andere intellektuelle und künstlerische Tätigkeit geriet es zunehmend in den Sog der politischen Auseinandersetzungen innerhalb der Führung des Landes, bis sich während der Kulturrevolution der Vorhang vor diesem Bereich des Theaters vorübergehend ganz senkte.

Erst in den letzten Jahren zeigen sich im politischen wie im künstlerischen Leben Chinas wieder Tendenzen, die hoffen lassen, daß es dem Sprechtheater möglich sein könnte, an seine frühere thematische Vielfalt und künstlerische Qualität anzuknüpfen.

Bernd Eberstein

Cao Yu
Das Gewitter

Drama in vier Akten

曹禺

雷雨

Die Personen der Handlung

ZHOU PUYUAN 55, Vorstandsvorsitzender einer Kohlenbergwerksgesellschaft

ZHOU FANYI 35, seine Frau

ZHOU PING 28, sein Sohn aus erster Ehe

ZHOU CHONG 17, sein Sohn aus der Ehe mit Fanyi

LU GUI 48, Diener der Zhous

LU SHIPING 47, Lu Guis Frau, Dienerin in einer Schule

LU DAHAI 27, Shipings Sohn aus ihrer ersten Ehe, Arbeiter im Kohlenrevier

LU SIFENG 18, Tochter von Lu Gui und Shiping, Dienstmädchen bei den Zhous

Dienerschaft im Hause Zhou: Diener A, Diener B . . . und ein alter Diener

Ort und Zeit der Handlung

ERSTER AKT ein schwüler Sommermorgen – im Wohnzimmer des Hauses Zhou

ZWEITER AKT am Nachmittag desselben Tages – Ort wie im ersten Akt

DRITTER AKT am selben Tage, abends gegen zehn Uhr – in einem Nebenzimmer in Lus Wohnung

VIERTER AKT am selben Tag, nach Mitternacht – Ort wie im ersten Akt

Ein Sommermorgen im Wohnzimmer der Zhous. Rechts und links je eine Tür, die eine führt ins Eßzimmer, die andere in die Bibliothek. Vor der geöffneten Tür in der Mitte ist eine Sommertür aus Fliegendraht, durch die man das schattige Grün der Bäume im Garten erblickt und das Zirpen der Zikaden hört. Rechts eine Kommode, mit einem gelben Tischtuch bedeckt, auf der verschiedene Schmuckgegenstände stehen. Ins Auge fällt eine alte Photographie, die nicht recht zu den hier aufgestellten zierlichen Dingen paßt. Auf dem Kamin rechts steht eine Uhr. An der Wand hängt ein Ölgemälde. Vor dem Kamin zwei Rundsessel. Links von der Mitte eine Vitrine voller Kuriositäten. Davor ein kleiner Schemel. In der linken Ecke ein Sofa, darauf einige dicke seidene Kissen. Auf dem Couchtisch vor dem Sofa liegen unter anderem Rauchutensilien. Rechts von der Bühnenmitte zwei Sessel und ein runder Tisch, auf dem eine Zigarrenkiste und Fächer liegen.

Die Vorhänge sind von alter Eleganz, die Möbel äußerst sauber und gepflegt, alles Metall glänzt.

Es herrscht eine unerträgliche Schwüle und im Zimmer ist es drückend heiß. Der Himmel draußen ist bedeckt. Eine Atmosphäre, als ob gleich ein Gewitter losbrechen würde.

Beim Aufgehen des Vorhangs steht Sifeng an dem rechteckigen Tisch an der mittleren Wand. Mit dem Rücken zum Publikum filtert sie einen medizinischen Kräutertee. Sie wischt sich ab und zu den Schweiß vom Gesicht. Lu Gui, ihr Vater, steht neben dem Sofa und putzt die silbernen Rauchutensilien auf dem Couchtisch.

Sifeng ist etwa 18 Jahre alt, rotwangig, ein gesundes junges Mädchen. Ihr Körper ist gut entwickelt; sie hat weiße und große Hände. Sie trägt einen seidenen Hosenanzug und ein Paar nicht ganz neue Stoffschuhe. Sie macht von oben bis unten einen tadellos sauberen und ordentlichen Eindruck. Sie ist lebhaft und spricht unbefangen und munter, dabei doch bescheiden. Sie hat ein Paar leuchtende große Augen, und wenn sie lacht, kommen ihre gleichmäßigen Zähne zum Vorschein. Da es heiß ist, schwitzt sie etwas auf der Nase. Von Zeit zu Zeit wischt sie den Schweiß mit einem Taschentuch ab. Sie lacht gern und weiß, daß sie hübsch ist.

Ihr Vater, Lu Gui, etwa Ende Vierzig, sieht gealtert aus. Seine Augenlider sind geschwollen und seine Mundwinkel hängen schlaff herab. Er ist ziemlich dick. Wie viele Diener in einem vornehmen Haus versteht er seine Sache gut, besonders versteht er, wie er sich zu benehmen hat. Er hat einen kleinen Buckel, als ob er sich immer vor seinem Herrn verbeuge und »Jawohl!« antworte. Er schaut stets habgierig herum. Beim Putzen wischt er sich hin und wieder mit dem Ärmel den Schweiß von der Stirn. Zu seinen Füßen steht ein Paar brauner Schuhe, die er gerade zuvor geputzt hat.

LU GUI Sifeng!

Sifeng tut, als habe sie nichts gehört, und filtert ihren Kräutertee weiter.

LU GUI Sifeng!

SIFENG *ihrem Vater einen Blick zuwerfend* Ganz schön heiß, was? *Geht rechts zur Kommode, holt einen Fächer und fächelt sich damit Luft zu.*

LU GUI *sieht sie an und hört auf zu arbeiten* Hast du nicht gehört, Sifeng?

SIFENG *kühl* Was ist denn, Papa?

LU GUI Ich frage dich, ob du gehört hast, was ich gerade gesagt habe.

SIFENG Weiß schon.

LU GUI *er hat sich an diesen Ton seiner Tocher schon gewöhnt* Mensch, dieses Kind!

SIFENG *sich zu ihm umdrehend* Hör auf mit solchem Unsinn. *Fächelt sich und stöhnt* Es ist so schwül. Es wird wohl bald regnen. *Unvermutet* Hast du die Straßenschuhe für den gnädigen Herrn schon geputzt? *Geht zu Lu Gui, nimmt einen Schuh und sagt leichthin* Das nennst du geputzt? So schlampig ein paarmal mit dem Tuch drüber ... – Na, du kannst dir ja vorstellen, was der gnädige Herr dazu sagen wird.

LU GUI *reißt ihr den Schuh weg* Um meine Dinge brauchst du dich nicht zu kümmern. Hör zu, Sifeng, ich sage es dir noch einmal. Wenn du nachher Mutter siehst, vergiß nicht, ihr alle deine neuen Kleider zu zeigen.

SIFENG *ungeduldig* Ich hab's verstanden.

LU GUI Laß sie mal drüber nachdenken, wer im Leben besser Bescheid weiß, sie oder ich.

SIFENG *verächtlich* Du natürlich! Du weißt besser Bescheid.

LU GUI Und vergiß auch nicht, Mutter zu erzählen, daß du hier bei den

Zhous gut zu essen und gut zu trinken bekommst, daß du nur tagsüber die gnädige Frau und die beiden jungen Herren bedienst und daß du abends noch immer, wie Mutter es wünscht, zum Schlafen nach Hause gehst.

SIFENG Das brauch' ich ihr nicht zu sagen. Mutter wird schon selber danach fragen.

LU GUI *zufrieden* Übrigens, das Geld. *Mit gierigem Lächeln* Du hast ja auch schon 'ne Menge Geld auf der Hand.

SIFENG Geld?!

LU GUI Ja, den Lohn dieser beiden Jahre, die Trinkgelder, *auf etwas Bestimmtes anspielend* und dazu die Kleinigkeiten, die sie ...

SIFENG *will nicht hören, was ihr Vater zu sagen im Begriffe ist* Hast du mir das nicht Dollar für Dollar alles abgeknöpft? Vertrunken? Verspielt?

LU GUI Hör mal, hör mal! Nun bist du schon wieder gekränkt. Weshalb? Ich will dein Geld nicht. Äh, ich meine, was ich sagen wollte ... *leise* er ... hat er dir nicht auch dauernd Geld zugesteckt?

SIFENG *erschrocken* Er? Wer denn?

LU GUI *geradeheraus* Der junge Herr Ping.

SIFENG *errötend* Wer sagt, der junge Herr Ping hätte mir Geld gegeben? Unsinn, Papa! Deine Gier nach Geld bringt dich noch um den Verstand.

LU GUI Gut, gut, schon gut. Also, es ist nicht wahr. Auf jeden Fall hast du in diesen zwei Jahren etwas Geld gespart. Sei beruhigt, ich will kein Geld von dir. Ich will nur, daß du Mutter dieses Geld zeigst, damit sie auch mal große Augen machen kann.

SIFENG Hm, Mutter ist nicht so jemand wie du, der alles vergißt, wenn er Geld sieht. *Geht zum Tisch in der Mitte zurück und filtert weiter die Medizin.*

LU GUI *setzt sich aufs Sofa, zufrieden* Geld hin, Geld her; was wäre aus dir ohne deinen Vater geworden? Wenn du nur deiner Mutter gehorcht und nicht hier in diesem großen Haus gearbeitet hättest, hättest du in diesen zwei Jahren immer so gut essen, so gut trinken und an heißen Tagen so feine Seide tragen können?

SIFENG Mutter ist eine anständige Frau, schließlich ist sie nicht ungebildet und hält auf sich. Sie würde nicht erlauben, daß ihre Tochter von anderen herumkommandiert wird.

LU GUI Inwiefern anständig? – Das ist wieder so ganz in der Art deiner Mutter! – Aus welchem hohen Hause stammt denn das gnädige Fräulein? Verdammt nochmal, du bist die Tochter eines Dieners. Ist es etwa unter deiner Würde, wenn du bei anderen dienst?

SIFENG *mit Abscheu* Papa, sieh den Schweiß auf deiner Stirn. – Nimm die Schuhe da und putz sie noch einmal.

LU GUI Ha, anständig! Das hast du wieder von deiner armseligen Mutter gelernt. Sieh dir doch an, wie sie auf ihren Ruf gehalten hat! Vierhundert Kilometer ist sie gelaufen, um in dieser verdammten Schule Dienerin zu werden. Für ganze acht Dollar im Monat, und nur alle zwei Jahre kann sie einmal nach Hause kommen. Das nennst du anständig? Und dazu noch gebildet! – Ach, die taugt einfach gar nichts.

SIFENG *ihren Zorn unterdrückend* Spar dir deine Worte für zu Hause auf. Wir sind hier bei den Zhous.

LU GUI Was? Auch das Haus von Herrn Zhou kann mich nicht daran hindern, mit meiner Tochter Familienangelegenheiten zu besprechen. Und ich sage dir, deine Mutter ...

SIFENG *plötzlich* Nun will ich es dir mal ganz deutlich sagen. Wie schwer ist es doch für Mutter, einmal nach Hause zu kommen! Trotzdem kommt sie auch diesmal, um Dahai und mich zu sehen. Wenn du ihr wieder Unannehmlichkeiten machst, dann werde ich Dahai alles erzählen, was du in den letzten beiden Jahren getan hast.

LU GUI Ich? Ich? Was hab ich denn schon getan? *Im Gefühl, vor seiner Tochter sein Gesicht verloren zu haben* Ein bißchen getrunken, ein bißchen gespielt, mich ein bißchen amüsiert; wegen dieser Kleinigkeiten sollte ich vor ihm Angst haben? Ich, der ich bald fünfzig bin?

SIFENG Glaubst du denn, er hat überhaupt Lust, sich um deinen Kram zu kümmern? Aber daß du das Geld, das er Mutter jeden Monat aus der Grube schickte, heimlich vergeudet hast – wenn er davon erfährt, wird er es dir bestimmt nicht verzeihen.

LU GUI Das soll er mal wagen! *Laut* Seine Mutter hat mich geheiratet, also bin ich sein Vater.

SIFENG Pst! Was gibt's da zu schreien?

LU GUI Hm! *Sprudelnd* Ich will dir mal was sagen. Daß ich deine Mutter geheiratet habe, das macht mir noch heute zu schaffen. Sieh, ich bin schließlich nicht auf den Kopf gefallen, und unter all den

Leuten hier in diesem Hause, Herrschaft samt Dienern, ist kein einziger, der mich nicht für einen feinen Kerl hält. Kaum zwei Monate war ich hier, schon fand meine Tochter hier im Haushalt eine Stellung. Und was Dahai angeht, hätte er ohne mich Arbeiter im Bergwerk von Herrn Zhou werden können? Frag mal Mutter, ob sie das fertiggebracht hätte! – Trotzdem haben sie, Mutter wie Dahai, immer etwas gegen mich. Wenn Mutter diesmal wieder mit so einem sauren Gesicht nach Hause kommt, dann werde ich sie vor Dahais Augen einfach links liegen lassen, ja, vielleicht werde ich mich sogar von ihr scheiden lassen, ohne Rücksicht darauf, daß sie mir eine Tochter geschenkt und außerdem diesen widerlichen Kerl, Dahai, mit ins Haus gebracht ...

SIFENG Papa, du ...

LU GUI Hä, wer weiß denn, welcher Bock den gezeugt hat!

SIFENG Was hat dir Dahai eigentlich Böses getan, daß du ihn derart verfluchst?

LU GUI Was hat er mir denn Gutes getan? Als Schüler, als Soldat, als Rikschakuli, als Maschinenschlosser – nirgends hat er es weit gebracht. Mit Müh und Not hab ich ihm 'ne Stellung im Bergwerk von Herrn Zhou verschafft, da fängt er wieder an, mit den Vorarbeitern zu streiten und schlägt sich mit den anderen.

SIFENG *vorsichtig* Ich habe aber gehört, die Arbeiter hätten sich erst zur Wehr gesetzt, nachdem der Herr der Werkspolizei befohlen hatte, das Feuer auf sie zu eröffnen.

LU GUI Jedenfalls ist dieses Kind ein unverbesserlicher Dummkopf. Wes Brot ich esse, des Lied muß ich singen. So mir nichts dir nichts wollen sie streiken. Und jetzt muß er sich wieder auf meine Gunst verlassen, um den gnädigen Herrn um Gnade zu bitten.

SIFENG Das hast du wohl falsch verstanden. Dahai will doch selber mit dem Herrn sprechen. Er hat nicht die Absicht, mit deiner Hilfe um Gnade zu bitten.

LU GUI *selbstzufrieden* Aber wer kann etwas dafür, daß ich sein Vater bin? Aber da ich es schon einmal bin, muß ich auch für ihn sorgen.

SIFENG *blickt verächtlich auf ihren Vater und seufzt* Na schön, beruhige dich. Ich bringe der gnädigen Frau die Medizin nach oben. *Sie trägt die Medizinschale nach links zum Eßzimmer.*

LU GUI Einen Augenblick. Ich muß dir noch was sagen.

SIFENG *ablenkend* Es ist Zeit zum Mittagessen, hast du den Yunnan-Tee schon aufgebrüht?

LU GUI Das ist nicht meine Sache. Der Küchenjunge wird schon alles fertiggemacht haben.

SIFENG Gut, dann gehe ich eben.

LU GUI *sich ihr in den Weg stellend* Nicht so eilig, Sifeng, ich hab noch etwas mit dir zu besprechen.

SIFENG Was denn?

LU GUI Hör zu. Gestern hatte der gnädige Herr Geburtstag, nicht wahr? Da hat mir der junge Herr Ping vier Dollar geschenkt.

SIFENG Wie schön! *Vorlaut* Wäre ich der junge Herr gewesen, hätte ich dir nicht einen Cent gegeben.

LU GUI *gemein grinsend* Das klingt vernünftig. Vier Dollar, wozu reichen die denn schon? Zahl ich ein bißchen von meinen Schulden zurück, schon sind sie weg.

SIFENG *spitz* Bered das nachher mit Dahai.

LU GUI Nicht doch, Sifeng! Hat dein Vater jemals geliehenes Geld nicht zurückbezahlt? Im Augenblick hast du nun mal gerade was. Gib mir sieben oder acht Dollar, ganz wie du willst, ja?

SIFENG Ich hab kein Geld. *Hält einen Augenblick inne* Hast du wirklich deine Schulden beglichen?

LU GUI Ganz bestimmt. *Beschwörend* Ich will ein Hurensohn sein, wenn ich meine leibliche Tochter belüge. Daß das Geld alle geworden ist, dafür kann ich eigentlich nichts. Mit den paar Kröten gestern hätte ich meine großen Schulden nicht abzahlen können und wenn ich die kleinen bezahlt hätte, so wäre mir kaum noch was übriggeblieben. Da hab ich dann zwei Runden gespielt. Hätte ich nicht gewinnen und dann alles zurückzahlen können? Wer konnte wissen, daß ich Pech haben würde? – Für's Verlieren und Trinken hab ich dann nochmal rund zehn Dollar Schulden gemacht.

Sifeng starrt ihn an.

LU GUI Davon ist kein Wort gelogen.

SIFENG Nun sage ich dir ganz ehrlich: ich habe auch kein Geld. *Sie greift nach der Medizinschale.*

LU GUI *hastig* Sifeng, was ist mit dir los? Du bist doch meine leibliche Tochter.

SIFENG Auch deine leibliche Tochter kann nicht jeden Tag deine Spielschulden bezahlen.

LU GUI *ernst* Sei vernünftig, liebes Kind. Gewiß, Mutter liebt dich, aber nur mit Worten. Ich dagegen lasse mir all die Dinge zu Herzen gehen, die dir wichtig sind.

SIFENG *versteht, worauf er anspielt* Worauf willst du denn nun wieder hinaus?

LU GUI *sieht sich nach allen Seiten um, nähert sich Sifeng* Ich meine, der junge Herr Ping hat dich öfters erwähnt. Herr Ping, der sagte . . .

SIFENG *unbeherrscht* Herr Ping, Herr Ping! Du bist verrückt! Ich gehe. Die gnädige Frau wird mich jeden Augenblick rufen.

LU GUI Halt! Noch eine Frage: ich sah vorgestern, wie Herr Ping Kleiderstoffe kaufte . . .

SIFENG *macht ein böses Gesicht* Na und?

LU GUI *sie von oben bis unten musternd* Mhm . . . *sieht Sifengs Hand scharf an* dieser Ring da . . . *grinst* den hat doch auch er dir geschenkt, nicht wahr?

SIFENG *mit Abscheu* Wenn du nur sehen könntest, wie du dich benimmst.

LU GUI Stell dich nicht so an. Du bist meine Tochter, *grinst plötzlich habgierig* und daß sich die Tochter eines Dieners von anderen Leuten ein paar Sachen schenken läßt und Geld annimmt, da gibt es nichts zu meckern. Das ist doch nichts Besonderes, und ich hab dafür volles Verständnis.

SIFENG Nun sag schon gerade heraus, wieviel Geld du brauchst.

LU GUI Nicht viel, dreißig Dollar würden schon reichen.

SIFENG So, dann geh gleich zu deinem Herrn Ping und laß es dir geben.

LU GUI *verletzt* Mein liebes Kind, hältst du mich wirklich für einen solchen Narren, der nicht weiß, was du mit dem Kerl treibst?

SIFENG *in unterdrücktem Zorn* Bist du mein Vater? Hat ein Vater mit seiner Tochter so zu reden?

LU GUI Ich bin dein Vater und werde mich um dich kümmern. Antworte, vorgestern abend . . .

SIFENG Vorgestern abend?

LU GUI Ja, als ich nicht zu Hause war, kamst du erst um Mitternacht zurück. Was hat das zu bedeuten?

SIFENG *ausweichend* Ich hab für die gnädige Frau Sachen herausgesucht.

LU GUI Warum bist du erst so spät nach Hause gekommen?

SIFENG *verächtlich* Ein Vater wie du hat nicht das Recht, mich auszufragen.

LU GUI Welche gewählten Worte! Du kannst mir also nicht sagen, wo du gewesen bist.

SIFENG Wieso kann ich das nicht?

LU GUI Dann red doch!

SIFENG Es war so: Die gnädige Frau erfuhr, daß der Herr gerade zurückgekommen war, so ließ sie mich für ihn Zeug heraussuchen.

LU GUI So! *Leise, einschüchternd* Aber wer war es, der dich um Mitternacht nach Hause brachte? Wer war der Betrunkene, der in dem Auto mit dir dummes Zeug redete? *Lächelt vergnügt.*

SIFENG Das, das . . .

LU GUI *laut lachend* Du brauchst gar nichts zu sagen. Das wird wohl der reiche Schwiegersohn unserer Familie Lu gewesen sein. Ha, zu unserer schäbigen Behausung kam gar ein Freund mit Auto, der meine Tochter, die Tochter eines Dieners, begleitete. *Streng* Ich frage dich: Wer war das? Antworte!

Sifeng steht ratlos da.

Lu Dahai, Sifengs Bruder und Lu Guis Stiefsohn, tritt auf. Er ist groß und kräftig, seine Augenbrauen sind buschig und schwarz und die Wangen ein wenig hohl; er hat ein kantiges Kinn und stechende Augen. All das deutet auf einen unbeugsamen Charakter. Seine dünnen Lippen bilden einen krassen Gegensatz zu den vollen roten Lippen seiner Schwester, die ein südliches Temperament verraten. Seine Redeweise ist bedächtig, doch seine Worte sind schneidend, sobald er aufgebracht ist. Er kommt jetzt von der dreihundert Kilometer entfernten Kohlengrube. Im Bergwerk wird gestreikt; er ist einer der Anführer. Die geistige und seelische Anspannung der letzten Monate läßt ihn jetzt etwas müde erscheinen; mit seinem unrasierten Gesicht wirkt er so alt, daß man ihn für einen jüngeren Bruder Lu Guis halten könnte. Erst wenn man ihn aus der Nähe betrachtet, bemerkt man es an dem Glanz seiner Augen und an dem Ton seiner Stimme, daß er genau so jung und genau so heißblütig ist wie seine Schwester, daß sie beide voller Kraft, wie ein Vulkan vor dem Ausbruch, sind.

Er trägt ein blaues Arbeiterhemd, in der Hand hält er einen schmierigen Strohhut; von den schwarzen Schuhen ist schon seit langem ein Schnürsenkel verlorengegangen. Als er durch die Tür tritt, wirkt er etwas befangen. Seine Worte sind knapp, der Gesichtsausdruck kühl.

DAHAI Sifeng!

SIFENG Bruder!

LU GUI *zu Sifeng* Nun red schon! Stell dich nicht stumm.

SIFENG *sieht Dahai an* Bruder!

LU GUI *unbekümmert* Auch wenn dein Bruder hier ist, mußt du antworten.

DAHAI Was ist denn?

LU GUI Das geht dich nichts an.

SIFENG Es ist nichts Wichtiges, Bruder. *Zu Lu Gui* Gut, Papa, wir besprechen das nachher.

LU GUI Nachher? *Wirft Sifeng noch einmal einen scharfen Blick zu* Also gut, einverstanden. *Zu Dahai, hochmütig* Nanu, wieso läufst du hier einfach so herein?

DAHAI *kurz* Ich hab stundenlang an der Pforte gewartet.

LU GUI Na und? Schließlich machst du in der Grube die Dreckarbeit. Und was sich in vornehmen Häusern gehört, davon hast du gar keine Ahnung.

SIFENG Er ist kein Diener bei den Zhous.

LU GUI Auf der Grube ißt er doch auch das Brot der Zhous.

DAHAI *kühl* Wo ist er?

LU GUI *tut, als wüßte er nicht, wer gemeint ist* Er? Wer ist er?

DAHAI Der Vorstandsvorsitzende.

LU GUI Der Herr ist und bleibt der Herr. Was soll das heißen: Vorstandsvorsitzender! Hier bei uns muß man ihn »Herr« nennen.

DAHAI Melde mich an und sag, der Vertreter der Arbeiter sei da.

LU GUI Ich finde, du solltest erstmal nach Hause gehen. *Seiner Sache ganz sicher* Die Dinge in der Grube wird dein Vater hier für dich in Ordnung bringen. Du wirst demnächst ein paar Tage mit deiner Mutter und Schwester zusammen sein. Wenn deine Mutter fort ist, kehrst du zur Grube zurück, der Arbeitsplatz bleibt dir noch erhalten.

DAHAI Von unseren Problemen verstehst du nichts. Also bemühe dich nicht mehr darum.

SIFENG *will, daß Lu Gui geht* Sieh doch mal nach, Papa, ob der Besuch des Herrn schon weg ist, damit du dann Dahai zum Herrn bringen kannst.

LU GUI *schüttelt den Kopf* Hm, ich fürchte, er wird dich nicht empfangen.

DAHAI *mit Überzeugung* Sag ihm, der Vertreter der Arbeiter, Lu Dahai, will ihn sprechen. Er hat uns hierher bestellt. Schon vorgestern haben wir ihn in seinem Büro gesprochen.

LU GUI *unschlüssig* Dann werde ich es mal versuchen.

SIFENG Geh nur.

LU GUI *geht zur Tür der Bibliothek, dreht sich wieder um* Wenn er dich wirklich empfängt, dann sprich nicht wieder so flegelhaft zu ihm, verstanden? *Er entfernt sich mit geübten Schritten eines herrschaftlichen Dieners in die Bibliothek.*

DAHAI *blickt Lu Gui nach* Hm, er vergißt, daß er auch nur ein Mensch ist.

SIFENG *leicht tadelnd* Bruder! *Ängstlich ihren Bruder ansehend* Sprich etwas leiser, Dahai, der Herr ist gleich nebenan.

DAHAI *schaut sie an* Schön, Mutter kommt bald zurück. Ich finde, du solltest nun die Arbeit hier bei den Zhous aufgeben und wieder nach Hause kommen.

SIFENG *erstaunt* Aber warum?

DAHAI Hier ist nicht der richtige Ort für dich.

SIFENG Warum denn nicht?

DAHAI *voller Haß* Die Zhous sind Schweine. Zwei Jahre arbeite ich nun im Bergwerk, da hab ich genug von ihren Machenschaften kennengelernt. *Nachdrücklich* Ich hasse sie!

SIFENG Was hast du da kennengelernt?

DAHAI Liebe Sifeng, mag dieses Haus auch noch so vornehm aussehen, es ist alles mit dem Leben der verschütteten Kumpel bezahlt.

SIFENG Red nicht so dummes Zeug! – Man sagt: es spukt in diesem Zimmer.

DAHAI *plötzlich* Ich sah eben einen jungen Mann im Garten ruhen, mit blassem Gesicht und geschlossenen Augen. Er sah ganz so aus, als würde er bald sterben. Ich hörte, es sei der ältere Sohn dieses Hauses, der Sohn unseres Vorstandsvorsitzenden. Ha, das muß die Strafe des Himmels sein, die verdiente Strafe!

SIFENG *verärgert* Du . . . *Plötzlich* Weißt du? Er ist ein sehr freundlicher Mensch.

DAHAI Sein Vater hat alle möglichen Schweinereien gemacht, um zu Geld zu kommen, wie soll der da gut sein?

SIFENG *sieht Dahai an* Zwei Jahre lang hab ich dich nicht gesehen. Du bist nicht mehr wie früher.

DAHAI Zwei Jahre ... *macht ein paar Schritte, wendet sich wieder Sifeng zu und betrachtet sie* ... ganz im Gegenteil: ich finde, du hast dich verändert.

Lu Gui tritt durch die Tür der Bibliothek auf.

LU GUI Endlich war der Gast gegangen, aber als ich dich melden wollte, da kam schon ein neuer. *Zu Dahai* Ich glaube, wir sollten erstmal wieder runtergehen und dort ein Weilchen warten.

DAHAI Erst werde ich jetzt hineingehen und mit ihm reden. *Will zur Bibliothek.*

LU GUI *stellt sich ihm in den Weg* Was soll das?

SIFENG Nein, Bruder, nicht doch. Du mußt schon ...

DAHAI *überlegt* Ja, schon gut.

LU GUI Dann geh schon. *Geht zur Mitteltür, dreht sich um* Sifeng, du bleibst hier, ich bin gleich wieder da, verstanden?

SIFENG Geh nur!

Lui Gui und Dahai ab.

Sifeng läßt sich müde aufs Sofa fallen.

Man hört draußen im Garten die fröhliche Stimme eines Jugendlichen rufen: »Sifeng! Sifeng!« Die Stimme nähert sich allmählich der Mitteltür.

SIFENG *beunruhigt* Oh, der junge Herr Chong.

DIE STIMME ZHOU CHONGS Sifeng! Sifeng!

Sifeng steht hastig auf und versteckt sich hinter dem Sofa.

Zhou Chong, der jüngste Sohn Zhou Puyuans, 17 Jahre alt, tritt mit schnellen Schritten ein. Er trägt weiße Tenniskleidung, unter dem linken Arm einen Tennisschläger. Er wischt sich mit einem Tuch den Schweiß ab. Sein Gesicht ist gerötet, seine Augen blitzen vor Freude. Wie alle Jugendlichen ist er leicht zu begeistern.

CHONG Sifeng! Sifeng! *Sieht umher* Nanu, nicht da. *Geht auf Zehenspitzen nach links zum Eßzimmer, öffnet die Tür, leise* Komm raus, Sifeng, ich muß dir was erzählen. *Geht dann zur Tür der Bibliothek, noch leiser* Sifeng!

DIE STIMME ZHOU PUYUANS *in der Bibliothek* Bist du es, Chong?

CHONG *ängstlich* Ja, Vater.

DIE STIMME ZHOU PUYUANS Was willst du?

CHONG Ich suche Sifeng.

DIE STIMME ZHOU PUYUANS Hier ist sie nicht.

CHONG *zieht seinen Kopf aus der Tür zurück und schneidet eine Grimasse* Hm, merkwürdig. *Geht enttäuscht nach links zum Eßzimmer ab.*

Sifeng sieht, daß Zhou Chong weggegangen ist, und atmet auf. Lu Gui tritt durch die Mitteltür auf.

LU GUI Wer hat eben nach dir gerufen?

SIFENG Der junge Herr Chong.

LU GUI Was wollte er von dir?

SIFENG Was weiß ich?

LU GUI *vorwurfsvoll* Warum hast du ihm denn nicht geantwortet?

SIFENG Du hast gesagt, ich solle hier warten, oder? Wenn du mir was zu sagen hast, dann rede.

LU GUI Sieh mal, als ich eben nach unten ging, da versperrten mir diese Gauner die Tür und wollten ihr Geld zurückhaben. Und das in Gegenwart von so vielen Leuten! Wenn ich jetzt nicht gleich zwanzig Dollar auftreibe, dann habe ich auf ewig mein Gesicht verloren.

SIFENG *holt Geld hervor* Da. Das ist mein ganzes Geld, mit dem ich für Mutter ein Kleid kaufen wollte. Nimm es erstmal.

LU GUI *heuchlerisch* Aber du hast dann gar nichts mehr für dich selber.

SIFENG Nun reicht's aber, tu nicht so!

LU GUI *lächelnd nimmt er das Geld und zählt es* Nur zwölf Dollar?

SIFENG *offen* An Bargeld habe ich nur soviel.

LU GUI *tut, als fiele es ihm schwer* Wie soll ich denn damit diese Gauner abwimmeln?

SIFENG *ihre Wut unterdrückend* Sag ihnen, sie sollen heute abend bei uns zuhause ihr Geld abholen. Nachher, wenn Mutter kommt, werden wir weitersehen. Dieses Geld hier kannst du für dich behalten.

LU GUI *erfreut* Für mich? Das nehme ich an als Beweis deiner Liebe zu deinem Vater. Mein liebes Kind, ich habe schon immer gewußt, daß du eine gute Tochter bist.

SIFENG *hilflos* Nun laß mich endlich raufgehen. *Nimmt die Medizinschale.*

LU GUI Bitte, wer will dich daran hindern? Geh nur und sag der gnädigen Frau, daß Lu Gui sehr auf ihre Gesundheit bedacht ist.

SIFENG Weiß schon, werd's nicht vergessen.

LU GUI *befriedigt* Nun, Sifeng, noch etwas muß ich dir sagen.

SIFENG Behalte es für später.

LU GUI *bedeutungsvoll* Sieh, es handelt sich dabei um etwas, das dich angeht. *Falsch lächelnd*

SIFENG *mit verfinsterter Miene* Was soll mich schon wieder angehen? *Stellt die Medizinschale hin* Gut, wollen wir heute eben mal reinen Tisch machen, bevor ich gehe.

LU GUI Sieh mal einer an, schon wieder so aufgeregt. Du bist schon eine richtig launische Dame.

SIFENG Nun red' schon!

LU GUI Sei doch nicht so launisch, mein Kind. *Ernst* Ich gebe dir einen Rat: Nimm dich ein bißchen mehr in acht.

SIFENG *höhnisch* Vor wem soll ich mich denn jetzt noch in acht nehmen? Ich hab gar kein Geld mehr.

LU GUI Ich warne dich: die gnädige Frau ist seit einigen Tagen nicht in bester Stimmung.

SIFENG Was hat die Stimmung der gnädigen Frau mit mir zu tun?

LU GUI Ich fürchte, ihre Stimmung wird erst recht betrübt sein, wenn sie dich sieht.

SIFENG Warum?

LU GUI Warum? Darf ich dich daran erinnern, daß der gnädige Herr sehr viel älter ist als die gnädige Frau und daß sie die Stiefmutter des Herrn Ping ist.

SIFENG Das weiß ich.

LU GUI Und weißt du auch, warum abends niemand in dieses Zimmer kommt? Warum sich nicht einmal tagsüber jemand hier aufhält, wenn der Alte im Bergwerk ist?

SIFENG Es soll hier um Mitternacht spuken, nicht wahr?

LU GUI Spuken? Ja, genau das. Ich habe aber die Geister gesehen.

SIFENG Du hast sie gesehen?

LU GUI *eitel* Ja, da hat Vater mal Schwein gehabt.

SIFENG Wie denn?

LU GUI Damals warst du noch nicht hier und der Herr war im Bergwerk. In diesem großen geheimnisvollen Hof wohnten nur die gnädige Frau und die beiden jungen Herren. Schon damals spukte es in diesem Zimmer. Der junge Chong war noch ein Kind und ziemlich ängstlich. Er bat mich, vor seiner Tür zu schlafen. Es war ein Herbsttag. Mitten in der Nacht weckte er mich plötzlich und sagte, im Wohnzimmer spuke es wieder. Hartnäckig verlangte er von mir, mal nachzusehen. Mir standen die Haare zu Berge. Aber wie könnte ich es verweigern, wenn der junge Herr das wünschte? Denn ich war damals gerade erst in dieses Haus gekommen.

SIFENG Du bist also gegangen?

LU GUI Ich hab mir erst einmal mit ein paar Schluck Schnaps Mut angetrunken, ging dann am Lotusblumenbassin vorbei und schlich mich heimlich im Wandelgang bis vor die Tür. Da hörte ich ein Schluchzen im Zimmer, als ob ein weiblicher Geist da weinte. Und wie herzzerreißend er weinte! Je mehr Angst ich bekam, desto größer wurde meine Neugier. Kurz entschlossen riskierte ich durch einen Spalt im Fensterrahmen einen Blick nach innen.

SIFENG *gespannt* Und was sahst du da?

LU GUI Auf diesem Tisch hier flackerte eine Kerze. Verschwommen sah ich zwei schwarzgekleidete Geister, die nebeneinander da saßen, wie ein Mann und eine Frau, mit dem Rücken zu mir. Der weibliche Geist schien sich an den Körper des männlichen anzulehnen und zu weinen. Der männliche Geist senkte den Kopf und seufzte ununterbrochen.

SIFENG Wirklich?

LU GUI Und wie! Unter der Wirkung des Schnapses fand ich den Mut, mich leise durch den Fensterspalt zu räuspern. Mit einem Schlag fuhren die beiden auseinander und blickten zu mir. In diesem Augenblick sah ich ihre Gesichter ganz deutlich. Das war wirklich ein Schock!

SIFENG Wie sahen sie aus?

Lu Gui hält einen Moment inne und blickt sich um.

SIFENG Wer war es?

LU GUI Da erst erkannte ich den weiblichen Geist. *Ihr zugewandt, leise* Es war die gnädige Frau.

SIFENG Die gnädige Frau?

LU GUI Und der männliche – der junge Herr Ping.

SIFENG Er?

LU GUI Ja, er. Er war es, der mit seiner Stiefmutter hier in diesem Zimmer herumspukte.

SIFENG *tut gleichgültig* Das glaube ich nicht. Du mußt dich getäuscht haben.

LU GUI Ich hab mich getäuscht? Keinesfalls! Betrüg dich doch nicht selbst, mein liebes Kind. Sei nicht töricht, sei doch vernünftig! Die Zhous sind nun mal so.

SIFENG Nein, das kann doch nicht wahr sein.

LU GUI Du hast wohl vergessen, Herr Ping ist nur sechs oder sieben Jahre jünger als die gnädige Frau.

SIFENG *zu sich* Nein, nein, ich glaub das alles nicht.

LU GUI Du willst es nicht glauben? Du spinnst schon wieder. Überleg doch mal, wer bist du denn eigentlich? Und wer ist er? Du, du hast keinen vornehmen Vater, schon allein deswegen würde dich der junge Herr Ping . . .

SIFENG *plötzlich* Hör auf! *Erhebt sich* Daß ich heute so glücklich bin, weil Mutter nach Hause kommt – das willst du mir nicht gönnen. Und da erzählst du mir diese Lüge, diese dumme Lüge!

LU GUI Sieh mal an, wie du gleich aufbraust, wenn man dir mal die Wahrheit sagt und dir einen guten Rat geben will, meine Liebste. *Er streift Sifeng mit einem arroganten Blick, geht zum Couchtisch, stiehlt gewandt ein paar Zigaretten und steckt sie in sein eigenes altes Zigarettenetui.*

SIFENG *sieht ihn an, kühl* Wenn du fertig bist, gehe ich. *Nimmt die Medizinschale auf und geht.*

LU GUI Halt! Ich bin noch nicht fertig. *Beiläufig* Deine Mutter kommt gleich hierher zu dir.

SIFENG *erblaßt* Was?

LU GUI Sie wird von der Bahn aus gleich hierher kommen.

SIFENG Mutter will nicht, daß ich hier arbeite. Warum läßt du sie hierher kommen? Ich bin ohnehin abends zu Hause. Was willst du denn damit erreichen, daß sie ausgerechnet hierher kommt?

LU GUI Nicht ich, sondern die gnädige Frau, mein Kind, die hat deine Mutter kommen lassen.

SIFENG Die gnädige Frau will, daß sie kommt?

LU GUI Ja. *Geheimnisvoll* Seltsam, nicht wahr? Ohne sie überhaupt zu kennen, will sie sie nun unbedingt einmal sprechen.

SIFENG Kannst du dich denn nicht etwas deutlicher ausdrücken?

LU GUI Weißt du, weshalb die Gnädige den ganzen Tag ganz allein da oben bleibt, liest, schreibt und krank spielt? Und weshalb sie nicht herunterkommt?

SIFENG Sie ist schon immer so gewesen, solange der Herr zu Hause ist.

LU GUI Aber diesmal sieht es doch anders aus, oder?

SIFENG Wie anders?

LU GUI Hast du denn gar nichts bemerkt? Hat Herr Ping es dir nicht einmal angedeutet?

SIFENG Nein. Ich weiß nur, daß er im letzten halben Jahr nur selten mit ihr gesprochen hat.

LU GUI Aha, und – wie ist die Gnädige dir gegenüber?

SIFENG Sie war in den letzten Tagen besonders nett.

LU GUI Na also! Ich sage dir: die gnädige Frau weiß ja, daß ich nicht gern will, daß du von hier weggehst. Deshalb will sie nun selbst mit Mutter sprechen und sie veranlassen, dich mitzunehmen. Du sollst also die Koffer packen und abhauen.

SIFENG *leise* Sie will, daß ich gehe . . . aber . . . warum?

LU GUI Das mußt du schon selber wissen.

SIFENG *leise* Und warum soll Mutter kommen?

LU GUI Sie will deiner Mutter wohl was erzählen.

SIFENG *begreift plötzlich* Oh, Papa! Auf keinen Fall darf Mutter erfahren, daß ich hier arbeite. *Weint aus Reue und Furcht zugleich* Papa, du weißt doch, als Mutter uns vor zwei Jahren verließ, ermahnte sie dich, gut auf mich aufzupassen. Sie hat dir verboten, mich in einem solchen Haus als Dienstmädchen arbeiten zu lassen. Du hast aber nicht auf sie gehört und brachtest mich hierher. Noch weiß Mutter nichts davon, und ich will auch auf keinen Fall, daß sie erfährt, was hier passiert ist. *Läßt sich auf den Tisch fallen* Oh, Mama!

LU GUI O mein armes Kind! *Streichelt sie sanft* Jetzt erst merkst du, daß du einen guten Vater hast, nicht wahr, daß er dich liebt. Hab keine Angst! Die Gnädige würde es nicht wagen, dich zu entlassen. Hier ist ja noch jemand, den sie fürchten muß.

SIFENG Wen?

LU GUI Wen? Deinen Vater! Hast du schon vergessen, was ich dir von den zwei Geistern erzählte? Als ich gestern abend für dich um Urlaub bat, da meinte sie, deine Mutter solle mal hier vorbeikommen. Nach ihrem Verhalten in den letzten Tagen zu urteilen, habe ich schon so ungefähr erraten, was sie vorhat. Ich ließ dann so beiläufig ein paar Worte über jenen mitternächtlichen Zwischenfall verlauten. So eine kluge Frau wie sie kann das unmöglich mißverstanden haben. Wenn sie sich mir gegenüber noch immer als die unangreifbar hoheitsvolle Herrin gebärden will, jetzt, wo gerade der Alte zu Hause ist, werden wir mal Krach machen. Ich weiß, daß sie eine schwierige Person ist, aber wer meine Tochter einschüchtern will, der kriegt's mit mir zu tun!

SIFENG *hebt den Kopf* Sei aber nicht so leichtsinnig!

LU GUI In diesem Haus gibt's außer dem Alten niemanden, den ich achte. Sei unbesorgt, solange Vater da ist. – Andererseits . . . es könnte auch bloß ein falscher Verdacht von mir sein, vielleicht hat sie das von vornherein nicht so gemeint. Äußerlich hat es, als sie mit mir sprach, vielmehr den Anschein, daß sie Mutter erst sprechen wollte, als sie hörte, daß sie lesen und schreiben kann.

SIFENG *horcht plötzlich auf* Sei mal still, es hört sich so an, als ob im Eßzimmer jemand hustet.

LU GUI *lauscht* Sollte das etwa die gnädige Frau sein? *Geht zur Eßzimmertür, späht durchs Schlüsselloch, kommt schnell zurück* Tatsächlich! Seltsam, sie ist also doch runtergekommen. Keine Aufregung! Sag bloß nichts. Ich gehe.

SIFENG *wischt sich die Tränen ab* Ja, sag mir gleich Bescheid, sobald Mutter gekommen ist.

LU GUI Ach ja, wenn du Mutter siehst, tu nur so, als wüßtest du von nichts, klar? *Geht zur Mitteltür, dreht sich noch einmal um* Und vergiß nicht, der gnädigen Frau zu sagen, daß Lu Gui sehr auf ihre Gesundheit bedacht ist.
Eilig durch die Mitteltür ab.

Während Sifeng mit der Medizinschale in der Hand zum Eßzimmer geht, kommt von dort Zhou Fanyi herein. Fanyi hat ein blasses, aber hübsches Gesicht. Ihr Blick verrät ihre melancholische Veranlagung und ist erfüllt vom Schmerz, den sie durch Enttäuschungen in jungen Jahren erlitten hat. Dabei versucht sie stets, sich zu beherrschen. Sie ist eine altmodische Frau mit ein wenig moderner Bildung, überfeinert und intelligent, und liebt die Poesie. Aber es tobt in ihr eine Kraft der Leidenschaft, die sich nicht unterdrücken läßt. Diese in ihrem Charakter liegende unbezähmbare »Wildheit« befähigt sie dazu, urplötzlich und rücksichtslos einen Entschluß zu fassen. Wenn sie liebt, liebt sie heiß wie Feuer, und ebenso heiß ist ihr alles vernichtender Haß. Dennoch wirkt sie sanft und ruhig wie ein Blatt, das an einem Herbstabend schwebend zu Boden sinkt. Sie selbst hat das Gefühl, ihr Sommer sei bereits vorbei und über dem Abendrot werde die Nacht hereinbrechen.
Sie trägt ein schwarzes, mit silbergrauen Spitzen umsäumtes Kleid. In der Hand hält sie einen runden Fächer. Beim Eintreten blickt sie Sifeng offen an.

SIFENG Guten Morgen, gnädige Frau! Wieso sind Sie nach unten gekommen? Ich wollte Ihnen gerade die Medizin raufbringen.

FANYI Ist mein Mann in der Bibliothek?

SIFENG Ja, er hat Besuch.

FANYI Wer ist es?

SIFENG Gerade eben war es der Polizeipräsident. Wer es jetzt ist, weiß ich nicht. Wollen Sie den gnädigen Herrn sprechen?

FANYI Nein. *Hält einen Augenblick inne und sieht sich um* Zwei Wochen bin ich nicht hier unten gewesen. Das Zimmer hat sich irgendwie verändert.

SIFENG Ja, der gnädige Herr meinte, so sei es nicht schön, und ließ dann ein paar von den neuen Möbeln, die Sie gekauft haben, wieder hinausschaffen. So, wie Sie es hier sehen, hat es der gnädige Herr selber eingerichtet.

FANYI *blickt nach rechts zur Kommode* Diese alte Kommode steht schon wieder da. Alles muß sich nach ihm richten und er läßt sich nichts gefallen. *Hustet, setzt sich.*

SIFENG Gnädige Frau, Sie sehen aus, als ob Sie Fieber haben. Sie sollten lieber wieder nach oben gehen und sich hinlegen.

FANYI Nein, oben ist es zu heiß. *Hustet.*

SIFENG Der gnädige Herr sagte uns, Sie seien krank und wir möchten Sie bitten, sich oben schön auszuruhen.

FANYI Ich mag nicht im Bett liegen. – Ah, was ich noch fragen wollte, wann ist eigentlich mein Mann vom Bergwerk zurückgekommen?

SIFENG Vorvorgestern abend. Als er sah, daß Sie hohes Fieber hatten, wies er uns an, Sie nicht zu stören, so schlief er allein unten.

FANYI Mir scheint, daß er tagsüber niemals hier gewesen ist.

SIFENG Das stimmt. In den letzten beiden Tagen hatte der gnädige Herr den ganzen Tag Sitzungen in der Provinzialregierung und kam erst abends dazu, Sie zu besuchen. Aber da hatten Sie schon abgeschlossen.

FANYI *gleichgültig* Ach, hier unten ist es ja auch so schwül.

SIFENG Ja, sehr drückend. Schon seit dem frühen Morgen ist der ganze Himmel mit dunklen Wolken bedeckt. Vielleicht gibt's heute einen Gewitterregen.

FANYI Gib mir einen größeren Fächer. Ich kriege kaum Luft mehr. *Sifeng reicht ihr einen großen Binsenfächer.*

FANYI *sieht Sifeng an, wendet sich dann bewußt wieder ab* Wieso habe ich Ping in den letzten Tagen nicht gesehen?

SIFENG Er war wohl sehr beschäftigt.

FANYI Ich habe gehört, auch er wolle ins Bergwerk gehen, stimmt das?

SIFENG Ich weiß es nicht.

FANYI Hast du denn nichts davon gehört?

SIFENG Nein. Aber Frau Zhang, die sonst für Herrn Ping sorgt, ist seit Tagen damit beschäftigt, ihm seine Kleider durchzusehen.

FANYI Und was macht dein Vater?

SIFENG Ich weiß es nicht. – Er läßt Ihnen gute Besserung wünschen.

FANYI Er ist immerhin um mich besorgt. *Hält inne, unvermittelt* Ist er jetzt noch nicht aufgestanden?

SIFENG Wer?

FANYI *von Sifengs Frage überrascht, reißt sich schnell zusammen* Hm – Ping.

SIFENG Ich weiß es nicht.

FANYI *wirft ihr einen Blick zu* Hm?

SIFENG Ich hab ihn nicht gesehen.

FANYI Um welche Zeit ist er gestern abend nach Hause gekommen?

SIFENG *errötet* Ich gehe abends immer nach Hause zum Schlafen. Ich weiß es nicht.

FANYI *unbedacht* Ach so, du gehst abends zum Schlafen immer nach Hause! *Merkt, daß sie es nicht hätte sagen sollen* Da mein Mann jetzt zu Hause ist und es sonst niemand gibt, der ihn bedienen kann, warum mußt du noch jeden Abend nach Haus gehen?

SIFENG Sie, gnädige Frau, haben Sie es nicht angeordnet, daß ich zum Schlafen nach Haus gehen soll?

FANYI Das war zur Zeit, als mein Mann nicht zu Hause war.

SIFENG Ich fürchte, der gnädige Herr möchte als gläubiger Buddhist nicht von Frauen bedient werden.

FANYI So, *hebt plötzlich den Kopf* er geht also schon in den nächsten Tagen. Wo geht er denn eigentlich hin?

SIFENG *ängstlich* Meinen Sie jetzt Herrn Ping?

FANYI *starrt Sifeng an* Ja.

SIFENG Ich hab nichts davon gehört. *Zögernd* Er, er kam immer so um zwei, drei Uhr nachts nach Haus. Mir scheint, ich hab meinen Vater heute morgen klagen hören, daß er ihm mitten in der Nacht das Tor hätte öffnen müssen.

FANYI War er wieder betrunken?

SIFENG Ich weiß es nicht. *Sucht nach einem anderen Thema* Sie sollten ihre Medizin nehmen, gnädige Frau.

FANYI Wer sagt, ich solle Medizin nehmen?

SIFENG Der gnädige Herr hat es angeordnet.

FANYI Ich habe überhaupt keinen Arzt herbestellt. Woher kommt die Medizin?

SIFENG Der gnädige Herr meint, Sie hätten ein Leberleiden. Heute morgen ist ihm das Rezept eingefallen, das Ihnen früher verordnet worden ist. So hat er die Kräuter von der Apotheke holen und für Sie zubereiten lassen.

FANYI Ist es fertig?

SIFENG Ja, ich hab es schon recht lange abkühlen lassen. *Reicht ihr die Medizin* Trinken Sie bitte.

FANYI *trinkt einen Schluck* Sehr bitter. Wer hat das gekocht?

SIFENG Ich.

FANYI Es schmeckt furchtbar. Schütte es weg.

SIFENG Wegschütten?

FANYI *ihr fällt das strenge Gesicht ihres Mannes ein* Oder, stell es erstmal dorthin. – Nein, *mit Abscheu* schütte es doch weg.

SIFENG *unschlüssig* Ja, gnädige Frau.

FANYI Jahrelang trinke ich nun schon solch bittere Medizin; jetzt hab ich es satt.

SIFENG *nimmt die Medizinschale* Überwinden Sie sich doch, und trinken Sie, gnädige Frau. Die Medizin ist zwar bitter, doch sie kann Ihnen helfen.

FANYI *in plötzlich aufflammendem Haß* Ich brauche deine Ermahnung nicht. Gieß sie weg! *Merkt, daß sie zu weit gegangen ist* Ich hab gehört, mein Mann sei dünner geworden.

SIFENG Ja, er hat ziemlich abgenommen und sieht elend aus. Man sagt, auf der Grube wird gestreikt. Der gnädige Herr ist sehr besorgt.

FANYI Ist er sehr schlecht gelaunt?

SIFENG Er ist so wie immer. Wenn er nicht gerade Gäste empfängt, spricht er zu Hause kein Wort.

FANYI Hat er auch nicht mit seinen beiden Söhnen gesprochen?

SIFENG Herrn Ping hat er nur einmal zugenickt. Aber Herrn Chong hat er nach der Schule gefragt. – Ach ja, Herr Chong hat sich heute morgen noch nach Ihrem Befinden erkundigt.

FANYI Sag ihm nur, mir geht es wieder gut. – Er soll nachher aus der

Kasse vierzig Dollar bekommen, davon kann er sich Bücher kaufen.

SIFENG Aber er möchte Sie gern sehen.

FANYI Sag ihm, ich erwarte ihn oben. *Steht auf, geht ein paar Schritte* Ach, wie drückend es hier in diesem Zimmer ist; drinnen wie draußen scheint alles zu modern.

SIFENG *zögernd* Gnädige Frau, ich möchte Sie für heute um Urlaub bitten.

FANYI Ja, deine Mutter kommt heute aus Jinan, nicht wahr? Das sagte mir dein Vater.

ZHOU CHONGS STIMME *aus dem Garten* Sifeng! Sifeng!

FANYI Chong ruft dich; geh hin und sieh mal nach.

CHONGS STIMME Sifeng!

SIFENG Hier bin ich.

Chong tritt durch die Mitteltür auf.

CHONG *sieht zuerst nur Sifeng* Sifeng, ich such' dich schon den ganzen Morgen. *Dann sieht er Fanyi* Mutter, wieso bist du denn heruntergekommen?

FANYI Was machst du, mein Junge. Du bist ja ganz verschwitzt.

CHONG Ich hab gerade mit einem Schulkameraden Tennis gespielt. *Vertraulich* Ich hab dir eine ganze Menge zu erzählen. Geht es dir schon besser? *Setzt sich neben Fanyi* Zwei Tage habe ich vergeblich versucht, dich zu sprechen. Warum hast du dich denn immer eingeschlossen?

FANYI Ich wollte meine Ruhe haben. Nun, wie sehe ich denn jetzt aus? Sifeng, hol eine Flasche Brause für Chong. Sieh mal, Kind, dein Gesicht ist ganz rot.

Sifeng geht durch die Eßzimmertür ab.

CHONG *fröhlich* Laß mich mal sehen. – Ja, du siehst blendend aus, nicht ein bißchen krank. Warum sagen sie bloß immer, du seist krank? Du versteckst dich ganz allein in deinem Zimmer, dabei ist Vater schon seit drei Tagen zu Hause und du hast ihn noch gar nicht gesehen.

FANYI *sieht Chong schwermütig an* Ich habe Kummer. *Plötzlich* Chong, du bist doch jetzt siebzehn, nicht wahr?

CHONG Mutter! Wenn du jetzt schon wieder mein Alter vergessen hättest, dann wäre ich dir aber wirklich böse.

FANYI *lacht* Ich bin wirklich keine gute Mutter; ich weiß manchmal selbst nicht, wo ich eigentlich bin. *In Gedanken versunken* Ach, achtzehn Jahre bin ich jetzt in diesem Haus. Mutter wird alt, nicht?

CHONG Nein, was denkst du denn?

FANYI Ach, gar nichts.

Sifeng tritt mit der Brause ein.

SIFENG Bitte, junger Herr.

CHONG Ich danke dir.

Sifeng errötet, schenkt die Brause ein.

CHONG Hol bitte auch für meine Mutter ein Glas, ja?

Sifeng ab.

FANYI *unverwandt sieht sie Sifeng und Chong zu* Chong, warum bist du zu ihr so höflich?

CHONG *trinkt* Das wollte ich dir gerade erzählen, Mutter. Das kommt, weil . . .

Sifeng tritt ein.

CHONG Mutter, du hast mir versprochen, einen Fächer für mich zu bemalen, nicht war?

FANYI Hast du vergessen, daß ich krank war?

CHONG Entschuldige, Mutter. – Wieso ist es so heiß hier in diesem Zimmer?

FANYI Wahrscheinlich weil das Fenster zu ist.

CHONG Ich mach es auf.

SIFENG Der gnädige Herr will nicht, daß das Fenster aufgemacht wird. Er meint, draußen sei es noch heißer als drinnen.

FANYI Nein, mach es auf! Wenn er einmal ausgeht, dann bleibt er zwei Jahre lang weg. Von der erstickenden Luft hier im Haus hat er gar keine Ahnung.

Sifeng zieht die Vorhänge auf.

CHONG *sieht, wie Sifeng mühsam die Blumentöpfe vor dem Fenster wegrückt* Warte mal, Sifeng, laß mich das machen. *Geht zu ihr.*

FANYI *wendet sich zu Sifeng* Sifeng, geh in die Küche und sieh mal nach, was an vegetarischen Gerichten für den Herrn gemacht wird.

Sifeng geht durch die Mitteltür ab.

FANYI Chong!

Chong kommt zu ihr.

FANYI Setz dich und erzähle.

CHONG *blickt Fanyi mit erwartungsvoller und vergnügter Miene an* Mutter, ich bin neuerdings sehr glücklich.

FANYI Wenn du in diesem Haus glücklich sein kannst, ist das natürlich besonders schön.

CHONG Mutter, ich will dir nie etwas verheimlichen. Du bist keine gewöhnliche Mutter, du bist tapfer und idealistisch, du hast immer Verständnis für das, was mich bewegt.

FANYI Hm.

CHONG Mutter, ich muß dir etwas erzählen. – Nein, ich will dich um einen Rat bitten.

FANYI Laß erst einmal hören.

CHONG Mutter, *geheimnisvoll* du wirst mich auch nicht tadeln?

FANYI Aber nein. Nun erzähl schon.

CHONG *erfreut* Ah, Mutter ... *Zögernd* Nein, ich sag's doch nicht.

FANYI *lacht* Warum nicht?

CHONG Ich, ich fürchte, du wirst böse. Du, Mutter, wenn ich es erzählt habe, wirst du mich noch genauso gern haben?

FANYI Dummes Kind, Mutter hat dich immer lieb.

CHONG Wirklich?

FANYI Wirklich.

CHONG Mutter, ich bin verliebt.

FANYI *sieht ihre Befürchtung bestätigt* Ah!

CHONG *bemerkt ihren starren Blick* Du, Mutter, du siehst nun ganz so aus, als ob du sagen wolltest, daß ich etwas Falsches getan habe.

FANYI *den Kopf schüttelnd* Nein, nein; red nur weiter. *Mit gespieltem Interesse* Wer ist denn das Mädchen?

CHONG *mit unaufhaltsamer Begeisterung* Sie ist das aller – aller ... *sieht seine Mutter an* – jedenfalls für mich ist sie das allerbeste Mädchen der Welt. Ihr Herz ist rein, sie kennt Mitgefühl. Sie liebt das Leben und begreift den Sinn der Arbeit. Vor allem ist sie keines von diesen verwöhnten und verhätschelten Fräuleins aus den vornehmen Häusern.

FANYI *ungerührt* Du magst doch eigentlich gebildete Leute; was für eine Schulbildung hat sie denn gehabt?

CHONG Leider keine. Das ist ihr ... man kann wohl sagen, ihr einziger Fehler. Aber das ist nicht ihre Schuld.

FANYI So. *Ihre Augen verfinstern sich; sie kann nicht umhin, weiterzufragen* Chong, du meinst doch nicht etwa – Sifeng?

CHONG Doch, Mutter. – Ich weiß, daß mich andere Leute auslachen würden, aber du, Mutter, du verstehst mich bestimmt, nicht wahr?

FANYI *verblüfft zu sich selbst* Ausgerechnet mein Kind ...

CHONG *besorgt* Hast du was dagegen? Meinst du vielleicht, daß ich etwas falsch gemacht habe?

FANYI Nein, nein, das ist es nicht. Ich fürchte nur, solch ein Mädchen wie sie kann dich nicht glücklich machen.

CHONG Aber warum nicht? Sie ist klug und gefühlvoll. Und außerdem versteht sie mich.

FANYI Fürchtest du nicht, daß dein Vater damit nicht einverstanden sein wird?

CHONG Das ist meine eigene Angelegenheit.

FANYI Und wie ist es mit dem Gerede, wenn die Leute das erfahren?

CHONG Das ist mir ganz gleichgültig.

FANYI Das ist wieder typisch mein Sohn. Ich fürchte jedoch, daß du damit einen Fehler machst. Erstens, sie ist schließlich ein ungebildetes Dienstmädchen. Wenn ein Mann wie du sie jetzt liebt, dann wird sie es selbstverständlich für ihr großes Glück halten.

CHONG Glaubst du, Mutter, sie hätte keine eigene Meinung?

FANYI Du schätzt die Menschen immer zu hoch ein, Chong.

CHONG Nein, das trifft wenigstens in ihrem Fall nicht zu. Sie ist das unschuldigste Mädchen mit hervorragendem Verstand. Als ich ihr gestern einen Antrag machte . . .

FANYI *noch verblüffter* Was? Einen Antrag? *Lacht* Du hast ihr einen Heiratsantrag gemacht?!

CHONG *verärgert über das Verhalten seiner Mutter* Lach doch nicht! Sie hat mich abgewiesen. Und ich bin trotzdem ganz froh und achte sie nur noch mehr. Sie sagt, sie will mich nicht heiraten.

FANYI Sie hat dich abgewiesen? Sie will dich nicht heiraten?

CHONG Du glaubst vielleicht, daß sie mit der Abweisung nur ein falsches Spiel spielen wollte. Nein, sie hat gesagt, sie liebe einen anderen.

FANYI Und wen? Hat sie dir das auch gesagt?

CHONG Ich hab nicht danach gefragt. Vielleicht einen ihrer Nachbarn. Wohl jemanden, mit dem sie dauernd zusammenkommt. Nun, wahre Liebe trifft immer auf Hindernisse. Ich liebe sie, mit der Zeit wird sie mich noch besser verstehen; eines Tages wird sie mich lieben.

FANYI *unbeherrscht* Wenn mein Sohn schon heiraten will, kommt sie jedenfalls nicht in Frage.

CHONG *verwundert* Was hast du gegen sie, Mutter? Sifeng ist ein ordentliches Mädchen. Und wenn sie über dich spricht, dann immer voller Bewunderung und Verehrung.

FANYI Was willst du jetzt tun?

CHONG Ich werde mit Vater darüber sprechen.

FANYI Du vergißt, was für ein Mensch Vater ist.

CHONG Aber ich muß mit ihm darüber reden. Es ist zwar noch völlig ungewiß, ob ich sie eines Tages heiraten werde. Doch auch wenn sie nicht will, werde ich sie nach wie vor achten und ihr helfen. Ich möchte jetzt mein Schulgeld mit ihr teilen, damit sie zur Schule gehen kann. Ich hoffe, daß Vater es mir erlaubt.

FANYI Was bist du doch noch für ein Kind!

CHONG *ärgerlich* Nein, Mutter, ich bin kein Kind mehr.

FANYI Ein Wort, und dein Vater hat dir deine Träume zerblasen.

CHONG Das glaube ich nicht. *Niedergeschlagen* Gut, laß uns davon aufhören. Mutter, gestern traf ich Ping. Er sagte, er sei jetzt wirklich entschlossen, zur Arbeit ins Bergwerk zu gehen. Er fahre schon morgen ab und habe augenblicklich viel zu tun. Ich soll dir bestellen, daß er deshalb nicht in der Lage sei, zum Abschied zu dir raufzukommen. Du bist ihm doch nicht böse?

FANYI Aber warum denn?

CHONG Ich hab so das Gefühl, daß ihr euch nicht mehr so gut versteht wie früher. Wenn man bedenkt, daß er von klein auf keine Mutter gehabt hat, ist es auch natürlich, daß er seelisch nicht ganz ausgeglichen ist. Seine Mutter muß eine sehr gefühlsbetonte Frau gewesen sein, stelle ich mir vor, weil Ping so ein Gefühlsmensch ist.

FANYI Vater ist wieder zu Hause, sprich ja nicht so viel von Pings Mutter. Sonst ist er wieder böse und die ganze Familie leidet darunter.

CHONG Mutter, aber Ping ist jetzt wirklich etwas eigenartig. Er trinkt viel und ist jähzornig. Als er vor drei Tagen betrunken war, nahm er meine Hand und sagte, er hasse sich selbst – und noch vieles mehr, was ich nicht ganz verstanden habe.

FANYI Oh!

CHONG Und dann sagte er plötzlich, er habe früher einmal eine Frau geliebt, die er auf keinen Fall lieben durfte.

FANYI *zu sich selbst* Früher einmal?

CHONG Darauf weinte er bitterlich und warf mich aus seinem Zimmer.

FANYI Hat er sonst noch was gesagt?

CHONG Nein, er sah so verlassen aus, daß er mir richtig leid tat. Warum hat er eigentlich noch nicht geheiratet?

FANYI *murmelnd* Wer weiß, wer weiß?

CHONG *hört draußen Schritte, dreht sich um* Ah, Ping kommt.

Zhou Ping tritt durch die mittlere Tür ein. Er ist ungefähr 28 oder 29 Jahre alt, blaß und etwas größer als sein Bruder, Zhou Chong. Er sieht gut aus. Der Ausdruck seiner grauen Augen verrät Unentschlossenheit, Weichheit und Widersprüchlichkeit. Er scheint ständig dabei zu sein, seine Fehler zu bedauern, die er früher begangen hat. Aber wenn er einen neuen Impuls empfängt, dann schlagen Leidenschaft und Begierde wie eine Flut über ihm zusammen, und seine schwache Vernunft ist nur mehr ein kleiner dürrer Zweig im wirbelnden Strudel. So folgt natürlich auf einen großen Fehler ein noch größerer. Deshalb ist er verbittert und haßt sich selbst. Er bewundert alle Skrupellosen und alle, die den Mut zu schlechten Taten haben. Er bewundert auch all diejenigen, die beruflichen Erfolg haben, die der sogenannten Moral folgen und vorbildliche Bürger und Familienväter geworden sind. Und so bewundert er seinen Vater, der in seinen Augen ein untadeliger Mann ist, abgesehen von seiner Härte und Herzlosigkeit. Aber selbst das gefällt ihm auch, denn er ist sich bewußt, daß ihm beides fehlt. Er will nicht mehr daran denken, daß er seinen Vater einmal betrogen hat. Er möchte sich nun selbst retten. Und dazu braucht er eine neue »Liebe«, um sich mit deren Hilfe aus dem Sumpf der alten »Liebe« herauszuziehen. Er hat Lu Sifeng gefunden. In ihr findet er all das, was er so sehr braucht: Jugend, Schönheit, Leidenschaft. Gewiß, ihr fehlt die Feinheit. Aber er ist jetzt aller melancholischen Frauen und ihrer überfeinen Empfindsamkeit überdrüssig.

Dennoch verbirgt sich in seinem Herzen eine Unzufriedenheit. Wenn er meint, daß Sifeng ihn nicht verstehen und seine Gefühle nicht mit ihm teilen kann, dann verliert er die Selbstbeherrschung und gibt sich dem Trinken und allen sinnlichen Verlockungen hin.

Er trägt einen tiefblauen Seidenrock, eine europäische Hose und Lackschuhe. Er gähnt und wirkt deprimiert.

CHONG Ping!

PING Du hier!

FANYI *fühlt, daß Ping sie nicht beachtet* Ping!

PING Oh ... *senkt den Kopf, hebt ihn wieder* du ... du bist auch hier!

FANYI Ich bin gerade runtergekommen.

PING *wendet sich an Chong* Vater ist doch noch nicht weggegangen?

CHONG Nein. Willst du ihn sprechen?

PING Ja, ich möchte gern vor der Abreise noch mal mit ihm sprechen. *Geht geradewegs auf die Bibliothek zu.*

CHONG Geh jetzt nicht hinein!

PING Was macht er denn?

CHONG Er hat Besuch, mit dem er Geschäftliches bespricht. Ich traf ihn eben und er meinte, er käme gleich, wir sollten hier warten.

PING Dann geh ich erst mal in mein Zimmer und schreibe einen Brief. *Im Begriffe zu gehen.*

CHONG Warte, Ping! Mutter sagt, ihr hättet euch lange nicht gesehen. Willst du dich nicht hinsetzen und mit ihr plaudern?

FANYI Ach, laß deinen Bruder in Ruhe. Er möchte gern allein sein.

PING *etwas ungeduldig* Das nicht, aber ich fürchtete, du hättest viel zu tun, jetzt, wo Vater wieder zu Hause ist, und ...

CHONG Aber weißt du denn nicht, daß Mutter krank ist?

FANYI Wie könnte sich dein Bruder meine Krankheit zu Herzen nehmen!

CHONG Mutter!

PING Geht es dir besser?

FANYI Danke, ich bin eben heruntergekommen.

PING Ach ja, was ich noch sagen wollte, ich fahre morgen ins Bergwerk.

FANYI So, *hält inne* – sehr gut! Und wann kommst du wieder?

PING Schwer zu sagen, vielleicht in zwei oder drei Jahren. – Oh, ist das schwül hier!

CHONG Dabei haben wir schon das Fenster aufgemacht. Es wird sicherlich einen tüchtigen Guß geben, glaube ich.

FANYI *nach einer Pause* Was hast du denn im Bergwerk vor?

CHONG Du vergißt, Mutter, Bergbau war doch sein Studienfach.

FANYI Sollte das der Grund sein, Ping?

PING *er greift zu einer Zeitung* Ich kann es nicht sagen. Vielleicht bin ich viel zu lange zu Hause geblieben. Es hat mich gelangweilt.

FANYI *lacht* Hast du nicht vielleicht Angst?

PING Was soll das heißen?

FANYI In diesem Zimmer hat es mal gespukt, das hast du wohl nicht vergessen.

PING Nein, aber ich habe es einfach satt, hier zu sein.

FANYI Wenn ich du wäre, würde ich alle Leute hier um mich verabscheuen. Ich würde auch aus diesem erstickenden Käfig fliehen.

CHONG Red bitte nicht so, Mutter!

PING *betrübt* Ach, ich kann mich ja selbst nicht einmal genug hassen; wie könnte ich da die anderen verabscheuen? *Seufzt* Chong, ich denke, ich gehe auf mein Zimmer. *Steht auf.*

Die Tür der Bibliothek geht auf.

CHONG Warte! Ich glaube, Vater kommt.

DIE STIMME ZHOU PUYUANS Ja, so ist es mir recht, wollen wir so verbleiben. – Sonst ist alles in Ordnung? – Sehr gut. Auf Wiedersehen. Ich begleite Sie nicht weiter hinaus.

Die Tür geht weit auf; Zhou Puyuan tritt ein.
Er ist 55 Jahre alt, seine Schläfen sind halb ergraut. Er trägt eine ovale goldgefaßte Brille, hinter der seine stechenden Augen funkeln. Wie alle erfolgreichen Unternehmer ist er seinen Kindern gegenüber außergewöhnlich würdevoll und streng. Er ist eigenwillig, unbeugsam und herrschsüchtig. Er trägt einen langen Rock aus gemustertem Atlas, der vor zwanzig Jahren Mode war, darunter ein weißes Seidenhemd. Am Kragen stehen die Knöpfe offen, so daß man seinen dicken Hals sehen kann. Sein sauberes Gewand sitzt tadellos. Er ist etwas fett, sein Rücken ein wenig gebeugt. Seine graumelierten gepflegten Haare, die gescheitelt nach hinten gekämmt sind, lassen noch seine frühere Eleganz erkennen. Im Sonnenlicht glänzt auf seinem Gesicht ein silberner Schimmer – wie man sagt, das Merkmal eines edlen Mannes, weshalb er wohl auch Besitzer einer so großen Kohlengrube geworden ist.

PING Vater!

CHONG Vater!

CHONG Ist der Besuch fort?

PUYUAN *nickt, wendet sich an Fanyi* Wieso bist du denn heute runtergekommen? Schon wieder gesund?

FANYI Es war ja nichts von Bedeutung. – Und wie geht es dir, seitdem du wieder zu Hause bist?

PUYUAN Es geht so. – Du solltest wieder nach oben gehen und dich hinlegen. Nun, Chong, wie sieht Mutter im Vergleich zu früher aus?

CHONG Mutter hat an sich nichts gehabt.

PUYUAN *ihm gefällt der Ton nicht, in dem seine Kinder den Eltern antworten* Wer hat das gesagt? Hast du dich, während ich weg war, regelmäßig nach Mutters Befinden erkundigt? *Setzt sich aufs Sofa.*

FANYI *fürchtet, daß er wieder Lehren erteilen will* Puyuan, du bist dünner geworden. – Wie steht es mit dem Streik auf der Grube?

PUYUAN Gestern morgen ist die Arbeit schon wieder aufgenommen worden. Es ist kein Problem mehr.

CHONG Aber Vater, warum ist Lu Dahai dann noch hier und wartet darauf, dich zu sprechen?

PUYUAN Lu Dahai? Wer ist das?

CHONG Der Sohn von Lu Gui. Er wurde vorletztes Jahr in der Grube eingestellt, der kommt jetzt als Vertreter der Arbeiter.

PUYUAN Ach der! Der wird Hintermänner haben. Man hat ihn bereits entlassen.

CHONG Entlassen? Aber Vater, der Mann ist kein Wirrkopf. Ich habe mich eben mit ihm etwas unterhalten. Man kann doch niemanden entlassen, nur weil er Wortführer der Streikenden ist.

PUYUAN Ha, es ist wohl heute Mode bei euch Jugendlichen, sich mit Arbeitern zu unterhalten und von Sympathie und so weiter zu faseln.

CHONG Ich finde, wenn diese Männer sich für ihre eigenen Leute einsetzen, sollten wir mit ihnen sympathisieren. Außerdem finde ich es nicht richtig, wenn Leute, denen es so gut geht wie uns, sich noch mit den Arbeitern ums Brot streiten. Das hat doch mit der Mode gar nichts zu tun.

PUYUAN *verdreht die Augen* Was verstehst du schon von der Gesellschaft? Was hast du denn schon über Gesellschaft und Wirtschaft gelesen? Ich erinnere mich an die Zeit, als ich in Deutschland studierte; damals war ich, was soziale Fragen anbetrifft, für meinen Begriff viel gründlicher gewesen als du jetzt mit deinen unausgegorenen Ansichten.

CHONG *bedrückt* Vater, ich hab gehört, daß die Bergleute, die diesmal verletzt wurden, überhaupt keine Unterstützung bekommen.

PUYUAN *wirft ihm einen strengen Blick zu* Ich finde, du redest heute zu viel. *Zu Fanyi* Er hat in den beiden letzten Jahren viel von dir gelernt. *Sieht auf die Uhr* In zehn Minuten erwarte ich noch einen Besuch; habt ihr noch irgend etwas zu sagen, was euch selbst betrifft?

PING Ja, Vater, ich wollte dich vorhin schon sprechen.

PUYUAN Und worum handelt es sich?

PING Ich will morgen zum Bergwerk fahren.

PUYUAN Hast du die Geschäfte, die du bisher hier in der Hauptverwaltung geführt hast, schon deinem Nachfolger übergeben?

PING Das ist so gut wie abgeschlossen. Ich möchte dich bitten, mir diesmal eine richtige Arbeit zu überlassen. Ich will nicht immer nur herumstehen und zusehen.

PUYUAN *schweigt einen Augenblick, mustert Ping* Kannst du denn überhaupt hart arbeiten? Wenn du was anfängst, dann mußt du es auch durchziehen. Ich möchte nicht, daß mein Sohn Anlaß zur Kritik gibt.

PING Diese zwei Jahre war die Arbeit hier zu bequem; nun möchte ich mal das Landesinnere kennenlernen.

PUYUAN Ich will es mir überlegen. *Pause* Gut, du kannst morgen aufbrechen. Was du im Bergwerk zu tun hast, telegraphiere ich dir, wenn du angekommen bist.

Sifeng tritt mit einer Tasse Yunnan-Tee aus dem Eßzimmer ein.

CHONG *zögernd* Vater!

PUYUAN *ahnt, daß er sich wieder etwas Neues in den Kopf gesetzt hat* Was ist?

CHONG Ich möchte jetzt etwas sehr Wichtiges mit dir besprechen.

PUYUAN Und das wäre?

CHONG *senkt den Kopf* Ich möchte mein Schulgeld gerne teilen . . .

PUYUAN Wie bitte?

CHONG *nimmt sich ein Herz* Mein Schulgeld teilen mit . . .

Sifeng stellt den Tee vor Puyuan hin.

PUYUAN Sifeng – *zu Chong* einen Augenblick mal – *zu Sifeng* wo ist denn die Medizin, die du für meine Frau kochen solltest?

SIFENG Sie ist fertig.

PUYUAN Warum hast du sie nicht mitgebracht?

Sifeng sieht Fanyi an, schweigt.

FANYI *spürt die gespannte Atmosphäre* Sie hat sie mir eben gebracht, aber ich habe sie nicht getrunken.

PUYUAN Warum nicht? *Hält inne, dann zu Sifeng* Wo ist die Medizin?

FANYI *hastig* Weggegossen. Ich habe Sifeng sie wegschütten lassen.

PUYUAN *langsam* Wie bitte? Weggegossen? *Zu Sifeng* Ist noch etwas da?

SIFENG Im Topf ist noch etwas.

PUYUAN Schenk es ein!

FANYI *widerspenstig* Ich mag dieses bittere Zeug nicht.

PUYUAN *zu Sifeng* Schenk ein!

Sifeng geht nach links und schenkt die Medizin ein.

CHONG Vater, warum zwingst du Mutter so, wenn sie nicht will?

PUYUAN Du weißt ebensowenig wie deine Mutter, was euch fehlt. *Zu Fanyi, mit gesenkter Stimme* Nun trink, damit du wieder ganz gesund wirst. *Sieht Sifeng zögern, zeigt auf die Medizin* Bring sie meiner Frau!

FANYI *geduldig* Gut, stell sie erstmal hierhin.

Sifeng stellt die Schale nieder.

PUYUAN *ärgerlich* Am besten trinkst du sie jetzt gleich.

FANYI *plötzlich* Sifeng, nimm das weg!

PUYUAN *sofort streng* Los, trink! Sei nicht so eigensinnig! Und dazu in Gegenwart deiner erwachsenen Kinder!

FANYI *mit zitternder Stimme* Ich will sie nicht trinken.

PUYUAN Chong, gib Mutter die Medizin!

CHONG *protestierend* Vater!

PUYUAN *wütend* Los!

Notgedrungen reicht Chong seiner Mutter die Medizin.

PUYUAN Nun sag Mutter, sie möge bitte trinken.

CHONG *mit der Schale in den zitternden Händen* Vater, verlang das bitte nicht!

PUYUAN Was meinst du?

PING *geht mit gesenktem Kopf zu Chong, leise* Tu, was Vater sagt. Du weißt ja, wie er ist.

CHONG *mit den Tränen kämpfend zur Mutter* Bitte, trink mir zuliebe ein bißchen. Vater wird doch nicht eher Ruhe geben.

FANYI *flehend* Kann ich sie mir nicht bis heute abend aufbewahren?

PUYUAN *kalt* Fanyi, als Mutter gehört es sich, immer an die Kinder zu denken. Wenn du auch nicht selbst auf deine Gesundheit achtest, so solltest du doch wenigstens für deine Kinder ein Vorbild an Gehorsam sein.

FANYI *sieht Puyuan an, dann Ping, greift nach der Medizin und setzt sie wieder ab* Nein, ich kann nicht.

PUYUAN Ping, bewege deine Mutter dazu, daß sie trinkt.

PING Vater, ich . . .

PUYUAN Los. Knie nieder und red ihr zu!

PING *geht zu Fanyi; wendet sich zum Vater, bittend* Vater!

PUYUAN *schreit* Niederknien sollst du!

Ping blickt in Fanyis tränenüberströmtes Gesicht; Chong zittert vor Wut.

PUYUAN Ich sage, du sollst dich hinknien!

Ping will gerade niederknien.

FANYI *sieht Ping an, hastig* Laß, ich trinke schon! *Nimmt zwei Schlücke, aus ihren Augen strömen wieder Tränen; sie sieht in die strengen Augen ihres Gatten und auf den bedrängten Ping, schluckt ihren Haß hinunter, trinkt den Rest der Medizin in einem Zug aus.* Oh ... *läuft weinend ins Eßzimmer.*

Lange Zeit Stille.

PUYUAN *sieht auf die Uhr* Noch drei Munten. *Zu Chong* Was wolltest du noch sagen?

CHONG *hebt den Kopf, langsam* Wie bitte?

PUYUAN Du sagtest, du wolltest dein Schulgeld mit jemandem teilen, oder? Und was soll das?

CHONG *leise* Nein, nichts, es ist schon gut.

PUYUAN Dann hast du keine weiteren Fragen mehr?

CHONG *weinerlich* Nein, nein! – Mutter hat recht! *Läuft auf das Eßzimmer zu.*

PUYUAN Chong, wohin willst du?

CHONG Nach oben, zu Mutter.

PUYUAN Und da läufst du so einfach davon?

CHONG *versucht, sich zu beherrschen, geht zurück* Ich möchte jetzt gehen, Vater. Ist noch etwas?

PUYUAN Na, geh schon.

Chong macht ein paar Schritte auf das Eßzimmer zu.

PUYUAN Warte!

CHONG Ja, Vater.

PUYUAN Sag Mutter, ich habe bereits einen deutschen Arzt, Dr. Koch, hergebeten, sie einmal zu untersuchen.

CHONG Aber Mutter hat doch schon deine Medizin eingenommen.

PUYUAN Ich glaube, deine Mutter ist nicht ganz auf dem Posten, seelisch. Eine ernste Krankheit. *Dreht sich zu Ping um* Das gilt auch für dich.

PING Vater, ich möchte gehen und mich eine Weile ausruhen.

PUYUAN Nein, bleibe, ich habe etwas mit dir zu bereden. *Zu Chong*

Sag ihr, daß Dr. Koch ein berühmter Nervenarzt ist. Ich habe ihn in Deutschland kennengelernt. Wenn er kommt, soll sie sich auf jeden Fall von ihm untersuchen lassen, verstanden?

CHONG Ja. *Nach zwei Schritten* Sonst noch etwas, Vater?

PUYUAN Nein, geh nur.

Chong ins Eßzimmer ab.

PUYUAN *wendet sich zu Sifeng* Sifeng, ich habe dir doch schon mal gesagt, daß du in diesem Zimmer nur bleiben darfst, wenn du hier zu tun hast.

SIFENG Jawohl, gnädiger Herr. *Auch ab ins Eßzimmer.*

Lu Gui tritt aus der Bibliothek heraus.

LU GUI *verneigt sich* Der Besuch ist da, gnädiger Herr!

PUYUAN Bitte ihn erst mal in die Empfangshalle.

LU GUI Jawohl, gnädiger Herr. *Ab.*

PUYUAN Was, wer hat das Fenster aufgemacht?

PING Chong und ich.

PUYUAN Mach es wieder zu. *Putzt sich die Brille* Ich will nicht, daß die Diener hier rein- und rauslaufen, wenn ich mich nachher hier hinlege.

PING Ja.

PUYUAN *sieht auf die Möbel ringsum, während er an seiner Brille putzt* Viele von den Möbeln hier liebte deine leibliche Mutter sehr. Deshalb konnte ich mich auch nicht von ihnen trennen, als wir vom Süden hier herauf in den Norden kamen und wann immer wir sonst umzogen. *Setzt die Brille auf, räuspert sich* Ich will, daß die Möbel hier genauso stehen bleiben wie vor dreißig Jahren. Ich fühle mich dann wohler, verstehst du? *Geht auf die Kommode zu und betrachtet das Photo* Deine Mutter wollte immer, daß die Fenster im Sommer geschlossen bleiben.

PING *lächelt gequält* Nur sehe ich nicht ein, warum du, wenn du auch Mutters Andenken bewahren willst . . .

PUYUAN *hebt plötzlich den Kopf* Ich hörte, du hättest dich in der Zwischenzeit in beschämender Weise danebenbenommen.

PING *erschrocken* Was? Wieso?

PUYUAN *tritt vor Ping* Weißt du, daß das, was du getan hast, deinem Vater gegenüber unverantwortlich ist? Und – *er stockt* auch deiner Mutter gegenüber?

PING *verliert die Fassung* Vater!

PUYUAN *mit Wärme* Du bist mein Ältester; ich will mit dir nicht in

Gegenwart anderer Leute darüber reden. *Hält kurz inne, dann streng* Ich hörte, daß, als ich in den letzten beiden Jahren nicht da war, du dich zu Hause recht unanständig betragen hast.

PING *noch erschrockener* Nein, Vater, das stimmt nicht.

PUYUAN Wenn einer so etwas tut, so muß er auch den Mut haben, dafür einzustehen.

PING *bleich* Vater!

PUYUAN Man sagte mir in der Verwaltung, du hättest deine Zeit in Tanzlokalen vertrödelt, ja sogar in den letzten paar Monaten getrunken und gespielt und seist nächtelang nicht nach Hause gekommen.

PING Ach so, *erleichtert* du meinst . . .

PUYUAN Ist das wahr? *Nach einer Weile* Sag die Wahrheit!

PING Es ist wahr, Vater. *Wird rot*

PUYUAN Als Mann von dreißig Jahren solltest du wissen, was Selbstachtung ist. – Erinnerst du dich noch, warum du Ping heißt?

PING Ja.

PUYUAN Sag es mal selbst.

PING Weil Mutter Shiping hieß. Kurz vor ihrem Tod hat sie mir selbst diesen Namen gegeben.

PUYUAN Nun bitte ich dich deiner Mutter zuliebe, dein Benehmen von jetzt an gründlich zu ändern.

PING Ja, Vater. Es war gewiß nur eine Entgleisung.

Lu Gui tritt aus der Bibliothek.

LU GUI Gnädiger Herr, der . . . der Gast wartet. Er wartet schon . . . schon sehr lange.

PUYUAN Ich weiß.

Lu Gui zieht sich zurück.

PUYUAN Meine Familie halte ich für eine sehr ordentliche und vorbildliche Familie. Und ich glaube, daß meine Söhne sich beide gut benehmen können; ich selbst habe sie erzogen und ich lasse nicht zu, daß sie ins Gerede kommen.

PING Ja, Vater.

PUYUAN Lu Gui! *Zu sich selbst* Ach, ich bin ein bißchen müde.

Ping hilft ihm aufs Sofa. Lu Gui tritt ein.

LUI GUI Gnädiger Herr!

PUYUAN Bitte den Besuch hier herein.

LU GUI Jawohl, gnädiger Herr.

PING Ruh dich doch einen Augenblick aus, Vater.

PUYUAN Nein, mach dir keine Sorgen! *Zu Lu Gui* Geh, ich lasse bitten.

LU GUI Jawohl, gnädiger Herr. *Ab*

Puyuan nimmt eine Zigarre, Ping zündet sie ihm an. Gelassen rauchend sitzt Puyuan aufrecht auf dem Sofa.

Vorhang

ZWEITER AKT

Nach dem Mittagessen. Es ist noch düsterer und schwüler geworden. Die feuchte, drückende Luft macht die Menschen gereizt. Zhou Ping tritt allein vom Eßzimmer her auf und blickt in den verlassenen Garten; kein Mensch ist dort. Leise geht er zur Bibliothek; auch sie ist leer. Plötzlich fällt ihm ein, daß sein Vater in einem anderen Raum Besuch empfängt. Erleichtert geht er zum Fenster und öffnet es. Er blickt in das schattige Grün der Bäume draußen und pfeift, dann ruft er ein paarmal leise »Sifeng«.

Sifeng kommt von draußen leise hereingelaufen.

PING *dreht sich um, leise, erregt* Sifeng! *Greift nach ihrer Hand.*

SIFENG Laß! *Entweicht ihm* Laß das! *Horcht, sieht sich nach allen Seiten um* Paß auf, da ist jemand!

PING Nein, Sifeng, setz dich. *Führt sie zum Sofa.*

SIFENG *unruhig* Und der gnädige Herr?

PING Er hat Besuch in der Empfangshalle.

SIFENG *setzt sich, seufzt tief, schaut vor sich hin* Daß es immer so heimlich und verstohlen sein muß!

PING Ach!

SIFENG Nicht einmal mich zu rufen wagst du.

PING Deshalb will ich ja weg von hier.

SIFENG *denkt kurz nach* Oh! Mir tut die gnädige Frau richtig leid. Warum mußte der gnädige Herr gleich solchen Krach machen, als er sie zum ersten Mal wiedersah?

PING Vater ist nun einmal so. Was er sagt, darf nie geändert werden. Was er will, ist Gesetz.

SIFENG *ängstlich* Ich ... ich fürchte mich so sehr.

PING Was fürchtest du?

SIFENG Ich fürchte, daß der gnädige Herr es doch einmal erfahren könnte; ich habe Angst. Du hast mal gesagt, du wolltest ihm von unserem Verhältnis erzählen.

PING *schüttelt den Kopf, verschlossen* Darüber brauchen wir uns noch keine großen Sorgen zu machen.

SIFENG Hast du sonst denn noch etwas?

PING *plötzlich* Hast du gar nichts gehört?

SIFENG Gehört? *Pause* Nein.

PING Auch nichts über mich?

SIFENG Nein.

PING Hast du denn auch früher nichts gehört?

SIFENG *will es für sich behalten* Nein. – Was meinst du denn?

PING Dann ... Ach, schon gut, gar nichts.

SIFENG *herzlich* Ich vertraue dir. Ich glaube, du wirst mich niemals betrügen. Das ist mir genug. – Übrigens, du sagtest vorhin, du fährst morgen zum Bergwerk.

PING Ich hab doch schon gestern abend mit dir darüber gesprochen.

SIFENG *frei heraus* Warum nimmst du mich nicht mit?

PING Weil ... *lacht* weil ich nicht will.

SIFENG Die Stellung hier verliere ich früher oder später sowieso. Vielleicht schon heute wird mich die gnädige Frau entlassen.

PING *hat daran nie gedacht* Entlassen will sie dich? Aber warum?

SIFENG Frag nicht!

PING Doch, ich will es wissen.

SIFENG Natürlich, weil ich etwas falsch gemacht habe. Aber – vielleicht hat sie auch gar nicht diese Absicht, vielleicht bilde ich mir das nur ein. *Hält inne* Ping, du nimmst mich doch mit, ja?

PING Nein.

SIFENG *zärtlich* Ich werd es dir nett machen, Ping; du brauchst jemanden wie mich. Ich werde für dich kochen und nähen, all das kann ich gut. Nur – nimm mich mit dir!

Ping schweigt.

SIFENG Ich glaube, du kannst allein gar nicht zurecht kommen.

PING Begreifst du nicht? Wie könnte ich dich denn jetzt mitnehmen? Sifeng, sprich bitte nicht wie ein Kind!

SIFENG Nimm mich mit, Ping. – Ich werde dir nicht zur Last fallen.

Wenn die Leute meinetwegen Schlechtes über dich reden, dann geh ich sofort wieder. Du – du brauchst wirklich keine Angst zu haben.

PING *hitzig* Sifeng, hältst du mich für so egoistisch? Du darfst nicht so von mir denken. – Ha, was soll ich denn fürchten? *Kann sich nicht mehr beherrschen* In all diesen Jahren war mir mein Herz wie abgestorben, ich haßte mich selbst. Glaubst du etwa, daß ich gerade jetzt, wo mir die Lebensgeister zurückkehren und ich den Mut wieder gefunden habe, ein Mädchen zu lieben, daß ich da plötzlich Angst vor Gerede bekommen kann? Ha, laß sie doch reden! Sollen sie doch sagen: der junge Herr Zhou Ping hat sich in eine Dienerin seiner Familie verliebt. – Wovor soll ich da Angst haben?! Ich liebe sie!

SIFENG *tröstend* Reg dich nicht auf, Ping. Was du auch machst, ich werde dir nicht böse sein.
Grübelt.

PING *ruhiger* Was überlegst du?

SIFENG Er hat mir wieder das gleiche gesagt, was er vor einem Monat gesagt hat.

PING Er sagte, er liebe dich?

SIFENG Nein, er fragte, ob ich ihn heiraten wolle.

PING Und?

SIFENG Ich sagte ihm, ich sei jemand anderem versprochen.

PING Da hat er sicher weiter nachgebohrt.

SIFENG Nein. Aber er sagte, er möchte mir helfen, daß ich zur Schule gehen kann.

PING Zur Schule? *Lacht* Typisch Kind! Aber wer weiß – vielleicht hörst du so was ganz gern. Immerhin bin ich bald dreißig und du erst achtzehn. Auch ist meine Zukunft nicht unbedingt hoffnungsvoller als seine. Außerdem habe ich – habe ich mir manches Schändliche zuschulden kommen lassen.

SIFENG Red bitte nicht wieder solchen Unsinn, Ping, mir ist jetzt ganz traurig zumute. Du mußt dir etwas einfallen lassen. Er ist noch ein Kind. Ich mag mich wirklich nicht ihm gegenüber immer so verstellen. Und du willst wiederum nicht, daß ich ihm die Wahrheit sage.

PING Ich habe dir nicht verboten, mit ihm darüber zu reden.

SIFENG Aber jedes Mal, wenn du mich mit ihm zusammen siehst, machst du so ein Gesicht, als . . .

PING Natürlich mache ich kein glückliches Gesicht, wenn ich zusehen muß, wie mein geliebtes Mädchen sich dauernd mit einem anderen Mann trifft, auch wenn er mein Bruder ist.

SIFENG Siehst du, du lenkst schon wieder ab. Laß das! Sag mir jetzt einmal klar und deutlich, was du von mir hältst.

PING Was ich von dir halte? *Lacht. Er kann es nicht genau sagen. Er findet, die Frauen sind alle etwas einfältig, denn dieselbe Frage hat ihm schon einmal eine andere Frau gestellt* Muß ich es dir sagen? *Lacht* Nun, was willst du denn hören?

SIFENG *verärgert* Behandle mich bitte nicht so, Ping! Du weißt sehr gut, daß ich jetzt ganz dir gehöre, und trotzdem mußt du mich immer noch so quälen.

PING *hört sie nicht gern so reden und hat gleichzeitig das Gefühl, daß sie ihn doch nicht ganz versteht* Hm! *Stöhnt* Himmel auch!

SIFENG Ping, mein Vater interessiert sich nur für's Geld; mein Bruder verachtet mich, weil ich keine Willenskraft hätte, wie er meint. Und wenn meine Mutter von uns erfährt, dann will sie bestimmt nichts mehr von mir wissen. Ohne dich wär ich dann nichts mehr. Vielleicht werden sie mich eines Tages allein lassen, aber du darfst das nicht, du darfst das nicht, Ping! *Schluchzt.*

PING Nein, Sifeng, nicht doch! Laß mich mal gründlich überlegen.

SIFENG Meine Mutter liebt mich sehr; sie will nicht, daß ich in einem großen Haus arbeite. Ich fürchte, wenn sie erfährt, wie es zwischen uns beiden steht, . . . und . . . und wenn es dir dann gar nicht ernst gewesen ist, . . . dann . . . dann wird es ihr das Herz brechen. *Weint* Und außerdem . . .

PING *steht auf* Sifeng, wie kannst du mir so mißtrauen! – Übrigens, ich werde heute abend zu dir kommen.

SIFENG Nein, meine Mutter kommt heute zurück.

PING Dann – können wir uns draußen treffen!

SIFENG Das geht nicht. Abends will sie sich bestimmt mit mir unterhalten.

PING Ich fahre aber morgen schon mit dem Frühzug ab.

SIFENG Willst du mich wirklich nicht mitnehmen?

PING Aber Kind! Wie soll ich das wohl machen!

SIFENG Du, du . . . laß mich überlegen.

PING Ich muß jetzt zuerst allein von zu Hause weg; später werde ich mir dann etwas ausdenken, wie ich meinem Vater klarmache, daß ich dich nachholen will.

SIFENG *ihn ansehend* Nun gut, dann komm heute abend also zu mir. Ich glaube, meine Eltern schlafen im vorderen Zimmer. Mein Bruder schläft nie zu Hause. Um Mitternacht bin ich bestimmt allein.

PING Wenn ich komme, werde ich erstmal pfeifen; wirst du das hören?

SIFENG Du darfst nur kommen, wenn du eine Lampe in meinem Fenster siehst. Sonst auf keinen Fall.

PING Auf keinen Fall?

SIFENG Das würde bedeuten, daß es nicht geht, weil doch noch jemand auf ist.

PING Gut, machen wir's so. Um elf?

SIFENG Um elf.

Lu Gui tritt durch die Mitteltür auf.

LU GUI Ach, *zu Sifeng* ich habe dich gerade gesucht. *Zu Ping* Guten Tag, junger Herr.

SIFENG Was gibt es?

LU GUI Mutter ist da.

SIFENG *sehr erfreut* Mutter ist gekommen? Wo ist sie?

LU GUI Im Pförtnerhaus. Sie unterhält sich gerade mit Dahai.

Sifeng läuft zur Mitteltür.

PING Sifeng, wenn du deine Mutter siehst, grüße sie schön von mir.

SIFENG Danke. Bis nachher! *Ab.*

LU GUI Sie reisen morgen ab, junger Herr?

PING Ja.

LU GUI Darf ich Sie an die Bahn bringen?

PING Nicht nötig, danke.

LU GUI Sie waren immer gütig und haben sich um uns gekümmert. Meine Tochter und ich, wir werden Sie sehr vermissen, wo Sie nun weggehen.

PING *lacht* Du hast wohl wieder kein Geld mehr, oder?

LU GUI Jetzt scherzen Sie aber, junger Herr! – Ich meinte es ehrlich. Sifeng weiß, daß ich auch in Ihrer Abwesenheit nur gut von Ihnen gesprochen habe.

PING Na schön. – Ist irgendetwas?

LU GUI Nein, nein, ich möchte nur ein wenig mit Ihnen plaudern. Sie wissen ja, Sifengs Mutter ist gekommen, und die gnädige Frau oben will mit ihr sprechen . . .

Er bricht ab, als er plötzlich Fanyi durch die Eßzimmertür treten sieht.

LU GUI Ah, die gnädige Frau ist heruntergekommen. Gnädige Frau, sind Sie wieder ganz hergestellt?

Fanyi nickt.

LU GUI Ich habe mir solche Sorgen gemacht!

FANYI Gut. Du kannst gehen.

Lui Gui verneigt sich, durch die Mitteltür ab.

FANYI *zu Ping* Wo ist er?

PING *ahnungslos* Wer?

FANYI Dein Vater.

PING Er hat zu tun – Besuch; er kommt gleich zurück. Wo ist Chong?

FANYI Er heult nur; er ist gegangen.

PING *ihm ist es unangenehem, mit ihr allein in einem Zimmer zu sein* Oh. *Pause* Ich muß gehen. Ich habe noch etwas zu packen. *Geht zum Eßzimmer.*

FANYI Warte!

Ping bleibt stehen.

FANYI Setz dich doch bitte einen Augenblick.

PING Was ist denn?

FANYI *verzagt* Ich wollte mit dir reden.

Ping geht zu ihr zurück, bleibt wortlos stehen.

FANYI Ich hoffe, du hast den Vorfall von vorhin verstanden. Und das war kein Einzelfall.

PING *ausweichend* Vater war schon immer so. Was er sagt, das gilt.

FANYI Es geht mir aber gegen die Natur, anderen zu gehorchen.

PING Ich verstehe dich. *Lächelt gezwungen* Dann gehorche ihm eben nicht.

FANYI Wärst du doch nur noch so ehrlich wie früher, Ping! Gewöhn dir bloß nicht dieses widerliche zynische Benehmen an, wie es jetzt in Mode ist! Du weißt doch, wie schlimm es jetzt schon für mich war, dich nicht zu sehen!

PING Deshalb geh ich ja auch von hier fort! Damit wir uns nicht mehr begegnen und uns gegenseitig an Dinge erinnern, die wir jetzt bereuen.

FANYI Ich bereue es nicht, und es gibt auch nichts, was ich je bereut hätte.

PING *kann es sich nicht verkneifen* Ich dachte, ich hätte es dir deutlich genug gemacht. Ich dachte, du hättest verstanden, warum ich dich in den letzten Tagen nicht besucht habe.

FANYI Oh, ich habe schon verstanden.

PING Ach, ich war ein Esel, ein ausgemachter Dummkopf! Ich bereue es. Ich schäme mich, daß ich in meinem Leben einen solchen Fehler begangen habe. Einen Fehler, den ich mir nie werde verzeihen können, den mir mein Bruder und vor allem mein Vater nie wird verzeihen können.

FANYI *nachdrücklich* Aber ausgerechnet den Menschen, demgegenüber dein Verhalten am wenigsten zu entschuldigen ist, den hast du einfach vergessen.

PING Wen?

FANYI Mich, deine Stiefmutter, die du verführt hast.

PING *fürchtet sich vor ihr* Du bist verrückt!

FANYI Du stehst in meiner Schuld. Du trägst mir gegenüber Verantwortung. Du darfst nun nicht weglaufen und mich sitzenlassen.

PING Was für eine furchtbare Ausdrucksweise! Solche Worte gehören sich nicht in einer so – so angesehenen Familie wie der Vaters!

FANYI *explodiert* »Vater! Vater!« Hör auf mit deinem Vater! »Angesehen«? »Angesehen« sagst du? *Lacht kalt* Achtzehn Jahre bin ich schon in diesem »angesehenen« Haus! Mit eigenen Augen und Ohren habe ich die Sünden dieser Familie miterlebt. Auch ich selbst habe gesündigt; und doch gehöre ich im Grunde nicht zu den Zhous. Für meine Taten trage ich selbst die Verantwortung. Ich bin nicht wie euer Großvater, Großonkel und euer teurer Vater, die heimlich alle möglichen Schandtaten begehen, sich nach außen aber unter dem Mantel der Moral als Wohltäter, als Stützen der Gesellschaft aufspielen.

PING In einer so großen Familie kann natürlich nicht jeder Einzelne vollkommen sein. Aber in unserem engeren Kreis . . .

FANYI Ihr seid alle gleich. Und dein Vater ist der größte von den Heuchlern. Er hat früher ein Dienstmädchen verführt.

PING Nun fang nicht wieder davon an!

FANYI Und du bist das uneheliche Kind deines Vaters!

PING *bestürzt und ratlos* Quatsch! Wie willst du das beweisen?

FANYI Dann frag doch bitte mal deinen angesehenen Vater. Er hat es mir selber vor fünfzehn Jahren verraten, als er einmal betrunken war. *Zeigt auf das Photo auf der Kommode* Du bist das Kind dieses jungen Mädchens. Dein Vater wollte sie später nicht mehr haben, da ist sie ins Wasser gegangen.

PING Du, du, du bist einfach ... – Nun gut, ich nehme dir alles ab. Was hast du denn vor? Was willst du von mir?

FANYI Dein Vater steht in meiner Schuld. Auf die gleiche Weise hat er mich in diese Familie gelockt. Ich konnte nicht weglaufen und habe Chong geboren. Seit 18 Jahren ist er so brutal wie vorhin. Er hat mich so gequält, daß ich allmählich kalt und leblos wurde, wie ein Stein. Und dann kamst du auf einmal zu uns. Du warst es, der mich dahin gebracht hat, daß ich Mutter und doch keine Mutter, Geliebte und doch keine Geliebte bin. Du hast mich verführt!

PING Verführt! Tu mir bitte den Gefallen und gebrauch so ein Wort nicht. Du weißt doch, wie das damals war.

FANYI Hast du vergessen, was du hier in diesem Zimmer um Mitternacht gesprochen hast? Du sagtest mir, du hassest deinen Vater. Du sagtest, du wünschest, er stürbe, auch wenn du Elternmord begehen müßtest!

PING Du vergißt, daß ich damals jung war. Solchen Quatsch habe ich doch nur aus jugendlichem Leichtsinn gesagt.

FANYI Und du vergißt, daß ich damals, obwohl ich nicht viel älter bin als du, immerhin auch deine Stiefmutter war. Du hättest wissen müssen, daß du so etwas nicht zu mir sagen durftest.

PING Kannst du es nicht verzeihen, wenn ein junger Mensch in seiner Unbesonnenheit eine Dummheit macht? *Runzelt gequält die Stirn.*

FANYI Es kommt nicht darauf an, ob ich es verzeihe oder nicht. Ich war schon so weit gewesen, daß ich ruhig auf meinen Tod wartete; da kam plötzlich ein Mann, rettete mich und läßt mich jetzt wieder allein, läßt mich langsam verdorren, verdursten. Nun sag doch selbst: was soll ich machen?

PING Ich, ich weiß nicht. Du mußt es selbst wissen.

FANYI *jedes Wort betonend* Ich erwarte, daß du bleibst.

PING Was? Ich soll hier bei dir bleiben, in so einem Haus, wo man tagtäglich an seine alten Sünden erinnert wird, bis man daran erstickt?

FANYI Wie kannst du es ertragen, allein wegzugehen und mich hier zurückzulassen, wenn du doch weißt, daß man in diesem Haus erstickt?

PING Du hast kein Recht, so etwas zu sagen. Du bist Chongs Mutter.

FANYI Das bin ich nicht! Das bin ich nicht! Es ist mir alles gleich, seit ich dir mein Leben und meinen Ruf geopfert habe. Ich bin nicht mehr seine Mutter, nein, nein, ich bin auch nicht mehr Puyuans Frau.

PING *kalt* Wenn du dich auch nicht für Vaters Frau hältst, so halte ich mich doch für seinen Sohn.

FANYI *hatte nicht erwartet, daß er so etwas sagen könnte; verdutzt* Ach so, du bist deines Vaters Sohn. – Also hast du mich in der letzten Zeit aus Angst vor deinem Vater nicht mehr besucht?

PING Ja, wenn du so willst: aus Angst vor ihm.

FANYI Und jetzt willst du wohl das heldenhafte Vorbild deines Vaters nachahmen und ins Bergwerk gehen, und den Menschen, der dich wirklich versteht und liebt, ins Nichts zurückstoßen, nicht wahr?

PING So kann man es auch sehen.

FANYI *kalt* Du bist durch und durch der Sohn deines Vaters. *Lacht* Der Sohn deines Vaters! *Plötzlich ruhiger* Ihr seid doch alle Nichtsnutze, Feiglinge, Angsthasen – nicht wert, daß man sich für euch opfert. Schade, daß ich dich nicht früher durchschaut habe!

PING Nun, dann durchschaust du mich jetzt. Ich stehe also in deiner Schuld. Aber ich habe dir bereits lang und breit erklärt, wie sehr mir die Beziehung zwischen uns zuwider ist. »Zuwider« sagte ich. Du meintest, ich hätte einen Fehltritt begangen. Zugegeben. Aber daran, daß ich so einen Fehltritt begehen konnte, bist auch du nicht ganz unschuldig. Ich halte dich für eine intelligente und verständige Frau und deshalb glaube ich, daß du mir später einmal verzeihen wirst. Augenblicklich ist es mir gleich, ob du mein Verhalten für zynisch, respektlos oder für verantwortungslos hältst. Jetzt möchte ich dir nur sagen: ich hoffe, daß dies unsere letzte Aussprache gewesen ist. *Geht zur Eßzimmertür.*

FANYI *nachdrücklich* Warte!

Ping bleibt stehen.

FANYI Ich hoffe, du hast mich verstanden: ich bitte dich um nichts. Ich erwarte nur, daß du es dir zu Herzen nimmst, daß du einmal darüber nachdenkst, über all die vielen – *hält inne, traurig* – viel zu vielen Worte, die wir früher in diesem Zimmer gewechselt haben. Merk dir, eine Frau kann sich nicht von zwei Generationen demütigen lassen. Laß dir das durch den Kopf gehen.

PING Ich habe es mir bereits gründlich durch den Kopf gehen lassen. Ich dachte, du hättest sehr wohl gemerkt, welchen Schmerz ich in diesen Tagen durchgestanden habe. – Und nun laß mich bitte gehen.

Ins Eßzimmer ab.

Fanyi blickt ihm unter Tränen nach. Heftig wirft sie sich aufs Sofa und schluchzt. Lu Gui kommt leise durch die mittlere Tür herein und sieht Fanyi weinen.

LU GUI *leise* Gnädige Frau!

FANYI *steht auf* Was willst du hier?

LU GUI Frau Lu ist schon eine ganze Zeitlang da.

FANYI Wer? Wer ist da?

LU GUI Meine Frau. Sagten Sie nicht, gnädige Frau, ich sollte sie hierherbitten?

FANYI Warum hast du mir das nicht eher gesagt?

LU GUI Ich wollte es ja, aber . . . *leise* ich sah eben, daß Sie sich mit dem jungen Herrn Ping unterhielten, – und da wagte ich nicht zu stören.

FANYI Ah, du, du warst eben . . .

LU GUI Ich? Ich war eben in der Empfangshalle, um den gnädigen Herrn und seine Gäste zu bedienen. *Tut ahnungslos* Kann ich etwas für die gnädige Frau tun?

FANYI Nein, nichts. Bitte nun deine Frau herein.

LU GUI *kriecherisch lächelnd* Meine Frau ist von niedriger Herkunft. Sie spricht ziemlich gewöhnlich. Nehmen Sie's bitte nicht übel.

FANYI Die Menschen sind alle gleich. Ich möchte sie nur einmal kennenlernen und mit ihr plaudern.

LU GUI Das ist sehr gütig von Ihnen, gnädige Frau. – Ach ja, der gnädige Herr sagte mir gerade, er bitte die gnädige Frau, ihm seinen alten Regenmantel rauszusuchen; er fürchtet, es könnte einen Guß geben.

FANYI Sifeng ist doch für sein Zeug verantwortlich. Kann sie das nicht tun?

LU GUI Das habe ich auch gesagt; denn Sie fühlen sich doch nicht wohl. Aber der gnädige Herr bestand darauf, daß die gnädige Frau ihn selbst holt.

FANYI Gut, ich hole ihn nachher.

LU GUI Der gnädige Herr möchte ihn sofort haben. Wahrscheinlich will er gleich ausgehen.

FANYI Nun, gut, ich hol ihn. – Führe du inzwischen deine Frau herein und bitte sie, einen Augenblick hier zu warten.

LU GUI Jawohl, gnädige Frau. *Ab.*

Fanyis Gesicht erscheint noch blasser; mit äußerster Mühe unterdrückt sie ihren Groll.

FANYI *holt tief Luft, zu sich selbst* Eine Hitze ist das! Und so schwül! Es ist hier wirklich nicht mehr auszuhalten. *Schaut ziellos aus dem Fenster.*

Lu Gui tritt auf.

LU GUI Der gnädige Herr läßt bestellen, daß er den Regenmantel dringend braucht.

FANYI *hebt den Kopf* Danke, du kannst gehen. Ich werde Frau Chen damit schicken. *Durch das Eßzimmer ab.*

Lu Gui durch die mittlere Tür ab.

Nach einer Weile treten Sifeng und ihre Mutter, Lu Shiping, auf. Shiping ist ungefähr 47 Jahre alt, ihre Haare sind leicht ergraut. Ihr Gesicht ist klar und rein, und man könnte sie für Ende dreißig halten. Ihr Blick ist ein wenig starr, manchmal blickt sie ausdruckslos vor sich hin. Aber ihre hübschen, langen Wimpern und ihre großen Augen verraten noch etwas von dem Charme ihrer Jugend.

Ihre Kleidung ist schlicht, ordentlich und sauber, sie wirkt wie eine verarmte Frau aus einer vornehmen Familie.

Um ihren Kopf hat sie ein weißes Tuch gebunden. Beim Sprechen lächelt sie ein wenig. Ihre Stimme ist leise und ruhig, dabei deutlich und ausdrucksvoll; sie hat einen heiteren südlichen Akzent, der typisch ist für Leute, die aus dem Süden stammen und sich im Norden niedergelassen haben.

Sie hat schöne, gleichmäßige Zähne. Wenn sie lacht, bildet sich neben ihren Mundwinkeln ein Paar Grübchen.

Während sie eintreten, hält die Mutter die Hand ihrer Tochter, und diese schmiegt sich vertraulich an die Mutter. Ihnen folgt Lu Gui.

SIFENG Und wo ist die gnädige Frau?

LU GUI Sie kommt gleicht.

SIFENG Setz dich, Ma.

Shiping setzt sich hin.

SIFENG Du bist sicher müde.

SHIPING Nein.

SIFENG *fröhlich* Bleib sitzen, Ma, ich hole dir ein Glas Eiswassser.

SHIPING Nein, geh nicht, ich habe keinen Durst.

LU GUI Sifeng, hol Mutter eine Flasche Brause. *Zu Shiping* In so einem Haus fehlt nichts. Im Sommer gibt es Limonade, Fruchtsaft, Melonensaft, Mandarinen, Bananen, frische Lizhi-Früchte – einfach alles, was du willst. Was willst du, es ist alles da.

SHIPING Nein, nein, hör nicht auf Vater. All das gehört nicht uns. Setz dich noch ein wenig zu mir, dann werden wir uns mit dieser Frau Zhou unterhalten. Das ist mir viel lieber als etwas zu trinken.

LU GUI Die gnädige Frau kommt gleich runter. Sieh dich nur an, du kannst dich wohl nie von diesem weißen Kopftuch trennen.

SHIPING *lächelt freundlich* Tatsächlich, nun redet man schon die ganze Zeit ... *Sifeng anlächelnd* ... und ich habe ganz und gar vergessen, das Tuch abzunehmen, das ich mir auf der Bahn umgebunden hatte. *Nimmt das Tuch ab* Ist mein Gesicht schmutzig geworden? Im Zug ist überall Staub. Und mein Haar? Nicht, daß man sich darüber lustig macht!

SIFENG Nein, nein, nichts ist schmutzig. Zwei Jahre habe ich dich nicht mehr gesehen, du bist noch genau wie früher.

LU GUI *verächtlich* Seht nur, was Ihr für ein armseliges Bild abgebt! Statt die Pracht in diesem Hause zu bewundern, schwätzt ihr endlos miteinander. Sifeng, zeig Mutter lieber mal die Kleider, die du dir in diesen zwei Jahren angeschafft hast.

SIFENG Das interessiert Mutter nicht.

LU GUI Und Schmuck hast du doch auch ein bißchen, nicht? Zeig ihn Mutter doch mal, daß ihr die Augen aufgehen, und daß sie sieht, ob ich recht hatte, oder ob man seine Tochter zu Haus einsperren soll.

SHIPING *zu Lu Gui* Ich habe dir vor meiner Abreise gesagt, daß ich nicht will, daß meine Tochter von anderen herumkommandiert wird. Und in den Briefen, die ich dir in diesen zwei Jahren schrieb, habe ich dich auch immer wieder daran erinnert. Aber trotzdem hast du ... *Merkt plötzlich, daß hier nicht der Platz ist, Familienstreitigkeiten auszutragen; zu Sifeng* Wo ist denn dein Bruder?

SIFENG Er wartet doch im Pförtnerhaus auf uns, nicht wahr?

LU GUI Nein, er wartet nicht auf euch, sondern auf den gnädigen Herrn. *Zu Shiping* Letztes Jahr habe ich dir die Nachricht zukommen lassen, daß Dahai auch eine Stellung im Bergwerk gefunden hat. Das kam nur zustande, nachdem ich dem Alten tüchtig zugeredet hatte.

SIFENG *ihr ist das Eigenlob ihres Vaters zuwider* Nun, präsentier uns doch das nicht wieder, Papa. Sieh lieber mal nach, was Dahai macht.

LU GUI Verdammt noch mal, den hab ich ganz vergessen. *Geht zur Mitteltür, dreht sich um* Bleibt hier schön ruhig sitzen und macht keine Dummheiten. Die gnädige Frau kann jeden Augenblick kommen. *Ab.*

Nachdem Lu Gui gegangen ist, sind Shiping und Sifeng sichtlich erleichtert. Beide, Mutter und Tochter, lächeln sich ein wenig gequält an.

SHIPING *hält Sifeng ihre Hand hin* Mein Kind, laß mich dich mal richtig anschauen.

SIFENG *tritt vor Shiping* Du bist mir doch nicht böse, Ma?

SHIPING Nein. Was geschehen ist, ist geschehen. Aber warum hast du mir denn die ganze Zeit kein Wort davon erzählt? Daß du hier bist, habe ich eben erst von unserer Nachbarin, Tante Zhang, gehört.

SIFENG Ich habe nicht gewagt, es dir zu sagen, weil ich Angst hatte, du würdest böse werden. Aber Mama, ich glaube, es kann mir doch wirklich nicht schaden, wenn ich hier als Dienerin arbeite.

SHIPING Glaubst du, deine Mutter fürchtet sich vor der Armut? Oder ich hätte Angst, daß die Leute über unsere Armut lachen? Nein, mein Kind, ich nehme das gar nicht so tragisch. Ich fürchte nur, du könntest in einer schwachen Stunde eine Dummheit machen, da du noch so jung bist. *Seufzt* Gut, lassen wir das. *Erhebt sich* Es ist wirklich seltsam von dieser Dame; warum will sie mich eigentlich sprechen?

SIFENG Eben. *Sie bekommt Angst; doch will sie es von der angenehmen Seite sehen* Aber vielleicht liegt es daran, Mama, daß die gnädige Frau wenig Freunde hat. Vielleicht meint sie, daß ihr beiden etwas gemeinsam haben könntet; sie hörte, daß du auch lesen und schreiben kannst, und möchte sich deshalb mit dir unterhalten.

SHIPING So? *Betrachtet eingehend die Einrichtung des Zimmers, zeigt auf die Kommode* Das Zimmer ist aber recht geschmackvoll; nur die Möbel sind ein bißchen alt.

SIFENG Nicht wahr? Die sind schon dreißig Jahre alt, und waren angeblich die Lieblingsstücke der ersten Frau des gnädigen Herrn, also der Mutter seines älteren Sohnes. Guck mal, wie klobig die Möbel früher waren.

SHIPING *wischt sich mit dem Tuch den Schweiß ab* Merkwürdig – warum ist das Fenster zu?

SIFENG Das findest du auch komisch, nicht? Das ist die Eigenart des gnädigen Herrn. Im Sommmer will er immer das Fenster geschlossen halten.

SHIPING *denkt zurück* Sifeng, mir ist, als hätte ich dieses Zimmer irgendwo schon einmal gesehen.

SIFENG *lacht* Ja? Wahrscheinlich, weil du so an mich gedacht hast, bist du im Traum hier gewesen.

SHIPING Ja, es ist wie ein Traum. – Seltsam, mir kommt dieses Zimmer so bekannt vor. *Senkt den Kopf.*

SIFENG *beunruhigt* Ma, ist dir nicht wohl? Kriege nur keinen Hitzschlag. Soll ich dir ein Glas Wasser holen?

SHIPING Nein, es ist nichts. Bleib hier.

SIFENG Mama, was ist los?

SHIPING *sieht sich aufmerksam im ganzen Zimmer um, in Gedanken versunken* Seltsam ... *streckt die Hand nach Sifeng aus* Sifeng!

SIFENG *nimmt die Hand ihrer Mutter* Deine Hand ist ja eiskalt, Ma!

SHIPING Mach dir keine Sorgen, mir fehlt nichts. – Wirklich, es ist so, als ob ich im Geiste schon einmal hier gewesen bin.

SIFENG Red keinen Unsinn, Ma, wie kannst du hier gewesen sein? Sie sind erst vor zwanzig Jahren hierher in den Norden gezogen. Warst du nicht damals noch im Süden?

SHIPING Nein, nein, ich bin hier gewesen. Diese Möbel – ich kann mich nicht erinnern, wo ich sie schon mal gesehen habe.

SIFENG Was fällt dir denn daran auf, Mama?

SHIPING Die Kommode, diese Kommode da. *Ihre Stimme wird immer leiser; angestrengt versucht sie, sich zu erinnern.*

SIFENG Die – die gehörte der ersten Frau von Herrn Zhou. Sie ist tot.

SHIPING *zu sich selbst* Unmöglich, unmöglich!

SIFENG *ihr tut ihre Mutter leid* Du solltest nicht so viel reden, Mama. Ruh dich ein Weilchen aus.

SHIPING Es ist nicht so schlimm. – Ich hörte vorhin im Pförtnerhaus, daß es in dieser Familie zwei junge Herren gibt.

SIFENG Ja, Mama, sie sind beide sehr nett; überhaupt, alle Zhous sind nette Leute.

SHIPING Zhou? Zhou heißen sie?

SIFENG Aber Mama, hast du nicht vorhin, auf dem Weg hierher, nach den Zhous gefragt? Hast du das schon vergessen? Du mußt dir unterwegs bei der Hitze was weggeholt haben. Ich hol dir etwas Wasser. *Tritt vor die Kommode* Sieh, Mama, das hier ist ein Photo von Herrn Zhous erster Frau. *Nimmt die Photographie, stellt sich hinter Shiping und reicht sie ihr.*

SHIPING *nimmt die Photographie, betrachtet sie* Oh! *Der Schreck verschlägt ihr die Sprache.*

SIFENG *hinter ihrer Mutter stehend* Sieh, wie hübsch sie ist! Das ist also die Mutter des älteren Sohnes. Man sagt, ich sähe ihr ein bißchen ähnlich. Leider ist sie tot.

Shiping hält das Photo, ihre Hand zittert.

SIFENG Ma!

SHIPING Gib mir etwas Wasser.

SIFENG Komm hierher, Mama. *Stützt ihre Mutter und führt sie zum Sofa. Shiping hält das Photo fest in ihrer Hand* Leg dich hier einen Augenblick hin, Mama. Ich gehe dir Wasser holen. *Eilig durch die Eßzimmertür ab.*

SHIPING Oh, mein Gott! Ich bin also eine Tote. Ist das alles wahr? Das Photo. Diese Möbel. – O Gott, die Welt ist doch so groß – und da kommt mein armes Kind nach all den bitteren Jahren ausgerechnet wieder in sein – in sein Haus? O Gott!

Sifeng tritt auf mit einem Glas Wasser in der Hand.

SIFENG Trink, Ma.

Shiping trinkt.

SIFENG Fühlst du dich etwas besser?

SHIPING Ja, ja, es ist besser. Kind, du kommst jetzt gleich mit mir zurück nach Hause.

SIFENG *erschrocken* Mama, was ist mit dir?

FANYIS STIMME *aus dem Eßzimmer* Sifeng!

SIFENG *lauscht* Die gnädige Frau.

FANYIS STIMME Sifeng!

SIFENG Ja.

FANYIS STIMME Komm her, Sifeng, wohin hast du den Regenmantel des Herrn gelegt?

SIFENG *laut* Ich komme schon! *Zu Shiping* Warte mal, Mama, ich komme gleich wieder.

SHIPING Geh nur.

Sifeng ab. Shiping sieht sich im Zimmer um, geht zur Kommode. Plötzlich hört sie draußen im Garten Schritte. Sie dreht sich um und wartet. Lu Gui tritt durch die mittlere Tür auf.

LU GUI Wo ist denn Sifeng?

SHIPING Die gnädige Frau hat nach ihr gerufen.

LU GUI Sag nachher der gnädigen Frau, wenn der Regenmantel gefunden ist, braucht sie ihn nicht mehr dem Herrn bringen zu lassen. Er kommt selbst, er hat noch mit der gnädigen Frau zu sprechen.

SHIPING Der Herr kommt hierher?

LU GUI Ja. – Und sag's ihr unmißverständlich. Sonst wird er wieder sauer, wenn er nachher kommt und die Gnädige nicht da ist.

SHIPING Sag's ihr lieber selbst.

LU GUI Ich bin für alle Arbeit im Haus verantwortlich und muß auf die ganze Dienerschaft aufpassen. Ich hab keine Zeit, hier zu warten.

SHIPING Ich will nach Hause. Ich will die gnädige Frau nicht mehr sprechen.

LU GUI Warum denn? Ich sag dir, wenn dich die gnädige Frau jetzt hierher bestellt, dann will sie bestimmt etwas Wichtiges mit dir besprechen.

SHIPING Ich will Sifeng mitnehmen. Sie soll hier kündigen.

LU GUI Was? Du bist wohl . . .

Fanyi tritt aus dem Eßzimmer auf.

LU GUI Gnädige Frau.

FANYI *ins Eßzimmer* Sifeng, nimm doch auch die beiden anderen Regenmäntel heraus und frage den Herrn, welchen er haben will. *Zu Shiping* Sie sind wohl Sifengs Mutter? Ich habe Sie lange warten lassen.

LU GUI Das ist doch selbstverständlich. Es ist uns eine große Ehre, wenn Sie ihr erlauben, Sie zu begrüßen.

Sifeng tritt mit den Regenmänteln aus dem Eßzimmer auf.

FANYI Setzen Sie sich doch bitte. Sind Sie schon lange hier?

SHIPING *setzt sich nicht, sieht Fanyi prüfend an* Noch nicht lange, gnädige Frau.

SIFENG Gnädige Frau, soll ich dem gnädigen Herrn alle drei Regenmäntel bringen?

LU GUI Laß sie hier liegen. Er kommt sie selbst holen. Und Sie, gnädige Frau, möchten bitte hier auf ihn warten. Der gnädige Herr hat noch etwas mit Ihnen zu besprechen.

FANYI Ist recht. *Zu Sifeng* Geh in die Küche und schau mal nach dem Abendessen. Paß auf, daß sie nichts falsch machen.

SIFENG Ja, gnädige Frau.
Argwöhnisch und ängstlich sieht sie Lu Gui und Fanyi an; durch die Mitteltür ab.

FANYI Lu Gui, sage dem Herrn, ich unterhalte mich jetzt gerade mit Sifengs Mutter, er möchte bitte später hierherkommen.

LU GUI Jawohl, gnädige Frau. *Bleibt stehen.*

FANYI *sieht, daß Lu Gui nicht geht* Gibt es noch etwas?

LU GUI Ja, gnädige Frau. Der gnädige Herr hat heute morgen den deutschen Arzt Dr. Koch hierher bitten lassen.

FANYI Chong hat es mir bereits gesagt.

LU GUI Der gnädige Herr läßt Sie bitten, den Arzt zu konsultieren, sobald er da ist.

FANYI Ich weiß schon. Du kannst gehen.
Lu Gui durch die Mitteltür ab.

FANYI *zu Shiping* Nehmen Sie doch bitte Platz, machen Sie es sich bequem. *Setzt sich selbst aufs Sofa.*

SHIPING *setzt sich daneben auf einen Stuhl* Als ich eben aus dem Zug stieg, da erfuhr ich, daß Sie mich sehen wollten.

FANYI Sifeng hat oft von Ihnen gesprochen. Sie sagte, Sie kämen aus einer guten Familie und hätten die Schule besucht.

SHIPING *möchte nicht über ihre Vergangenheit sprechen* Sifeng ist ein einfältiges, unverständiges Kind. Sie wird Ihnen in den zwei Jahren sicher viel Mühe gemacht haben.

FANYI Aber nein. Sie ist ein kluges Kind. Ich mag sie sehr gern. So ein Mädchen sollte eigentlich nicht als Dienerin arbeiten. Man sollte für sie etwas Besseres finden, meine ich.

SHIPING Ja; ich hab auch nie gewollt, daß sie Dienerin wird.

FANYI Das kann ich gut verstehen. Ich weiß, Sie sind eine gebildete, verständige Frau, und ich habe auch auf den ersten Blick erkannt, daß Sie ein offenherziger Mensch sind. Deshalb halte ich es für angebracht, jetzt mit Ihnen über den Grund zu sprechen, weshalb ich Sie hergebeten habe.

SHIPING *beunruhigt* Hat meine Tochter auf irgendwelche Weise durch ihr Verhalten Anlaß zu Gerede gegeben?

FANYI *lächelnd, versichernd* Aber nein, durchaus nicht. Ich möchte Ihnen zunächst einmal von der Situtation in meinem Hause erzählen. Es gibt hier bei uns nur wenige Frauen.

SHIPING Ja –

FANYI Außer mir wohnen hier nur mein Mann und seine beiden

Söhne; und alle Angestellten, mit Ausnahme einiger älterer Dienerinnen, sind ebenfalls Männer.

SHIPING Hm.

FANYI Und Sifeng ist noch sehr jung. Sie ist erst neunzehn, nicht wahr?

SHIPING Achtzehn.

FANYI *in gewinnendem Ton* Das ist richtig. Ich wußte doch, daß sie ungefähr ein Jahr älter ist als mein Sohn. Wenn ein so junges Mädchen woanders arbeitet, – und dazu noch so gut aussieht ...

SHIPING *drängend* Hat sie sich irgend etwas zuschulden kommen lassen? Bitte sagen Sie es mir ganz offen.

FANYI Nein, nein. *Lächelt wieder* Sie ist ein gutes Mädchen. Ich möchte Ihnen nur die Verhältnisse hier vorstellen. Ich habe selbst einen Sohn, er ist erst siebzehn – vielleicht haben Sie ihn im Garten gesehen – er ist ein ziemlich unvernünftiges Kind.

Lu Gui tritt aus der Bibliothek auf.

LU GUI Der gnädige Herr läßt Sie noch einmal bitten, sich sofort untersuchen zu lassen.

FANYI Ist denn keiner da, der dem Doktor Gesellschaft leisten kann?

LU GUI Senator Zhang ist gerade weggegangen. Der gnädige Herr leistet ihm nun selbst Gesellschaft.

FANYI Sag dem Herrn, ich bin nicht krank. Ich habe nicht nach dem Arzt geschickt.

LU GUI Jawohl, gnädige Frau. *Geht aber nicht.*

FANYI *sieht ihn an* Hast du noch etwas?

LU GUI Ich wollte nur warten, ob ich vielleicht noch etwas für die gnädige Frau erledigen soll.

FANYI *plötzlich fällt ihr etwas ein* Ach ja, wenn du dem Herrn Bescheid gesagt hast, laß einen Elektriker holen. Ich habe eben gehört, im Garten sei eine alte Stromleitung vom Wistarien-Gestell heruntergefallen. Das ist gefährlich. Sorge dafür, daß er es schnell in Ordnung bringt, damit nicht noch jemand einen Schlag kriegt.

Lu Gui durch die Mitteltür ab.

FANYI *sieht, daß Shiping sich erhebt* Bleiben Sie doch sitzen, Frau Lu. Puh, es ist wieder so schwül im Zimmer! *Geht zum Fenster und öffnet es, kommt zurück* In den letzten Tagen fand ich meinen Sohn schon merkwürdig; jetzt sagte er mir plötzlich, er sei in Sifeng verliebt.

SHIPING *erschrocken* Was?

FANYI Er will sie mit seinem Schulgeld unterstützen, damit sie zur Schule gehen kann. Und dann sagte er noch ... *lächelt* so ein Kind! ... er wolle Sifeng heiraten.

SHIPING Sie brauchen nicht weiterzuerzählen. Ich verstehe schon alles.

FANYI Sifeng ist älter als mein Sohn; auch ist sie ein sehr kluges Mädchen, und in einer solchen Situation ...

SHIPING *kann Fanyis zweideutige Ausdrucksweise nicht leiden* Ich vertraue immer auf die Besonnenheit meiner Tochter. Sie hat ihre Prinzipien. Ich wollte ja nie, daß sie Dienerin in einem großen Haus wird. Aber ich bin mir sicher, daß meine Tochter keine Dummheit begehen wird.

FANYI Ich weiß auch, daß Sifeng ein verständiges Mädchen ist. Aber Frau Lu, unter diesen ungünstigen Umständen kann es sehr leicht zu Mißverständnissen kommen, fürchte ich.

SHIPING *seufzt* Ich hätte mir nie vorstellen können, daß ich heute hierher komme. Ich habe mich entschlossen, Sifeng mitzunehmen. Und jetzt bitte ich Sie, sie zu entlassen.

FANYI Ja, wenn Sie meinen. Ich hielte es auch für das Richtigste. Nur eins noch: mein Sohn ist etwas unvernünftig, ich fürchte, er könnte Sifeng bei Ihnen zu Haus aufsuchen.

SHIPING Seien Sie unbesorgt. Ich bereue sehr, daß ich das Kind seinem Vater anvertraut habe. In drei Tagen werden wir weggehen und uns hier nicht wieder sehen lassen. Ich glaube, gnädige Frau, ich nehme meine Tochter gleich mit.

FANYI Gut, von mir aus. Ich werde den Verwalter veranlassen, ihren Lohn abzurechnen und auszuzahlen. Ihre Sachen wird ein Diener vorbeibringen. Ich habe noch einen Koffer mit alten Kleidern, die sie mitnehmen und später zu Hause tragen kann.

SHIPING *zu sich* Mein armes Kind!

FANYI *stellt sich vor Shiping* Machen Sie sich keine Sorgen, Frau Lu! Wenn Sie finanzielle Schwierigkeiten haben, wenden Sie sich ruhig an mich, es wird sich bestimmt ein Weg finden. Es ist schon recht, daß Sie sie mitnehmen. Es ist natürlich besser, wenn sie von einer Mutter wie Ihnen erzogen wird als wenn sie hier geblieben wäre.

Puyuan tritt aus der Bibliothek auf.

PUYUAN Fanyi!

Fanyi dreht sich um, Shiping tritt zur Seite.

PUYUAN Wieso bist du noch nicht hingegangen?

FANYI *als wisse sie nicht, worum es geht* Wohin?

PUYUAN Dr. Koch wartet immer noch, weißt du das nicht?

FANYI Dr. Koch? Wer ist denn Dr. Koch?

PUYUAN Der Arzt, der dich früher schon einmal behandelt hat.

FANYI Ich bin nicht krank.

PUYUAN *geduldig* Dr. Koch ist ein guter Freund von mir aus Deutschland, ein tüchtiger Neurologe. Mit deinen Nerven ist etwas nicht in Ordnung, er wird dich bestimmt heilen.

FANYI *explodiert* Wer sagt, meine Nerven sind nicht in Ordnung? Warum müßt ihr mich immer derart verleumden? Ich bin nicht krank, ich sage dir nochmals, ich bin nicht krank!

PUYUAN *kalt* Daß du in Gegenwart anderer solch ein wildes Geschrei machst, daß du deine Krankheit nicht zugeben willst, daß du den Arzt scheust und dich nicht untersuchen lassen willst, sind das nicht alles Symptome einer Nervenkrankheit?

FANYI Hm; selbst wenn ich krank wäre, könnte mich auch kein Arzt heilen. *Geht zur Eßzimmertür.*

PUYUAN *schreit* Halt! Wohin willst du?

FANYI *ungerührt* Nach oben.

PUYUAN *befehlend* Du sollst auf mich hören!

FANYI Auf dich? *Unbewegt sieht sie ihn an* Du hast wohl vergessen, was für ein Mensch du bist! *Geradewegs geht sie durch die Eßzimmertür ab.*

PUYUAN Diener!

Ein Diener tritt auf.

DIENER Gnädiger Herr!

PUYUAN Die gnädige Frau ist jetzt oben. Sag Ping, er möchte Herrn Dr. Koch zur gnädigen Frau nach oben begleiten.

DIENER Sehr wohl, gnädiger Herr!

PUYUAN Und er möchte dem Doktor bestellen, ich wäre müde und könne ihm nicht Gesellschaft leisten.

DIENER Jawohl, gnädiger Herr. *Ab.*

PUYUAN *zündet sich eine Zigarre an; sieht die Regenmäntel auf dem Tisch, zu Shiping* Sind dies die Regenmäntel, die die gnädige Frau herausgesucht hat?

SHIPING *sieht ihn an* Wahrscheinlich.

PUYUAN Falsch, falsch, sie sind alle neu. Ich will meinen alten Regenmantel, sag es nachher der gnädigen Frau.

SHIPING Hm.

PUYUAN *sieht, daß sie nicht geht* Weißt du nicht, daß es den Bediensteten nicht erlaubt ist, beliebig in dieses Zimmer hereinzukommen?

SHIPING Ich weiß es nicht, Herr.

PUYUAN Bist du eine neue Dienerin?

SHIPING Nein, ich bin gekommen, um meine Tochter zu besuchen.

PUYUAN Deine Tochter?

SHIPING Sifeng ist meine Tochter.

PUYUAN Dann bist du ins falsche Zimmer gegangen.

SHIPING Ja. – Der Herr hat sonst keine Wünsche?

PUYUAN *zeigt aufs Fenster* Wer hat das Fenster öffnen lassen?

SHIPING Oh. *Ganz selbstverständlich geht sie zum Fenster, schließt es und geht langsam zur Mitteltür.*

PUYUAN *sieht zu, wie sie das Fenster schließt; auf einmal kommt sie ihm merkwürdig vor* Warte mal.

Shiping bleibt stehen.

PUYUAN Du ... wie heißt du?

SHIPING Ich heiße Lu.

PUYUAN Lu. Deiner Aussprache nach kommst du wohl nicht aus dem Norden.

SHIPING Richtig. Ich komme aus dem Süden, aus der Provinz Jiangsu.

PUYUAN Du sprichst so etwas wie Wuxi-Dialekt.

SHIPING Ich bin in Wuxi aufgewachsen.

PUYUAN *denkt tief nach* Wuxi? Ach, Wuxi. – *Unvermittelt* Wann bist du in Wuxi gewesen?

SHIPING Das war kurz vor der Jahrhundertwende, ist also schon fast 30 Jahre her.

PUYUAN Also, vor dreißig Jahren warst du in Wuxi.

SHIPING Ja, vor dreißig Jahren. Ich erinnere mich, damals gab es bei uns noch keine Streichhölzer.

PUYUAN *sinnierend* Vor dreißig Jahren, ja, das liegt sehr weit zurück. Laß mich mal nachdenken, ich müßte also ungefähr Mitte zwanzig gewesen sein – da war ich auch noch in Wuxi.

SHIPING Stammen Sie aus Wuxi, gnädiger Herr?

PUYUAN Ja. *Murmelt* Wuxi ist eine schöne Stadt.

SHIPING Ja, eine schöne Stadt.

PUYUAN Warst du vor dreißig Jahren in Wuxi?

SHIPING Ja, Herr.

PUYUAN Vor dreißig Jahren gab es in Wuxi ein aufsehenerregendes Ereignis ...

SHIPING Ja?

PUYUAN Ist dir das bekannt?

SHIPING Vielleicht, wenn ich wüßte, welches Sie meinen.

PUYUAN Ah, es ist so lange her. Die Leute haben es sicher schon vergessen.

SHIPING Nicht unbedingt. Vielleicht kann sich noch jemand daran erinnern.

PUYUAN Ich habe schon einige Leute, die damals in Wuxi waren, danach gefragt; ich habe auch jemanden nach Wuxi geschickt, um sich zu erkundigen. Leider sind die Leute, die damals in Wuxi waren, jetzt entweder gestorben oder alt geworden. Und die Lebenden haben davon überhaupt nichts gewußt oder es vergessen. Aber vielleicht kannst du dich daran erinnern. Nun, vor dreißig Jahren gab's in Wuxi eine Familie namens Mei.

SHIPING Familie Mei, also »Pflaumenblüte«?

PUYUAN Die Tochter der Meis, eine elegante, anständige junge Dame, ist eines Nachts plötzlich ins Wasser gegangen und ertrunken. Und dann ... und dann ... – Kennst du diese Geschichte?

SHIPING Ich bin nicht sicher.

PUYUAN So.

SHIPING Ich kannte zwar ein junges Mädchen namens Mei.

PUYUAN Und? Weiter bitte!

SHIPING Aber sie war weder eine Dame noch elegant, und außerdem war sie angeblich nicht besonders anständig.

PUYUAN Vielleicht, vielleicht liegt da eine Verwechslung vor. Das macht aber nichts. Nun, erzähl ruhig weiter.

SHIPING Dieses Mädchen hat sich auch nachts ins Wasser gestürzt. Sie war jedoch nicht allein, sondern sie hielt einen drei Tage alten Jungen im Arm. Man sagt, sie hätte ein nicht ganz makelloses Leben geführt.

PUYUAN *schmerzlich* Oh!

SHIPING Sie war ein Dienstmädchen und lebte nicht in geordneten Verhältnissen. Ich hörte, sie habe ein Verhältnis mit dem jungen Herrn einer Familie Zhou gehabt und ihm zwei Söhne geboren. Drei Tage nach der Geburt des zweiten Kindes wollte der junge Mann sie nicht mehr. Während der ältere Sohn bei den Zhous blieb, drückte sie das Neugeborene an die Brust, stürzte sich in den Fluß und starb. Es geschah in der Neujahrsnacht.

PUYUAN *schweißüberströmt* Oh!

SHIPING Sie war keine Dame, sie war die Tochter der Frau Mei, einer Dienerin im Hause Zhou in Wuxi. Sie hieß Shiping.

PUYUAN *hebt den Kopf* Wie heißt du?

SHIPING Ich heiße Lu, gnädiger Herr.

PUYUAN *stößt einen Seufzer aus, in Gedanken versunken* Richtig, Shiping, Shiping hieß sie. Man sagt, die Leiche dieses Mädchens sei von einem armen Mann gefunden und begraben worden. Kannst du dich mal erkundigen, wo ihr Grab liegt?

SHIPING Warum interessieren Sie sich so dafür, gnädiger Herr?

PUYUAN Diese Frau ist mit uns entfernt verwandt.

SHIPING Verwandt?

PUYUAN Ja. Wir wollen ihr Grab pflegen.

SHIPING Pflegen? Das ist gar nicht nötig.

PUYUAN Wieso nicht?

SHIPING Diese Frau ist noch am Leben.

PUYUAN *erstaunt* Was sagst du?

SHIPING Sie ist nicht tot.

PUYUAN Sie lebt noch? Das kann nicht sein! Ich habe ja ihre Kleider selbst gesehen, die sie am Flußufer zurückgelassen hat; darin war ihr Abschiedsbrief.

SHIPING Sie wurde gerettet.

PUYUAN Gerettet?

SHIPING Aber in Wuxi sah man sie nie wieder, daher glaubt man, sie sei in jener Nacht gestorben.

PUYUAN Und – wo ist sie?

SHIPING Sie lebt allein in der Fremde.

PUYUAN Und das Kind?

SHIPING Es lebt auch.

PUYUAN *steht plötzlich auf* Wer bist du?

SHIPING Ich bin Sifengs Mutter, gnädiger Herr.

PUYUAN Ja, ja.

SHIPING Sie ist jetzt alt geworden. Sie hat einen einfachen Mann geheiratet und noch ein Mädchen zur Welt gebracht. Die Verhältnisse sind ziemlich schlecht.

PUYUAN Weißt du, wo sie jetzt ist?

SHIPING Ich habe sie vor ein paar Tagen noch gesehen.

PUYUAN Was? Hier? Hier in dieser Stadt?

SHIPING Ja, sie ist hier.

PUYUAN Wirklich?

SHIPING Möchten Sie sie einmal sehen, gnädiger Herr?

PUYUAN *hastig* Nein, nein, nicht nötig.

SHIPING Ihr Schicksal ist wirklich bitter. Nachdem sie die Zhous verlassen hatte, heiratete der junge Herr Zhou sofort eine Dame aus gutem Hause. Und sie selbst mußte sich ganz allein, ohne jegliche Unterstützung von Verwandten oder Freunden, mit ihrem Kind in der Fremde durchschlagen. Sie ist betteln gegangen. Sie hat als Flickerin, als Putzfrau, als Dienerin schwer gearbeitet.

PUYUAN Warum hat sie nicht einmal wieder die Zhous aufgesucht?

SHIPING Die Zhous? Die will sie sicher nicht wiedersehen. Sie hat ihres Kindes wegen zweimal geheiratet.

PUYUAN Ach, danach hat sie noch zweimal geheiratet.

SHIPING Ja, die beiden Männer sind von niedriger Herkunft, mit denen ist sie nie glücklich gewesen. Hat der gnädige Herr vielleicht die Absicht, ihr zu helfen?

PUYUAN Nun gut, du kannst erstmal gehen.

SHIPING Kann ich noch etwas für den Herrn tun? *Sieht Puyuan an, hält ihre Tränen zurück.*

PUYUAN Ach ja, sag doch Sifeng gleich, sie möchte meinen alten Regenmantel aus der Kampferholztruhe herausholen und bei der Gelegenheit auch die paar alten Oberhemden raussuchen.

SHIPING Alte Oberhemden?

PUYUAN Ja, die seidenen Oberhemden, ohne Kragen. Sag ihr, sie sind in der ältesten Truhe.

SHIPING Von diesen seidenen Oberhemden hat der Herr im ganzen doch fünf Stück, nicht wahr? Welches wollen Sie nun haben?

PUYUAN Welches ich haben will?

SHIPING Ist nicht eines dabei, das auf der rechten Manschette ein eingebranntes Loch hatte? Und ist das Loch dann nicht mit einer in Seide gestickten Pflaumenblüte geflickt worden? Und . . .

PUYUAN *erstaunt* Eine Pflaumenblüte?

SHIPING Und daneben ist noch der Name »Shiping« gestickt.

PUYUAN *erhebt sich langsam* Ach, dann bist du, du, du . . .

SHIPING Ich bin eine Dienerin, die dem Herrn früher gedient hat.

PUYUAN Oh, Shiping! *Leise* Du bist es also?

SHIPING Das hättest du dir natürlich nie vorstellen können, daß

Shipings Gesicht eines Tages so alt sein könnte, daß nicht einmal du es wiedererkennen könntest.

Puyuan blickt unwillkürlich auf die Photographie auf der Kommode; sein Blick fällt dann auf Shiping; es vergeht eine Weile.

PUYUAN *plötzlich streng* Warum bist du gekommen? Was willst du?

SHIPING Ich will nichts. Ich habe auch nie vorgehabt, hierher zu kommen.

PUYUAN Dann hat jemand dich hierher geschickt?

SHIPING *traurig und wutentbrannt* Ja, das Schicksal, das ungerechte Schicksal hat mich hierher geschickt.

PUYUAN *kühl* Dreißig Jahre sind vergangen und endlich hast du mich gefunden.

SHIPING *voll Kummer und Zorn* Ich habe dich nicht gesucht und dich auch nicht finden wollen. Ich hab geglaubt, du wärst längst tot. Ich hatte nicht geahnt, daß ich heute hierher kommen würde. Es ist der Wille des Himmels, daß ich dich hier wieder treffe.

PUYUAN Du könntest etwas vernünftiger sein. Du und ich, wir beide haben schließlich erwachsene Kinder. Auch wenn man seinen Kummer loswerden will, so muß man doch in unserem Alter nicht gleich mit Tränen und Schluchzen anfangen.

SHIPING Ach, meine Tränen sind schon längst versiegt. Ich habe keinen Kummer. Was ich empfinde, ist Haß, Reue, ist all das Leid, das ich ertragen mußte, Tag für Tag, fast dreißig Jahre lang! Du hast sicher vergessen, was du damals getan hast. In jener Neujahrsnacht vor siebenundzwanzig Jahren, drei Tage nachdem ich dir unseren zweiten Sohn zur Welt gebracht hatte, hast du mich in den kalten Schnee hinauswerfen lassen. Weil – weil du es eilig hattest, eine reiche, vornehme Frau zu heiraten, und ich sofort verschwinden mußte.

PUYUAN Ist das denn nötig, nach all den Jahrzehnten alten Haß und alte Liebe wieder aufzuwärmen?

SHIPING Natürlich ist das nicht nötig für den Herrn Zhou, der seine Karriere gemacht hat und inzwischen eine angesehene Persönlichkeit geworden ist. Aber für mich – ich kann das nie vergessen. Nachdem ich aus eurem Haus vertrieben wurde, gelang es mir zwar nicht zu sterben, doch, gequält durch meine Schande, starb darauf meine Mutter. Meine beiden Kinder wolltet ihr mir nicht geben.

PUYUAN Hast du deinen zweiten Sohn denn nicht mitgenommen?

SHIPING Ja, aber erst danach, als deine Mutter merkte, daß das Kind so krank war, daß kaum noch Hoffnung bestand. *Zu sich* O Gott, mir ist, als ob ich geträumt hätte.

PUYUAN Ich finde, man sollte nicht wieder die vergangenen Dinge hervorholen.

SHIPING Aber das will ich, das will ich! Ich hab diese Dinge dreißig Jahre lang im Herzen getragen! Du bist nach der Heirat sofort umgezogen. Ich glaubte, ich würde dich niemals wiedersehen können. Wer hätte gedacht, daß meine eigene Tochter ausgerechnet in das Haus der Zhous kommen und das gleiche tun muß wie ich früher.

PUYUAN Kein Wunder, daß Sifeng dir so ähnlich ist.

SHIPING Ich habe dir gedient, mein Kind dient jetzt wieder deinen Kindern. Das ist nun mein Lohn; den habe ich verdient!

PUYUAN Beruhige dich, nimm dich zusammen. Denk nur nicht, mein Herz sei tot. Willst du glauben, daß jemand, der etwas so Schlimmes getan hat, es vergessen könnte? Sieh doch nur die Möbel hier; es sind alles die Stücke, die du früher besonders gern hattest. Ich habe sie all die Jahre bewahrt, als Erinnerung an dich.

SHIPING *mit gesenktem Kopf* Oh.

PUYUAN An deinen Geburtstag, den 18. April, habe ich mich immer erinnert. Wir feiern ihn jedes Jahr so, als ob du meine rechtmäßige Ehefrau gewesen wärst. Damals, als du nach Pings Geburt krank warst und keine Zugluft vertragen konntest, wolltest du immer die Fenster geschlossen halten. Gewohnheiten wie diese habe ich sogar bis heute beibehalten. Das alles tue ich, um deiner zu gedenken, um wiedergutzumachen, was ich dir angetan habe.

SHIPING *seufzt* Laß das, bitte! Für solche Worte sind wir schon zu alt.

PUYUAN Gut, dann können wir uns mal ganz offen aussprechen. Das ist mir auch lieber.

SHIPING Ich finde, es gibt nichts, was wir besprechen könnten.

PUYUAN Doch, es gibt vieles. Wie ich sehe, hast du dich im Wesen nicht viel verändert – und Lu Gui, der scheint mir ein gerissener Kerl zu sein.

SHIPING Keine Angst. Der wird es nie erfahren.

PUYUAN Das ist gut für uns beide. Nun, was ich noch wissen wollte: Was ist denn mit unserem Sohn geschehen, den du mitgenommen hast?

SHIPING Er arbeitet in deiner Grube.

PUYUAN Und wo ist er zur Zeit?

SHIPING Zur Zeit ist er hier bei dem Pförtner und wartet auf eine Unterredung mit dir.

PUYUAN Was? Lu Dahai? Der? Mein Sohn?

SHIPING Ja, das ist er. Er ist jetzt ein völlig anderer Mensch als du.

PUYUAN *lacht kalt* Das heißt also, mein eigener Sohn facht in meinem Bergwerk einen Streik gegen mich an!

SHIPING Willst du etwa glauben, daß er dich noch als Vater erkennen würde?

PUYUAN *plötzlich* Also gut, nun mal ganz offen! Wieviel Geld willst du haben?

SHIPING Was sagst du?

PUYUAN Für deine Altersversorgung.

SHIPING *lacht bitter* Glaubst du, ich sei mit der Absicht gekommen, dich zu erpressen?

PUYUAN Nun gut, darüber können wir später sprechen. Jetzt laß mich zunächst einmal sagen, was ich vorhabe. Hör zu! Ich will Lu Gui entlassen. Sifeng muß auch gehen. Aber ...

SHIPING Du brauchst dir keine Sorgen zu machen. Fürchtest du, daß ich dich durch diese Verwicklungen erpressen würde? Nein, beruhige dich, sei unbesorgt, das tue ich nicht. In drei Tagen werde ich mit Sifeng dahin gehen, wo ich herkam. Das ist ein Traum gewesen. Ich kann nicht länger hier bleiben.

PUYUAN Sehr gut. Ich übernehme dann die gesamten Kosten für die Reise und den Lebensunterhalt.

SHIPING Wozu?

PUYUAN Um mein Gewissen zu beruhigen.

SHIPING Dein Gewissen? *Lacht* Siebenundzwanzig Jahre habe ich schon ganz allein verbracht, da sollte ich auf einmal dein Geld nehmen?

PUYUAN Schon gut, schon gut. Wenn du kein Geld haben willst, möchtest du vielleicht etwas anderes?

SHIPING *hält kurz inne* Ja, ich – ich möchte –

PUYUAN Was? Sag es.

SHIPING *tränenden Auges* Ich – ich – ich möchte meinen Ping noch einmal sehen.

PUYUAN Du willst Ping sehen?

SHIPING Ja, wo ist er?

PUYUAN Er ist gerade mit dem Arzt oben bei seiner Stiefmutter. Er wird schon herunterkommen, wenn ich ihn rufe. Aber er – *stockt* er ist erwachsen und . . . *stockt* und er glaubt, seine Mutter sei längst tot.

SHIPING Ich verstehe. Du glaubst wohl, ich würde eine Szene machen und ihn bitten, mich als seine Mutter anzuerkennen. Nein, so dumm bin ich nicht. Es ist mir ganz klar, daß seine Stellung und seine Erziehung ihm nicht erlauben, solch eine Mutter anzuerkennen. Ich habe in diesen Jahren auch dazugelernt. Ich möchte ihn nur einmal sehen. Schließlich ist er mein eigenes Kind. Mach dir keine Sorgen, denn selbst wenn ich ihm die Wahrheit sagte, würde es ihn bloß unglücklich machen, er würde unmöglich bereit sein, mich anzuerkennen.

PUYUAN Gut. Ich lasse ihn herunterkommen, damit du ihn einmal siehst. Aber danach dürfen sich die Lus nie wieder in diesem Hause blicken lassen.

SHIPING Bestimmt, ich hoffe, daß ich dich in diesem Leben nie wiedersehen werde.

PUYUAN *zieht aus der Tasche ein Scheckheft heraus, schreibt* Gut, hier ist ein Scheck über fünftausend Dollar, den kannst du erstmal mitnehmen. Eine kleine Wiedergutmachung von mir.

Shiping nimmt den Scheck und zerreißt ihn.

PUYUAN Shiping!?

SHIPING All mein Leid in diesen Jahren kannst du nicht mit Geld aufwiegen.

PUYUAN Aber du –

Draußen hört man Gezanke.

STIMME DAHAIS Laß mich durch, ich will da rein!

STIMMEN EINIGER DIENER Nein, nein, das geht nicht, der Herr schläft.

PUYUAN *geht zur Mitteltür* Diener!

Ein Diener tritt durch die Mitteltür auf.

PUYUAN Wer streitet sich da?

DIENER Der Bergarbeiter Lu Dahai. Er ist verrückt geworden. Er will unbedingt den gnädigen Herrn sprechen.

PUYUAN So. *Überlegt* Laß ihn herein. Warte, und laß jemand nach oben gehen und Ping herunterbitten. Ich möchte mit ihm sprechen.

DIENER Ja, gnädiger Herr. *Durch die Mitteltür ab.*

PUYUAN *zu Shiping* Sei doch nicht so eigensinnig, Shiping. Du wür-

dest es später bereuen, wenn du dieses Geld heute nicht nimmst.
Shiping schaut Puyuan wortlos an. Drei oder vier Diener führen Dahai herein; Dahai steht links, die Diener daneben.

DAHAI *sieht Shiping* Du bist noch hier, Mutter?

PUYUAN *sieht Dahai prüfend an* Wie heißt du?

DAHAI Sie brauchen sich mir gegenüber nicht aufzuspielen. Wissen Sie wirklich nicht, wer ich bin? Unglaublich!

PUYUAN Ich weiß nur, daß du der Arbeiter bist, der beim Streik am meisten Unruhe gestiftet hat.

DAHAI Richtig, stimmt haargenau, deshalb bin ich gekommen, um Ihnen einen Besuch abzustatten.

PUYUAN Was willst du von mir?

DAHAI Was ich will? Das weiß der Herr Vorstandsvorsitzende doch ganz genau.

PUYUAN *den Kopf schüttelnd* Ich weiß es nicht.

DAHAI Wir hatten vom Bergwerk eine lange Reise hierher, und ich habe heute morgen seit 6 Uhr im Pförtnerhaus gewartet, um nur eine Frage an Sie zu stellen, Herr Vorstandsvorsitzender: – Nehmen Sie endlich unsere Bedingungen an oder nicht?

PUYUAN Ach so. – Und was ist mit den anderen drei Vertretern?

DAHAI Soll ich Ihnen mal was verraten? Sie sind gerade dabei, Kontakte mit anderen Gewerkschaften aufzunehmen.

PUYUAN Ah. – Und haben sie dir nichts weiter mitgeteilt?

DAHAI Ob sie mir etwas mitgeteilt haben oder nicht, geht Sie gar nichts an. – Nun sagen Sie mal, was ist denn das für eine Linie, dieses Hin und Her, mal hart, mal weich! Was denken Sie sich eigentlich?
Ping tritt durch die Eßzimmertür, sieht die Leute, will sich zurückziehen.

PUYUAN *sieht Ping* Komm her, Ping! *Wirft Shiping einen Blick zu.*

PING Ja, Vater.

PUYUAN *zeigt neben sich* Komm und bleib hier stehen. *Zu Dahai* Wer nur seinen Emotionen folgt wie du, der kann keine Verhandlung führen.

DAHAI Ha, Ihre Tricks, die habe ich durchschaut. Sie wollen uns auf diese Weise hier aufhalten und Zeit gewinnen, um sich durch Bestechung ein paar gemeine Streikbrecher zu kaufen. Stimmt's?

PUYUAN Ja, deine Unterstellung ist gar nicht mal ungerechtfertigt.

DAHAI Aber Sie irren sich sehr. Unser Streik ist gut organisiert und alle Kumpel stehen solidarisch hinter uns Vertretern. Wenn wir jetzt kommen, so kommen wir nicht um etwas zu erbitten. Hören Sie gut zu, wir bitten um nichts! Wenn Sie auf unsere Forderungen eingehen, ist alles in Ordnung; sonst werden wir bis zum Ende streiken. Wir wissen nämlich, daß Sie nicht einmal zwei Monate aushalten können, dann müssen Sie das ganze Werk schließen.

PUYUAN Bist du denn sicher, daß ihr euch auf eure Führer und Vertreter verlassen könnt?

DAHAI Jedenfalls sind sie zuverlässiger als Ihr, die Ihr nur zusammenhaltet, solange Ihr Profit macht.

PUYUAN Nun darf ich dir mal etwas zeigen.

Puyuan sucht auf dem Tisch nach einem Telegramm, ein Diener überreicht es ihm; in diesem Moment kommt Chong leise von rechts aus der Bibliothek herein und hört zu.

PUYUAN *gibt Dahai das Telegramm* Dieses Telegramm kam gestern vom Werk.

DAHAI *nimmt und liest es* Was? Sie haben die Arbeit wieder aufgenommen? *Legt das Telegramm hin* Das kann nicht sein.

PUYUAN Die Arbeiter im Werk haben gestern morgen die Arbeit wieder aufgenommen, und du als Vertreter weißt noch nichts davon?

DAHAI *wütend* Die Werkspolizei hat dreißig Bergleute erschossen, das kann doch wohl kaum ohne Konsequenzen bleiben? *Lacht auf* Haha, das ist eine Fälschung. Sie haben das Telegramm gefälscht, um uns zu spalten. Welch gemeiner, hinterhältiger Trick!

PING *unbeherrscht* Wer bist du? Wie kannst du wagen, hier so ein dummes Zeug zu reden?

PUYUAN Misch dich nicht ein! *Zu Dahai* So sehr vertraust du also den anderen Vertretern, die mit dir gekommen sind?

DAHAI Sie brauchen nichts weiter zu sagen, ich verstehe schon, was Sie damit meinen.

PUYUAN Gut, dann kann ich dir die Vereinbarung über die Wiederaufnahme der Arbeit zeigen.

DAHAI *lacht* Machen Sie keine Witze und versuchen Sie nicht, mich zu täuschen, ich bin doch kein Kind. Eine Vereinbarung ohne die Unterschrift von uns Vertretern ist wertlos.

PUYUAN Also, bringt mir die Vereinbarung!

Ein Diener holt die Vereinbarung aus der Bibliothek und gibt sie Puyuan.

PUYUAN Hier, das ist die Vereinbarung, von den drei Leuten unterschrieben.

DAHAI *sieht die Vereinbarung* Was? *Langsam* Sie haben unterschrieben? *Will die Urkunde genau prüfen, greift nach ihr* Unterschrieben, ohne mir ein Wort zu sagen?

PUYUAN *zieht das Papier gleich zurück, gibt es dem Diener* Ganz recht, du dummer Junge. Nur Lärm zu machen führt doch zu nichts. Man muß eben Erfahrungen haben.

DAHAI Wo sind die drei?

PUYUAN Gestern gleich mit dem Abendzug zurückgefahren.

DAHAI *wie aus einem Traum erwachend* Diese Feiglinge! Verräter! Die haben unsere Kumpel verkauft. Und Sie, Sie haben es diesmal mit ihrem stinkenden Geld wieder erreicht. Sie unverschämter Kerl. Wie widerlich ihr alle seid, ihr Bosse!

PING *zornig* Du Schuft!

PUYUAN Sei still! *Wendet sich zu Dahai* Du bist jetzt nicht mehr berechtigt, mit mir zu reden, Lu Dahai. Du bist entlassen.

DAHAI Entlassen?

CHONG Das ist ungerecht, Vater.

PUYUAN *zu Chong* Halt den Mund und verschwinde!

Chong geht zornig durch die Mitteltür ab.

DAHAI Also gut. *Zähneknirschend* Ihre Tricks hab ich längst durchschaut. Sie sind zu allem fähig, wenn's ums Geld geht. Sie haben die Werkspolizei Dutzende unserer Kumpel umbringen lassen. Sie –

PUYUAN Völliger Unsinn!

SHIPING *geht zu Dahai* Laß das, Dahai, wir gehen.

DAHAI Ha, ich kenne genau Ihre Vorgeschichte. Als Sie früher den Auftrag hatten, die Brücke über den Songhua-Fluß bei Harbin zu bauen, ließen Sie absichtlich den Damm brechen. –

PUYUAN *heftig* Raus!

DIE DIENER *zerren Dahai* Geh! Geh!

DAHAI Dadurch sind zweitausendzweihundert Bauarbeiter ertrunken, und Sie haben pro Arbeiter dreihundert Dollar von den Schmerzensgeldern für die Hinterbliebenen unterschlagen. Sie haben sich also auf diese gewissenlose Weise bereichert, Ihre Kinder und Kindeskinder werden dafür büßen und verdammt werden. Aber jetzt . . .

PING *stürzt auf Dahai los und gibt ihm zwei Ohrfeigen* Du Gauner! Du Halunke!

Dahai schlägt zurück, wird von den Dienern festgehalten.

PING Schlagt ihn!

DAHAI *zu Ping* Du!

Die Diener schlagen alle auf Dahai ein, Dahai blutet.

PUYUAN *streng* Hört auf zu prügeln!

Die Diener hören mit dem Prügeln auf und halten Dahai weiter fest.

DAHAI *versucht, frei zu kommen* Laßt mich los, ihr Räuberbande!

PING *zu den Dienern* Schmeißt ihn raus!

SHIPING *bricht in Weinen aus* Das ist wirklich eine Räuberbande! *Stellt sich vor Ping* Oh, mein Sohn – mein Sohn hat nichts verbrochen, warum schlagen Sie ihn?

PING Wer bist du?

DAHAI Laß diesen Kerl, Mutter. Sieh dich vor, sonst tun sie dir auch noch etwas an.

SHIPING *betrachtet starr Pings Gesicht, beginnt erneut zu weinen* Komm, Dahai, wir wollen gehen.

Dahai wird von den Dienern hinausgezerrt, Shiping folgt nach. Auf der Bühne bleiben nur Puyuan und Ping.

PING *bedauernd* Vater.

PUYUAN Du hättest dich etwas mehr beherrschen sollen.

PING Aber dieser Mann darf meinen Vater doch nicht verleumden und beleidigen.

Pause.

PUYUAN Hat Dr. Koch Mutter schon untersucht?

PING Ja, er hat nichts Besonderes gefunden.

PUYUAN So! *Kurz in Gedanken versunken, dann plötzlich* Diener!

Ein Diener tritt durch die Mitteltür auf.

PUYUAN Sag der gnädigen Frau, sie möchte den Lohn für Lu Gui und Sifeng abrechnen lassen, ich hätte die beiden entlassen.

DIENER Jawohl, Herr.

PING Was? Was ist mit den beiden los?

PUYUAN Weißt du es nicht? Der Arbeiter eben heißt auch Lu. Er ist Sifengs Bruder.

PING *erstaunt* Er ist Sifengs Bruder? Aber, Vater –

PUYUAN *zum Diener* Und sag der gnädigen Frau noch, die Buchhaltung solle Lu Gui und Sifeng für zwei Monate Extralohn zahlen, und die beiden sollen schon heute gehen. Das ist alles. *Der Diener durchs Eßzimmer ab.*

PING Aber Vater, Sifeng und Lu Gui haben uns treu gedient.

PUYUAN Hm. *Gähnt* Ich bin müde. Ich will mich einen Augenblick in der Bibliothek ausruhen. Laß mir einen kräftigen Yunnan-Tee bringen.

PING Ja, Vater.

Puyuan durch die Bibliothek ab

PING *seufzt* Puh!

Geht eilig zur Mitteltür, Chong kommt im selben Moment durch die Mitteltür herein.

CHONG *aufgeregt* Ping, wo ist denn Sifeng?

PING Ich weiß nicht.

CHONG Ist es wahr, daß Vater Sifeng entlassen will?

PING Ja, und auch Lu Gui.

CHONG Ihr Bruder hat zwar unseren Vater beleidigt, aber haben wir ihn nicht dafür geschlagen? Warum müssen wir dieses arme Mädchen noch demütigen?

PING Da mußt du Vater fragen.

CHONG Das ist einfach lächerlich.

PING Allerdings.

CHONG Wo ist Vater?

PING In der Bibliothek.

Chong geht in die Bibliothek. Ping geht im Zimmer auf und ab. Sifeng tritt, ihre Tränen abwischend, durch die Mitteltür ein.

PING *geht schnell zu Sifeng* Entschuldige, Sifeng, ich kannte ihn wirklich nicht.

Sifeng bringt kein Wort heraus und macht nur eine hilflose Handbewegung.

PING Aber dein Bruder hätte auch nicht derartig beleidigend reden dürfen.

SIFENG Sprich nicht mehr davon.

Geht sogleich zum Eßzimmer.

PING Wohin gehst du?

SIFENG Ich gehe meine Sachen packen. Leb wohl. Ich fürchte, ich werde morgen bei deiner Abreise nicht dabei sein können.

PING Nein, geh nicht. *Stellt sich ihr in den Weg.*

SIFENG Nein, laß mich los. Weißt du denn nicht, wir sind entlassen?

PING *schwermütig* Wirst du, Sifeng – wirst du mir verzeihen?

SIFENG Ich hatte schon damit gerechnet, daß so etwas früher oder später passieren würde. Heute abend darfst du mich auf keinen Fall besuchen.

PING Aber später doch?

SIFENG Das ... Warten wir erstmal ab.

PING Nein, Sifeng, ich muß dich sehen, heute abend will ich dich unbedingt sehen. Ich habe soviel mit dir zu besprechen. Sifeng, du –

SIFENG Nein, du darfst unter keinen Umständen kommen.

PING Dann mußt du auf einem anderen Weg zu mir kommen.

SIFENG Es gibt keinen anderen Weg. Siehst du denn nicht, wie die Lage ist?

PING Ich werde ganz bestimmt vorbeikommen.

SIFENG Nein, nein, mach keine Dummheiten! Auf keinen Fall –

Fanyi tritt durch die Eßzimmertür auf.

SIFENG Ah, gnädige Frau.

FANYI So, ihr seid hier! *Zu Sifeng* Dein Vater holt gerade den Elektriker, er ist gleich zurück. Deine Sachen werde ich ihm mitgeben oder durch jemanden schicken lassen. – Wo wohnst du denn?

SIFENG Aprikosenblütenweg 10.

FANYI Sei nicht traurig. Wenn du Zeit hast, kannst du mich immer besuchen. Die Sachen werde ich dir gleich dahin schicken. Aprikosenblütenweg 10, nicht wahr?

SIFENG Ja, vielen Dank, gnädige Frau.

SHIPINGS STIMME Sifeng! Sifeng!

SIFENG Hier bin ich, Ma.

Shiping tritt durch die Mitteltür auf.

SHIPING Sifeng, packe schnell noch deine Sachen zusammen und dann laß uns gehen. Es wird gleich ein Gewitter geben.

Der Wind heult, und es beginnt zu donnern.

SIFENG Ja, Mama.

SHIPING *zu Fanyi* Wir gehen, gnädige Frau. *Zu Sifeng* Sifeng, bedanke dich bei der gnädigen Frau.

SIFENG *macht einen Knicks vor Fanyi* Gnädige Frau, ich danke Ihnen für alles. *Ihre Tränen zurückhaltend blickt sie Ping an, Ping wendet langsam den Kopf ab; Shiping und Sifeng durch Mitteltür ab.*

FANYI Worüber hast du eben mit Sifeng gesprochen, Ping?

PING Du hast kein Recht, danach zu fragen.

FANYI Denke nur nicht, daß sie dich verstehen kann.

PING Was soll das heißen?

FANYI Lüge mich nicht schon wieder an. Ich will wissen, wohin du gehen wolltest? Das hattest du eben gesagt.

PING Das hat mit dir nichts zu tun. Nimm dich doch ein bißchen zusammen.

FANYI Du mußt sagen, wohin du heute abend gehen willst!

PING Ich – *plötzlich* ich geh zu ihr. Wie findest du das?

FANYI *drohend* Ist dir bewußt, wer sie ist und wer du bist?

PING Nein. Ich weiß nur, daß ich sie jetzt wirklich liebe und sie mich auch. Seit einigen Tagen finde ich, daß du dir darüber schon längst im klaren bist, und wenn du jetzt willst, daß darüber offen gesprochen wird, dann brauche ich es dir natürlich nicht mehr zu verheimlichen.

FANYI Ein Mann mit Hochschulbildung wie du mit der Tochter eines Dieners, einem Mädchen von niedriger Herkunft. –

PING *explodiert* Solch ein Quatsch. Du hast kein Recht zu sagen, sie sei von niedriger Herkunft. Du hast kein Recht dazu.

FANYI *lacht kalt* Sieh dich vor: Du solltest eine enttäuschte Frau nicht zu weit in die Enge treiben. Sie ist dann zu allem fähig.

PING Ich habe mir schon alles gründlich überlegt.

FANYI Gut, geh nur. Aber Vorsicht, *schaut aus dem Fenster, zu sich* das Gewitter geht gleich los.

PING *hat begriffen* Ich weiß.

Puyuan tritt aus der Bibliothek auf.

PUYUAN Worüber sprecht ihr?

PING Ich sprach gerade mit Mutter über den Zwischenfall von eben.

PUYUAN Sind sie schon fort?

FANYI Ja.

PUYUAN Fanyi, ich habe Chong wieder zum Weinen gebracht. Laß ihn hereinkommen und tröste ihn.

FANYI *geht zur Bibliothekstür* Chong, Chong! *Da sie keine Antwort von drinnen hört, geht sie hinein.*

Draußen werden Wind und Donner stärker. Puyuan tritt an das Fenster, der Wind braust heftig. Man hört wie draußen ein Blumentopf zu Boden fällt und zerbricht.

PUYUAN Ping, der Wind hat einen Blumentopf heruntergeweht. Laß einen Diener schnell die Fensterläden schließen. Wahrscheinlich gibt es gleich einen heftigen Regenguß.

PING Ja, Vater. *Durch die Mitteltür ab.*

Puyuan steht am Fenster und sieht zu, wie es draußen blitzt.

Vorhang.

DRITTER AKT

Aprikosenblütenweg Nr. 10, im Haus Lu Guis.

Die Bahnhofsuhr schlägt zehn. Außerhalb des Hauses suchen alt und jung nach Kühlung an einem Teich, der den ganzen Tag über einen unangenehmen Geruch verströmt und an dem nur in der Nacht ein frischer Wind weht. Es hat ein Gewitter gegeben; doch ist es immer noch unerträglich heiß und drückend, so daß die Menschen voll Unruhe sind und hoffen, daß es noch einmal ein Gewitter geben möge. Die Frösche im Teich quaken ohne Unterlaß, und ab und zu hört man, wie sich die Menschen draußen unterhalten. Bisweilen wetterleuchtet es am bedeckten Himmel; im hellen, bläulichen Licht der Blitze erkennt man die Trauerweiden am Teich, deren Laub über dem Wasser zittert. Sobald das Leuchten der Blitze vorbei ist, ist alles wieder stockfinster.

Nach und nach gehen die Kühlung suchenden Leute nach Hause, und rings umher wird es still. Wieder fängt der Donner an zu grollen; die etwas verschreckten Frösche quaken nur noch zögernd. Erneut erhebt sich der Wind; die Weidenblätter rascheln. Die Blitze werden allmählich beängstigend hell, und das Donnergrollen kommt näher, während es in der Umgebung immer ruhiger und stiller wird. Man hört nur gelegentlich das Froschgequake und die Klapper eines Nachtwächters. Schließlich bricht das Gewitter mit Sturm los und dauert bis zum Ende des Aktes an.

Die Bühne zeigt Sifengs Zimmer (also das hintere von den zwei Zimmern der Lus).

Die Lus sind gerade mit dem Abendessen fertig. Alle sind in schlechter Stimmung, jeder hängt seinen eigenen Gedanken nach. Dahai hockt schweigend in einer Ecke und putzt eine Pistole. Auch Shiping und Sifeng schweigen. Shiping steht mit gesenktem Kopf am runden Tisch in der Mitte des Zimmers und sammelt das Geschirr und die Eßstäbchen ein. Lu Gui sitzt betrunken links auf einem wackeligen Lehnstuhl, wie ein Affe schaut er mit geröteten Augen Shiping an; er hat einen Schluckauf. Er ist barfuß, ein durchgeschwitztes weißes Unter-

hemd klebt ihm am Körper. Unaufhörlich fächelt er sich mit einem Palmblattfächer Kühlung zu. Sifeng steht am Fenster in der Mitte mit dem Rücken zum Publikum und blickt unruhig hinaus. Vom Teich her hört man die Unterhaltung der Kühlungsuchenden und das Quaken der Frösche. Sie ist nervös, dreht sich manchmal um und schaut Lu Gui an, dann wendet sie sich voll Abscheu wieder ab. Links von ihr steht an der Wand eine hölzerne Pritsche, auf der eine sehr ordentliche Strohmatte, eine saubere Bettdecke, ein Kopfkissen und ein Binsenfächer liegen.

Das Zimmer ist eher klein und recht niedrig. Über dem Bett hängt das Reklameplakat einer Zigarettenmarke. An der linken Wand klebt ein vergilbtes Neujahrsbild, darunter steht ein kleiner quadratischer Tisch. Auf dem Tisch liegen ein Spiegel, ein Kamm und einige Kosmetika, wie Frauen sie üblicherweise gebrauchen. Unter Sifengs Bett stehen zwei oder drei Paare modischer Schuhe beisammen. Am Bett steht eine mit einem weißen Tuch bedeckte Kiste. Darauf sind eine Teekanne und ein paar Tassen aus einfachem Porzellan. Auf dem Tischchen in der rechten Ecke steht eine Petroleumlampe mit einem knallroten Lampenschirm aus Papier.

Das Zimmer hat zwei Türen. Vor der linken Tür hängt ein Vorhang mit grellbunten Mustern. Dahinter ist eine Kammer, die Sifeng als Ankleideraum dient und in der die Familie ihre Kohlen lagert. Die rechte Tür führt in das vordere Zimmer, wo Lu Gui schläft. An der Tür lehnt ein Satz von Brettern, mit denen ein Bett aufgestellt werden kann.

Lu Gui hat gerade seine selbstzufriedenen und wortreichen Ermahnungen an die ganze Familie beendet. Im Zimmer herrscht gespanntes Schweigen. Ganz stolz auf seine Position und seine Autorität als Familienoberhaupt gestikuliert er mit dem zerschlissenen Palmblattfächer herum, neigt seinen dicken Kopf vor und blinzelt mit seinem vernebelten Blick einen nach dem anderen an.

Während Dahai sich weiter mit dem Putzen seiner Pistole beschäftigt, warten die beiden Frauen schweigend ab, ob Lu Gui sein Geschrei fortsetzt. Von draußen hört man das Quaken der Frösche und das Rufen von Straßensängern, die ihre Kunst anpreisen.

Sifeng steht am Fenster und stößt ab und zu einen tiefen Seufzer aus.

LU GUI Verflucht nochmal! Fragt euch mal, wer von euch mir ins Gesicht sehen kann? *Zu Sifeng und Dahai* Auch wenn ihr das ungern hört: Beide habe ich euch mit Müh und Not großgezogen!

Aber wer von euch tut mir jetzt auch nur den kleinsten Gefallen? *Zu Dahai* Was sagst du dazu? *Zu Sifeng* Was sagst du dazu? *Zu Shiping, die an dem runden Tisch in der Mitte steht* Und was sagst du dazu? Das sind doch deine lieben Kinder.

Schweigen. Von draußen ertönen eine chinesische Geige und Gesang.

DAHAI *zu Sifeng* Wer ist das? Es ist gleich halb elf und da singt immer noch jemand?

SIFENG *unbekümmert* Ein Blinder und seine Frau, die jeden Tag hier ihre Darbietungen machen. *Wedelt mit einem Fächer und stöhnt ein wenig.*

LU GUI Ich bin mein ganzes Leben lang nur schlechten Leuten begegnet und habe kein Glück. Nachdem ich zwei Jahre bei den Zhous gearbeitet und die Kinder untergebracht habe, machst du jetzt alles kaputt. Jedes Mal, wenn du nach Hause kommst, gibt's ein Unglück. Was hast du vorhin bloß angestellt? Als ich den Elektriker bestellt hatte und zu den Zhous zurückkam, war es schon aus mit Sifengs Arbeit, und mit meiner Stellung war es auch vorbei. Zum Teufel, *zeigt auf Shiping* wenn du nicht gekommen wärst, wär das nie passiert!

DAHAI *legt die Pistole hin* Wenn du mich beschimpfen willst, dann tu's nur. Tu nicht immer so, als sei Mutter an allem schuld, und laß sie endlich in Frieden.

LU GUI Ich dich beschimpfen? Du bist ein Herr. Ich dich beschimpfen? Du hast ja sogar reichen Leuten ins Gesicht geschimpft, wie sollte ich es denn wagen, dich zu beschimpfen?

DAHAI *ungeduldig* Du hast kaum zwei Gläschen getrunken und schon fängst du an, endlos zu sabbeln. Kriegst du denn nie genug?

LU GUI Genug? Ha, ich stecke bis zum Hals in Kummer und Ärger, ich kriege nie genug! Vater hat auch schon einmal bessere Zeiten gesehen, wo auch er sich von anderen bedienen ließ. Essen, Trinken, Spielen, was hab ich nicht alles genossen! Seit ich Mutter geheiratet habe, geht unsere Familie praktisch zugrunde, von Tag zu Tag geht es immer weiter bergab –

SIFENG Kommt das nicht daher, weil du dein Geld verspielt hast?

DAHAI Laß ihn doch! Laß ihn reden!

LU GUI *selbstgefällig redet er so, als ob er das einzige Opfer wäre* Ich sage euch, unsere Familie geht zugrunde, von Tag zu Tag geht es immer weiter bergab. Ich habe schon genug Ärger zu ertragen und muß mich nun obendrein auch noch über euch ärgern. Und jetzt? Selbst wenn ich es wollte, habe ich gar nicht mehr die Möglichkeit, mich dem Ärger über die Zhous auszusetzen. Ich werde mit euch zusammen hungern und auf den Tod warten. Fragt euch mal, ob ihr jemals was getan habt, womit ihr mir gegenübertreten könntet? *Weiß nicht mehr, wo er seine Beine lassen soll* Gib mir den Hocker, Shiping. Ich will meine Beine drauflegen.

DAHAI *sieht seine Mutter an, gibt ihr zu verstehen, daß sie sich nicht darum kümmern soll* Mutter!

Shiping holt doch den einzigen runden Hocker und rückt ihn zu Lu Gui hin. Er legt seine Beine darauf.

LU GUI *schaut Dahai an* Und wessen Schuld ist das? Du hast sie beschimpft; selbstverständlich sind sie wütend geworden und haben uns 'rausgeschmissen. Ich bin schließlich dein Vater, und da hat es natürlich mich mit getroffen. Stell dir mal vor, Dahai, ich, der ich so alt bin, soll mit dir den Hungertod sterben. Und wenn ich tot bin, wie kannst du mir dann gegenübertreten? Ich frage dich, was ist, wenn ich so sterben muß?

DAHAI *kann es nicht mehr aushalten, steht auf* Wenn du stirbst, dann stirb nur. Wer bist du schon!

LU GUI *vor Schreck kommt er wieder etwas zu sich* Zum Teufel, dieses Kind!

SHIPING Dahai!

SIFENG *gleichzeitig* Bruder!

LU GUI *sieht Dahais großen, robusten Körper und die Pistole, die er in seiner Hand hält; ängstlich lächelnd* Mensch, was für eine Laune der Junge hat! – *Weiterredend* Nun, um nochmals darauf zurückzukommen, die Schuld soll doch nicht Dahai allein tragen. In der ganzen Familie Zhou gibt es keinen einzigen anständigen Menschen. Zwei Jahre habe ich bei ihnen gearbeitet; ich weiß alles, was sie da getrieben haben. Reiche Leute haben es allerdings leicht. Je mehr Schweinereien sie machen, desto vornehmer sehen sie nach außen aus; und je gebildeter sie sich ausdrücken, um so schmutziger ist, was sie sich dabei denken, diese Arschlöcher! Wie sie sich mir gegenüber so scheinheilig verhalten haben, als ich heute wegging! Schöne Leute, na wartet nur, bis morgen! Die glauben noch, daß ich nichts davon weiß, was für Schweinereien sie da machen.

SIFENG Nun ist es aber genug, hör schon auf!

LU GUI *überheblich* Ha, morgen, wenn ich den Skandal mit der gnädigen Frau und dem jungen Herrn Ping erstmal bekanntgemacht habe, dann muß auch der alte Schuft vor mir niederknien und Kotau machen. Undankbares Geschöpf! *Hustet* Verdammt nochmal! *Zu Sifeng* Wo bleibt der Tee?

SIFENG Du bist wohl wirklich betrunken. Papa. Habe ich dir nicht gerade was auf den Tisch gestellt?

LU GUI *hebt die Tasse, zu Sifeng* Das ist Wasser, meine Dame! *Gießt es auf den Boden.*

SIFENG *kühl* Natürlich ist es Wasser, wir haben keinen Tee.

LU GUI Dumme Ziege! Nach dem Essen trinke ich immer gern eine gute Tasse Tee, weißt du das immer noch nicht?

DAHAI So, Vater will nach dem Essen noch Tee trinken. *Zu Sifeng* Sifeng, warum hast du denn den besten Longjing-Tee nicht aufgegossen und läßt Vater ägerlich werden? Kostet doch nur 2,40 Dollar die Unze!

SIFENG Longjing-Tee! Im Hause ist nicht mal ein einziges Teeblatt.

DAHAI *zu Lu Gui* Hast du gehört? Trink gefälligst das Wasser und sei nicht dermaßen wählerisch! *Nimmt ein Glas Wasser, stellt es auf den Tisch neben Lu Gui und geht.*

LU GUI *wirft ihm einen bösen Blick zu* Dies ist mein Haus. Wenn es dir hier nicht gefällt, dann kannst du gehen!

DAHAI *geht auf ihn los* Du, du . . .

SHIPING *Dahai entgegentretend* Nicht, nicht doch, sei vernünftig, Kind. Mir zuliebe, streite dich nicht mit ihm.

LU GUI Du fühlst dich wohl gar noch im Recht. Du bist kaum zwei Tage da, und schon machst du solchen Krach. Ich habe dir nichts vorgeworfen, und du willst mich dafür noch schlagen? Hau bloß ab!

DAHAI *den Zorn unterdrückend* Mutter, wie er sich verhält, das halt ich wirklich nicht mehr aus. Ich gehe, Mutter.

SHIPING Unsinn. Wo willst du hin?

DAHAI Ich hab zu tun. Ich muß jemanden im Rikschadepot aufsuchen.

SHIPING Es gibt gleich ein Gewitter, geh nicht.

LU GUI Geh, geh! Laß ihn gehen. Dieser unverbesserliche blöde Kerl! Laß ihn bloß abhauen, laß ihn bloß abhauen!

DAHAI Reize mich nicht, sonst wirst du was erleben.

LU GUI *frech* Mutter ist hier. Du wirst nicht wagen, mir auch nur ein Haar zu krümmen. Du Bastard.

DAHAI Was? Zu wem sagst du das?

LU GUI Zu dir sag ich das. Du . . .

SHIPING *zu Lu Gui* Sei nicht so unverschämt und halt den Mund.

LU GUI Ich unverschämt? Hab ich denn jemals uneheliche Kinder in die Welt gesetzt und so eins *zeigt auf Dahai* mit in die Ehe geschleppt?

SHIPING *voll Schmerz und Haß* Du!

DAHAI *zieht die Pistole* Ich – ich knall dich ab. Du alter Lump!

LU GUI *steht auf, schreit* Die Pistole, Pistole, Pistole! *Bleibt reglos stehen.*

SIFENG *läuft auf Dahai zu, hält seine Hand fest* Dahai!

SHIPING Laß das, Dahai!

DAHAI *zu Lu Gui* Entschuldige dich bei Mutter und versprich, nie wieder solchen Blödsinn zu behaupten und nie wieder andere Menschen so zu beschimpfen!

LU GUI Ich –

DAHAI *tritt einen Schritt näher* Los, sag es!

LU GUI *fühlt sich bedroht* Du – du mußt das Ding erst hinlegen.

DAHAI *zornig* Nein. Sag's erst.

LU GUI Gut. *Zu Shiping* Entschuldigung! Ich behaupte nie wieder solchen Blödsinn und beschimpfe niemanden mehr.

DAHAI *zeigt auf den einzigen Stuhl* Setz dich wieder dahin.

LU GUI *setzt sich entmutigt auf den Stuhl, läßt den Kopf hängen und brummt undeutlich* Dieser Bastard!

DAHAI Ha!

SHIPING Leg sie hin, Dahai, leg die Pistole hin.

DAHAI *legt die Pistole hin* Hab keine Angst, Mutter, ich wollte ihm nur einen Schrecken einjagen.

SHIPING Gib sie mir. Woher hast du diese Pistole?

DAHAI Vom Bergwerk. Die Polizei hat sie verloren, als sie auf uns losging.

SHIPING Warum trägst du sie jetzt bei dir?

DAHAI Nur so.

SHIPING Nein, du mußt es mir sagen.

DAHAI *verschlossen* Nur so. Wenn aber die Zhous uns eines Tages in eine ausweglose Lage bringen sollten, könnte das Ding vielleicht noch von Nutzen sein.

SHIPING Unsinn. Gib sie her!

DAHAI *unwillig* Mutter!

SHIPING Eben beim Essen habe ich dir gesagt, die Sache mit den Zhous ist erledigt, und wir Lus haben nie mehr etwas mit ihnen zu tun.

DAHAI *mit gedämpfter Stimme* Erledigt? Und was ist mit der Ohrfeige, die ich heute bei den Zhous gekriegt habe? Was ist mit dem Blut, das im Bergwerk geflossen ist? Soll das auch als erledigt gelten?

SHIPING Ja, erledigt. Das läßt sich nie gegeneinander aufrechnen und mit der Rache nimmt es sonst nie ein Ende. Ich möchte, daß du hinnimmst, was der Himmel auch Bittres schicken mag.

DAHAI Nein, es ist nicht erledigt. Da fehlt noch die Abrechnung.

SHIPING *laut* Du bist mein liebes Kind, Dahai, hör auf mich! Ich habe bisher noch nie so mit dir geredet. Wenn du jemandem der Zhous Schaden zufügst, einerlei ob dem alten Herrn oder einem der Söhne, werde ich dir mein ganzes Leben lang nicht verzeihen.

DAHAI *flehend* Aber Mutter, du verstehst das nicht. Das läßt sich nicht so einfach abtun.

SHIPING *entschieden* Du kennst mich sehr gut. Wenn du das tust, was ich am meisten befürchte, werde ich gleich vor deinen Augen sterben. Gib mir die Pistole.

Dahai weigert sich.

SHIPING Gib sie mir.

Geht zu Dahai, will ihm die Pistole abnehmen.

DAHAI *die Pistole in der Hand wägend* Daran klebt unser Blut.

SIFENG Gib sie Mutter schon, Dahai.

DAHAI Gut, bewahre sie für mich auf. Du mußt mir aber sagen, wo du sie hinlegst.

SHIPING Ich lege sie in diese Kiste. *Nimmt die Pistole und tut sie in die Kiste am Kopfende des Bettes.*

LU GUI Ausgezeichnet, das ist genau das Richtige.

DAHAI Halt deinen Mund!

SHIPING Dahai, du kannst gehen.

DAHAI Ja, ich gehe, Mutter. *Geht hinaus, man hört, wie Dahai die Haustür zuschlägt.*

LU GUI *für sich* Dieser jämmerliche Schuft. *Zu Shiping* Ich hab dich vorhin gebeten, Tee zu kaufen, warum hast du's nicht getan?

SHIPING Ich habe kein Geld dafür.

LU GUI Aber, Sifeng, wo ist mein Geld? – Was ist denn mit meinem Arbeitslohn, den ihr gerade bei den Zhous entgegengenommen habt?

SIFENG Meinst du die zwei Monatslöhne, die sie extra gezahlt haben?

LU GUI Ja, richtig. Alles zusammen muß es an die sechzig Dollar sein.

SIFENG *weiß, daß man es ihm früher oder später doch sagen muß* Ja, stimmt, wir haben damit die Schulden beglichen.

LU GUI Was? Ihr habt die Schulden beglichen?

SIFENG Eben war Zhao San wieder da und verlangte deine Spielschulden zurück, da hat Mama ihm das ganze Geld gegeben.

LU GUI *zu Shiping* Die ganzen sechzig Dollar hast du ihm gegeben?

SHIPING Ja, deine Spielschulden sind damit beglichen.

LU GUI *erregt* Verflucht nochmal! So habt ihr mich ruiniert. Jetzt ist doch nicht die Zeit, Schulden zurückzuzahlen.

SHIPING *ruhig* Es ist doch besser, die Schulden bezahlt zu haben. Ich bin entschlossen, den Haushalt hier aufzulösen.

LU GUI Du willst den Haushalt auflösen?

SHIPING Ich will in drei Tagen nach Jinan zurückfahren.

LU GUI Wenn du nach Jinan zurückgehst, bleiben Sifeng und ich doch hier.

SHIPING Ich nehme Sifeng diesmal mit, ich lasse sie nicht mehr allein hier.

LU GUI *lachend zu Sifeng* Hast du gehört, Sifeng? Mutter will dich mitnehmen.

SHIPING Als ich das letzte Mal wegging, war noch ungewiß, wie meine neue Arbeitsstelle sein würde. Da Sifeng hier unsere Nachbarin Frau Zhang hatte, die sich um sie kümmern konnte, wollte ich sie natürlich nicht mit in eine fremde Gegend nehmen. Jetzt habe ich dort eine feste Stellung, und Sifeng hat hier keine Arbeit mehr, warum sollte ich sie nicht mitnehmen?

SIFENG *erstaunt* Du, du willst mich wirklich mitnehmen?

SHIPING *schmerzlich* Ja, ich werde dich auf keinen Fall mehr verlassen.

LU GUI Das geht nicht. Darüber müssen wir erst gründlich sprechen.

SHIPING Was gibt es da zu besprechen? Wenn du weg willst, kannst du auch zusammen mit uns gehen. Aber dort wirst du sicher deine Spielfreunde vermissen.

LU GUI Ich will nicht weg! Aber wozu willst du Sifeng dorthin mitnehmen?

SHIPING Die Tochter geht selbstverständlich mit der Mutter. Das letzte Mal ist es leider nicht möglich gewesen.

LU GUI *daherredend* Sifeng kriegt bei mir immer gut zu essen und anzuziehen, und lernt angesehene Leute kennen. Mit dir zusammen wird sie nur Not leiden, was soll das also?

SHIPING *ratlos* Mit dir kann man ja überhaupt nicht vernünftig reden. Frag sie doch selbst, ob sie lieber mit dir oder mit mir geht.

LU GUI Natürlich geht sie lieber mit mir.

SHIPING Frag sie doch!

LU GUI *siegesgewiß* Sifeng, komm mal her und hör gut zu. Sag mal ganz offen, was ist dir lieber, mit Mutter zusammen zu gehen oder mit mir hier zu bleiben?

Sifeng dreht sich mit tränenüberströmtem Gesicht um.

LU GUI Nanu, liebes Kind, was weinst du denn?

SHIPING Sifeng!

LU GUI Na, los! Es geht ja nicht um Tod oder Leben. Mach's dir nicht so schwer und sag schon.

SHIPING *tröstend* Sag's mir, liebe Sifeng. Eben hast du schon zugestimmt, mit mir zu gehen. Was ist denn jetzt? Sag's mir, mein liebes Kind, sag es mir ehrlich, ich habe dich auf jeden Fall immer noch lieb.

LU GUI Sie ist unglücklich, weil du sie mitnehmen willst. Ich weiß, daß sie von hier nicht weggehen will. *Lacht.*

SIFENG *zu Lu Gui* Sei still! *Zu Shiping* Mama, meine liebe Mama, ich werde mit dir gehen, Mama! *Schluchzend fällt sie ihrer Mutter an die Brust.*

SHIPING Oh mein Schatz, du hast heute wirklich zuviel durchmachen müssen.

LU GUI Sieh mal einer an! Wenn dieses launische Fräulein mit dir geht, geht sie doch bloß ins Unglück!

SHIPING *zu Lu Gui* Halt den Mund! *Zu Sifeng* Ich habe mich bisher zu wenig um dich gekümmert. Aber wenn du nun mit mir zusammenlebst, werde ich nicht zulassen, daß dich jemand schlecht behandelt, mein allerliebstes Kind.

Dahai tritt von rechts auf.

SHIPING Dahai, wieso bist du wieder da?

DAHAI Ich habe unterwegs Frau Zhang getroffen. Sie bittet dich, einmal bei ihr vorbei zu kommen, um über den Verkauf unserer Möbel zu sprechen, mit dem du sie betraut hast.

SHIPING Dann laß uns zusammen gehen. Sifeng, bleib hier, ich komme gleich wieder.

DAHAI *zu Lu Gui* Bist du wieder nüchtern? *Dahai und Shiping ab.*

LU GUI *blickt ihnen nach* Hm, blöder Kerl. *Zu Sifeng, die am Fenster steht* Mutter ist weg, Sifeng, nun sag mal endlich, was willst du tun?

Sifeng antwortet nicht, seufzt; draußen hört man die Frösche quaken und den Donner grollen.

LU GUI *spöttisch* Na, du scheinst ja einigen Kummer zu haben!

SIFENG *ausweichend* Was für Kummer? Es ist zu heiß, es ist unerträglich schwül.

LU GUI Mach mir doch nichts vor! Du starrst schon die ganze Zeit vor dich hin. Woran denkst du denn?

SIFENG An nichts.

LU GUI Sifeng, du bist ein vernünftiges Kind. Ich habe nur dich, meine einzige Tochter. Wenn du jetzt mit Mutter weggehst, dann bleibe ich hier ganz allein.

SIFENG Hör bitte auf zu reden, ich bin ja schon ganz durcheinander. *Draußen blitzt es* Es donnert wieder.

LU GUI Weiche nicht aus, mein Kind! Willst du wirklich mit Mutter nach Jinan gehen?

SIFENG Ja! *Stöhnt.*

LU GUI *singt gelangweilt* »Blumen blühen jedes Jahr neu; Jugend vergeht, für immer dahin.« *Plötzlich* Sifeng, in einem Menschenleben gibt es nur zwei oder drei glückliche Jahre. Wenn man die Gelegenheit einmal verpaßt, dann ist sie vorbei.

SIFENG Geh bitte, ich bin müde.

LU GUI Mach dir keine Sorgen um die Stellung bei den Zhous. Schon wegen mir müssen sie uns bald wieder aufnehmen. Kannst du wirklich weggehen? Kannst du wirklich diese gute Stellung aufgeben? Kannst du dich von den Zhous . . .

SIFENG Was redest du noch, geh doch schlafen. Die Leute draußen sind inzwischen auch schon nach Hause gegangen.

LU GUI Überleg nicht zu viel. Auf der Welt gibt's keinen, auf den man sich verlassen kann. Verläßlich ist nur das Geld. Aber du und Mutter, ihr wollt das nicht einsehen.

SIFENG Hör mal, es scheint, als ob jemand an die Haustür klopft. *Draußen klopft es an die Tür.*

LU GUI Es ist gleich elf, wer kann das sein?

SIFENG Ich seh mal nach, Papa.

LU GUI Nein, ich gehe hin. *Öffnet die Tür* Wer da?

CHONGS STIMME Wohnen hier die Lus?

LU GUI Ja, was wollen Sie?

CHONGS STIMME Ich suche jemanden.

LU GUI Wer sind Sie?

CHONGS STIMME Ich heiße Zhou.

LU GUI *strahlt vor Freude* Siehst du, da sind sie ja. Da ist einer von den Zhous!

SIFENG *erschrocken* Nein, Papa, sag, wir seien alle ausgegangen.

LU GUI Quatsch, *wirft ihr einen bedeutungsvollen Blick zu* das geht doch nicht. *Ab.*

Sifeng räumt das Zimmer ein wenig auf, indem sie die herumliegenden Sachen in die Kammer links tut, und wartet auf das Erscheinen des Besuchers. Von draußen hört man Zhou Chong und Lu Gui miteinander reden; kurz darauf treten beide herein.

CHONG *erfreut, als er Sifeng sieht* Sifeng!

SIFENG Guten Abend, junger Herr!

LU GUI *servil lächelnd* Machen Sie sich nicht über uns lustig! Es ist ärmlich hier.

CHONG Ihr Haus ist wirklich nicht leicht zu finden. Draußen ist ein Teich, *lächelt* sehr schön.

LU GUI Setzen Sie sich bitte, junger Herr. Sifeng, hol den guten Stuhl her.

CHONG *merkt, daß Sifeng schweigt* Was ist mit dir, Sifeng? Fühlst du dich nicht wohl?

SIFENG Es ist nichts. – Warum sind Sie hierhergekommen, junger Herr? Wenn das die gnädige Frau wüßte, dann . . .

CHONG Mutter hat mich ja hergeschickt.

LU GUI *sieht seine Vermutungen bestätigt* Sie kommen also im Auftrag der gnädigen Frau?

CHONG Ja, und ich selbst wollte euch auch mal besuchen. *Zu Sifeng* Wo sind deine Mutter und dein Bruder?

LU GUI Sie sind ausgegangen.

SIFENG Woher wissen Sie, daß wir hier wohnen?

CHONG *arglos* Mutter hat es mir gesagt. Ich hätte nicht gedacht, daß es hier noch einen so großen Teich gibt. Wenn es regnet, ist es ganz glatt, und im Dunkeln kann man dann leicht ins Wasser fallen.

LU GUI O junger Herr, Sie sind doch nicht gestürzt?

CHONG Nein, ich bin mit unserer Rikscha gekommen. Das war ganz lustig. *Schaut sich um, lächelt erfreut und blickt Sifeng an* Also hier wohnst du.

SIFENG Ich glaube, Sie sollten schnell wieder nach Hause gehen.

LU GUI Wieso?

CHONG *plötzlich* Ach ja, beinah hätte ich vergessen, weshalb ich hergekommen bin. Mutter sagte mir, sie sei besorgt, weil ihr uns verlassen habt. Sie fürchtet, ihr könntet keine Arbeit finden, und hat mich beauftragt, deiner Mutter hundert Dollar zu bringen. *Holt das Geld heraus.*

SIFENG Was?

LU GUI *glaubt, die Zhous fürchten, er sei beleidigt, und lächelt zufrieden, zu Sifeng* Siehst du, diese Großzügigkeit! Das sind wirkliche reiche Leute.

SIFENG Nein, junger Herr, richten Sie bitte der gnädigen Frau unseren Dank aus. Wir kommen schon durch. Nehmen Sie es wieder mit, bitte!

LU GUI *zu Sifeng* Hör auf, du, wie kann man denn so reden! Wo die gnädige Frau den jungen Herrn persönlich hergeschickt hat, würde es sich denn gehören, diese nette Aufmerksamkeit abzulehnen? *Nimmt das Geld entgegen* Bestellen Sie bitte der gnädigen Frau unseren herzlichen Dank und sagen Sie ihr, uns ginge es recht gut, die gnädige Frau möchte bitte ganz beruhigt sein.

SIFENG *hartnäckig* Papa, das geht nicht!

LU GUI Das verstehst du nicht, Kindchen.

SIFENG Ma und Dahai werden damit bestimmt nicht einverstanden sein, wenn du es annimmst.

LU GUI *beachtet sie nicht, zu Chong* Vielen Dank, daß Sie sich die Mühe gemacht haben hierherzukommen. Ich gehe jetzt für Sie Erfrischungen kaufen. Setzen Sie sich bitte hin und unterhalten Sie sich ein bißchen mit Sifeng. Entschuldigen Sie bitte!

SIFENG Geh nicht, Papa, das geht nicht.

LU GUI Sei still und gieß dem jungen Herrn eine Tasse Tee ein. Ich bin gleich wieder da. *Eilig ab.*

CHONG Laß ihn gehen. Es ist gut so.

SIFENG *mit Abscheu* Puh, wirklich ekelhaft! – *Unwillig* Warum müssen Sie uns das Geld bringen? Was soll das?

CHONG Du, du scheinst mich nicht gern zu sehen. Aber warum?

SIFENG *ablenkend* Hat der gnädige Herr schon gegessen?

CHONG Ja, gerade eben. Er ist wütend. Mutter ist verärgert nach oben gelaufen, noch ehe sie mit dem Essen fertig war. Ich habe die ganze Zeit versucht, sie zu trösten, sonst wäre ich nicht so spät gekommen.

SIFENG *beiläufig* Und Herr Ping?

CHONG Ich habe ihn nicht gesehen. Ich weiß nur, daß er sehr bekümmert ist. Er hat sich in seinem Zimmer eingeschlossen und trinkt. Wahrscheinlich ist er wieder betrunken.

SIFENG Oh! *Seufzt* Warum haben Sie nicht einen Diener an Ihrer Stelle kommen lassen? Warum mußten Sie selbst in dieses Elendsviertel kommen?

CHONG *aufrichtig* Du bist uns jetzt sicherlich böse, nicht wahr? – *Sich schämend* Ich bedaure sehr, daß wir euch heute so Unrecht getan haben. Aber auf keinen Fall darfst du glauben, daß mein Bruder ein böser Mensch ist. Er bereut es sehr und, was du nicht weißt, er hat dich immer noch sehr gern.

SIFENG Junger Herr, ich bin jetzt kein Dienstmädchen mehr bei Ihnen.

CHONG Können wir aber trotzdem nicht für immer gute Freunde sein?

SIFENG Ich werde mit meiner Mutter nach Jinan gehen.

CHONG Nein, geh nicht. Früher oder später kannst du mit deinem Vater zu uns zurückkommen. Wir ziehen in ein neues Haus um, und mein Vater geht wahrscheinlich wieder zum Bergwerk, dann kannst du schon wiederkommen. Wie froh ich dann sein werde!

SIFENG Sie haben wirklich ein gutes Herz.

CHONG Sifeng, sei nicht traurig über das, was passiert ist, das ist doch nicht so wichtig. Die Welt ist groß, du mußt lesen lernen, dann wirst du erfahren, daß es viele, viele Menschen gegeben hat, die das gleiche Leid wie wir ertragen mußten, und denen es dennoch durch unermüdliche harte Arbeit gelungen ist, glücklich zu werden.

SIFENG Ach, Frauen bleiben doch nur Frauen. *Plötzlich* Hör mal! *Man hört das Froschgequake.*

CHONG Das stimmt nicht, du bist kein gewöhnliches Mädchen. Du hast Lebenskraft, du kannst hart arbeiten. Wir sind noch jung, wir werden später bestimmt dafür sorgen, daß die Menschheit glücklicher wird. Ich hasse diese ungerechte Gesellschaft, ich hasse Leute, für die Macht vor Recht geht. Ich verabscheue meinen Vater. Wir werden beide unterdrückt, wir sind in der gleichen Lage.

SIFENG Sie sind sicher durstig, junger Herr. Ich gebe Ihnen ein Glas Wasser. *Steht auf und schenkt Wasser ein.*

CHONG Nein, nein danke.

SIFENG Doch, lassen Sie mich Sie noch einmal bedienen.

CHONG Sprich bitte nicht so, denn die Welt darf eigentlich nicht so sein, wie sie heute ist. Ich habe dich niemals als Dienstmädchen angesehen, sondern als meine Schwester und als ein Vorbild. Wir werden gemeinsam nach unserer wahren Welt suchen.

SIFENG O, Sie können ja wirklich gut reden.

CHONG Manchmal vergesse ich die Gegenwart, *schwelgt in Träumereien* ich vergesse meine Familie, vergesse dich, vergesse Mutter, ja sogar mich selbst vergesse ich. Es ist wie an einem Wintermorgen, ein ganz klarer Himmel – wir sind auf dem grenzenlosen Meer – in einem kleinen Segelboot, so leicht wie eine Sturmschwalbe. Es weht eine steife Brise und die salzige Luft riecht ein wenig nach Fisch. Das weiße Segel ist prall aufgebläht, wie der Flügel eines Adlers, so fliegt es, sich tief über das Wasser neigend, dahin, es fliegt zum Himmel. Am Horizont schweben ein paar dünne, weiße Wolken, wir sitzen am Bug des Bootes und schauen nach vorn, wo unsere Welt liegt.

SIFENG Wir?

CHONG Ja, du und ich, wir werden fliegen, zu einem wirklich reinen, glücklichen Ort fliegen, wo es keinen Streit gibt, keine Heuchelei, keine Ungerechtigkeit, kein ... – *Sieht nach oben, als ob er solch einen Ort vor seinen Augen hätte, plötzlich* Und sag mal, magst du ihn?

SIFENG Sie können sich wirklich Schönes ausdenken.

CHONG *vertraulich* Möchtest du mit mir dahin? Wir können auch ihn mitnehmen.

SIFENG Wen?

CHONG Von dem du mir erzählt hast. Du hast gesagt, daß du ihm dein Herz schon versprochen hast. Er muß ein liebenswerter Mensch sein wie du. *Dahai tritt auf.*

SIFENG Dahai!

DAHAI *kühl* Was soll denn das?

CHONG Guten Abend, Herr Lu!

SIFENG Der junge Herr Zhou ist uns besuchen gekommen.

DAHAI Ach so, – ich hätte nicht gedacht, daß ihr beide hier seid. Und wo ist der Alte?

SIFENG Er ist einkaufen gegangen.

DAHAI *zu Chong* Sehr seltsam! So spät! Daß der junge Herr Zhou in unser ärmliches Haus kommt – um uns zu besuchen.

CHONG Ich wollte vor allem Sie sprechen. Ich muß mich bei Ihnen entschuldigen.

DAHAI Wofür?

CHONG *errötend* Heute nachmittag, als Sie bei uns zu Hause waren . . .

DAHAI *wütend* Sprich nicht mehr davon!

SIFENG Nicht doch! Bitte, Dahai! Er meint es nur gut und kommt, um uns zu trösten.

DAHAI Euren Trost, junger Herr, können wir nicht gebrauchen. Wir sind als arme Leute geboren und haben es nicht nötig, daß Sie um Mitternacht hierher kommen, um uns zu trösten.

CHONG Sie haben meine Absicht wahrscheinlich falsch verstanden.

DAHAI *deutlich* Ich habe Sie nicht mißverstanden. *Wendet sich zu Sifeng* Geh raus.

SIFENG Dahai!

DAHAI Geh bitte raus. Ich habe einiges mit ihm zu bereden. *Sieht, daß Sifeng sich weigert* Raus!

Sifeng geht langsam durch die Tür nach rechts ab.

DAHAI Wir haben uns schon einmal unterhalten. Und ich weiß, daß Sie etwas verständiger sind als die anderen bei Ihnen zu Haus. Denken Sie aber daran, wenn Sie nochmals hierher kommen, um uns zu trösten, *plötzlich* dann können Sie etwas erleben.

CHONG *lächelnd* Auf jeden Fall, glaube ich, sollte man das Mitgefühl eines anderen nicht ablehnen.

DAHAI Zwischen uns kann von Mitgefühl keine Rede sein, wenn man die soziale Stellung in Betracht zieht.

CHONG Lu Dahai, ich finde, Sie haben manchmal zu große Vorurteile. Wohlhabende Leute müssen nicht unbedingt Verbrecher sein, man kann doch nicht einfach sagen, daß sie euch nicht näher kommen könnten.

DAHAI Sie sind zu jung, es hat keinen Zweck, mit Ihnen weiter zu reden. Um es nochmal zu wiederholen: Sie sollten nicht hierher kommen. Dies ist kein Ort für Sie.

CHONG Warum denn nicht? – Heute morgen habe ich schon gesagt, ich möchte Ihr Freund sein, ich möchte auch Sifengs Freund sein; wieso sollte ich euch nicht helfen können?

DAHAI Verehrter junger Herr, wollen Sie uns etwa auf diese Weise eine Wohltat erweisen? Ich habe gehört, Sie wollen Sifeng helfen, daß sie zur Schule geht, nicht wahr? Sifeng ist meine Schwester, Tochter einer armen Familie, in Zukunft wird sie die Frau eines Arbeiters sein, die kocht, wäscht und Kohlenreste sammelt. Ha, auf die Schule gehen, gebildet zu werden, das ist der Traum einer jungen Dame.

CHONG Da haben Sie natürlich auch recht, aber –

DAHAI Deshalb, wenn Sie als Sohn eines Bergwerkbesitzers wirklich etwas für Sifeng tun wollen, so bitte ich Sie, sie von heute an in Ruhe zu lassen.

CHONG Ihre Vorurteile sind zu tief. Sie dürfen nicht behaupten, daß, weil mein Vater ein Bergwerkbesitzer ist . . .

DAHAI *starren Blickes* Ich warne Sie . . .

CHONG Warnen?

DAHAI Wenn ich Sie irgendwann noch einmal in unserem Haus oder mit meiner Schwester zusammen sehe, dann werde ich bestimmt – *plötzlich wird sein Ausdruck etwas milder* na schön, es ist schon spät, wir wollen schlafen gehen.

CHONG Daß Sie . . . daß Sie sich so verhalten, hätte ich nicht gedacht; ich hätte nicht gedacht, daß Vater mit seiner Ansicht doch recht behält.

DAHAI *explodiert* Ihr Vater ist ein Schuft!

CHONG Was?

DAHAI Und Ihr Bruder . . .

Sifeng kommt durch die Tür rechts hereingelaufen.

SIFENG Hör auf, du – *zeigt auf Dahai* du, du bist wirklich verrückt!

DAHAI Du dumme Gans!

SIFENG Ich rede nicht mit dir. *Zu Chong* Gehen Sie, gehen Sie bitte, sprechen Sie nicht mit ihm.

CHONG *sieht Dahai an, hilflos* Schön, ich gehe. *Zu Sifeng* Ich fühle ganz stark, daß ich dir nicht ins Gesicht sehen kann. Wenn ich hierher komme, mache ich dich noch unglücklicher.

SIFENG O seien Sie ruhig und gehen Sie lieber.

CHONG Gut, ich gehe. *Zu Dahai, freundlich* Ich möchte immer noch Ihr Freund sein. *Gibt ihm die Hand* Wollen Sie mir die Hand reichen?

Dahai reagiert nicht und dreht sich um.

SIFENG Ach!

Schweigend wendet sich Chong zum Gehen. Lui Gui tritt auf, er hält Obst, eine Flasche Wein und einige Delikatessen in der Hand.

LU GUI *sieht, daß Chong gehen will* Was ist denn?

DAHAI Mach Platz, er will gehen.

LU GUI Nein, nicht doch! Warum will der junge Herr schon gehen, wo er gerade erst gekommen ist?

SIFENG *zornig* Das mußt du Dahai fragen.

LU GUI *lächelnd zu Chong* Beachten Sie ihn nicht, setzen Sie sich noch ein Weilchen.

CHONG Nein danke, ich muß gehen.

LU GUI Dann essen Sie wenigstens etwas, bevor Sie gehen, junger Herr. Ich habe Ihnen von weit her etwas zur Stärkung geholt. Sie müssen etwas essen und ein Gläschen trinken.

CHONG Nein danke. Es ist spät, ich muß nach Hause.

DAHAI *zu Sifeng* Woher hat er das Geld, diese Dinge zu kaufen?

LU GUI *ihm zugewandt* Es ist meins, dein Vater hat sich's verdient.

SIFENG Nein, Papa, das Geld gehört den Zhous. Du hast es wieder leichtsinnig ausgegeben. *Zu Dahai* Die gnädige Frau hat eben für Mama hundert Dollar bringen lassen. Mama ist nicht da, Papa hat nicht auf mich gehört und es angenommen.

LU GUI *wirft Sifeng einen ärgerlichen Blick zu, zu Dahai* Der junge Herr hat es persönlich hergebracht. Das gehört sich doch nicht, daß ich es ablehne.

DAHAI *tritt vor Chong hin* Was, Sie haben uns eben Geld gebracht?

SIFENG *zu Dahai* Jetzt begreifst du erst!

LU GUI Siehst du, die Zhous sind alle nette Leute.

DAHAI *wendet sich zu Lu Gui* Gib mir das Geld her!

LU GUI *mißtrauisch und ängstlich* Was willst du?

DAHAI Gibst du's mir oder nicht? *Sehr streng* Wenn nicht, denke daran, was in der Kiste liegt.

LU GUI *furchtsam* Ich geb's dir, ich geb's dir. *Zieht die Geldscheine heraus und gibt sie Dahai* Hier ist das Geld, hundert Dollar.

DAHAI *zählt nach* Wieso fehlen zwei Dollar?

LU GUI *grinsend* Ich, ich hab sie ausgegeben.

CHONG *will nicht weiter zusehen* Auf Wiedersehen, ich gehe dann.

DAHAI *hält ihn zurück* Moment mal. Glauben Sie, wir könnten so auf Sie reinfallen?

CHONG Was soll das heißen?

DAHAI Ich hab Geld, ich hab Geld. *Holt aus seiner Tasche kleine*

Scheine und Münzen heraus, legt sie zu dem anderen Geld Es sind zusammen gerade zwei Dollar. Nehmen Sie's.

LU GUI Das gehört sich nicht!

CHONG Sie scheinen nicht zu wissen, was Freundlichkeit ist.

DAHAI Ganz recht, ich weiß nicht, was Freundlichkeit ist, ich verstehe nichts von eurer falschen Freundlichkeit, von eurer Heuchelei, ich verstehe nicht . . .

SIFENG Dahai!

DAHAI Nehmen Sie es und machen Sie, daß Sie wegkommen. Hauen Sie bloß ab.

CHONG *bleibt einen Augenblick enttäuscht stehen und nimmt dann rasch das Geld an sich* Gut, ich gehe, ich habe mich geirrt.

DAHAI Ich sage Ihnen, wenn sich irgendwer von euch Zhous hier wieder blicken läßt, den bringe ich um, ganz gleich, wer es ist!

CHONG Vielen Dank. Ich glaube, außer mir wird sich in unserer Familie keiner mehr so zum Narren halten lassen. Auf Wiedersehen!

Geht zur rechten Tür.

LU GUI Dahai!

DAHAI *laut* Laß ihn abhauen!

LU GUI So, so, so. Ich zünde die Lampe an, im anderen Zimmer ist es dunkel.

CHONG Danke schön.

Lu Gui und Zhou Chong durch die Tür rechts ab.

SIFENG Junger Herr! *Läuft ihm hinterher.*

DAHAI Sifeng, Sifeng!

Shiping tritt durch die rechte Tür auf.

DAHAI O Mutter, weißt du, daß jemand von den Zhous hier gewesen ist?

SHIPING Ja, ich habe eine Rikscha vorm Haus gesehen, weiß aber nicht, wer es war, und habe nicht gewagt, hereinzukommen.

DAHAI Ich hab ihn rausgeschmissen.

SHIPING *nickt* Ich weiß, ich hab es ja an der Tür mitgehört.

DAHAI Dies Weib von den Zhous hat dir hundert Dollar herbringen lassen.

SHIPING *entrüstet* Ich brauche ihr Geld nicht. Ich fahre morgen gleich mit Sifeng ab.

DAHAI Morgen?

SHIPING Ja, morgen. Ich habe mich anders entschlossen.

DAHAI Ausgezeichnet! Dann brauche ich ja nichts weiter zu sagen.

SHIPING Was denn?

DAHAI Nichts Besonderes. Als ich zurückkam, sah ich Sifeng und den Jungen sich miteinander unterhalten.

SHIPING *unwillkürlich* Worüber haben sie sich unterhalten?

DAHAI Ich weiß nicht.

SHIPING *zu sich selbst* Dummes Kind.

DAHAI Mutter, falls jemand vom Bergwerk kommt, ich bin im Rikschadepot.

SHIPING *verwundert* Wer kommt denn noch vom Berkwerk zu dir?

DAHAI Ein Freund. Mutter, heute abend komme ich nicht wieder nach Hause.

SHIPING Wieso?

DAHAI *voller Liebe und Vertrauen zu seiner Mutter* Ich kehre vielleicht gleich in die Grube zurück.

SHIPING *besorgt* Dahai, was hast du vor?

DAHAI *leise und sanft seine Mutter beruhigend* Wir müssen unser Ziel erreichen. Mutter, die Zhous sind zwar mächtig, doch werden wir sie nicht in Ruhe lassen.

SHIPING *sorgenvoll* Sei nicht so wild! Mach keinen Unsinn, mein Kind! Mutters Leben ist schon bitter genug.

DAHAI Versuch bitte nicht weiter, mich davon abzubringen, Mutter. Wir können uns nicht dem Schicksal überlassen. Ich gehe jetzt, Mutter, sprich nachher mit Sifeng alles durch. *Geht hinaus. Sifeng tritt auf.*

SIFENG Mama, *beunruhigt* du bist ja wieder da.

SHIPING Du warst damit beschäftigt, den jungen Herrn Zhou zu begleiten, und hattest mich übersehen.

SIFENG *erklärend* Seine Mutter hat ihn hergeschickt.

SHIPING Ich habe von Dahai gehört, daß ihr euch lange unterhalten habt.

SIFENG Sprichst du von mir und dem jungen Herrn?

SHIPING Ja, was hat er denn gesagt?

SIFENG Nichts Wichtiges, was man so sagt.

SHIPING Wirklich?

SIFENG Was hat Dahai denn erzählt?

SHIPING *ernst* Sifeng. *Sieht sie scharf an.*

SIFENG Mama, was ist denn?

SHIPING Hat Mama dich nicht sehr lieb?

SIFENG Warum fragst du so etwas?

SHIPING Ich möchte dich um etwas bitten.

SIFENG Sag es, Mama.

SHIPING Du mußt mir sagen, was los ist zwischen dir und dem jungen Herrn.

SIFENG Dahai redet immer so viel Unsinn. – Was hat er dir denn erzählt?

SHIPING Er hat nichts erzählt. Ich will es von dir wissen.

Aus der Ferne ertönt Donnergrollen.

SIFENG Warum fragst du das, Mama? Habe ich es dir denn nicht schon gesagt? Es ist überhaupt nichts los, Mama, gar nichts.

Aus der Ferne ertönt Donnergrollen.

SHIPING Hörst du, draußen donnert es. Hab doch Mitleid mit deiner Mama. Als Tochter darfst du mir in einem solchen Fall nichts vormachen.

SIFENG *hält kurz inne* Ma, ich mache dir nichts vor. Ich hab dir doch erzählt, daß ich in den letzten zwei Jahren –

LU GUIS STIMME *aus dem anderen Zimmer* Shiping, komm jetzt schlafen, es ist schon spät.

SHIPING Kümmere dich nicht um mich, schlaf nur schon. *Zu Sifeng* Was hast du gesagt?

SIFENG Hab ich dir nicht schon gesagt, daß ich in diesen zwei Jahren jeden Abend – nach Hause zurückgekehrt bin?

SHIPING Kind, du mußt mir die Wahrheit sagen, ich habe schon genug Schlimmes ertragen.

SIFENG Ma, *schluchzend* warum traust du deiner eigenen Tochter nicht? *Fällt Shiping um den Hals.*

SHIPING *weinend* Mein armes Kind, ich vertraue dir ja, aber *schmerzlich* all den anderen Menschen kann ich nicht vertrauen. Du dummes Ding, du kannst es nicht begreifen, welch unsagbares Leid deine Mutter in all den Jahren ertragen mußte, weil sie in ihrer Jugend keinen Menschen hatte, der sie ermahnte – nachdem sie einen falschen Schritt getan hatte, waren alle weiteren Schritte ebenfalls falsch. Liebes Kind, du bist meine einzige Tochter, du darfst nicht so werden wie deine Mutter. O mein Kind, hab mich lieb und sag mir die Wahrheit. Wenn auch du mich belügst, bringt mich das um, mein armes Kind!

SIFENG Nein, Mama, nein, von nun an gehöre ich dir für immer.

SHIPING *unvermittelt* Sifeng, ich habe keine Ruhe, solange ich hier bin. Wir brechen morgen auf, weg von hier.

SIFENG *steht auf* Gleich morgen?

SHIPING *entschieden* Ja, ich habe mich anders entschlossen. Wir reisen morgen ab und kommen nie wieder hierher zurück.

SIFENG Nie wieder? Mama, nicht doch, warum müssen wir so schnell weg?

SHIPING Was willst du denn noch?

SIFENG *unschlüssig* Ich, ich –

SHIPING Willst du nicht einen Tag eher mit mir gehen?

SIFENG *seufzt, lächelt traurig* Nun gut, gehen wir morgen.

SHIPING *plötzlich argwöhnisch* Kind, du hast noch was, das du mir verbirgst.

SIFENG *sich die Tränen abwischend* Nein, nichts.

SHIPING *liebevoll* Liebes Kind, willst du das immer beherzigen, was ich dir soeben gesagt habe.

SIFENG Ja.

SHIPING Sifeng, ich will, daß du im ganzen Leben keinen von den Zhous wiedersiehst.

SIFENG Ja, Mama.

SHIPING *nachdrücklich* Nein, du mußt schwören.

Sifeng sieht ängstlich in das strenge Gesicht ihrer Mutter.

SIFENG Muß das sein?

SHIPING *weiter ernsthaft* Ja, das muß sein.

SIFENG *kniet nieder* Ma! *Wirft sich in den Schoß ihrer Mutter* Ich, ich kann nicht.

SHIPING *tränenüberströmt* Willst du mir das Herz brechen? Hast du vergessen, wie deine Mutter deinetwegen ihr ganzen Leben . . . *Wendet sich ab und schluchzt.*

SIFENG Mama, ich schwöre, ich schwöre.

SHIPING *erhebt sich* Dann bleib so knien und schwöre.

SIFENG Mama, ich verspreche dir, daß ich von jetzt an nie wieder einen der Zhous sehen will.

Es donnert.

SHIPING Es donnert. Wenn du aber später vergißt, was ich sagte, und doch wieder einen der Zhous siehst?

SIFENG *bange* Mama, das ist unmöglich, das ist ausgeschlossen.

SHIPING Mein Kind, du mußt schwören. Du mußt sagen, wenn du Mutters Worte vergißt, –

Draußen donnert es.

SIFENG *ihr ist alles egal* Dann – dann soll mich der Blitz erschlagen. *Birgt sich an Shipings Brust* Oh!

Es donnert heftig.

SHIPING *umarmt ihre Tochter* O Kind, mein Kind!

Lu Gui tritt auf. Er hat sein Oberhemd schon ausgezogen, und nur noch ein Unterhemd an.

LU GUI *zu Shiping* So spät und du gehst noch nicht ins Bett! Was schwätzt ihr noch?

SHIPING Kümmere dich nicht um uns.

LU GUI Also.

SIFENG Nein, Mama, geh doch. Laß mich allein hier.

LU GUI Sifeng hat heute einen schweren Tag gehabt. Kannst du denn das arme Kind nicht endlich in Frieden lassen?

SHIPING Soll ich nicht noch ein bißchen bei dir bleiben?

SIFENG Mama, laß mich hier allein ausruhen.

Lu Gui ab.

SHIPING Dann schlaf recht gut.

SIFENG Danke, Mama!

Shiping ab.

Sifeng schließt die Tür rechts. Nebenan singt Lu Gui wieder das Lied »Blumen blühen jedes Jahr neu; Jugend vergeht, für immer dahin«. Sie geht zu dem runden Tisch und dreht die Flamme der Petroleumlampe herunter. Man hört von draußen Frösche quaken und Hunde bellen. Sifeng macht einige Knöpfe auf, geht ein paar Schritte, kommt wieder zurück und setzt sich auf den Bettrand, seufzt einmal tief auf und läßt sich aufs Bett fallen. Draußen hört man die Klapper des Nachtwächters. Sifeng richtet sich wieder auf und bleibt im Bett sitzen. Sie nimmt den Binsenfächer und fächelt sich kräftig Luft zu. Es ist unerträglich schwül, so geht sie zum Fenster, öffnet es und bleibt davor stehen.

Lu Gui kommt mit seinen Schuhen hereingeschlurft.

LU GUI Warum schläfst du immer noch nicht?

SIFENG *sieht ihn an* Hm.

LU GUI *nimmt die Weinflasche und die Delikatessen* Leg dich hin.

SIFENG *zerstreut* Hm.

LU GUI *geht zur Tür* Es ist schon spät. *Ab.*

Sifeng geht zur Tür rechts und schließt sie. Sie bleibt dort eine Weile stehen und horcht, wie Lu Gui und Shiping miteinander sprechen. Dann geht sie zum runden Tisch, seufzt tief, hämmert leise aber schwer mit den Fäusten auf den Tisch und läßt sich schluchzend auf den Tisch fallen.

Draußen ertönt ein Pfiff. Sifeng richtet sich erschrocken auf, dreht die Lampe hell, läuft zum Fenster, wirft einen suchenden Blick hinaus und schließt es wieder. Sie lehnt sich voller Angst und Verwirrung ans Fenster. Der Pfiff wird deutlicher wiederholt, sie nimmt die Lampe mit dem roten Papierschirm und stellt sie vors Fenster. Der Pfiff kommt näher und näher. In der Ferne rollt der Donner, draußen vor dem Fenster sind Schritte zu hören. Jetzt klopft es draußen ans Fenster.

SIFENG *zitternd* Oh!

PINGS STIMME *von draußen, leise* Hallo, mach auf!

SIFENG Wer ist da?

PINGS STIMME *undeutlich* Rate mal!

SIFENG *mit zitternder Stimme* Du, warum bist du gekommen?

PINGS STIMME Rate mal!

SIFENG Wir können uns jetzt nicht treffen. *Hastig* Mutter ist zu Hause.

PINGS STIMME Mach mir nichts vor, sie schläft.

SIFENG *besorgt* Sei vorsichtig, mein Bruder haßt dich.

PINGS STIMME *unbekümmert* Er ist nicht zu Hause, das weiß ich.

SIFENG Geh bitte!

PINGS STIMME Nein.

Von außen wird kräftig versucht, den Fensterflügel einzudrücken; Sifeng hält ihn angestrengt zu.

SIFENG *aufgeregt* Nein, nein, du darfst nicht herein.

PINGS STIMME *leise* Sifeng, bitte mach doch auf!

SIFENG Nein, nein, es ist bereits Mitternacht und ich bin schon ausgezogen.

PINGS STIMME *ungeduldig* Was?

SIFENG Ich bin schon zu Bett gegangen.

PINGS STIMME Dann ... dann ... werde ich ... *Seufzt tief.*

SIFENG *flehend* Dann gehst du, ja?

PINGS STIMME *mit verändertem Ton* Gut, schon gut, ich gehe also. *Wieder ungeduldig* aber mach erstmal das Fenster auf und laß mich ...

SIFENG Nein, nein, geh sofort!

PINGS STIMME *eindringlich* Nein, laß mich nur ... laß mich dich nur einmal küssen.

SIFENG *schmerzlich* Nein, junger Herr, wir sind hier nicht bei Ihnen zu Hause, lassen Sie mich bitte in Ruhe.

PINGS STIMME *klagend* Ach, du hast mich also vergessen, du denkst nicht mehr ...

SIFENG *entschlossen* Ganz recht, ich habe dich vergessen. Du kannst gehen.

PINGS STIMME *unvermutet* War nicht eben mein Bruder hier?

SIFENG Hm – *zögernd* Ja.

PINGS STIMME *spitz* Ach so! *Seufzt tief* Dann ist es ja kein Wunder! *Voll Abscheu* Ha, wie herzlos du bist, mir die Treue zu brechen ...

SIFENG Wer hat die Treue gebrochen?

PINGS STIMME *erregt* Warum machst du dann das Fenster nicht auf? Du weißt doch, daß ich – daß ich dich liebe?

SIFENG Laß mich doch in Ruhe, bitte! Du hast uns heute schon so viel Leid zugefügt, hast du denn noch nicht genug?

PINGS STIMME Ich weiß, daß ich einen Fehler begangen habe. Aber jetzt will ich dich sehen, ich will dich sehen.

SIFENG *seufzt* Na schön, aber warte bis morgen! Morgen erlaube ich dir alles, was du willst.

PINGS STIMME *unschlüssig* Morgen, wirklich?

SIFENG Ja, wirklich, mein Ehrenwort.

PINGS STIMME Gut, also dann, aber belüge mich nicht.

Man hört Schritte.

SIFENG Gehst du?

PINGS STIMME Ja, ich gehe jetzt.

Die Schritte entfernen sich allmählich.

SIFENG *ihr fällt ein Stein vom Herzen, zu sich selbst* Er ist weg. *Öffnet das Fenster, der Wind bläst herein* Ah! *Zhou Ping steht plötzlich in der Fensteröffnung.*

SIFENG Oh, Gott! *Versucht das Fenster sofort wieder zu schließen.*

PING *hält das Fenster geöffnet und drückt es immer weiter auf* Diesmal wirst du mich nicht mehr los.

SIFENG *wendet alle Kraft an* Du ... du ... geh weg!

Zhou Ping kommt schließlich durch das Fenster hereingestiegen. Er ist schlammbedeckt und hat Blut im Gesicht.

PING Siehst du, ich bin doch reingekommen.

SIFENG *weicht zurück* Du bist wieder betrunken!

PING Warum weichst du vor mir zurück? Warum fürchtest du, mich zu sehen? *Wendet ihr sein Gesicht zu.*

SIFENG *erschrocken* Was ist mit deinem Gesicht?

PING *befühlt das Gesicht, so daß seine Hand ganz blutig wird* Beim Suchen nach dem Weg zu dir bin ich gestürzt. *Schließt das Fenster.*

SIFENG Geh wieder, ich bitte dich, geh!

PING *seltsam lachend* Nein, laß mich dich mal genau ansehen.

Es donnert.

SIFENG *ihm ausweichend* Nein, ich habe Angst.

PING *nähert sich* Angst, wovor?

SIFENG *mit zitternder Stimme* Ich habe Angst. *Weicht zurück* Sieh dein Gesicht an . . . alles voll Blut. Ich erkenne dich gar nicht wieder.

PING *merkwürdig lachend* Für wen hältst du mich denn, mein Püppchen? *Ergreift ihre Hand.*

Das Donnern verstärkt sich, ein heftiger Donnerschlag ertönt.

SIFENG Oh! *Wirft sich Ping an die Brust* Ich hab Angst!

Der Donner rollt, es regnet heftig, die Bühne wird allmählich dunkel. Das Fenster wird aufgestoßen. Draußen ist es stockdunkel. Plötzlich erhellt ein greller Blitz das bleiche Gesicht von Fanyi in der Fensteröffnung; das Regenwasser rinnt ihr durch das wirre Haar. Fanyi streckt die Hände herein und schließt das Fenster von außen. Das Rollen des Donners ist noch stärker geworden, und das Zimmer versinkt wieder im Dunkel.

SIFENG *hört den Donner* Halt mich fest, ich hab Angst!

Die Bühne wird langsam hell. Man hört, wie Lu Dahai draußen an die Haustür klopft. Zhou Ping sitzt auf dem runden Stuhl, Sifeng steht mit gespannter Miene neben der Tür.

PING *lauschend* Wer ist das?

SIFENG Pst!

SHIPINGS STIMME Wieso bist du zurückgekommen, Dahai?

DAHAIS STIMME Ich muß mir etwas holen.

SIFENG *leise und hastig* Mein Bruder ist gekommen. Geh, geh schnell!

PING *eilig zum Fenster, versucht es zu öffnen, vergeblich* Seltsam!

SIFENG Was ist?

PING *aufgeregt* Das Fenster ist von außen verriegelt worden, seltsam!

SIFENG *bange* Wirklich seltsam, wer kann das gewesen sein?

PING *versucht erneut* Nein, es geht nicht.

SIFENG Sei still, sie sind gleich vor der Tür.

SHIPINGS STIMME Dahai, was willst du holen?

DAHAIS STIMME Ich will zurück zum Bergwerk.

SIFENG Sie kommen hier herein. Versteck dich, verschwinde!

Sifeng will Ping gerade zur linken Tür führen, da tritt Dahai mit einer Lampe in der Hand ein.

DAHAI Was? *Sieht Sifeng und Ping beide starr dastehen* Komm schnell herein, Mutter, und guck dir das an!

Shiping eilt herein.

SHIPING *heiser* Mein Gott!

SIFENG *rennt durch die Tür hinaus* Ah!

Shiping stützt sich auf den Türriegel, sie sinkt fast ohnmächtig nieder.

DAHAI Oh, du bist es also! *Hebt einen Hocker und stürzt sich damit auf Zhou Ping.*

SHIPING *zieht mit ganzer Kraft Dahai an seiner Kleidung zurück* Dahai, halt ein, sonst sterbe ich hier vor deinen Augen.

DAHAI Laß mich los! Laß los! *Stampft mit den Füßen auf.*

SHIPING *sieht, daß Ping erschrocken und regungslos dasteht* Dummkopf, lauf schnell, lauf!

Zhou Ping läuft durch die Tür rechts hinaus.

DAHAI *schreit* Halt ihn! Halt ihn!

SHIPING *als Ping weit genug weg ist, läßt sie Dahai los und stützt sich fassungslos auf den Tisch* Oh, Himmel!

DAHAI *stampft mit dem Fuß auf* Mutter, du bist wohl verrückt!

Lu Gui tritt auf.

LU GUI Ist er weg? Aber – wo ist denn Sifeng?

DAHAI Das schamlose Ding, sie ist weggelaufen.

SHIPING Oh nein, mein Kind! Das Wasser im Teich ist gestiegen. Mach keine Dummheiten, Kind! *Läuft nach außen.*

DAHAI *hält sie zurück* Wo willst du hin?

SHIPING Laß mich! Laß mich! Ich muß sie suchen, ich muß sie suchen!

DAHAI Gut, laß mich suchen gehen, ich werde sie schon finden.

SHIPING Komm schnell! *Ruft* Sifeng! *Ab.*

Lu Gui setzt sich plötzlich eine Mütze auf und läuft hinaus. Dahai geht zur Kiste, holt die Pistole heraus, steckt sie ein und eilt hinaus. Von draußen hört man das Gewitter.

Vorhang

Im Wohnzimmer der Zhous, es ist zwei Uhr nachts.

Beim Aufgehen des Vorhangs sitzt Zhou Puyuan in einem Sessel und liest eine Zeitung. Im Zimmer ist es dunkel, nur neben ihm brennt eine Stehlampe.

Draußen hört man es regnen. Die Vorhänge sind vor das Fenster gezogen. Die Tür in der Mitte ist verschlossen. Der Garten dahinter ist in tiefe Dunkelheit getaucht.

PUYUAN *läßt die Zeitung sinken und streckt sich müde* Diener! Diener! *Putzt sich die Brille und geht zur Eßzimmertür links* Ist da jemand? *Es blitzt draußen; er geht zur Kommode rechts und klingelt; ein Diener tritt auf.*

DIENER Gnädiger Herr!

PUYUAN Ich rufe dich schon die ganze Zeit.

DIENER Entschuldigung! Es regnet draußen so stark, ich habe nichts gehört.

PUYUAN *zeigt auf die Uhr* Wieso ist die Uhr stehengeblieben?

DIENER *erklärend* Es war immer die Aufgabe von Sifeng, sie aufzuziehen. Heute ist sie weggegangen, so wurde es vergessen.

PUYUAN Wie spät ist es?

DIENER Äh . . . zwei Uhr vielleicht.

PUYUAN Ich habe vorhin der Buchhaltung gesagt, sie solle einen Geldbetrag nach Jinan überweisen. Haben sie das erledigt?

DIENER Sagten Sie nicht, das Geld solle an eine gewisse Lu in Jinan geschickt werden?

PUYUAN Ja.

DIENER Es ist alles vorbereitet worden.

Draußen blitzt es; Zhou Puyuan dreht sich um und blickt in den Garten hinaus.

PUYUAN Und das defekte Stromkabel am Wistariengestell im Garten – hat meine Frau jemand kommen lassen, es zu reparieren?

DIENER Ja, doch der Elektriker hat gesagt, es ging nicht bei Regen. Er kommt morgen.

PUYUAN Ist das nicht gefährlich?

DIENER Aber natürlich. Eben gerade ist der Hund von Herrn Ping dort vorbeigelaufen. Er kam gegen das Kabel und war sofort tot. Es ist jetzt bereits ein Tau herum gespannt, damit niemand daran kommt.

PUYUAN So. – Und . . . wie spät ist es?

DIENER Fast zwei Uhr. Wollen Sie schlafen gehen, gnädiger Herr?

PUYUAN Bitte die gnädige Frau herunterzukommen.

DIENER Die gnädige Frau ist zu Bett gegangen.

PUYUAN *unüberlegt* Und mein Sohn Chong?

DIENER Er schläft schon lange.

PUYUAN So, dann schau mal nach Ping.

DIENER Herr Ping ist nach dem Essen ausgegangen und noch nicht zurückgekommen.

Es vergeht eine Weile.

PUYUAN *geht zum Sessel zurück und setzt sich, einsam* So ist in diesem Haus niemand mehr auf?

DIENER Ja, gnädiger Herr, sie schlafen schon alle.

PUYUAN Nun gut, du kannst gehen.

DIENER Haben Sie noch irgendeinen Wunsch?

PUYUAN Nein, ich brauche nichts.

Der Diener geht durch die Mitteltür ab.

Zhou Puyuan steht auf, geht bekümmert im Zimmer auf und ab, bleibt dann wieder vor der Kommode rechts stehen. Er knipst die Lampe in der Mitte an und betrachtet in Gedanken versunken das Photo von Shiping.

Zhou Chong tritt aus dem Eßzimmer kommend auf.

CHONG *überrascht, daß sein Vater noch hier ist* Vater!

PUYUAN *sichtlich erfreut* Du – du bist noch auf?

CHONG Ja.

PUYUAN Hast du mich gesucht?

CHONG Nein, ich dachte, Mutter wäre hier.

PUYUAN *enttäuscht* Ach – sie ist oben.

CHONG Oben? Das kann nicht sein. Ich habe lange an ihre Tür geklopft. Sie ist verschlossen. – Aber vielleicht ist sie doch in ihrem Zimmer. – Ich gehe schlafen, Vater.

PUYUAN Chong.

Chong bleibt stehen

PUYUAN Geh nicht.

CHONG Was ist denn, Vater?

PUYUAN Nichts. *Liebevoll* Es ist schon spät, und du schläfst noch nicht.

CHONG *gehorsam* Ja, Vater, es ist spät, ich gehe gleich schlafen.

PUYUAN Hast du nach dem Essen schon die Medizin genommen, die Dr. Koch dir verschrieben hat?

CHONG Ja.

PUYUAN Hast du heute Tennis gespielt?

CHONG Ja.

PUYUAN Bist du denn glücklich?

CHONG Ja.

PUYUAN *steht auf, ergreift Chongs Hand* Was hast du denn? Hast du etwa Angst vor mir?

CHONG Ja, Vater.

PUYUAN *betroffen* Du bist irgendwie unzufrieden, nicht wahr?

CHONG *bedrängt* Ich, ich kann nichts sagen, Vater.

Es vergeht eine Weile.

Puyuan geht zum Sessel zurück, setzt sich und seufzt. Er winkt Chong heran, Chong nähert sich.

PUYUAN *sich verlassen fühlend* Heute – ach, ich habe das Gefühl, ich werde alt. *Hält inne* Verstehst du das?

CHONG *kühl* Nein, ich verstehe es nicht.

PUYUAN *plötzlich* Wenn dein Vater eines Tages stirbt, und niemand mehr da ist, der für dich sorgt, macht dir das nichts aus?

CHONG *ausdruckslos* Doch, gewiß.

PUYUAN *bemüht, dem Sohn näher zu kommen, herzlich* Heute morgen hast du gesagt, daß du jemandem mit deinem Schulgeld helfen wolltest. Erzähl es mir doch noch einmal. Ich werde schon damit einverstanden sein, sofern es sich machen läßt.

CHONG Das war dumm von mir. In Zukunft werde ich nicht mehr von so etwas reden.
Pause

PUYUAN *sieht Chong tadelnd an* Du sprichst ja nur selten mit mir.

CHONG Ich – wie soll ich sagen. Wir haben immer den Eindruck, als wünschest du uns nicht zu sehen. *Stockend* Heute bist du ja etwas – etwas ungewöhnlich, und –

PUYUAN *will nicht, daß er weiter spricht* Schon gut, du kannst gehen.

CHONG Ja, Vater. *Geht durch das Eßzimmer ab.*

Enttäuscht schaut Puyuan seinem Sohn nach und nimmt dann erneut Shipings Photographie in die Hand.

Fanyi kommt lautlos durch die Mitteltür herein. Von ihrem Regenman-

tel tropft noch Wasser herab. Sie ist totenblaß, ihr Haar ist durchnäßt.

FANYI *merkt, wie Puyuan sie entsetzt anschaut; gleichgültig* Du schläfst noch nicht?

Bleibt vor der Tür stehen.

PUYUAN Du? *geht auf sie zu* Wo bist du gewesen? Chong hat dich den ganzen Abend gesucht.

FANYI *ruhig* Ich bin spazierengegangen.

PUYUAN Spazierengegangen? Bei diesem Regen?

FANYI Ja. – *Seine eigenen Worte von heute aufnehmend* Mit meinen Nerven ist etwas nicht in Ordnung.

PUYUAN Sag mal, wo bist du denn gewesen?

FANYI *überdrüssig* Kümmere dich nicht darum.

PUYUAN *sieht sie prüfend an* Dein Kleid ist ganz naß; zieh dich schnell um.

FANYI Mir war so heiß, da wollte ich mich draußen etwas abkühlen.

PUYUAN *ungeduldig* Das stimmt doch nicht. Nun sag endlich, wo du gewesen bist!

FANYI *ihn anblickend, Wort für Wort* In deinem Hause.

PUYUAN *ärgerlich* In meinem Haus?

FANYI *lächelnd* Ja, im Garten, um den Regen zu genießen.

PUYUAN Den ganzen Abend?

FANYI *lustig* Ja, ich habe den ganzen Abend bis nach Mitternacht geduscht.

Eine ganze Weile bleibt es still, während Puyuan seine Frau, die wie eine Statue neben der Tür steht, befremdet und verwirrt betrachtet.

PUYUAN Fanyi, ich denke, du gehst lieber rauf und ruhst dich aus.

FANYI *lakonisch* Nein. *Plötzlich* Was hast du da? *Verächtlich* Ach, wieder das Bild von dieser Frau! *Greift danach.*

PUYUAN Das ist nichts für dich, es ist Pings Mutter.

FANYI *reißt es an sich und betrachtet es unter der Lampe* Pings Mutter war sehr hübsch.

Puyuan erwidert ihr nichts und setzt sich in den Sessel.

FANYI Oder?

PUYUAN Ja.

FANYI Sie hat so etwas Liebevolles an sich.

Puyuan beachtet sie nicht.

FANYI Und recht klug sieht sie aus.

PUYUAN *nachdenklich* Hm.

FANYI *bewundernd* Wirklich bezaubernd.

PUYUAN *abwesend* Hm, bezaubernd.

FANYI *legt das Bild hin* Komisch, als ob ich sie irgendwo gesehen habe.

PUYUAN *blickt auf, zweifelnd* Wo kannst du sie denn gesehen haben? Schön. Geh lieber schlafen. *Erhebt sich und nimmt das Photo in die Hand.*

FANYI Warum nimmst du es immer wieder in die Hand?

Puyuan sieht sie an, ohne ihr darauf zu antworten.

FANYI *nimmt Puyuan das Photo aus der Hand* Stell es hierhin! *Lacht gekünstelt* Es geht bestimmt nicht verloren, ich passe darauf auf. *Stellt es auf den Tisch.*

PUYUAN Spiel nicht verrückt! Du willst mich wohl zum Narren halten.

FANYI Ich b i n ja verrückt. Bitte kümmere dich nicht um mich.

PUYUAN *verärgert* Laß das und geh nach oben. Ich will meinen Ruhe haben.

FANYI Nein, i c h will m e i n e Ruhe haben. Geh du fort.

PUYUAN *ernst* Fanyi, ich will, daß du nach oben gehst.

FANYI *abschätzig* Ich will nicht. Ich sag dir doch, ich will nicht.

Es vergeht eine Weile.

PUYUAN *leise* Du mußt *zeigt sich auf die Stirn* auf dich aufpassen. Und denk daran, was Dr. Koch gesagt hat. Du solltest dich ruhig verhalten. Morgen kommt Dr. Koch wieder, ich habe ihn schon für dich bestellt.

FANYI *mit starrem Blick* Morgen? Ha!

Zhou Ping kommt mit gesenktem Kopf aus dem Eßzimmer heraus und geht mit traurigem Gesicht zur Bibliothek.

PUYUAN Ping!

PING *hebt den Kopf, erstaunt* Vater, du bist noch auf.

PUYUAN *tadelnd* Wieso kommst du erst jetzt nach Hause?

PING Nein, Vater, ich bin schon lange zurück. Ich ging aus, um was zu kaufen.

PUYUAN Was willst du hier?

PING Ich möchte in die Bibliothek und nachsehen, ob das Empfehlungsschreiben dort liegt, das du für mich geschrieben hast.

PUYUAN Du fährst doch nicht mit dem Frühzug?

PING Mir ist eingefallen, daß heute nacht um halb drei ein Zug geht. Mit diesem Zug will ich fahren.

FANYI *schnell* Jetzt gleich?

PING Ja.

FANYI So eilig?

PING Ja, Mutter.

PUYUAN *freundlich* Draußen regnet es heftig. Es ist sicher unbequem, um Mitternacht zu fahren.

PING Wenn ich jetzt fahre, bin ich morgen früh da. Dann kann ich mich den Leuten dort gleich vorstellen.

PUYUAN Der Brief liegt auf dem Schreibtisch in der Bibliothek. Es ist mir auch recht, wenn du jetzt abreist.

Ping nickt und geht zur Bibliothek.

PUYUAN Warte mal! *Zu Fanyi* Geh mal in die Bibliothek und hol den Brief!

FANYI *sieht Puyuan an, zweifelnd* Bitte?! *Ab in die Bibliothek.*

PUYUAN *schaut ihr nach, vorsichtig* Sie will nicht nach oben gehen. Bring du sie nachher nach oben und sorg dafür, daß sie dann von einer Dienerin sorgfältig betreut wird, bis sie schläft.

PING Ja, Vater.

PUYUAN *noch vorsichtiger* Komm näher!

Ping nähert sich.

PUYUAN *leise* Sag den Dienern, sie sollen gut aufpassen. *Voller Überdruß* Ich finde, ihre Krankheit ist schlimmer geworden, gerade vorhin ist sie allein ausgegangen.

PING Ausgegangen?

PUYUAN Ja, *ernst* den ganzen Abend im Regen, und sie spricht auch ganz eigenartig. Ich fürchte, daß dies kein gutes Zeichen ist. – Ich werde alt, ich wünsche, daß bei mir zu Hause alles friedlich . . .

PING *beunruhigt* Ich glaube, es wird schon nichts passieren. Nimm das nicht so tragisch, Vater.

PUYUAN *zögernd* Nein, nein, vieles kann man sich gar nicht vorstellen. Die Welt ist wirklich kompliziert. Heute ist mir bewußt geworden, wie schwer das Leben ist, wie entsetzlich schwer. *Ermattet* Es freut mich, daß du zum Bergwerk gehen und dort richtig arbeiten willst. Hier, das kannst du mitnehmen. *Führt Ping zu dem rechteckigen Tisch, zieht die Schublade auf und zeigt ihm etwas* Aber, der ist nur zu deiner Notwehr bestimmt, du darfst damit keine Dummheiten machen. *Schließt die Schublade zu* Nimm den Schlüssel. Vergiß nicht, ihn mitzunehmen, wenn du weggehst. *Gibt ihm den Schlüssel der Schublade.*

Fanyi tritt mit dem Brief auf.

FANYI *voller Abscheu* Der Brief.

PUYUAN *wie aus einem Traum erwachend, zu Ping* Also gut, geh nur, ich will auch schlafen. Fanyi, du mußt dich auch mal gründlich ausruhen.

FANYI *in der Erwartung, daß er geht* Ja, gut.

Puyuan durch die Bibliothek ab.

FANYI *sieht Puyuan hinausgehen, düster* Du gehst jetzt also ganz bestimmt.

PING Ja.

FANYI *plötzlich* Was hat dir dein Vater eben gesagt?

PING *ausweichend* Er sagt, ich solle dich nach oben begleiten und dich bitten, zu Bett zu gehen.

FANYI *lächelt kalt* Er braucht doch nur ein paar Männer kommen zu lassen, die mich nach oben schleppen und einsperren.

PING *tut, als verstünde er nicht* Was soll das heißen?

FANYI *heftig* Du brauchst mir nichts vorzumachen. Ich weiß, ich weiß, *bitter* er behauptet, ich sei nervenkrank, ich sei verrückt. Ich weiß, er will, daß auch du mich so behandelst, daß alle mich so behandeln.

PING *ängstlich* Nein, das darfst du nicht denken.

FANYI *mit seltsamem Ausdruck* Du? Auch du willst mich täuschen? *Betrübt* Ich sehe es euren Augen an, ihr wollt, daß ich schnell verrückt werde. Du und dein Vater, ihr verspottet mich hinter meinem Rücken, ihr macht euch über mich lustig und schmiedet heimlich Pläne gegen mich.

PING *ruhig* Sei nicht so empfindlich. Ich bringe dich nach oben.

FANYI *plötzlich* Ich will deine Begleitung nicht, geh weg! *Mit gedämpfter Stimme* Ich kann es nicht ertragen, daß dein Vater dich hinter meinem Rücken beauftragt, mich wie eine Verrückte zu behandeln und nach oben zu bringen.

PING *seinen Überdruß unterdrückend* Dann gib mir den Brief und laß mich gehen.

FANYI *hat nicht verstanden* Wo willst du hin?

PING *unwillig* Ich will von hier weg, ich muß meinen Koffer packen.

FANYI *ruhig* Sag mal, wo bist du heute abend gewesen?

PING *abwehrend* Da brauchst du doch nicht zu fragen, du weißt es ja selber.

FANYI *drohend* Du bist also doch zu ihr gegangen.

Es vergeht eine Weile, während Fanyi Ping anblickt, und Ping den Kopf senkt.

PING *entschieden* Ja, ich gehe, ich gehe. *Provozierend* Willst du mich etwa daran hindern?

FANYI *einlenkend* Nein. *Lächelt gezwungen* Heute nachmittag habe ich mich nicht ganz richtig ausgedrückt, nimm es mir nicht übel. Ich wollte nur von dir wissen, was du mit ihr vorhast, wenn du jetzt weggehst.

PING Was ich vorhabe? – *Dreist* Ich heirate sie!

FANYI Du heiratest sie?

PING Ja.

FANYI Und was wird dein Vater dazu sagen?

PING *gleichgültig* Kommt Zeit, kommt Rat.

FANYI *geheimnisvoll* Ping, ich gebe dir jetzt eine Chance.

PING *hat nicht verstanden* Was?

FANYI *lockend* Wenn du heute nicht gehst, kann ich für dich bei deinem Vater etwas erreichen.

PING Nicht nötig, danke. Ich halte die Sache für offen und ehrlich, und darüber kann ich mit jedem sprechen.

FANYI *bedrückt* Ping!

PING Was ist?

FANYI *schwermütig* Kannst du dir vorstellen, was aus mir wird, wenn du weg bist?

PING Nein.

FANYI *ängstlich* Ist das so schwer vorzustellen? Du brauchst nur mal deinen Vater anzusehen.

PING Ich verstehe nicht, was du meinst.

FANYI *zeigt sich auf die Stirn* Hier, verstehst du denn nicht?

PING *hat immer noch nicht ganz begriffen* Was soll das heißen?

FANYI *als ob sie von jemand anderem spräche* Zunächst wird dieser Spezialist, Dr. Koch, täglich kommen und mich zwingen, seine Medizin zu schlucken. Medizin schlucken, Medizin schlucken! Nach und nach werden mich immer mehr Leute bedienen, mich hüten, und mich wie ein Ungeheuer bewachen.

PING *überdrüssig* Bitte, denk doch nicht so etwas, das stimmt nicht.

FANYI Sie alle werden deinen Vater warnen: »Vorsicht, Vorsicht! Sie ist verrückt!« Sie alle flüstern hinter meinem Rücken. Allmählich werden mir die Leute aus dem Wege gehen und keiner wird wagen, noch mit mir zu sprechen. Schließlich wird man mich anketten, und dann werde ich tatsächlich verrückt sein.

PING *hilflos* Ach! *Sieht nach der Uhr* Es ist spät. Gib mir bitte den Brief, ich muß noch Koffer packen.

FANYI *flehend* Ping, das ist durchaus möglich. Denk doch einmal darüber nach, Ping! Hast du denn so wenig – so wenig Gefühl!

PING Du – *will sie verletzen* du hast selbst diesen Weg gewählt, wie kann ich dir denn helfen?

FANYI *wütend* Was? Hast du vergessen, daß auch deine eigene Mutter von deinem Vater in den Tod getrieben wurde?

PING *rücksichtslos* Meine Mutter war nicht so eine wie du. Sie verstand zu lieben. Sie liebte ihren Sohn, sie hat meinen Vater nicht betrogen.

FANYI *aus ihren Augen strahlt irres Feuer* Hast du das Recht, so zu reden? Hast du vergessen, wie du vor drei Jahren in diesem Zimmer warst? Du vergißt, daß du selbst der Sünder bist. Du vergißt, daß wir – *hält plötzlich inne, beherrscht sich* Ach, das alles gehört der Vergangenheit an, ich will davon nicht mehr reden.

Ping setzt sich mit gesenktem Kopf aufs Sofa.

FANYI *zu Ping gewandt* Schon gut, Ping. Dieses Mal bitte ich dich, ich bitte dich zum letzten Mal. Ich habe noch nie jemanden so unterwürfig gebeten. Aber jetzt flehe ich zu dir: hab Mitleid mit mir! Ich halte es in diesem Haus nicht mehr aus. *Jämmerlich klagend* Du hast es erlebt, welches Unrecht ich heute erlitten habe. Es bleibt aber nicht bei diesem einen Tage. Es wird noch Monate, Jahre dauern bis zu meinem Tode. Dein Vater verabscheut mich. Er fürchtet mich, weil ich seine Vorgeschichte kenne. Er möchte, daß alle Leute mich für irrsinnig, für verrückt halten, Ping!

PING *verwirrt* Laß das, laß das bitte!

FANYI *drängend* Ping, ich habe keine Verwandten, keine Freunde, keinen, dem ich vertrauen kann. Ich bitte dich, geh noch nicht fort –

PING *ausweichend* Nein, das geht nicht.

FANYI *flehend* Wenn du unbedingt gehen willst, dann nimm mich doch mit –

PING *bekommt Angst* Was sagst du? So ein Unsinn!

FANYI *flehend* Doch, doch, nimm mich mit – nimm mich von hier fort.

Verzweifelt Später kannst du Sifeng nachkommen lassen und – und mit ihr zusammen sein, damit bin ich einverstanden, *leidenschaftlich* wenn du mich nur nicht verläßt.

PING *sieht sie entsetzt an* Ich fürchte, daß – daß du wirklich verrückt geworden bist!

FANYI Nein, das darfst du nicht sagen. Ich bin die einzige, die dich versteht. Ich kenne deine Schwächen, und du die meinen. Ich kenne dich ganz genau. *Lacht verführerisch auf* Komm, komm her, du – hast du etwa Angst?

PING *starrt sie an, unbeherrscht schreiend* Lach nicht! *Noch lauter* Lach mich nicht so an! *Schlägt sich verzweifelt an den Kopf* Ach, ich hasse mich, ich hasse mich selber, wäre ich doch tot!

FANYI *traurig* Bin ich dir denn eine solche Last? Du weißt doch, daß ich nicht mehr lange lebe.

PING *schmerzlich* Siehst du denn wirklich nicht ein, daß jeder Mensch ein solches Verhältnis verdammen muß?

FANYI *kalt* Ich habe dir es schon unzähligemal gesagt, ich sehe es nicht so, mein Gewissen läßt es mich nicht so sehen. *Ernst* Ping, heute habe ich einen Fehler gemacht. Wenn du jetzt meine Bitte erhörst und nicht weggehst, kann ich Sifeng wieder kommen lassen.

PING Was?

FANYI *klar und deutlich* Es ist noch nicht zu spät, Sifeng wieder kommen zu lassen.

PING *geht auf sie zu, nachdrücklich* Scher dich fort!

FANYI Was?

PING Du bist jetzt nicht bei Verstand. Geh lieber schlafen.

FANYI *sieht ihre Zukunft deutlich vor sich* Es ist also aus.

PING Ja, du kannst gehen.

FANYI *hoffnungslos* Ich habe dich gerade eben mit Sifeng zusammen in ihrem Haus gesehen.

PING *entsetzt* Was? Du bist eben dort gewesen?

FANYI *setzt sich* Ja, ich bin die ganze Zeit in der Nähe ihres Hauses gewesen.

PING *ängstlich* Wann bist du da gewesen?

FANYI *senkt den Kopf* Ich habe dich durch das Fenster hineinsteigen sehen.

PING Was?

FANYI *starrt geistesabwesend vor sich hin* Dann bin ich zum Fenster gegangen und habe gewartet.

PING Und wann bist du fortgegangen?

FANYI *betont* Nachdem du gegangen bist.

PING *tritt neben sie* Also bist du es gewesen, die das Fenster zugemacht hat?

FANYI *düster* Ja, das war ich.

PING *haßerfüllt* Du Schlange, du grausame Schlange!

FANYI *blickt auf* Was sagst du da?

PING Du bist wirklich verrückt geworden!

FANYI *starrt ihn unbeteiligt an* Und was willst du nun tun?

PING *bitter* Ich wollte, du wärest tot! *Durchs Eßzimmer ab, knallt die Tür zu.*

FANYI *bleibt sitzen, schaut zerstreut die Eßzimmertür an. Dann fällt ihr das Photo von Shiping auf, sie nimmt es, betrachtet es einen Augenblick und legt es wieder hin. Sie steht gefaßt auf und macht ein paar Schritte* Komisch, was wollte ich denn?

Leise öffnet sich die Mitteltür und Lu Gui tritt verstohlen herein; Fanyi dreht sich nach ihm um.

LU GUI *verbeugt sich* Guten Abend, gnädige Frau!

FANYI *überrascht* Warum kommst du wieder hierher?

LU GUI *falsch lächelnd* Ich bin gekommen, um nach Ihrem Befinden zu fragen. Ich habe schon lange vor der Tür gewartet.

FANYI *gelassen* Also, du hast gerade vor der Tür gestanden.

LU GUI Jawohl. *Geheimnisvoll* Als ich hörte, daß Sie sich mit Herrn Ping stritten, da – *grinsend* da wagte ich nicht hereinzukommen.

FANYI *ruhig und ungerührt* Und was hast du hier zu suchen?

LU GUI *sich seiner Sache sicher* Ich wollte eigentlich der gnädigen Frau berichten, daß Herr Ping heute abend betrunken zu uns gekommen ist. Da die gnädige Frau nun selbst auch dagewesen ist, ist es wohl überflüssig, davon zu erzählen.

FANYI *überdrüssig* Und was hast du jetzt vor?

LU GUI *überheblich* Ich möchte den gnädigen Herrn sprechen.

FANYI Er schläft. Was hast du mit ihm zu besprechen?

LU GUI Nichts Besonderes. Wenn die gnädige Frau es erledigen will, kann ich auch darauf verzichten, den gnädigen Herrn aufzusuchen. *Mehrdeutig* Es kommt bloß drauf an, wie Sie sich entscheiden, gnädige Frau.

FANYI *überlegt eine Weile, beherrscht* Dann sag, was du willst, vielleicht kann ich dir helfen.

LU GUI *sich wiederholend, listig* Wenn die gnädige Frau die Sache gern selbst entscheiden und den gnädigen Herrn aus dem Spiel lassen möchte, dann vermeiden wir Unannehmlichkeiten, und alle Beteiligten werden zufrieden sein. Ich bitte Sie lediglich um die Gnade, uns wieder unser Brot verdienen zu lassen.

FANYI *verärgert* Du, willst du behaupten, daß du – *langsam* Na schön, das läßt sich machen.

LU GUI *zufrieden* Vielen Dank, gnädige Frau. *Flink* Darf ich nun um einen Termin bitten?

FANYI Ihr könnt übermorgen kommen.

LU GUI *sich verbeugend* Danke für Ihre Güte, gnädige Frau.

Die Mitteltür geht auf.

LU GUI *dreht sich um* Wer ist da?

Dahai tritt auf. Seine Kleidung ist durchnäßt, sein Gesicht finster. Fanyi sieht ihn erstaunt an.

DAHAI *zu Lu Gui* Du bist hier?

LU GUI Wie bist du denn hereingekommen?

DAHAI Das eiserne Tor war zu, und keiner antwortete auf mein Klopfen, da bin ich über die Mauer geklettert.

LU GUI Was willst du? Und was ist mit Sifeng?

DAHAI *wischt sich das Regenwasser vom Gesicht ab* Ich habe sie nicht gefunden. Mutter wartet draußen.

LU GUI *ihm gefällt nicht, daß Dahai so viel Aufhebens macht, er runzelt ärgerlich die Stirn* Laß das, Sifeng wird schon gleich nach Hause kommen. Du kommst mit mir zurück. Unsere Anstellung bei den Zhous ist auch geregelt, alles ist wieder in bester Ordnung. Komm, wir gehen!

DAHAI Nein – ruf erstmal den Herrn Ping.

LU GUI *argwöhnisch* Was willst du nun wieder?

DAHAI *ihn scharf ansehend* Holst du ihn oder nicht?

LU GUI *ängstlich* Was willst du denn wieder anstellen?

DAHAI Sei beruhigt, ich werde schon keinen Streit mit ihm anfangen.

FANYI *gelassen* Lu Gui, hol ihn her. Mach dir keine Sorgen, ich bin ja hier.

DAHAI Lauf ja nicht fort; wenn du ihn nicht herholst, wirst du was erleben. – Laß das Tor aufmachen, damit Mutter hereinkommen kann.

LU GUI Gut, gut, gut! Aber wenn ich das erledigt habe, gehe ich. – *Zu sich selbst, leise* Bastard! *Durch das Eßzimmer ab.*

FANYI *steht auf* Wer bist du?
DAHAI Sifengs Bruder.
FANYI Willst du Herrn Ping sprechen?
DAHAI Ja.
FANYI *ruhig* Ich habe gehört, er will jetzt gleich zur Bahn gehen.
DAHAI *dreht sich um* Was?
FANYI Er reist gleich ab.
DAHAI Er will weglaufen?
FANYI Ja.

Ping tritt aus dem Eßzimmer auf und sieht Dahai.

PING *sich mühsam beherrschend* Ach!

DAHAI Schön, daß Sie noch da sind. *Zeigt auf Fanyi* Sagen Sie ihr, sie soll uns allein lassen. Ich will mit Ihnen unter vier Augen sprechen.

PING *sieht Fanyi an, die sich nicht rührt, dann geht er zu ihr hin* Bitte, geh nach oben.

FANYI Gut. *Durchs Eßzimmer ab.*

Dahai starrt Ping voller Haß an.

PING *bange* Ich hätte nicht gedacht, daß du jetzt schon kommst.

DAHAI *unheimlich* Man sagt, Sie wollen abreisen.

PING *lächelt gezwungen* Aber du bist gerade noch rechtzeitig gekommen, es ist noch nicht zu spät. Was hast du vor? Ich bin bereit.

DAHAI *bissig* Sie sind bereit?

PING *sieht Dahai an* Ja.

DAHAI *geht auf Ping zu* Sie! *Schlägt Ping kräftig ins Gesicht.*

PING *ballt die Fäuste, beherrscht* Du, du – *zieht aus der Tasche ein Taschentuch und preßt es auf sein Gesicht.*

DAHAI *zähneknirschend* Hm, Sie wollen jetzt also einfach weglaufen!

Es vergeht eine Weile.

PING *unterdrückt seinen Zorn, erklärend* Das habe ich schon lange vorgehabt.

DAHAI *grinsend* Schon lange?

PING Ich glaube, es gibt zwischen uns zu viele Mißverständnisse.

DAHAI Mißverständnisse! Ich habe Sie wohl kaum mißverstanden. Sie sind ein charakterloser, selbstsüchtiger Lump.

PING Bei unseren ersten beiden Begegnungen war ich leider in sehr schlechter Verfassung, daher haben Sie einen sehr schlechten Eindruck von mir gewonnen.

DAHAI *verächtlich* Ihre Ausreden nützen nichts. Sie sind aus vornehmem Hause und herzlos. Sie haben ein zu leichtes Leben und wissen nichts mit Ihrer Energie anzufangen. So amüsieren Sie sich mit der Tochter armer Leute und hinterher machen Sie sich einfach aus dem Staube.

PING Es hat keinen Zweck, dir das zu erklären. Ich weiß, du bist mit einer bestimmten Absicht gekommen. *Zaghaft* Nimm schon deine Pistole oder deinen Dolch und mach mit mir, was du willst.

DAHAI Sie sind wirklich schlau! – Hier in Ihrem Haus! Sie halbe Leiche! Ich werde doch nicht meine wertvolle Existenz gegen ihre tauschen.

PING *energisch argumentierend* Du glaubst vielleicht, ich hätte Angst vor dir. Du irrst dich. Ich würde eher sagen, ich habe Angst vor mir selbst. Ich habe schon einen Fehler gemacht und möchte nicht noch einen machen.

DAHAI *grinsend* Daß sie überhaupt leben, das ist der größte Fehler. Wäre meine Mutter vorhin nicht da gewesen, hätte ich Sie auf der Stelle kaltgemacht. Auch jetzt ist Ihr Leben noch in meiner Hand.

PING Es wäre mein Glück, wenn ich sterbe. Glaub nicht, ich hätte Angst vor dem Tod. Nein, ich habe keine Angst. Ich heiße dich willkommen. Ich hab's satt, ich habe das Leben satt.

DAHAI So, Sie haben das Leben satt, aber warum halten Sie noch immer an meiner Schwester fest? Warum?

PING *lacht gezwungen* Du meinst also, ich sei egoistisch? Du meinst, ich sei wirklich so herzlos und würde sie einfach sitzen lassen, nachdem ich mich mit ihr amüsiert habe? Du kannst deine Schwester fragen; sie weiß genau, daß ich nur ihretwegen noch lebe. Ich liebe sie aus ganzem Herzen!

DAHAI Aha, Sie lieben sie aus ganzem Herzen! *Spöttisch* Warum wollen Sie es denn nicht Ihrem Vater, dem Herrn Vorstandsvorsitzenden, offen sagen?

PING Das ist gerade mein Problem. Ich befinde mich in einer aussichtslosen Situation. Stell dir vor, wie eine Familie wie die meines Vaters eine solche Verbindung zulassen könnte.

DAHAI Aber Sie erlauben sich, einerseits meine Schwester zu lieben und mit ihr zu verkehren, andererseits aber auf Ihr Elternhaus und Ihren Vater Rücksicht zu nehmen. Sowie er es verlangt, werden Sie meine Schwester verlassen, um eine Dame aus gutem Hause zu heiraten, oder?

PING Ich habe nie an so etwas gedacht – das sage ich dir, weil du Sifengs Bruder bist. Ich liebe Sifeng, und sie liebt mich. Wir sind beide jung und eben nur Menschen. Wenn zwei junge Menschen jeden Tag beisammen sind, läßt es sich nicht vermeiden, daß sie sich näherkommen. Aber ich bin überzeugt, daß ich ihr gerecht werden kann. Ich werde sie heiraten und zu meiner Ehefrau machen. Ich habe kein schlechtes Gewissen.

DAHAI Das hört sich ja alles sehr schön an. Aber Herr Juniorchef, soll ich etwa glauben, daß Sie in die Schwester eines Arbeiters, die Tochter einer Dienerin verliebt sind?

PING Ich habe dir nichts als die Wahrheit gesagt. Glaub mir bitte, ich habe Sifeng nichts vorgemacht.

DAHAI *heftig* Schluß damit! Rufen Sie meine Schwester.

PING *verwundert* Was?

DAHAI Sifeng, sie muß hier bei euch sein.

PING Nein, nein, ich dachte, sie sei noch bei euch zu Hause.

DAHAI *wütend* Ich hab keine Zeit, mit Ihnen zu schwätzen. Wir haben noch manches mit euch abzurechnen. Glauben Sie etwa, daß wir das Blutbad auf dem Bergwerk einfach hinnehmen? – Ach, es hat doch keinen Sinn, mit Ihnen darüber zu reden. Holen Sie schnell meine Schwester, ich hab noch Wichtigeres zu tun.

PING Sie, sie ist nicht da.

DAHAI *zähneknirschend* Sie sind also wirklich lebensmüde! *Zieht die Pistole und zielt auf Ping. Draußen wird gepfiffen.*

PING Sie, sie kommt.

DAHAI Was?

PING *mit zitternder Stimme* Das ist sie. Das machen wir jedes Mal, wenn wir uns treffen. *Eindringlich* Warte bitte einen Augenblick nebenan. Sie weiß nicht, daß du hier bist. Ich glaube, sie würde den Schreck nicht ertragen.

Ping führt Dahai zur Tür des Eßzimmers, Dahai ab.

PING *zur Mitteltür* Sifeng! *Öffnet* Komm herein.

Sifeng tritt auf. Tränen und Regenwasser rinnen über ihr Gesicht, das wirre, nasse Haar klebt ihr an den Schläfen.

SIFENG *ängstlich* Ist niemand da?

PING Nein. *Ergreift ihre Hand.*

SIFENG Ping! *Fällt Ping schluchzend um den Hals.*

PING Was ist mit dir los? Wie hast du mich gefunden? Wie bist du hereingekommen?

SIFENG Durch die kleine Seitentür.

PING Deine Hände sind eiskalt. Zieh dich erstmal um.

SIFENG Nein. *Sieht Ping mit tränenden Augen an* Ping, du bist doch noch da. Mir ist, als ob Jahre vergangen wären.

PING Wo bist du denn gewesen, mein närrisches Mädchen?

SIFENG Ich bin allein durch den Regen gelaufen und wußte selbst nicht wohin. Als es donnerte, habe ich alles vergessen. Mir war, als ob Mama mich riefe. Aber ich hatte Angst und lief um mein Leben. Ich wollte in den Teich vor unserem Haus springen.

PING Sifeng, ich habe dir weh getan, verzeih mir! Verzeih mir und mach mir keine Vorwürfe.

SIFENG Ich war ganz durcheinander und bin schließlich hierher gelaufen. Als ich im Garten an dem defekten Kabel vorbeikam, dachte ich mir: Mach Schluß! Ich wußte, eine Berührung mit dem Kabel, und alles wäre vorbei. Aber plötzlich sah ich Licht in deinem Fenster und dachte an dich. Auf einmal kam mir der Gedanke: So kann ich nicht sterben, so allein kann ich nicht sterben, ich kann dich nicht verlassen. Ich dachte, wir können doch weggehen, wir brauchen nur zusammen von hier wegzugehen.

PING *nachdrücklich* Ja, zusammen von hier weggehen.

SIFENG *eindringlich* Es gibt nur diesen einen Weg. Ping, ich habe jetzt kein Zuhause mehr. *Bitter* Mein Bruder haßt mich und meiner Mutter kann ich nicht ins Gesicht sehen. Ich habe jetzt niemanden mehr, keine Verwandten, keine Freunde. Ich habe nur dich, Ping. Nimm mich morgen mit!

Es vergeht eine Weile.

PING *stockend* Nein, nein.

SIFENG *enttäuscht* Ping!

PING *mit einem Blick zur Eßzimmertür* Wir gehen jetzt gleich.

SIFENG Jetzt gleich?

PING Ja. Ich wollte zunächst allein gehen und dich erst später holen. Jetzt habe ich mich anders entschlossen.

SIFENG Gehen wir zusammen?

PING Ja, zusammen.

SIFENG *vor Freude küßt sie wiederholt Pings Hand; Tränen rinnen ihr übers Gesicht* Wirklich, wirklich, Ping, du bist mein Liebster, du bist der allerbeste Mensch auf der Welt. Du, du hast mich gerettet.

PING *steht auf* Sifeng, wir müssen erst noch mit jemandem sprechen, dann können wir gehen.

SIFENG Mit wem?

PING Deinem Bruder.

SIFENG Dahai?

PING Er sucht dich. Er ist hier im Eßzimmer.

SIFENG Nein, nein, ich will ihn nicht sehen. Er haßt dich, er wird dir etwas antun. Laß uns gehen, laß uns gleich gehen.

PING Nein, wir müssen noch kurz mit ihm sprechen. Sonst können wir nicht weg.

SIFENG Aber, Ping du ...

Ping geht zur Eßzimmertür und öffnet sie.

PING Ach, er ist nicht da.

SIFENG Ping, wir müssen schnell weg.

Als Sifeng Ping zur Mitteltür zieht, kommt Shiping mit Dahai von dort herein. Shiping ist wie verwandelt. Ihre Stimme ist durch das Schreien und Jammern draußen im Regen heiser geworden; sie scheint um Jahre gealtert.

SIFENG *erschrocken* Ma!

Einen Augenblick Stille.

SHIPING *streckt die Hände nach Sifeng aus, traurig* Sifeng!

SIFENG *fällt ihrer Mutter in die Arme* Ma!

SHIPING *streichelt Sifengs Haar* Mein Kind, mein armes Kind!

SIFENG *mit tränenerstickter Stimme* Ma, vergib mir!

SIFENG Warum hast du es mir nicht eher gesagt?

SIFENG *senkt den Kopf* Ich hatte Angst. Ich fürchtete, du wärest mir böse, du würdest mich verachten und nichts mehr von mir wissen wollen. Ich habe nicht gewagt, es dir zu sagen.

SHIPING *schmerzlich* Das war dumm von mir, ich hätte eher daran denken müssen. *Verbittert* Aber wie hätte ich damit rechnen können, daß so etwas ausgerechnet meinem Kind passieren würde. Ich habe mein Schicksal hinnehmen müssen, aber meine Kinder ...

DAHAI *hat die ganze Zeit geduldig gewartet, beruhigend* Mutter, sprich nicht mehr davon. Ich muß weg. Geh mit Sifeng nach Hause.

SHIPING *verwirrt* Dahai, willst du noch immer weggehen?

DAHAI *sanft* Mutter, ich lasse für dich eine Rikscha kommen. *Dreht sich um.*

SHIPING Dahai!

Dahai ab.

PING *sieht Dahai gehen, eindringlich* Frau Lu, Sifeng und ich haben beschlossen, daß ich sie jetzt mitnehme.

SHIPING *verzweifelt* Ach, ach.

PING Frau Lu, Sie sind doch damit einverstanden, nicht wahr?

SHIPING Was? Was haben Sie gesagt?

PING Vertrauen Sie mir, ich werde Sifeng bestimmt immer liebhaben. Wir fahren jetzt gleich los.

SHIPING *hat erst jetzt verstanden* Ihr wollt weg? Sifeng, du gehst mit ihm?

SIFENG *hält die Hand ihrer Mutter fest* Ma, ich muß dich wohl erst einmal verlassen.

SHIPING *entschieden* Ihr dürft nicht zusammen sein.

SIFENG Mama!

PING Sifeng, laß uns gehen. Wir müssen gehen, schnell!

SIFENG *ängstlich zurückweichend* Ma, das kannst du mir nicht antun.

SHIPING Nein, das geht nicht. Komm, wir gehen.

SIFENG *flehend* Mama, möchtest du denn, daß deine Tochter vor deinen Augen stirbt?

PING *geht zu Shiping* Frau Lu, ich weiß, daß ich Ihnen Unrecht getan habe. Aber ich werde mich bemühen, es wieder gutzumachen. Jetzt wo die Dinge schon so weit gediehen sind, müssen Sie . . .

SHIPING *zu Sifeng* Hör zu, Sifeng, selbst ganz ohne dich zu sein, wäre noch besser; aber auf keinen Fall darfst du mit ihm zusammen sein. – Komm, laß uns gehen.

SIFENG Oh, Mama! *Fällt ihrer Mutter ohnmächtig in die Arme.*

SHIPING *hält Sifeng in den Armen* Mein Kind, du . . .

PING *aufgeregt* Sie ist ohnmächtig geworden!

SHIPING *reibt Sifengs Stirn, leise* Sifeng!

Ping gießt schnell ein Glas Wasser ein und gibt es Shiping.

SHIPING *nimmt das Wasser und flößt es Sifeng ein* Liebes Kind, komm zu dir, komm wieder zu dir!

SIFENG *stöhnt* Oh, Ma!

SHIPING *tröstend* Liebes Kind, mach mir keinen Vorwurf, daß ich hartherzig bin. Mein Kummer ist unaussprechlich.

SIFENG *seufzt* Ma!

SHIPING Was ist denn?

SIFENG *zu Ping* Ich, ich muß es dir sagen.

PING Sifeng, ist dir wohler?

SIFENG Ich, ich habe es dir immer noch verheimlicht, und *sieht Shiping flehend an* dir konnte ich es auch nicht sagen.

SHIPING Was meinst du denn, Kind?

SIFENG *schluchzend* Ich – habe von ihm ... *Heult los.*

SHIPING Was? Du meinst, du ... *Kann nicht weitersprechen.*

PING *ergreift Sifengs Hand* Sifeng, ist es wahr, du –

SIFENG *weinend* Ja.

PING Seit wann? Seit wann denn?

SIFENG *senkt den Kopf* Seit drei Monaten.

PING Oh, Sifeng, warum hast du es mir nicht gesagt?

SHIPING *leise* Oh Himmel!

PING *zu Shiping* Frau Lu, haben Sie ein Herz, bitte, und lassen Sie uns. Es ist alles meine Schuld. Ich flehe Sie an, geben Sie sie frei. Ich verspreche Ihnen, meine Pflichten Sifeng und Ihnen gegenüber zu erfüllen.

SIFENG *kniet vor Shiping nieder* Ma, hab Mitleid mit uns, gib uns deine Erlaubnis und laß uns gehen, bitte!

SHIPING *schweigt einen Augenblick, dann vor sich hinstarrend* Ich träume. Meine Kinder, meine leiblichen Kinder, diese dreißig Jahre – Oh, mein Gott! *Verdeckt das Gesicht mit den Händen und weint; winkt mit der Hand* Geht, ich kenne euch nicht mehr. *Wendet sich ab.*

PING Also dann, *zu Sifeng* laß uns gehen.

Sifeng steht auf.

SHIPING *unwillkürlich* Nein, das darf nicht sein.

SIFENG *kniet wieder, flehentlich* Ma, was ist mit dir? Ich bin fest entschlossen, ich will immer zu ihm gehören. Ma, ich bin nun so weit gegangen. Wo er hingeht, muß ich auch hingehen. Verstehst du denn das nicht, Mama? –

SHIPING *unterbricht Sifeng, schmerzlich* Mein Kind!

PING Frau Lu, wenn Sie sie nicht freigeben, dann bleibt uns nichts übrig, als gegen Ihren Willen wegzugehen. – Sifeng!

SIFENG *schüttelt den Kopf* Nein. *Sieht Shiping weiter an* Mama!

SHIPING *leise* Oh, der Himmel weiß, wer diese Schande, wer eine solche Sünde über uns gebracht hat. – Sie sind beide unschuldige Kinder, sie wissen nicht, was sie tun. Wenn jemand dafür büßen muß, soll der Himmel mich allein bestrafen. *Voller Schmerz* Sie sind meine unschuldigen Kinder, sie sollen ein glückliches Leben haben.

Ich allein habe gesündigt, so soll das Leid auch mich allein treffen. *Steht auf, blickt zum Himmel* Ich bin es, die es zuläßt, daß sie diese Nacht zusammen fortgehen. Ich weiß, das ist eine Schande, daher muß ich die Folgen auf mich nehmen. Wenn wirklich etwas passiert, laß mich allein die Folgen tragen. *Dreht sich um* Sifeng –

SIFENG *beunruhigt* Was ist, Ma? Was redest du da?

SHIPING *wendet sich ab* Nichts. *Ruhig* Steh auf, ihr könnt zusammen gehen.

SIFENG *erhebt sich, umarmt ihre Mutter* Mama!

PING Los, *blickt auf die Uhr* es ist schon spät, nur noch fünfundzwanzig Minuten. Der Wagen soll vorfahren. Komm!

SHIPING *gefaßt* Warte, Sifeng, wenn ihr nun geht, soll es heimlich geschehen, ihr sollt im Dunkeln forgehen, damit es niemandem auffällt. *Zu Sifeng, gerührt* Komm, mein Kind, laß mich dich küssen.

Sifeng umarmt ihre Mutter.

SHIPING *zu Ping* Komm auch zu mir, laß mich dich ansehen.

Ping tritt mit gesenktem Kopf vor sie hin.

SHIPING *schaut Ping an, wischt sich die Tränen ab* Gut, Ihr könnt gehen! – Ihr will aber, daß ihr mir noch etwas versprecht.

PING Was denn, bitte?

SHIPING Wenn ihr es nicht versprecht, werde ich Sifeng nicht gehen lassen.

SIFENG Sprich, Mama, ich verspreche es.

SHIPING *sieht beide an* Wenn ihr jetzt geht, geht so weit fort wie ihr könnt, und kehrt niemals zurück. Wenn ihr mich nun verlaßt, dürfen wir uns unter keinen Umständen jemals wiedersehen.

SIFENG *traurig* Ma, aber –

PING *wirft ihr einen Blick zu, leise* Jetzt ist sie traurig darüber – später wird sich das geben.

SIFENG Ja, gut – wir gehen jetzt, Mama. *Kniet nieder und macht vor Shiping Kotau; tränenüberströmt.*

Shiping versucht, sich zu beherrschen.

SHIPING *macht eine Handbewegung* Geht nur!

PING Wir gehen durchs Eßzimmer hinaus, ich habe dort noch einige Sachen liegen.

Ping, Sifeng und Shiping gehen zum Eßzimmer. In diesem Moment öffnet sich dessen Tür, und Fanyi kommt heraus.

SIFENG *überrascht* Gnädige Frau!

FANYI *ruhig* Nanu, wohin wollt ihr gehen? Draußen gewittert es noch.

PING *zu Fanyi* Was? Du hast gelauscht?

FANYI Ja, und nicht ich allein. *Wendet sich zum Eßzimmer* Komm heraus!

Chong kommt aus dem Eßzimmer heraus; ängstlich.

SIFENG *entsetzt* Junger Herr!

CHONG *verlegen* Sifeng!

PING *ärgerlich* Chong, wie kannst du nur so dumm sein?

CHONG *verwirrt* Mutter hat mich gerufen. Ich wußte gar nicht, was hier los ist.

FANYI *kalt* Jetzt weißt du es aber.

PING *ungeduldig, zu Fanyi* Was soll das?

FANYI *spöttisch* Ich möchte, daß dein Bruder euch verabschiedet.

PING *wütend* Du bist wirklich widerlich . . .

CHONG Ping!

PING *zu Chong* Entschuldige! *Plötzlich wieder zu Fanyi* Aber auf der ganzen Welt gibt es keine Mutter mehr wie diese!

CHONG *noch verwirrter* Was soll das bedeuten, Mutter?

FANYI Paß auf! *Zu Sifeng* Wohin willst du gehen, Sifeng?

SIFENG *stockend* Ich . . . ich . . .

PING Sag ruhig die Wahrheit. Sag ihnen, wir gehen zusammen.

CHONG *versteht plötzlich* Was, Sifeng, du willst mit ihm zusammen fortgehen?

SIFENG Ja, junger Herr, ich, ich –

CHONG *tadelnd* Warum hast du das mir denn nicht früher gesagt?

SIFENG Ich wollte es dir nicht verheimlichen. Ich habe dir doch gesagt, du solltest nicht mehr zu mir kommen, weil ich – weil ich schon –

PING *zu Sifeng* Weiter, sag es ihnen! *Zeigt auf Fanyi* Los, sag ihr, du willst mich heiraten!

CHONG *erstaunt* Sifeng, du –

FANYI *zu Chong* Jetzt weißt du Bescheid.

Chong senkt den Kopf.

PING *zu Fanyi, erbost* Du bist so niederträchtig! Glaubst du, er würde für – er würde unser Verhältnis zerstören? Chong, was sagst du dazu? Sprich doch! Hast du etwas mit mir vor? Sprich ruhig!

Chong blickt nacheinander Fanyi und Sifeng an und senkt den Kopf.

FANYI Sprich, Chong! *Nach einem kurzen Augenblick, hastig* Chong, warum sagst du nichts? Frag ihn doch, frag deinen Bruder doch! *Alle schweigen und blicken Chong an.*

FANYI Chong, los, sprich! Bist du denn stumm geworden? Oder bist du zu dumm? Bei so einer Geschichte keinen Ton zu sagen!

CHONG *blickt auf, aufrichtig und sanft* Doch, Mutter! *Blickt wieder Sifeng an und senkt den Kopf* Ich habe nichts dagegen, wenn Sifeng es nur will.

PING *geht zu Chong* Mein Bruder!

CHONG *unsicher* Ja, ich habe plötzlich gemerkt, daß ich Sifeng in Wirklichkeit wohl gar nicht liebe. *Geistesabwesend* Ich war kindisch. *Blickt in Pings erfreutes Gesicht* Ping, nimm sie mit dir, aber sei nur lieb zu ihr.

FANYI *entgeistert* Oh, du! *Plötzlich zornig* Du bist nicht mein Sohn. *Außer sich* Du bist überhaupt kein Mann. Wenn ich du wäre, *zeigt auf Sifeng* würde ich sie umbringen. Du hast überhaupt nichts von mir. Du bist nicht mein Sohn, nicht mein Sohn!

CHONG *bedrückt* Was ist mit dir, Mutter?

FANYI *zu Chong, außer sich* Denk ja nicht, ich bin deine Mutter. *Laut* Deine Mutter ist längst tot, längst von deinem Vater in den Tod getrieben, erstickt worden. *Wischt sich die Tränen ab, schmerzerfüllt* Wieviele Jahre habe ich es in dieser Hölle ertragen müssen, in diesem Hause Zhou wie in einem Gefängnis gelebt. Achtzehn Jahre habe ich mit diesem Tyrannen zusammen gelebt. Aber mein Herz ist noch nicht gestorben. Ich habe ihm bloß einen Sohn zur Welt gebracht, aber mein Herz, mein Ich gehört noch mir. *Zeigt auf Ping* Nur er hat mich ganz gehabt, aber jetzt, jetzt will er mich nicht mehr.

CHONG *schmerzerfüllt* Mutter, meine geliebte Mutter, was soll das bedeuten?

PING Laß sie doch, sie ist verrückt.

FANYI *hysterisch* Du bist jetzt genau wie dein Vater, du Heuchler! Ich bin nicht verrückt, ich bin nicht verrückt. Sag du es ihnen, sag du es ihnen!

PING *verlegen* Was soll ich sagen. Geh lieber schlafen.

FANYI *lacht kalt* Mach ihnen nichts vor! Sag ihnen, ich bin nicht deine Stiefmutter.
Alle erschrecken.

CHONG *hilflos* Mutter!

FANYI *rücksichtslos* Sag es ihnen, sag es Sifeng, sag es ihr!

SIFENG *erträgt es nicht länger* Ma! *Wirft sich in Shipings Arme.*

FANYI Denk daran, du hast deinen Bruder betrogen, du hast mich betrogen, du hast auch deinen Vater betrogen!

PING *zu Sifeng* Laß sie, komm, wir gehen.

FANYI Nicht nötig, die Tür ist verschlossen. Dein Vater kommt sofort, ich habe ihn rufen lassen.

SHIPING Mein Gott!

PING Was soll das heißen?

FANYI *kalt* Dein Vater soll seine zukünftige Schwiegertochter kennenlernen. Dann könnt ihr gehen. *Ruft* Puyuan! Puyuan!

CHONG Mutter, nicht, laß das!

PING *tritt vor Fanyi* Du Wahnsinnige, wenn du noch einmal rufst!

Fanyi läuft zur Bibliothek und ruft.

SHIPING *ängstlich* Sifeng, wir gehen.

FANYI Moment, er kommt.

Puyuan tritt von der Bibliothek her auf. Niemand bewegt sich, Stille.

PUYUAN *steht in der Tür* Was schreist du? Warum bist du noch nicht zu Bett gegangen?

FANYI *selbstsicher* Darf ich dir deine lieben Verwandten vorstellen?

PUYUAN *sieht Shiping und Sifeng, erstaunt* Wie, was macht ihr denn hier?

FANYI *zieht Sifeng zu Puyuan* Schau mal, das ist deine Schwiegertochter. *Auf Puyuan weisend zu Sifeng* Sag Vater zu ihm! *Auf Shiping weisend zu Puyuan* Diese Dame solltest du auch kennenlernen.

SHIPING Gnädige Frau!

FANYI Ping, komm her! Hier, in Gegenwart deines Vaters mach vor deiner Schwiegermutter Kotau.

PING *verlegen* Vater, ich –

PUYUAN *begreift* Was – *zu Shiping* Shiping, du bist also doch zurückgekommen.

FANYI *erstaunt* Was?

SHIPING *ängstlich* Nein, nein, Sie irren sich.

PUYUAN *kühl* Das hatte ich schon vermutet, Shiping.

SHIPING Nein, nein! *Senkt den Kopf* Oh, mein Gott!

FANYI *erschrocken* Shiping? Was, das ist Shiping?

PUYUAN *überdrüssig* Was fragst du denn noch? Sie ist Pings Mutter, die vor dreißig Jahren gestorben ist.

FANYI Um Gottes Willen!

Es vergeht eine Weile. Sifeng stößt einen schmerzerfüllten Schrei aus und blickt ihre Mutter an, die betroffen den Kopf sinken läßt. Ping sieht verwirrt seinen Vater und Shiping an, während Fanyi sich langsam Chong nähert.

PUYUAN *schmerzlich* Komm her, Ping, deine Mutter ist nicht gestorben, sie lebt noch.

PING *fassungslos* Doch nicht sie, Vater, doch nicht etwa sie!

PUYUAN *streng* Red keinen Unsinn! Auch wenn sie keine Frau von Stand ist, ist sie doch deine Mutter.

PING *von Schmerz überwältigt* Oh, Vater!

PUYUAN *ernst* Denk nicht, weil du die gleiche Mutter wie Sifeng hast, müßtest du dich dessen schämen und könntest deine Sohnespflichten vergessen. *Zu Shiping* Ich wollte dir schon 20 000 Dollar schicken, aber da du jetzt hier bist . . .

SHIPING Nein . . . Sifeng, wir gehen.

PUYUAN *wutentbrannt, zu Ping* Auf die Knie, begreif endlich, das ist deine Mutter.

SIFENG *verwirrt* Ma, das kann nicht wahr sein.

Shiping schweigt.

FANYI *zu Ping, reuevoll* Ping, ich hätte nie gedacht – daß es so – Ping –

PING *zu Puyuan* Vater! *Zu Shiping* Mutter!

SIFENG *sie und Ping blicken einander an, dann erträgt sie es nicht länger* Oh Himmel! *Läuft durch die Mitteltür hinaus.*

Ping wirft sich aufs Sofa.

FANYI *schreit aufgeregt* Sifeng, Sifeng! *Wendet sich Chong zu* Chong, sie ist außer sich, lauf ihr nach und paß auf sie auf.

Chong läuft durch die Mitteltür hinaus und ruft Sifeng.

PUYUAN *geht zu Ping* Ping, was ist denn los?

PING *plötzlich* Wäre ich doch nie geboren! *Läuft zum Eßzimmer hinaus.*

Von weitem hört man, wie Sifeng schrill aufschreit und Chong laut nach ihr ruft; schließlich schreit auch Chong auf.

SHIPING *ruft* Sifeng, was ist mit dir!

FANYI *ruft gleichzeitig* Chong, mein Kind!

Shiping und Fanyi laufen durch die Mitteltür hinaus.

PUYUAN *eilt ans Fenster und zieht die Vorhänge auf, mit zitternder Stimme* Was ist denn? Was ist denn?

Durch die Mitteltür kommt ein Diener hereingelaufen.

DIENER *keuchend* Gnädiger Herr!

PUYUAN Schnell, sag, was ist?

DIENER *außer Atem* Sifeng ist tot ...

PUYUAN *hastig* Und Chong?

DIENER Er ... er ist auch tot.

PUYUAN *mit zitternder Stimme* Oh, was?

DIENER Sifeng ist an das elektrische Kabel gekommen, der junge Herr wollte sie ahnungslos wegziehen, da sind sie beide gestorben.

PUYUAN Das kann nicht sein. Das ist nicht möglich, das ist doch nicht möglich!

Puyuan läuft mit dem Diener hinaus. Ping kommt aus dem Eßzimmer. Er ist kreidebleich und wirkt ruhig und gefaßt. Er geht zum quadratischen Tisch, öffnet die Schublade, nimmt den Revolver heraus und geht nach rechts in die Bibliothek. Von draußen hört man Rufen, Weinen und Schreien. Shiping tritt durch die Mitteltür auf, gefolgt von einem alten Diener mit einer Taschenlampe. Shiping bleibt wortlos in der Mitte der Bühne stehen.

ALTER DIENER *tröstend* Liebe Frau, bleiben Sie nicht so stehen, so geht es nicht. Sie müssen weinen, Sie müssen ordentlich weinen.

SHIPING *abwesend* Ja.

ALTER DIENER Da kann man nichts mehr machen. – Aber Sie müssen weinen.

SHIPING Nein, ich, ich – *Steht wie versteinert da.*

Die Mitteltür öffnet sich weit, man sieht Fanyi von vielen Dienern umringt. Man weiß nicht, ob sie weint oder lacht.

DIENER *von draußen* Gehen Sie hinein, gnädige Frau! Sehen Sie nicht mehr hin.

Fanyi wird von den Dienern zur Mitteltür gedrängt.

FANYI *weinend* Chong, warum sperrst du den Mund so auf? Warum siehst du so aus, als würdest du mich immer anlachen? – Chong, du dummes Kind! *Puyuan kommt durch die Mitteltür herein.*

PUYUAN Komm herein, Fanyi! Schau nicht mehr hin. Meine Hände sind wie gelähmt.

ALTER DIENER Kommen Sie herein, gnädige Frau. Nun sind sie schon verbrannt, da kann man nichts mehr machen.

FANYI *kommt immer noch weinend herein* Chong, mein lieber Sohn, eben war noch alles gut. Wie konntest du sterben, wie konntest du nur so grausam sterben!

PUYUAN Beruhige dich doch. *Trocknet seine Tränen.*

FANYI *voll Schmerz und Reue* Chong, du mußtest sterben, du mußtest sterben. Bei einer solchen Mutter mußtest du ja sterben.

Von draußen ertönt Stimmengewirr.

PUYUAN Wer macht da draußen solch einen Lärm?

Alter Diener ab, ein anderer Diener tritt auf.

PUYUAN Was ist da draußen los?

DIENER Dieser Lu Dahai von heute morgen ist wieder da. Er sagt, seine Mutter ist hier.

PUYUAN *zögert einen Augenblick, blickt zu Shiping* In Ordnung, laß ihn herein.

SHIPING Das ist nicht nötig. *Steht auf, geht zur Mitteltür; in der Tür wendet sie sich noch einmal zu Puyuan um* Er wird nicht kommen, er haßt dich. *Erhobenen Hauptes wendet sie sich um und geht hinaus.*

Alle Diener ab. Nur Puyuan und Fanyi bleiben. Stille.

PUYUAN *plötzlich* Wo ist Ping? Wo ist Ping? Ping! Ping! *Keine Antwort* Diener! Diener! *Keine Antwort* Sucht ihn, meinen Sohn!

In der Bibliothek fällt ein Schuß. Im Zimmer herrscht Totenstille.

FANYI *plötzlich* Ah! *Läuft in die Bibliothek, während Puyuan reglos dasteht. Fanyi kommt schreiend wieder hereingelaufen* Er ... er ...

PUYUAN Er ... er ... *Puyuan und Fanyi eilen zusammen in die Bibliothek.*

Vorhang

Cao Yu

Der Pekingmensch

Drama in drei Akten

曹禺

北京人

Personen

ZENG HAO	Oberhaupt einer alten, vornehmen Pekinger Familie; 62 Jahre
ZENG WENQING	sein Sohn; 35 Jahre
ZENG SIYI	seine Schwiegertochter; 37-38 Jahre
JIANG WENCAI	seine Tochter; 32 Jahre
JIANG TAI	sein Schwiegersohn, Wencais Mann; hat früher im Ausland studiert; 36 Jahre
ZENG TING	sein Enkel, Wenqings und Siyis Sohn; 16 Jahre
ZENG RUIZHEN	Tings Frau; 17 Jahre
SUFANG	Zeng Haos Nichte; etwa 30 Jahre
FRAU CHEN	eine alte Amme, die Zeng Wenqing genährt und aufgezogen hat; etwa 60 Jahre
KLEIN-ZHU	ihr Enkel; 14 Jahre
ZHANG SHUN	Diener im Hause Zeng; etwa 30 Jahre
YUAN RENGAN	Wissenschaftler, betreibt anthropologische Forschungen; 37 Jahre
YUAN YUAN	seine Tochter; 16 Jahre
DREI MÄNNER	treiben Schulden ein
POLIZIST	

Zeit

ERSTER AKT	Mittherbstfest
ZWEITER AKT	gegen 11 Uhr nachts desselben Tages
DRITTER AKT	1. Szene: ungefähr einen Monat später, kurz vor Abend 2. Szene: am folgenden Morgen gegen 5 Uhr, kurz vor Anbruch der Dämmerung

Ort

Alle drei Akte spielen in der kleinen Blumenhalle des Hauses Zeng in Peking.

Mittherbstfest[1]*, es geht auf Mittag zu. Die kleine Blumenhalle des alten Hauses der Familie Zeng in Peking liegt in tiefer Ruhe, es ist niemand da, und man hört nur das zögernde Ticken einer alten Uhr auf einem langen, schmalen Tisch an der rechten Wand. Draußen in den Wolken drehen von den Zengs gehaltene weiße Tauben in Schwärmen ihre Kreise; von Zeit zu Zeit ertönt klar und angenehm das Geräusch der an ihren Füßen festgebundenen Windpfeifen. Vom rückwärtigen Salon sieht man durch eine Reihe heller, offenstehender Fenster hinaus; gerade ziehen ein paar weiße Wolken über den tiefblauen Himmel.*

Die kleine Blumenhalle verbindet den Salon des Haupthauses mit den Seitenflügeln östlich vom vorderen und hinteren Hof. Sie hat vier Eingänge. Rechts führt eine Tür, vor der ein feiner grüner Gazevorhang hängt, zu Siyis Schlafzimmer. Links geht es zum Schlafzimmer Wencais; hier hängt kein Vorhang, der Türrahmen ist kleiner und ziemlich schmutzig, wahrscheinlich ist das Innere des Zimmers auch nicht sehr geschmackvoll eingerichtet. Die ganze Rückwand wird von mehreren mit blauer Seide bespannten Türen und einer winzigen Studierstube gebildet, die wie ein Wandschrank aussieht. Die Flügeltür führt zum Salon, dessen Seiteneingang sie bildet, und nimmt zwei Drittel der Rückwand der kleinen Blumenhalle ein. Vor der Türschwelle ist eine Steinstufe. Öffnet man die Flügeltür, sieht man den wirklich großzügigen Stil des Salons, wie es einst der Stellung einer angesehenen und wohlhabenden Familie entsprach. Tür und Fenster des Salons öffnen sich nach rechts zum vorderen Hof hin. Die Tür steht weit offen, so daß grüne, schattige Dattelbäume, Wistarien und Silberpappeln zu sehen sind. Durch die Fenster scheint blendend hell die Sonne herein. Über der Tür der kleinen Studierstube hängt eine Holztafel mit drei großen Zeichen in Siegelschrift[2]*: »Stube zur Geistespflege«. Drinnen führt auf der linken Seite eine Tür (von den Zuschauern nicht deutlich erkennbar) zum hinteren Hof und zum Schlafzimmer des alten Herrn Zeng. An der Wand steht eine Reihe Bücherkisten, vollgepackt mit chinesisch gebundenen Büchern. Vor dem Fenster stehen ein Schemel aus rotem Sandel und ein Schreibtisch aus Zedernholz, auf dem sich Pinsel, Tusche, Bilder, Reibsteine, Porzellangefäße und andere antike und erlesene Stücke finden. Hier malen die Herrschaften manchmal und rezitieren Gedichte, lesen die Klassiker und führen philosophische*

Gespräche oder befragen ein Orakel, und wenn sie sich langweilen, nicken sie hier ein.

Die kleine Blumenhalle war früher ein Ort für vertrauliche Gespräche. Die Familie Zeng hatte einst, zu ihrer Blütezeit, sehr viele Gäste. So hatte der Vorfahr Zeng Jingde, der die Familie zu Ansehen und Reichtum gebracht hatte, veranlaßt, enge Verwandte und Freunde stets hierher zu führen und hier zu empfangen. Nun sind Jahrzehnte vergangen, nach wie vor aber treffen sich in diesem Raum seine Nachkommen zu Gesprächen; gleich rechts nebenan wohnt Siyi, die den Haushalt führt, mit ihrem Mann, Zeng Jingdes Enkel. Hier in der kleinen Blumenhalle werden alle Angelegenheiten besprochen und geregelt. Obwohl von der einstigen Größe der Familie nichts mehr geblieben ist und man gezwungen war, den Salon und den westlichen Seitenflügel an einen Anthropologen zu vermieten, wollen die Zengs diesen Raum nicht auch noch abtreten, denn es ist ihr letzter Zufluchtsort.

Die Einrichtung bewahrt noch vollkommen die Atmosphäre jener Jahre, man spürt keinerlei Armut und Verkommenheit. Die achteckigen Glasfenster zu Siyis Zimmer sind ganz sauber geputzt (in den alten Häusern Pekings gibt es zwischen den Innenräumen auch Fenster); das Innere des Zimmers ist hinter aprikosenfarbenen Vorhängen verborgen, als ob es ein tiefes Geheimnis berge, denn Siyi mag gewöhnlich nicht, daß andere sehen, was sie tut. Quer vor der Uhr liegt ein glücksbringender Ziergegenstand aus Jade in einer goldenen Brokathülle, ein altes Erbstück. Auf beiden Seiten sind Orchideen- und Bonzai-Töpfe und ein Paar alter rubinroter Vasen aufgestellt, das vor 20 Jahren Siyis Aussteuer war. Vor dem länglichen Tisch steht ein etwas beschädigter quadratischer Rotholztisch, auf dem eine purpurne Decke liegt. Zum Essen zieht man ihn hervor; jetzt ist eine große Schale mit kandiertem Obst darauf. An dem Tisch stehen, sauber geputzt, ein paar Stühle und ein kleiner Hocker.

An der linken Wand bei der Tür zu Wencais Zimmer steht ein halbrunder Tisch aus rotem Sandelholz; auf ihm befinden sich eine Schale mit Bergamotten, einige in grüne Seide gewickelte Schnupftabakfläschchen und Bücher. In einem bauchigen Aquarium in der Mitte des Tisches schwimmen Goldfische ruhig und sorglos zwischen Wasserpflanzen umher. Vor dem Tisch stehen zwei, drei Sessel und ein Beistelltisch. An der Wand hängt eine alte Rolle mit Kursivschrift von Dong Qichang[3]. Eine siebensaitige Qin[4] mit orangegelben Seidenqua-

sten hängt in einem Futteral aus schlichtem Brokat in der Ecke bei der »Stube zur Geistespflege«. Zwischen der Studierstube und der Flügeltür zum Salon hängt ein mit feiner Tusche gemalter Bambus; das Bild scheint noch nicht lange aufgezogen zu sein. Ein aus Ebenholz geschnitzter Drachen-Lampenständer steht rechts davon; die viereckige Gazelampe, die der Drache in seinem Rachen hält, ist mit bunten Blumen und Vögeln bemalt. Links davon ist ein weißer Porzellankrug mit blauem Blumenmuster und einer großen Öffnung – nachgemachtes Ming-Porzellan[5]; ein Dutzend Bildrollen ist schräg hineingesteckt. Neben dem Krug stehen zwei quadratische Hocker, auf denen ein Lederkoffer mit halboffenem Deckel liegt.

Im Raum ist es ganz still, nur die Windpfeifen der Tauben ertönen hin und wieder. Von draußen hört man einen einrädrigen Wasserkarren, wie es ihn damals nur in Peking gab, eintönig durch die lange Gasse holpern, und gelegentlich zerreißt der Klang der alten Trompete eines Messer- und Scherenschleifers die Trübsinnigkeit.

Es vergeht eine Weile.

Durch die Tür, die vom Salon zum vorderen Hof führt, kommen Zeng Siyi und Zhang Shun herein; eilig durchqueren sie den Salon und betreten die kleine Blumenhalle. Zhang Shun, ein etwa 30jähriger Diener aus Peking, folgt Siyi ein wenig unruhig in ehrerbietigem Abstand. Zeng Siyi ist von klein auf im Hause eines hohen Beamten erzogen worden. Sie bildet sich ein, gebildet, klug, geschickt und erfahren zu sein, und trägt den ganzen Tag ein Lächeln zur Schau. Sie ist jedoch heuchlerisch, selbstsüchtig, schwatzhaft, neidisch und argwöhnisch, wenn sie sich auch selbst für uneigennützig und großmütig hält. Aus allem, was ihr zu Ohren kommt, hört sie geheime Absichten und Pläne heraus und liebt es, andere in ein Netz von Intrigen und Ränken zu verstricken. Sie ist klein; sie hat schräge Kaninchenaugen, eine breite Stirn, einen hohen Nasenrücken, dicke Lippen, vorstehende Zähne und tiefschwarze Augenbrauen, die so gleichmäßig und scharf gezeichnet sind, als seien sie mit dem Messer geschnitzt. Im Gespräch mustert sie gern heimlich die Miene ihres Gegenübers. In ihrem Verhalten und in ihren Worten ist sie außerordentlich schlau. Sie ist noch keine 40 Jahre alt, aber bereits dick, und ihr Gesicht wirkt etwas geschwollen. Sie trägt einen langen hellgelben geblümten Qipao[6] und goldene Satinschuhe; unter ihrem Arm baumelt ein blitzendes Schlüsselbund, und in der Hand hält sie Rechnungen. Ihre Augenbrauen sind zornig zusammengezogen.

ZHANG SHUN *lächelnd* Was soll man denn nun tun, gnädige Frau?

SIYI *verzieht den Mund* Sag ihnen, sie sollen im Pförtnerhaus warten!

ZHANG SHUN Aber sie sagen, daß die Rechnungen jetzt bezahlt werden müssen . . .

SIYI *die Augen zu einem Schlitz zusammengekniffen* Jetzt nicht!

ZHANG SHUN Sie sagen . . . *Verlegen* Sie sagen . . .

SIYI *die Stirn runzelnd* Was sagen sie?

ZHANG SHUN Sie sagen, daß der gnädige Herr den Sarg immer wieder lackiert haben wollte, so daß sie ihn dreißig-, fünfzigmal streichen mußten. Jetzt hätten sie sogar Fujian-Lack aufgetragen und ihn außerdem noch hergebracht.[7] *Mit einem gezwungenen Lächeln* Wenn sie nun aber Geld dafür haben wollen, dann will die gnädige Frau . . .

SIYI *lacht verschlagen* Sag ihnen, daß der Sarg ohnehin nicht für mich ist, sie sollen zum gnädigen Herrn gehen. Wenn sie nicht mehr warten können, bitte sie, ihn wieder mitzunehmen. Dieses finstere Ding im Haus bedrückt mich sowieso.

ZHANG SHUN *aufrichtig* Ich finde, man sollte ihnen etwas geben; es ist schließlich Mittherbstfest, und der Sarg ist fertig lackiert, gnädige Frau.

SIYI *wendet sich verärgert ab* Wieviel Prozent hat dir die Lackiererei versprochen, daß du dich so für diese raffgierigen Schurken einsetzt?

ZHANG SHUN Nein, gnädige Frau, sehen Sie . . .

Die Amme Chen, eine über 60 Jahre alte Frau, kommt leicht unsicheren Schrittes vom vorderen Hof durch den Salon herein. Sie diente der Familie Zeng eine lange Zeit, schon Siyis Mann wurde von ihr genährt und aufgezogen. Vor 40 Jahren, als die Zengs ihre Blütezeit erlebten, ist sie ins Haus gekommen; sie war die Stütze der verstorbenen Frau Zeng. Sie kommt vom Lande, hat das Herz auf der Zunge und sorgt für die Kinder des Hauses wie für ihre eigenen. Erst seit ihr Sohn sie in letzter Zeit des öfteren mit in ihr Dorf nahm, wohnt sie bei ihrer Familie; doch stets denkt sie schon nach kurzer Zeit wieder an die Kinder ihrer Herrschaft und bringt immer, wenn sie zurückkehrt, einige Geschenke mit. Diesmal ist sie mit ihrem Enkel gerade zum Fest gekommen. Obwohl ihr Gang schon etwas unsicher ist und ihre Haare halb ergraut sind, hat ihr Gesicht eine sehr frische Farbe, und ihre Stimme ist kräftig und klar – offenbar ist sie noch sehr gesund. Sie ist schwerhörig. Über ihr Gesicht huscht oft ein fröhliches Lächeln. Ihre Familie hat jetzt ein gutes Auskommen. Sie hat ein gütiges Herz und redet gern. Sie weiß sehr viel über die Zengs und spricht aus, was sie zu sagen hat; niemand aus der Familie kann sie aus der Fassung bringen. Sie trägt ein hellblaues Hemd und eine Weste aus dunkelblauem Wollstoff, schwarze Hosen und schwarze Stoffschuhe. In ihrem aschgrauen kleinen Haarknoten steckt eine winzige rote Blume.

ZHANG SHUN *erstaunt* Was, Frau Chen, Sie sind hier?!

FRAU CHEN *verbeugt sich hastig zur Begrüßung* Gnädige Frau, wirklich, daß man so seine Schulden eintreibt! Wie kann jemand nur so seine Schulden eintreiben! *Dreht sich um, vor Zorn schreiend* Shun, geh raus und jag sie zum Teufel! So etwas habe ich noch nicht erlebt, gnädige Frau. *Vor Zorn gerät sie außer Atem.*

SIYI *setzt eine lächelnde Miene auf* Wann bist du gekommen, Amme?

ZHANG SHUN *ratlos* Was haben Sie denn, Frau Chen?

FRAU CHEN *gestikulierend* Jag die Gauner fort! *Wendet sich Siyi zu, halb lachend, halb wütend* So etwas habe ich noch nicht erlebt, das bringt einen ja zur Weißglut! Gnädige Frau, was sagen Sie dazu, diese Leute versperren einem die Tür! *Zu Zhang Shun, wieder wütend* Sag ihnen, dies ist die Residenz der Familie Zeng. Würde die gnädige Frau noch leben, wäre so etwas nicht vorgekommen; da hätte man solche Leute doch einfach festnehmen lassen! Da ist dies bißchen Geld doch gar nicht der Rede wert, selbst wenn es ein paar Tausender wären, soviel habe sogar ich arme, alte Frau schon in den Händen gehabt. *Zornig* Unerhört, sie wagen es, die Tür zu versperren und mich nicht durchzulassen.

SIYI *hört bis zu Ende zu, dann halb scherzhaft, halb ihre Freude unterdrückend zu Zhang Shun* Himmel, wie können sie so etwas wagen, kennen sie denn nicht unsere Amme Chen?

FRAU CHEN *lacht auf* Sagen Sie nicht so etwas, gnädige Frau, ob sie mich kennen oder nicht, spielt gar keine Rolle; daß sie aber dieses Haus nicht kennen, macht einen so wütend. Als ich zum erstenmal ins Haus kam, durften nur hohe Beamte durch diese Tür eintreten. *Zu Zhang Shun* Dein Großvater, der alte Zhang Cai, hat damals jahrelang als Pförtner die Trinkgelder von kleinen und großen Beamten kassiert, dann hatte er genug, um sich Land zu kaufen, eine Frau zu nehmen und Kinder und Enkel zu bekommen. *Lachend zeigt sie auf ihn* So bist du kleiner Hase entstanden.

ZHANG SHUN *einer so freimütig redenden Kollegin seines Großvaters kann er nicht böse sein, lachend* Jaja, Frau Chen.

SIYI Setz dich doch, Amme.

FRAU CHEN Ach, wer kennt denn schon diese Halsabschneider! Als ich kam, war der gnädige Herr noch jung, *zeigt mit der Hand* und der junge Herr war noch so klein, damals . . .

SIYI *drückt sie auf einen Stuhl, ihr zuredend* Setz dich, reg dich nicht mehr auf, Amme. Was war denn nun eigentlich los?

FRAU CHEN Ach, damals am Mittherbstfest . . .

SIYI Was haben sie dir denn nun getan, Amme?

FRAU CHEN *hat nicht verstanden* Wie?

ZHANG SHUN Sie ist schwerhörig, sie hat es nicht gehört. Lassen Sie sie, das nimmt doch sonst kein Ende.

FRAU CHEN Was sagst du?

ZHANG SHUN *laut* Die gnädige Frau fragt Sie, was die Gläubiger Euch denn nun getan haben.

FRAU CHEN *hat verstanden und holt sofort aus ihrer Kleidertasche einige Rechnungen* Hier, sie haben mir den Eingang versperrt und mir dies in die Hand gestopft, und ich mußte es unbedingt nehmen, um reinzukommen.

SIYI *nimmt die Rechnungen* Ach so!

FRAU CHEN *zeigt auf die Rechnungen* Schauen Sie, diese Rechnungen, was bedeuten die schon!

SIYI *während sie die Rechnungen durchblättert* Oh, vom Bildergeschäft ist auch eine Rechnung gekommen. Shun, sag dem Verkäufer, daß mein Mann nicht zu Haus ist.

FRAU CHEN Wie, der junge Herr Wenqing?

SIYI *während sie Geld hervorzieht* Gib ihm erstmal diese 20 Dollar. Aber zieh nicht soviel für dich ab! Wenn mein Mann zurück ist, wird er nachsehen, ob wirklich so viele Schriftrollen und Bilder aufgezogen wurden, und dann kann man den Rest begleichen.

ZHANG SHUN Und die Rechnungen der Schneiderei, des Obstladens und auch noch die für das Lackieren . . .

SIYI *ungeduldig* Später, später, warte, bis der gnädige Herr hier ist!

ZHANG SHUN *zeigt zur linken Tür, leise* Gnädige Frau, Herr Jiang hat den ganzen Morgen geschimpft, die Mauer am Durchgang hinter seinem Zimmer würde einstürzen, und er hat gefragt, ob es noch in Ordnung gebracht wird.

SIYI *ihre Miene verfinstert sich* Sag ihm, es wird schon repariert werden, bloß hätten wir im Moment kein Geld dafür. Bitte ihn, sich noch eine Weile zu gedulden; der gnädige Herr überlegt nämlich gerade, ob er das Haus verkaufen soll.

ZHANG SHUN *merkt nicht, was los ist* Gnädige Frau, außerdem regnet es in meinem Zimmer durch, gestern abend ...

SIYI *kühl* Entschuldige bitte, ich habe kein Geld; aber ich werde gleich mit dem gnädigen Herrn sprechen, der wird eigens für dich ein modernes Haus bauen.

Zhang Shun weiß nicht, was er antworten soll, da ruft draußen jemand Herr Zhang! Herr Zhang!

ZHANG SHUN Ich komme! *Durch die Tür zum Salon ab.*

SIYI *wendet den Kopf, herzlich* Amme, du bist sicher müde nach dieser Reise; hast du nicht unter der Hitze gelitten?

FRAU CHEN *mit enttäuschtem und zugleich ungläubigem Ausdruck* Gnädige Frau, sagen Sie ehrlich, mein junger Herr ist nicht zu Hause ...

SIYI Sei unbesorgt, dein junger Herr *zeigt auf die rechte Tür* ist da, er ist nur noch nicht aufgestanden. Er kommt gleich heraus und erweist dir zum Fest seine Verehrung.

FRAU CHEN *lacht laut* Gnädige Frau, machen Sie keine Scherze, wenn ich auch Amme bin, Diener ist doch Diener und Herr ist Herr. Wie kann da ein Herr von bald 40 Jahren, der schon eine Schwiegermutter hat, mir ...

SIYI *es macht ihr Spaß, so zu spielen* Dann, Amme, lassen Sie zuerst mich Ihnen meine Verehrung erweisen!

FRAU CHEN *steht hastig auf und hält sie zurück* Nein! Nein! Sie beschämen mich zu Tode. Gnädige Frau, Sie sind doch schon Schwiegermutter, wie ... *Eine Weile wetteifern die beiden ein wenig in Höflichkeit; Siyi hat natürlich nicht die Absicht, der Amme wirklich ihre Verehrung zu erweisen, daher ...*

SIYI *hält lachend inne* Na gut!

FRAU CHEN *sehr vergnügt* Wahrhaftig, was ich da eben hörte, hat mich ganz schön erschreckt, ich habe doch die lange Reise in die Stadt nur gemacht, um ...

SIYI *unterbricht sie* ... den jungen Herrn zu besuchen.

FRAU CHEN *da Siyi die Absicht ihres Besuches erraten hat, ist sie einen Moment verwirrt, dann lacht sie verlegen* Sie, Sie sind wirklich klug! Nun, ich wollte aber auch Sie besuchen, gnädige Frau, und Fräulein Sufang, den gnädigen Herrn, Ihre gnädige Schwägerin, Ihren Herrn

Sohn und Ihre Schwiegertochter. Denken Sie etwa, ich würde abreisen, ohne alle aus der Familie gesehen zu haben . . .

SIYI Wie bitte?

FRAU CHEN Heute abend fahre ich nämlich schon wieder zurück. Ich habe mit meiner Schwiegertochter abgemacht . . .

SIYI Das geht doch nicht! Nun hast du dir schon die Mühe gemacht, vom Lande nach Peking zu kommen, und willst sofort wieder abreisen? Warum kannst du nicht bleiben?

FRAU CHEN *geschmeichelt und gerührt* Ach, 40 Jahre hab ich in diesem Haus gelebt. Selbst als mein Sohn geheiratet hat, bin ich nicht mal hingefahren. Wo bin ich also zu Hause? Gnädige Frau, ich habe meinen Enkel ein paar Kleinigkeiten vom Lande mitbringen lassen.

SIYI Aber, Amme, wozu denn solche Umstände?

FRAU CHEN *treuherzig* Ach, nur ein paar Kleinigkeiten. *Sie geht auf die Salontür zu, dabei lächelnd weiterredend* Das ist doch gar nicht der Rede wert. Ich hätte die Sachen schon längst . . . *Sieht ihren Enkel nirgends* »Klein-Zhu! Klein-Zhu!« Sowie man nur einen Augenblick nicht aufpaßt, ist das Kind schon wer weiß wohin gelaufen. »Klein-Zhu! Klein-Zhu!« *Ständig rufend geht sie aus dem Salon in den vorderen Hof, um ihn zu suchen.*

Draußen hört man das ruhige und friedliche Geräusch der Taubenpfeifen. In der Ferne, außerhalb der Mauer, schlägt der VERKÄUFER *eines Erfrischungswagens seine »Eisschellen« – das sind zwei hell und rein klingende glänzende Kupferinstrumente, kleinen Weinschalen ähnlich, die mit der Hand rhythmisch gegeneinandergeschlagen werden. In dem klaren Pekinger Tonfall preist er fröhlich seine Waren an:* Durstlöschend! Erfrischend! Rosenblüten dazu, Zucker dazu! Zweifelt ihr noch, probiert ein Schälchen! *Hier hebt er die Stimme und beginnt melodisch und rhythmisch zu singen* Hier, saurer Pflaumensaft, mit extra feinem Geschmack! *Wieder schlägt er die Eisschellen.*

Währenddessen geht Siyi leise zum Lederkoffer und ordnet langsam die Kleider.

SIYI *wendet den Kopf plötzlich nach rechts* Wenqing, bist du aufgestanden?

Von drinnen keine Antwort.

SIYI Wenqing, deine Amme ist gekommen.

ZENG WENQINGS STIMME *aus dem rechten Zimmer, leer und kraftlos*

Ich weiß! Warum bittest du sie nicht herein?

SIYI Sie hereinbitten? Wo sie aus dem Mund so widerlich nach Knoblauch stinkt? Die soll in unser Zimmer kommen? Die stinkt doch bis zum Himmel! Dir macht es ja nichts aus, aber ich finde das unerträglich. Fährst du heute endlich? Ich habe dir deine ganzen Reisesachen herausgesucht.

WENQINGS STIMME *aus dem Zimmer, langsam und ruhig* Sind die Tauben alle ausgeflogen?

SIYI *geht nicht auf ihn ein* Ich frage dich, ob du endlich zu fahren gedenkst.

WENQINGS STIMME *aus dem Zimmer, versunken* Wie hoch die Tauben heute fliegen! Ich kann ihre Pfeifen kaum noch hören.

SIYI *geht auf die rechte Tür zu* He, was hast du denn nun eigenlich vor, wirst du endlich . . .

WENQINGS STIMME *aus dem Zimmer mit überdrüssigem, gedehnten Tonfall* Ja, ja, ich fahre, ich fahre ja schon!

SIYI *geht vor die Zimmertür, zieht den Vorhang beiseite und stößt die Tür auf; sie scheint drinnen plötzlich etwas Furchtbares zu sehen und ruft erschreckt aus* Oh, warum hast du wieder . . .

Man hört die Amme in den Salon kommen und drauflosreden. Sogleich wendet Siyi den Kopf und horcht. Die beiden Flügel der Zimmertür werden sofort von innen geschlossen. Die Amme zieht Klein-Zhu herein. Klein-Zhu ist etwa 14 Jahre alt. Sein kahlgeschorener Kopf sieht aus wie ein Flaschenkürbis. Er trägt frische Kleider, wie sie Dorfkinder ausschließlich zu Festtagen anziehen: Baumwollstrümpfe, Stoffschuhe, Beinwickel und ein tiefblaues, bis knapp an die Knie reichendes Hemd aus einheimischem Stoff mit kurzen Ärmeln und weitem Halsbündchen. Durch häufiges Waschen ist die Farbe des Hemdes verblichen; hinten am Halsbündchen, genau in der Mitte, ist ein kleiner roter Flicken. Die Kleider sind vom Waschen eingelaufen und sitzen ganz straff. Er macht in seiner schlichten Erscheinung einen robusten und liebenswerten Eindruck. In der einen Hand hält er einen Hampelmann aus Ton mit einem Hasen- oder Schweinekopf, der sich klappernd bewegt, wenn man an dem Faden, der in der Mitte herabhängt, zieht. In der anderen Hand trägt er einen rechteckigen leeren Taubenkäfig und hat eine alte Henne unter den Arm geklemmt. Ihm folgt Zhang Shun, der mit beiden Armen einen großen Korb mit einem Huhn, Hühnereiern, Chinakohl,

Hirse, Sellerie und anderem hält. Beide triefen vor Schweiß und bleiben unbeholfen an der Steite stehen.

FRAU CHEN Geh, geh, geh doch! *Drauflosschwatzend* Dieses Kind, nein, dieses Kind! Wer hat dir erlaubt, sauren Pflaumensaft zu trinken, wo du am ganzen Körper schwitzt! Jetzt im Herbst noch solch eiskaltes Zeug zu trinken, davon kriegt man doch Bauchweh! *Wendet sich an Zhang Shun* Shun, du stehst direkt daneben und sagst keinen Mucks! Immer nach seinem Kopf! *Zeigt* Wer hat dir denn den Hampelmann da gekauft?

KLEIN-ZHU *schielt zu Zhang Shun hoch* Er – Onkel Zhang.

FRAU CHEN *wendet sich halb lachend, halb grollend zu Zhang Shun* Lach nicht! Auch wenn du ihm was gekauft hast, bin ich dir nicht dankbar!

SIYI Genug! Schimpf nicht mehr mit ihm.

FRAU CHEN Klein-Zhu, du hast vor der gnädigen Frau noch keinen Kotau gemacht. Stell die Sachen hin, stell sie hin!

Klein-Zhu stellt hastig den leeren Taubenkäfig hin und setzt das Huhn in den großen Korb, den Zhang Shun hält.

SIYI Laß den Kotau! Nach einer so langen Reise ist man doch müde.

FRAU CHEN *als sie sieht, daß Klein-Zhu sich nicht von seinem Hampelmann trennen kann, reißt sie ihn ihm aus der Hand* Tu den Hampelmann fort, den nimmt dir schon keiner weg. *Sie gibt ihn Zhang Shun.*

Völlig verwirrt hält Zhang Shun die vielen Sachen in den Armen.

SIYI Laß den Kotau, das ist doch zu mühsam.

FRAU CHEN *lachend* Sieh sich doch einer dieses Landkind an! Unterwegs habe ich es ihm noch beigebracht, und bis zur Stadt hat er alles wieder vergessen. *Geht zu Klein-Zhu und drückt ihn hinunter* Kotau!! Mein kleiner Opa!

Klein-Zhu starrt seine Großmutter mit verdrehtem Kopf an. Als sie ihn losläßt, wirft er sich plötzlich zu Boden und machten einen Kotau, rollt zur Seite und steht wieder auf.

SIYI *hat ein kleines, in rotes Papier eingewickeltes Festgeschenk hervorgeholt* Klein-Zhu, auf daß es dir kleinem Balg später gut gehe! Ein langes Leben! Komm, nimm! Kauf dir Süßigkeiten dafür.

Klein-Zhu steht verwirrt und unbeholfen da.

FRAU CHEN Ach je, müssen Sie ihm schon wieder Geld geben! *Zu ihrem Enkel* Nimm schon, du darfst, es ist ja von einem lieben Menschen. *Klein-Zhu geht hin und nimmt das Geld* Sag danke, du! *Er dreht sich um und nimmt Zhang Shun wieder seinen Hampelmann aus der Hand; er senkt den Kopf und lacht einfältig* Dieser Bengel kann nicht richtig stehen, nicht richtig sitzen und auch nicht richtig Kotau machen. Gnädige Frau, setzen Sie sich doch! Ach, es war ein langer Weg und so heiß. *Zieht einen Hocker heran und setzt sich* Ich bin nämlich mit Klein-Zhu den ganzen Weg gelaufen . . .

ZHANG SHUN *ungeduldig* Frau Chen, ich halte hier noch was!

FRAU CHEN *wendet sich um und lacht* Oh, was hab' ich für ein Gedächtnis! Gnädige Frau, *zieht Siyi zu sich heran; während sie im Korb herumwühlt* auf dem Lande gibt's nichts Besonderes, ich habe nur etwas Gemüse hier, Lauch, Sellerie, Rüben, Gurken, Paprika, Bohnen . . .

SIYI Zuviel, viel zuviel.

FRAU CHEN Und hier, noch ein bißchen Hirse, ein paar Hühnereier und zwei Hühner.

SIYI Das ist ja ein richtiger Umzug. Du meine Güte, wenn du die Sachen schon so weit mitgeschleppt hast, muß ich sie ja . . . *Zu Zhang Shun* Shun, bring sie weg.

FRAU CHEN *zu Zhang Shun* Für dich habe ich noch zwei große Rettiche mitgebracht. *Sucht aufgeregt.*

ZHANG SHUN *lachend* Sie brauchen nicht mehr zu suchen, sie sind schon in meinem Bauch. *Eilig nimmt er den großen Korb und geht durch die Tür zum Salon hinaus.*

KLEIN-ZHU *heimlich* Oma.

FRAU CHEN Was denn?

KLEIN-ZHU *leise* Soll ich sie 'rausnehmen?

FRAU CHEN *hat nicht verstanden* Was?

Klein-Zhu sieht seine Großmutter bedeutsam an und hebt den Taubenkäfig hoch.

FRAU CHEN *erinnert sich plötzlich* Ach, du Schreck! *Ganz aufgeregt* Wo hast du sie? Wo?

KLEIN-ZHU *schuldbewußt holt er eine kleine graue Taube unter seinem Hemd hervor; ihre Kopffedern sind aufgeplustert, die Flügel ölig glänzend, und auf dem ganzen Körper hat sie violette Tupfen. Sie sieht äußerst fein aus, schon auf den ersten Blick sieht man, daß sie zu einer kostbaren Art gehört* Hier!

FRAU CHEN *hebt die kleine Taube hoch, vor Freude zittert ihre Stimme sogar ein wenig, zu der Taube* Brav, mein Schätzchen, da bist du ja! Kein Wunder, daß mir etwas fehlte. *Zu Siyi* Was ist das nur für ein Bengel! Es ist eigentlich ein Paar gewesen, ich habe sie eigens für meinen jungen Herrn ausgewählt und sorgsam in den Käfig getan, aber unterwegs mußte er sie unbedingt herausnehmen und mit ihnen spielen, und husch!, da ist eine weggeflogen. Aber mein junger Herr hat Glück, die zurückgeblieben ist, sieht sehr schön aus. Gnädige Frau, fühlen Sie mal die Federn, *will sie unbedingt Siyi in die Hände geben* ihr kleines Herz hüpft richtig!

SIYI *voller Abscheu weicht sie zurück und lacht gezwungen* Schön, schön. *Ruft zur rechten Tür hin* Wenqing, die Amme hat dir wieder eine Taube mitgebracht!

FRAU CHEN *unwillkürlich mitrufend* Junger Herr!

WENQINGS STIMME *aus dem Zimmer* Ja, Amme.

FRAU CHEN *sofort will sie zu Wenqing gehen und ihm ihren Schatz bringen* Ich komme 'rein und zeig sie Ihnen! *Dabei geht sie zum Zimmer.*

SIYI *hastig* Geh nicht 'rein!

FRAU CHEN *verwundert* Warum nicht?

SIYI Er, er ist noch nicht aufgestanden.

FRAU CHEN *immer noch voller Freude und Begeisterung* Was macht denn das! Dann unterhalte ich mich eben mit dem jungen Herrn am Bett. *Geht wieder los.*

SIYI Nein, nicht. Das Zimmer ist auch ganz unaufgeräumt.

FRAU CHEN *liebevoll* Ach, das macht doch nichts.

Geht wieder los.

SIYI *ruft* Wenqing, hast du dich schon angezogen?

WENQINGS STIMME *aus dem Zimmer* Ich bin gerade dabei!

FRAU CHEN *lacht herzlich* Ha ha, in meinem Alter soll ich noch Hemmungen haben!

Geht zur Tür und stößt sie auf.

WENQINGS STIMME *aus dem Zimmer, laut* Nicht 'reinkommen, nicht 'reinkommen!

SIYI *hält Frau Chen fest* Warte einen Moment, er mag nicht, daß man ihn sieht, wenn er sich anzieht . . .

FRAU CHEN *ein wenig enttäuscht* Gut, dann eben nicht, wenn der Charakter erst mal geformt ist, ist er nicht mehr zu ändern. *Voller Liebe* Gnädige Frau, als der junge Herr 15 Jahre alt war, hab ich ihn noch angezogen. *Gibt Klein-Zhu die Taube* Hier, tu sie zurück! *Aber wieder kann sie es nicht lassen, zur Tür hin zu rufen* Junger Herr, wie ist es Ihnen ergangen?

SIYI *während sie einen Stuhl heranholt* Setz dich doch.

WENQINGS STIMME *aus dem Zimmer, herzlich* Gut, und dir?

FRAU CHEN *laut* Auch gut! *Ihr Gesicht erhellt sich* Ich habe wieder eine Enkelin bekommen.

Währenddessen setzt Klein-Zhu die Taube vorsichtig in den Käfig.

WENQINGS STIMME *aus dem Zimmer* Herzlichen Glückwunsch!

FRAU CHEN *laut* Ja, sie ist ganz rund! *Setzt sich.*

SIYI Er sagte: »Herzlichen Glückwunsch«.

FRAU CHEN Was gibt's da zu gratulieren, es ist doch nur ein kleines Mädchen!

WENQINGS STIMME *aus dem Zimmer* Diesmal mußt du aber einige Tage länger bleiben.

FRAU CHEN *streckt den Hals, laut* Ja, vor fast einem Monat.

SIYI Er bittet dich, einige Tage länger zu bleiben.

FRAU CHEN *schüttelt den Kopf* Nein, ich muß heute noch zurück.

WENQINGS STIMME *aus dem Zimmer, hat nicht verstanden* Wie?

FRAU CHEN *steht auf, laut* Ich muß heute noch zurück, junger Herr.

WENQINGS STIMME *aus dem Zimmer* Warum hast du es denn so eilig?

FRAU CHEN Wie?

WENQINGS STIMME *aus dem Zimmer, laut* Warum hast du es so eilig?

FRAU CHEN *hat immer noch nicht verstanden* Wie?

KLEIN-ZHU *kann ein albernes Lachen nicht unterdrücken* Oma, du hörst auch überhaupt nichts mehr! Er fragt, warum du es so eilig hast?

FRAU CHEN *verwirrt wiederholt sie* Eilig? *Völlig durcheinander, lacht sie auf* Das macht einen ja ganz verrückt, sich so zu unterhalten. Lassen wir's, wenn er 'rausgekommen ist, reden wir weiter. Gnädige Frau, ich gehe erstmal in den hinteren Hof, um Fräulein Sufang zu begrüßen.

SIYI Gut, ich laß dich dann gleich holen. *Aus der Schale auf dem quadratischen Tisch nimmt sie einige rot kandierte Früchte* Klein-Zhu, hier hast du kandiertes Obst. *Gibt es ihm.*

FRAU CHEN Willst du dich nicht bedanken! *Klein-Zhu nimmt es kichernd und steckt es sofort in den Mund* Immer essen! Immer essen! *Heftig reißt sie es ihm wieder aus dem Mund* Laß das! Heb es dir auf! *Klein-Zhu sieht gierig auf die leuchtend roten, kandierten Früchte in ihrer Hand* Leg den Hampelmann weg und komm mit!

Klein-Zhu legt sein Spielzeug nur ungern fort, er kann sich kaum davon trennen. Frau Chen ergreift seine Hand, und sie gehen durch die kleine Tür der Studierstube ab.

SIYI Widerlich! *Legt den bunten Hampelmann zur Seite und nimmt den Taubenkäfig hoch . . .*

WENQINGS STIMME *aus dem Zimmer* Amme!

SIYI Sie ist rausgegangen.

Zeng Wenqing, Siyis Mann, kommt von rechts aus dem Schlafzimmer. Er ist groß und mager und trägt ein weites, langes Gewand von eleganter und erlesener Farbgebung. Seine Bewegungen und seine Sprechweise sind träge. Mit seinem blassen Gesicht, der breiten Stirn, den hohen Backenknochen und blutleeren Lippen wirkt er ungewöhnlich sensibel. Seinen eingefallenen Augen sieht man tiefe Verzweiflung, Trauer und Qual an. Sein Blick ist starr, als wäre er geistesabwesend, und auf seiner Stirn treten die Äderchen hervor.

Da er im Pekinger Literatenstand aufgewachsen ist, spielen Schach, Dichtung und Malerei eine große Rolle in seinem Leben. Jede Jahreszeit verlockt in Peking zu Müßiggang: im Frühling läßt man Drachen steigen, in Sommernächten wandert man zum Nord-See, im Herbst macht man Spaziergänge in den Westbergen, um das rote Laub zu betrachten, und im Winter sitzt man frühmorgens, wenn es aufhört zu schneien, am Fenster und malt. Wenn man sich einsam fühlt, geht man auf und ab und dichtet, und wenn man in geruhsamer Stimmung ist, sitzt man einfach da und schlürft Tee; so geht das halbe Leben mit leerer Zerstreuung vorüber.

Wenqing ist zudem von klein auf von seiner Mutter verwöhnt worden, und schon in jungen Jahren wurde er verheiratet. Er ist körperlich schwach. In bestimmten Dingen kann er äußerst scharfsinnig sein, doch im allgemeinen macht er einen schwerfälligen und apathischen Eindruck. Er ist apathisch in seinen Handlungen, beim Denken und Sprechen, beim Gehen und Aufstehen; er hat keine Lust, mit anderen Menschen zusammen zu sein oder sich für irgendeine Angelegenheit ernsthaft und ausdauernd einzusetzen. Sein tiefer Lebensüberdruß und seine Hoffnungslosigkeit gehen sogar soweit, daß er zu apathisch ist, von seinem Kummer anderen etwas mitzuteilen. Er ist so apathisch, daß jeder, der ihn beobachtet, sofort erkennt: »Das ist ein wandelnder Leichnam.«

Beim Hereinkommen knöpft er sich seinen gefütterten Seidenrock zu.

WENQING *das Lächeln auf seinem Gesicht verschwindet* Sie ist wahrhaftig gegangen. Warum hast du sie nicht noch einen Moment zurückgehalten?

SIYI *geht nicht darauf ein* Das hier ist die Taube, die sie dir mitgebracht hat. *Reicht sie ihm.*

WENQING *hebt den Taubenkäfig hoch* Die Arme! Deswegen hat die alte Frau eine so weite Reise gemacht. *Betrachtet die Taube, bewundernd* Ah, das ist sogar ein »Phönixkopf«, ein »Kurzschnabel«! *Voller Freude* Das muß ein Pärchen sein, warum ... *Als er den Kopf hebt, trifft in Siyis kalter Blick.*

SIYI Wenqing, warum hast du wieder die Lampe angemacht?

Wenqings Gesicht verfinstert sich; langsam setzt er den Taubenkäfig nieder.

SIYI *schimpfend* Gestern hat mich dein Vater noch gefragt, wie es ist, ob du die Opiumlampe, die Pfeife und die anderen Geräte weggeworfen hast. Ich habe ihm gesagt, du habest es längst getan. *Scharf* Es ist doch äußerst merkwürdig! Du hast dich damit ruiniert und hast dann das Rauchen aufgegeben, aber jetzt, so kurz vor deiner Abreise, willst du es wieder zu einem Krach kommen lassen!

WENQING *seufzt tief und setzt sich* Ach, kümmere dich nicht um mich. Laß mich die Lampe doch mal anzünden. Ich will sie ja nur ansehen.

SIYI *verächtlich* Wer soll sich denn sonst um dich kümmern? Wenn man zusammen lebt, sollte man doch vor den anderen Rücksicht nehmen. Willst du denn wirklich, daß dein lieber Schwager damit recht behält, daß du gar nicht mehr aus dem Haus gehen und arbeiten könntest; alles, was du zustande brächtest, sei, hier herumzusitzen und zu rauchen, Tee zu trinken, ein bißchen mit den Tauben zu spielen und mal ein Bildchen zu malen, kurz, dein ganzes Leben lang dahinzudösen!

WENQING *gleichgültig* Es ist doch gleich, was andere sagen; ich fahre ja doch jetzt weg.

SIYI Wenn du schon wegfährst, laß mich mein Gesicht wenigstens nicht völlig verlieren. Paß ja auf, daß du nicht wieder die ganze Zeit nur ziellos dahinlebst.

WENQING *gequält* Hab ich nicht immer nur gemacht, was du wolltest? Was willst du denn noch? *Blickt wieder starr vor sich hin.*

SIYI *kühl und herausfordernd* Mach bitte nicht so eine Leidensmiene! Ich bin schließlich kein Hausdrachen! Die anderen sollen wohl glauben, ich sei grausam und unterdrücke meinen Mann. Ich könnte einen solchen Ruf nicht ertragen. *Geht an den Koffer.*

WENQING *betrachtet geistesabwesend die Taube im Käfig* Beruhige dich, heute abend bin ich schon weg!

SIYI *klappt den Kofferdeckel auf und wendet sich um* Damit du Bescheid weißt: Ich habe dich nicht gezwungen, Arbeit zu suchen! Wehe, du machst bei den Leuten den Eindruck, es sei meine Idee gewesen, dich aus dem Haus zu schicken! Wenn du draußen Unannehmlichkeiten hast, würde sich die Verwandtschaft ereifern, ich hätte meinen Mann gezwungen, aus dem Haus zu gehen und dahinzuvegetieren, während ich mir selbst ein schönes Leben machte. Dann heißt es wieder, ich sei pflichtvergessen. *Schimpft weiter vor sich hin, während sie Wenqings Reisekleidung im Koffer ordnet* Ich habe in eurem Haus wirklich schon genug Ärger gehabt. Als die Schwiegermutter noch lebte, mußte ich ihren Ärger ertragen, als sie tot war, den Ärger unserer Schwiegertochter. So kam eins zum anderen. Und dazwischen bist auch noch du da, du . . .

WENQING *ist es längst leid; um sie von ihrem unaufhörlichen Gerede abzubringen, sucht er ein anderes Thema* Oh, das Bambusbild ist aufgehängt worden.

SIYI *mit zusammengekniffenen Augen* Ja . . .

WENQING *geht zu dem Bild hin* Nicht schlecht aufgezogen.

SIYI *ironisch* Und wie gut es erst gemalt ist! In der Tat, sehr kunstvoll! Die eine malt, der andere schreibt einen passenden Titel dazu, ein Talent und eine Schönheit, wirklich das geborene Paar!

WENQING *ärgerlich* Rede nicht solchen Unsinn, nur um dich über Sufang lustig zu machen!

SIYI *verächtlich* Ha, seltsam. Wie schuldbewußt dieser Kerl auf einmal ist. Was habe ich denn gesagt? Nur weil Sufang ein Bild gemalt hat, stellst du dich so an und hast sogar ein Gedicht dazu verfaßt, einen Titel dazu geschrieben und es eigenhändig zum Aufziehen gebracht. Ich sage dir, ich bin nicht kleinlich. Ich bin hundertprozentig dafür, daß ein Mann mehrere Frauen hat. *Prahlerisch* Wenn ich ein Mann wäre, würde ich über sieben, acht Frauen herrschen. Ein Mann! Wonach soll er schon trachten, wenn nicht nach Wein, Frauen und Vergnügen? Aber eins muß ich doch sagen, *spitz* so eine wie Sufang ...

WENQING *wütend* Du sollst nicht so schlecht von ihr reden, sie ist schließlich noch unverheiratet!

SIYI Merkwürdig. *Lacht eigenartig auf* In welcher Beziehung steht ihr zueinander, daß du sie so verteidigen mußt?

WENQING *aufrichtig* Sie hat weder Vater noch Mutter und wohnt bei uns im Haus. Kannst du da nicht wenigstens ein bißchen Mitleid mit ihr haben?

SIYI *tückisch verzieht sie den Mund* Du hast Mitleid mit ihr, aber hat sie denn etwa Mitleid mit dir? *Auf ihn zeigend* Du mußt nicht meinen, nur weil sie so schweigsam ist, sei sie ganz edel und verfolge keine Absichten. *Spielt geschickt die erfahrene Frau* Solche Frauen kenne ich. Die sind durchtrieben und falsch; stille Wasser sind tief. Weshalb heiratet diese Person nicht? Etwa um eurem alten Vater Gesellschaft zu leisten? Sie ist weder lahm noch blind; sie kann schreiben und malen. Wieso sollte sie sich also darauf versteifen, eine alte Jungfer zu werden, lebenslänglich in diesem Gefängnis zu sitzen und dem Alten Gesellschaft zu leisten? *Lacht kalt* Ich habe wirklich nicht die Absicht, irgend jemandem hinterrücks etwas anzuhängen; denk aber mal darüber nach.

WENQING *sieht sie kühl an* Das kann ich mir nicht vorstellen.

SIYI *platzt* Du kannst es dir nicht vorstellen? Du bist ein Esel.

WENQING *mit kummervoll gefalteter Stirn* Ach, tu doch nicht so gescheit! *Mit gesenktem Kopf geht er langsam in die Studierstube, vor dem Maltisch bleibt er stehen, als suche er etwas.*

SIYI *fühlt sich noch mehr ins Unrecht gesetzt* Ich gescheit? Ha, ein gescheiter Mensch hätte es in eurem Haus keine 20 Jahre ausgehalten. Ich hätte es schon längst so wie die modernen Frauen machen sollen, die allein ins Restaurant und ins Theater gehen; und den Haushalt hätte ich der Schwiegertochter übergeben sollen, damit der Alte nicht jedesmal die Stirn runzelt, wenn er mich sieht. Als ob ich diesem Tyrannen etwas schulde! *Sich aufspielend* Ach, ich, eine Frau aus gutem Hause, bin hier Dienstmagd. Mit bald vierzig Jahren muß ich noch meinem Schwiegervater gehorchen, meine Schwiegertochter bedienen und dazu noch auf die Launen meines verehrten Gatten eingehen. *Nimmt einen Becher Ginseng-Suppe* Da haben wir's, die Ginseng-Suppe ist ganz kalt geworden. Trink sie schnell, verehrter Gatte!

WENQING *während er mit gerunzelter Stirn geduldig zuhört und weitersucht, zieht er auf einmal ein noch nicht aufgezogenes Landschaftsbild aus einer Schublade des Schreibtisches hervor und bekommt einen roten Kopf* Sieh mal, hier, wer war das? *Tatsächlich ist der Rand des Bildes von einem Tier ganz angenagt, und genau in der Mitte ist ein handflächengroßes Loch hineingefressen.*

SIYI *stellt den Becher hin* Was?

WENQING *schwenkt das Bild* Schau dir das doch mal an!

SIYI *schadenfroh und ungerührt* Damit hat sich gewiß unser lieber Schwager beschäftigt.

WENQING *geht zum Tisch zurück und untersucht noch einmal die Schublade* Das waren Ratten, Ratten! *Geht zu Siyi und schwenkt aufgebracht das Bild* Ich habe es schon lange gesagt, das Haus ist alt, und überall sind Ratten, man soll Rattengift kaufen, aber du wolltest ja nie.

SIYI Man hat es schon gekauft, mein Herr! *Spöttisch* Aber die Ratten von heute sind nicht so wie die von früher. Sie sind viel gerissener. Das Gift rühren sie gar nicht an; sie zerstören lieber Dinge, die den Menschen am Herzen liegen.

WENQING *schmerzlich* Das Bild ist hin.

SIYI *sarkastisch* Was ist das schon für ein Unglück? Laß Sufang noch eins malen, damit ist die Sache erledigt, oder?

WENQING *kann es nicht ertragen, laut* Du ... *Plötzlich merkt er, daß es doch keinen Sinn hat, ihr etwas zu erklären. Eine betäubende Hoffnungslosigkeit überkommt ihn. Schweigend betrachtet er das beschädigte Bild, setzt sich starr hin und läßt den Kopf sinken, niedergeschlagen* Das habe ich gemalt.

SIYI *selbst ein wenig erschrocken, aber immer noch ihren kalten Ton beibehaltend* Merkwürdig, nur weil ein Bild von einigen kleinen Ratten angenagt worden ist, regst du dich dermaßen auf. Aber daß das Haus und das Vermögen der Familie während der ganzen Zeit von einem Schwarm großer Ratten zerfressen werden, das scheint dir gar nichts auszumachen!

WENQING *seufzt tief, dann wirft er das Bild auf den Boden, steht auf und lacht bitter* Ja, von der großen Torte schneidet sich jeder sein Stück ab.

SIYI *ärgerlich* Von der großen Torte? Du scheinst eine große Erbschaft zu erwarten, daß du den Mund dermaßen voll nimmst? Noch lebt dein Vater, und du bist der Erbe, aber wenn der Alte eines Tages erstmal im Jenseits ist ...

Plötzlich hört man aus dem Zimmer links einen Mann wild und überheblich schelten. Man merkt seinem herrischen Benehmen an, daß er schon seit langem gewohnt ist, Untergebene herumzukommandieren und zu beschimpfen.

STIMME *aus dem linken Zimmer* Weg! Alle sind weg! Verschwunden! Faule Säcke! Bastardhaufen!

SIYI *zu Wenqing* Hör mal!

STIMME *aus dem linken Zimmer; ein Fenster wird aufgestoßen; zum Hausgarten im hinteren Hof hin schreiend* Zhang Shun! Zhang Shun! Lin Ma! Lin Ma!

WENQING *geht zur Tür des Salons und will auch rufen* Zhang Shun! Zhang ...

SIYI *verzieht ihren Mund und reißt die Augen auf, herausfordernd* Hör auf! *Wenqing schweigt.*

SIYI *leise* Laß ihn doch schimpfen, solange er will, diesen Rüpel. *Zähneknirschend, grinsend* Ha, ha, das gibt er dir mit auf die Reise.

STIMME *aus dem linken Zimmer, schreiend* Zhang Shun, es ist Mittherbstfest! Seid ihr denn alle verreckt?

SIYI *in ihrem Zorn wird sie ganz ruhig, grausam lächelnd* Hör dir das an!

STIMME *aus dem linken Zimmer, gedehnt* Z h a n g S h u n!

WENQING *ungeduldig macht er noch ein paar Schritte* Zhang ...

SIYI *hält ihn fest, bestimmt* Laß das! Wir wollen doch mal sehen, wie wütend unser Schwager noch werden kann.

Poltern, Geschirr wird zerschlagen, plötzlich hört man eine Frau leise weinen.

Es vergeht eine Weile.

WENQING *leise* Meine Schwester ist eben erst genesen, und schon fängt sie wieder an zu weinen.

SIYI *mit geringschätzigem, kaltem Lachen* Nichts kann er, nur seine Frau quälen. Und so einer hat im Ausland studiert! Dieser Popel!

STIMME *aus dem linken Zimmer, unmittelbar darauf* Lumpen! Faule Säcke!

Poltern, wieder zerbricht Porzellan.

STIMME *aus dem linken Zimmer, brüllend* Ist das ganze Haus denn ausgestorben?

SIYI *es beginnt in ihr zu kochen, sie geht auf das Zimmer zu* Das kann man sich doch nicht länger bieten lassen! Haben wir unsere Sachen denn umsonst bekommen?

WENQING *hält sie fest und redet leise auf sie ein* Siyi, streite dich nicht mit ihm.

Zhang Shun tritt eilig durch die Salontür auf.

ZHANG SHUN *verlegen* Hat Herr Jiang nach mir gerufen?

WENQING Geh schnell hinein!

Zhang Shun eilt in das linke Zimmer.

SIYI *sehr wütend* »Von der großen Torte schneidet sich jeder sein Stück ab«? *Zu Wenqing* Wenn du solch einem gefräßigen Wolf sein Stück gibst, wird er dir da überhaupt dankbar sein? Was für ein großartiger Mensch! Hat sich durch Bestechungen bereichert, wird überall steckbrieflich gesucht, versteckt sich im Haus des Schwiegervaters und muß sich hier noch großkotzig als feiner Herr aufspielen. *Zeigt auf die Tür* Sobald Neujahr oder ein anderes Fest kommt, zerschmeißt er was zur Erinnerung; ich weiß wirklich nicht . . .

Zeng Ting, Siyis und Wenqings Sohn, kommt schwitzend und fröhlich durch die Salontür hereingelaufen. Er ist erst 16 Jahre alt, aber bereits seit mehr als zwei Jahren verheiratet. Seine Frau ist ein Jahr älter. Schon als sie noch an der Brust ihrer Amme lagen, meinten die beiden Großväter, daß die Familien gut zueinander paßten, und beschlossen, die beiden miteinander zu verheiraten. Von da an freuten sich die Großeltern Jahr um Jahr auf den kommenden Urenkel. Als Zeng Ting vor zwei Jahren in die Oberschule kam, in einem Alter also, wo Kinder im allgemeinen noch unbeschwert Korbball spielen, Schneeballschlachten machen und sich wild miteinander balgen, wurde nach den Sternen ein glücklicher Tag ausgewählt, an dem die beiden Kinder das größte Ereignis in ihrem Leben feiern sollten. Und so wurden sie – er 14, sie 15 Jahre alt – unter dem ohrenbetäubenden Lärm von Gongs, Trommeln und Knallkörpern verwirrt und verschreckt wie zwei Lämmer von den Leuten unter Gelächter in das blendende Licht der glückverheißenden Drachen- und Phönixkerzen gezogen, sie machten einmal Kotau, noch einmal, ein drittes Mal . . . seitdem wohnen sie schon zwei Jahre und sieben Monate in einem kalten Zimmer zusammen. Ein Urenkel ist noch nicht gekommen, und die Großmutter starb im ersten Monat nach ihrer Hochzeit. Sie sind wie Reisende in einem Abteil; manchmal sprechen sie wochenlang kein Wort miteinander, sondern ertragen stumm ihren Kummer; sie gleichen zwei Tieren, die von Menschen mißhandelt werden. Zeng Ting muß jeden Abend, wenn er aus der Studierstube kommt, seinem Großvater in dessen Zimmer Stücke aus einigen literarischen Arbeiten wie der »Zhaoming-Anthologie«[8] oder dem »Long-wen bian-ying«[9] auswendig hersagen, mitunter noch Kalligraphieübungen machen und seine Klugheit durch das Ergänzen einiger trockener Parallelverse zeigen. Erst nach 11 Uhr kehrt er völlig übermüdet in sein Zimmer zurück; er blickt zu seiner Frau hin, die immer noch im dämmrigen Schein der Lampe schweigend dasitzt; und ohne ein einziges Wort zu sagen, breitet er nur sein Bettzeug aus und fällt in tiefen Schlaf.

Erst sieben Monate nach Eintritt in die Schule hat er sich etwas verändert. Seine wie Wildpferde tollenden Klassenkameraden sind der Grund dafür, daß er nun auch etwas lebenslustiger wurde, wie das für Kinder seines Alters üblich sein sollte. Erst da entdeckten die Familienangehörigen, daß dieser vornehme kleine Herr ja auch ein wenig albern und kindlich sein kann. Über diese plötzliche Kindlichkeit, ja sogar Leichtfertigkeit, entsetzten sich nicht nur die älteren Generationen der Familie, sondern auch die entfernteren Verwandten, als ob die Säuglinge in der Familie Zeng bisher immer mit einem Vollbart auf die Welt gekommen und mit stolzem Schritt einhergegangen wären. Das Leben außerhalb des Hauses wurde für ihn nach und nach zu einer unwiderstehlichen Verlockung. Er begann, den Wind zu lieben, den Sonnenschein und kleine Tiere, gerne zuzusehen, wie andere Kinder auf Bäume klettern, um Datteln zu pflücken, ja er bekam sogar Spaß daran, beim Stadtgraben Drachen steigen zu lassen. Vor allem ist vor kurzem der Anthropologe mit seiner Tochter ins Haus gekommen, die ihn sogar dazu brachte, allerlei frechen Schabernack mit ihr zu treiben. Wie gebannt wird er unwillkürlich von diesem fröhlichen und munteren Mädchen angezogen, wie wenn man in tiefdunkler Nacht einer leuchtenden Fackel folgt. Wenn sie mit ihm spielt, fragt sie ihn ununterbrochen allen möglichen, kaum zu beantwortenden, interessanten Unsinn. Zeng Ting fühlte, wie sich ihm eine neue Welt eröffnete, und sein Herz fing auf einmal an zu klopfen wie bei einem jungen Mann, der zum ersten Mal verliebt ist – ein solches Erlebnis hatte er noch nie. Mit der Zeit vergaß er sein standesgemäßes Verhalten, manchmal wird er einfach von ihrer Lebendigkeit angesteckt und springt mit ihr zusammen herum, es geht sogar soweit, daß sie ihn dazu bringen kann, schüchtern mit ihr zu rangeln. Er vergißt ganz einfach, daß er schon 16 ist und, wie es ihm sein Großvater und seine Mutter oft eingeschärft haben, ein Erwachsener »mit der Verantwortung für eine Familie«.

Er ist von zartem, anmutigem Wuchs, genau wie sein Vater. In seinem blassen und mageren Gesicht liegen tiefe, schwarze Augen wie klare, ruhige Seen. Er trägt ein helles, gefüttertes, langes Hemd, Stoffschuhe und eine weiße Leinenhose; auf der Stirn steht ein wenig Schweiß.

TING *plötzlich erblickt er seine Mutter und bleibt stehen* Mama!

WENQING Ist die Schule aus?

TING Ja, Papa.

SIYI *hat sich immer noch nicht beruhigt* Ting, merke dir, wie arm du auch sein magst, mach es nie so wie dein Onkel. Du mußt die Kraft haben, nie das Brot deiner Schwiegereltern zu essen, auch wenn du dabei verhungerst. Nimm dagegen Onkel Yuan: am Monatsende zahlt er die Miete, und was er ißt, bezahlt er auch. Er ist zwar seltsam, aber doch angesehen. Ich habe wirklich noch nie so einen Mistkerl gesehen wie diesen stinkenden und sturen Tai!

Aus dem vorderen Hof die Stimme eines Mädchens, fröhlich Ting! Ting!

WENQING Hör mal, wer ruft dich da?

Aus dem vorderen Hof die Stimme des Mädchens Ting! Ting!

TING *verlegen, da er in Gegenwart der Mutter antworten muß* Ja.

Aus dem vorderen Hof die Stimme des Mädchens, lachend Ting, ich hab mein Kleid schon ausgezogen, komm doch!

SIYI *heftig* Wer ist das?

TING Onkel Yuans Tochter.

SIYI Was sagt sie, sollst du machen?

TING *etwas schüchtern* Sie . . . sie will mit Wasser übergossen werden.

SIYI *entsetzt* Was, sie hat sich ausgezogen, um sich mit Wasser übergießen zu lassen, ein großes Mädchen!

TING *erklärend* Sie, sie macht das öfter.

SIYI *vorwurfsvoll und höhnisch* Und du machst da mit?

TING *beschämt* Sie, sie will es ja!

SIYI *plötzlich streng* Ich erlaube es dir nicht! Sich am Mittherbstfest mit kaltem Wasser zu übergießen, ihr seid wohl verrückt geworden. Ich mag das sowieso nicht an den Yuans, keinen Anstand, keine Ordnung, und wie der seine Tochter verwöhnt, das gibt es doch nicht!

Aus dem vorderen Hof die Stimme des Mädchens, laut Ting!

TING *will antworten, aber traut sich nicht* Hm!

SIYI *unterbricht ihn sofort* Gib keine Antwort!

TING *will gehen, um es ihr zu sagen* Dann laß mich ... *Geht einen Schritt.*

SIYI *hält ihn fest* Du gehst nicht! Du bist doch kein Kind mehr! Du bist 16 und ein verheirateter Mann. Als Großvater so alt war wie du, hat er seine Familie schon versorgt! *Unvermittelt* Ist deine Frau zurückgekommen?

TING *sehr bedrückt hört er ihr zu, leise* Wir haben telefoniert.

SIYI Was hat sie gesagt?

TING *zögernd* Ich habe nicht selbst mit ihr telefoniert, ich habe Tante Sufang gebeten, sie soll sie anrufen.

SIYI *wütend* Warum hast du sie nicht angerufen? Ich hatte dir doch gesagt, du solltest sie anrufen, wieso hast du das nicht gemacht? *Aus dem vorderen Hof die Stimme des Mädchens, fast gleichzeitig* Ting, wo hast du dich versteckt?

TING *verwirrt, weiß nicht, wem er antworten soll* Tante Sufang wollte sie nämlich bitten, Weihrauchstäbchen zu kaufen.

Aus dem vorderen Hof die Stimme des Mädchens, aufgeregt Wenn du jetzt nicht antwortest, werde ich aber böse!

SIYI *sieht, daß Zeng Ting wieder schwankend wird. Er ist noch keinen Schritt gegangen, da braust sie gleich wieder auf* Du bleibst hier! Tante Sufang hat sie gebeten, Weihrauchstäbchen zu kaufen, soso. *Hartnäckig* Aber ich hatte dir gesagt, du solltest selbst Ruizhen anrufen, warum hast du das nicht gemacht? Ich frage dich, warum kannst du denn nie hören? Warum gehorchst du nicht?

Zeng Ting blickt sie verstohlen an und senkt wieder wortlos den Kopf.

WENQING *seufzt betrübt* Die beiden haben sich nichts zu sagen, also laß sie doch. Warum mußt du sie zwingen? Es ist nie gut, jemanden zu zwingen.

Aus dem vorderen Hof die Stimme des Mädchens, laut schreiend Zeng Ting!

SIYI *wendet sich plötzlich in die Richtung, aus der die Stimme kommt*

Unglaublich! *Dreht sich zu Wenqing um* »Nie gut, jemanden zu zwingen«? In allem hast du ihn so verwöhnt und verdorben! Ich frage dich, am Mittherbstfest in aller Frühe besucht sie ihre Eltern, wo gibt's denn sowas! Sie weiß doch genau, daß jetzt im Haus nicht alles zum besten steht, es gibt kaum Dienerschaft, muß ich nicht sogar selbst in die Küche gehen und Zhang Shun beim Kochen helfen? *Sarkastisch* Ha, Geld haben ihre Eltern nicht, aber die Launen des vornehmen Fräuleins haben sie sich schon immer leisten können! *Ärgerlich zu Zeng Ting* Sag ihr, sie muß sich schon etwas nach den Verhältnissen richten. Sie hat nun mal in diese Gelehrtenfamilie hineingeheiratet, und wir sind hier weiß Gott nicht wählerisch, aber wir erwarten von ihr, daß sie sich verdammt noch mal benimmt!

Durch die Salontür kommt Yuan Yuan hereingestürmt – die innig geliebte einzige Tochter des Anthropologen. Sie trägt ein westliches kurzärmeliges Hemd, Gummistiefel und eine kurze westliche Knabenhose, die ihre kräftigen, runden Schenkel freiläßt. Einen Eimer Wasser in der Hand, kommt sie ausgelassen durch die Tür und sieht sich um. In ihrem Gesicht blitzt der Schalk, den ganzen Tag stellt sie das Haus auf den Kopf, keine Minute gibt sie Ruhe. Oft treibt sie ihre Späße mit den Jungen. Es geht von ihr eine natürliche Einfachheit, Aufrichtigkeit und Ungezwungenheit aus.

Sie hat kurzgeschnittenes Haar. Ihr schweißtriefendes Gesicht ist ganz gerötet.

YUAN YUAN *zeigt auf Zeng Ting* Ting, endlich, hier steckst du also. *Dabei hebt sie den Wassereimer hoch, verfolgt ihn lachend und bringt ihn so in Bedrängnis, daß er nicht weiß, wie er sich vor seiner Mutter verhalten soll.*

TING *schreiend* Ih, Wasser! *Versteckt sich unwillkürlich hinter seinem Vater.*

SIYI *erschrocken* Hier wird nicht mit kaltem Wasser gespritzt! *Zieht Yuan Yuan zu sich heran* Fräulein Yuan, ich habe eine Frage.

YUAN YUAN *dreht sich um, lachend* Was?

SIYI *läßt sich schnell etwas einfallen* Äh, was macht Ihr Vater?

YUAN YUAN *stellt den Eimer hin, betont selbstsicher* Er zeichnet in seinem Zimmer den »Pekingmenschen«! *Schreit plötzlich laut auf, und, wie eine Katze die Maus, packt sie Zeng Ting* Du willst weglaufen? Mal sehen, wie weit du kommst!

TING *verlegen lächelnd* Laß, laß mich los.

YUAN YUAN *begeistert* Los, gehen wir 'raus und rechnen ab.

SIYI *verärgert* Fräulein Yuan!

YUAN YUAN Los!

WENQING *lachend* Yuan, wolltest du nicht etwas haben?

YUAN YUAN *erinnert sich plötzlich und läßt unwillkürlich Zeng Ting los* Ach ja, Onkel Zeng, du schuldest mir noch einen großen Drachen. Du hast gesagt, du hast einen, und wolltest ihn mir suchen.

WENQING *lachend* Im Herbst kann man doch keinen Drachen steigen lassen!

YUAN YUAN *hartnäckig* Aber du hast ihn mir versprochen. Ich will ihn steigen lassen, ich will ihn steigen lassen!

WENQING *lächelnd* Ich hatte ja einen großen Tausendfüßler-Drachen für dich gefunden.

YUAN YUAN *hüpfend* Wo ist er? *Streckt die Hand aus* Gib ihn mir!

WENQING *bedauernd* Er ist von Ratten angenagt worden.

YUAN YUAN *argwöhnisch* Du beschwindelst mich.

WENQING Was soll man da machen, die Ratten hatten großen Hunger und haben alle Stellen mit Klebstoff abgenagt.

YUAN YUAN *stampft mit dem Fuß auf* Warum hast du denn nicht aufgepaßt? *Ihre Augen beginnen zu glänzen.*

WENQING *tröstend* Nicht weinen, nicht weinen, ich habe doch noch einen.

YUAN YUAN *durch die Tränen hindurch fängt sie schon wieder an zu lächeln* Ja? Das glaube ich nicht.

WENQING Ting, geh in die Bibliothek *zeigt auf die Studierstube* und hol mal den großen Goldfischdrachen her.

TING *macht einen Luftsprung* Ich hole ihn!

SIYI *schreit* Ting! Was springst du so herum!

Zeng Ting unterdrückt seine Freude und geht gemessen wie ein Erwachsener in die Studierstube.

YUAN YUAN *folgt ihm* Ting! *Zieht ihn an der Hand* Ein bißchen schneller, du! *Sie zieht ihn in die Studierstube, und beim Anblick des bunten, etwas verstaubten Drachens ruft sie staunend aus* Oh, ist der groß!

Will ihn gleich an sich reißen.

TING *über sein Gesicht huscht auch ein begeistertes Lächeln, vor Aufregung zitternd* Laß! Ich mach das schon! *Hebt den Drachen hoch.*

YUAN YUAN *streitend* Nein! Laß mich!

TING Du bist viel zu zappelig! Du machst ihn nur kaputt!

YUAN YUAN *schreit fortwährend* Laß! Laß mich! Dein Papa hat ihn für mich gebaut!

Die beiden streiten um den Drachen.

SIYI Ting!

TING *ruft keuchend* Nicht! Nicht! *Ohne den Blick von Yuan Yuan zu lassen, streitet er aufgeregt und fröhlich mit ihr. Seine blassen, fast durchsichtigen Finger klammern sich an die Bambuslatten des Drachens und werden von Yuans robusten Händen hin und her geschüttelt, so daß er den Drachen kaum festhalten kann.*

YUAN YUAN *schreit unaufhörlich* Laß mich! Laß mich!

Zeng Ting schreit plötzlich laut auf, läßt den Drachen fallen und starrt auf seinen blutenden Finger.

YUAN YUAN *erschrocken* Was ist?

SIYI *ärgerlich* Siehst du? *Geht zu Zeng Ting, schimpfend* Das hast du davon, nun blutest du!

WENQING *schaut Zeng Ting an* Hast du dich geschnitten?

TING *umfaßt seinen Finger* Ja.

YUAN YUAN *besorgt* Tut es weh?

TING *ängstlich* Ein bißchen.

SIYI *zieht Zeng Ting am Arm* Geh schnell und tu Puder drauf.

YUAN YUAN *selbstsicher* Nicht nötig! *Beugt sich unversehens über Zeng Tings Hand und saugt an der Wunde.*

TING *erschrocken* Oh! *Vor Erregung und Dankbarkeit errötend, schüttelt er die Hand seiner Mutter ab* Mama, nicht mehr nötig, Mama . . .

YUAN YUAN *spuckt aus und läßt vergnügt seine Hand los* Fertig! Tut es noch weh?

TING *beschämt, leise* Nein.

Yuan Yuan nimmt plötzlich wieder den Wassereimer.

TING, SIYI *erschrocken* Oh!

YUAN YUAN *lachend zu Zeng Ting* Dir ist verziehen. Ich spritze dich nicht mehr naß. *Stößt ihn an* Komm, wir lassen den Drachen steigen. *Hat im Nu den Drachen aufgehoben* Wiedersehen, Tante Zeng!

Yuan Yuan stößt, vor Freude hüpfend, Zeng Ting aus der Tür hinaus, dabei schwappt Wasser auf den Boden.

SIYI Ting!

WENQING *beschwichtigend* Laß sie doch gehen.

SIYI Halt dich heraus! *hinterherrufend* Ting!

Zeng Ting kommt wieder herein, gefolgt von der verdutzten Yuan Yuan. Er blickt seine Mutter an.

SIYI *nimmt die Schale mit der Ginseng-Suppe* Trink die Ginseng-Suppe aus, dein Vater trinkt sie nicht mehr.

YUAN YUAN *macht große Augen, voller Begehren* Ginseng-Suppe!

TING Ich mag nicht.

SIYI *mit scharfer Stimme* Trink aus!

TING *nimmt sie, trinkt einen Schluck und spuckt sie sofort wieder aus* Die ist nicht mehr gut.

SIYI Geschwätz! *Sie trinkt selbst einen Schluck und merkt, daß tatsächlich etwas nicht in Ordnung ist, setzt sie ab* Hm!

Yuan Yuan winkt Zeng Ting übermütig zu, tritt leise von einem Fuß auf den anderen und schiebt ihn schließlich hinaus. Gerade treten sie über die Türschwelle . . .

SIYI *plötzlich* Fräulein Yuan!

YUAN YUAN *erschrocken* Ja?

Wendet sich um.

SIYI Kommen Sie mal her!

YUAN YUAN *geht hin* Was ist?

SIYI *lächelt über das ganze Gesicht* Haben Sie Ihrem Vater schon gesagt, daß wir Sie und ihn bitten, heute zum Fest zu uns zu kommen?

YUAN YUAN *zweifelnd* Sie bitten uns zum Festessen?

SIYI *außerordentlich schmeichlerisch* Ja, und ganz besonders Sie ungemein hübsches Fräulein.

YUAN YUAN *frech* So'n Quatsch! Sie laden Papa und Fräulein Sufang ein, ich weiß Bescheid.

SIYI Wer hat das gesagt?

YUAN YUAN *wichtig* Herr Jiang hat mir alles erzählt.

SIYI *mit versöhnlicher, freundlicher Miene* Wollen Sie denn nicht wieder eine Mama haben?

YUAN YUAN Ich habe keine Mama und ich will auch keine.

SIYI *belehrend* Es ist aber gut, eine Mama zu haben. Würden Sie sich nicht freuen, wenn Fräulein Sufang Ihre Mama würde?

YUAN YUAN *verdutzt* Ich?

ZENG TINGS STIMME *aus dem vorderen Hof* Yuan, komm schnell, es ist Wind!

YUAN YUAN *gibt Siyi unversehens einen Umschlag* Das ist für Sie.

SIYI *erstaunt* Was ist das?

YUAN YUAN Papas Miete. *Läuft durch die Tür zum Salon hinaus.*

SIYI *angewidert* Dieses Mädchen hat auch gar keine Kinderstube!

WENQING *unruhig* Was für Intrigen fädelst du da mit Tai zusammen ein? Was habt ihr mit Sufang vor?

SIYI *verdreht die Augen* Was wir vorhaben? Sie muß heiraten, sie kann doch nicht ihr ganzes Leben lang eine alte Jungfer bleiben und nur euren Vater bedienen.

WENQING Sie hat noch nie darüber gesprochen; woher wißt ihr überhaupt, daß sie heiraten will?

SIYI *verzieht den Mund* Man braucht doch kein Hellseher zu sein, um darauf zu kommen! In meinem früheren Leben habe ich keine guten Taten vollbracht, also muß ich das in diesem Leben tun, und ich will nicht, daß jemand um sein Leben betrogen wird.

WENQING Eine Heirat wäre natürlich gut, bloß mit Dr. Yuan, der den ganzen Tag nichts anderes zu tun hat, als die Schädel toter Leute zu erforschen ...

SIYI Was geht es dich an, wen sie heiratet? Wieso interessierst du dich denn dafür? *Giftig* Du möchtest wohl zu gern als ihr Diener mitgehen, wenn sie heiratet, dann könntest du ihr den ganzen Tag Reibstein und Papier hinterhertragen und ihr das Bett machen und abends ihr Geliebter sein.

WENQING *empört* Du Satan! So hinter ihrem Rücken ...!

SIYI *auch wütend* Du Quatschkopf! Ich sage dir, du bist ein Satan, wenn du so für sie Partei ergreifst!

WENQING Sie ist nicht mehr so jung, außerdem wohnt sie in unserem Haus und hat immerhin schon einige Jahre für unseren Vater gesorgt ...

SIYI *sagt unverhohlen ihre Meinung* Aber ich will nicht, daß eine alte Jungfer sich einnistet, in unserem Haus lebt, den ganzen Tag nur malt und schreibt und deinen Vater unterhält, als sei sie allein die Intelligenz in Person.

WENQING Na ja, ich jedenfalls werde abreisen; wenn Vater seine Einwilligung gibt, könnt ihr ja ...

SIYI Selbst wenn er es nicht will, bleibt ihm gar nichts anderes übrig. Erstens ist kein Geld im Hause, so daß wir sogar den Salon an Fremde vermieten mußten, also können wir keine untätigen Verwandten ernähren. Außerdem *sieht ihn schief an, sarkastisch* will sie ja selbst heiraten, auch wenn du das nicht willst ...

WENQING *kann sich das nicht mehr anhören, gereizt* Wer sagt, ich will nicht, daß sie heiratet? Wer sagt, ich will das nicht? Wer sagt das?

SIYI *erblickt plötzlich Sufang, die durch die kleine Tür der Studierstube hereinkommt, und lacht spöttisch auf, wie eine Katze, die eine Maus neckt* Streiten wir nicht mehr, mein Guter, da kommt Sufang!

Sufang ist ungefähr 30 Jahre alt. Sie stammt aus einer alten und angesehenen Familie aus Südchina. Nach dem Tode ihres Vaters, eines ebenfalls bekannten, aber leichtsinnigen Beamten, war die Familie heruntergewirtschaftet; und als bald darauf auch die Mutter starb, ließ Sufangs Tante, die verstorbene Frau Zeng, sie zu sich holen. Schon lange lebt sie seither nach dem letzten Willen ihrer Mutter bei den Zengs in Peking und ist noch nicht wieder in ihrer Heimat gewesen. Sie hatte die alte Frau Zeng sehr geliebt, und nach dem Tod dieser energischen Frau wurde sie die Stütze und ständige Begleiterin ihres Onkels. Jetzt, da Zeng Hao immer hinfälliger wird, ist sie der unentbehrliche Trost seines Lebensabends. Eintönig vergehende Monate und Jahre sind ihre Zukunft, und sehr selten nur macht sich jemand ernsthaft über sie Gedanken.

Der erste Eindruck, den man von ihr bekommt, ist ihre große Ruhe. Keiner ahnt, wieviel bittere Gedanken und Hoffnungen sie in der Tiefe ihres Herzens unterdrückt, denn sie ist außergewöhnlich schweigsam. Sie lebt einsam und zurückgezogen, und die vielen Jahre, die sie nun schon im Hause ihrer Verwandten verbringt, haben sie zu einer erschreckenden Duldsamkeit erzogen; so hört sie sich die vielen verletzenden Reden mit gesenktem Kopf an. Nur wenn sie gelegentlich mit Wenqing zusammen ist, um zu dichten und zu malen, läßt ihre zaghafte Zuneigung zu ihm sie ein wenig aufleben.

Sie ist tolerant und freundlich. Ihre Kleidung ist von schlichter Eleganz; sie trägt einen dunkelblauen alten Qipao aus Serge von bequemem und passendem Schnitt.

SIYI *zu Sufang, strahlend* Sieh mal, meine liebe Sufang, sieh mal, wie heftig er ist! Noch so kurz vor seiner Abreise muß er seine schlechte Laune an mir abreagieren. *Wieder dieses unaufrichtige, sinnlose Gerede* Alle, die die Verhältnisse bei uns nicht kennen, finden mich ziemlich streng und denken: »Wer weiß, wie übel die sich erst zu Hause aufführt!« Aber wer Bescheid weiß, sieht, daß an mir aller Ärger ausgelassen wird: Tag für Tag ertrage ich seinen *zeigt auf Wenqing* Ärger und den seines Vaters, den Ärger seiner Schwester und ihres Mannes, *mit bemitleidenswerter Unschuldsmiene* sogar die

Launen meines Sohnes und meiner Schwiegertochter ertrage ich! *Vertraulich* Du bist in diesem Haus wirklich der einzige gütige Mensch, meine liebe Sufang, die einzige, die mich . . .

Sufang hört sich, ganz verwirrt, diesen Wortschwall aufmerksam an und lächelt ruhig.

WENQING *erträgt es nicht länger und fällt ihr ins Wort* Ist Vater aufgestanden?

Siyi hat erst jetzt aufgehört zu reden, es ist eine Weile still.

SUFANG *ruhig* Ja, Onkel ist schon auf. *Sie erblickt das beschädigte Bild auf dem Boden, bückt sich und hebt es auf* Hast du das Bild nicht gemalt, Wenqing?

SIYI *fängt wieder an* Ja, und nur weil es von Ratten angenagt worden ist, hat er den ganzen Morgen mit mir geschimpft.

SUFANG *gutmütig* Es ist nicht schlimm, ich nehme es mit und bringe es wieder in Ordnung.

WENQING *lächelt bescheiden* Laß das ruhig, es lohnt sich nicht.

SIYI *scheinbar lächelnd wirft sie einen Seitenblick auf Wenqing* Doch, laß sie es ruhig in Ordnung bringen. *Zu Sufang* Ihr beide wart immer ein Herz und eine Seele, da soll er dir auch ein Andenken zurücklassen, wenn er fährt.

SUFANG *hört den Unterton heraus, weiß aber nicht, ob sie darauf eingehen soll; beginnt zu sprechen und bricht mitten im Wort ab* Ich, ich . . .

WENQING *hilft ihr aus der Verlegenheit* Ich möchte dich doch bitten, es auszubessern; es wäre zu schade.

SIYI *verdreht die Augen* Es wäre wirklich zu schade! *Seufzt* Ich, ich wünschte nur, auch solche geschickten Hände wie du zu haben, liebe Sufang, und so gut nähen und malen zu können! Aus Spaß, *sie lacht unnatürlich auf* aus Spaß denke ich manchmal, könnte ich doch ein Küchenmesser nehmen *in ihren lächelnden Augen blitzt plötzlich eine erschreckende Bosheit auf* und deine geschickten Hände *grausam* abhacken und bei mir anbringen!

SUFANG *erschrocken* Oh! *Unwillkürlich zieht sie ihre blassen Hände zurück.*

WENQING Wie kannst du mit so etwas spaßen!

SIYI *hat erreicht, was sie wollte, und lacht laut* Wie taktlos und gemein ich doch bin! *Nimmt Sufangs Hände und streichelt sie leicht* Hab keine Angst, meine liebe Sufang. Ich habe ein aufrichtiges Herz, nur eine schnelle Zunge. Ich kann es einfach nicht lernen, mich fein und gesittet zu benehmen. Oft sage ich zu Wenqing, *wirft einen bösen Blick auf ihn* wenn ich ein Mann wäre, wäre ich ganz anders. Aber ich bin ja nur eine Frau. *Noch vertraulicher* Liebe Sufang, hab ich nicht recht? Sag, hab ich . . .

Während Sufang immer noch verwirrt ist und nicht weiß, wie sie antworten soll, kommt Zeng Ruizhen, Wenqings und Siyis Schwiegertochter, mit einem großen Paket Weihrauchstäbchen im Arm zögernd durch die Salontür herein. Sie ist erst 17 Jahre alt, aber ihrem Gesicht nach muß man sie für mindestens 20 halten. Ihr ganzes Leben lang hat sie nichts als Unterdrückung gekannt; so hat sie eine starke, tief verwurzelte Widerstandskraft entwickelt, von der sie sich aber anderen gegenüber nichts anmerken läßt. Nur ihre Augen zeigen ihre Verzweiflung, ihre Unzufriedenheit und ihren Haß.
Ihre Lippen sind fest zusammengekniffen und ohne jeden weiblichen Reiz. Sie schminkt sich nicht und zieht sich auch nicht hübsch an, obwohl ihre Schwiegermutter sie wiederholt dazu auffordert und sie beschimpft, wenn sie es ablehnt.
Wenn sie von Siyi so grundlos und wütend beschimpft wird, blickt sie sie nur kalt und ohne die geringste Furcht an; sie scheint Siyi gegenüber betont gleichgültig zu sein. Nie weint sie in Gegenwart von Menschen, die sie verabscheut, oder zeigt ihre Mutlosigkeit, und dennoch ist sie traurig und verbittert. Ist sie allein in ihrem Zimmer, denkt sie an die sich unabsehbar vor ihr erstreckenden Monate und Jahre und will sich dann manchmal lieber umbringen als weiterleben zu müssen. Doch faßt sie jedesmal wieder zornig den Entschluß: Du mußt dieses grauenvolle Haus verlassen! Eine Frau sollte ihren eigenen Weg suchen!
Als sie 15 Jahre alt und erst zwei Jahre zur Oberschule gegangen war – dies scheint ihr nun in der Erinnerung Jahrzehnte zurückzuliegen – hatte man sie, ohne daß sie wußte, was sie erwartete, in den geistigen Käfig dieser Gelehrtenfamilie gesteckt, in dem sie, gleichsam über Nacht aus der Natürlichkeit und Sorglosigkeit eines jungen Mädchens herausgerissen, plötzlich zu einer mit Sorgen beladenen, erwachsenen Frau wurde. So schnell mit der Mühsal des Lebens konfrontiert, wurde sie sehr bald niedergeschlagen und schweigsam, so daß sich ihre Freunde von früher erschrocken fragten, wie ein junges Mädchen sich so plötzlich verändern könne. Ihr junger Ehemann und sie haben einander nichts zu sagen, und sie weigert sich, nur um ihre Schwiegermutter freundlich zu stimmen, sich die schmeichlerische Art einer Ehefrau

anzugewöhnen. Sie zwingt sich, die komplizierten Anstandsregeln zu befolgen, die sie als Frau des Enkels Zeng Haos zu beachten hat; im Grunde aber weiß sie, daß ihr auf die Dauer ein Leben in dieser Umgebung unmöglich sein wird.
Die einzige Freundin, die sie in diesem düsteren Haus hat, ist Sufang. Sind sie beieinander, weint Ruizhen mitunter still vor sich hin, und umgekehrt tröstet sie voller Mitgefühl Sufang, wenn diese unter Tränen ihren aufgestauten, tiefen Kummer äußert. Aber sie gehören zwei verschiedenen Generationen an. Während Ruizhen noch Hoffnungen hegt und immer klarer sieht, daß sie nicht ewig in diesem Käfig bleiben wird, gehen Sufangs Gedanken und Gefühle nicht über den Rahmen der Familie Zeng hinaus. Ruizhen liest sehr gern. Durch Bücher hat sie die heutige Welt kennengelernt; Bücher haben ihr geholfen, einige echte Freunde zu gewinnen, die ihr begeistert neue Bücher empfehlen und sie mit neuen Ideen vertraut machen. Von dieser Seite ihres Lebens erzählt sie Sufang nur gelegentlich etwas, die anderen im Haus wissen überhaupt nichts davon. In letzter Zeit sieht sie schlecht aus. Einige plötzliche körperliche Veränderungen haben in ihr furchtbare Kämpfe entfacht; wegen eines in ihr keimenden Lebens kann sie vor Unruhe weder schlafen noch essen. Noch schmerzlicher fühlt sie nun, wie trostlos ihr Leben ist, und noch weniger begreift sie, warum sie diesen unglücklichen Menschen geheiratet hat, und sie fragt sich, warum sie jetzt vollkommen sinnlos einen noch unglücklicheren Menschen zur Welt bringen soll. Wegen dieser unlösbaren Probleme geht sie oft außer Haus, und Tag und Nacht grübelt sie deprimiert über eine Lösung nach.
Sie tritt etwas unentschlossen ein, denn sie weiß, daß ihre Schwiegermutter schon allein wegen ihrer dunklen und farblosen Kleider verärgert sein wird.
RUIZHEN Guten Tag, Mutter! Guten Tag, Vater!
SIYI *höhnisch* Da haben wir doch tatsächlich die Stirn gehabt, dich anzurufen und zu bitten zurückzukommen! Gerade hab' ich mit Tante Sufang überlegt, ob wir dich nicht noch vielleicht mit dem Auto abholen lassen sollen.
RUIZHEN Ich, ich fühlte mich nicht wohl.
SIYI *mit eigenartig scharfer Simme, lachend* Dein Zuhause ist doch hier, oder? Darf ich die junge Dame denn nicht bedienen?
SUFANG *unterstützt Ruizhen* Siyi, sie fühlte sich wirklich nicht wohl.
SIYI *gezwungen* Geht es dir jetzt besser?

RUIZHEN *leise* Ja.

SIYI *wirft ihr einen bösen Blick zu* Also gut, bitte . . . geh schnell die Ahnen verehren!

RUIZHEN Ja. *Dreht sich um und geht zur Studierstube.*

SIYI *über das ganze Gesicht lächelnd, zu Sufang* Ich bin allzu gutmütig, aus mir wird wohl nie mehr eine richtige Schwiegermutter. Wenn du . . . *Plötzlich wieder zu Ruizhen* He, Ruizhen, du wirst doch nicht etwa gehen, ohne deinen Vater begrüßt zu haben?

RUIZHEN Ich hab' ihn begrüßt.

SIYI *unangenehm berührt senkt sie den Kopf, zu Wenqing* Hast du es gehört? *Bevor er antworten kann, sofort wieder zu Ruizhen* Ich habe nichts gehört.

RUIZHEN *sieht sie kalt an, noch einmal zu Wenqing* Guten Tag, Vater!

WENQING *unbeherrscht* Geh, geh doch!

SIYI *zu Ruizhen* Und Tante Sufang?

RUIZHEN *mechanisch* Guten Tag, Tante Sufang!

SIYI *zu Sufang wieder scheinbar freundlich, mit einem demonstrativen, leisen Lächeln* Wie du siehst, kennt unsere junge Dame nicht mal die einfachsten Anstandsregeln. *Wendet sich Ruizhen zu, außerordentlich sanft* Du hast dich noch gar nicht bei Tante Sufang bedankt, dabei liebt sie dich doch so, und außerdem hat sie dich doch vorhin angerufen.

RUIZHEN Vielen Dank, Tante Sufang.

SIYI Weißt du, daß Ting aus der Schule zurück ist?

RUIZHEN Ja.

SIYI Hast du gesehen, daß er mit Fräulein Yuan Drachen steigen läßt?

RUIZHEN *leise* Ja.

SIYI *zu Sufang, auf Ruizhen weisend* Wie kann man nur so dumm sein! Sie weiß es, sie hat es gesehen. *Plötzlich wieder zu Ruizhen* Warum bist du nicht schon früher zurückgekommen, um auf ihn aufzupassen? *Schulmeisterlich schärft sie ihr ein* Sei doch nicht dumm, er ist schließlich dein Ehemann und die Stütze deines Lebens!

WENQING *wie zu sich selbst* Die Kinder, sie spielen doch nur zusammen, du übertreibst immer so.

SIYI *mutwillig* Wer übertreibt hier? Daß du dich doch immer nur für solche Frauen einsetzen kannst! *Unbeherrscht wirft sie einen Blick auf Sufangs Körper* Solche Frauen wollen nur Männer verführen, das sehe ich schon auf den ersten Blick. Die sind ganz schön durchtrieben! Ruizhen, mach den Hausaltar zurecht und ruf schnell Ting, er soll seine Festjacke[10] anziehen, um die Ahnen zu verehren, und sich weniger mit diesem verrückten Fräulein herumtreiben.

Ruizhen nimmt das Paket mit den Weihrauchstäbchen wieder in den Arm.

SIYI Warte mal, wer hat dir eigentlich gesagt, daß du diese Weihrauchstäbchen kaufen sollst?

Ruizhen schweigt.

SUFANG *leise* Siyi . . .

SIYI *tut so, als habe sie nichts gehört; immer noch zu Ruizhen* Du bist wohl plötzlich reich geworden! Wer hat dir gesagt, du sollst diesen Mist kaufen? Wer will sich hier unbedingt unbeliebt machen und mischt sich überall ein?

SUFANG *ruhig* Ich, Siyi.

Stille. Ruizhen geht durch die Tür der Studierstube ab.

SIYI *lacht betrübt auf* Ach du meine Güte, was bin ich nur für ein Mensch! Ich habe ein gutes Herz, bloß eine zu schnelle Zunge. Ich fahre immer gleich aus der Haut und kann nichts bei mir behalten. *Als ob sie es bedauert* Ach, wenn ich gewußt hätte, daß du sie gebeten hast . . .

SUFANG *ruhig* Onkel Hao wollte sie haben. Er möchte sie anzünden, wenn er abends betet.

WENQING Vater hat schon vor einigen Tagen gesagt, daß sie jemand kaufen soll.

SIYI *freundlich* Unser Vater hat schon einen seltsamen Charakter; es ist schwer, mit ihm umzugehen. Wenn er es mir früher gesagt hätte, hätte ich sie ihm doch schon längst gekauft. *Wieder vertraulich* Ach, liebe Sufang, du weißt gar nicht, wie dankbar Wenqing und ich dir sind. Wenn du nicht im Haus wärst, ich weiß nicht, wie oft mein Schwiegervater seine Launen an mir ausgelassen hätte. *Voller Interesse, leise* Gestern abend fühlte er sich wieder nicht wohl?

SUFANG *nickt leicht mit dem Kopf* Ja.

SIYI *zu Wenqing, triumphierend* Siehst du, ich hatte recht! *Zu Sufang* Ich hörte nämlich in seinem Zimmer wieder sein keuchendes Husten und sagte zu Wenqing: »Ist das nicht furchtbar, dein Vater leidet wohl wieder an Atemnot!« *Mit ganz trauriger Miene* Danach habe ich mich vor lauter Sorge im Bett hin und her gewälzt und konnte nicht mehr schlafen. Ich habe Wenqing angestoßen und zu ihm gesagt: »Hör mal, es ist schon nach Mitternacht, und unsere gute Sufang geht noch in die Küche und holt Wasser für Vaters Wärmflasche. Sie ist wirklich ...«

WENQING Was hat Vater denn?

SUFANG *kraftlos* Seine Beine schmerzen, deshalb muß er massiert werden. Außerdem sagt er, er fühlt sich so bedrückt.

SIYI *schnell* Das ist bestimmt ...

WENQING *ärgerlich* Dann läßt sich mein Vater also den ganzen Abend lang von dir massieren?

SUFANG *mit einem traurigen Lächeln* Ja, er kann dann länger schlafen.

SIYI *staunend* Ach, deshalb habe ich dich heute morgen noch beim Massieren gesehen.

WENQING *mit tiefem Mitgefühl* Wie, hast du etwa die ganze Zeit noch nicht geschlafen?

SIYI *tut erschrocken* Du kannst doch nicht die ganze Nacht aufbleiben! *Mitfühlend* Warum hast du es mich denn nicht machen lassen? Na ja, leg dich jetzt erst mal eine Weile schlafen. *Drängt sie* Wie kannst du bei deiner schwächlichen Gesundheit nur so lange aufbleiben! *Mit überströmender Herzlichkeit* Ach, was soll man dazu sagen! Geh, meine Liebe, schlaf ein Weilchen, wenn du jetzt noch krank wirst, würde ich mir das nie verzeihen.

SUFANG *höflich* Es ist nicht nötig. Ich kann nicht schlafen.

SIYI Wenqing, glaub mir, es gibt keinen Menschen, der so opferbereit ist wie die gute Sufang. Ich schätze sie wirklich, *zu Sufang, lobend* sie redet nicht viel, ist gut zu den Menschen, großzügig und immer so freundlich. *Plötzlich wieder zu Wenqing* Wenqing, wenn ich ein Mann wäre, würde ich jemanden wie sie heiraten, dann wäre das ganze Leben eitel Sonnenschein.

WENQING *ablenkend* Sufang, wolltest du Vater nicht Ginseng-Suppe bringen?

SUFANG Ach ja, doch.

SIYI Hättest du das doch eher gesagt, ich habe schon längst eine Schale fertiggemacht. *Nimmt sofort die Schale mit der Ginseng-Suppe.*

WENQING Hat Ting nicht eben gesagt, daß die Suppe ...

SIYI Hör doch nicht immer auf sein Geschwätz! Ach, ich will sie ihm doch lieber selbst bringen, solang sie noch warm ist. *Lachend* Wie das Sprichwort sagt: Auch eine häßliche Frau muß einmal vor ihre Schwiegereltern treten. Wie häßlich sie auch sein mag und wie ungern man sie auch sieht, das kann man ihr nicht verweigern! *Macht zwei Schritte und wendet den Kopf* Oh, die zwei Schalen mit Essen in der Küche, hast du die für Wenqing als Proviant gemacht?

SUFANG Äh . . . ja . . .

SIYI *spitz* Wenqing, was für ein Glück du hast, daß sie so gut für dich sorgt! Vor deiner Abreise schläft sie die ganze Nacht nicht und nimmt sich trotzdem noch die Zeit, den Proviant für dich zu machen, willst du dich denn nicht bedanken? *Lachend geht sie durch die Tür der Studierstube ab.*

Stille, nur das ununterbrochene fröhliche Geräusch der Tauben und ihrer Windpfeifen.

WENQING *gerührt, mit Tränen in den Augen, leise* Sufang, ich, ich . . .

Sufang senkt den Kopf und schweigt.

WENQING *sieht sie an und senkt dann auch den Kopf, kann nicht aussprechen, was ihm auf dem Herzen liegt* Die Amme ist . . . ist uns besuchen gekommen.

SUFANG *ihren eigenen Schmerz unterdrückend* Sie, sie ist im vorderen Hof.

Siyi steckt plötzlich ihren Kopf wieder durch die Tür der Studierstube.

SIYI *lacht über das ganze Gesicht und winkt* Wenqing, deine Amme sucht dich draußen. Geh schnell, oder willst du nicht mit ihr sprechen? Komm schon, Wenqing!

Sufang schaut Wenqing an; niedergeschlagen folgt er Siyi durch die Tür der Studierstube hinaus.

Das Geräusch der Tauben mit ihren Windpfeifen.

Auf dem gepflasterten Weg das eintönige Holpern eines einrädrigen Wasserkarrens.

In der Ferne der weittragende, lange nachschwingende Ton des Kupfergongs eines weissagenden Blinden.

Einige Male vom fernen Markt: »Saure Pflaumensuppe . . .«

Sufang steht geistesabwesend da, setzt sich dann plötzlich auf einen der herumstehenden Hocker und fängt an, leise zu schluchzen.

Eine leichte Brise weht herein und bewegt geräuschvoll das Rollbild an der Wand.

YUAN YUANS STIMME *von draußen; der Drachen ist hochgestiegen, sie klatscht in die Hände und ruft* Er fliegt! Er fliegt! Er steigt hoch!

Frau Chen kommt mit Klein-Zhu an der Hand durch die Tür vom vorderen Hof zum Salon herein. Klein-Zhu schaut unverwandt mit verdrehtem Kopf zu dem aufsteigenden Drachen hin; die Sonne scheint ihm direkt auf sein rotes, rundes Gesicht.

FRAU CHEN Fräulein Sufang!

KLEIN-ZHU *ist außer sich vor Freude und klatscht in die Hände* Oma, der Goldfisch fliegt in den Himmel! Der fliegt in den Himmel! *Zeigt nach draußen, dann schreit er vor Enttäuschung* Ooh! Der Goldfisch ist wieder abgestürzt! Er . . .

FRAU CHEN *bemerkt, daß Sufang weint, leise zu Klein-Zhu* Schrei nicht so! Geh raus und schau nach!

Klein-Zhu freut sich, daß er draußen zuschauen darf, und läuft mit großen Sätzen hinaus. Frau Chen tritt leise an Sufang heran.

FRAU CHEN *zögernd* Fräulein Sufang, was haben Sie denn?

SUFANG *mit gesenktem Kopf* Ich, ich . . . *Schluchzt wieder leise.*

Es vergeht eine Weile.

FRAU CHEN *seufzt und legt mitfühlend ihre Hand auf Sufangs vom Schluchzen leicht bewegte Schulter* Fräulein Sufang, weinen Sie doch nicht! Ich war nun ein gutes halbes Jahr weg, jetzt bin ich wieder da, und Sie weinen immer noch. Was ist denn?

SUFANG *hebt den Kopf* Ich finde alles zum Weinen, Frau Chen! Wozu soll man denn so weiter leben? *Läßt sich auf den Tisch fallen und weint laut auf.*

FRAU CHEN *senkt den Kopf, kann ihre Tränen kaum zurückhalten* Weinen Sie nicht mehr, Fräulein Sufang! Wie oft habe ich Ihnen im letzten Jahr schon geraten: *tieftraurig* Heiraten Sie. Es ist doch besser zu heiraten. Und wenn Sie einen Witwer heiraten, macht das doch auch nichts. *Sie trocknet ihre Tränen und zwingt sich zu lächeln* Ich rede sicher ganz ungehobelt, aber wie kann eine erwachsene Frau ihr ganzes Leben im Haus ihres Onkels vergeuden! *Sufang schluchzt wieder leise* Sie sollten auf jeden Fall heiraten. Es geht doch nichts über eine eigene Familie.

Sufang weint laut auf.

FRAU CHEN *leise, vertraulich* Diesen Herrn Yuan, den hab ich mir eben auf dem Weg zum vorderen Hof mal heimlich etwas angeschaut, der ist doch . . .

SUFANG *schluchzend* Frau Chen, Sie . . . sprechen Sie nicht davon.

FRAU CHEN *warmherzig* Ja, haben Sie sich dafür schon ein Horoskop stellen lassen?

SUFANG *fleht sie an, nicht weiter davon zu sprechen* Frau Chen!

FRAU CHEN *schüttelt den Kopf* Die gnädige Frau ist wirklich kein sehr umgänglicher Mensch! Ich finde, der junge Herr Wenqing ist zu bedauern. Täglich läßt sie ihre Launen an ihm aus. Sobald ich nur daran denke, tut es mir im Innern weh. *Schmerzlich* Ach, auf der Welt geht wirklich nichts nach Wunsch; zum Beispiel Sie und der junge Herr Wenqing, Sie beide . . .

Ruizhen tritt hastig durch die Tür der Studierstube auf.

RUIZHEN Tante Sufang, Großvater ruft dich.

SUFANG Oh! *Steht schnell auf, wischt sich über die Augen und geht gesenkten Kopfes zur Studierstube.*

RUIZHEN Großvater ist im vorderen Seitenflügel.

Immer noch mit gesenktem Kopf wendet sich Sufang zum Salon. Ruizhen bemerkt, daß sie weint, und folgt ihr.

RUIZHEN *leise* Tante Sufang, du . . .

Sufang geht weiter, ohne den Kopf zu heben.

SIYIS STIMME *aus dem hinteren Hof* Ruizhen!

RUIZHEN *bleibt stehen* Ja!

SIYIS STIMME *aus dem hinteren Hof, scharf* Wo steckst du nun schon wieder, Ruizhen?

RUIZHEN Hier!

Folgt wieder Sufang.

SUFANG *bleibt auf der Schwelle zum Salon stehen* Geh hin.

RUIZHEN Nein.

Sufang geht in den Salon und dann durch die Tür zum vorderen Hof hinaus; Ruizhen folgt ihr.

Siyi tritt durch die Tür der Studierstube auf.

SIYI Ruizhen, du . . . *Erblickt Frau Chen* Ah, Amme. *Lächelt über das ganze Gesicht, zeigt zum hinteren Hof* Schnell, dein junger Herr sucht dich schon überall.

FRAU CHEN *mit unverhohlener Freude* Der junge Herr? Wo?

SIYI Im Hof.

Frau Chen geht hocherfreut etwas unsicheren Schrittes durch die Studierstube ab. Ruizhen tritt leise durch die Salontür herein.

RUIZHEN Mutter.

SIYI *schaut sie böse an* Du bist wohl taub! *Blickt sich um* Du solltest ihn doch rufen. Wo ist er?

RUIZHEN Ich, ich . . .

SIYI *scharf* Hau ab, du dumme Gans!

Ruizhen geht mit gesenktem Kopf an ihr vorbei.

SIYI *wutentbrannt* Wenn ich schon deine dämliche Miene sehe! *Stampft mit dem Fuß auf* Warum lebst du bloß noch!

Ruizhen geht schweigend durch die Tür der Studierstube ab.

SIYI *geht währenddessen zum Salon und ruft* Ting! Ting!

Zeng Ting tritt durch die Tür, die vom vorderen Hof in den Salon führt, auf.

TING *schweißgebadet* Mama.

SIYI *tadelnd, kalt* Deine Mutter hat dich gerufen, weißt du das?

TING *lächelt entschuldigend* Ja.

SIYI *ist schon halb besänftigt* Zieh dir schnell deine guten Sachen an und geh die Ahnen verehren!

Zeng Ting wendet sich sogleich zur Studierstube.

SIYI *hält ihn fest, ungewöhnlich freundlich* Mein Kind, spiel nicht mehr mit diesem Fräulein Yuan, das ist ein zügelloses Mädchen ohne jeden Anstand. *Einerseits aufmunternd, andererseits zornig* Wenn du Ruizhen nicht magst, werde ich dir nach der Schule noch eine Frau geben. Lerne nur fleißig und streng dich für deine Mutter ordentlich an, dann wird . . .

Während Zeng Ting ungeduldig zuhört, kommt links Zhang Shun aus dem Schlafzimmer Jiang Tais heraus. Zeng Ting nutzt die Gelegenheit und verschwindet durch die Tür der Studierstube. Aus der offenen Schlafzimmertür hört man Geschrei Idiot! Mach, daß du rauskommst! *und krachend wird die Tür gleich wieder zugeschlagen.*

SIYI Was ist los, Shun?

ZHANG SHUN *auch wütend, keuchend* Gnädige Frau, ich möchte Sie um Entlassung bitten.

SIYI Was ist denn wieder los?

ZHANG SHUN *gestikuliert mit Händen und Füßen* Nie kann ich es Herrn Jiang rechtmachen. Den ganzen Tag macht er nichts anderes, als uns Bedienstete mitsamt unseren Ahnen und Angehörigen zu beschimpfen.

SIYI *ärgerlich* Er ist ein blöder Hund, wozu sich auf sein Niveau herablassen?

ZHANG SHUN *kann seine Wut kaum zähmen* Nein, suchen Sie sich einen anderen! Ganz abgesehen davon, daß ich Ihnen jeden Tag die Schuldner vom Leibe halten muß . . .

Plötzlich von nebenan wieder Geschrei Dieser Idiot! *Eine Frau ruft*

Geh nicht! Geh nicht! *Die männliche Stimme wieder brüllend* Laß mich los, ich will mit ihr reden!

SIYI *scheint etwas zu ahnen, sofort leise* Shun, komm, wir reden nebenan weiter, lassen wir ihn schreien.

Zhang Shun folgt ihr, durch die kleine Tür der Studierstube ab. Gleichzeitig stürzen der affektiert ausschreitende Jiang Tai und Wencai herein, die ihren Mann erschrocken anstarrt. Jiang Tai hält ein Bündel Banknoten in der Hand, mit dem er wutschnaubend unausgesetzt herumfuchtelt.

Jiang Tai, der Schwiegersohn des Hausherrn, hat früher im Ausland Chemie studiert. Aber seitdem er in Peking ist, hat er nur seinen Leidenschaften gefrönt und das angenehme Leben in dieser Stadt in vollen Zügen genossen, wie es die jungen Herren hier zu tun pflegen. Er ist 36 Jahre alt, doch schon merkt man ihm eine gewisse Verbitterung an. Er macht einen geistreichen Eindruck, doch in Gesellschaft scheint er sich nicht mit seinen Freunden messen zu können. Deshalb versucht er, jede Situation für sich auszunutzen, zieht aber immer und überall nur den Kürzeren. Indes kann er nicht als charakterlos gelten, wollte er es nach seiner Rückkehr nach China in seinem Fach doch unbedingt zu etwas bringen. Aber ohne selbst zu wissen, warum daraus nichts wurde, schlug er die bequeme Beamtenlaufbahn ein. Auf keinem der Posten, die er bekleidete, liefen die Dinge vollständig zu seiner Zufriedenheit, und auf dem letzten geriet er in sehr große Schulden; überdies soll er verdächtigt worden sein, öffentliche Gelder veruntreut zu haben. So schied er äußerst unrühmlich aus dem Amt. Da ihm nicht viel Geld übriggeblieben ist, wohnt er einstweilen im Hause seines Schwiegervaters. Den ganzen Tag ist er schlecht gelaunt, und schon nach zwei Gläschen Wein läßt er seine Unzufriedenheit an den anderen aus. Je mehr er herunterkommt, desto leichter braust er auf, haut auf den Tisch, schimpft herum, und oft genug zerschlägt er Teller und Tassen.

Doch er hat durchaus auch liebenswerte Seiten. Er ist offen, um Wahrheit bemüht und manchmal auch um Gerechtigkeit. Allerdings stößt er oft seine kranke Frau vor den Kopf; wenn sie gelegentlich einmal guter Dinge ist und ein Gespräch mit ihm beginnt, braucht sie nur zwei Sätze zu äußern, die mit seiner Meinung nicht übereinstimmen, und schon fährt er ihr verächtlich über den Mund: »Was verstehst du denn schon?« Eine vorteilhafte Eigenschaft ist weiterhin, daß er fast alle Restaurants, Theater und anderen Vergnügungsstätten Pekings kennt.

Überdies ist er ein großer Gourmet und bekannt dafür, daß er gern viel ißt. Er kennt sich in allen Delikatessen und Geheimrezepten aus, die er mit vollendeten Formulierungen beschreiben kann. Seine Ausführungen haben Witz und Farbe wie ein kurzes Prosastück von Yuan Zecai[11]. *Er lobt sich gern und prahlt stets damit, wie reich und ungebunden er früher gewesen sei und wie er die Verehrung und Bewunderung seiner Freunde erlangt habe. Manchmal kann man seinen Worten nur schwer Glauben schenken.*

Im allgemeinen redet er von nichts anderem als über Mittel und Wege, zu Vermögen zu kommen. Aber es sind meistens nur leere Worte, denn seine Pläne erfüllen sich nur in seinen Reden; er denkt überhaupt nicht daran, sie zu verwirklichen. Nur einmal hat er es getan. Da sagte er, er wolle eine Firma gründen, und zwar eine Seifenfabrik, die mit Sicherheit Gewinn abwürfe. Im halbverfallenen Blumenkeller[12] *des Hauses baute er aus Ziegelsteinen und Lehm einen Ofen, machte Feuer und ging unverzüglich daran, einen großen Kessel gelben, dicken Breis zu kochen. Als jedoch alles fertig war, waren alle Seifenstücke weich wie Butter; das lag an seinem schlechten Chemie-Lehrbuch, in dem die Herstellung von Seife nur ungenügend erklärt war. So wurden Kessel und Ofen einfach im Blumenkeller stehengelassen, und keiner hat je wieder davon gesprochen.*

Nach diesem Mißerfolg war er eine Weile still und sprach nicht mehr vom Reichwerden; aber er hatte sich noch nicht lange in sein Zimmer zurückgezogen, da wandte er sich schon wieder ungeduldig mit leichtem Seufzen an seine Frau: »Eines Tages erfinde ich sicher noch eine Medizin wie dieses universelle Tigeröl, und dann . . .« So ging es weiter mit immer neuen Träumen vom großen Vermögen, doch es blieben Träume. Auch die Physiognomik und andere Wahrsagekünste wirkten keine großen Wunder. Die Jahre des Glücks, die sie verhießen, kamen nicht. Erst kürzlich hat er sich wieder einen grandiosen Plan ausgedacht. Er will Handel treiben und redet seinem Schwiegervater zu, sein Geld in einer Exportfirma in Shanghai anzulegen; überdies könne er, wenn er momentan schlecht bei Kasse sei, das Haus zunächst einmal verkaufen, um daraus Kapital für das Geschäft zu gewinnen. Doch sein Schwiegervater ist nicht zu einer Zustimmung zu bewegen und gibt aus Furcht vor den Wutausbrüchen seines Schwiegersohns jedesmal nur ausweichende Antworten. So bleibt Jiang Tai höchst unbefriedigt.

Er ist nicht groß, hat eine breite Stirn und breite Nasenflügel, große, dicke Lippen und einen hübschen, dünnen, schwarzen Schnurrbart.

Sein Blick ist ein wenig unruhig, wie auch seine Sprechweise und sein übriges Verhalten. Er trägt einen dunkelbraunen europäischen Anzug von gutem Material und Zuschnitt und eine Krawatte. Von seinem Kopf steht eine Haarsträhne ab; überhaupt macht er einen ganz und gar unordentlichen Eindruck.

Seine Frau, Jiang Wencai, ist 32 Jahre alt. Vor zehn Jahren war sie als eine wie aus Wachs gegossene Schönheit bekannt, und wegen ihrer Güte und vornehmen Gelassenheit wurde sie noch Jahre nach ihrer Hochzeit von ihrem Mann sehr geliebt. Als sie aber später für längere Zeit bettlägerig wurde, sah sie auf einmal angegriffen aus; sie wurde schwach und mager, und ihre Gesichtsfarbe wurde noch bleicher, als sie es bei den Zengs ohnehin ist; von ihrer früheren Anmut ist fast nichts mehr zu spüren. Sie ist außerordentlich verzagt und kann nichts entschlossen anfassen. Seit einigen Jahren pflegt sie in der alten Studierstube Bücher zu lesen. Sie verehrt ihren Mann aufrichtig; gefügig gehorcht sie stets seinen Befehlen und duldet willig die Verachtung und die rücksichtslosen Beschimpfungen, die sie in den letzten Jahren von ihm zu erleiden hat. Infolge ihrer langen Krankheit zittert sie beim Hereinkommen ein wenig, ihre Lippen sind blaß, und die Haare etwas zerzaust; sie trägt einen älteren, blaugrauen Qipao aus Kamelott und ein Paar auch schon ein wenig abgetragene Schuhe aus schwarzem Satin.

WENCAI *fleht Jiang Tai an* Wie sieht das denn aus, wenn du so hingehst?

JIANG TAI *mit weit aufgerissenen Augen* Wie das aussieht, wenn ich ihm Geld gebe? Für das Wohnen gebe ich ihm Geld, und für das Essen auch!

WENCAI *mutlos und schwach* Du brauchst nicht so zu schreien, sonst macht sich noch das Personal darüber lustig.

JIANG TAI *ärgerlich* Wieso lustig? Wenn wir ihm das Geld gegeben haben, ziehen wir sofort aus. *Hält die Geldscheine hoch und fuchtelt wie wild damit herum, vor Wut schreiend* Ich hatte dir gesagt, du solltest ihm Geld geben, warum wolltest du nicht? *Geht los* Ich gehe jetzt selbst und händige es deinem Vater aus.

WENCAI *hält ihn mit allen Kräften fest, sie zittert wie ein sterbender Schmetterling* Tai, blamiere mich nicht völlig, dies ist schließlich mein Elternhaus!

Siyi steckt verstohlen ihren Kopf aus der kleinen Tür der Studierstube und hört heimlich zu.

JIANG TAI *spuckt aus* Dein Elternhaus? Sogar im Hotel ist man ja freundlicher zueinander! *Zeigt auf den hinteren Hof* Wenn der Alte tot ist und du auch nur einen Heller von der Erbschaft annimmst, lasse ich mich sofort von dir scheiden.

WENCAI *jammernd* Woher hast du dieses Gerede? Wer hat dir gesagt, meine Schwägerin habe etwas daran auszusetzen, daß wir hier wohnen? Wer behauptet, daß du nur an das Geld deines Schwiegervaters denkst?

JIANG TAI *hochmütig* Das ist doch ein Witz, ich soll nach dem bißchen Geld trachten? *Ärgerlich* Eure Familie besteht doch nur aus Idioten und armen Pinschern, die noch nie Geld gesehen haben, vor allem deine Schwägerin!

WENCAI *leise, erschrocken* Was schreist du so! Vielleicht ist sie nebenan!

JIANG TAI *voll Vergnügen* Ich schreie, damit sie es endlich hört. Mal sehen, wie sie reagiert! Mal sehen, wie weit sie zu gehen wagt! Ich werde sie umbringen, ich werde sie abknallen!

Siyi wollte sich gerade einschalten, aber als sie diese furchtbare Drohung hört, zieht sie sich wieder leise zurück.

WENCAI *seufzend* Du kannst sagen, was du willst, sie bleiben doch unsere Verwandten.

JIANG TAI Verwandte? *Verdrossen* Hundefurze sind das! Als ich Geld und Erfolg hatte, haben sie mich akzeptiert. Als ich aber kein Geld mehr hatte und abtreten mußte, da hast du ja ihre teuflischen Gesichter gesehen! *Je mehr er sich erinnert, desto zorniger wird er* Lumpenpack! Geld haben sie sich von mir geliehen, um Grundbesitz zu erwerben; frag sie mal, ob sie sich daran noch erinnern, und frag sie, ob sie noch wissen, wie sie es geschafft haben, daß ich meinen Posten und meine Karriere aufgeben mußte! Als ich aber gestern von dem Alten ein Darlehen über 3000 Dollar haben wollte, was meinst du, wie er da . . .

WENCAI *hastig* Ich werde sofort mit Papa sprechen!

JIANG TAI *birst vor Wut* Du gehst nicht! Das fehlt noch, daß du mich blamierst! Meinst du, nur weil dein Vater fastet und Sutren rezitiert, hat er ein Herz für andre? Das schreit doch zum Himmel, den eigenen Sarg läßt er sich ins Haus stellen und noch und noch lackieren, dabei begräbt er hier eine fremde Frau und läßt nicht zu, daß sie heiratet!

WENCAI *mit schwacher Stimme und kraftlos* Du solltest nicht solchen Unsinn reden.

JIANG TAI Ha, *brutal* ich frage dich, erwartet er seinen Tod oder nicht?

WENCAI *lächelt matt* Welcher alte Mensch erwartet nicht seinen Tod?

JIANG TAI Also, da er weiß, daß er bald sterben wird, warum hat er dann an jedem, der um die Hand von Fräulein Sufang anhält, hinten und vorne etwas auszusetzen und lehnt ihn ab?

WENCAI *treuherzig* Das ist doch auch zu ihrem Besten.

JIANG TAI *mit aufgerissenen Augen* Quatsch! Egoismus! Egoismus! Der nackte Egoismus! Kurzum, ich gehe auf der Stelle fort, was ich nicht weiß, macht mich nicht heiß. Ich haue gleich ab, verdammt nochmal!

Zeng Ting tritt durch die kleine Tür der Studierstube auf.

TING Tante, Onkel, Opa bittet euch beide, zur Ahnenverehrung zu kommen.

JIANG TAI Ich komme nicht.

WENCAI Hör nicht auf ihn, Ting, wir kommen gleich.

TING Mama sagt, sie warten, daß Tante Wencai und Onkel Tai ihre Kerzen anzünden.

JIANG TAI Ich komme nicht. Meinen Ahnen habe ich auch noch nicht geopfert.

WENCAI *flehend* Geh doch und zieh dich um, zieh deine guten Sachen an!

Sufang tritt durch die kleine Tür der Studierstube auf. Sie hält ein Bündel Babykleidung in der Hand.

SUFANG *sich umschauend* Ruizhen?

WENCAI Sie ist nicht hier.

SUFANG Ihr seid noch hier? Onkel und die anderen warten schon in der Ahnenhalle.

WENCAI *fast um Erbarmen bittend* Mir zuliebe komm doch mit!

JIANG TAI *verdreht überdrüssig die Augen* Sag ihm, ich habe keine Zeit dafür! *Ohne sich umzuwenden, geht er durch den Salon zum vorderen Hof ab.*

WENCAI *läuft hinter ihm her* Tai, geh nicht weg, hör mich doch an! *Hinter ihm ab.*

Zeng Ting will zum Salon hinausgehen.

SUFANG *flehend* Ting, bleib noch!

TING Tante Sufang!

SUFANG Du . . . *Will etwas sagen und stockt.*

TING Was ist?

SUFANG *schließlich* Warum verstehst du dich nicht mit Ruizhen?

Zeng Ting schweigt.

SUFANG *ernst* Ihr seid doch verheiratet.

TING *betrübt* Sprich bitte nicht davon.

SUFANG Wenn, wenn sie nun deine kleine Schwester wäre, würdest du sie dann auch den ganzen Tag so gefühllos . . .

TING *flehend* Tante Sufang!

Sie hören jemanden kommen, drehen sich um und sehen Ruizhen hastig zur kleinen Tür der Studierstube hereinkommen. Sie hat den Kopf gesenkt und scheint große Schmerzen zu ertragen.

RUIZHEN *hebt den Kopf und erblickt plötzlich Zeng Ting* Ach, du, du bist hier.

SUFANG *sofort* Redet miteinander!

Geht schnell zum Salon.

YUAN YUANS STIMME *vom vorderen Hof* Komm schnell, Ting!

Zeng Ting stand bis jetzt schweigend Ruizhen gegenüber; als er nun das Rufen hört, drängt er sich sofort vor Sufang und geht eilig in den Salon.

SUFANG Ting, du . . .

Ohne einen Blick zurückzuwerfen, geht Zeng Ting rasch in den vorderen Hof hinaus. Sufang wendet sich um und geht traurig langsam zu Ruizhen.

RUIZHEN Tante Sufang! *Wirft sich an ihre Brust und beginnt zu weinen.*

SUFANG *tröstet sie, leise* Weine nicht, Ruizhen.

RUIZHEN *schluchzt haltlos* Ich, ich kann nicht mehr! Ich kann nicht mehr!

SUFANG *zieht sie fort* Du solltest in dein Zimmer gehen und dich ein wenig hinlegen.

RUIZHEN *schüttelt den Kopf* Nein, seine Mutter will, daß ich noch das Essen auftrage.

SUFANG *dringt unruhig in sie* Warum bist du heute schon so früh weggegangen?

RUIZHEN Ich hatte, ich hatte etwas zu tun.

SUFANG *streichelt ihr Gesicht, mitleidig* Du solltest eine Weile schlafen, deine Augen sind schon ganz rot.

RUIZHEN *bedrückt* Nein, seine Mutter denkt ja schon jetzt, daß ich mich nur krank stelle.

SUFANG *mitfühlend* Übergibst du dich noch?

RUIZHEN Noch ein bißchen.

SUFANG *spontan* Ruizhen, laß mich doch, laß es mich doch für dich sagen.

RUIZHEN *entschieden* Nein! Nein!

SUFANG Dann erzähle es erst Ting.

RUIZHEN *verzagt* Was versteht er davon! Er ist ein Kind.

SUFANG *zuredend* Aber warum willst du es denn nicht sagen?

RUIZHEN *schüttelt den Kopf* Tante Sufang, das verstehst du nicht.

SUFANG *begreift nicht* Warum denn nicht? *Mit fröhlicher Miene* Das können andere doch ruhig erfahren!

RUIZHEN *blickt sie kummervoll an* Tante Sufang, wie schön wäre es, so wie du das ganze Leben nicht verheiratet zu sein!

SUFANG *schaut sie ruhig und traurig an* Warum redest du so kindisch?

RUIZHEN *klagend* Tante Sufang, wir sind Kinder. Ich bin 17 und Ting erst 16. Ich wurde mit ihm aufs Geratewohl zusammengesteckt. Wir kennen uns nicht, wir lieben uns nicht, und wir haben uns, wenn wir allein sind, nicht einmal etwas zu sagen. Zwei Jahre sind so vergangen, *gequält* und jetzt, jetzt soll noch ...

SUFANG *aufrichtig* Aber dein Großvater wird sich sicher freuen.

RUIZHEN Gewiß, Tante Sufang, ich frage mich nur, warum. Weshalb mußte Großvater, nur weil er einen Urenkel haben will, uns zwei arme Würmer aufsammeln? Nur damit wir noch ein paar arme Würmer mehr in die Welt setzen?

SUFANG *tröstend* Man sagt, wenn ein Baby da ist, wird alles besser; wenn ein Baby da ist, wird die Zuneigung zwischen Mann und Frau tiefer.

RUIZHEN *schüttelt bedrückt den Kopf* Nein, Tante Sufang, das glaube ich nicht. Bei uns kann es nicht besser werden. *Bestimmt* Selbst wenn Ting mich besser behandeln würde, könnte ich in einer solchen Familie nicht länger leben. *Voller Abscheu* Ich kann die Gesichter dieser Leute einfach nicht ausstehen! *Ergreift Sufangs Hand* Tante Sufang, wenn du nicht hier wärst, wäre ich schon längst tot.

SUFANG *bewegt* Sag so etwas nicht. Du bist noch jung, und wenn das Kind zur Welt kommt, werden sich alle freuen.

RUIZHEN *traurig* Tante Sufang, wie können sie sich freuen? Bis jetzt weiß man noch nicht einmal, wie man die Rechnung der Familie Du bezahlen soll, Großvater meint sogar, er müsse das Haus verkaufen . . .

SUFANG *senkt den Kopf* Mh.

RUIZHEN Eine Last türmt sich über die andere; Ting hat noch nicht einmal die Oberschule abgeschlossen.

SUFANG *lächelt herzlich* Eine junge Frau sollte sich nicht solche Gedanken machen; ein Baby ist doch das einzige, worum es sich zu sorgen lohnt. Wenn das Kleine zur Welt kommt, werde ich es für dich aufziehen. Hab keine Angst, ich helfe dir schon. Und wenn es wirklich keinen Ausweg mehr gibt, meine Mutter hat mir ein wenig Geld hinterlassen, das wir auch noch für das Baby verwenden können.

RUIZHEN *sehr gerührt* Tante Sufang, du . . . du bist wirklich . . .

SUFANG *weint vor Freude* Also, Ruizhen, ich werde es nachher für dich sagen, ich erzähle es für dich. Erstmal sage ich es deiner Schwiegermutter, und wenn sie sich dann vorstellt, daß sie bald ein Enkelkind bekommt, wird sie dich auch nicht mehr so schlecht behandeln.

RUIZHEN *hastig* Nein, nein, du verstehst mich nicht, meine Schwiegermutter darf es einfach nicht erfahren. Nein, nein, erzähl auf keinen Fall irgend jemandem davon. *Bewegt* Tante Sufang, nur du darfst es wissen, nur du . . . Ach, Tante Sufang, ich bin ganz durcheinander; letzte Nacht hab ich geträumt, daß meine Mutter noch lebte und ich ein kleines Mädchen und zu Hause war. *Schmerzlich* Ach, Tante Sufang, wie schön wäre es, wenn ich nie geheiratet hätte, wenn ich doch nie erwachsen geworden wäre. Wie schön wäre das! *Fängt wieder an zu schluchzen.*

SUFANG *tröstend* Weine nicht, weine nicht wieder. Sieh mal, was ich für dich hab'! *Sie öffnet das Bündel; ein hübsches wollenes Strampelhöschen kommt zum Vorschein* Was meinst du, Ruizhen, kannst du das gebrauchen?

RUIZHEN *sieht das feine kleine Höschen an, sprachlos* Oh!?

SUFANG Gefällt es dir?

RUIZHEN *zitternd* Daß du selbst daran schon gedacht hast! *Obwohl sie ein wenig beschämt ist, kann sie ein Lachen nicht unterdrücken* Es . . . es ist doch noch viel zu früh.

SUFANG Ich hab' es aus Spaß gemacht, ich muß es auch erst lernen.

RUIZHEN *wendet es hin und her, erfreut* Hübsch . . . hübsch . . .

wirklich hübsch! *Plötzlich legt sie es nieder* Aber, Tante Sufang, du hast doch kein Geld, warum hast du soviel Geld ausgegeben, nur weil . . . weil . . .

SUFANG *mitleidig* Weil ich dich liebe, Ruizhen, sei mir nicht böse. Wir haben beide keine Eltern und müssen uns unser Leben lang nach anderen richten.

RUIZHEN *senkt den Kopf und ergreift fest Sufangs Hand* Tante Sufang. *Ihr kommen die Tränen.*

SUFANG *klagend* Du wirst jetzt bald Mutter, eine erwachsene Frau, warum willst du das Kind denn nicht? Wenn es erst da ist, wird er schon mit der Zeit freundlicher werden. *Mit einem Taschentuch trocknet sie sanft Ruizhens Tränen* Sei ihm gegenüber etwas nachsichtig, er ist doch noch ein Kind. *Schüttelt den Kopf, traurig* Ach, ihr seid beide noch Kinder mit euren 16 und 17 Jahren, was könnt ihr schon verstehen. *Langsam ergreift sie Ruizhens Hand, fest* Ruizhen, was du mir gestern abend gesagt hast, darfst du auf keinen Fall tun.

RUIZHEN *leise* Was soll ich mit dem Kleinen? *Starrt vor sich hin* Er liebt mich doch nicht.

SUFANG *eindringlich* Ruizhen, wie sehr er dich auch mißachtet, das Kind ist doch unschuldig. Wenn du älter bist, wirst du anders darüber denken. Egal wie schlecht es im Hause steht, wenn ein Kind da ist, wird man auch innerlich viel gefestigter. *Sieht sie fest an* Willst du wirklich auf die Worte deiner Freundin da hören und fortgehen? *Traurig* Ach, wo sind wir denn schon wirklich zu Hause?

RUIZHEN *aufgebracht* Ich will kein Zuhause, ich will nicht dieses Zuhause!

SUFANG *drückt ihre Hand und schüttelt den Kopf* Nein, Kleines, du verstehst nicht, wie soll eine Frau ohne Zuhause denn leben? *Mit Tränen in den Augen* Im Innern ist man immer so einsam. *Es bricht aus ihr hervor* Ich bin schon von klein auf . . . *Plötzlich unterdrückt sie wieder ihren Schmerz, wendet sich mit einem Ruck um, schmerzerfüllt* Ruizhen, hör auf mich, du darfst das nie tun, auf keinen Fall darfst du das Kind abtreiben lassen!

RUIZHEN *zustimmend Mh.*

SUFANG Hast du eben wieder diesen Doktor da aufgesucht?

Ruizhen schweigt.

WENQING *ruft aus dem hinteren Hof* Ruizhen!

SUFANG Du mußt mir die Wahrheit sagen.

RUIZHEN *sieht sie an* Ja.

WENQING *ruft aus dem hinteren Hof* Ruizhen!

SUFANG Du wirst also jetzt nie wieder hingehen?

RUIZHEN *voller Schmerz* Nein.

SUFANG *ernst* Du versprichst es mir?

Ruizhen nickt gerade leicht mit dem Kopf, da tritt Wenqing mit gesenktem Kopf durch die kleine Studierzimmertür auf.

WENQING *blickt auf und sieht plötzlich Sufang* Oh, du bist hier! *Zu Ruizhen* Ruizhen, bring mir meine Festjacke!

RUIZHEN Ja, Vater. *Geht in Wenqings Schlafzimmer.*

Eine Weile stehen sich die beiden wortlos gegenüber.

WENQING *seufzt tief* Sufang, ich gehe gleich fort, dann wirst du, wirst du allein ...

Auf einmal kommt Yuan Yuan übermütig vom vorderen Hof durch den Salon hereingerannt.

YUAN YUAN *ruft in einem fort* Onkel Zeng, Onkel Zeng!

WENQING *wendet sich lachend um* Was ist?

YUAN YUAN Klein-Zhu sagt, seine Oma hat dir ein besonders schönes Taubenpärchen geschenkt.

WENQING *zeigt auf die Taube im Käfig* Dort.

YUAN YUAN *nimmt den Käfig hoch* Oh, warum ist nur noch eine da?

WENQING *traurig* Die andere ist unterwegs weggeflogen.

YUAN YUAN *bewundernd zeigt sie auf die Taube, unbefangen* Hat sie einen Namen?

WENQING *nickt zögernd mit dem Kopf* Ja.

YUAN YUAN *drängend* Wie heißt sie?

WENQING *ruhig* Sie ... sie heißt »Einsamkeit«.

YUAN YUAN Wie schön sie ist! *Kokettierend drängt sie ihn* Onkel Zeng, schenkst du sie mir?

WENQING Gern.

YUAN YUAN *begeistert* Danke! Du bist wirklich ein lieber Onkel! *Nimmt den Käfig, macht einen Freudensprung und rennt los* Klein-Zhu! Klein-Zhu! *Den ganzen Weg rufend, läuft sie durch den Salon zum vorderen Hof hinaus.*

Stille. In der Luft das Geräusch von den Windpfeifen der Tauben.

WENQING *es fällt ihm schwer, Worte zu finden* Danke für das Bild, das du mir geschenkt hast.

Sufang senkt den Kopf und schweigt.

WENQING *holt langsam einen Bogen feinen Briefpapiers hervor* Gestern abend habe ich ein paar kleine Verse geschrieben. *Hält ihn ihr ein wenig verschämt hin* Hier, hier.

Sufang nimmt den Bogen.

WENQING *mit Wärme* Lies sie später.

SUFANG *blickt ihn an* Ich kann mich nachher nicht mehr von dir verabschieden.

Siyi tritt plötzlich durch die kleine Tür der Studierstube auf.

SIYI *erstaunt* Oh, ihr seid hier! *Zu Sufang* Dein Onkel ruft dich.

SUFANG *hält immer noch den Bogen ganz offen in der Hand* Mh. *Geht sogleich zur Studierstube.*

SIYI *erblickt die Verse auf dem Bogen, plötzlich mit großen Augen* Eh, auf dem Boden liegt noch ein Blatt!

SUFANG *wendet unwillkürlich den Kopf* Was?

WENQING *ängstlich* Wo? *Hastig suchend blickt er auf den Boden.*

SIYI *lacht schneidend* Ha, es ist doch nur eins. *Sieht Sufang an* Das in deiner Hand!

ZENG HAOS STIMME *von draußen, schwach, aber ehrfurchtgebietend* Sufang!

SUFANG Ja! *Durch die kleine Tür der Studierstube ab.*

SIYI *ihre Miene verfinstert sich* Was treibt ihr da wieder hinter meinem Rücken?

WENQING *ängstlich* Wieso? – Nichts.

SIYI Was hast du ihr eben gegeben?

WENQING *ausweichend* Gar nichts.

SIYI *scharf* Blödsinn, du kannst mich doch nicht täuschen! Was hatte sie in der Hand? Sag schon . . .

WENQING Ich . . .

Ruizhen kommt mit der Festjacke aus dem Schlafzimmer rechts heraus.

RUIZHEN Vater, die Jacke!

Wenqing nimmt sie.

SIYI *zu Ruizhen, verärgert* Beeil dich, deine Tante wartet auf dich.

Ruizhen geht durch die kleine Tür der Studierstube ab.

Wenqing zieht sich schweigend die Jacke an.

SIYI *daherredend* Ich war mein Leben lang ein großzügiger Mensch und bin deshalb oft zu kurz gekommen. Mir ist es egal, was ihr hinter meinem Rücken treibt. *Mit dem Ausdruck unsäglicher Duldsamkeit*

Diese Familie ist sowieso schon längst keine Familie mehr. »Wenn der Baum fällt, zerstreuen sich die Affen.« Sobald das Haus verkauft ist, kannst du ruhig mit deinem Sohn und deiner Schwiegertochter zusammen weggehen oder mit Sufang, deinem Schatz, das soll mir auch recht sein; ich jedenfalls gehe als Novizin in ein buddhistisches Kloster außerhalb der Stadt, denn die Welt ist doch nichtig und leer. *Fürchtet, daß er ihr nicht glaubt* Denk nicht, daß ich das nur zum Spaß sage, ich habe mir schon längst das Kloster ausgesucht und alles mit der Äbtissin abgemacht.

WENQING *obwohl er weiß, daß sie ihn mit ihren Lügen nur einschüchtern will, bedrückt es ihn; zitternd* Hast du es so schwer? Hast du es so schwer?

SIYI *klagend* Ich habe euch Zengs einen Sohn geboren und mich euretwegen seiner Frau angenommen und habe viel dabei gelitten, ich kann euch allen also durchaus ins Gesicht sehen! Vom Mittherbstfest, diesem Mittherbstfest an überlasse ich den Haushalt deiner Schwester und gehe gleich morgen ins Kloster. *Geht zum Schlafzimmer.*

Zhang Shun kommt erregt vom vorderen Hof durch den Salon herein.

ZHANG SHUN *aufgeregt* Gnädige Frau, die Schuldeneintreiber der Lackiererei, die den Sarg ...

SIYI Sie sollen sich an den gnädigen Herrn wenden!

ZHANG SHUN *verwirrt* Aber sie wollen unbedingt die gnädige Frau ...

SIYI *verdreht die Augen* Sag ihnen, die gnädige Frau sei gestorben, sie habe eben ihr Leben ausgehaucht! *Geht ins Schlafzimmer.*

Wenqing schaut ihr nach.

Zhang Shun seufzt und geht durch den Salon in den vorderen Hof ab.

WENQING Siyi! *Schlägt gegen die Schlafzimmertür* Mach auf! Mach auf! Was machst du da?

SIYIS STIMME *wütend* Ich hänge mich gerade auf!

WENQING *hämmert gegen die Tür* Mach auf! Mach auf! Was hast du vor? He, willst du etwa ... *Blickt sich um, leise* Vater kommt!

Tatsächlich kommt durch die kleine Tür der Studierstube, umringt von Ruizhen, Sufang und Frau Chen, Zeng Hao herein.

Zeng Hao ist dem Aussehen nach nicht älter als 65. Sein Körper ist schwach, er hat graue Schläfen und in seinem geschwollenen, gelblichen

Gesicht einige wenige aschfahle und kurze Barthaare. Seine trüben, ausdruckslosen Augen tränen oft. Nur wenn er sich gelegentlich zu einem Gespräch aufrafft, kann man noch etwas von dem feinen Benehmen an ihm entdecken, das die Zengs durchweg auszeichnete. Er ist geizig und egoistisch; auch hat er außerordentliche Angst vor dem Sterben und nimmt andauernd Stärkungsmittel ein, voll Vertrauen in alle lebensverlängernden Arzneien. Früher genoß er nur sein ererbtes Vermögen und lebte so jahrzehntelang zu Hause angenehm dahin. Dann und wann verließ er das Haus, um vorübergehend einen vakanten Beamtenposten zu übernehmen. Doch jedesmal kehrte er schon nach kurzer Zeit nach Peking heim, zog sich zurück und vergnügte sich. Aber schließlich lief es nicht mehr so reibungslos, und er lernte allmählich Schwierigkeiten kennen. Vor allem haben ihn seine Kinder enttäuscht; auch vom Vermögen der Familie ist nicht viel übriggeblieben; und daß er überhaupt keine Fähigkeiten besitzt, für den Lebensunterhalt zu sorgen, erfüllt ihn mit Reue und Ärger. Er achtet peinlich auf oberflächliche, komplizierte Anstandsregeln, weil er meint, die Position eines ehemals kaiserlichen Beamten verpflichte zu einer solchen Erziehung. Oft brüstet er sich mit seiner Autorität als Hausherr, aber insgeheim fürchtet er sich sehr vor seiner Schwiegertochter. Er weiß, daß Siyi, wenn sie sich auch bei ihm einschmeichelt, insgeheim doch eigene Pläne verfolgt. Ferner haßt er die Arroganz und Eigensinnigkeit seines Schwiegersohns; jahraus jahrein hört er ihn immer nur schimpfen, seine persönlichen Meinungen äußern und hochtrabende Worte über alle möglichen profitablen Machenschaften reden. Der alte Herr Zeng hat früher nie von seinem Geld geredet, doch ebensowenig wagt er jetzt davon zu reden, daß er keins mehr hat. Der Haushalt liegt fast vollständig in Siyis Händen, die sich schon jetzt genauso wie sein Schwiegersohn über Armut beklagt; und er kann sich durchaus vorstellen, was für eine unerträgliche Miene sie machen würde, falls sie eines Tages wirklich verarmt wären; allerdings hat sie bisher noch nie gewagt, ihm gegenüber ihre Geringschätzung zu zeigen. Er sieht jedenfalls mit Schrecken den Tag kommen, da ihm seine Kinder deswegen zürnen, weil er ihnen kein Vermögen wird hinterlassen können.

Natürlich mag das alles an seiner Überempfindlichkeit liegen, aber er hat tatsächlich das Gefühl, arm zu sein. Für ihn ist es zu einer großen Bürde geworden, der Stellung als Oberhaupt einer Beamtenfamilie gerecht zu werden. Manchmal zweifelt er fast, daß die moralischen

Prinzipien des Buches der Lieder *und des* Buches der Urkunden[13] *seine Kinder letzten Endes umfassend erzogen und beeinflußt haben. Er meint, das Sicherste sei »Duldsamkeit«, wenn er jedoch zu lange Duldsamkeit üben muß, wird er traurig, so daß er nicht umhin kann, sich über seine Sorgen auszulassen. Macht er dann seiner Unzufriedenheit Luft, kann er kein Ende mehr finden. Indes zieht er es meistens vor, sich dumm und taub zu stellen und alles schweigend zu ertragen. Seine Bedürfnisse sind durchaus einfach; abgesehen von seiner Unnachgiebigkeit, wenn es um die Lackierung des Sarges und das Einnehmen von Stärkungsmitteln geht, beansprucht er seine Familie überhaupt nicht. Zurückgezogen in sein Zimmer, schreibt er und liest buddhistische Bücher, kurz, er zeigt sich nicht und ist ohne Wünsche; so spart er Geld und Kräfte. Doch wenn ihn manchmal irgendwelche Gedanken plagen, entlädt sich sein über Jahre hinweg aufgestauter Groll. Aber im Gegensatz zu früher, als er jung und voller Energie war, sind nun selbst seine Wutausbrüche kläglich. Er ärgert sich über alles; als ob er stets nur Unrecht habe einstecken müssen, erhebt er Anklage, indem er über die Pflichtvergessenheit und Unfähigkeit seiner Kinder schimpft, das Schicksal der Familie beklagt und die Nachbarn der Grobheit und des schlechten Benehmens bezichtigt. Manchmal kommt er dann sogar an den Punkt, wo der letzte Rest an Stolz, den er sich bewahrt hat, schwindet, jenem Stolz auf Bildung, Erziehung und die verschiedenen Interessen dieser Gelehrtenfamilie, die nun dem Untergang entgegengeht.*

Sein Egoismus ist oft unbewußt. Zum Beispiel hält er Sufang für eine hilflose Waise, die er selbst beschützt und versorgt. In Wirklichkeit ist sie es, die ihn voller Mitleid schweigend in Schutz nimmt, viele unangenehme Angelegenheiten von ihm fernhält und ihn schon unzählige Male vor großen und kleinen Stürmen bewahrt hat. Wenn er manchmal bemerkt, daß etwas sie im Innern bewegt, wird er auf einmal von Bestürzung überwältigt; man hat fast den Eindruck, daß er absichtlich verwirrt ist und dadurch unbewußt die ganzen Schwächen und Nöte eines auf sich gestellten alten Mannes übertrieben zu Tage treten läßt, in der Hoffnung, Sufang noch tiefer zu rühren und sie zu seiner ewigen Sklavin zu machen. Stets denkt er nur an sich und ist voller Selbstmitleid, so daß er nur das eigene Unglück sieht und den klaren Blick für den Kummer der Menschen in seiner Umgebung verliert.

Er trägt ein langes und weites Festgewand von der Farbe alter Bronze und, da er übermäßige Angst vor Kälte hat, darüber noch eine leichte und weite Festjacke, die Sufang für ihn genäht hat; die Kragenknöpfe beider Kleidungsstücke sind offen. Er hat europäische Filzschuhe mit umgekrempeltem Rand an. Die Hosenbeine sind unten mit einem grauen Satinband geschnürt. In der Hand hält er eine feine Gebetskette. Sufang und Ruizhen stützen ihn. Frau Chen trägt eine Schale mit Deckel.

HAO *hat die Augen geschlossen; er scheint jemandem zuzuhören und nickt beständig mit dem Kopf* Mh, mh.

WENQING *unruhig* Vater!

Zeng Hao ist tief in Gedanken versunken, anscheinend hat er es nicht gehört. Frau Chen spricht und lacht; alle bleiben nach und nach stehen und hören ihr zu.

FRAU CHEN *sehr vergnügt zu Sufang* Ich habe mal nachgerechnet; sind es wirklich schon 15 Jahre? *Zu Zeng Hao* Dieser Sarg wird schon seit 15 Jahren lackiert. *Bewundernd* Nein, wieviel Schichten Lack mögen wohl darauf sein?

HAO *heiter und selbstzufrieden* Es sind schon über hundert. *Von ihnen gestützt geht er zu dem langen, schmalen Tisch.*

FRAU CHEN *bewundernd* Kein Wunder, daß der Lack gut *mißt mit der Hand* zwei, drei Zoll dick ist. *Stellt die Schale hin.*

Siyi kommt aus dem Schlafzimmer, ergeben lächelnd, als ob sie den Vorfall von eben vergessen habe.

SIYI Ah, Vater! *Eilt zu ihm hin und stützt ihn* Setz dich hierher, Vater, das ist bequemer. *Hilft Zeng Hao zu einem Sessel, geschäftig zu Ruizhen* Ruizhen, richte bitte den Sessel her! *Hilft Zeng Hao beim Hinsetzen, zu Wenqing* Willst du nicht die Sitzkissen holen?

WENQING Oh! *Geht in die Studierstube, sie zu holen.*

Ruizhen folgt ihm, um ihm zu helfen.

HAO *schließt die Augen, läßt die Gebetskette durch die Finger gleiten* Laßt euch Zeit mit dem Lackieren; noch vier, fünf Jahre – dann kann ich mich zur Not zur Ruhe legen.

Ruizhen kommt mit einem Kissen aus der Studierstube.

SIYI *zeigt, freundlich* Stopf es hinter den Rücken, Ruizhen. *Ruizhen scheint es ihr nicht recht zu machen, sie bückt sich* Ach, laß mich das machen! Hol eine Bettdecke für Großvater!

HAO *öffnet die Augen* Nicht nötig. *Schließt wieder die Augen und entspannt sich.*

SIYI *noch unterwürfiger* Geht es dir jetzt ein wenig besser?

HAO Es geht.

WENQING *tritt vor ihn hin* Vater.

HAO *nickt ein wenig mit dem Kopf* Mh. *Beinahe absichtlich erstaunt* Wie, du bist noch nicht fort?

SIYI *wirft einen Blick auf Wenqing, zu Zeng Hao* Wenqing wird gleich fahren.

HAO *zu Wenqing* Hast du vor den Ahnen Kotau gemacht?

WENQING Nein.

HAO *ungehalten* Geh, geh, geh schell, wenn du die Ahnen verehrt hast, reden wir weiter. *Hustet.*

WENQING Ja, Vater. *Geht zur kleinen Tür der Studierstube.*

FRAU CHEN *ergreift die Gelegenheit, wieder mit Wenqing zu sprechen* Ach, junger Herr Wenqing, ich werde sie begleiten.

Wenqing geht mit Frau Chen durch die kleine Tür der Studierstube ab.

HAO Sufang, bring mir meinen Spucknapf!

Sufang dreht sich um und will gerade zur Studierstube gehen ...

SIYI *sofort, lächelnd* Bemühe Sufang nicht wieder, ich hab' einen im Zimmer. Ruizhen, hol ihn Großvater. *Reicht Zeng Hao die Schale Tee* Vater, hier ist Tee.

Ruizhen geht in Siyis Schlafzimmer.

Zeng Hao spült mit dem Tee den Mund und spuckt ihn in einen Spuckeimer, den Sufang ihm geholt hat.

HAO Ich habe so einen bitteren Geschmack im Mund! *Die Augen fallen ihm zu.*

SUFANG Ist dir noch schwindelig?

HAO *blickt sie an, schließt die Augen, halb zu sich selbst* Schwindel und bitterer Geschmack, das bedeutet, daß die Leber nicht genug Yin[14] hat! Deshalb habe ich soviel Schleim und Atemnot. *Reibt sich langsam die Brust.*

SIYI *eifrig* Ich meine, wir sollten für Vater einen europäischen Arzt bemühen.

HAO *reißt die Augen auf, erbost* Wer hat das gesagt?

SIYI Dann soll ich Shun Hofarzt Luo holen lassen?

HAO *öffnet die Augen, schüttelt den Kopf* Nein, Hofarzt Luo mit seinen alten Rezepten aus der Tang-Zeit, diesen starken Medikamenten; in meinem Alter, bei meiner Konstitution ... *Will nicht weiterreden, schließt die Augen und hüstelt.*

Ruizhen kommt aus dem Schlafzimmer und hält Zeng Hao einen kleinen Spucknapf hin, Zeng Hao spuckt einen Mundvoll klebrigen Schleims hinein und nimmt den Spucknapf in die Hand.

SIYI Die Dus nebenan haben wieder einen Buchhalter geschickt, der die 50 000 Dollar holen soll.

HAO Was!

SIYI Dann muß noch das Geld für das Sarglackieren in diesem Jahr ...

HAO *gereizt* Geld, Geld! Schinderei, das ganze Leben nichts als Schinderei, sogar als Kranker muß man sich noch sorgen und abschinden!

Auch Siyis Gesicht verfinstert sich. Stille.

SUFANG *beruhigend* Dieses Jahr ist der Sarg aber auch besonders schön lackiert worden.

HAO *will nicht, daß Siyi zu sehr verstimmt ist, deshalb nickt er und zeigt sich ein wenig erfreut* Ja, ja, wartet nur bis zum Frühjahr; wenn noch zweimal Sichuan-Lack aufgetragen ist und ich auch einen Weg gefunden habe, die Rechnung der Dus zu begleichen, habe ich meine Pflichten in dieser Welt erfüllt. *Seufzt unwillkürlich, blickt zu Ruizhen* Wenn das Schicksal gnädig ist, wird mir das nächste Jahr auch noch einen Urenkel bescheren ...

SIYI *setzt ein erfreutes Lächeln auf* Richtig, gerade eben, als wir vor den Ahnen Kotau machten, habe ich noch Ruizhen aufgefordert, die Ahnen um ihren Segen zu bitten, damit sie Großvater möglichst bald mit einem Urenkel erfreuen kann.

HAO *sein etwas angeschwollenes Gesicht wird von Freudenfältchen durchzogen* Ruizhen, hast du wirklich dafür gebetet?

Ruizhen senkt den Kopf.

SIYI *stößt sie an, scharf* Großvater fragt dich, ob du dafür gebetet hast.

Ruizhen dreht ihr den Rücken zu.

SUFANG *zuredend* Ruizhen!

RUIZHEN *wendet sich um* Ja, Großvater.

HAO *lächelt zufrieden* Dann ist es gut.

WENCAIS STIMME *von draußen* Tai! Tai!

SIYI *murmelt* Sieh mal an, Kindchen, was bedrückt dich so?

Wencai und Jiang Tai kommen, einander zerrend, vom vorderen Hof durch den Salon herein.

WENCAI *flehend* Tai! Tai!

Zieht ihn herein.

JIANG TAI *während er weitergeht, ärgerlich* Gut, ich komme, ich komme ja! Zieh mich doch nicht!

Alle drehen sich um und sehen zu ihnen hin, während sie nach vorn kommen.

HAO Was ist?

WENCAI Vater! *Zu Jiang Tai gewandt, leise* Dann machst du eben so Kotau, ohne dich umzuziehen.

SIYI *mutwillig platzt sie lachend heraus* Unser Schwager erweist Vater seine Verehrung.

HAO *beugt sich vor und deutet an, daß ihm jemand aufhelfen soll, in der Meinung, Jiang Tai wolle vor ihm Kotau machen* Ach, nicht nötig, nicht nötig, wozu diese Zeremonie?

Jiang Tai sieht Siyi wütend an, und als Zeng Hao sich schon halb aufgerichtet hat, deutet er mit einer nachlässigen Verbeugung den Kotau nur an, dann setzt er sich als erster.

JIANG TAI *wartet, bis Zeng Hao sich zurechtgesetzt hat; nachdem er sich nach allen Seiten umgesehen hat* So, ich hab etwas zu sagen. *Zeigt zu seinem Zimmer* Die Mauer neben meinem Zimmer stürzt bald ein. Wollt ihr sie nicht ausbessern lassen? . . .

WENCAI *leise, hastig* Was hast du wieder?

JIANG TAI *zu Wencai* Halt du dich 'raus! *Wendet sich Siyi und Zeng Hao zu* Laßt ihr sie ausbessern oder nicht? Wenn nicht, packe ich meine Sachen und hau' ab.

HAO *verwirrt und sprachlos* Was?

SIYI *freundlich, aber mit drohendem Unterton* Das kann man so nicht sagen, Schwager, ich würde nicht sagen wollen, daß sie nicht ausgebessert wird, aber ich habe gehört, daß Vater das Haus verkaufen will, um eine Handelsfirma aufzumachen, deshalb . . .

HAO *richtet sich auf, unwirsch* Das Haus verkaufen?

SIYI Ja, den Dus nebenan.

HAO *verärgert* Wer hat das gesagt? Wer hat das behauptet?

SIYI *schielt zu Jiang Tai, kalt lächelnd* Wer mag das gesagt haben?

JIANG TAI *trotzig* Ich habe es gesagt! *Schaut Zeng Hao geringschätzig an* Ich weiß auch nicht, welche unzuverlässige Person es mir erzählt hat.

HAO *im seinem Haus und in Gegenwart seiner Kinder kann er sich solche Vorwürfe kaum gefallen lassen* Tai, so solltest du nicht zu älteren Leuten reden.

JIANG TAI Gut, dann gehe ich.

Geht los.

WENCAI *leise, den Tränen nahe* Tai, setz dich doch!

SUFANG *flehend* Tai!

Auf ihr heimliches Drängen hin setzt sich Jiang Tai widerstrebend wieder. Eine Weile Stille; dann kommt Wenqing durch die kleine Tür der Studierstube leise herein und stellt sich an die Seite.

HAO *wirft einen Blick auf Wenqing, zitternd* Ja, ich habe es gesagt, ich habe es gesagt, ich habe es nur wegen meiner mißratenen Nachkommen gesagt. Bei uns sieht es im Moment schlecht aus; keiner ist imstande, Geld zu verdienen, *blickt Wenqing an, empört* und mein einziger Sohn taugt am wenigsten! Diese neureichen Dus von nebenan belästigen uns Tag für Tag mit ihren Schuldforderungen und wollen unbedingt unser Haus kaufen. Aber wir können ihnen doch nicht, nur weil sie uns noch zehn-, zwanzigtausend Dollar dazugeben wollen, einfach unser Haus überlassen! *Immer erregter* Diese neureichen Spinnereiunternehmer benutzen ihre Macht, um einen zu erpressen, und alles meinen sie für Geld kaufen zu können. Sie haben sogar jemanden geschickt, meinen Sarg zu kaufen, der seit 15 Jahren lackiert wird. *Vor Erregung beginnt er zu zittern* Solche Leute haben doch noch nie ein Buch in der Hand gehabt. Wie kann ich denen meinen Sarg, in dem ich mich zur Ruhe legen will, verkaufen wollen? *Schaut Wencai an* Wencai, sag doch etwas, *Zu Wenqing* Wenqing, du bist mein Sohn, sag auch etwas dazu! *Wenqing senkt den Kopf* Ihr, meine Kinder ...

Frau Chen kommt durch die kleine Tür der Studierstube herein.

FRAU CHEN *fröhlich* Junger Herr Wenqing ... *Sieht, daß Siyi, auf Zeng Hao zeigend, mit der Hand winkt; hört vor Schreck auf zu sprechen. Leise zieht sie sich durch die Tür zum Salon wieder zurück.*

HAO Dieses Haus ist das Werk unserer Vorfahren. In jedem einzelnen Ziegel steckt die Mühe und Sorgfalt unseres Ahnen Zeng Jingde. Er hat uns dies alles hinterlassen, damit es uns an nichts fehle. Groß und Klein, die ganze Familie, zehrt von diesem Glück, das die Ahnen auf uns kommen ließen, und braucht sich nicht um Nahrung und Wohnung zu sorgen. *Schlägt auf die Sessellehne* Wie könnte ich ertragen, auch wenn ihr keinen Wert darauf legt, das Haus an diese Neureichen zu verkaufen, an diese ...

JIANG TAI *hebt die Hand* Ich erkläre, daß ich nicht da hineingezogen werden will. Ob das Haus verkauft werden soll oder nicht, hat mich noch nie interessiert.

HAO *verwundert, immer noch entrüstet* Diese Neureichen mit ihrer

Fabrik, dieses Gesindel will einem sogar den Sarg abkaufen, diese . . .

Plötzlich dringt vom angrenzenden Hof der ohrenbetäubende Lärm von Knallfröschen herüber.

HAO *erschrocken* Was ist das? *Beinahe aufspringend, als könnten seine Nerven es nicht ertragen* Was ist das? Was ist das?

SUFANG *ruft laut gegen den Lärm an* Reg dich nicht auf, das sind nur Knallfrösche!

HAO *seine Nerven sind zum Zerreißen gespannt* Tür zu! Tür zu!

Wenqing und Ruizhen laufen eilig zur Flügeltür des Salons und schließen sie; der Lärm der Knallfrösche wird dadurch etwas gedämpft, klingt aber erst nach einer Weile ab.

WENCAI *holt tief Luft* Wer macht denn so ein langes Feuerwerk?

JIANG TAI *lacht kalt* Ha, natürlich diese neureichen Dus.

HAO *kopfschüttelnd* Diese Neureichen! Sogar beim Mittherbstfest müssen sie einen Krach machen, als ob sie ihre Tochter verheiraten!

Frau Chen tritt vom Salon her auf.

FRAU CHEN *klatscht in die Hände und lacht* Das ist wirklich eine komische Familie, Fräulein Sufang! Die Tochter nennt den Vater »alter Affe«, und der Vater nennt die Tochter »Äffchen«. Und im Zimmer sitzt noch ein Ungetüm, das wie ein Orang-Utan aussieht. Während der alte Affe zeichnet, will das Äffchen dauernd auf seinen Kopf klettern und Purzelbaum schlagen. *Biegt sich vor Lachen* Ein Lärm ist in dem Zimmer, als ob alles gleich zusammenstürzt . . .

HAO *verwirrt* Wer?

FRAU CHEN Herr Yuan und sein Fräulein Tochter! Ich finde, daß Herr Yuan ein sehr netter Mensch ist, er lacht immer so ungezwungen.

SIYI Amme, geh doch bitte in die Küche und deck rasch den Tisch, heute hat der gnädige Herr eigens wegen Fräulein Sufang Herrn Yuan eingeladen.

FRAU CHEN Aha! Ja, ja. *Ganz vergnügt durch die Tür zum Salon ab.*

SIYI *zur Sache kommend* Ich habe gehört, daß Herr Yuan in wenigen Tagen schon weggehen will. Ich weiß nicht, wie Vater über eine Heirat von Sufang denkt . . .

HAO *schüttelt den Kopf, geringschätzig* Dieser Mann, ich finde . . .

Jiang Tai hat Zeng Haos Gedanken schon erraten, mißbilligend schnauft er durch die Nase.

HAO *blickt sich nach Jiang Tai um und wendet sich entrüstet ab; zu Sufang, die gerade weggehen will* Na gut, Sufang, geh noch nicht. Wo du gerade hier bist, wollen wir uns ein wenig unterhalten.

SUFANG Ich wollte für dich die Arznei kochen.

JIANG TAI *mit gutgemeintem Spott* Wie, mein Fräulein Sufang, Sie haben noch nicht genug Arznei gekocht? *Mehrmals schnell hintereinander* Setz dich! Setz dich! Setz dich! Setz dich!

Sufang setzt sich widerwillig hin.

HAO Sufang, wie denkst du darüber?

Sufang senkt den Kopf und schweigt.

HAO Sufang, wie denkst du selbst darüber? Denk nicht an mich, du sollst an dich selbst denken! Dein Onkel kann nicht mehr lange für dich sorgen, aber meiner Ansicht nach ist dieser Herr Yuan ...

SIYI *schnell* Ja, Sufang, überleg es dir gut, du solltest auch mal die guten Absichten deines Onkels anerkennen, nachher bereust du, daß du nicht eher ...

HAO *unterbricht sie ebenfalls* Siyi, laß sie selbst überlegen. Das ist eine Entscheidung fürs Leben, es liegt allein bei ihr, ob sie einverstanden ist. *Lächelt gekünstelt* Wir beraten sie am besten nur. Sufang, sag du selbst, was meinst du?

JIANG TAI *kann nicht mehr an sich halten* Was ist denn das für eine Frage? Herr Yuan ist doch kein Ungeheuer! Er ist ein Anthropologe, ein Gelehrter, und erstens ist er sympathisch, zweitens gebildet, drittens hat er ein Einkommen; das, das ist doch ...

HAO *beschwichtigend* Nein, nein, laß sie selbst überlegen! *Wendet sich Sufang zu, unruhig* Sufang, du mußt wissen, da du meine einzige Nichte bist, habe ich dich immer als meine eigene Tochter angesehen; würde ich nicht für eine Tochter, die nicht heiraten will, ebenso sorgen? ...

SIYI *unterbricht ihn* Genau, meine liebe Sufang, würden wir nicht für eine Tochter, die nicht heiraten kann, ...

Wenqing kann es sich nicht mehr mit anhören; er springt auf und geht zur Studierstube.

SIYI *blickt Wenqing heimtückisch von der Seite an* Nanu, wieso gehst du? Wieso gehst du?

Wenqing, ohne sie zu beachten, durch die Tür der Studierstube ab.

HAO Was hat Wenqing?

SIYI *kalt lächelnd* Wahrscheinlich will er auch für seinen Vater die Arznei kochen. *Zu Sufang, wieder äußerst vertraulich* Liebe Sufang, beruhige dich, wir haben diese Angelegenheit doch nur zur Sprache gebracht, weil wir uns um dich Gedanken machen. Selbst wenn du dein ganzes Leben im Hause der Zengs verbringen würdest, würde doch keiner auch nur einen einzigen leichtfertigen Satz reden. *Mit versteckter Bosheit* Würden wir nicht für eine Tochter, die nicht heiraten kann, ebenso sorgen? Umso mehr, als deine Eltern nicht mehr leben, liebe Sufang, und du überhaupt keinen Menschen mehr aus deiner Familie hast . . .

HAO *hat natürlich ihre Absicht herausgehört, ohne sie ausreden zu lassen* Gut, gut, Siyi, mach bitte nicht so viel freundliche Worte!

Siyis Gesicht erstarrt sogleich in frostiger Kälte.

HAO *zu Sufang* Also, Sufang, hast du einen Entschluß gefaßt?

SIYI *erregt, zu Sufang* Sprich schon!

WENCAI *hat die ganze Zeit zugehört und mit dem Kopf genickt, plötzlich sagt sie freundlich* Sprich doch, Sufang, ich finde . . .

JIANG TAI *abrupt* Rede nicht soviel!

Wencai verstummt. Sufang erhebt sich schweigend und geht mit gesenktem Kopf zur Salontür.

HAO Sufang, sag doch etwas, Mädchen! Sag doch auch mal deine Meinung!

SUFANG *schüttelt den Kopf* Ich, ich habe keine Meinung. *Durch die Tür zum Salon ab.*

HAO Hm, wie kann man in einer solchen Angelegenheit keine Meinung haben!

JIANG TAI *hat keine Geduld mehr* Wollt ihr, daß ich rede?

HAO Wie bitte?

JIANG TAI Wenn ihr wollt, daß ich rede, rede ich, wenn nicht, gehe ich.

HAO Gut, rede, natürlich kannst du deine Meinung sagen.

JIANG TAI *geradeheraus* Dann bitte ich euch, es Sufang nicht mehr so schwer zu machen. Seht ihr denn nicht, was in ihrem Innern vorgeht? Warum müßt ihr eine hilflose, unverheiratete Frau mit jedem Satz so quälen? Warum . . .

SIYI Quälen?

WENCAI Tai!

JIANG TAI *voller Zorn* Ja, ich sage, ihr quält sie! Während all der Jahre hat sie euch bedient. Die Alten, die Jungen, die Lebenden und die Toten, vom gnädigen Herrn und der gnädigen Frau bis hin zu den Enkelkindern, für alle hat sie allein die ganze Zeit gesorgt. Jetzt ist sie schon über 30, warum haltet ihr sie noch, warum laßt ihr sie nicht frei? Warum tut ihr das?

HAO Du . . .

WENCAI Tai!

JIANG TAI Wollt ihr sie etwa noch mit in den Sarg nehmen und zu Asche verbrennen lassen als Opfer für die Ahnen? Habt doch ein wenig Gewissen! Ich sage, ein Mensch muß doch ein wenig Gewissen haben. Ich gehe, hier ist ein Brief, *stopft ihn Zeng Hao in den Schoß* da, lest ihn!

WENCAI Tai!

Jiang Tai wutschnaubend durch die Tür zum Salon ab.

HAO *sehr ungehalten* Was, was sagt er da? Ich, noch nie habe ich jemanden so unverschämt reden hören. *Währenddessen reißt er zitternd den Briefumschlag auf und holt Geldscheine und einen kurzen Brief heraus.*

Während Zeng Hao den Brief liest, kommt Zhang Shun leise mit Schalen und Eßstäbchen herein. Ruizhen hilft ihm, den viereckigen Tisch hervorzuziehen, und schweigend ordnen sie die Schalen, Stäbchen und Hocker an.

HAO *hat den Brief überflogen und erblaßt vor Ärger* Was soll das bedeuten? *Hält das Geld hoch* Will er mir das als Miete geben? *Zu Siyi* Was ist denn bloß los?

SIYI *kalt lächelnd* Ich weiß nicht, was für eine Geisteskrankheit der gute Mann wieder hat.

WENCAI *hat sich währenddessen erhoben und liest den Brief, völlig verängstigt, flehend* Vater, gräme dich auf keinen Fall seinetwegen, er ist unzufrieden, die letzten Jahre . . .

HAO *zornig* Dieser Tai, ich will ihn nicht tadeln, ich sage nur, ein Schwiegersohn ist zwar ein halber Sohn, aber eben doch aus einer anderen Familie. *Zu Wencai* Du bist meine Tochter, du kennst uns Zengs doch, Bildung stand immer an erster Stelle, und nie haben wir über Geld geredet. Also, wenn ihr hier weiter wohnen wollt, könnt ihr es tun, wenn nicht, ist es mir auch recht, aber ihr müßt eurem Vater doch nicht mit der Miete und dem Geld fürs Essen zeigen . . .

WENCAI *schluchzt* Ach Vater, wär' ich doch nie auf die Welt gekommen, wär' ich . . .

HAO *vor Zorn zitternd* Oh, oh, in unserer Familie muß sich so einer als wohlhabender Schwiegersohn aufspielen!

WENCAI *kann ihren Schmerz nicht mehr ertragen und bricht in Tränen aus* Ach, Mutter, warum bist du gestorben und hast mich alleingelassen, meine Mutter!

SIYI Wencai!

Wencai läuft weinend in ihr Schlafzimmer.

HAO *seufzt tief* Oh diese mißratene Brut! Nicht einmal tadeln darf man sie! Laßt uns essen. Shun, bitte Herrn Yuan herein.

Zhang Shun durch die Salontür ab. Wenqing tritt durch die Tür der Studierstube auf.

WENQING Vater!

HAO Gehst du?

WENQING Um ein Uhr fahre ich.

HAO Hast du mit dem Opium aufgehört?

WENQING *senkt den Kopf* Ja.

HAO Hast du es dir wirklich abgewöhnt?

WENQING *beschämt* Ja, wirklich.

HAO Und Zigaretten?

WENQING *mit gesenktem Kopf* Die rauche ich auch nicht mehr.

HAO *blickt auf Wenqings gelbe Finger* Du lügst schon wieder. *Tadelnd* Sieh doch, wie deine Finger von den Zigaretten wieder aussehen! *Schüttelt den Kopf und seufzt* Wie, wie kannst du so Arbeit finden?

WENQING *unwillkürlich schaut er seine Finger an* Ich . . . ich wasche sie nachher.

HAO Wo ist Ting?

SIYI *eilt sofort zur Salontür und ruft* Ting! Großvater ruft dich!

HAO Was macht er denn gerade?

WENQING Wahrscheinlich läßt er mit Fräulein Yuan Drachen steigen.

HAO Drachen steigen! Die Zhaoming-Anthologie läßt er liegen, aber Drachen läßt er steigen.

WENQING Ting!

Im Salon hinter der Tür ruft ZENG TING Mein Opa ist im Zimmer! Mein Opa ist im Zimmer!

YUAN YUAN *ruft* Lauf! Lauf!

Krachend wird die Flügeltür aufgerissen, und Zeng Ting kommt rufend herein. Yuan, mit triefend nassem Kopf, trägt einen leeren Eimer und hält eine Kette angezündeter Knallfrösche in der Hand. Hinter ihnen kommt Klein-Zhu mit einem glimmenden Räucherstäbchen in der einen und der Taube in der anderen Hand.

HAO Was rennst du so, wo hast du dieses wilde Benehmen gelernt?

TING *im Laufen* Opa, sie, sie . . .

YUAN YUAN *ruft lachend* Lauf! Lauf! Mal seh'n, wo du hinläufst! *Yuan Yuan wartet, bis sich Zeng Ting hinter dem Sessel, auf dem Zeng Hao sitzt, fast ganz versteckt hat, dann wirft sie die Knallfrösche nach ihnen, sofort brennen sie krachend ab. Zeng Hao und Ting schreien vor Schreck auf. Yuan Yuan prustet vor Lachen.*

Klein-Zhu bleibt in der Tür stehen und lacht unaufhörlich.

HAO Was, was machst du da, Mädchen!

YUAN YUAN Opa Zeng!

HAO Was tobst du hier so herum?

YUAN YUAN *kokettiert* Guck mal, Opa Zeng, *breitet ihre völlig durchnäßten Haare aus, zeigt auf Ting* er hat eben den ganzen Eimer Wasser hier über mich gegossen.

Von draußen eine Männerstimme mit einem Lachen Kleines Äffchen, wo bist du?

YUAN YUAN *frech* Hier bin ich, alter Affe! *Lachend hüpft sie zum Salon hinaus.*

Klein-Zhu folgt ihr eilig.

HAO *zu Siyi* Siehst du, eine solche Erziehung paßt doch unmöglich zu Sufang. *Wendet sich Ting zu* Du hast eben einen Eimer Wasser über sie gegossen?

TING *ängstlich* Sie, sie hat es mir befohlen.

HAO Knie nieder!

SIYI Ich meine, Vater . . .

HAO Knie nieder!

Widerwillig kniet Zeng Ting steif nieder.

HAO Jetzt sollen auch die Yuans mal sehen, was bei uns Erziehung ist.

Übermütig kommt Yuan Yuan herein, ihren »alten Affen«, den Anthropologen Yuan Rengan, hinter sich herziehend.

Der »alte Affe« ist in Wirklichkeit keineswegs alt und auch dem

Aussehen nach nicht älter als 40. Allerdings hat er schon früh eine Glatze bekommen, geblieben sind ihm nur ein paar glänzende Haare, die er quer über den Kopf gekämmt hat. Er ist nicht groß, hat jedoch ein rotes, volles Gesicht, einen ausgeprägten Brustkorb und breite Hüften. Er trägt eine alte gelbe Reithose, schmutzige schwarze Reitstiefel, dazu ein braunes Hemd mit offenem Kragen, so daß er lebhaft an einen Kraftfahrzeugmechaniker erinnert. Aber er hat humorvolle, kluge Augen, in denen oft Spott und eine bei Gelehrten häufige konzentrierte Geistigkeit aufblitzen.

YUAN YUAN *während sie hereinkommt* Papa, Klein-Zhu hat mir dann ein Räucherstäbchen geholt, dann habe ich die Knallfrösche angesteckt, Papa, und dann bin ich hinter ihm her und habe auf seine Beine . . .

YUAN RENGAN *nickt mit dem Kopf, hört lachend zu* Hm, hm, ahh . . . *Sieht, daß Zeng Hao bereits aufgestanden ist, um ihn zu begrüßen* Herr Zeng, herzlichen Dank, daß wir heute wieder zum Essen kommen dürfen.

HAO An Festtagen plaudert man gern. Bitte, Herr Yuan, nehmen Sie Platz, nehmen sie Platz!

YUAN YUAN *entdeckt, daß Ting kniet, laut rufend* Papa, sieh mal, er kniet auf dem Boden!

HAO Man darf ihn gar nicht beachten, bitte, nehmen Sie Platz!

YUAN RENGAN *schaut Ting an, erstaunt* Was ist denn los?

HAO Mein Enkel ist jung und unwissend; er sagt, er habe über Ihre Tochter einen Eimer Wasser ausgegossen . . .

YUAN RENGAN *lacht entschuldigend* Meine Güte, steh auf, steh auf, den Eimer Wasser habe ich ihm gegeben . . .

HAO *entsetzt* Dann, dann . . . *Weiß nicht, wie er die Sache beenden soll, wieder mit strenger Miene, zu Zeng Ting* Trotzdem war es sehr ungezogen.

YUAN RENGAN *lächelnd* Was macht es schon, wenn sie etwas ungezogen sind? Steh nur auf!

SIYI *nutzt die Gelegenheit* Steh auf, Ting, und bedanke dich bei Onkel Yuan!

TING *steht auf* Vielen Dank, Onkel Yuan!

YUAN RENGAN *zu Ting* Entschuldige. Das nächste Mal übergießt du mich!

HAO *kann es nicht länger mit anhören* Herr Yuan, nehmen Sie doch bitte Platz! Ruizhen, schenk Wein an! *Tritt an den Tisch.*

YUAN RENGAN *lächelnd* Mein junger Freund, man sollte nicht knien. Dann ist man ja kleiner als die anderen, und das sieht wirklich nicht gut aus.

SIYI Herr Yuan, setzten Sie sich hierher.

YUAN RENGAN Gut, essen wir; ich bin so frei. Yuan ...

Zhang Shun bringt eine Schüssel mit heißem Essen herein und stellt sie hin; ab.

SIYI Kommen Sie, Fräulein Yuan, setzen Sie sich hier neben Ihren Papa!

Alle nehmen den ihnen zukommenden Platz ein.

HAO *erhebt sein Glas* Heute ist ein Feiertag, zudem verläßt uns mein Sohn, und vor allem haben wir seit langem nicht mehr die Ehre gehabt, uns mit Herrn Yuan unterhalten zu dürfen, so nehmen wir diese Gelegenheit wahr, mit Ihnen ausgiebig zu plaudern. Bitte, zum Wohl!

YUAN RENGAN Vielen Dank, vielen Dank! *Trinkt in einem Zug aus* Ich habe gehört, daß Sie, verehrter Herr Zeng, sich außerordentlich auf die Kunst des Teetrinkens verstehen ...

Von draußen der Lärm eines Streites.

HAO Ruizhen, sieh doch mal nach, wer da ist. Was ist das für ein Geschrei?

YUAN YUAN *zu Ruizhen* Ich guck' für dich nach.

Siyi flüstert Wenqing etwas ins Ohr; er steht auf und nimmt den Weinkrug, dann tritt Siyi zu Zeng Hao. Yuan Yuan hat die Eßstäbchen niedergelegt und läuft durch die Tür zum Salon hinaus.

SIYI *hält ihr Glas hoch* Die Schwiegertochter erlaubt sich, auf das Wohl des Vaters zu trinken.

HAO *bleibt sitzen* Nicht nötig.

SIYI *mit ergebener Haltung* Wenqing möchte von seinem Vater Abschied nehmen.

WENQING *leise* Vater, ich möchte von dir Abschied nehmen.

Wenqing kniet nieder und berührt dreimal mit dem Kopf den Boden. Ruizhen und Ting stehen auf. Yuan Rengan schaut mit großen Augen neugierig zu. Während Wenqing gerade den Kotau ausführt und Zeng Hao die Verehrung in aufrechter Haltung entgegennimmt, dringt wieder höhnisches Schimpfen herein.

ERSTER SCHULDENEINTREIBER *schimpft* Gebt ihr das Geld nun endlich?

ZWEITER SCHULDENEINTREIBER *schimpft, fast gleichzeitig* Am Mittherbstfest uns hier den ganzen Morgen warten zu lassen!

DRITTER SCHULDENEINTREIBER *schimpft, fast gleichzeitig* Wenn ihr Geld habt, zahlt! Dann könnt ihr wieder Schulden machen. Habt ihr keins, was macht ihr dann Schulden? Ihr blamiert euch ja! . . .

HAO Was ist da los?

SIYI Die Nachbarn beschimpfen sich wohl.

HAO *beruhigt* Bitte, nehmen Sie! *Zu Ting und Ruizhen, freundlich* Auch ihr solltet euren Vater verabschieden.

Ruizhen und Ting stehen wieder auf, nehmen den Weinkrug, treten vor Wenqing hin und schenken ein.

SIYI *zeigt ihre Klugheit und Erfahrenheit, indem sie ihnen vorspricht* Sagt: Eine gute Reise, Vater!

RUIZHEN, TING *mechanisch* Eine gute Reise, Vater!

SIYI Sagt: Ferner bitten wir dich, lieber Vater, oft zu schreiben!

RUIZHEN, TING *mechanisch* Ferner bitten wir dich, lieber Vater, oft zu schreiben.

SIYI *weiter unterweisend* Dein Sohn und deine Schwiegertochter können dir, lieber Vater, nun nicht mehr oft zu Diensten sein.

RUIZHEN, TING *mechanisch* Dein Sohn und deine Schwiegertochter können dir, lieber Vater, nun nicht mehr oft zu Diensten sein. *Sie wollen sich wieder setzen.*

SIYI *eilig* Macht euren Kotau! Nicht so unbeholfen! *Blickt befriedigt zu Yuan Rengan.*

Zeng Ting und Ruizhen knien nebeneinander nieder und berühren dreimal mit dem Kopf den Boden; Wenqing erhebt sich. In der Stille während der Verbeugung beginnt draußen wieder das Schimpfen.

ERSTER SCHULDENEINTREIBER *schimpft* Was feiert ihr noch Feste?

ZWEITER SCHULDENEINTREIBER *schimpft, fast gleichzeitig* Die Schulden vom Drachenbootfest[15] sind noch immer nicht beglichen, und auch jetzt gebt ihr nicht einen einzigen Dollar!

DRITTER SCHULDENEINTREIBER *schimpft, fast gleichzeitig* Nicht mal 500 Dollar, und schon solche Schwierigkeiten!

ZHANG SHUNS STIMME *beschwichtigend* Schreit doch hier nicht so! Geht, geht! Der gnädige Herr ist hier . . .

ERSTER SCHULDENEINTREIBER *schimpft, höhnisch* Und wenn schon, auch der gnädige Herr muß zahlen. Spielt er immer noch den reichen Mann?

ZWEITER SCHULDENEINTREIBER *schimpft, fast gleichzeitig* Der gnädige

Herr – wenn er kein Geld hat, ist er genauso ein gewöhnlicher Mensch wie wir!

DRITTER SCHULDENEINTREIBER *schimpft, fast gleichzeitig* Diese heruntergekommene Familie!

Sie schimpfen weiter. Yuan Rengan dreht sich auch um und hört aufmerksam zu.

HAO Was ist denn da bloß los?

SIYI Vielleicht haben die Nachbarn . . .

Während des Lärms kommt Sufang eilig durch die Salontür herein.

HAO Wer ist das?

SUFANG *ausweichend* Niemand.

SIYI *lächelt hinterlistig* Herr Yuan, darf ich vorstellen: dies ist Fräulein Sufang.

Yuang Rengan erhebt sich.

SIYI *zu Sufang* Herr Yuan.

Durch die Salontür kommt Frau Chen mit einer Schüssel Essen eifrig hereingeeilt. Sie hat sich eine alte Schürze umgebunden. Ihr folgt Klein-Zhu mit der Taube in der einen Hand, mit der anderen zieht er seine Großmutter am Kleid.

FRAU CHEN *beim Laufen, ärgerlich* Hör auf zu ziehen, Klein-Zhu, verflixt, hör auf, mich zu ziehen! *Stellt das Essen auf den Tisch, wedelt mit den Händen* Heiß, heiß!

SUFANG *leise* Siyi!

SIYI *hebt die Eßstäbchen* Herr Yuan, dieses Gericht ist von Fräulein Sufang . . .

Sufang zupft sie am Kleid.

SIYI *zu Sufang* Eh?

HAO *hebt die Eßstäbchen* Bitte, bitte!

SUFANG *gleichzeitig, ängstlich und verwirrt* Die Sarglackierer . . . die, die . . .

SIYI *verdreht die Augen, reagiert nicht auf sie, zufrieden lächelnd* Essen wir doch! *Zu Yuan Rengan* Dieses Gericht hat *zeigt auf Sufang* Fräulein Sufang eigens für Sie, Herr Yuan, gekocht! *Wirft Wenqing unwillkürlich ein Lächeln zu.*

HAO *hebt die Eßstäbchen* Bitte, bitte.

Die Tür wird plötzlich weit geöffnet und die drei Schuldeneintreiber drängen herein. Zhang Shun ist zwischen sie eingezwängt und kann sie nicht mehr zurückhalten.

ZHANG SHUN Nicht, nicht, es sind Gäste da.

ERSTER SCHULDENEINTREIBER *stößt ihn beiseite* Keine Sorge, es geht ihnen ja nicht an den Kragen, wir wollen nur unser Geld. Gnädiger Herr, gnädige Frau, *streckt die Hände aus* wenn Sie Geld haben, dann geben Sie es bitte her; jetzt sollte man eigentlich die Schulden zurückzahlen, nicht?

Sie gehen langsam auf Zeng Hao zu.

Vorhang

ZWEITER AKT

In der Nacht des gleichen Tages, gegen 11 Uhr; wie vorher in der kleinen Blumenhalle des Hauses Zeng.

In der näheren Umgebung des Hauses ist es totenstill, nur von fern aus einer entlegenen Gasse klingen ab und zu einsame Gongschläge eines blinden Wahrsagers herüber, es scheint, als tappe er gerade langsam nach Hause. Zuweilen ertönen noch trübsinnig die Rufe von Frauen oder Kindern, die in einer weit entfernten, einsamen Straße Waren feilbieten. Im Zimmer wirft eine von einem Gazeschirm bedeckte elektrische Lampe einen kleinen, schwachen Lichtkegel; die Rollbilder und Antiquitäten an den Wänden verschwinden in der Dunkelheit. Das Bambusbild wirkt noch zarter als sonst. Die Vorhänge sind zugezogen. Aus einem breiten Riß in der alten Lampe fällt ein Lichtstrahl gerade auf die schon geschlossenen Flügel der Salontür. Sie sind ganz mit großen weißen Papierbögen bespannt, nur die kurzen, in Holz geschnitzten Ornamente an den unteren Feldern sind ausgespart. Durch die Spalten zwischen den Flügeln dringen dünne Lichtstrahlen herein; auf dem Papier bewegen sich undeutlich verschwommene Schatten von Menschen. Gelegentlich hört man aus dem Salon leichtes Husten und Stimmen einer Unterhaltung.

Auf dem langen, schmalen Tisch an der linken Wand stehen einige Leuchter, in einem steckt eine halb heruntergebrannte Kerze. In der Mitte des Zimmers steht ein weiterer, kleiner Tisch mit einem sauber geputzten Stövchen aus rotem Ton darauf, das einen kleinen Wasserkessel aus Blech erhitzt. Warm lodert das Feuer und flackert in der kleinen Öffnung. Das Wasser im Topf summt, als würde innen ein Zwerg gefangengehalten, der traurig heult. Daneben steht ein fein gearbeiteter Rotholztisch, auf ihm ein kleines, zierliches Teegeschirr. Auf einem kleinen Hocker beim Stövchen sitzt Wenqing, bleich und in Gedanken versunken. Ihm gegenüber, auf einem dorthin gerückten Sessel, sitzt Frau Chen und schneidet dem auf einem Schemel hockenden Klein-Zhu die Fingernägel. Klein-Zhu ist eingenickt.

In der Studierstube unter einer dunklen Lampe sitzt Zeng Ting, der leise für sich das Gedicht »Herbstklänge«[16] *rezitiert. In der Ferne, am Ende der Gasse, ertönt der Gong der Nachtwache.*

FRAU CHEN *während sie schneidet* Stimmt das, junger Herr Wenqing, Sie wollen morgen doch noch fahren?

Wenqing nickt.

FRAU CHEN Ich finde, wenn Sie schon den Zug verpaßt haben, dann bleiben Sie einfach noch ein paar Tage zu Hause, um zu sehen, was aus der Sache mit Herrn Yuan und Fräulein Sufang wird, und fahren dann erst weg.

Wenqing schüttelt den Kopf.

FRAU CHEN Sagen Sie, hat Herr Yuan heute etwas gemerkt?

WENQING *läßt den Kopf sinken, widerwillig* Ich habe nicht darauf geachtet.

FRAU CHEN *lächelnd* Ich meine, er hat etwas gemerkt, beim Essen hat er nämlich dauernd zu Fräulein Sufang geblickt.

Wenqing sieht sie an, als ob er nicht verstanden habe.

FRAU CHEN Sagen Sie, junger Herr, diese Angelegenheit . . .

Wenqing stößt unwillkürlich einen langen Seufzer aus. Frau Chen wirft einen Blick auf Wenqing, will etwas sagen, schweigt dann aber. Klein-Zhus Kopf sinkt vornüber, und er erwacht plötzlich, gähnt, murmelt irgendetwas Unverständliches, und ganz benommen nickt er wieder ein.

FRAU CHEN *schneidet weiter seine Fingernägel* Ach, ich sollte auch wieder nach Hause gehen. *Zeigt auf Klein-Zhu* Seine Mutter hat uns eigentlich heute abend zurückerwartet. *Klein-Zhus Kopf sinkt im Schlaf wieder nach vorn, sie stützt ihn* Nicht bewegen, mein Liebling, paß auf, daß Oma dich nicht schneidet! *Mitfühlend* Ach, das Kind ist völlig übermüdet, den ganzen Morgen ist er gelaufen und hat dann noch den ganzen Tag mit Fräulein Yuan gespielt. Kinder vom Lande sind nicht mit Stadtkindern zu vergleichen; wenn sie Hunger haben, essen sie, wenn sie müde sind, schlafen sie, ganz anders als . . . *Blickt zu Zeng Ting in der Studierstube, mitleidig und leise* Kleiner Herr, kleiner Herr!

TING *die ganze Zeit leise rezitierend* «. . . ach, Pflanzen haben keine Leidenschaften und werden beizeiten verweht; der Mensch aber ist ein lebendiges Wesen, nur er hat Geisteskraft. Hundert Sorgen rühren seinen Geist, sein Körper leidet tausend Plagen. Bewegt ihn etwas im Innern, wird seine Seele erschüttert. Und wie erst, wenn er bedenkt, wozu seine Kraft nicht ausreicht, und sich darum sorgt, was seine Weisheit nicht vermag . . .«

WENQING Laß ihn lesen, sein Großvater will ihn gleich abfragen.

Von der Gasse her der Gong der Nachtwache.

FRAU CHEN So spät zu rezitieren! Am Mittherbstfest! Oh, das ist wohl schon die dritte Nachtwache!

WENQING Ja, tatsächlich die dritte Nachtwache.

FRAU CHEN Auf dem Lande haben die Kinder zu dieser Zeit schon den meisten Schlaf gehabt. *Schneidet den letzten Fingernagel* Fertig. Steh auf und geh schlafen, quäl dich hier nicht herum!

KLEIN-ZHU *reibt sich die Augen* Ich . . . ich will nicht schlafen.

WENQING *lächelnd* Es ist schon spät, gleich 11 Uhr.

KLEIN-ZHU *sich aufraffend* Ich bin nicht müde.

FRAU CHEN *halb im Zorn, halb liebevoll* Gut, dann schläfst du heute nacht eben nicht. *Zu Wenqing* Es ist schon wahr, wenn Landkinder in die Stadt kommen, ist alles neu für sie. Sie sehen ja, er will nicht schlafen gehen.

Klein-Zhu holt eine gezuckerte Erdnuß aus der Tasche, steckt sie sich in den Mund, nimmt unwillkürlich wieder den neben ihm liegenden Hampelmann in den Arm und sieht ihn an.

FRAU CHEN Ach, an diesem Mittherbstfest scheint der Mond wieder nicht . . . Was ist los? Warum will die gnädige Frau wieder nicht herauskommen? *Ruft* Gnädige Frau! *Zu Wenqing* Was macht sie die ganze Zeit in ihrem Zimmer? *Steht auf* Gnädige Frau! Gnädige Frau!

WENQING Laß, ruf sie nicht!

FRAU CHEN Dann, dann gehen Sie hinein, junger Herr!

WENQING *schüttelt den Kopf; traurig und leise spricht er das Gedicht »Phönix an der Haarspange« von Lu You*[17] »Widrig der Ostwind / Die Zuneigung schwach / Die Brust voll Kummer / Jahre der Trennung – wieviele? / Vertan, vertan, vertan!«

FRAU CHEN *seufzt* Ach, das ist die Folge des Unrechts, das Sie in einem früheren Leben begangen haben; da haben Sie sich bei der gnädigen Frau schuldig gemacht, dafür soll sie Sie im jetzigen Leben quälen. Aber . . . aber was ist eigentlich los? Sie hat den ganzen Abend kein Wort gesprochen . . . Was hat sie vor?

WENQING Wer weiß? Sie hat gesagt, ihr sei übel und sie müsse sich übergeben.

FRAU CHEN *dreht sich um und sieht, daß Klein-Zhu die Hände wieder nicht stillhalten kann und an der Teekanne auf dem kleinen Rotholztisch herumzuspielen beginnt, schimpfend* Klein-Zhu, laß das! Dir juckt wohl wieder das Fell!

Klein-Zhu rückt sie wieder ordentlich zurecht.

FRAU CHEN *wendet sich an Wenqing* Komisch, hat ihr Schwager nicht groß getönt, daß er heute abend noch ausziehen will? Wie kommt es, daß er jetzt . . .

WENQING Ach, das hat er doch bloß so gesagt. *Plötzlich mit klagendem Unterton* Er ist genau wie ich. Beide haben wir in unserem ganzen Leben nichts zustande gebracht, nur daß ich nicht rede und er wie verrückt herumschreit.

Wencai kommt durch die kleine Tür der Studierstube herein. Sie trägt eine nicht angezündete Kerze, ein Paar Eßstäbchen und einen Teller mit Fleisch und Sojabohnen in Sojasauce und mit gewürztem Gemüse – ein in einem Feinschmeckerlokal gekauftes Gericht.

WENCAI *matt* Amme, du schläfst noch nicht?

FRAU CHEN Nein. Will Ihr Mann wieder trinken?

WENCAI *ausweichend* Nein, nicht er, ich.

WENQING Du? . . . Laß ihn doch nicht wieder trinken!

WENCAI *seufzt, stellt den Teller mit dem Essen hin und legt die Eßstäbchen daneben* Bruder, heute abend hat er wieder vor mir geweint.

FRAU CHEN Ihr Mann?

WENCAI *verliert die Fassung, holt ihr Taschentuch heraus, mit Tränen in den Augen* Er sagt, er könne mir nicht ins Gesicht sehen, er sei so unglücklich, er sagt, er sei fertig mit diesem Leben. Als ich ihn so leiden sah, merkte ich, daß ich es bin, die ihm zur Last fällt. Mein unglückliches Schicksal war schuld daran, daß er Schulden machen mußte und seine Stellung verloren hat. *Tränenüberströmt* Amme, wo sind die Streichhölzer?

FRAU CHEN Ich suche schon . . .

WENQING *nimmt eine Schachtel vom Rotholztisch* Hier!

Frau Chen nimmt sie, steht auf und zündet Wencai die Kerze an.

WENCAI *nimmt einen kupfernen Kerzenhalter vom Tisch* Er sagt, er sei sehr traurig und möchte heute nacht ein bißchen trinken. Versteh doch, Bruder, er ist wieder so unglücklich, ich ...

WENQING *seufzt tief* Laß ihn trinken, wenn er damit seine Sorgen vergessen kann.

FRAU CHEN *reicht Wencai die Kerze* Schaltet der gnädige Herr noch immer schon um 11 Uhr das Licht ab?

WENCAI *drückt die Kerze auf den Leuchter* Ja. *Verständnisvoll* Es ist besser, man zündet ihm vorher eine Kerze an. Nachher geht plötzlich das Licht aus, wenn er gerade beim Trinken ist, und dann ist er wieder schlecht gelaunt.

FRAU CHEN Ich helfe Ihnen.

WENCAI Nicht nötig. *Geht mit der Kerze, den Eßstäbchen und dem Teller in ihr Zimmer.*

FRAU CHEN *schüttelt den Kopf* Ach, als Frau hat man immer Kummer.

Wencai hat die Sachen abgestellt und kommt wieder eilig aus dem Zimmer.

WENCAI Wo ist Tai?

FRAU CHEN Er ist gerade in den Salon gegangen.

WENQING Wahrscheinlich plaudert er mit Herrn Yuan.

WENCAI *ist an das Stövchen herangetreten* Wenqing, brauchst du das heiße Wasser?

WENQING *schüttelt den Kopf, matt* Wencai, schone dich, du solltest dich nicht zu sehr anstrengen.

WENCAI *lächelt traurig* Ja. *Nimmt den Kessel mit kochendem Wasser und geht in ihr Schlafzimmer.*

Wenqing stellt einen Wasserkrug aus Yixing-Ton[18] *auf das Stövchen und schürt gemächlich das Feuer.*

TING *hat die Bücher genommen und erhebt sich* Papa, ich gehe zu Opa.

WENQING *mit gesenktem Kopf rückt er den Tonkrug zurecht* Geh nur!

FRAU CHEN *geht zu Ting hin* Kleiner Herr! *Leise* Wenn Ihr Großvater Sie nach Ihrem Vater fragt, sagen Sie besser nicht, daß er noch nicht gegangen ist.

KLEIN-ZHU *sitzt gerade artig da; plötzlich dreht er sich um, verschmitzt* Sag doch gleich, daß er längst mit der Bahn weggefahren ist!

FRAU CHEN *lacht laut* Wer hat dir das gesagt?

KLEIN-ZHU *augenzwinkernd* Du.

FRAU CHEN Dieser Bengel! *Zu Zeng Ting* Gehen Sie, kleiner Herr. Wenn Sie mit dem Aufsagen fertig sind, gehen Sie schlafen; und wenn Ihr Großvater Ihnen noch Unterricht geben will, sagen Sie, die Amme Chen dringt darauf, daß Sie Schluß machen.

TING Ja. *Geht zur Studierstube.*

WENQING Ting!

TING Was denn, Papa?

WENQING *besorgt* Ist mit dir in den letzten Tagen etwas gewesen?

TING *ausweichend* Nein, nichts, Papa. *Bedrückt durch die Tür der Studierstube ab.*

FRAU CHEN *blickt ihm bewundernd nach; unwillkürlich dreht sie sich um und zeigt auf Klein-Zhu* Nimm dir ein Beispiel an ihm; er ist nur zwei Jahre älter als du, aber er liest mehr Bücher, als du Reiskörner ißt. Du, du verputzt vier große Schalen Reis auf einmal, du stopfst dir den Bauch bloß mit . . .

KLEIN-ZHU *plötzlich* Oma, hör mal, wer ruft mich da?

FRAU CHEN Quatsch! Denk ja nicht, daß ich taub bin; ich höre nichts.

KLEIN-ZHU Doch, hör mal, das ist doch Fräulein Yuan!

FRAU CHEN Wo?

KLEIN-ZHU Hör doch!

FRAU CHEN *lauscht* Fräulein Yuan hilft doch ihrem Vater, den Affen zu zeichnen.

KLEIN-ZHU *hält seine Großmutter zum Narren* Wirklich, hör mal! »Klein-Zhu! Klein-Zhu!« Das ist Fräulein Yuan. Hörst du? »Klein-Zhu! Füttere mir die Tauben!« *Auf einmal grinst er frech über das ganze Gesicht* Wirklich, Oma, sie ruft mich zum Taubenfüttern. *Läuft sofort zum Salon.*

FRAU CHEN *läuft hinter ihm her, lachend* Du Frechdachs! Du willst deine Oma wieder hinters Licht führen!

Klein-Zhu läuft lachend auf die Flügeltüren zu, die wie eine riesige Leinwand aussehen, als nach der Gewohnheit im Haus, schon um 11 Uhr das Licht abzuschalten, plötzlich der ganze Raum dunkel wird. Auf der schneeweißen großen Papierbespannung erscheint mit einem Mal der schwarze Schattenriß eines hockenden Affenmenschen.

KLEIN-ZHU *sieht ihn und schreit vor Schreck* Oma! *Flüchtet sich in ihre Arme.*

FRAU CHEN Huch! Was ist das?

WENQING *steht auf, zu Frau Chen* Zünde eine Kerze an!

FRAU CHEN Ja. *Geht eine Kerze anzünden.*

STIMME YUAN RENGANS *aus dem Salon* Sehen Sie, das ist der alte Pekingmensch. Die Menschen jener Zeit liebten, wenn sie lieben wollten, sie haßten, wenn sie hassen wollten, und ebenso weinten und schrien sie, wenn ihnen danach zumute war. Sie lebten frei; es gab keine Moral, die sie fesselte, keine Zivilisation, die sie hemmte, keine Heuchelei, keinen Betrug, keine Hinterlist, keine Fallenstellerei. Die Sonne trocknete sie, der Wind umwehte sie, und der Regen wusch sie. Es gab keine Menschenfressermoral[19] und -kultur wie heute, sondern sie lebten vollkommen glücklich.

Plötzlich wird ein Türflügel aufgestoßen; eine Petroleumlampe im Salon wirft einen Lichtschein durch die Öffnung, und herein kommen Jiang Tai mit einer halb heruntergebrannten Kerze und Yuan Rengan. Jiang Tai trägt eine europäische Weste, Yuan Rengan noch immer das braune Hemd, dessen Ärmel jetzt hochgekrempelt sind; er raucht eine Pfeife.

JIANG TAI *etwas angetrunken, wiederholt er voller Zustimmung den letzten Satz* . . . sondern sie lebten vollkommen glücklich.

Aus dem Salon Yuan Yuans Stimme Klein-Zhu, komm!

KLEIN-ZHU Jaa! *Nimmt die Gelegenheit wahr und läuft in den Salon.*

JIANG TAI *stellt begeistert die Kerze hin; sich die Bedeutung der Worte vergegenwärtigend, redet er ununterbrochen, ohne es zu merken* . . . sondern sie lebten vollkommen glücklich. Richtig! Richtig! Herr Yuan, wirklich wahr, was Sie sagen! Es kann gar nicht wahrer sein. Sehen Sie mal, wie verbringen wir die Tage? Den ganzen Tag lassen wir den Kopf hängen und blasen Trübsal oder jammern von früh bis spät sinnlos herum. Den ganzen Tag grübeln wir über den Tod und das Leben, grämen wir uns, daß wir in unserer Arbeit nicht vorankommen und uns geistig im Kreise drehen, und sorgen uns, daß wir im Leben nichts zu essen haben könnten und keinen Sarg, wenn wir sterben; ständig hoffen wir, und doch bleibt alles für immer hoffnungslos. Zum Beispiel *zeigt auf Wenqing* er . . .

WENQING Jammere nicht wieder, sonst lacht Herr Yuan noch über dich!

JIANG TAI *bestimmt* Nein, nein, Herr Yuan ist Anthropologe, er wird nicht über unsere menschlichen Schwächen lachen. Setzen Sie sich doch, Herr Yuan! Setzen Sie sich, dann können wir uns unterhalten. *Er setzt sich mit Yuan Rengan an das Stövchen und nimmt eine Zigarette vom Rotholztisch, plötzlich* Äh, wo war ich gerade stehengeblieben?

YUAN RENGAN *lächelnd* Sie sagten *zeigt auf Wenqing* »Zum Beispiel er«.

JIANG TAI Ach ja, zum Beispiel er. *Zu Wenqing, bitter* Ich klage wirklich nicht gern, aber wenn du mich wieder nicht einmal ein paar Worte reden läßt, was bleibt mir dann noch? Bleibt mir dann noch irgendetwas in meinem Leben? *Zu Yuan Rengan* Also, zum Beispiel er, mein Schwager, ein guter Mensch, ein hundertzwanzigprozentig guter Mensch, ich weiß, daß auch er insgeheim Kummer hat.

WENQING Rede doch nicht solchen Unsinn!

JIANG TAI *lächelt schlau* Ha, du kannst mir nichts weismachen, ich bin doch nicht blöd. *Zu Yuan Rengan, zeigt auf Wenqing, lebhaft* Auch er hat insgeheim Kummer. Er hatte gehofft, eine zufriedene Familie zu haben und mit einer Frau das ganze Leben zusammenzusein, die ihn richtig versteht. *Überschwenglich* Diese Hoffnung ist ja ganz natürlich, richtig und vernünftig, man kann sie wirklich verstehen, und vor vielen Jahren hat er auch schon eine Frau entdeckt, die ihn versteht. Doch in seiner Zaghaftigkeit hat er sich nicht getraut, sich um sie zu bemühen, und als er sie dann sogar hätte heiraten können, hat er sich wieder nicht getraut. So ließ er diese Frau vom Kind zum Mädchen und vom Mädchen zur Frau werden, wie eine Blume ließ er sie verwelken und vergehen, grausam ließ er sich und sie leiden. Und so geht es bis heute, jetzt noch ist diese Frau ...

WENQING *hält es nicht länger aus* Du hast wirklich zuviel getrunken!

JIANG TAI *lacht und winkt ab* Beruhige dich, ich habe nicht viel getrunken, und mehr sage ich auch nicht. *Zu Yuan Rengan* Stellen Sie sich vor, er läßt diese Frau die ganze Zeit in einem Haus wie diesem vermodern, wie einen Sarg in einer alten Gruft langsam vermodern und verfaulen. Von früh bis spät seufzt er nur, träumt, übt sich in Geduld, leidet seelische Qualen und ist apathisch, so apathisch, daß er sich nicht rührt; er wagt nicht zu lieben, wagt nicht zu hassen, wagt nicht zu weinen und zu schreien; das ist doch der Niedergang, der Niedergang der Menschheit! Also, *zeigt auf sich selbst* zum Beispiel ich, *geräuschvoll zündet er sich die Zigarette an und raucht, während er weiterredet* ich habe über zwanzig Jahre lang studiert . . .

YUAN RENGAN *die Pfeife im Mund, lächelnd* Ich habe schon vermutet, daß noch ein »Zum Beispiel ich« kommen würde.

JIANG TAI *ohne Unterbrechung redend* Natürlich, ich kritisiere nie nur andere, sondern auch mich selbst. Nun, zum Beispiel ich, ich liebe Geld, ich denke nur ans Geld; ich stelle mir immer vor, daß ich mit einem Schlag sehr reich werde, dann würde ich mein Geld an Freunde verschenken und an die Armen verteilen. Ich würde, wie es in einem Gedicht Du Fus[20] heißt, unzählige große Häuser errichten und alle armen Freunde unter der Sonne herbeirufen, umsonst zu essen, zu trinken und zu wohnen, Wissenschaft zu betreiben, sich in die schönen Künste zu vertiefen, die Literatur zu pflegen, kurz, das zu tun, was jeder gerne mag, um für China, für die Menschheit das Glück zu schmieden. Doch leider, Herr Yuan, das Schicksal meint es nicht gut mir mir, stets habe ich Pech, und überall stoße ich auf Widerstand, kaum habe ich eine Sache angepackt, gibt es gleich, ich weiß nicht wie, ein einziges Durcheinander. Zeit unseres Lebens machen wir hochtrabende Pläne, und übrig bleiben dürftige Kompromisse. Das einzige, was wir können, ist seufzen, träumen und verbittert sein. Wir nehmen den nützlichen Leuten nur das Essen weg, wir sind lebende Tote, tote Lebende, unser Leben ist Sterben! Mit einem Wort, es ist, wie Sie gesagt haben. *Er weist auf sich* Solche Leute wie wir sind in der Tat *er zeigt auf den mächtigen Schatten des »Pekingmenschen«* seine degenerierten Nachkommen!

YUAN RENGAN *nickt die ganze Zeit vergnügt mit dem Kopf, reicht ihm eine Tasse Tee und lächelt* Bitte, trinken Sie Tee!

JIANG TAI *nimmt die Tasse* Nehmen wir zum Beispiel das Teetrinken. Mein Schwager ist darin äußerst wählerisch. Er muß sich vorher die Hände waschen, den Mund spülen, Weihrauchstäbchen anzünden und sich ruhig hinsetzen. Seine Zunge schmeckt nicht nur die Sorte der verwendeten Teeblätter heraus, deren Alter und Herkunft sowie die Art der Zubereitung, er kann sogar unterscheiden, ob zu dieser Tasse Tee Gebirgswasser, Flußwasser, Brunnenwasser, Schmelzwasser oder Leitungswasser verwendet und ob es mit Holzkohle, Kohle oder Reisig gekocht wurde. Uns dient Tee nur zum Durstlöschen, aber sobald er einen Schluck genommen hat, kann er ausführlich den Geschmack beurteilen, ob er zum Beispiel fein oder gewöhnlich ist. Aber was nützt das? Er kann keinen Tee anbauen, keine Teehandelsgesellschaft oder Exportfirma leiten, es bleibt ihm nur die eine Möglichkeit »Trinken Sie Tee!«, und auf eine wie erlesene und feine Art er auch Tee trinkt, es bleibt doch nur Teetrinken, was nützt das? Sagen Sie selbst, was nützt das?

Wencai kommt aus dem Schlafzimmer.

WENCAI Tai!

JIANG TAI Ich komme gleich!

FRAU CHEN *geht hin und stößt ihn an* Gehen Sie schnell, Herr Jiang!

JIANG TAI *steht auf, kann sich aber nicht losreißen* Zum Beispiel ich . . .

FRAU CHEN Hören Sie auf mit diesem ewigen »Zum Beispiel ich«, »Zum Beispiel ich«, selbst Herrn Yuan wird Ihr Gerede sonst bald lästig werden!

JIANG TAI Bitte, Dr. Yuan, es macht Ihnen doch nichts aus, wenn ich noch etwas weiter ausführe?

YUAN RENGAN *lächelnd* Nein, natürlich nicht, ich bitte darum, »auszuführen«.

JIANG TAI Nämlich, zum Beispiel . . . *Wencai geht auch zu ihm hin, um ihn ins Zimmer zu ziehen; zu Wencai, fast flehentlich* Wencai, laß mich reden, laß mich doch eben zuende reden! *Zu Yuan Rengan* Zum Beispiel ich, ich esse gern, ich verstehe etwas vom Essen; ich kann Sie da zu den jeweils besten Restaurants führen. *Sehr von sich eingenommen, spricht er wie ein Wasserfall weiter* Hammelfleisch-Feuertopf in der »Mittagssonne«, gegrillte Ente im »Gemütlichen Eck«, geröstete Dampfklöße im Gasthof »Zur Eintracht«, Kaviar in der »Blüte des Ostens«, gebratenes Entenfleisch in Streifen im »Stübchen zur Vortrefflichkeit«. Nun zu den kleinen Restaurants, da gibt es zum Beispiel Nudelsuppe mit Schweinefleisch-Einlage im »Kamin«, gebratene Mehlklößchen »Bei Mu«, in Soße gebratenen Magen »Bei Jin«, in Öl gebratene Teigtäschchen mit Bohnenmus in »Nummer 1« bis zu . . .

WENCAI Laß uns gehen!

JIANG TAI . . . bis zu gewürztem Hammelfleisch in der »Mondscheinklause«, eingemachtem Gemüse im Restaurant »Sechs Essenzen«, stinkendem Sojabohnenquark »Bei Wang Zhihe«, saurem Pflaumensaft in der »Klause zur ewigen Treue«, Joghurt in der »Drei-Wunder-Halle«, Fleischpasteten »Bei En Deyuan«, gekochtem Schweinefleisch im »Tontopf« und Shaoxing-Wein in der »Aprikosenblüte«. In all diesen Restaurants gibt es keinen Wirt, mit dem ich nicht bekannt bin, keinen Koch, keinen Kellner und keinen Barkeeper, den ich nicht kenne, aber was nützt das? Ich kann nicht kochen, kann kein Restaurant aufmachen, kann im Ausland kein prächtiges Restaurant für Chop-Suey à la Li Hongzhang[21] eröffnen und den Ausländern das Geld aus der Tasche ziehen. Ich kann nur essen, nur essen. *Unwillkürlich kommt er auf seine eigenen Nöte zu sprechen, schlägt sich an die Brust* Bei allem, was ich mache, scheitere ich. Als ich Beamter war, habe ich Schulden gemacht, als ich Geschäfte machen wollte, bin ich pleite gegangen, das Studium hat mir überhaupt nichts genutzt. *Bitter* Ich treibe mich tagein, tagaus im Haus meines Schwiegervaters herum, rede gern, bin immer unzufrieden, kritisiere und schimpfe, ich kann mich einfach nicht beherrschen und rede nur Zeug, das niemand hören will.

WENCAI *unterbricht* Tai!

JIANG TAI *schluckt* Den ganzen Tag müssen sich die anderen meinen Mißmut und meine Erfolglosigkeit mit ansehen, und hinter meinem Rücken schimpfen sie, ich sei ein Taugenichts. Ach, Wencai, ich bin wirklich ein großer Taugenichts! Ich fühle ganz deutlich, daß ich dir nicht ins Gesicht sehen kann! *Plötzlich verliert er die Fassung und fängt an zu weinen* Ich falle dir nur zur Last!

WENCAI *ruft* Tai, Tai! Sei nicht traurig, i c h tauge nichts, i c h falle dir zur Last!

FRAU CHEN Gehen Sie in Ihr Zimmer, Sie haben wieder zuviel getrunken!

JIANG TAI *schüttelt den Kopf* Nein, nein. Ich bin nur traurig, ich bin nur traurig ...

Frau Chen und Wencai stützen Jiang Tai, ins Schlafzimmer ab.

WENQING *seufzt* Trinken Sie Tee!

YUAN RENGAN Ich habe schon genug abgekochtes Wasser getrunken, zu Mittag hab' ich nämlich zuviel gegessen. Herr Zeng, ich möchte Sie um eine Gefälligkeit bitten ...

WENQING Ist das ...

YUAN RENGAN Ich ...

Sufang tritt durch die kleine Tür der Studierstube auf, in der einen Hand eine Wolldecke, in der anderen eine Kerze.

YUAN RENGAN Guten Abend, Fräulein Sufang!

Sufang nickt.

WENQING Schläft Vater?

Sufang schüttelt den Kopf.

WENQING Herr Yuan, worum wollten Sie mich bitten?

Jiang Tai kommt mit einer halben Flasche Kognak aus dem Schlafzimmer.

JIANG TAI *lachend* Herr Yuan, kommen Sie doch 'rein und trinken ein Gläschen!

YUAN RENGAN Nein, *zeigt auf den riesigen Schatten* er wartet noch auf mich.

JIANG TAI *hält die Flasche hoch* Guter Kognak, Wenqing, du ...

Wenqing schweigt und blickt zu Sufang.

JIANG TAI *verwirrt* Eh, warum seid ihr drei ...

FRAU CHENS STIMME *aus dem Schlafzimmer* Herr Jiang!

JIANG TAI *schüttelt den Kopf und seufzt* Ach, keiner achtet auf mich, keiner achtet auf mich. *Ins Schlafzimmer ab.*

WENQING Herr Yuan, Sie sagten eben ...

YUAN YUANS STIMME *aus dem Salon* Papa! Schnell, guck mal, ich hab' den Pekingmenschen fertig ausgeschnitten!

YUAN RENGAN *sieht zu Sufang und Wenqing* Wir sprechen nachher darüber. *Amüsiert, aber verständnisvoll* Nichts Wichtiges, mein Äffchen ruft mich nur.

Yuan Rengan öffnet die Flügeltür; durch den Spalt fällt ein Lichtstrahl. Er geht hinaus und schließt die Tür wieder. Auf der weißen Papierbespannung hebt sich wie vorher der große, schwarze Schatten des Pekingmenschen ab.

Stille. In der Ferne der Gong der Nachtwache.

WENQING *erwartungsvoll* Hat die Amme dir den Zettel gegeben?

Sufang nickt ruhig mit dem Kopf.

WENQING *leise* Ich, ich wollte dich nur noch einmal sehen, bevor ich gehe.

Sufang schaut unwillkürlich zu Wenqings Schlafzimmertür.

WENQING *zeigt auf die Tür* Sie hat die Tür geschlossen und schläft. *Senkt den Kopf.*

Sufang setzt sich.

WENQING *plötzlich* Sufang!

Sufang steht wieder auf.

WENQING Was ist?

SUFANG Onkel will, daß ich ihm das Medizinbuch bringe.

Frau Chen kommt aus Wencais Schlafzimmer.

FRAU CHEN Fräulein Sufang, Sie sind hier? *Geht sofort zur Studierstube.*

WENQING Wohin gehst du, Amme?

FRAU CHEN *ausweichend* Ich sehe mal nach, ob der kleine Herr mit dem Aufsagen fertig ist. *Durch die Studierstube ab.*

In der Ferne zwei trübsinnige Gongschläge der Nachtwache.

WENQING Sufang, morgen gehe ich bestimmt. In dieses Haus ... *hält inne* will ich nicht mehr zurückkehren.

SUFANG *mit Nachdruck* Das ist vernünftig.

WENQING Ja, ich kehre bestimmt nicht mehr zurück. Ich habe heute den ganzen Abend nachgedacht und glaube jetzt wirklich, daß ich es war, ich, der dich um so viele Jahre gebracht hat. Ich habe anderen geschadet und mir selbst, nur weil ich immer dachte, immer dachte, eines Tages würden wir ... *Sieht, daß Sufang sich leicht über die gerunzelte Stirn streicht* Sufang, was ist?

SUFANG *erschöpft* Ich bin sehr müde.

WENQING *mitleidig* Arme Sufang, ich wage nicht daran zu denken, ich wage einfach nicht daran zu denken, wie du von nun an dein Leben verbringen wirst. Du gleichst meiner Taube; ganz verlassen und elend wartet sie in ihrem Käfig, wartet und wartet auf den Tag ...

SUFANG *schüttelt den Kopf* Nicht, bitte sei ruhig!

WENQING *betrübt* Warum, warum müssen wir – der eine hier, der andere da – uns so dahinquälen? Warum wachsen uns nicht zwei Flügel, damit wir zusammen davonfliegen können? *Schüttelt den Kopf* Ach, ich kann mich einfach nicht damit abfinden!

SUFANG *traurig* Bist du immer noch nicht zufrieden? Wann wärst du denn zufrieden?

WENQING *plötzlich* Sufang, komm doch mit mir nach Südchina! *Gleich wieder etwas weniger entschlossen* Komm mit!

SUFANG *schüttelt den Kopf, voller Schmerz* Fängst du wieder damit an?

WENQING *reuevoll, mit gesenktem Kopf, zögernd* Gut, dann, dann gib mir wenigstens auf die Frage von heute morgen eine Antwort!

SUFANG *überrascht* ... Warum?

WENQING *sieht Sufang an, verzieht schmerzlich den Mund* Diesmal gehe ich wirklich, ich will nie wieder zurückkehren. Sufang, ich habe dich nur um eines gebeten, bitte antworte mir darauf! Du darfst auf gar keinen Fall weiter in diesem Haus bleiben! *Flehend* Sag doch, was gibt es hier denn schon außer Ratten, die unsere Bilder annagen? *Sufang starrt ihn traurig an* Was hast du vor? Worauf wartest du? Schweige nicht wieder, sag mir doch ... *Plötzlich faßt er Mut, unbedacht* Sufang, du, heirate, heirate doch, beeil dich, daß du auch aus diesem Kerker herauskommst! Ich finde, Herr Yuan ist vertrauenswürdig, du ...

Sufang erhebt sich zögernd.

WENQING *erhebt sich auch, flehend* Was hast du denn nun vor, sprich doch!

Sufang geht zur kleinen Tür der Studierstube.

WENQING *verzweifelt* Du kannst nicht so ohne ein Wort weggehen! Ja oder nein, du mußt mir antworten!

SUFANG *dreht sich um* Wenqing! *Reicht ihm einen Brief und geht zögernd weiter.*

Wenqing nimmt verwirrt den Brief entgegen.

Frau Chen tritt eilig durch die kleine Tür der Studierstube auf.

FRAU CHEN *drängend* Der gnädige Herr kommt, er ist schon da hinten. *Stößt Wenqing voran* Gehen Sie 'rein, gehen Sie 'rein, sonst gibt es noch Ärger!

WENQING Amme, ich ...

Unter viel Geplapper schiebt Frau Chen Wenqing in sein Schlafzimmer. Sufang steht unschlüssig da. Zeng Hao tritt mit einer kleinen Öllampe in der Hand durch die Tür der Studierstube auf. Er trägt eine wattierte Jacke und hat sich einen Wollschal umgebunden. Mit schlurfenden Pantoffeln kommt er, auf einen Stock gestützt, herein.

HAO *sieht Sufang, ungeduldig* Ich warte schon so lange auf dich! ... *Zu Frau Chen* Wer ist dort eben hineingegangen?

FRAU CHEN Die gnädige Frau.

HAO *sieht das rote Tonstövchen* Was? Wer hat hier schon wieder Tee gekocht?

FRAU CHEN Herr Jiang. Er hat eben mit Herrn Yuan Tee gekostet.

HAO *lacht verächtlich* Ha! Was verstehen die beiden schon von Tee! *Plötzlich erblickt er den riesigen Schatten auf der Tür* Was ist das?

FRAU CHEN Herr Yuan zeichnet doch diesen »Pekingmenschen«.

HAO *verächtlich* Was heißt hier »Pekingmensch«, das ist doch ein Hirngespinst!

FRAU CHEN Gehen Sie doch schlafen!

HAO Nein, ich will mich hier ein wenig umsehen, geh du schlafen!

SUFANG Amme, ich habe dir das Bett gemacht.

FRAU CHEN Ja, ja. *Bewegt* Ach, Fräulein Sufang, Sie . . . *Erfreut* Gut, ich gehe. *Durch die kleine Tür der Studierstube ab.*

Zeng Hao beginnt seinen allabendlichen Inspektionsgang.

SUFANG *folgt ihm* Onkel, es ist schon spät, geh doch schlafen, wozu siehst du dich hier noch um?

HAO *während er in einer Ecke herumstöbert* Dieses Haus verdanken wir der Mühsal und den Entbehrungen unserer Ahnen, da bedarf es abends bei Feuer und Kerzenlicht der Vorsicht, ganz besonderer Vorsicht. *Plötzlich* Sieh mal, dort am Boden qualmt es! Was ist das Rote da?

SUFANG Ein Zigarettenstummel.

HAO *ermahnend* Siehst du, so viele Gefahren! Das ist bestimmt wieder Tai gewesen. Nie drückt er seine Zigarettenstummel ordentlich aus.

Sufang hebt den Stummel auf und wirft ihn in das Stövchen.

HAO Dieser leichtsinnige Kerl! Und die Zigarette war noch nicht mal zu Ende geraucht. *Wendet sich um und riecht* Sufang, riech mal, hier riecht es doch nach etwas, oder?

SUFANG Nein.

HAO Ist hier eben sonst noch jemand gewesen?

SUFANG Nein.

HAO *riecht* Sehr seltsam, ich meine, es riecht nach Opium.

SUFANG Vielleicht hast du selbst heute zuviel Wasserpfeife geraucht.

HAO Ach, ich werde alt, nicht einmal die Nase taugt noch. *Plötzlich* Wenqing ist doch gegangen?

SUFANG Ja.

HAO Du belügst mich doch nicht?

SUFANG Er ist gegangen.

HAO Naja, dann ist es gut. Mein einziger Sohn hat mir auch genug Kummer gemacht. Wie oft schon wollte er mit dem Opium aufhören, jetzt hat er es mit Mühe und Not geschafft, und nun, da er aus dem Haus ist . . .

SUFANG Es ist schon spät, geh doch schlafen!

HAO *setzt sich in einen Sessel, klagend* Sie belügen mich den ganzen Tag; für einen betagten Menschen ist das Leben wirklich sinnlos.

Keinen Sohn und Enkel habe ich, der so ist wie ich, kein einziges Kind, das sich um mich Gedanken macht. *Voller Schmerz* Nicht einer ist hier, der mit mir fühlt, der mich bedauert und an mir hängt. Jahrzehntelang habe ich für alle geschuftet, und jetzt wünschen sie doch nur, daß ich bald sterbe.

SUFANG Onkel, so etwas solltest du nicht denken.

HAO Ich weiß es, ich weiß es genau. *Voll Abscheu* Meine Schwiegertochter ist die größte Gaunerin; das einzige, was sie kann, ist, mir mit großem Geschick das Geld aus der Tasche zu ziehen. Ich weiß, daß *sie* heute mittag absichtlich diese Strolche hereingeführt hat, um mich zu blamieren. *Zähneknirschend* Du weißt, daß sie nicht einmal den Sarg im Haus haben will, den Sarg ihres eigenen Schwiegervaters. Diese Person ist ohne jede Ehrerbietung, so ein gänzlich liebloses Frauenzimmer, dabei stammt sie auch noch aus einer Gelehrtenfamilie ...

Draußen kommen Wind und Regen auf, die Blätter der Bäume rascheln.

HAO ... sie selbst aber verlangt von ihren Kindern Respekt, sie ...

SUFANG *horcht durch das kleine Fenster der Studierstube* Nun fängt es sogar an zu regnen. Geh doch schlafen, Onkel, hör auf zu reden!

HAO *schüttelt den Kopf* Nein, ich kann nicht schlafen. Ich bin alt geworden; keinen Sohn und Enkel habe ich, der so wäre wie ich, ich bin in meiner Einsamkeit wirklich zu bedauern; ich habe nicht einmal jemanden, der mir nachts aufwartet. *Vor Schmerz reibt er sich die Beine* Ach!

SUFANG Was ist denn?

HAO stöhnt ein wenig Es tut weh, die Beine tun so weh!

Draußen der Gong der Nachtwache.

SUFANG *rückt einen kleinen Hocker heran, legt Zeng Haos Beine darauf und bedeckt sie mit einer Wolldecke; sie selbst zieht sich auch einen Hocker herbei, setzt sich an seine Seite und massiert ihm vorsichtig die Beine* Ist es besser so?

HAO *stöhnt* Ja, gut, gut. Meine Füße sind eiskalt. Sufang, hast du mir meine Wärmflasche zurechtgemacht?

SUFANG Ja.

HAO *sinnierend* Deine selige Tante war eine sehr liebe Frau; wenn es abends ein wenig kühl wurde, machte sie sofort für mich das

Kohlenbecken heiß, wärmte Reiswein, und immer hatte sie mein Bettzeug schon lange vorgewärmt ... *Sich plötzlich erinnernd* Wo hast du meine Wärmflasche hingelegt?

SUFANG *seine Beine massierend* Sie liegt schon unter deiner Bettdekke. *Gähnt.*

HAO *zufrieden* Ach, alte Leute haben keine Wünsche. Die Hauptsache ist, daß sie es warm haben und satt sind, und dann möchten sie noch, daß man freundlich zu ihnen ist. *Beginnt unwillkürlich wieder zu klagen* Wer möchte mir schon zu Gefallen sein? Alle haben Hintergedanken dabei. Wer ist schon bereit, auf mich zu hören und sich um mich alten Mann Gedanken zu machen? *Sieht, wie Sufangs Kopf langsam vornüber sinkt* Sufang, möchtest du schlafen gehen?

SUFANG *schreckt aus ihrem Schlummer auf* Nein.

HAO *anteilnehmend* Du mußt doch sehr müde sein, gestern hast du die ganze Nacht nicht geschlafen, und heute hast du mich den ganzen Tag bedient, kein Wunder, daß du jetzt müde bist. Geh schlafen! *Mit verärgertem Unterton* Ich weiß, daß du mir jetzt nicht weiter zuhören kannst.

SUFANG *reibt sich die Augen und gähnt leicht* Nein, Onkel, ich will nicht schlafen; ich höre doch zu.

HAO *beginnt wieder zu grollen* Ich kann dich verstehen, die anderen schlafen ja auch alle schon. Das Schicksal meint es nicht gut mit mir, nicht einmal die eigenen Kinder wollen mir Gesellschaft leisten, sie werfen mir vor, ich sei eine Last ...

SUFANG *senkt den Kopf* Nein, Onkel, ich finde das nicht, ich finde nicht ...

HAO *hartnäckig* Sufang, du brauchst mir nichts vorzumachen, ich weiß es genau. Sie sagen es nur nicht in deiner Gegenwart, aber ich weiß, daß auch du es schon lange nicht mehr aushalten kannst. *Stöhnt* Ooh, mir ist schwindlig.

SUFANG Nein, niemand hat in meiner Gegenwart etwas gesagt. Ich, ich war auch gerade nur ein wenig eingenickt.

HAO *noch hartnäckiger* Du bist jung an Jahren und leistest einem so bejahrten Mann wie mir Gesellschaft, das bedrückt dich, ich weiß es. *Seufzt tief* Ach, was hast du schon davon, bei mir zu leben! Es ist kein Geld da, im Moment ist alles unerfreulich, und auch für die Zukunft läßt sich nichts erhoffen. *Wehleidig* Meine Zukunft ist – ein Sarg, ein Sarg, ich ... *Reibt sich die Beine* Ach!

SUFANG *massiert etwas stärker, noch einmal erklärend* Glaub mir, Onkel, ich war eben nur einen Augenblick eingenickt.

HAO *mit Tränen in den Augen sieht er Sufang an* Du kannst mich nicht täuschen, Sufang. *Halb vorwurfsvoll, halb klagend* Ich weiß doch, daß du mir im Grunde Vorwürfe machst, du bist kein kleines Kind ...

SUFANG Onkel, ich sorge wirklich gerne für dich.

HAO *winkt ab* Du brauchst mich nicht mehr zu massieren, Sufang.

SUFANG Ich bin nicht müde.

HAO *ergreift ihre Hand* Doch, hör auf! Laß mich dir etwas sagen! *Aufdringlich* Ich will dir nicht dein ganzes Leben verderben, deshalb habe ich vor, dich jetzt mit einem zuverlässigen, netten Mann zu verheiraten; dann habe ich zwar keinen mehr, der sich um mich kümmert, *Sufang zieht unwillkürlich ihre Hand zurück* aber ich glaube, ich werde dann meine innere Ruhe finden und dir und deiner Mutter gegenüber ein gutes Gewissen haben, und ich ...

SUFANG Nicht, Onkel. *Steht zögernd auf.*

HAO Aber ... *plötzlich düster* zu sagen, daß du noch jung bist, dürfte auch nicht sehr ...

SUFANG *mit gesenktem Kopf, betrübt* Onkel, bitte sei ruhig, ich habe nie daran gedacht, dich zu verlassen.

HAO *grausam* Laß mich reden! Du bist nicht mehr jung; eine Frau in deinem Alter mag sich noch so gut verheiraten wollen, sie bekommt doch nur einen Witwer. Wenn du dich mit den Kindern der ersten Frau gut verstehst, dann ist es gut; allerdings, wenn es doch nicht so gut gehen sollte und du auch kein Geld mehr hast, dann wird das Leben ...

SUFANG *kann es nicht mehr mit anhören* Onkel, ich, ich habe bestimmt nie daran gedacht ...

HAO *lacht bitter* Bedenke, die Frau eines Witwers zu sein ist immer noch wesentlich besser, als das ganze Leben hierzubleiben, ich weiß das.

SUFANG *zutiefst betrübt* Ich, ich ...

HAO *penetrant* Ich weiß, wie das ist; wenn eine Frau mit jedem Tag älter wird, zu Höherem nicht fähig und mit Niederem nicht zufrieden ist, und wenn sie schließlich ihre dreißig erreicht hat *immer heftiger werdend* und ihre Eltern nicht mehr sind, wenn sie keinen hat, der für sie verantwortlich ist, und sie allein ist, ohne auch nur einen Menschen, dem sie sich anvertrauen kann, dann wird sie eines Tages alt sein, und keine Kinder, keine Kinder und keine Verwandten, niemand mehr wird für sie sorgen, alt wird sie sein, alt, wie ich . . .

SUFANG *mit traurigem, verschrecktem Blick, flüsternd* Nein, nein. *Plötzlich beginnt sie laut zu weinen* Onkel, warum sagst du bloß so etwas? Ich habe überhaupt nie daran gedacht, dich zu verlassen.

HAO *schmerzlich* Ich mache mir doch um dich Gedanken, um dich Gedanken.

SUFANG *schluchzend* Onkel, du brauchst dir keine Gedanken um mich zu machen. Ich habe doch gesagt, daß ich nie im Leben heiraten werde.

HAO *seufzt tief* Sufang, du darfst nicht weinen. Dein Onkel lebt nicht mehr lange.

In einer entfernten Seitenstraße geht wieder der blinde Wahrsager vorüber und schlägt einsam seinen Kupfergong.

HAO Was ist das?

SUFANG Der blinde Wahrsager geht nach Hause. *Trocknet schweigend ihre Tränen.*

HAO Weine nicht! Ich lebe nicht mehr lange, und wenn ich eine große Last für dich sein sollte, wird das auch bald ein Ende haben. Ich weiß, daß Siyi und Tai meinen Tod herbeiwünschen, meinen Tod, um mein Geld unter sich aufzuteilen. Sufang, du allein bist ein ehrliches Kind.

SUFANG Das, das sollst du nicht sagen! *Beginnt leise zu weinen* Warum denkst du immer so etwas? Ich habe dich doch heute nicht verärgert.

HAO *streichelt ihre Hand* Nein, du bist gut, du bist ein gutes Kind. Aber die anderen meinen alle, ich hätte Geld. *Sufang zieht wieder langsam ihre Hand zurück* Sie meinen, ich schwämme im Geld und hätte statt eines väterlichen Herzens nur Silberdollar und Goldbarren in der Brust. *Hustet* Sie warten alle auf meinen Tod. Ach, für einen betagten Menschen ist das Leben doch wirklich sinnlos! *Faßt sich an den Kopf* Der Kopf tut auch so weh. *Will aufstehen.*

SUFANG *stützt ihn* Geh schlafen!

HAO *setzt sich aufrecht hin und kramt in seinen Taschen* Aber ich habe schon längst kein Geld mehr. Es ist schon längst für die Beerdigung deiner Tante, für die Pflege des Grabes, die Reparaturen am Hause und für das jährliche Lackieren meines Sarges aufgebraucht. *Holt ein rotes Kontobuch aus der Tasche* Das ist das Kontobuch, das Siyi immer heimlich einsehen möchte. *Hält es Sufang vor die Augen* Sieh, ist hier noch etwas? Sufang, leider hinterlasse ich nach meinem Tode nicht einmal dir etwas. *Steht auf.*

SUFANG *betrübt* Onkel, ich habe nie daran gedacht, von dir Geld zu bekommen.

Ruizhen tritt durch die Studierstube auf.

RUIZHEN Großvater, die Arznei ist fertig, sie ist in deinem Zimmer.

HAO Ah ja.

Der Gong des Nachtwächters. In einer fernen Gasse Hundegebell.

HAO Gehen wir!

Ruizhen und Sufang stützen Zeng Hao und gehen mit ihm zur Studierstube. Zeng Ting kommt mit einem Buch von dort herein.

TING Opa, ich bin fertig mit Abschreiben; willst du es mir noch erläutern?

HAO *schüttelt den Kopf* Es ist schon spät. *Wendet sich an Ruizhen* Ruizhen, du brauchst auch nicht mehr mitzukommen; geht ihr beide nur schlafen.

Sufang stützt ihn, durch die kleine Tür der Studierstube ab. Ruizhen blickt starr in das Feuer. Ting tritt vor den riesigen Schatten, betrachtet ihn kurz und weicht dann wieder zaudernd zurück.

TING *weiß nicht, was er sagen soll* Schläft Mama noch nicht?

RUIZHEN Wahrscheinlich schläft sie schon.

TING *mißtrauisch* Warum schläfst du noch nicht?

RUIZHEN Ich habe eben für Großvater Arznei gekocht. *Ihr wird plötzlich übel und sie setzt sich.*

TING *etwas ungehalten* Warum setzt du dich hier hin?

RUIZHEN *faßt sich an die Brust* Nur so. *Enttäuscht* Soll ich gehen?

TING *teilnahmslos* Nein, nein.

Das Rauschen des Regens und das verlorene Rufen des Händlers Weizenbrötchen!

TING *schaut aus dem Fenster* Der Regen ist stärker geworden.

RUIZHEN Ja, ist er.

Von weitem aus einer Gasse das einsame und bedrückende Rufen Weizenbrötchen!

TING *melancholisch* Dér alte Brötchenverkäufer ist wieder da.

RUIZHEN *hebt den Kopf* Hast du Hunger?

TING Nein.

RUIZHEN *erhebt sich* Willst du, willst du nicht schlafen gehen?

TING Nein, ich nicht. Wenn du müde bist, geh doch.

RUIZHEN *läßt den Kopf sinken* Ja. *Geht zögernd zur Studierstube.*

TING Du weinst ja. Warum weinst du?

RUIZHEN Ich hab' nicht geweint.

TING *plötzlich, mit Anteilnahme, stockend* Wenn du Geld brauchst ... Mama hat mir heute 20 Dollar gegeben ... sie liegen im Zimmer auf dem Kopfkissen ... du kannst sie dir nehmen.

RUIZHEN *seufzt verzweifelt* Mh.

TING *mitfühlend, etwas gezwungen* Wenn, wenn du nicht allein ins Zimmer gehen willst, setz dich doch für einen Moment hin.

RUIZHEN Nein, ich will ja gehen.

Ting unterdrückt ein Niesen.

RUIZHEN *dreht sich um* Hast du nicht genug an?

TING Mir ist nicht kalt.

Ruizhen geht zur Studierstube.

TING *sich plötzlich erinnernd* Ach, Mama sagte gerade ...

RUIZHEN Was hat sie gesagt?

TING Mama sagte, du sollst ihr die Beine massieren.

RUIZHEN Ja. *Wendet sich um und geht auf die Tür von Wenqings Schlafzimmer zu.*

TING *hält sie plötzlich zurück* Nicht, geh nicht!

RUIZHEN *apathisch* Wie?

TING *ihre Zustimmung erwartend* Du haßt, haßt diese Familie?

RUIZHEN Ich?

TING *drängend* Ja, du.

Ruizhen läßt deprimiert den Kopf sinken.

TING *enttäuscht, leise* Geh!

RUIZHEN *geht ein Stück, auf einmal wendet sie den Kopf; halb hoffnungsvoll, halb ängstlich* Ich möchte dir etwa sagen.

TING Was?

RUIZHEN *errötet leicht* Ich, ich fühle mich in letzter Zeit nicht sehr wohl.

TING *eilig* Warum hast du das nicht schon früher gesagt?

RUIZHEN Ich, ich hatte Angst ...

TING *lebhaft* Warum denn das? Warum fühlst du dich nicht wohl?

RUIZHEN *beginnt zu sprechen, bricht aber mitten im Satz ab* Mir ist oft übel, ich glaube ...

TING *begreift nicht* Ach, nur übel. *Ruft sofort* Mama!

RUIZHEN *unterbricht ihn sogleich* Was machst du?

TING Mama hat in ihrem Zimmer Pillen. Die helfen sofort.

RUIZHEN *vorwurfsvoll* Du!

TING *verwirrt* Was ist denn, sag doch! Hast du sonst noch Beschwerden?

RUIZHEN *enttäuscht* Nein, ich, ich ... *Geht zum Schlafzimmer.*

TING Was weinst du denn wieder?

RUIZHEN *bleibt stehen* Ich, ich weine nicht. *Hebt plötzlich den Kopf und sieht ihn an, traurig* Ting, weißt du denn überhaupt nicht, daß du erwachsen bist? Ting, wir sind ...

TING *eilig erklärend* Wir sind Freunde. Du hast mir auch gesagt, wir seien Freunde, weil wir nicht freiwillig geheiratet haben. Deine Freundin hat ganz recht: ich bin nicht dein Sklave, und du auch nicht meiner. Wir sind bestenfalls Freunde; jeder hat seine Freiheit, jeder geht seinen Weg. Du, du selbst glaubst doch auch daran?

RUIZHEN *plötzlich entschlossen* Ja, ich glaube daran!

Aus dem Schlafzimmer rechts ruft SIYI Ruizhen! Ruizhen!

TING Mama ruft dich.

RUIZHEN *durcheinander, zu Ting* Also, ich gehe.

TING Ja.

Ruizhen geht nach rechts ins Schlafzimmer.

TING *blickt ihr nach; dann faßt er Mut, wendet sich dem Spalt zwischen den Türflügeln zu und ruft leise* Yuan! Yuan!

Ruizhen kommt wieder aus Siyis Schlafzimmer heraus.

TING *ein wenig verlegen* Wieso bist du ...

RUIZHEN Mutter sagt, ich soll Tante Sufang holen. *Durch die Studierstube ab.*

TING *zögert ein wenig, seufzt, dann erneut* Yuan! Yuan!

Die Flügeltür wird geöffnet, ein Lichtstrahl fällt ins Zimmer, und Yuan Yuan kommt herein.

YUAN YUAN Hallo, wieder da?

TING Yuan, hast du meinen Brief gelesen?

YUAN YUAN *undeutlich* Ja.

TING *sofort* Hast du meine Gedichte gelesen, die Gedichte in dem Brief?

YUAN YUAN *nickt mit dem Kopf, natürlich* Ja.

TING *erfreut* Ja?

YUAN YUAN *nickt* Ja, mein Papa sagt, deine Handschrift ist besser als meine.

TING *überrascht* Du hast den Brief deinem Vater gezeigt?

YUAN YUAN *versteht plötzlich* Werde nicht rot, das macht doch nichts, Papa sagt, du hast nur zwei falsche Zeichen geschrieben, das ist besser als bei mir.

TING Dann hast du meine Gedichte ...

YUAN YUAN *nickt* Die habe ich Papa gezeigt.

TING *erschrickt noch mehr* Die hast du ihm auch gezeigt?

YUAN YUAN Ich konnte sie nicht lesen.

TING Dann hat dein Vater ...

YUAN YUAN *schüttelt den Kopf* Er meint, die Gedichte sind in so altem Chinesisch geschrieben, *entschuldigend* daß er sie auch nicht lesen kann.

TING Was hat er noch gesagt?

Ruizhen und Sufang treten durch die kleine Tür der Studierstube auf. Als Ruizhen gerade aus der Studierstube heraustreten will, erblickt sie Zeng Ting und Yuan Yuan. Unwillkürlich hält sie inne und steht nun regungslos in der Studierstube. Auch Sufang, die ein wollenes Babykleid in der Hand hält, bleibt schweigend stehen.

YUAN YUAN Er hat gesagt – *unüberlegt* ich soll jetzt nicht mehr mit dir zusammen spielen. Aber da machen wir uns nichts draus, morgen lassen wir doch wieder Drachen steigen.

TING *leise* Warum dürfen wir nicht mehr zusammen spielen?

YUAN YUAN *achtlos* Tante Sufang ist gerade bei meinem Papa gewesen.

TING *erschrocken* Weshalb?

YUAN YUAN Sie hat gesagt, daß deine Frau schon ein Baby bekommt.

TING *wie vom Donner gerührt* Was?

YUAN YUAN Du wirst also bald Vater. *Neugierig* Stimmt das?

TING *fällt aus allen Wolken* Ich?

YUAN YUAN Mein Papa hat gleich, als Tante Sufang wieder weg war, zu mir gesagt, ich soll nicht so viel mir dir herumalbern.

TING *noch benommen* Vater werden?

YUAN YUAN *plötzlich* Ich bin 14, und du?

TING *geistesabwesend* 16.

YUAN YUAN Oh, mit 16 wirst du schon Papa. *Klatscht in die Hände* Ah, ein junger Papa, ein sechzehnjähriger Papa!

Ting fängt plötzlich an zu weinen.

YUAN YUAN Hör auf zu weinen, sonst werde ich wütend!

Ting weint voller Schmerz weiter.

YUAN YUAN Ting, hör auf zu weinen! Sieh mal, ich schenke dir sogar meine Taube. *Nimmt »Einsamkeit« hoch und hält sie ihm hin.*

TING *schüttelt den Kopf* Nein, nein, ich will weinen!

YUAN RENGANS STIMME Yuan! Yuan!

YUAN YUAN *leise* Papa ruft mich, Wiedersehen bis morgen, dann lassen wir Drachen steigen und gehen angeln, einverstanden?

YUAN RENGANS STIMME Yuan! Yuan!

YUAN YUAN Ich komme, Papa!

Sie öffnet die Flügeltür, läuft hinein und schließt sie schnell wieder. Wind und Nieselregen. Aus der entlegenen Gasse dringt das einsame Rufen herüber Weizenbrötchen!

Ting wirft sich nieder und weint wieder.

Ruizhen kommt zögernd aus der Studierstube, während Sufang noch reglos dasteht.

RUIZHEN *tritt von hinten an Ting heran, beugt sich ein wenig vor und klopft leicht auf seine Schulter, mitfühlend* Du brauchst nicht mehr zu weinen, Yuan ist gegangen.

TING *hebt den Kopf* Stimmt . . . stimmt das, was Tante Sufang gesagt hat?

Ruizhen blickt ihn an und stößt einen tiefen Seufzer aus.

TING *schmerzerfüllt, zornig* Ach, wer wollte uns beide denn mit Gewalt zusammenbringen? *Steht auf* Wäre ich doch *stampft mit dem Fuß auf* tot! *Läuft zur kleinen Tür der Studierstube.*

SUFANG Ting!

Ting stürmt hinaus, ohne sich umzublicken. Ruizhen sinkt wie leblos auf einen Hocker nieder.

SUFANG *geht zu ihr* Ruizhen!

RUIZHEN Tante Sufang!

SUFANG *streichelt ihr Haar* Du . . . du darfst nicht . . .

RUIZHEN *umarmt sie heftig* Wäre ich doch auch tot!

SUFANG *mit Wärme* Ruizhen! Meine Schwester!

RUIZHEN *bricht in Tränen aus, anklagend* Tante Sufang, warum mußtest du es denn Onkel Yuan erzählen? Warum wolltest du Yuan nicht mehr mit ihm verkehren lassen?

SUFANG *traurig* Ruizhen, ich liebe dich so sehr und sehe, wie du leidest, das konnte ich einfach nicht mehr ertragen. *Wirr* Ich weiß nicht, warum ich hingelaufen bin und es gesagt habe, ich bin wie eine Verrückte hingelaufen zu Herrn Yuan. Ich weiß gar nicht, was ich alles gesagt habe, und dann bin ich wieder weggelaufen.

Ruizhen, wenn Ting von jetzt an . . .

RUIZHEN *tieftraurig* Du bist wirklich töricht, Tante Sufang, er mag mich doch nicht, merkst du das denn nicht, er mag mich nicht ein bißchen!

SUFANG *bekümmert* Nein, er ist ein Kind, eines Tages wird er schon gut zu dir sein. Ach, Ruizhen, warte, warte nur ab, alles geht einmal vorbei.

RUIZHEN *steht auf und schüttelt den Kopf, ernst und langsam* Nein, Tante Sufang, ich kann nicht länger warten. Ich will fort, ich habe schon zwei Jahre gewartet.

ZENG HAOS STIMME *von draußen* Sufang! Sufang!

SUFANG Wohin willst du gehen?

RUIZHEN *mit ausdruckslosem Blick* Meine Freundin erzählte mir von so einem Ort, wo . . .

SUFANG *traurig und zögernd* Aber dein Kind. *Hält das Kleidchen hoch.*

RUIZHEN *nimmt es und betrachtet es* Das Kind. *Seufzt tief, unwillkürlich wirft sie das Kleidchen auf den Boden.*

Durch die kleine Tür der Studierstube schaut Zeng Hao herein.

HAO *trägt eine Kerze* Sufang, die Wärmflasche leckt, das ganze Bett ist naß.

Sufang mit Zeng Hao durch die Studierstube ab. Siyi kommt mit einem Haushaltsbuch aus ihrem Schlafzimmer. Ruizhen hebt eilig das Kleidchen auf und verbirgt es.

SIYI *sieht gerade noch Sufang weggehen* Sufang! Sufang! *Zu Ruizhen* War das nicht deine Tante Sufang?

RUIZHEN Ja.

SIYI Warum ist sie gegangen, als sie mich sah?

RUIZHEN Großvater brauchte sie.

SIYI *barsch* Geh und hol sie! Sag, dein Vater sucht sie!

Ruizhen mit gesenktem Kopf durch die Studierstube ab.

Aus der Ferne hört man die Nachtwache.

Wenqing kommt aus dem Schlafzimmer. Siyi tritt an den quadratischen Eßtisch und zählt Geld.

WENQING *unruhig* Was hast du denn nun vor?

SIYI *sieht ihn scharf an* Ich habe überhaupt nichts vor.

WENQING Was hast du vor? Sprich, sprich doch!

SIYI *setzt absichtlich eine duldsame Miene auf* Ich habe alles durchschaut. Das Leben hat nicht den geringsten Sinn. Früher oder später klappt der Sarg zu, man streckt die Beine aus, und alles erweist sich als Trug. *Geht zu ihrem Schlafzimmer.*

WENQING Was willst du tun?

SIYI *blickt sich um* Was ich tun will? Ich übergebe den Haushalt jemand anderem. *Geht in das Zimmer.*

WENQING *zur Tür hin* Warum denn? Warum denn bloß? Was soll das? Sag doch!

Siyi kommt mit dem Haushaltsbuch wieder aus dem Zimmer heraus.

SIYI *schaut ihn scharf an* Gar nichts. Ich will nur, daß du dich später erinnerst, wie vorteilhaft es war, daß ein so aufrichtiger Mensch wie ich für dich gesorgt hat. Sobald es morgen früh dämmert, gehe ich ins Kloster. Ich habe sie schon informieren lassen.

WENQING Ach, Himmel, bitte sag die Wahrheit! Was hast du denn tatsächlich vor? Ich bin doch kein Fremder, zwanzig Jahre habe ich mit dir zusammengelebt. Was soll das? Was soll das denn?

SIYI *holt den Brief hervor, den Sufang vorhin Wenqing gegeben hat; verächtlich* Ha, sie denkt, sie könnte mich so einfach einschüchtern, vor meinen Augen wagt sie es, dir Briefe und Gedichte zu geben. *Plötzlich voller Bosheit* Ich bleibe dabei, ich will, daß du ihr den Brief in meiner Gegenwart auch wieder zurückgibst.

WENQING *ausweichend* Ich . . . ich bin doch morgen vielleicht schon weg.

SIYI *streng* Dann gibst du ihn eben jetzt zurück. Ich habe sie schon hierher gebeten.

WENQING *erschrocken* Wozu . . . wozu soll sie denn kommen?

SIYI *spöttisch* Um den Liebesbrief zu holen, den du ihr geschrieben hast!

WENQING *verzweifelt schreit er auf* Oh! *Will sich umdrehen, um ins Schlafzimmer zu laufen.*

SIYI *scharf* Bleib hier!

Wenqing bleibt stehen.

SIYI *haßerfüllt* Eine Ratte, die kein Fett stehlen kann, sollte nicht gerade vor der Katze gierig tun! Diese Miene will ich ihr . . .

Plötzlich verlöscht im Salon das Licht, so daß auch der große Schatten mit einem Mal verschwunden ist; ein Türflügel wird geöffnet, und Yuan Yuan kommt im Schlafanzug herein. Sie trägt »Einsamkeit« unter dem Arm und hält in der einen Hand eine Kerze, in der anderen ein Blatt Papier.

YUAN YUAN *lebhaft* Hallo! *Gibt Wenqing das Blatt* Onkel Zeng, ein Brief an dich von meinem Papa! *Wendet sich zu Siyi, zeigt* Ihr beiden schlaft noch nicht? Wir wollen doch alle schlafen gehen. *Dreht sich um, läuft hüpfend ins Zimmer zurück und schließt schnell die Tür.*

WENQING *liest den Brief durch und seufzt tief* Mh!

SIYI Was ist?

WENQING *gibt ihr den Brief* Herr Yuan schreibt, seine Verlobte wird bald kommen.

SIYI Er hat eine Verlobte?

WENQING Ja, er bittet dich, für ihn eine hübsche Wohnung zu suchen.

SIYI *liest den Brief, höhnisch* Ha, das heißt, daß unser Fräulein Sufang auch diesmal wieder . . .

Sufang tritt mit einer Kerze durch die kleine Tür der Studierstube auf.

SUFANG *leise* Wenqing, du suchst mich?

WENQING Ich . . .

SIYI Ja, liebe Sufang. *Hält Wenqing Sufangs Brief hin* Wie ist es?

WENQING Oh. *Will gehen.*

SIYI *scharf* Hiergeblieben! Willst du mich wirklich zur Weißglut treiben?

WENQING *flehend* Sufang, geh, hör nicht auf sie!

Sufang blickt zu Siyi und will sich umdrehen.

SIYI *zu Sufang* Bleib! *Zu Wenqing, drohend* Gib ihn ihr zurück!

Wenqing fügt sich, er streckt die Hand aus und nimmt den Brief. Sufang sieht Wenqing leidend an und steht regungslos da.

SIYI *grausam lächelnd* Das ist doch ein Brief von unserer Sufang an Wenqing? Wenqing sagt, er kann ihn nicht annehmen, und bittet dich, ihn zurückzunehmen.

Sufang streckt zitternd die Hand aus und nimmt den Brief aus Wenqings Hand. Wenqing senkt den Kopf.

Stille.

Sufang geht schweigend durch die kleine Tür der Studierstube hinaus. Wenqing wendet den Kopf und blickt ihr nach, dann läßt er sich in einen Sessel fallen und schluchzt.

SIYI *leise, boshaft* Was weinst du, ist dein Papa gestorben?

WENQING *schüttelt den Kopf* Quäl mich nicht so, ich lebe sowieso nicht mehr lange.

SIYI *seufzt tief* Der Buchhalter von den Dus nebenan ist heute abend wieder dagewesen, um die Schulden einzutreiben. Aber der Alte hält sein Kontobuch fest und rückt keinen Dollar heraus. Wenqing, wir werden sehen, wer eher stirbt, ich werde von den anderen auch bald zum Wahnsinn getrieben. *Eilig durch die Studierstube ab.*

Wenqing steht geistesabwesend auf und geht langsam zu seinem Schlafzimmer, als von der gegenüberliegenden Tür ein Poltern ertönt, wie wenn ein Holzstock gegen sie geschleudert würde; Wencai kommt schreiend aus ihrem Schlafzimmer herausgelaufen.

WENCAI *leise, ängstlich* Wenqing!

WENQING Was ist?

WENCAI Er, er ist ganz verrückt, er hat wieder zu viel getrunken.

WENQING *kraftlos* Was, was soll ich da machen?

WENCAI *aufgeregt* Bruder, was soll man machen, was meinst du, was soll man machen?

Plötzlich hört man, wie im Zimmer etwas am Boden zerschellt, und wütendes Knurren.

WENCAI *zieht Wenqing am Arm* Hörst du, er schmeißt wieder mit Sachen um sich.

WENQING *hält sich mit beiden Händen den Kopf* Ach, laß ihn doch!

WENCAI *leidend* Er, er ist verrückt, er will mich schlagen, er will sich scheiden lassen . . .

WENQING *traurig lächelnd* Scheiden lassen?

JIANG TAIS STIMME *aus dem Zimmer, er schlägt auf den Tisch* Wencai! Wencai!

WENCAI Wenqing!

JIANG TAIS STIMME *aus dem Zimmer, er schlägt auf den Tisch und brüllt* Wencai! Wencai! Wencai!

WENCAI *zieht Wenqing* Wenqing, hör doch!

WENQING Zieh mich doch nicht so!

WENCAI *unruhig* So wird er noch etwas anstellen! Er wird noch etwas anstellen, Wenqing.

WENQING Laß mich los, ich kann nicht einmal mit meinen eigenen Schwierigkeiten fertig werden! *Reißt ihre Hand los und taumelt in sein Schlafzimmer.*

Wencai geht zwei Schritte auf ihr Zimmer zu, als plötzlich die Tür geöffnet wird und Jiang Tai hereinstolpert, völlig betrunken und mit nur einem Pantoffel am Fuß, der andere Fuß ist nackt.

JIANG TAI *hat sich etwas beruhigt, mit geröteten Augen und stierem*

Blick lehnt er sich an die Tür Wohin hast du dich verzogen? Kennst du mich nicht? Ich bin Jiang Tai, ich heiße Jiang Tai, ich habe dich gerufen, gerufen, warum kommst du nicht?

WENCAI *schmerzlich* Ich, ich, du ...

JIANG TAI Ich zahle dafür, daß ich in eurem Haus wohne. Bevor ich hierher kam, bin ich schon lange genug schikaniert worden; da habe ich keine Lust, mir auch noch von euch etwas gefallen lassen zu müssen. Wenn ich trinken will, muß was gekauft werden, wenn ich essen will, muß etwas gekocht werden ... wer mich unterdrückt, den werde ich schon finden ... komm ... *zieht Wencai an der Hand* wir gehen zu ihm!

WENCAI *hält ihn zurück* Zu wem willst du denn?

JIANG TAI Zu Zeng Hao, deinem Vater. Er kann mir nicht ins Gesicht sehen. Ich will zu ihm, um abzurechnen.

WENCAI Morgen, morgen, Vater schläft jetzt.

JIANG TAI Dann muß man ihm jetzt Beine machen! *Geht.*

WENCAI *hält ihn auf* Geh nicht!

JIANG TAI Halt dich 'raus!

WENCAI *hat plötzlich einen Einfall, wendet den Kopf* Ach, nein, da kommt Vater!

JIANG TAI Wo?

WENCAI Da! *Schiebt ihn in sein Schlafzimmer und schließt sofort die Tür ab.*

JIANG TAIS STIMME *aus dem Zimmer, er schägt gegen die Tür* Aufmachen! Aufmachen!

WENCAI Wenqing! *Läuft eilig zu Wenqings Schlafzimmer* Bruder!

JIANG TAIS STIMME *aus dem Zimmer, er schlägt gegen die Tür* Aufmachen! Aufmachen!

Wencai tritt in die Türöffnung von Wenqings Zimmer und schiebt den Vorhang beiseite.

WENCAI *scheint etwas Furchtbares zu sehen* Oh, Himmel, warum rauchst du immer noch dieses Zeug!

WENQINGS STIMME *aus dem Zimmer, seufzt tief* Laß mich in Ruhe, wir haben eben beide unseren Kummer.

JIANG TAIS STIMME *aus dem Zimmer, brüllt* Wencai! *Hämmert gegen die Tür* Mach auf! Ich stecke das Haus an! Ich stecke das Haus an! Ich lege Feuer, ich ...

Ein Krachen, als ob jemand der Länge nach zu Boden fällt.

WENCAI *läuft rufend zu ihrem Schlafzimmer* Oh, Himmel, Tai, komm zu dir! Hast du noch nicht genug getobt, jag mir nicht wieder so einen Schrecken ein! *Öffnet die Tür.*

Wencai geht sofort hinein und schlägt die Tür zu. Von drinnen hört man nur noch Jiang Tai stöhnen. Sogleich tritt Zeng Hao, von Sufang gestützt, durch die Tür der Studierstube auf. Er hat sich ein dünnes, gefüttertes Kleid übergeworfen und trägt einen Lampion. Er zittert vor Kälte.

HAO *beunruhigt* Was ist passiert? Was ist los? *Leise zu Sufang* Laß, laß mich nachsehen, wer da so einen Krach macht. Hole mir schnell mein wattiertes Kleid!

Sufang durch die Studierstube ab. Jiang Tai stöhnt noch leise in seinem Zimmer. Zeng Hao entdeckt das Licht in Wenqings Schlafzimmer, geht leise zu der Tür, zieht den Vorhang beiseite und sieht hinein.

WENQINGS STIMME *aus dem Zimmer, heiser* Wer ist da?

HAO Wer? *wie vom Schlag getroffen* Du, noch hier?

Wenqing ist vor Schreck völlig verwirrt; er kommt heraus und hat die Opiumpfeife noch in der Hand.

HAO Wieso rauchst du wieder, wieder ...

WENQING *senkt den Kopf* Vater, ich ...

Zeng Hao ist sprachlos vor Entsetzen; er wankt auf Wenqing zu. Dieser weicht erschrocken an den Eßtisch zurück. Zeng Hao kniet plötzlich vor Wenqing nieder.

HAO *voller Schmerz* Ich knie vor dir. Du bist der Vater, ich bin der Sohn. Ich bitte dich, hör auf zu rauchen! Ich mache vor dir Kotau, ich flehe dich an: hör auf ... *Er schickt sich an, den Kotau auszuführen.*

WENQING *mit einem Mal wird ihm seine Schuld bewußt, und er wirft die Opiumpfeife weg* Himmel! *Stößt die Flügeltür zum Salon auf und läuft hinaus.*

Zeng Hao würgt plötzlich an Schleim; gelähmt bleibt er beim Sessel knien. Sufang tritt eilig mit einem wattierten Rock in der Hand durch die kleine Tür der Studierstube auf.

SUFANG *erschrocken* Onkel! Onkel! *Schleppt ihn auf den Sessel* Was hast du, Onkel? Komm zu dir, Onkel!

HAO *öffnet halb die Augen, schwach* Ist, ist er gegangen?

SUFANG *zitternd* Ja.

HAO *mit zusammengebissenen Zähnen* Warum *stampft mit dem Fuß auf* lebt so ein Sohn noch? Warum *stampft mit dem Fuß auf* stirbt er nicht? *Will aufstehen, plötzlich wird seine Zunge steif* Meine Zunge ... gelähmt ... du ...

SUFANG *mit zitternder Stimme* Onkel, bleib sitzen, ich hole dir Ginseng-Suppe, Onkel!

Zeng Hao hat Mund und Augen weit geöffnet und kann nicht antworten. Sufang läuft aufgeregt durch die kleine Tür der Studierstube hinaus.

WENCAIS STIMME *aus dem Zimmer, weinend* Tai! Tai!

JIANG TAIS STIMME *aus dem Zimmer, laut schreiend* Scher dich weg, du!

WENCAIS STIMME *aus dem Zimmer* Tai!

Jiang Tai reißt die Tür auf, dreht sich um und schließt sie hinter sich ab.

WENCAIS STIMME *aus dem Zimmer* Mach auf! Mach auf!

JIANG TAI *im flackernden Kerzenlicht sieht er Zeng Hao wie meditierend sitzen, wütend* Ah, hier sitzt du also!

Zeng Haos Augen und Mund sind weit geöffnet.

JIANG TAI Du brauchst mich gar nicht so schräg anzusehen. Morgen werde ich bestimmt gehen, ganz bestimmt. Selbst wenn ich weiterhin Pech habe, meine Frau werde ich immer noch ernähren können. *Wutentbrannt* Doch bevor ich gehe, müssen wir noch abrechnen, abrechnen.

WENCAIS STIMME *aus dem Zimmer, erregt* Mach auf! Mach auf! Mit wem sprichst du da? Tai! *Schlägt gegen die Tür* Mach auf, Tai, mach auf! *Sie ruft weiter, während Jiang Tai redet.*

JIANG TAI Was du mir schuldest, mußt du zurückgeben! Bisher habe ich nie etwas gesagt, aber jetzt kannst du dich nicht wieder taub stellen und mich für dumm verkaufen. Deinetwegen habe ich meinen Beamtenposten verloren, deinetwegen habe ich Schulden gemacht, und nun werde ich sogar steckbrieflich gesucht. Mein guter Ruf ist hin, und ich werde es nie mehr zu etwas bringen können. Das sind deine Schulden, die du mir bezahlen mußt. Da kommst du nicht drum herum. Du mußt mir eine Möglichkeit geben, wieder zu Ansehen zu kommen. Du kannst dich nicht wieder einfach in Schweigen hüllen. *Laut* Hast du das verstanden? Ich bin Jiang Tai, Jiang Tai! Begreife das! Ich bin dein Schwiegersohn, du stehst in meiner Schuld! Zeng Hao, Zeng Hao, hast du das gehört?

WENCAIS STIMME *aus dem Zimmer, voller Entsetzen* Mach auf! Mach auf! *Unablässig schreiend* Vater! Vater! Beachte ihn nicht! Er redet dummes Zeug! Er ist verrückt geworden! Vater! Vater! Vater! Mach auf, Tai! *Während Jiang Tai immer weiterredet* Mach auf! Vater! Vater!

JIANG TAI Zeng Hao, gibst du es mir? Zahlst du es endlich zurück? Ich weiß, daß du Geld auf der Bank hast und Gold, Silber, Aktien, Grundbesitz. *Plötzlich flehend* Ach, leih mir 3000 Dollar, nur 3000, dann kann ich Geschäfte machen! Du bekommst das Geld bestimmt zurück, ich zahle dir sogar Zinsen, Zinsen, hast du gehört? Ich werde dir das Doppelte zurückzahlen. Jiang Tai spricht mit dir, mein Schwiegervater! Wozu hortest du soviel totes Kapital? Du bist alt. Du bist kein junger Mann mehr. Dein Sarg steht schon bereit und ist schon Hunderte von Malen lackiert worden Du ...

Aus dem Zimmer ruft Wencai an die Tür trommelnd Mach auf! Mach auf!

Siyi eilt voller Zorn mit dem roten Kontobuch, das Zeng Hao vorhin hervorgeholt hatte, durch die kleine Tür der Studierstube herein, wirft einen Blick auf Zeng Hao, geht dann zu Wencais Schlafzimmer und öffnet die Tür.

JIANG TAI *hat überhaupt nicht gemerkt, daß jemand hereingekommen ist; haßerfüllt sieht er Zeng Hao an* Was lachst du? Was lachst du mich so an? *Auf einmal außer sich* Warum krepierst du denn noch nicht? Warum krepierst du nicht? *Wie ein Verrückter tritt er vor Zeng Hao und schüttelt den bereits ohnmächtigen alten Mann an den Schultern.*

Wencai stürzt tränenüberströmt aus dem Schlafzimmer herein.

WENCAI *zerrt an Jiang Tai, aus Leibeskräften schreiend* Du Satan! Du Satan!

JIANG TAI *während er von Wencai zum Schlafzimmer gezogen wird, schreit er erregt weiter* Laß mich los, laß mich los! Ich will ihn töten, ich will ihn töten, und dann bringe ich mich selbst um!

Wencai gelingt es schließlich, ihn ins Zimmer zu ziehen; rasch schließt sie die Tür. Sufang tritt eilig mit einer Schale Ginseng-Suppe durch die Tür der Studierstube auf. Siyi hält sich weiterhin im Hintergrund.

SUFANG *versucht Zeng Hao die Ginseng-Suppe zu trinken zu geben* Onkel! Onkel! Trink ein wenig, Onkel!

Zeng Ting kommt durch die kleine Tür der Studierstube hereingelaufen.

TING Was ist los?

SUFANG *schafft es nicht, Zeng Hao zum Trinken zu bringen* Opa geht es schlecht. Ruf schnell Hofarzt Luo an!

TING Was hat er denn?

SUFANG Einen Schlaganfall. Onkel! Onkel!

Zeng Ting läuft zum Salon hinaus. Im selben Augenblick tritt Frau Chen aufgeregt durch die Tür der Studierstube auf; sie ist noch dabei, sich anzuziehen.

FRAU CHEN *zitternd* Was hat der gnädige Herr? Was ist mit dem gnädigen Herrn?

SUFANG *hastig* Stütze seinen Kopf, damit ich ihm die Suppe einflößen kann!

Aus Zeng Haos Mund quillt Speichel.

FRAU CHEN *stützt ihn* Es geht nicht, aus seinem Mund kommt Spucke. Die Zähne sind so fest zusammengebissen, man kann nichts 'reinkriegen.

SUFANG Onkel! Onkel!

Wenqing tritt durch die Salontür auf.

WENQING *tritt vor den alten Mann hin und ruft reuevoll* Vater, Vater! Es ist meine Schuld, es ist meine Schuld!

Wencai kommt aus ihrem Schlafzimmer herausgelaufen.

WENCAI *umklammert die Beine des alten Mannes* Vater, Vater, mein Vater!

SUFANG Onkel, Onkel!

FRAU CHEN Gnädiger Herr! Gnädiger Herr!

SIYI *plötzlich* Hört auf zu schreien! Wir warten auch nicht auf den Arzt, sondern bringen ihn ins Krankenhaus.

SUFANG *hebt den Kopf, entschlossen* Onkel will nicht ins Krankenhaus.

SIYI *zu Frau Chen* Hol jemanden!

Frau Chen geht durch die Salontür ab.

WENCAI *eifrig* Ich geh' zu den Dus nebenan und leih' ihr Auto. *Läuft zum Salon hinaus.*

SUFANG Onkel, Onkel!

WENQING *schluchzend* Was sollen wir tun? Was sollen wir tun?

SIYI Ha, was wir tun sollen? *Wütend* Hier, *hält ihm Zeng Haos rotes Kontobuch vor die Augen* was sollen wir damit erst tun?

Frau Chen tritt mit Zhang Shun durch die Salontür auf. Zeng Ting folgt.

SIYI Und Shun?

FRAU CHEN Hier ist er doch.

SIYI *zu Zhang Shun* Trag ihn zum Auto!

Zhang Shun will Zeng Hao gerade hochheben.

SUFANG *klammert sich plötzlich an Zeng Hao* Nicht ins Krankenhaus, das überlebt Onkel nicht.

Zeng Hao versucht vergebens zu sprechen, seine Augen blicken gequält. Zhang Shun sieht Sufang an und hält inne.

SIYI *reißt Sufang beiseite, zu Zhang Shun* Trag ihn 'raus!

Zhang Shun hebt Zeng Hao hoch und geht auf den Salon zu.

TING *fängt an zu weinen* Opa! Opa!

SIYI Hör auf zu weinen!

WENQING *folgt ihnen* Vater, es ist meine Schuld, meine Schuld!

Als Zhang Shun die Türschwelle überschreiten will, klammern sich die blassen Hände des alten Mannes plötzlich an einem Türflügel fest und lassen nicht los.

TING *blickt sich um* Es geht nicht, Opa hält sich an der Tür fest und läßt nicht los.

SIYI Macht schon, tragt ihn 'raus!

SUFANG *voller Schmerz* Er will nicht von zu Hause fort! *Wieder zögern alle.*

SIYI Macht schon, macht schon! Wenn man helfen will, muß man entschlossen sein. Hörst du auf mich oder auf sie? Trag ihn 'raus!

Zhang Shun will entschlossen weitergehen.

SUFANG Seine Hände, seine Hände!

SIYI *zu Zeng Ting* Reiß sie los!

TING Ich hab' Angst.

SIYI Dummkopf, ich mach's.

WENQING Vater, Vater!

TING *zeigt furchtsam* Opas Hände, Opas Hände!

Mit einem kräftigen Ruck reißt Siyi Zeng Haos Hände los.

WENQING *bebt vor Zorn* Du Satan! Du hast Vaters Hände blutig gerissen.

SIYI Trag ihn 'raus! *Leise, grausam* Das Haus muß verkauft werden, willst du dann etwa einen Toten hier haben?

Alle folgen Zhang Shun durch die Salontür hinaus, nur Wenqing bleibt zurück.

Der Klang einer Holzklapper.

Das verlorene Rufen Weizenbrötchen.

Aus dem Zimmer ein gequälter Seufzer des betrunkenen Jiang Tai. Wenqing geht in sein Zimmer und kommt sofort wieder heraus. Er hält einen alten Mantel und einen lädierten Hut in der Hand, unter den Arm hat er sich ein Rollbild geklemmt; mit einem tiefen Seufzer geht er zögernd durch die Salontür hinaus und schließt sie hinter sich.
Regnerischer Herbstwind bläst herein, lautlos öffnet sich die Tür wieder, im flackernden Kerzenlicht schwanken die Schatten an den Wänden, und die Rollbilder beginnen sich klappernd zu bewegen.
Von Ferne verlorene Gongschläge der Nachtwache.

Langsam fällt der Vorhang.

DRITTER AKT

1. Szene

Peking, Ende Oktober, man muß schon wattierte Winterkleidung anziehen. Der spätherbstliche Himmel ist von einer außergewöhnlich strengen Klarheit. Bei Einbruch der Dämmerung kreisen in den alten Höfen und Gärten Krähen wie Tupfen von schwarzer Tusche in Scharen um die Wipfel der ehrwürdigen, morschen Ulmen. Ohne Unterlaß krächzen sie einander zu. Etwas später, wenn es dunkler geworden ist, fliegen auch sie zu ihren Nestern. Durch die Abenddämmerung dringen von der Stadtmauer die Signale von Bläsern herüber, die noch nicht in ihre Garnison zurückgekehrt sind. Unsagbar sanft und traurig von fern hertönend, ergreifen die Trompetenklänge die Menschen, als erinnere sich die einsame Seele eines geliebten Verstorbenen an die unwiderbringliche, wie Rauchwolken verschwommene Vergangenheit; traurig und wehmütig, erfüllt mit Erwartung und Zuneigung vibrieren sie in der kalten Luft.

Die Tage werden allmählich kürzer; schon vor sechs Uhr versinkt die Abendsonne hinter einem steinernen Torbogen im blaß-violetten Dunst der Berge. Um Mitternacht erhebt sich ein leichter Westwind und weht raschelnd durch die fast entlaubten Bäume in den Gärten. Doch mit dem frühen Morgen des nächsten Tages glitzert das Sonnenlicht wieder auf den glasierten Dachziegeln, die Luft ist ganz klar, Rauhreif bedeckt den Boden, und überall in den Höfen und auf den Gehsteigen liegen die gelben Blätter, die der Westwind in der letzten Nacht herabgeweht hat. Es ist schon sehr kühl: Der Atem derer, die in aller Frühe unterwegs sind, gefriert in der kalten Luft zu einem milchweißen Hauch; das Gemüse auf dem Markt ist mitunter mit einer dünnen Eisschicht überzogen; wenn man lange unbewegt im Zimmer sitzt, friert man an den Füßen; und die Fliegen am Fensterpapier taumeln nur noch schwerfällig, fliegen ein Stück und fallen dann kraftlos auf die Fensterbank. Früher war in den Häusern der Familien, die wie die Zengs zu den wohlhabenderen zählten, bei solchem Wetter schon längst Feuer im Ofenbett gemacht worden, so daß es im Zimmer angenehm warm war. Vor den verzierten Flügeltüren und den großen Glasfenstern rings um den Salon standen viele Töpfe mit blühenden Chrysanthemen, grünen, weißen und gelben, großblättrigen und kleinblättrigen, ausschließlich namhaften Sorten. Sie waren auf eine Weise angeordnet, daß ihre bunte Pracht ins Auge fiel: Manche standen auf Blumenbänken, andere auf dem Boden, und von einem Blumengestell aus rotem Sandelholz vor den mit blauer Gaze bespannten Flügeltüren hingen wie eine Klippe purpurfarbene »Tausendkopf-Chrysanthemen« herab. Bei guter Laune trank der Hausherr Wein und genoß den Anblick der Blumen; er lud einige vertraute Verwandte und Freunde zu sich, um mit ihnen einen dampfenden Hammelfleisch-Feuertopf zu essen, gemeinsam zu knobeln oder zu dichten; stieg ihnen dann der Wein zu Kopf, waren sie mit sich zufrieden. Das war in der Tat feine Lebensart und höchster Genuß. Jetzt ist hiervon in der kleinen Blumenhalle des Hauses Zeng nichts mehr zu spüren, Freudlosigkeit ist an die Stelle der alten Pracht getreten. An diesem herbstlichen Spätnachmittag – inzwischen ist über ein Monat vergangen – erscheint alles noch trister und verkommener. Die blaue Gaze der Türflügel ist verblaßt, von ein oder zwei Flügeln ist sie bereits heruntergerissen und durch koreanisches Papier ersetzt worden, das man sonst nur zum Bespannen von Fenstern verwendet, aber auch dieses ist schon vergilbt. Vor der Tür steht ein Topf mit weißen Chrysanthemen; sie lassen ihre welken Köpfe hängen, und ihre Blätter sind gelb geworden. Auf dem alten halbrunden Rotholztisch an der Wand steht eine tiefblaue große Vase mit einigen fast verblühten gelben Chrysanthemen, von denen einige Blütenblätter auf den Tisch gefallen sind. So spiegeln diese Blumen mit ihren herabhängenden Blüten die Verkommenheit des Hauses wider. Die zahlreichen Ziergegenstände sind verschwunden; an der Wand hängt nur ein Landschaftsbild, von dem man nicht weiß, wer es gemalt hat, die

Seide, auf die es aufgezogen ist, ist schon verschossen, und einer der beiden Köpfe des unteren Rollstabes fehlt. Die Tapete löst sich bereits von der Wand. Das Futteral der siebensaitigen Qin, die mit dem schmalen Ende nach unten in der Ecke hängt, ist aus irgendeinem Grunde weggenommen worden; die apfelsinenfarbenen Quasten hängen wie vorher schwer herab, doch ist ihre Farbe nicht mehr so leuchtend. Eine Spinne hat von der Qin zur Zimmerdecke ihr Netz gesponnen. Das Fensterpapier der Studierstube ist hier und da geflickt, doch einige Flicken sind auch schon wieder zerrissen. Zwei viereckige Hocker sind nachlässig an die Wand geschoben; auf einem steht ein Korb mit Nähzeug. Das Glas der achteckigen Fenster auf der anderen Seite ist lange nicht mehr geputzt worden und ganz verstaubt. Auf dem quadratischen Tisch unter ihnen stehen eine Teekanne und zwei Tassen, neben dem Tisch steht ein Lehnstuhl.

Ein schwacher Strahl der Abendsonne fällt durch das Fenster und scheint matt auf die herabgefallenen Chrysanthemenblätter und die Quasten der von Spinnengewebe überzogenen Qin, ganz blaß zunächst, plötzlich leuchtet er noch einmal hell auf, um gleich darauf zu erlöschen. Draußen kreischen immer wieder die Krähen; ein einrädriger Wasserkarren holpert eintönig quietschend vorbei. Die Sonne geht unter. Im Zimmer wird es allmählich dunkel.

Wenn sich der Vorhang öffnet, sitzt Wencai im Lehnstuhl und strickt an einer Wollweste. Sie trägt ein altes schwarzes, plissiertes Kleid aus Kamelgarn und schwarze Flanellschuhe. Sie sieht verstört aus, ab und zu hält sie mit Stricken inne, als ob sie im Stillen auf etwas warte. In einiger Entfernung von ihr hat Jiang Tai es sich in einem alten Sessel bequem gemacht, ganz in die Lektüre von »Physiognomik des Daoisten im Hanfrock«[22] vertieft. In der linken Hand hält er noch einen zerbrochenen Spiegel, der mit einem roten Haarband zusammengehalten wird. Jedesmal wenn er umblättert, betrachtet er sich im Spiegel, läßt ihn dann wieder sinken und liest aufmerksam weiter.

Es vergeht eine Weile.

Frau Chen öffnet die Tür der Studierstube und kommt mit einer halb gesteppten Schuhsohle in der Hand herein. Ihr Haar ist weiter ergraut, und ihr Gesicht scheint noch faltiger geworden zu sein. Da sie wegen ihres Alters keine Kälte verträgt, hat sie schon ein graues, dünnwattiertes Kleid angezogen sowie eine schwarze Hose aus Satin mit geschnürten Beinen. Als Wencai sie hereinkommen sieht, legt sie sofort ihre Strickarbeit nieder und steht auf.

WENCAI *in großer Sorge, leise* Wie sieht es aus?

Frau Chen bleibt stehen, wendet den Kopf zum Fenster und horcht nach draußen. Wencai blickt sie tiefbetrübt an und wartet auf ihre Antwort.

FRAU CHEN *schüttelt hilflos den Kopf* Sie sind noch nicht gegangen. Sie wollen einfach noch nicht gehen.

Wencai stöhnt verzweifelt, setzt sich wieder und strickt vornübergebeugt langsam weiter.

Jiang Tai hebt ein wenig den Kopf und wirft den beiden Frauen einen verächtlichen Blick zu. Dann dreht er sich auf die andere Seite und fährt in seiner Lektüre fort.

Frau Chen stößt einen tiefen Seufzer aus, blickt sich nach allen Seiten um, wischt sich mit den Manschetten die Augen, geht zu einem Hocker und setzt sich hin. Dem schwachen Licht der Dämmerung zugewandt, steppt sie schweigend die Schuhsohle weiter. Jiang Tai reibt sich plötzlich, vor Kälte zitternd, die Füße.

WENCAI *hebt den Kopf und sieht ihn an* Hast du kalte Füße?

JIANG TAI *mißmutig* Ach! *Blättert wieder in seinem Physiognomikbuch.*

Wencai senkt wieder den Kopf und strickt.

Es vergeht eine Weile.

WENCAI *blickt verstohlen zu Jiang Tai und strickt dann wieder ein paar Maschen; schließlich erträgt sie es nicht mehr* Tai!

Jiang Tai scheint sie gehört zu haben, liest aber weiter.

WENCAI *wieder sanft* Was machst du da?

Jiang Tai beachtet sie nicht. Frau Chen blickt ihn an und wendet sich unzufrieden wieder ab.

WENCAI *läßt ihr Strickzeug sinken* Tai, wieviel Uhr ist es jetzt?

JIANG TAI *betrachtet sich im Spiegel, ohne sich umzuwenden* Weiß ich nicht.

WENCAI *schaut, wie dunkel es draußen ist* Schon sechs, oder?

JIANG TAI *legt den Spiegel beiseite, dreht den Kopf, zeigt auf die Uhr, kalt* Sieh zur Uhr!

WENCAI Die Uhr ist kaputt.

JIANG TAI *überdrüssig* Dann laß sie doch reparieren! *Nimmt wieder den Spiegel.*

WENCAI *mutlos und schwach* Tai, sei so gut und sieh nochmal im Salon nach, was sich ergeben hat.

JIANG TAI *ärgerlich* Das interessiert mich nicht! Ich kann und ich will mich auch nicht darum kümmern! Eure Familienverhältnisse sind auch zu kompliziert, als daß ich mich darum kümmern könnte.

WENCAI *flehend* Sieh doch nochmal nach, bitte! Sieh mal nach, was die Dus denn eigentlich wollen.

JIANG TAI Was sie wollen? Sie wollen von euch das längst fällige Geld oder, falls keins da ist, euer herrschaftliches Haus. Und wenn das auch nicht geht, den Sarg des gnädigen Herrn, diesen -zig Jahre lang lackierten Zedernholzkasten.

WENCAI *kraftlos* Aber dieser Sarg ist Vaters Leben, ist Vaters Leben.

JIANG TAI Wenn du selbst schon weißt, wie aussichtslos es ist, wozu soll ich dann hingehen?

FRAU CHEN *hat die Nadel hingelegt und zugehört, plötzlich* Schon gut, dann lassen wir die gnädige Frau eben allein mit ihnen fertig werden. Geld ist jedenfalls nicht da, das Haus braucht man zum Wohnen, . . .

JIANG TAI Bleibt der Sarg . . .

WENCAI Vater kann sich nicht von ihm trennen!

JIANG TAI *starrt sie an* . . . ist das klar? *Schaut wieder in den Spiegel.*

Wencai läßt seufzend den Kopf sinken, holt ein Taschentuch hervor und wischt sich die feuchten Augen.

Es vergeht eine Weile. Draußen das Kreischen der Krähen und das Quietschen des vorüberholpernden Wasserkarrens.

FRAU CHEN *während des Steppens fettet sie ab und zu die Nadel, indem sie sich damit durch die Haare fährt; dann fährt sie mit dem mühseligen Durchbohren der Schuhsohle fort. Schließlich hält sie inne, blickt auf und seufzt* Ich gehe, ich gehe, morgen gehe ich auch weg. Es ist ein Jammer, was für einen traurigen Geburtstag der gnädige Herr heute erleben muß! Ach, statt so weiterzuleben, wäre es doch besser gewesen, er wäre an dem Abend neulich . . . *Plötzlich* Wenn früher der selige Herr Geburtstag feierte, lud man Gäste ins Haus zu einer Opernaufführung; im Hof und im Salon standen überall Chrysanthemen. Alle Welt war beim Festschmaus dabei, das ganze Haus war voll von Gratulanten. Alle wünschten ihm mit Pfirsichen und Nudeln ein langes Leben, und wohin man sah, hingen rote Glückwunschsprüche. Heute dagegen . . .

WENCAI *die ganze Zeit über die gegenwärtige Lage nachgrübelnd, starrt sie auf Jiang Tai, ohne Frau Chen richtig zuzuhören; dann rafft sie sich auf und versucht in freundlichem Ton aufs neue mit ihm ein Gespräch anzuknüpfen* Tai, was machst du da?

JIANG TAI *mit überdrüssiger Miene* Du siehst doch, was ich mache!

WENCAI *lächelt gezwungen* Ich meine, warum schaust du dich im Spiegel an?

JIANG TAI *seine Geduld ist zu Ende, steht auf* Um meine Nase anzusehen! Hast du verstanden? Um meine Nase anzusehen! Meine Nase! Nase! *Nimmt Spiegel und Buch und setzt sich noch weiter weg auf einen Stuhl.*

WENCAI Schrei nicht wieder so! Vater ist dieses Mal gerade noch mit dem Leben davongekommen.

JIANG TAI *wie immer der Meinung, daß Wencai ihn absichtlich ärgere, ist er wütend, ohne zu wissen, was er tun soll; dauernd auf sie zeigend* Sieh dich vor! Sieh dich ja vor! Jedes Wort, das du sprichst, hat so einen Unterton, als ob du andeuten willst, dein Vater habe damals meinetwegen einen Schlaganfall bekommen. Frag doch mal, wer jetzt noch nicht weiß, daß dein lieber Bruder und deine verehrte Schwägerin ...

WENCAI *energisch weist sie die Anschuldigung zurück* Wer wird denn so etwas von dir denken? *Wieder ruhig, mit leiser Stimme und freundlich* Ich meine nur, gerade heute, wo Vater aus dem Krankenhaus gekommen ist, solltest du ihn doch in seinem Zimmer aufsuchen und ihm zum Geburtstag gratulieren, findest du nicht?

JIANG TAI *immer noch aufgebracht* Ich sehe das nicht ein, er will mich doch gar nicht sehen, warum soll ich dann unbedingt zu ihm gehen? Mag sein, daß ich damals betrunken war und ihn durch ein paar unvorsichtige Worte beleidigt habe, deshalb wollte ich ihn ja auch letzten Monat im Krankenhaus besuchen, aber er wollte mich nicht sehen, er wollte mich überhaupt nicht sehen ...

WENCAI *erklärend* Ach, Vater hat es doch jetzt so schwer.

JIANG TAI Ich habe es wohl leicht, was?

WENCAI *müht sich, ihn zu überreden* Aber jetzt ist Vater wieder zu Hause, du kannst ihm doch nicht dein Leben lang aus dem Weg gehen! Stell dir vor, wir wären Gäste und der Hausherr wäre zurückgekommen, da würde es sich doch auch gehören, ihn zu begrüßen, um wieviel mehr, wo du ...

JIANG TAI *blind vor Wut tritt er vor sie hin, gestikulierend* Was fällt dir auf einmal ein? Was fällt dir ein? Am besten gehe ich dir aus dem

Weg, was? *Nimmt den Spiegel und geht wütend zur kleinen Tür der Studierstube hinaus.*

WENCAI *verzweifelt* Tai!

FRAU CHEN Ach, lassen Sie ihn ...

Jiang Tai kommt wieder hereingelaufen und sucht beim Stuhl aufgeregt nach etwas.

JIANG TAI Mein Physiognomikbuch? *Findet es* Ach, hier. *Geht wieder hinaus.*

WENCAI Tai!

FRAU CHEN *voller Anteilnahme* Ach, lassen Sie ihn gehen! Es macht auch nichts, wenn sie sich nicht sehen. Wenn der gnädige Herr ihn sieht, wird er vielleicht wieder an den jungen Herrn Wenqing erinnert, und dann geht es ihm noch schlechter.

WENCAI *seufzt ratlos* Hast du die Schuhsohle fertig?

FRAU CHEN *lächelnd* Nur noch ein paar Stiche. *Legt die Schuhsohle hin, nimmt ihre Messingbrille ab und reibt sich die Augen* Dann ist der Schuh fertig, aber er ist nicht mehr da.

WENCAI *zwingt sich, ihr etwas Hoffnung zu machen* Er wird bestimmt zurückkommen.

FRAU CHEN *hält einen Augenblick inne; dann nimmt sie mit beiden Händen den Saum ihres Kleides und trocknet ihre Tränen, traurig* Ach, hoffentlich.

WENCAI *bekümmert* Amme, geh morgen noch nicht, in ein paar Tagen kann mein Bruder schon zurück sein.

FRAU CHEN *die Mühen und Sorgen des letzten Monats haben die roten Wangen, die sie bei ihrer Ankunft hatte, erblassen lassen. Leicht zitternd schüttelt sie den Kopf, ihr trockener, eingefallener Mund wird von Schluchzen bewegt. Zwar will sie im Grunde noch bleiben, doch nach außen gibt sie sich entschlossen* Nein, nein, ich muß gehen, ich muß gehen. *Steht auf, legt das Nähzeug in den Korb und reibt ihre gerötete Nase* Warten soll ich? Ich habe schon über einen Monat gewartet, ich habe gebetet und Weihrauch verbrannt, aber noch immer haben wir nichts von ihm gehört. Zu allem Unglück trug mein junger Herr Wenqing, als er fortging, nur eine dünn gefütterte Jacke ... *Ruft nach draußen* Klein-Zhu! Klein-Zhu!

WENCAI Klein-Zhu hilft wahrscheinlich Herrn Yuan das Gepäck verschnüren.

FRAU CHEN *nimmt ein kleines Einschlagtuch aus dem Korb und wickelt die fast fertigen, wattierten Schuhe ein* Wenn, wenn er eines Tages zurückkommt, geben Sie mir sofort Bescheid, dann komme ich gleich aus dem Dorf her und besuche ihn. *Wieder kommen ihr die Tränen* Wenn, wenn Sie seinen Aufenthaltsort ausfindig gemacht haben, können Sie ihm ja noch diese wattierten Schuhe hier schicken ... *ruft wieder nach draußen* Klein-Zhu! ... *zu Wencai* und dann richten Sie ihm bitte aus, seine Amme hätte sie ihm gemacht und sie würde gerne etwas von ihm hören. *Ein Lächeln huscht über ihr Gesicht* Dann werde ich ihn besuchen, wie weit weg er auch ist. Hoffentlich kann ich das noch erleben! *Wieder muß sie schluchzen.*

WENCAI *geht zu ihr hin und tröstet sie* Nicht, sei doch nicht so traurig! So schlimm wird es ihm draußen schon nicht ergehen. *Lächelt gequält* Einem Mann von 35, 36, der bald einen Enkel bekommt, dem wird doch nichts ...

FRAU CHEN *unter Tränen* Wie alt er auch ist, für mich ist er immer noch ein Kind; er ist vorher noch nie aus dem Hause gewesen, er kann noch nicht einmal für sein Essen und seine Kleidung sorgen ... *Rufend geht sie auf die Salontür zu* Klein-Zhu! Klein-Zhu!

KLEIN-ZHUS STIMME Ja, Oma!

FRAU CHEN Was machst du denn noch, pack doch endlich deine Sachen zusammen und geh schlafen! Morgen haben wir noch einen weiten Weg vor uns.

KLEIN-ZHUS STIMME Fräulein Sufang hat aber gesagt, ich soll ihr beim Taubenfüttern helfen.

FRAU CHEN *plaudernd geht sie zum Salon* Ach, Fräulein Sufang ist doch auch eine einsame und bemitleidenswerte Frau! Aber wie kann man das Getreide so vergeuden und jetzt noch Tauben füttern.

Geht durch die Salontür hinaus.

WENCAI *halb zu Frau Chen, halb zu sich selbst, seufzend* Wenn sie sie füttert, denkt sie auch an den Mann, der die Tauben liebt.

Draußen kreischen wieder die Krähen. Wencai erschauert vor Kälte; gerade nimmt sie ihr Strickzeug auf, als Jiang Tai mißmutig durch die kleine Tür der Studierstube auftritt.

JIANG TAI *seine Unbeherrschtheit ist verflogen; seine Miene läßt sich nur schwer beschreiben, eine Mischung aus Niedergeschlagenheit, Unwillen und Trauer, wie bei einem, der in der Regenperiode von einem Schauer vollkommen durchnäßt ist; kopfschüttelnd* Nichts zu machen! Nichts zu machen! Es ist einfach nichts zu machen! So ein großes Haus, und kein einziger warmer Fleck! Noch immer ist nicht geheizt, vor Kälte sterben einem ja die Füße ab! Deine verehrte Schwägerin versteht sich nur aufs Geld, und dein Vater hat nur seinen Sarg im Kopf. Ich verstehe wirklich nicht, was ein solches Leben für einen Sinn hat, was für einen Sinn es hat.

WENCAI Hör doch auf zu grollen, auch ein solches Leben muß man ertragen.

JIANG TAI Alles ist so niederschmetternd. Ich will auch Revolution machen! *Teils scherzend, teils, um seinem Ärger Luft zu machen, fängt er, immer erregter, zu schreien an* Ich rebelliere auch, ich zerschlage auch! Ich will es auch so machen wie diese Leute von der revolutionären Partei, mit denen die kleine Ruizhen befreundet ist, und rebellieren, zerschlagen, zerschlagen, rebellieren! Haut doch alle ab, verdammte Scheiße, und macht Revolution! Haut doch alles kaputt! Immerhin . . . *wühlt plötzlich in seiner Tasche; unwillkürlich macht er sich über sich selbst lustig und lacht betrübt auf* immerhin habe ich noch eine Dollar in der Tasche. *Wühlt weiter und kneift dabei die Augen zusammen* Nein, der ist auch nicht mehr da . . . *Nachdenklich verdreht er die Augen, leise* Beim Wahrsager!

WENCAI Tai, du . . .

JIANG TAI *schüttelt plötzlich mit todtrauriger Miene den Kopf und seufzt tief* Ach, könnte ich doch eine Medizin wie das Tigeröl erfinden! Wie schön wäre das!

WENCAI *flehend* Hör doch auf, an solchen Unsinn zu denken und so unüberlegt daherzureden! Sonst wirst du noch nervenkrank.

JIANG TAI *scheint sie nicht gehört zu haben, mit einem Mal lebt er wieder auf* Wencai, ich sage dir, heute früh bin ich über den Markt geschlendert, und da war ich mal wieder beim Physiognomen. Der meinte auch, daß meine Nase Glück bedeutet und daß ich jetzt reich werde. Immer wieder pries er den guten Wuchs meiner Nase, und er sagte, ihre Stattlichkeit verheiße Reichtum. *Ganz ernst* Ich habe sie eben betrachtet, sie ist wirklich nicht schlecht gewachsen! *Fürchtet Wencais Widerspruch* An der Physiognomik muß schon was Wahres dran sein, wie hätte mir sonst früher alles zutreffend vorausgesagt werden können.

WENCAI Dann solltest du auch deine Freunde aufsuchen.

JIANG TAI *mit einigem Selbstvertrauen* Ja, ich suche sie bestimmt auf. Ich suche meine reichen Studienfreunde auf. *Als ob er sich Mut machen will* Ich werde gehen! Ich werde gleich gehen! Ich werde schon mein Glück machen!

WENCAI *ihn ermunternd* Tai, wenn du nur deine Füße in Bewegung setzen wolltest, wirst du bestimmt Erfolg haben.

JIANG TAI *ganz begeistert* Meinst du wirklich? *Plötzlich* Wencai, ich war eben im Haupthaus bei deinem Vater.

WENCAI *ebenfalls voller Zuversicht* Was, was hat er zu dir gesagt?

JIANG TAI *listig* Ich kann auch nichts dafür, er war nicht da.

WENCAI Er hat sein Zimmer schon wieder verlassen?

JIANG TAI Ja, ich weiß nicht, wo er . . .

Frau Chen tritt durch die kleine Tür der Studierstube auf.

FRAU CHEN *beunruhigt* Frau Jiang, sehen Sie doch bitte mal nach!

WENCAI Was ist los?

FRAU CHEN Ach! Der gnädige Herr ist wieder ganz allein, nur auf seinen Stock gestützt, zum Nebenhaus gegangen, um nach seinem Sarg zu sehen.

WENCAI Oh . . .

FRAU CHEN *traurig* Dort steht er vor dem Sarg und vergießt Tränen . . .

JIANG TAI Und wo ist Fräulein Sufang?

FRAU CHEN Ich glaube, sie ist in der Küche und kocht für die gnädige Frau eine Suppe. Frau Jiang, es geht wirklich nicht, daß man den Sarg der Familie Du gibt. Beruhigen Sie erstmal den gnädigen Herrn!

WENCAI *mit Tränen in den Augen* Armer Vater! Ich, ich gehe . . . *Geht zur Studierstube.*

JIANG TAI *höhnisch* Nein, Wencai, rede erstmal mit deiner lieben Schwägerin!

WENCAI *ernst* Sie verhandelt gerade mit den Dus darüber, daß der Sarg doch hierbleiben kann.

JIANG TAI Ach was, sie verhandelt gerade über die Übergabe. Sag ihr, sie soll doch ein wenig rücksichtsvoll sein und nicht immer nur daran denken, wie sie das an die Dus verpfändete Haus behalten kann, um es eines Tages selbst für einen guten Preis zu verkaufen. Dann müßte man den Sarg deines Vaters nicht weggeben. Bedenke, die Krankenhaus- und Arzneikosten für deinen Vater sind sämtlich von Fräulein Sufang aufgebracht worden. Und deine Schwägerin ißt in ihrem Zimmer heimlich Hühnchen, aber vor anderen Leuten spielt sie die arme Frau. Den Leuten was vormachen, das ist alles, was sie kann. Hast du vergessen, wie sie deinem Vater an dem Tag, als er ins

Krankenhaus kam, die Hände blutig gerissen hat? Ja, ja, deine liebe Schwägerin . . .

Siyi tritt durch die kleine Tür der Studierstube auf.

FRAU CHEN *hört sie kommen und schaut sich um, unwillkürlich leise* Die gnädige Frau kommt!

Jiang Tai verstummt und tritt zur Seite.

Siyis finsterer Gesichtsausdruck und ihre gerunzelten Brauen zeigen, in welchen Schwierigkeiten sie steckt und wie sehr sie darunter leidet. Sie trägt schwarze Damast-Schuhe und einen kaffeefarbenen, mit schwarzen Blumen bestickten, langärmeligen Qipao aus Samt, dessen Ärmel an den Ellbogen blankgescheuert sind. Der Kragen ist nicht zugeknöpft.

WENCAI *ängstlich* Wie steht es, Siyi?

Siyi geht schweigend zu einem Sessel. Es vergeht eine Weile.

FRAU CHEN *besorgt und unruhig* Sind die Dus nun endlich einverstanden?

Immer noch schweigend setzt sich Siyi.

WENCAI Siyi, sind die Dus . . .

SIYI *schlägt heftig auf die Sessellehne und bricht in hemmungsloses Schluchzen aus* Wenqing, wo bist du nur hingegangen? Wenqing, du bist einfach weggegangen und läßt mich hier ganz allein für diese große Familie sorgen. Wie kann ich das denn schaffen? Als du zu Hause warst, hatte ich wenigstens noch jemanden, der mir Rat gab, aber jetzt, wo du nicht mehr da bist und wir solche Schwierigkeiten haben, kann ich doch nicht als Frau allein Entscheidungen treffen!

Jiang Tai blickt sie kühl an.

FRAU CHEN *bewegt* Gnädige Frau, sagen Sie, haben die Dus endlich eingewilligt, die Frist zu verlängern.

SIYI *wischt sich schluchzend die Nase und die tränenden Augen, schimpfend* Stellt euch vor, sie eröffnen eine Weberei, diese Schurken! Sie werden doch jetzt nicht einwilligen, wo unser Haus dem Untergang zutreibt und alle Welt schadenfroh über uns herfällt. Sie haben erkannt, daß kein Mann mehr in diesem Haus ist, *Jiang Tai schnauft mißbilligend* nur Greise und Kinder, da sollen sie darauf verzichten, unsere Not auszunutzen und uns zum Nachgeben zu zwingen?

WENCAI *verzweifelt* Das heißt, sie bestehen immer noch auf Vaters Sarg?

SIYI *wischt sich mit einem Taschentuch die verweinten Augen, immer noch schluchzend, mit bebenden Schultern* Sag mir doch, was ich tun soll! Geld, Geld können wir nicht aufbringen, das Haus brauchen wir zum Wohnen, außerdem sind wir eine große Familie, und alle wollen sich noch den Bauch vollschlagen. Also der Sarg, von dem hat der alte Du die ganzen Jahre geträumt, jetzt will er ihn unbedingt haben, unbedingt ...

JIANG TAI *an den Rahmen seiner Schlafzimmertür gelehnt, kalt* Dann geben wir ihn ihnen doch.

FRAU CHEN *erschrocken* Was, ihnen geben?

SIYI *ohne auf Jiang Tai zu achten* Außerdem wollen sie ihn heute noch ...

WENCAI *hält den Atem an* Heute?

SIYI Ja, sie sagen, der alte Du ist krank, und es sieht aus, als ob er bald stirbt; das Testament ist schon aufgesetzt, in dem heißt es ausdrücklich ...

JIANG TAI *spricht für sie weiter* er will den Sarg des alten Herrn Zeng!

WENCAI *sofort* Wie kann Vater dem zustimmen?

FRAU CHEN Selbst wenn es möglich wäre, daß der gnädige Herr zustimmt, wer könnte es ihm beibringen?

WENCAI Außerdem ist Vater gerade erst aus dem Krankenhaus gekommen.

FRAU CHEN Heute hat der gnädige Herr auch noch Geburtstag, ...

SIYI *bricht plötzlich wieder in lautes Schluchzen aus* Ich, ich hab's ja gesagt! Wenqing, wo bist du hingegangen? Sag mir, was soll ich denn in dieser Lage tun? Einerseits soll ich auf meinen Schwiegervater Rücksicht nehmen, andererseits soll ich für den Lebensunterhalt der Familie sorgen, aber beiden Seiten kann ich doch nicht gerecht werden! Wenqing, sag mir, was soll ich denn nur tun?

Während Siyi heftig schluchzt, wird die kleine Tür der Studierstube aufgestoßen, und Zeng Hao tritt, auf einen Stock gestützt, ehrfurchtgebietend ein. Er trägt ein tiefblaues wattiertes Kleid aus Hangzhou-Seide, eine schwarze wollene Festjacke und schwarze Filzschuhe. Sein Gesicht ist gelb und eingefallen, er wirkt sehr niedergeschlagen; nur sein Gang läßt erkennen, daß er wieder genesen ist. Mit äußerster Kraft bewahrt er einen Rest von Würde, und sein Blick drückt aus, wie verhaßt ihm die Anwesenden sind und daß er seine Hoffnungslosigkeit dennoch mit einer letzten Anstrengung zu ertragen versucht.

Alle wenden sich ihm zu und erheben sich. Jiang Tai schiebt sich, kaum daß er ihn gesehen hat, heimlich an der Wand entlang in sein Zimmer.

WENCAI Vater! *Läuft hin, um ihn zu stützen.*

HAO *winkt ab, mit äußerster Anstrengung erhebt er seine schwache Stimme* Du brauchst mich nicht zu stützen, laß mich allein gehen! *Geht zu einem Sessel.*

SIYI *umsichtig* Vater, ich bringe dich in dein Zimmer; du solltest dich hinlegen.

HAO *nimmt auf dem Sessel Platz, zu allen* Setzt euch, macht keine Umstände! *Blickt sich um* Wo ist Tai?

WENCAI Er ... *plötzlich kommt ihr eine Idee* er ist in seinem Zimmer *beschämt* und wartet darauf, Abbitte zu leisten.

HAO Ist noch kein Brief von meinem Sohn gekommen?

SIYI *traurig* Einer sagt, er hätte ihn in Ji'nan auf der Straße getroffen, ein anderer will ihn in einem kleinen Gasthaus in Tianjin gesehen haben ...

WENCAI Überall will man ihn gesehen haben, aber tatsächlich hat man nirgends auch nur eine Spur von ihm gefunden.

HAO Dann soll man ihn nicht mehr suchen!

WENCAI *bemüht sich, ihn zu trösten* Mein Bruder wird diesmal wirklich in sich gehen und bestimmt erst einen Beruf ergreifen, ehe er ...

HAO *schüttelt den Kopf* Niemand kennt den Sohn so gut wie der Vater. Er hat einfach keine Willenskraft. Früher oder später wird er doch ... *Scheint nicht weiter von ihm sprechen zu wollen, plötzlich zu Wencai* Laß Tai hereinkommen!

WENCAI *geht einen Schritt, tiefbeschämt dreht sie sich wieder um* Vater, wir, wir können dir wirklich nicht mehr ins Gesicht sehen, wirklich ...

HAO Schon gut, hol ihn, sprich nicht mehr davon! *Zu Siyi* Hol auch Ting und Ruizhen!

Wencai geht zum Schlafzimmer und ruft. Siyi durch die Tür der Studierstube ab.

WENCAI Tai, Tai ...

Jiang Tai kommt sofort leise heraus.

JIANG TAI *kaum eingetreten, sieht er, daß Zeng Hao ihn anblickt; unwillkürlich etwas beschämt* Vater, du, du ...

HAO *winkt ab* Setz dich, setz dich!

Jiang Tai setzt sich.

HAO *zu Frau Chen, aufmerksam* Sag Fräulein Sufang, ich sei gerade aus dem Krankenhaus gekommen; und laß die Küchenarbeit sein, ruh dich lieber ein wenig aus!

Frau Chen durch die Salontür ab.

WENCAI *hat Jiang Tai die ganze Zeit bedeutungsvoll angesehen; sobald Frau Chen sich zum Gehen gewandt hat, leise* Steh doch jetzt auf und entschuldige dich!

JIANG TAI *sich halb erhebend* Ich, ich ...

HAO *winkt ab* Wir wollen Vergangenes nicht wieder ausgraben.

Jiang Tai setzt sich wieder. Stille. Siyi führt Ting und Ruizhen durch die Studierstube herein. Ruizhen trägt ein graues, gefüttertes Kleid mit rotem Blümchenmuster. Ting hat sich über sein Kleid noch ein langes blaues Gewand übergezogen.

Zeng Hao weist auf die Stühle. Sie setzen sich hin; nur Ruizhen bleibt hinter Wencai stehen.

HAO *blickt alle traurig an* Jetzt sind alle Mitglieder unserer Familie beisammen, nur mein Sohn weilt nicht unter uns. *Blickt sich um und hüstelt* Dieses Haus hat euch mein seliger Vater Zeng Jingde hinterlassen. Wir sind immer eine Gelehrtenfamilie gewesen. Die Väter waren gütig, und die Söhne voll Ehrfurcht, so gaben wir den Leuten nie Anlaß, über uns zu reden. Nun aber habe ich solche respektlosen Nachkommen ...

SIYI *ein wenig traurig* Vater!

Alle blicken sich ernst an und senken wieder den Kopf.

HAO ... die die Familie Zeng ruiniert haben, ich habe Kinder aufgezogen, die unverständig sind und ohne Ehrgeiz, weder Ehrfurcht noch Gehorsam kennen und nicht einmal fähig sind, unseren Besitz zu wahren ...

Jiang Tai wird allmählich ärgerlich.

WENCAI *hebt den Kopf, beschämt* Vater, Vater, du ...

HAO So kann ich meinen Ahnen nicht gegenübertreten, so kann ich meinem ehrwürdigen Vater nicht ins Angesicht sehen! *Hustet.*

Ruizhen geht zu ihm und klopft ihm den Rücken.

JIANG TAI *erträgt es nicht mehr, dreht sich um, fängt kopfschüttelnd an zu seufzen und murmelt* Ach du meine Güte, jetzt noch so ein Theater zu machen! So ein Theater!

WENCAI *leise* Bist du verrückt geworden?

HAO *schiebt Ruizhen langsam beiseite* Kümmere dich nicht um mich!

Zu allen Ich mache euch keine Vorwürfe, das nützt ja nichts. *Mit hoffnungslosem und bemitleidenswertem Gesichtsausdruck, aber voll Abscheu* Nur unnützes Pack, unnützes Pack, das wohlfeile Reden hält! *Plötzlich auffahrend* Tai, du, du bist auch so einer, der ...

Jiang Tai will etwas sagen.

WENCAI *fürchtet einen Wutausbruch* Tai!

Jiang Tai schweigt.

HAO *vorwurfsvoll und klagend* ... nur daran denkt, reich zu werden, der nur in den Tag hinein träumt und dabei nicht die geringste Menschenkenntnis und Welterfahrenheit hat. Genau wie mein Sohn hast du für nichts und wieder nichts studiert. Wie konntet ihr nur so verkommen! Ihr seid beide ... *Muß husten und klopft sich auf die Brust.*

WENCAI Ach, ach!

JIANG TAI *fassungslos* Muß das denn wieder sein! Muß das denn sein!

WENCAI Vater! Vater!

HAO Siyi, du hast einen Sohn und bist schon seit zwei Jahren Schwiegermutter, bald wirst du sogar Großmutter. *Unterdrückt mit Mühe seinen Zorn* Ich tadle nicht dich, die Wurzel des Übels liegt auch bei mir, und das Übel existiert auch nicht erst seit heute. *Immer trübsinniger* Wenn das Haus erst einmal verkauft ist, tut ruhig so, als sei ich tot und als hätte es mich hier nie gegeben, ich, ich ... *Den Tränen nahe.*

WENCAI *bricht in Schluchzen aus* Vater, Vater!

SIYI *verärgert* Vater, ich verstehe nicht, was du damit meinst.

HAO *ratlos* Du, du ...

WENCAI *empört* Siyi, wie kannst du Vater nur so quälen!

SIYI Wer quält hier Vater?

WENCAI *nun wird es selbst ihr zuviel, mit erhobener Stimme* So rücksichtslos kann man doch nicht sein!

SIYI Wer ist hier rücksichtslos! Wer ist rücksichtslos! Der Himmel sei unser Zeuge, vor unserem Vater frage ich dich: Wer? Wer?

TING *betroffen* Mama!

WENCAI *ist durch Siyis Selbstsicherheit so eingeschüchtert, daß sie vor Erregung zittert* Du, du hast Vater so unter Druck gesetzt, daß ihm kein Ausweg mehr bleibt.

JIANG TAI *ratlos* Hört auf zu streiten, Wencai, Siyi!

WENCAI Du hast Vater so unter Druck gesetzt, daß er sogar seinen Sarg weggeben muß; du hast Vater so unter Druck gesetzt . . .

HAO *hält sie zurück* Wencai!

SIYI *höhnisch* Richtig, i c h habe Vater unter Druck gesetzt, i c h esse und trinke auf seine Kosten, i c h schmarotze Tag für Tag in seinem Hause, und das schon vier ganze Jahre, obendrein mit so einem Mann . . .

TING *versucht dauernd, sie zu beschwichtigen, sehr erregt* Mama, nicht . . . Mama, du . . . Mama . . .

JIANG TAI *vor Wut kochend* Du spinnst, ich habe bezahlt!

HAO *keucht aufgeregt, Einhalt gebietend* Schreit doch nicht so!

SIYI *gleichzeitig* Du hast bezahlt? Ha, erst als du . . .

HAO *stampft mit dem Fuß auf und unterbricht zornig rufend ihren Streit* Siyi, hör auf zu streiten! *Fast wehklagend* Ich, ich werde bald sterben.

Sofort sind alle ruhig, nur Siyi hört man leise jammern. Es beginnt zu dunkeln, und ernste Stille breitet sich aus. Sufang tritt durch die Salontür auf. Sie trägt ein graues gefüttertes Kleid aus Serge. Ihr Gesicht ist etwas schmaler als vor einem Monat, so daß ihre Augen noch größer und glänzender erscheinen; sie strahlen Ruhe, Frieden und Entschlossenheit aus. In der rechten Hand trägt sie eine Petroleumlampe und unter dem linken Arm zwei Rollbilder. Sobald Ruizhen sie eintreten sieht, eilt sie zu ihr hin und nimmt ihr die Lampe ab. Dabei flüstert sie ihr etwas ins Ohr. Sufang nickt und wirft einen traurigen Blick auf die ernsten Gesichter vor ihr. Dann steckt sie die Bilder in den Porzellankrug und geht schnell durch die Tür der Studierstube wieder hinaus. Ruizhen sieht sie die ganze Zeit an.

HAO *seufzend* Unnützes Pack! Jetzt noch zu streiten!

RUIZHEN Großvater, geh wieder in dein Zimmer und ruh dich aus.

HAO *gereizt* Jetzt fehlt nur, daß Ruizhen und Ting sich auch noch zanken. *Betrübt* Lassen wir das, wir sind nur noch kurze Zeit zusammen. Siyi, geh, geh zu dem Verwalter der Familie Du und sag ihm, *mit Mühe* sag ihm, sie sollen den Sarg abholen, aber, aber *deprimiert* uns zunächst das Haus lassen!

WENCAI Vater!

HAO Sufang hat mir eben von den Absichten der Familie Du erzählt.

WENCAI Wer hat ihr gesagt, sie soll es dir erzählen?

SIYI *richtet sich auf* Ich.

HAO Kümmert euch nicht mehr darum!

JIANG TAI *zögernd* Dann ... willst du ihn ihnen also doch geben? *Zeng Hao nickt.*

SIYI *will es eigentlich nicht sagen, spricht es aber schließlich doch aus* Aber die Dus wollen ihn heute schon haben.

HAO Gut, gut, sollen sie! Möge ein Glücklicherer darin ruhen. *Siyi will schon hinausgehen, da wendet sich Zeng Hao überraschend Jiang Tai zu* Tai, sag ihnen, sie sollen ihn sofort abholen, jetzt gleich! *Unendlich traurig* Ich, ich will morgen dieses unglückselige Ding nicht mehr sehen. *Senkt den Kopf und schweigt. Siyi ist stehengeblieben.*

JIANG TAI *mitleidig und sanft* Vater! *Geht ein Stück und bleibt wieder stehen.*

HAO Geh schon, geh und sag's ihnen!

JIANG TAI *dreht sich plötzlich um und tritt vor ihn hin, sehr freundlich* Vater, wozu darüber trauern? Wenn man tot ist, ist man tot. Was hat man schon davon, in einem ein paar hundertmal lackierten Sarg zu liegen. *Anfangs tröstet er ihn mitfühlend, doch dann ändert sich sein Tonfall allmählich, bis er wie gewohnt wieder unbedacht pausenlos auf Zeng Hao einredet* Das hast du nämlich noch nicht durchschaut. Zum Beispiel, wenn du heute stirbst und in einen Sarg gelegt wirst, der nur einmal lackiert ist, was macht das schon!

WENCAI *merkt, wie er in seinen gewohnten Ton zurückfällt* Tai!

JIANG TAI *zu Wencai, abweisend* Mecker nicht! *Wieder zu Zeng Hao, mit heiterer Miene und ganz ernsthaft versucht er, ihm zu helfen* Und weiter, wenn du stirbst und keinen Sarg hast, macht das denn etwas? *Gestikulierend* Das ist alles nur eine Gewohnheit! Ansichtssache! *Lebt immer mehr auf, langsam verfliegt sein ursprüngliches Mitgefühl, mit Händen und Füßen redend, zu Zeng Hao* Zum Beispiel, *setzt sich auf einen Sessel* wenn ich so sitze, sieht das gut aus. *Hat einen Einfall* Und so *legt plötzlich ein Bein über die Rückenlehne* zu sitzen, soll nicht gut aussehen? *Zu Siyi* Siyi, *sich an seinen eigenen Worten berauschend, als hätte er zuviel getrunken; der Streit von eben ist schon fast vergessen* ich mache nur einen Vergleich. *Zeigt auf sie* Angezogen siehst du gut aus, und ausgezogen sollst du nicht gut aussehen?

SIYI Tai!

JIANG TAI *läßt sich nicht stören* Das kommt doch ganz darauf an, das kommt auf die Ansichten, auf die Gewohnheiten an!

HAO *unterbricht ihn* Jiang Tai!

JIANG TAI *ohne sich stören zu lassen, fährt er wie ein Wasserfall fort* Nehmen wir zum Beispiel mich. *Setzt sich wieder richtig hin* Wenn ich gestorben bin, *zu Wencai; es ist nicht klar, ob er scherzt oder es ernst meint* laßt mich verbrennen! Und außerdem soll danach meine Asche ins Meer gestreut werden. Dann bin ich einfach ein Toter ohne Grab, weiter nichts! *Schulmeisterlich* Das ist auch nur Ansichtssache. Das kann sich aber auch als Gewohnheit einbürgern. Also, Vater, wenn du heute . . .

HAO *kann es nicht mehr mitanhören, mit lauter Stimme Einhalt gebietend* Tai! Wie du sterben und bestattet werden willst, bleibt deiner persönlichen Einstellung überlassen. *Bitter* Ich bin gerade von einer schweren Krankheit genesen, zudem ist heute mein Geburtstag, da sollte man wirklich nicht über so etwas . . .

JIANG TAI *immer noch gelassen, ohne zu merken, wie unpassend es ist, noch weiterzureden* Gut, gut, gut, du bist eben nicht meiner Meinung. Das macht auch nichts; das macht nichts. Jeder, wie er will! . . . Mir ist schon klar, daß ich zuviel rede. Eben sagte die ganze Zeit eine Stimme in mir: »Sei doch still! Sei doch still!« *Sich entschuldigend* Aber meine Zunge folgt nie . . .

SIYI *traurig* Dann hör doch auch auf, Tai! *Erhebt sich* Also, Vater, ich, ich *anscheinend fällt es ihr schwer, es auszusprechen; sich die Augen wischend* mache alles mit den Dus so ab, wie du es willst.

HAO *verzweifelt* Ja, es bleibt uns ja auch nichts anderes übrig.

SIYI Ach ja! *Geht ein paar Schritte.*

WENCAI *betrübt* Vater!

JIANG TAI *steht plötzlich auf* Nein! Wartet! Wartet doch! *Läuft Hals über Kopf in sein Schlafzimmer.*

Siyi bleibt stehen.

HAO *verwirrt* Was soll das schon wieder?

Zhang Shun tritt durch die Salontür auf.

ZHANG SHUN Da sind wieder Leute von den Dus. Sie sagen, der Wahrsager meint, der Sarg muß heute Nacht vor 5 Uhr in ihr Haus gebracht werden, und sie fragen, ob die gnädige Frau . . .

WENCAI Du . . .

Jiang Tai stürzt wieder herein, einen verschlissenen Hut und einen Spazierstock in der Hand.

JIANG TAI *zu Zhang Shun, übermütig* Sag diesen Scheißkerlen von den Dus, sie sollen noch warten, und sag ihnen, das Geld kommt gleich, und den Sarg des gnädigen Herrn brauchen wir als Feuerholz!

WENCAI Wie kannst du . . .

JIANG TAI *zu Zeng Hao, enthusiastisch* Vater, gedulde dich noch eine Weile, ich gehe zu einem Freund. *Zu Wencai* Chang Dingzhai ist jetzt Polizeichef. Er weiß bestimmt eine Lösung. *Zu Zeng Hao, sehr selbstsicher* Wir sind gute alte Freunde, das ist für ihn sicher eine Kleinigkeit. *Betont sachlich* Erstens könnte er sofort die Dus aufsuchen und sie auffordern, sich hier nicht mehr so rücksichtslos aufzuführen. Zweitens, falls sie wider Erwarten seinen Anordnungen nicht folgen, könnte er ihnen erst einmal *geringschätzig* dies bißchen Geld geben, das wird ihm auch ein leichtes sein, da bin ich ganz sicher.

WENCAI *traut ihren Ohren kaum* Tai, geht das wirklich?

JIANG TAI *klopft mit dem Stock auf den Boden* Natürlich, natürlich. Also, Vater,ich gehe jetzt. *Zu Siyi, mit beteuernder Geste* Siyi, laß es dir gesagt sein, ich übernehme die Garantie, ihr könnt euch darauf verlassen! *Geht.*

SIYI *durch die stürmische Entwicklung ist auch sie ein wenig verwirrt* Vater, wenn das . . .

WENCAI *fröhlich* Vater!

Jiang Tai hat kaum den Salon betreten, da kommt er wieder eilig zurück.

JIANG TAI *zu Wencai, seine Hand schnellt vor* Ich habe kein Geld bei mir!

WENCAI *holt sofort aus der Tasche ihres Kleides ein paar Geldscheine* Hier!

JIANG TAI *schaut kurz hin* Dreißig . . . *Geht langsam durch die Tür des Salons hinaus.*

HAO *Jiang Tai hat ihn so verwirrt, daß ihm schwindlig wird; schließlich seufzend* Was hat denn dieser Kerl bloß vor?

WENCAI *wie immer voll Bewunderung für ihren Mann fürchtet sie, daß man ihm nicht glaubt; nachdrücklich* Vater, beruhige dich, es ist nicht seine Art, Unsinn zu reden. Wenn er jetzt sagt, daß es eine Lösung gibt, dann stimmt das auch.

HAO *nicht ganz überzeugt* Soso!

SIYI *unbeherrscht* Ach was, ich glaube, er . . . *Beherrscht sich plötzlich wieder, zu Zeng Hao, mit gekünsteltem Lächeln* Es wird schon werden, Vater, das mit dem Sarg . . .

HAO *beruhigt und etwas zuversichtlicher seufzt er* Ja, es wird schon werden. Ein Ertrinkender greift nach dem letzten Strohhalm, soll er tun, was er für richtig hält.

ZHAN SHUN *auch seine Miene hellt sich etwas auf* Gnädige Frau, soll ich den Dus jetzt also . . .

SIYI *kann ihren lange unterdrückten Unmut nicht mehr verbergen, ihr Gesicht verfinstert sich, böse* Ich gehe, was nützt es, wenn du es ihnen sagst?

Eilt gereizt zum Salon.

HAO *ruft ihr nach* Siyi, du mußt immer noch freundlich mit ihnen sprechen, bitte sie, auf alle Fälle etwas zu warten!

SIYI Ach! *Durch die Salontür ab.*

Zhang Shun folgt ihr.

WENCAI *über das ganze Gesicht strahlend* Ruizhen, da siehst du, wie verrückt dein Onkel ist, erst jetzt . . .

RUIZHEN *bedrückt, mechanisch* Ja, Tante.

HAO *schöpft wieder Hoffnung, an Wencais Worte anknüpfend* Ach! Hauptsache, der Sarg bleibt hier! *Blickt sich um* Ting, meinst du, es besteht Hoffnung?

TING *ebenfalls mechanisch* Ja, Opa.

HAO *nickt* Wenn sich doch das Schicksal der Familie von jetzt an wenden würde! . . . Hm, das ist nicht ausgeschlossen. *Will aufstehen, Ruizhen geht hin und stützt ihn* Geht es dir noch gut?

RUIZHEN Ja, Großvater.

HAO *steht auf, sieht sie an, gerührt* Du wirst bald Mutter.

Wencai bedeutet Ting, seinem Großvater auch zu helfen. Schweigend geht er zu ihm hin.

HAO *sieht Ting und Ruizhen an, wird auf einmal von großer Hoffnung ergriffen* Wenn ich mir euch junges Paar anschaue, das so gut zusammenpaßt, dann hoffe ich für die Zukunft, daß ihr diese Familie zu neuer Blüte bringt.

WENCAI *macht Ting ein Zeichen zu antworten* Ting!

TING *sieht Ruizhen an, teilnahmslos* Ja, Opa.

HAO *zu Ting und Ruizhen, hoffnungsvoll* Wenn wir diesmal den Sarg noch behalten können und auch das Haus nicht zu verkaufen brauchen, werde ich im nächsten Frühjahr um euer und um eurer Kinder willen wieder eine Stellung annehmen und noch einmal arbeiten! *Wischt sich mit dem Taschentuch die Augen* Ach, wenn die Ahnen nur meine Gesundheit beschützen! Betet dafür von ganzem Herzen! *Geht zur Studierstube.*

WENCAI *stützt ihn, freudig zustimmend* Ja, wenn der Frühling kommt, wirst du wieder ganz gesund sein, Ruizhen wird dir einen Urenkel schenken, und mein Bruder wird auch ...

Die Tür der Studierstube öffnet sich, und Sufang erscheint. Sie ist offensichtlich gerade mit Blumenstecken fertig, denn in den nassen Händen hält sie noch einige Chrysanthemen.

SUFANG *streicht sich mit einer flüchtigen Handbewegung die Haare aus dem Gesicht, freundlich* Ruh dich aus, Onkel, dein Zimmer ist aufgeräumt.

HAO *zufrieden* Gut, gut. *Während er weitergeht, nickt er Wencai zu* Ja, warten wir auf den Frühling! ... Ruizhen, im nächsten Jahr, im Frühjahr ...

Während Ruizhen ihm zur Tür der Studierstube hilft, sieht sie Sufang an und weist heimlich mit dem Kopf ins Zimmer zurück. Sufang nickt verständnisvoll, stützt Zeng Hao und geht mit ihm hinaus. Wencai folgt ihnen. Ting steht regungslos im Zimmer. Ruizhen schaut ihn an und kommt schweigend wieder herein.

RUIZHEN *leise* Ting!

TING *wagt kaum, ihr in die Augen zu sehen; bedrückt* Gehst du morgen schon ganz früh?

RUIZHEN *vermeidet gleichfalls, ihn anzusehen; noch leiser, langsam, aber entschlossen* Ja.

TING Mit den Yuans?

RUIZHEN Ja, wir gehen zusammen.

TING *schaut sich nach allen Seiten um und sucht etwas in der Tasche* Den Vertrag habe ich schon fertig.

RUIZHEN *starrt ihn an* Oh.

TING *zieht ein Blatt Papier hervor, sieht sich unwillkürlich noch einmal um und liest leise* Hiermit lösen wir, Xie Ruizhen und Zeng Ting, unsere Ehe. Wir haben zu jung geheiratet, und unsere Ansichten sind unterschiedlich, so ist es unmöglich, weiterhin zusammenzuleben. Es ist unser eigener Entschluß, nicht mehr Mann und Frau zu sein ...

RUIZHEN *bitter* Du brauchst nicht weiterzulesen.

TING *zögert einen Moment; in der Meinung, dies sei ein notwendiges Verfahren, redet er weiter, stockend* Dann nur noch die Unterschriften, Siegel ...

RUIZHEN Laß uns das später in unserem Zimmer machen!

TING Ja, gut.

RUIZHEN *tiefbekümmert* Ting, ich schäme mich wirklich, daß ich so einen Vertrag von dir haben wollte.

TING *kann kaum sprechen, noch nie hat er so an ihr gehangen wie heute* Nicht doch, in den zwei Jahren hier hast du schließlich genug Kummer gehabt. *Plötzlich* Du hast doch Tante Sufang gesagt, daß du das Kind nicht mehr willst?

RUIZHEN *mag nicht daran erinnert werden* Ja. Die Kleider, die sie für das Kind gemacht hat, will ich ihr auch alle zurückgeben. Was meinst du?

TING Ich denke, es ist ganz gut, wenn einer im Haus Bescheid weiß.

RUIZHEN *besorgt* Ting, wenn ich fort bin, was, was machst du dann?

TING Ich weiß nicht. *Deprimiert* Zur Schule kann ich jetzt nicht mehr gehen.

RUIZHEN *mit herzlicher Anteilnahme* Du darfst nicht den Mut verlieren.

TING Ja.

RUIZHEN *tröstend* Wir können uns ja dann oft schreiben.

TING Ja. *Er weint.*

YUAN YUAN *ruft von draußen* Ruizhen!

RUIZHEN *bedrückt* Sei nicht traurig! Vieles lernen wir erst durch großen Schmerz.

TING Wenn das doch nicht so schwer wäre!

Yuan Yuan kommt ausgelassen und fröhlich pfeifend durch die Salontür herein. Sie hat einen Wollrock und ein rotes, dünnes und kurzes Wollhemd an, ihre Beine sind bloß, und sie trägt weiße Segeltuchschuhe. Sie scheint gerade zu packen; ihr Haar ist durcheinander, in einer Hand hält sie den Vogelkäfig mit der Taube »Einsamkeit«, in der anderen den zerrissenen, großen Goldfischdrachen.

YUAN YUAN *laut* Ruizhen, mein Vater sucht dich schon die ganze Zeit; er fragt, ob du dein Gepäck . . .

RUIZHEN *unterbricht sie, lächelnd* Sprich doch bitte ein wenig leiser!

YUAN YUAN *streckt ihr die Zunge aus, sogleich mit gepreßter Stimme* Mein Vater . . . fragt dich . . ., ob du und deine Freunde . . . euer Gepäck . . . fertig gepackt habt.

RUIZHEN *muß über sie lachen* Ja.

YUAN YUAN *immer noch gepreßt* Er sagt, . . . wir können euch nur . . . ein Stück begleiten; außerdem fragt er . . . *Prustet heraus, wieder mit normaler Stimme* Das bringt einen ja um! Komm lieber mit! Mein Vater hat noch eine Menge Fragen.

RUIZHEN *fröhlich* Gut, gehen wir!

YUAN YUAN *bleibt noch und geht mit ihren Sachen zu Ting, mit gewichtiger Miene* Ting, da dein Vater nicht zu Hause ist, *hält den Goldfischdrachen hoch* gib den kaputten Drachen hier deiner Mutter zurück! *Lehnt ihn an den Tisch und hebt dann den Vogelkäfig hoch* Und die Taube gib Fräulein Sufang! *Stellt den Käfig auf den Tisch.*

TING *die Gefühle, die er Yuan Yuan gegenüber vor einem Monat noch gehegt hat, sind anscheinend bereits vergessen, nickt* Ja.

YUAN YUAN *zu Ruizhen* Geh'n wir, Ruizhen!

Sie schiebt Ruizhen zur Salontür hinaus. In der Tür begegnen sie Siyi, die gerade hereinkommt. Als Ruizhen sie erblickt, stockt sie einen Moment, dann wird sie von Yuan Yuan mit einem Geh! *hinausgeschoben. Zeng Ting sieht ihnen nach und seufzt leise.*

SIYI *wirft einen mißtrauischen Blick zurück und geht dann zu Ting* Ruizhen ist in den letzten Tagen oft weg, dauernd steckt sie bei ihren Freunden. Weißt du, was sie da macht?

TING *sieht sie an, kopfschüttelnd* Nein.

SIYI *wundert sich über seine Naivität, weiß aber nicht, was sie tun kann, seufzt gekränkt* Ach! Sie ist doch deine Frau, mein Kind! Ich will mich nicht ständig über sie ärgern müssen. *Plötzlich* Wohin gehen sie eigentlich?

TING Sie sind ins Haupthaus gegangen.

SIYI *klagend und bedrückt* Ting, hast du gesehen, wie unhöflich sie eben wieder zu deiner Mutter waren?

Ting blickt seine Mutter an und senkt den Kopf.

SIYI *holt ein Taschentuch hervor* Als Mutter hat man doch ein bitteres Los! Dein Vater hat uns im Stich gelassen, deine Mutter wird den ganzen Tag nur geärgert, und das alles euretwegen! *Wischt sich die Tränen aus den Augen.*

TING Weine nicht, Mama!

SIYI *streichelt ihn* Von nun an mußt du deiner Mutter alles erzählen! *Grollend* Wenn deine Mutter nicht schon letzten Monat gesehen hätte, daß Ruizhen ein Kind bekommt, ihr hättet es mir bis heute nicht gesagt. *Gestikulierend* Was habt ihr beiden nur vor? *Besorgt*

Hat Ruizhen die Schwangerschaftsmedizin eingenommen, wie ich ihr aufgetragen habe?

TING Nein.

SIYI Ich spreche von dem Rezept, das ich vorgestern von Hofarzt Luo bekommen habe.

TING *traurig und ein wenig ungeduldig* Sie hat sie nicht eingenommen!

SIYI *wütend* Warum denn nicht? Wenn ich sage, sie soll sie einnehmen, dann will ich auch, daß sie das tut! Wenn sie wieder nicht gehorcht, sag es mir; dann wirst du sehen, wie ich sie dazu bringe! Sie muß wissen, wenn sie selbst auch keine Zeng ist, das Ding in ihrem Bauch ist ein Zeng! Wenn man sie jetzt wegen des Kindes machen läßt, was sie will, wird sie immer unverschämter. *Leise* Ting, sei kein Dummkopf! Ich sehe doch, wie seltsam sich Ruizhen in den letzten Tagen benimmt, so geheimnisvoll und verdächtig, und mit solchen verrückten Freunden verkehrt sie ... *Noch leiser* Ich fürchte, sie will mit ihren Sachen einfach verschwinden, nachts schließe ich schon alle Türen ab. Du mußt aufpassen! Ich fürchte ...

Sufang kommt mit einem Arzneikrug durch die Tür der Studierstube herein.

SUFANG *freundlich* Die Medizin von Hofarzt Luo ist fertig.

Siyi sieht sie an.

SUFANG *da sie keine Antwort erhält* ... Willst du sie hier trinken?

SIYI *kalt* Stell sie vorerst zum Wärmen auf das Holzkohlestövchen bei mir!

Sufang geht mit der Medizin an Ting vorbei in Siyis Zimmer.

TING *sieht die Medizin, verwundert* Mama, warum nimmst du, nimmst du denn auch die Medizin von Hofarzt Luo ein?

SIYI *etwas verlegen, faßt sich aber sofort wieder; ausweichend* Deine, deine Mutter fühlt sich im Moment auch nicht ganz wohl; *sucht nach Worten* glücklicherweise sorgt aber in diesen Tagen deine Tante Sufang für mich. *Aber sofort ändert sich ihr Ton wieder, hüstelnd* Aber, mein Kind, *ihre Miene verfinstert sich* diese Tante Sufang, *schüttelt den Kopf* sie, sie ist ...

Sufang kommt aus Siyis Zimmer.

SUFANG Siyi, Onkel ruft dich!

SIYI *kaum darauf achtend, nickt sie; wendet sich Ting zu* Ting, komm mit.

Ting folgt Siyi, durch die Tür der Studierstube ab.

Es ist noch dunkler geworden. Man hört nur einmal das Rufen von Wildgänsen, die an dem spätherbstlichen Abendhimmel friedlich vorüberziehen.

Sufang seufzt leicht; offenbar ist sie müde. Plötzlich erblickt sie den Taubenkäfig auf dem Tisch, streckt unwillkürlich die Hand aus und hebt ihn hoch; unverwandt betrachtet sie die weiße Taube. Ruizhen tritt auf, einen geflochtenen Koffer mit Babykleidung in der Hand, den sie behutsam auf den Beistelltisch stellt. Leise geht sie zu Sufang.

RUIZHEN *leise* Tante Sufang!

SUFANG *erschrocken dreht sie sich um* Ach, du?
Setzt den Käfig ab.

RUIZHEN Hast du den langen Brief gelesen, den ich dir ins Zimmer gelegt habe?

SUFANG *nickt* Ja.

RUIZHEN Nimmst du es mir nicht übel?

SUFANG *lacht traurig, gütig* Nein, ... *Plötzlich* Willst du wirklich fortgehen?

RUIZHEN *wehmütig* Ja.

SUFANG *seufzt, will sie eigentlich nicht hindern und hängt doch zu sehr an ihr* Bleib doch!

RUIZHEN *sofort heftig* Tante Sufang, rätst du mir immer noch, das alles noch länger zu ertragen?

SUFANG *scheint sich an etwas zu erinnern, und ein Leuchten erscheint auf ihrem Gesicht; langsam und bestimmt* Ich weiß, bei jedem Menschen muß die Zeit kommen, wo er seine Lage nicht länger erträgt.

RUIZHEN *ihre Augen blitzen erwartungsvoll auf; heftig ergreift sie Sufangs blasse Finger* Und was ist mit dir?

SUFANG *traurig blickt sie Ruizhen an, wehmütig* Ruizhen, sprechen wir nicht davon! Wenn du fort bist, werde ich noch einsamer sein. Wenn ich keinen mehr habe, mit dem ich reden kann, werde ich noch ...

RUIZHEN *preßt ihre Hand noch fester und drückt Sufang langsam auf einen Stuhl* Nein, nein, Tante Sufang, das darfst du nicht, so darfst du nicht weiterleben! *Eindringlich flehend* Tante Sufang, ich gehe morgen fort; warum reden wir nicht über erfreuliche Dinge? Warum sprichst du nicht über deine ... *In der Abenddämmerung bemerkt sie erst jetzt, daß in Sufangs großen Augen Tränen schimmern, hält inne.*

SUFANG *zögernd* Worüber soll ich denn sprechen?

RUIZHEN *unwillkürlich stockend* Zum Beispiel über dein, dein ... *Plötzlich* Warum gehst du eigentlich nicht fort?

SUFANG *hilflos* Wohin sollte ich gehen?

RUIZHEN *erregt* Es gibt so viele Möglichkeiten. Du könntest zum Beispiel mit uns kommen.

SUFANG *schüttelt den Kopf* Nein, ich kann nicht.

RUIZHEN *setzt sich neben sie, herzlich* Hast du das Buch gelesen, das ich dir gegeben habe?

SUFANG Ja.

RUIZHEN Findest du die Aussagen richtig?

SUFANG Ja.

RUIZHEN *lacht* Warum kommst du dann nicht mit uns?

SUFANG *leise und langsam, aber bestimmt* Ich kann nicht.

RUIZHEN Warum nicht?

SUFANG *schaut sie an* Ich kann nicht.

RUIZHEN *eindringlich* Aber warum denn nicht?

Sufang will reden, doch dann schüttelt sie nur wieder den Kopf.

RUIZHEN Du solltest mir wenigstens den Grund sagen.

SUFANG *es fällt ihr äußerst schwer, sich auszusprechen* Ich glaube, ich, ich habe hier noch etwas zu tun.

RUIZHEN Das verstehe ich nicht.

SUFANG *lächelt, steht auf* Du brauchst es nicht zu verstehen, ich kann es dir nicht erklären.

RUIZHEN *tritt an sie heran, direkt* Warum gehst du ihn eigentlich nicht suchen?

SUFANG *verwirrt* Meinst du ...

RUIZHEN *offen* Such Vater! Such ihn doch!

SUFANG *beruhigt sich, nachdenklich* Warum soll ich ihn suchen?

RUIZHEN Liebst du ihn denn nicht?

Sufang senkt den Kopf.

RUIZHEN *immer bestimmter* Warum willst du ihn dann nicht suchen? Warum denn nicht? *Lebhaft* Tante Sufang, ich bin nicht mehr das dumme Kind von früher. Vor einem Monat hätte ich dich überhaupt noch nicht danach fragen können. Du weißt ja wohl auch selbst, daß ich einiges begriffen habe. *Ernst* Ich gehe bald. Wir sind ganz allein in diesem Zimmer. Tante Sufang, sag mir, warum du ihn nicht suchst, warum nicht?

SUFANG *seufzt* Wenn ich ihn gefunden habe, werde ich dann glücklich sein?

RUIZHEN Bist du hier denn glücklich?

SUFANG Ich, ich kann hier für ihn ... *Plötzlich fühlt sie, daß sie es nicht aussprechen kann.*

RUIZHEN *eindringlich* Sprich doch, Tante Sufang! Du hast gesagt, du wolltest einmal richtig mit mir reden.

SUFANG Ich, ich meine ... *nach und nach leuchtet ihr Gesicht auf, und ihre blassen Wangen röten sich; ihre Stimme zittert ein wenig* ... jetzt, wo er fort ist, kann ich für ihn seinen Vater pflegen und für seinen Sohn sorgen. Ich kümmere mich um seine geliebten Bilder und füttere seine geliebten Tauben, ja, ich habe das Gefühl, ich sollte sogar gegenüber denen, die er nicht mag, nachsichtig sein, ich sollte freundlich zu ihnen sein und sie lieben, weil ...

RUIZHEN *unterbricht sie, ungeduldig* Warum?

SUFANG *zögert einen Augenblick, fährt dann aber ohne zu stocken fort; bewegt* ... weil auch die, die er nicht liebt, ihm einmal nahe standen. *Endlich hat sie ihre Gefühle, über die sie selbst erschrocken war und die sie so lange verborgen hatte, aussprechen können; sie ist von Freude erfüllt.*

RUIZHEN *verblüfft* Deshalb wirfst du dein Leben fort und kümmerst dich sogar um Tings Mutter, diese ...

SUFANG *lächelt bitter* Ist sie nicht auch sehr zu bemitleiden, nachdem ihr Mann fort ist?

RUIZHEN Tante Sufang, hast du denn wirklich vergessen, wie sie dich immer behandelt ...

SUFANG *traurig* Warum soll man ihr das nachtragen? Wenn ich seinetwegen, allein seinetwegen ...

RUIZHEN *erträgt es nicht* Ach, Tante Sufang, warum opferst du dich nicht für etwas Sinnvolleres auf? Kannst du ihn denn gar nicht vergessen? Warum hängst du dich ausgerechnet an einen solchen Nichtsnutz, an einen solchen unfähigen ...

SUFANG *tief verletzt* Sprich nicht so über deinen Schwiegervater!

RUIZHEN *sich verteidigend* Spricht Großvater denn nicht auch so von ihm?

SUFANG *betroffen* Du, du darfst nicht so reden! Keiner hat ihn je verstanden.

RUIZHEN *holt tief Atem, traurig* Dann hast du dich also schon darauf eingestellt, ihn nie mehr wiederzusehen?

Sufang senkt langsam den Kopf.

RUIZHEN *ernst* Antworte, Tante Sufang!

SUFANG *kaum hörbar* Ja.

RUIZHEN Warum hast du ihn denn überhaupt gehen lassen?

SUFANG *sich erinnernd* Ich, ich habe gesehen, wie er hier litt, und habe mich um ihn gegrämt.

RUIZHEN *spontan* Und jetzt, wo er weg ist, bist du glücklich?

SUFANG *leise* Ja.

RUIZHEN *seufzend* Ach, warum müßt ihr beiden so weiterleben?

SUFANG *über ihr Gesicht huscht ein Lächeln* Bist du nicht auch glücklich, wenn du einen anderen glücklich siehst?

RUIZHEN *sehr besorgt, langsam* Denkst du denn hier nicht an ihn?

Sufang senkt den Kopf.

RUIZHEN Sehnt er sich draußen denn nicht nach dir?

Sufang schweigt. Tränen rollen über ihre blassen Wangen.

RUIZHEN Das ganze Leben, das ganze Leben in Einsamkeit und Kummer zu verbringen, werdet ihr das ertragen können?

SUFANG *nachdenklich* In Kummer, in Kummer vielleicht, aber gewiß nicht in Einsamkeit.

RUIZHEN *tief bewegt* Arme Tante Sufang, ich verstehe, ich verstehe, ich verstehe dich ja. Ich fürchte, ich fürchte nur, daß Vater vielleicht eines Tages zurückkommt. Und dann wird alles wie früher sein: man wahrt die Form, man leidet, man sorgt füreinander, man blickt sich an, keiner geht aus sich heraus, keiner . . .

SUFANG *schaudert vor Kälte, plötzlich schüttelt sie entschieden den Kopf* Nein, er wird nicht zurückkommen.

RUIZHEN *hartnäckig* Aber falls er nun doch . . .

SUFANG *wischt sich die Augen* Nein, er wird auf gar keinen Fall zurückkommen. *Senkt den Kopf und blickt auf ihr feuchtes Taschentuch, leise und zögernd* Er war noch einmal bei mir.

RUIZHEN *erschrocken* Vater hat dich heimlich besucht?

SUFANG Ja.

RUIZHEN *verwundert* Wann?

SUFANG Am Tag nach seiner Abfahrt.

RUIZHEN *kann es noch nicht fassen* Ach.

SUFANG Er sagte, er wolle ein Mann werden und auf gar keinen Fall wieder zurückkommen. *Sie ist so bewegt, daß sie weiterreden muß* Er sagte, er könne seinem Vater und seinem Sohn nicht ins Gesicht sehen, sogar dich hat er immer wieder erwähnt. Er will, daß ich für euch sorge, daß ich auf seine Familie achte, auf seine Bilder und Tauben. Er redete ununterbrochen, und dann fing er an zu weinen! Er sagte noch, er sagte noch, am meisten beunruhige ihn, daß ... *Hat wieder zu weinen begonnen, doch nun muß sie lachen* Ruizhen, er ist noch wie ein Kind, gar nicht wie ein Mann, der schon einen verheirateten Sohn hat.

RUIZHEN *ernst* Dann bist du also entschlossen, in Zukunft für seine Familie zu sorgen?

Fragen und Antworten folgen jetzt direkt aufeinander.

SUFANG *wieder ruhig* Ja.

RUIZHEN *forschend* Die ganze Zeit willst du Großvater Gesellschaft leisten, der schon mit einem Bein im Grab steht?

SUFANG *nickt schweigend* Mh.

RUIZHEN Und dann noch auf Ting aufpassen?

SUFANG *schaut sie an, runzelt ein wenig die Stirn* Ja.

RUIZHEN Jung und alt bedienen?

SUFANG *fest* Ja.

RUIZHEN *fast ärgerlich* Und du willst dauernd den Anblick meiner Schwiegermutter ertragen?

SUFANG *schaudert vor Kälte* Hu! – – – Ja.

RUIZHEN *eindringlich* Dich ärgern lassen?

Sufang blickt sie fest an.

RUIZHEN *noch drängender* Und leiden?

SUFANG *sieht sie unverwandt an* Ja.

RUIZHEN *aufgebracht* Du willst immer hier bleiben? *Hart* Bis du stirbst?

SUFANG *senkt den Kopf und streicht sich mit der Hand über die Stirn, zögernd* Bis ich ... sterbe.

RUIZHEN *fassungslos, tieftraurig* Aber liebe Tante Sufang, warum denn nur?

SUFANG *hebt den Kopf* Weil ...

RUIZHEN Ja, weil ...

SUFANG *mühsam* Weil, ich weiß nicht, wie ich es sagen soll, *plötzlich mit einem rührenden Lächeln* weil das erst das Leben ist!

RUIZHEN *stößt hervor* Du bist sicher, daß Vater nicht zurückkommt?

SUFANG *lächelnd* Kann der Himmel einstürzen?

RUIZHEN Und du hast dich wirklich darauf eingestellt, dein ganzes Leben bei den Zengs zu bleiben, in diesem Kerker, nur wegen dieses Traumes, einer Illusion, eines einzigen Menschen ...

SUFANG *ruhig* Vielleicht gehe ich eines Tages ...

RUIZHEN *erwartungsvoll* Wann?

SUFANG *lächelnd* Wenn der Himmel einstürzt und die Stummen vor Schreck ihre Sprache wiederfinden!

RUIZHEN *mit großer Anteilnahme* Tante Sufang, es ist gefährlich und unvernünftig, sein Glück völlig von einem einzigen Menschen abhängig zu machen. *Schmerzlich* Früher war ich ein dummes Kind, Tante Sufang, und du bist jetzt noch ...

Das Zimmer versinkt allmählich in der Dunkelheit. Draußen auf der Regenrinne krächzt eine Krähe und fliegt davon. Während Ruizhen noch spricht, beginnen fern auf der Stadtmauer die Soldaten, die noch nicht in ihre Garnison zurückgekehrt sind, mit dem Zapfenstreich. Die Töne schwingen verloren in der kalten Luft, bis der Vorhang fällt.

SUFANG Sprechen wir nicht mehr davon, Ruizhen! *Plötzlich hebt sie den Kopf und blickt zum Fenster* Hör mal, was sind das für Klänge in der Ferne?

RUIZHEN *merkt, daß sie das Thema wechseln will* Der Zapfenstreich auf der Stadtmauer.

SUFANG *horchend* Wie melancholisch!

RUIZHEN *nickt* Ja, es ist auch schon dunkel. Wenn ich früher allein im Zimmer war, hatte ich Angst davor. Es schien dann immer so, als sei das ganze Leben traurig.

SUFANG *mit Tränen in den Augen* Du hast recht, es hört sich ganz traurig an. *Leidenschaftlich ergreift sie Ruizhens Hände, leise* Ruizhen, ich bin auf einmal ganz froh! *Faßt sich an die Brust* Wie mein Herz schlägt! Als ob der Frühling gekommen sei. *Bewegt* Ist das nicht das Leben? Nichts weiter als ein ständiger Wechsel von bitteren und süßen Tagen! *Weint vor Rührung* Mal findest du es so unerträglich, daß du am liebsten weinen möchtest, ein andermal ist dir wieder zum Lachen zumute.

RUIZHEN *wischt ihr mit einem Taschentuch die Tränen ab, leise rufend* Tante Sufang, warum weinst du denn wieder? Tante Sufang, warum ...

SUFANG *lauscht dem Zapfenstreich in der Ferne* Sorg dich nicht um mich, laß mich ruhig weinen! *Unter Tränen zwingt sie sich zu einem freundlichen Lachen* Jetzt lache ich doch! Ruizhen ... *Ruizhen läßt traurig den Kopf sinken und wischt sich die Nase* Ruizhen, du sollst um mich nicht weinen! *Herzlich* Ich war zwar niedergeschlagen, aber nun weine ich ganz einfach vor lauter Freude.

Ruizhen hebt den Kopf und sieht sie an, dann beginnt sie zu schluchzen. Sufang streichelt ihre Hände; froh und traurig zugleich redet sie tröstend auf sie ein.

SUFANG Weine nicht, Ruizhen! Seit vielen Jahren habe ich schon nicht mehr so viel gesprochen, aber jetzt ist es so, als scheine die Sonne und in mir habe sich alles gelöst. Ruizhen, wie lieb du bist! Ohne dich könnte ich nicht so fröhlich sein, ohne dich könnte ich nicht über ihn sprechen und könnte nicht mit solcher Leichtigkeit so viel erzählen. *Noch bewegter* Ruizhen, wenn du meinst, daß du woanders glücklicher bist, dann geh, geh fort! Irgendwie bin ich hier auch glücklich. Hör auf zu weinen, Ruizhen! Du sagst, dies Haus sei ein Kerker? Nein, das ist es nicht . . .

RUIZHEN *schluchzend* Nein, nein, Tante Sufang, du machst mich traurig. Ich mache mir Sorgen. Wie kannst du so froh sein! Dein Gesicht glüht wieder so, ich fürchte . . .

SUFANG *flehend* Ruizhen, mach dir keine Sorgen! Ich war noch nie so froh. *Tritt an den Tisch, auf den Ruizhen den kleinen Koffer gestellt hat* Ruizhen, nimm doch diesen Koffer mit den Babysachen mit! *Mitleidig* Damit kannst du anderen noch sehr helfen. Die guten Sachen verschenkst du, und die schlechten behältst du. Wir müssen allen armen Menschen helfen; zum Leben braucht man ja schließlich nicht nur was zum essen! *Öffnet den Koffer* Und da du diese Sachen selbst nicht brauchst, schenke sie kleinen Kindern, die nichts anzuziehen haben! *Plötzlich zieht sie einen großen roten Umhang aus Baumwolle hervor* Ist dieser Umhang nicht hübsch?

RUIZHEN Ja, sehr hübsch.

SUFANG *zufrieden nimmt sie eine kleine weiße Mütze heraus* Ist die nicht niedlich?

RUIZHEN Ja, wirklich.

SUFANG *voll Freude hält sie nun ein grünes Seidenkleid hoch* Und dies hier?

RUIZHEN *jetzt lebt auch sie auf* Oh, wie schön!

SUFANG *noch fröhlicher; schön und gütig leuchtet ihr Gesicht* Nein, das ist doch noch nicht so schön, da ist noch ein anderes. *Lachend beugt sie sich tief über den Koffer.*

Die traurigen Klänge der Trompeten tönen immer noch herüber. In diesem Moment öffnet sich langsam die Salontür, und in der

Dunkelheit erscheint Zeng Wenqing. Er ist noch blasser und magerer geworden und sieht elend und müde aus. Er trägt ein altes gefüttertes Kleid und hält das Rollbild unter dem Arm. Mit gesenktem Kopf kommt er niedergeschlagen herein.

Sufang steht mit dem Rücken zu ihm und kramt, immer noch über den Koffer gebeugt, vergnügt in den Sachen. Ruizhen blickt zur Flügeltür . . .

RUIZHEN *kaum hat sie ihn gesehen, schrickt sie mit einem erstickten Aufschrei wie aus einem Alptraum hoch* Oh, da . . .

SUFANG *ausgelassen hebt sie mit beiden Händen eine wunderschöne, große Stoffpuppe hoch, sie hat schwarze Haare und glänzende Augen und ist in ein Wickeltuch aus roter Seide gehüllt. Sufang strahlt Ruizhen erwartungsvoll an* Schau mal! *Sieht plötzlich Ruizhens blasses, entgeistertes Gesicht* Ist da jemand?

RUIZHEN *mit starrem Blick* Der Himmel, der Himmel stürzt ein. *Sie dreht sich um und verhüllt ihr Gesicht.*

SUFANG *blickt sich um und sieht Wenqing. Er ist gerade stehengeblieben und schaut angestrengt zu ihnen hin, da er sie in der Dunkelheit nicht deutlich erkennen kann* Ach!

Wenqing senkt den Kopf und geht schweigend in sein Zimmer. Kaum ist er hinausgegangen, kommt Siyi durch die kleine Tür der Studierstube hereingelaufen.

SIYI *freudig erregt* Ist Wenqing zurückgekommen?

SUFANG *sprachlos* Ja.

Siyi läuft sofort in das Zimmer.

Sufang ist vor Schreck erstarrt.

Die fernen Klänge des Zapfenstreichs zittern verloren im Wind.

Langsam fällt der Vorhang.

2. Szene

Zehn Stunden später, zur Zeit der tiefsten Dunkelheit, kurz vor Morgengrauen. Das Zimmer wird von einer weit aufgedrehten Petroleumlampe hell erleuchtet. Der zerrissene Goldfischdrachen ist verschwunden, aber der Taubenkäfig steht noch verloren auf dem Tisch. Die weiße Taube sitzt regungslos da und hat den Kopf in ihr Gefieder gesteckt; anscheinend schläft sie. Im Zimmer ist nicht geheizt; man kann sich nachts nur dick angezogen dort aufhalten, sonst ist die fast winterliche Kälte nicht zu ertragen. Draußen weht ein stürmischer Westwind; das Rauschen der Silberpappeln im Hof hört sich an wie das Prasseln eines Regens und verbreitet eine traurige und trübe Stimmung. Das geflickte Fensterpapier wird unaufhörlich hin- und hergezerrt. Manchmal ertönt von weitem der Gong der Nachtwache, und dann und wann trägt der Wind noch aus einer fernen Gasse den Ruf des alten Brötchenverkäufers herüber; manchmal deutlicher, dann wieder im Brausen des Windes kaum zu verstehen, ruft er: »Weizenbrötchen!«

Kaum einer der Zengs ist schlafengegangen; in der Geschichte des Hauses ist dies eine der traurigsten Nächte. Der alte Herr Zeng hat die ganze Nacht noch kein Auge zugetan und grübelt darüber, daß er von seinem immer wieder lackierten, geliebten Sarg, mit dem er so viele Jahre lang von früh bis spät zusammen war, schon in wenigen Stunden Abschied nehmen muß. Der Gedanke daran ist ihm noch unerträglicher, als bei lebendigem Leibe verbrannt zu werden. Die Familie Du hat erklärt, daß der Sarg vor 5 Uhr morgens in ihr Haus überführt werden müsse. Der Verwalter der Dus will deshalb nur noch bis kurz vor 5 Uhr warten, aber Jiang Tai, der um 5 Uhr abends weggegangen war, um Geld aufzutreiben, ist immer noch nicht zurück. Zeng Wencai will einerseits im Haupthaus ihrem Vater Beistand leisten, andererseits sorgt sie sich um den Verbleib ihres Mannes, und so kommt sie immer wieder herübergelaufen, fragt nach ihm, telefoniert überall herum und schickt Leute nach ihm aus, doch nach wie vor fehlt von ihm jede Spur. Auch die anderen Familienmitglieder fühlen angesichts des Leides des alten Herrn Zeng, daß man sich um ihn kümmern müsse. Natürlich vertrauen einige fest darauf, daß Jiang Tai Geld bekommen wird, damit man endlich die herumlungernde Dienerschaft der Dus verjagen kann. Es gibt aber auch jemanden, der sich nur aus Respekt Zeng Hao gegenüber zuversichtlich gibt, tatsächlich jedoch fürchtet, daß Jiang Tai wider Erwarten mit dem Geld zurückkommen und den Handel mit einem Schlag zunichte machen könnte. Andere schließlich packen heimlich in ihrem Zimmer ihre Sachen. Dabei vergießen sie Tränen, sind aber auch voller Freude. Im Kummer strahlende Hoffnung hegen, das Vergangene überdenken und der Zukunft entgegenstreben: So verhalten sich die »Pekingmenschen« von morgen; daran werden die, die schon mit einem Bein im Grabe stehen, sie nicht hindern können. In der trostlosen und kalten Blumenhalle sitzt Wenqing wie betäubt regungslos und schweigend auf einem Sessel, die Hände in die Ärmel seines alten wattierten

Kleides aus dunkelgrauer Hangzhou-Seide gesteckt. Seine Augen, seine Stirn und sein Mund drücken Müdigkeit und Hoffnungslosigkeit aus. Schwermütig lauscht er den fernen Gongschlägen der Nachtwache, dem Brausen des Windes und dem Rauschen der Blätter, und nur hin und wieder hört er der neben ihm sitzenden, unaufhörlich redenden Siyi zu. Siyi trägt ein dünnwattiertes blaues Popelinekleid. Wer weiß, wie lange sie schon geredet hat, jetzt scheint sie jedenfalls erschöpft zu sein und sieht Wenqing, auf eine Antwort wartend, an. In den Händen hält sie zwei Schalen mit ihrer heißen Medizin, die sie immer wieder umgießt, um sie abzukühlen. Schließlich trinkt sie sie in einem Zug aus, nimmt dann ein Glas Wasser und spült sich den Mund.

SIYI *stellt die Schalen hin, von neuem* Gut, du bist wieder da, und die Zengs können mir nun keine Vorwürfe mehr machen. *Kalt lächelnd* Jetzt kann meine Schwägerin wenigstens nicht mehr argwöhnen, ich hätte ihren Bruder ein für alle Mal fortgejagt.

Wenqing hebt müde den Kopf und sieht sie an.

SIYI *beobachtet ihn, mit dem Anschein größter Ernsthaftigkeit* Was ist? Wie steht es damit? . . . Kann ich es so abmachen? *Als verstehe sie sein Schweigen nicht* He, warum sagst du denn wieder nichts? Ich zwinge dich doch zu nichts.

WENQING *seufzt, ratlos* Was, was hast du denn eigentlich vor?

SIYI *mit beleidigtem Blick, als sei sie hilflos großem Unrecht ausgesetzt* Seltsam, wenn man sich nach dir richtet, ist dir das auch wieder nicht recht. *Setzt eine entschlossene Miene auf* Ich bin ein konsequenter Mensch! Heute hat deine Schwester vor Vater und unseren Kindern ihre Launen an mir ausgelassen, das alles habe ich bis jetzt deinetwegen über mich ergehen lassen! Ich bin gerade bei ihr gewesen, um erst einmal in aller Ruhe mit ihr zu reden, und habe sie gebeten hierherzukommen, damit wir alle zusammen beratschlagen können . . .

WENQING *hebt den Kopf, überdrüssig* Was beratschlagen?

SIYI Naja, worüber wir gerade gesprochen haben. *In der Annahme, daß sie Wenqings Gedanken durchschaut hat, spöttisch* Das Kind sieht den Bonbon, mag aber nicht sagen, daß es ihn haben will. Ich mag keine Umschweife, wenn ich etwas haben will, dann sage ich das auch. Mir sind solche Männer zuwider, die Hammelfleisch essen möchten, sich aber vor dem Geruch ekeln.

WENQING *matt* Es wird bald hell, geh schlafen!

SIYI *als habe sie nichts gehört, fährt sie im gleichen Tonfall fort* Ich habe eben schon mit deiner Schwester ganz zwanglos darüber gesprochen . . .

WENQING *erschrocken* Was? Du hast meiner Schwester sogar gesagt . . .

SIYI *schnippisch* Wieso? Darf man nicht darüber sprechen?

Wencai tritt durch die kleine Tür der Studierstube auf. Sie trägt noch das Kleid aus Kamelgarn, nur hat sie sich eine kaffeebraune Strickjacke darüber gezogen. Da auch sie die ganze Nacht nicht geschlafen hat, sieht sie noch angegriffener aus als sonst. Ihr Haar ist ein wenig unordentlich.

WENCAI *ihre Haare ordnend* Was, Wenqing, es ist gleich 5, und du bist noch nicht schlafen gegangen?

WENQING *bitter lächelnd* Nein.

WENCAI *zu Siyi, unruhig* Ist Tai zurückgekommen?

SIYI Nein.

WENCAI Mir war eben so, als würde vorne das Tor aufgeschlossen.

SIYI *kühl* Das sind die Träger von den Dus, die holen den Sarg.

WENCAI So. *Eisige Hoffnungslosigkeit überkommt sie, vor Kälte erschauernd, kauert sie sich auf einem alten Sessel zusammen* Hu, wie kalt!

SIYI *horcht, provozierend* Hörst du, jetzt schließen sie wieder zu! *Kommt wieder auf ihr Anliegen zurück* Also, was ist? *Ihre Worte klingen scharf, aber sie lächelt über das ganze Gesicht* Wencai, wir sprachen gerade über das Thema von vorhin . . .

WENCAI *verwirrt, unsicher* Worüber?

SIYI *lächelt Wenqing schmeichlerisch an* Ich meine Sufangs Heirat.

WENCAI *erinnert sich, weiß aber nicht, welche Hintergedanken Siyi hegt, so lacht sie verlegen* Das ist wohl jetzt etwas unpassend.

SIYI *freimütig* Was ist daran unpassend? *Vertraulich* Wencai, glaubst du, daß ich, deine Schwägerin, so *hebt zum Vergleich den kleinen Finger* kleinlich bin! Ich jedenfalls gehöre nicht zu den Frauen, die ihren Lebensinhalt nur darin sehen, den ganzen Tag auf ihren Mann aufzupassen. Den Stein der Weisen finde ich in diesem Leben nicht mehr, aber so viel Verständnis bringe ich noch auf. *Bescheiden* Eigentlich kann man hierbei gar nicht von Verständnis sprechen, denn daß einer seine Cousine heiratet und die Verwandtschaft dadurch noch enger wird, ist nur recht und billig und kommt überall vor.

WENCAI *aufrichtig* Ja, aber ich meine, daß man auch Sufang nach ihrer Meinung fragen soll.

SIYI *lacht spöttisch* Haha, wozu das denn? Womit sollte sie nicht einverstanden sein? Ich bin ein aufrichtiger Mensch und habe das Herz auf der Zunge, und ich bin nicht die einzige, die Sufangs Gedanken durchschaut. Doch sie ist ein von Grund auf guter Mensch, ich möchte ihr nichts unterstellen. Also, *fleht Wenqing an* »lieber Cousin«, solltest du jetzt nicht auch ein offenes Wort sagen? Deine liebe Schwester ist auch hier, und du solltest mir wenigstens in ihrer Anwesenheit sagen, was du dazu meinst.

Wenqing schaut Wencai an und senkt, weiter schweigend, den Kopf.

SIYI *drängend* Äußere dich doch, damit ich die Sache für dich erledigen kann!

WENCAI *als ob sie seine Gedanken errät, spricht sie für ihn* Ich finde, so geht es noch nicht.

SIYI *mit wütendem Blick* Warum geht es denn noch nicht? Wencai, du kannst beruhigt sein, ich werde Sufang bestimmt kein Unrecht antun. Mein Verhältnis zu ihr kann nur besser werden als früher, schlechter auf keinen Fall. *Zeigt sich immer großmütiger* Ich war noch nie so froh; mitten in der Nacht habe ich noch meinen Schmuck durchgesehen, den ich mit in die Familie gebracht habe, und während ich so suche, entdecke ich auf einmal meine schönsten Perlen; die will ich Sufang geben als Geschenk von Wenqing. *Sie hat von dem kleinen Tisch zwei Perlen, die von einer Haarnadel abgebrochen sind, genommen und hält sie Wencai hin* Wie findest du sie, Wencai?

WENCAI *nimmt sie widerstrebend und betrachtet sie, höflich* Wirklich hübsch.

SIYI *immer fröhlicher* Bei mir muß immer alles schnell gehen. Ich weiß auch schon ein Zimmer für das junge Paar. Sobald die Yuans zur Bahn gegangen sind, werde ich sofort das freigewordene Zimmer tapezieren lassen. Wenn alle fleißig mithelfen, kannst du schon in wenigen Tagen auf das Paar anstoßen. Ich habe nämlich an alles gedacht. *Blickt Wenqing an, mit höhnischem Unterton lobt sie ihn* Unser Wenqing hat ein so gutes Herz. Seine einzige Sorge ist, daß er sich nicht genug um seine Cousine gekümmert hat. Ich habe mir schon lange überlegt, in Zukunft . . . *Direkt und fröhlich* Nun, um es rundheraus zu sagen: in Zukunft wird Wenqing eben zwei Frauen haben. *Lacht laut und grob auf* Wir werden uns bestimmt gut vertragen.

WENCAI *unangenehm berührt, lacht gezwungen* Ja, aber sollten wir nicht auch mal Vater fragen?

Zhang Shun tritt durch die Tür der Studierstube auf. Er ist nachlässig angezogen, und seine Augen sind noch ganz verquollen; anscheinend ist er gerade aus dem Bett geholt worden.

ZHANG SHUN *beim Eintreten* Gnädige Frau!

SIYI *ohne auf ihn zu achten, tut sie so, als habe sie Wencai nicht verstanden* Wie bitte?

WENCAI Ich sagte, wir sollten Vater fragen.

SIYI *noch selbstsicherer* Ach was! Wozu müssen wir ihn denn noch fragen! Wo er doch eine so gute Schwiegertochter bekommt, *zweideutig* die sich so sehr um ihn bemüht! Sind wir da nicht völlig im Recht? *Plötzlich* Nur noch eins. Zu Hause mag man sie anreden, wie man will. Außerhalb des Hauses aber wird sie weiter mit »Fräulein Sufang« angeredet und nicht etwa mit »Gnädige Frau«. Darüber würden die Leute nur lachen. *Wendet sich wieder um und blickt Wenqing kurz an* Mir ist aber auch das egal. Es soll ganz nach Wenqings Wünschen geschehen, ganz nach seinen Wünschen. *Wenqing will gerade etwas sagen, da wendet sie sich an Zhang Shun* Shun, was ist?

ZHANG SHUN Der gnädige Herr bittet Sie zu sich.

SIYI Der gnädige Herr schläft noch nicht?

ZHANG SHUN Nein . . .

SIYI *zu Zhang Shun* Komm! Los! *Eilig durch die Studierstube ab. Zhang Shun folgt ihr.*

WENCAI *blickt Siyi nach; dann steht sie auf und geht zu Wenqing; voll Mitgefühl, langsam* Wenqing, du hast noch nichts gegessen?

Wenqing blickt sie an, schüttelt den Kopf und versinkt wieder in hoffnungsloses Grübeln.

WENCAI Ich hole dir Dattelmus-Kuchen.

WENQING *winkt eilig ab, verwirrt* Nein, nein, nein. *Wieder kraftlos* Ich kann nichts essen.

WENCAI Na gut, Wenqing, dann geh in mein Zimmer, wasch dein Gesicht und schlaf ein wenig!

WENQING *zerstreut* Nein, ich will nicht schlafen.

WENCAI *zögert, ob sie ihn fragen kann, schließlich* . . . Warum . . . warum läßt sie dich heute nacht nicht in euer Zimmer?

WENQING *traurig lachend* Ach, sie will, daß ich sie um Verzeihung bitte.

WENCAI Tust du es?

WENQING *verzweifelt, aber sehr bestimmt* Natürlich nicht! *Schließt die Augen.*

WENCAI *mitleidig, hilflos* Ach, wo in aller Welt gibt es denn so etwas? Der Mann ist gerade nach Haus zurückgekehrt, er ist noch keine zwei Minuten hier, und schon geht es wieder los! Nimmt das denn nie ein Ende?

Draußen heult der Westwind. Frau Chen tritt durch die Tür der Studierstube auf. Sie ist die ganze Nacht nicht zur Ruhe gekommen, daher ist ihr Gesicht blaß, und ihre Augen sind eingefallen. Sie hat sich eine wattierte Jacke übergeworfen und tritt gähnend ein.

FRAU CHEN *sieht Wenqing mit gesenktem Kopf und geschlossenen Augen sitzen und glaubt, daß er schläft; leise zu Wencai* Wie, der junge Herr schläft?

WENCAI *leise* Ich glaube nicht.

Frau Chen tritt dicht an Wenqing heran. Er will sich nicht unterhalten und hat immer noch die Augen geschlossen.

FRAU CHEN *sieht ihn an und schüttelt mitleidig den Kopf; mit gedämpfter Stimme zu Wencai, liebevoll* Wahrscheinlich schläft er doch. *Seufzt leicht, dann nimmt sie ihre Jacke und deckt Wenqing damit zu.*

WENCAI *sofort, leise* Nicht! Laß! Du wirst frieren. Ich hole . . . *Will zu ihrem Schlafzimmer gehen.*

FRAU CHEN *hält sie fest, mit heiserer Stimme, schnell* Das macht nichts! Lassen Sie nur, Frau Jiang! Gehen Sie doch lieber ins Haupthaus und sehen Sie nach dem gnädigen Herrn!

WENCAI *beunruhigt* Was ist denn?

FRAU CHEN *bekümmert* Er will sich einfach nicht hinlegen. Er sitzt nur in seinem Zimmer, geht manchmal auf und ab, dann setzt er sich wieder und fragt dauernd: »Ist mein Schwiegersohn zurückgekommen? Ist mein Schwiegersohn endlich zurückgekommen?«

WENCAI *ratlos* Was soll man da tun? Was soll man denn da tun? Bis jetzt fehlt von Tai noch jede Spur. Wo mag er bloß hingegangen sein?

FRAU CHEN *schüttelt den Kopf* Ach, es ist wie verhext! *Zieht sie beiseite, um Wenqing nicht zu wecken* Der Arme! Gestern fiel es ihm noch nicht schwer, den Sarg wegzugeben. Wenn er aber jetzt mitten in der Nacht daran denkt, daß er nichts mehr machen kann, wenn dieser jahrzehntelang gehütete Schatz gleich abgeholt wird . . .

stellen Sie sich vor, wie sollte er da nicht verzweifeln! Wie sollte er da nicht . . .

Zhang Shun tritt durch die Studierstube auf.

ZHANG SHUN Frau Jiang!

Frau Chen zeigt schnell auf Wenqing, der tief zu schlafen scheint, und winkt heftig ab.

ZHANG SHUN *sofort leiser* Der gnädige Herr bittet Sie zu sich.

WENCAI Oh! *Geht zwei Schritte und dreht sich wieder um* Wo ist Fräulein Sufang?

FRAU CHEN Sie hat gerade dem gnädigen Herrn die Beine massiert. Jetzt räumt sie wahrscheinlich im Zimmer auf.

WENCAI Ach so.

Wencai geht hinter Zhang Shun durch die Tür der Studierstube hinaus. Der Wind hat ein wenig nachgelassen. Im Hof wirbeln die herabgefallenen Blätter raschelnd umher. Die Gongschläge der Nachtwache entfernen sich allmählich, bis sie nicht mehr zu hören sind. Aus einer fernen Gasse dringt das traurige und verlorene Rufen herüber: »Weizenbrötchen!«

Frau Chen gähnt und geht zu Wenqing.

FRAU CHEN *beugt sich über ihn und sieht, daß er die Augen noch geschlossen hat; unwillkürlich ruft sie leise, liebevoll* Mein armer junger Herr!

Wenqing öffnet die Augen und starrt hoffnungslos und müde vor sich hin.

Mit den Händen stützt er sich hoch.

FRAU CHEN *erschrocken* Junger Herr, Sie sind wach?

WENQING *als erwache er aus einer Ohnmacht, hebt er langsam den Kopf* Du bist es, Amme.

FRAU CHEN *sieht ihn an, unwillkürlich wischt sie sich die Augen* Ja, ich bin es, mein junger Herr. *Kopfschüttelnd schaut sie ihn an, voll Mitleid* Sie Ärmster! Sie sind ja ganz abgemagert! Warum schlafen Sie denn hier?

WENQING *undeutlich* Hm, Amme.

FRAU CHEN Ach, junger Herr Wenqing! Diese Tage draußen waren einfach zu hart für Sie! *Wischt sich Tränen aus den Augen* Fräulein Sufang und ich haben jeden Tag an Sie gedacht. Sie Ärmster! Fräulein Sufang . . .

WENQING *ergreift plötzlich ihre Hände* Amme, meine Amme!

FRAU CHEN *tieftraurig* Mein junger Herr, mein Liebling, mein armer junger Herr Wenqing! Sie, Sie haben nach Ihrer Rückkehr Fräulein Sufang noch nicht wiedergesehen?

WENQING *kann nicht sprechen, hält nur ihre runzeligen Hände fest* Amme! Amme!

FRAU CHEN *mit liebevollem Verständnis* Ich habe ihr schon gesagt, sie möchte hierher kommen.

WENQING *erschrocken, aufgeregt* Nein, Amme! Nicht!

FRAU CHEN So ein Unsinn, junger Herr, und Sie wollen bald Großvater werden, junger Herr?

WENQING *ängstlich und verwirrt* Nein, nein, ruf sie nicht! Warum willst du . . .

FRAU CHEN *sieht, daß sich die kleine Tür der Studierstube öffnet* Nicht doch, *leise,* das ist sie wahrscheinlich!

Sufang tritt durch die kleine Tür der Studierstube auf. Sie trägt einen Frottee-Qipao in genau dem gleichen Schwarz wie ihre langen Haare; ihr blasses Gesicht wirkt ruhig, doch in ihren großen Augen spiegeln sich ihr Kummer und ihre Müdigkeit. Leise und schön wie eine Fee kommt sie herein. Wenqing springt erregt auf.

SUFANG Frau Chen!

FRAU CHEN *gibt sich gelassen* Fräulein Sufang, Sie schlafen noch nicht?

SUFANG Nein, *sucht nach einer Erklärung* ich, ich wollte mal nach der Taube sehen. *Geht zu dem Tisch mit dem Taubenkäfig.*

FRAU CHEN *spontan* Ja, tun Sie das nur! *Plötzlich hat sie eine Idee* Ich schau' mal, ob der kleine Herr Ting und seine Frau schon aufgestanden sind, die gnädige Frau hat nämlich gesagt, daß die beiden die Yuans noch an die Bahn bringen sollen. *Mit diesen Worten geht sie zur Tür.*

WENQING *hält ihre Jacke hoch, leise* Deine Jacke, Amme!

FRAU CHEN Ach ja, die Jacke! *Lacht sie an* Da könnt ihr mal mein Gedächtnis sehen! *Nimmt die Jacke und geht langsam durch die Studierstube ab.*

Es ist noch dunkel; im wieder aufkommenden Wind rauschen die Silberpappeln wie heftiger Regen; in der Ferne ertönt schon der erste Hahnenschrei. Wenqing und Sufang stehen schweigend da, lange Zeit finden sie keine Worte. Wenqing senkt beschämt den Kopf und geht zögernd auf sein Schlafzimmer zu.

SUFANG *blickt vom Taubenkäfig hoch* Wenqing!

Wenqing bleibt stehen, scheut sich jedoch, sich umzusehen.

SUFANG Wenqing!

Wenqing steht regungslos da.

SUFANG Die Amme sagte, du wolltest mich sprechen.

Wenqing dreht sich um und hebt langsam den Kopf. Sie blicken sich an.

WENQING Sufang! *Senkt den Kopf.*

Sufang blickt unwillkürlich wieder auf die Taube im Käfig.

WENQING *weiß nicht, was er sagen soll, traurig* Die, die Taube ist immer noch hier.

SUFANG *ruhig* Weil sie nicht mehr fliegen kann.

WENQING *verwirrt* Ich . . . *Plötzlich versteht er; er verbirgt sein Gesicht in den Händen und schluchzt.*

SUFANG Wenqing!

Wenqing weint.

SUFANG *runzelt die Stirn* So geht es doch nicht; was hilft es denn zu weinen.

WENQING *sinkt erschüttert auf einen Sessel* Warum bin ich nur zurückgekommen! Warum bin ich nur zurückgekommen! Ich wußte ganz genau, daß ich auf keinen Fall zurückkommen durfte; warum bin ich denn wieder zurückgekommen!

SUFANG Du kannst nicht fliegen, deshalb bist du zurückgekommen.

WENQING *schluchzend* Nein, du kennst das nicht, . . . draußen . . . in den Stürmen . . .

SUFANG Wenqing! *Holt einen Schlüssel hervor und hält ihn ihm hin.*

WENQING Ja?

SUFANG Das ist der Schlüssel für die Kiste.

WENQING *versteht nicht* Wieso?

SUFANG *ruhig* Ich habe deine Bilder alle in die Kiste getan. *Legt den Schlüssel auf den Tisch.*

WENQING *verwirrt* Was hast du vor, Sufang? . . .

Es vergeht eine Weile. Brausen des Windes, Blätterrauschen.

SUFANG Es ist ziemlich stürmisch draußen.

Durch das Heulen des Windes scheint jemand zu rufen: Tante Sufang! Tante Sufang!

SUFANG *horchend* Wer ruft da nach mir?

WENQING *horcht ebenfalls* Da, da ruft doch niemand.

SUFANG *bekräftigend, langsam* Doch, doch!

Siyi tritt durch die kleine Tür der Studierstube auf.

SIYI *zu Sufang, gleichgültig, mit höhnischem Unterton* Ach! Ich hab mir gleich gedacht, daß du hier bist. *Vertraulich* Sufang, meine Nieren beginnen wieder zu schmerzen; bist du so gut und massierst mich nachher? Ach, ich habe vorhin ganz vergessen dir zu sagen, daß dein Cousin dir sogar etwas Schönes mitgebracht hat.

WENQING *sehr verlegen* Du . . .

SIYI *ohne sich unterbrechen zu lassen, nimmt sie die Perlen vom Tisch und reicht sie Sufang* Sieh mal, wie groß diese Perlen sind und wie ebenmäßig!

WENQING Siyi!

Zhang Shun tritt durch die kleine Tür der Studierstube auf. Sobald er sieht, daß sich seine Herrschaft unterhält, bleibt er in der Tür stehen.

SIYI *ohne auf Wenqings verärgerte Miene zu achten, lächelnd* Dein Cousin sagt, er schenkt sie dir zur . . .

WENQING *vor Erregung und Wut zitternd* Hat diese Frau denn überhaupt kein Gefühl? *Läuft in sein Schlafzimmer.*

SIYI Wenqing!

Krachend schlägt er die Tür zu.

SIYI *beherrscht, kühl* Ach, ich weiß wirklich nicht, wie ich mich als Ehefrau noch verhalten soll!

ZHANG SHUN *tritt vor, leise* Gnädige Frau, der Verwalter der Familie Du sagt, es ist gleich 5 Uhr vorbei und sie müssen den Sarg jetzt unbedingt abholen.

SIYI Gut, ich komme.

Zhang Shun durch die Salontür ab.

SIYI Nun gut, Sufang, reden wir nachher weiter! *Geht zur Studierstube, dreht sich aber nach einigen Schritten wieder um, verbindlich lächelnd* Sufang, ich fürchte, ich bekomme wieder eine Kolik. Sei so lieb und mach mir eine heiße Salzpackung.

Sufang senkt den Kopf. Siyi durch die Tür der Studierstube ab. Sufang blickt zum Taubenkäfig. Draußen heult der Wind. Ruizhen tritt durch die Salontür auf.

RUIZHEN Tante Sufang!

SUFANG *ohne sich zu bewegen* Hm.

RUIZHEN *aufgeregt* Tante Sufang!

SUFANG *dreht sich langsam zu ihr um* Du hattest recht, Ruizhen, dies ist ein Kerker!

RUIZHEN *überrascht ergreift sie Sufangs Hände* Die Stummen haben tatsächlich die Sprache wiedergefunden! *Freudig erregt* Wir haben nicht mehr viel Zeit, Tante Sufang, komm.

SUFANG *leise* Kann man durch diese Tür wirklich fortgehen?

RUIZHEN Wir begleiten Herrn Yuan zur Bahn, dann steigen wir ganz einfach mit ein. Er weiß Bescheid.

SIYI *ruft von draußen* Sufang! Sufang!

RUIZHEN Sie kommt! *Tritt in den Schatten der Salontür.*

Siyi tritt gleich darauf durch die Studierstube auf.

SIYI Ach, du bist allein. Vater möchte Ginseng-Suppe, koch sie ihm!

Sufang nickt und will gehen.

SIYI *plötzlich vertraulich* Ach, Sufang, mir fällt gerade ein ... ich glaube, ich sage es dir jetzt gleich. *Ist an den Tisch getreten und nimmt die Perlen; plötzlich erblickt sie Ruizhen* Was machst du hier?

Ruizhen schaut sie an.

SIYI Guck nicht so dämlich! Hast du deinen Mann geweckt?

RUIZHEN Ja.

SIYI Zieh ihn warm an, wenn ihr die Yuans zur Bahn bringt. *Mustert sie abschätzig; zu Sufang* Unterhalten wir uns drüben im Seitenflügel weiter! *Zieht sie durch die Studierstube hinaus.*

Yuan Rengan tritt in einem wattierten Mantel durch die Salontür auf.

RUIZHEN Guten Morgen, Herr Yuan!

YUAN RENGAN *lachend* Wie ist es, willst du immer noch mitgehen?

RUIZHEN *unterdrückt ihre Aufregung* Ja, und auch Tante Sufangs Gepäck haben wir in einer Ihrer Kisten verstaut und auf die Bahn gebracht.

YUAN RENGAN *erstaunt* Oh! Du hast es also doch geschafft, deine Tante zu überzeugen?

RUIZHEN *nickt* Ja, wir gehen zusammen.

YUAN RENGAN *überlegt eine Weile, kann es noch nicht ganz glauben* Wirklich? Wo wollt ihr denn überhaupt hin?

RUIZHEN Herr Yuan, ... *Kann es nicht aussprechen.*

YUAN RENGAN Gut, du brauchst es nicht zu sagen. *Aufrichtig* Ich hoffe nur, daß sich unterwegs jemand um euch kümmert.

RUIZHEN Ja, es fahren noch welche mit.

YUAN RENGAN Also gut, in 20 Minuten brechen wir auf. *Ab.*

Sufang tritt durch die Studierstube auf.

RUIZHEN *läuft voll Freude zu ihr* Tante Sufang! Tante Sufang! *Bemerkt plötzlich, daß Sufang ganz blaß ist* Warum siehst du so bleich aus? Was ist? Was hat sie dir gesagt?

SUFANG *bedrückt* Ja, ich muß wirklich fort.

Draußen erklingen plötzlich Gongs, Trommeln und Oboen, ihr Lärm übertönt das Brausen des Windes.

RUIZHEN *wendet erschrocken den Kopf* Was ist da los?

SUFANG Wahrscheinlich bereiten die Dus drüben den Empfang des Sarges vor.

RUIZHEN Lassen wir sie, komm!

SUFANG *traurig* Ja, geh du schon vor.

RUIZHEN *erstaunt* Was ist, und du?

SUFANG Ich komm gleich nach, ich will mich nur noch verabschieden.

RUIZHEN *ärgerlich* Von wem?

SUFANG *mitleidig* Von meinem armen Onkel.

RUIZHEN *versteht jetzt* Ach so! *Auch ein wenig bedrückt* Also gut, dann gehe ich vor und warte am Tor auf dich.

WENCAI *ruft draußen* Tai! Tai!

Ruizhen sofort durch die Salontür ab.

Sufang geht gerade zur Studierstube, als Wencai mit verweintem Gesicht von dort auftritt.

WENCAI *in großer Aufregung* Ist Tai immer noch nicht zurück?

SUFANG Nein.

WENCAI Warum ist er denn noch nicht zurück? *Läßt sich schluchzend auf einen Sessel fallen* Mein Vater, mein armer Vater!

SUFANG *drängend* Was ist mit ihm?

WENCAI *wischt sich mit einem Taschentuch die Tränen ab, jammernd* Die Leute von den Dus wollen jetzt unbedingt den Sarg abholen, aber Vater wehrt sich mit allen Kräften dagegen. Der arme, arme alte Mann! Wie ein Kind umklammert er den Sarg und will lieber sterben als ihn hergeben. *Schluchzt wieder* Ich kann es einfach nicht mit ansehen! *Hebt den Kopf und sieht die bekümmerte Sufang an* Sufang, geh hin und rede Vater zu, er soll hereinkommen und sich nicht mehr um den Sarg kümmern!

Sufang traurig durch die Studierstube ab.

WENCAI *für sich* Vater, Vater, was sollen deine Kinder denn nur tun? *Erhebt sich, unwillkürlich* Wenqing! Wenqing! *Geht zu seinem Schlafzimmer* Wozu sind wir denn nütze? Wozu?

Draußen plötzlich Feuerwerkslärm. Wencai bleibt stehen und blickt sich um. Zhang Shun tritt durch die Studierstube auf. Auch er hat gerötete Augen.

WENCAI Was ist da los?

ZHANG SHUN *halb wütend, halb traurig* Die Dus lassen Knallfrösche los, um den Sarg willkommen zu heißen. Das hintere Tor haben sie auch schon geöffnet, und jetzt haben sie gerade den Sarg angehoben.

Durch den Feuerwerkslärm hört man, wie die Träger mit gleichmäßigen Schritten und unter dumpfen, rhythmischen Rufen den Sarg tragen und der Verwalter sie antreibt und zur Vorsicht mahnt. Durch das Fenster der Studierstube sieht man nur das Hin und Her vieler Laternen.

Zeng Hao erscheint, von Frau Chen und Sufang gestützt, in der Tür der Studierstube. Sein Gesicht ist weiß wie Papier, und in seinen Augen treten rote Äderchen hervor. Vor Erregung gebärdet er sich fast wie ein Verrückter. Er ist einfach nicht dazu zu bewegen, hereinzukommen. Frau Chen redet unaufhörlich auf ihn ein, zieht und schiebt ihn und wischt sich dabei die Tränen aus den Augen. Sufang blickt ihn erschüttert an. Siyi folgt ihnen. Auch sie wischt sich mit einem Taschentuch die Augenwinkel, aber man weiß nicht, ob sie weint oder nur etwas im Auge hat.

FRAU CHEN *immer wieder* Kommen Sie doch herein, gnädiger Herr! Sehen Sie nicht mehr hin! Kommen Sie doch herein!

HAO *zurückgewandt, fast versagt ihm die Stimme* Wartet! Sie sollen noch warten! Wartet doch! *Zitternd wendet er sich an Siyi, wirr* Sag es ihnen noch mal, sag ihnen, das Geld kommt gleich, er kommt gleich, das Geld kommt mit ihm! Wartet! Sie sollen noch warten!

SUFANG Onkel, du . . .

Sie stützt ihn und veranlaßt ihn, sich zu setzen. Wie sie den alten Mann so erregt keuchen sieht, fällt ihr plötzlich ein, daß sie ihm etwas holen wollte. Eilig durch die Studierstube ab.

FRAU CHEN *versucht unermüdlich, ihn zu beruhigen* Gnädiger Herr, lassen Sie sie doch gehen! *Wütend* Sollen sie doch den Sarg nehmen und verrecken!

HAO *flehend* Geh doch, Siyi!

SIYI *sie kann ihn nur wie ein kleines Kind trösten* Wenn wir wieder Geld haben, Vater, kaufen wir dir einen viel schöneren.

HAO *zornig* Wencai, geh du! Geh! *Stampft mit dem Fuß auf* Wann kommt Tai denn endlich? Wann denn?

WENCAI *macht sich die ganze Zeit Vorwürfe, rasch* Er kommt, Vater, er kommt bestimmt!

Draußen wird der Feuerwerkslärm immer stärker. Man hört die Sargträger immer näher kommen; gleich müßten sie zu sehen sein.

HAO *schreit auf* Tai! Jiang Tai! *Halb zu Wencai, halb zu sich selbst* Wo ist er bloß hingegangen? Wo ist er bloß hingegangen?

Plötzlich wird die Salontür aufgestoßen und Jiang Tai schwankt mit rotem Gesicht, wirren Haaren und zerknitterter Kleidung herein. Der Feuerwerkslärm hört allmählich auf.

HAO *traut kaum seinen Augen* Tai, du bist da?

JIANG TAI *man weiß nicht, ob er lacht oder weint, wie bei einem Clown; und es ist ihm nicht anzusehen, ob er Erfolg gehabt hat. Zweideutig nickt er Zeng Hao zu* Ich . . . bin . . . da!

HAO *euphorisch* Gut, daß du da bist! Shun, sag ihnen, sie sollen warten! Gib ihnen das Geld, und dann fort mit ihnen! Geh, Shun!

Zhang Shun sofort durch die Studierstube ab.

WENCAI *geht zu Jiang Tai* Und . . . und das Geld? *Streckt die Hand aus.*

JIANG TAI *klatscht in die Hände, begeistert* Hier! *Zieht eine Handvoll Toilettenpapier aus seiner Tasche und knallt es ihr in die Hand* Hier!

WENCAI Bist du . . . bist du wieder . . .

JIANG TAI *blickt zur Tür* Komm rein! Los, komm schon!

Durch die Salontür kommt ein Polizist herein, gefolgt von Zeng Ting, der beschämt eine halbe Flasche Branntwein in der Hand hält.

JIANG TAI *unruhig, aber sehr selbstbewußt* Das ist er! *Zeigt auf ihn, ganz betont* Das . . . ist . . . er! *Wendet sich erklärend an die Familienmitglieder* Ich hatte im Peking-Hotel ein Zimmer genommen und bin die Nacht über dort geblieben; doch jetzt behaupten sie, ich hätte gestohlen, ich hätte sie bestohlen . . .

HAO Und dieser . . .

POLIZIST *routiniert* Entschuldigen Sie, gestern abend sah ich mich gezwungen, diesen Herrn zur Wache . . .

JIANG TAI Du spinnst! Ich war im Peking-Hotel!

POLIZIST *nach wie vor sehr höflich* Auf der Wache!

JIANG TAI *voller Wut* Im Peking-Hotel!! *Zeigt auf den Polizisten* Ich kenne deinen Chef! *Geht im Zimmer umher; im Nu ist seine Wut verflogen* Hier, dies ist meine Familie! Meine Frau! *Unbegreiflich schnell hat er den Streit vergessen, selbstzufrieden* Mein Schwiegervater, Herr Zeng! *Hebt plötzlich den Kopf, lachend* Hier! *Zeigt auf sein Zimmer* Mein Zimmer! *Den Polizisten anlachend, zeigt er wirr im Zimmer herum, als führe er jemanden durch eine Ausstellung* Mein Tisch! *Geht zur Tür seines Schlafzimmers* Meine Tür! *Ganz durcheinander taumelt er hinein* Mein . . .

Plötzlich ein dumpfes Plumpsen.

WENCAI Tai, was . . . *Läuft ihm nach.*

POLIZIST Meine Herrschaften, Sie wissen jetzt Bescheid, und mit dem jungen Herrn hab ich mich auch schon arrangiert. *Leger salutiert er; durch die Salontür ab.*

Draußen eine Stimme, fröhlich Vorwärts!

Schallendes Gelächter und von neuem das Geräusch schwerer Schritte. Sofort wendet sich Zeng Hao um.

FRAU CHEN Was haben Sie vor?

HAO Ich sehe mal . . . sehe mal nach . . .

FRAU CHEN Lassen Sie doch, gnädiger Herr!

Zeng Hao geht zur Studierstube. Frau Chen eilt zu ihm, um ihn zu stützen; auch Siyi hilft ihm. Frau Chen mit Zeng Hao ab. Die Träger sind um eine Ecke gebogen; Lärm und Schritte werden leiser.

SIYI *nachdem sie Zeng Hao zur Tür geholfen hat, kommt sie zurück, neugierig* Ting, was hat der Polizist erzählt?

TING Er hat gesagt, daß Onkel Tai gestern abend betrunken in ein ausländisches Geschäft gegangen ist, um etwas zu kaufen, und dabei eine Flasche Schnaps mitgenommen hat.

SIYI Und er ist auf der Stelle festgenommen worden?

TING Ja. Aber ich weiß nicht, wie Onkel Tai die Flasche halb leer trinken konnte, wo er doch die ganze Nacht auf der Wache war, und wie er sich herausgeredet hat. Hier, *hält die Flasche hoch* hier ist der Rest. *Stellt die Flasche auf einen Tisch und setzt sich niedergeschlagen in einen Sessel.*

SIYI *schadenfroh* Ausgezeichnet! Da hat dein Onkel jetzt wenigstens wieder etwas dazugelernt. *Tritt an die Tür ihres Schlafzimmers* Wenqing, eben hab' ich mit deiner Cousine gesprochen; sie scheint sich sehr zu freuen. Nun wird alles gut werden. Wir werden uns jetzt beide wohler fühlen. Du hast deine Cousine, die dich verwöhnt, und ich habe auch jemanden, der für mich sorgt, wenn ich im Wochenbett liege.

TING *wie elektrisiert reißt er den Kopf hoch* Mama, was sagst du da?

SIYI *versteht nicht* Was ...

TING *langsam aufstehend* Du sagst, du wirst auch ... äh ...

SIYI *beschämt* Hm?

TING *entsetzt* ... ein Kind kriegen?

SIYI *ihre Miene verrät, daß er recht hat* Wie?

TING *wirft einen hoffnungslosen Blick auf seine Mutter, nach einer Weile heftig* Ach, du kriegst ein Kind! *Läuft durch die Salontür hinaus.*

SIYI Ting! *Läuft ein paar Schritte hinter ihm her* Ting! *Schmerzlich* Mein Ting!

Wencai kommt eilig aus ihrem Schlafzimmer.

WENCAI Wo ist Vater?

SIYI *starr* Er gibt dem Sarg das Geleit.

Wencai will gerade zur Studierstube gehen, als Zeng Hao, von Frau Chen gestützt, in der Tür erscheint. Er bleibt in der Tür stehen und blickt zurück. Wencai eilt sofort zu ihm. Man sieht nur noch wenige Laternen. Die Träger sind schon weit entfernt.

HAO *ruft den Trägern nach* Das geht nicht! So geht es doch nicht! So dürft ihr ihn nicht tragen!

FRAU CHEN *gleichzeitig* Lassen Sie doch, gnädiger Herr, lassen Sie doch!

WENCAI *mehrmals* Vater! Vater!

HAO *starr blickt er dem Sarg nach, gestikulierend* Nein! Nicht anstoßen! *Zu Frau Chen* Sag ihnen, sie sollen nicht an die Mauer stoßen! Der Sargdeckel hat eine Sichuan-Lackierung! Damit dürfen sie nirgends anstoßen! Nirgends anstoßen!

SIYI Laß doch, Vater! Es ist doch ihre Sache, wenn sie ihn kaputt machen.

HAO *zur Besinnung gebracht, beruhigt er sich und starrt eine Weile vor sich hin; plötzlich jammernd* Meine Frau! Meine selige Frau! Du bist zur rechten Zeit und in Ruhe gestorben. Ich aber lebe noch, und jetzt ist sogar mein Sarg ... *Stampft mit dem Fuß auf* Wozu in aller Welt hat man denn Kinder und Enkel? Wozu ist diese Rattenbrut bloß nütze! *Verzweifelt läßt er sich auf einen Sessel fallen.*

Nebenan stürzt krachend ein Teil der Mauer ein.

Alle schweigen.

WENCAI *leise* Die Mauer ist eingestürzt.

Jiang Tai schwankt aus seinem Zimmer herein.

JIANG TAI *voller Zufriedenheit und Wohlwollen zu Siyi* Ich hab's dir ja gesagt. Schon am Mittherbstfest hab' ich es dir gesagt: Sie stürzt ein! Sie stürzt ein! Und jetzt? Hatte ich nicht recht?

Siyi blickt ihn haßerfüllt an, dann dreht sie sich um und geht durch die kleine Tür der Studierstube hinaus.

JIANG TAI *schüttelt den Kopf* Ach, niemand will auf mich hören! Niemand achtet auf mich! Niemand achtet auf mich! *Währenddessen nimmt er beiläufig die Flasche Branntwein vom Tisch und geht wieder in sein Zimmer.*

WENCAI *beunruhigt* Tai! *Folgt ihm.*

In der Ferne kräht wieder ein Hahn.

FRAU CHEN Ach ja!

Aus dem Nachbarhaus hört man schwach das Weinen von Frauen. Sufang kommt mit einer Schale Ginseng-Suppe durch die Tür der Studierstube herein. Über dem Arm trägt sie eine Decke, die sie mitnehmen will.

HAO *hebt den Kopf* Wer weint da?

FRAU CHEN Wahrscheinlich ist der alte Herr Du gestorben. Ich schaue mal nach.

Zeng Hao läßt den Kopf wieder sinken. Frau Chen eilig durch die Studierstube ab. Ein Hahnenschrei.

SUFANG *geht zu Zeng Hao, ruhig* Onkel!

HAO *hebt den Kopf* Ja?

SUFANG *herzlich* Deine Ginseng-Suppe! *Hält sie ihm hin.*

HAO Habe ich sie verlangt?

SUFANG Ja. *Gibt sie ihm.*

Plötzlich erscheint Yuan Yuan leise in der Salontür. Sie trägt immer noch die gleichen Sachen, nur hat sie einen kurzen Mantel in der Farbe des Rocks übergezogen und sich ein schwarzes Seidentuch mit weißen Punkten locker um den Hals gebunden.

YUAN YUAN *bleibt in der Tür stehen, leise, drängend* Es wird Zeit, wir müssen gleich los!

SUFANG *nickt* . . . ja.

Fröhlich lachend, verschwindet Yuan Yuan wieder und schließt die Tür.

HAO *trinkt einen Schluck und stellt die Schale auf den Tisch neben dem*

Sessel; seufzt erschöpft Ach! *Senkt den Kopf und schließt die Augen.*

SUFANG *besorgt* Fühlst du dich jetzt nicht besser?

HAO *undeutlich* Hm, hm . . .

SUFANG *wehmütig* Ich gehe, Onkel.

HAO *nickt* Ja, ruh dich ein wenig aus.

SUFANG Ja, *zögernd* ich gehe.

HAO *übermüdet, offenbar will er schlafen, gleichgültig* Hm.

Sufang dreht sich um und geht ein paar Schritte, dann schaut sie zu der traurigen Gestalt des erschöpften, alten Mannes zurück. Schließlich geht sie wieder zu ihm und deckt ihn sanft mit ihrer Decke zu.

HAO *plötzlich, undeutlich* Komm nachher wieder!

SUFANG *mit Tränen in den Augen* Ja. *Geht wieder, zu Zeng Hao zurückblickend, auf die Salontür zu.*

HAO *mit geschlossenen Augen* Dann kannst du mich massieren.

SUFANG *tränenüberströmt* Ja, ich komme wieder und massiere dich. Nachher massiere ich dich . . . ich komme wieder . . . *Sie scheint jemanden kommen zu hören, dreht sich sofort um und geht zur Salontür hinaus.*

Im selben Moment kommt Wencai aus dem Schlafzimmer.

WENCAI *sieht, daß Zeng Hao kurz vor dem Einschlafen ist; sanft* Vater, trink deine Ginseng-Suppe, sonst wird sie kalt!

HAO Nein, ich mag nicht.

WENCAI *tröstet ihn bekümmert* Sei nicht traurig, Vater! Alle Not hat einmal ein Ende. *Weinend* Warte nur, Vater, warte! Im nächsten Frühjahr wird es dir bestimmt besser gehen, du wirst einen Urenkel haben, und Tai wird sich auch gebessert haben, Wenqing wird eine gute Stellung finden und zurückkommen . . .

Aus Wenqings Schlafzimmer hört man plötzlich Stöhnen und ein Geräusch, als ob jemand aus dem Bett fällt.

WENCAI *vor Schreck versagt ihr die Stimme* Oh! *Zu Zeng Hao* Vater, ich seh mal nach. *Läuft in Wenqings Schlafzimmer.*

Frau Chen tritt durch die Studierstube auf.

HAO *schwach* Ist Herr Du . . . tot?

FRAU CHEN Ja, er ist tot.

HAO Mir tun die Augen so weh! Dreh die Lampe kleiner!

Frau Chen dreht die Petroleumlampe kleiner. Im Raum wird es dunkel. Durch die Flügeltür schimmert das erste Licht der Morgendämmerung. Wencai stürzt aufgeregt herein.

WENCAI *leise, hastig* Amme, Amme!

FRAU CHEN Was ist?

WENCAI *außer sich vor Angst, mit gepreßter Stimme* Schrei bitte nicht gleich los! Sag schnell der gnädigen Frau Bescheid! Wenqing hat Opium genommen, sein Puls steht still.

FRAU CHEN *erschrocken* Oh! *Will weinen.*

WENCAI *aufgeregt* Weine jetzt nicht, Amme! Diesen Schock würde der gnädige Herr nicht überleben. Geh schnell!

Frau Chen läuft durch die Studierstube hinaus.

WENCAI *bemüht, sich nichts anmerken zu lassen; geht zu Zeng Hao* Vater, es wird gleich hell. Ich bringe dich zu Bett.

HAO *steht auf, nach ein paar Schritten* Was war denn eben in dem Zimmer?

WENCAI *voll Schmerz* Ratten, es waren Ratten.

HAO So.

Wencai stützt ihn, und langsam gehen sie zu der kleinen Tür der Studierstube. Draußen kräht wieder ein Hahn. Es wird allmählich hell. In einer Seitengasse rollt langsam ein Maultierkarren vorüber, und von ferne hört man das schrille Pfeifen einer Lokomotive.

Langsam fällt der Vorhang.

Anmerkungen

1 Das Mittherbstfest findet nach dem chinesischen Mondkalender am 15. Tag des achten Monats statt. Es war neben dem Neujahrs- und dem Drachenbootfest (s. Anm. 15) der Termin, an dem alle Schulden beglichen werden mußten.

2 Die Siegelschrift war eine der ältesten chinesischen Schriftarten; sie war etwa bis zum 3. Jahrhundert v. Chr. gebräuchlich. Heute wird sie in der Regel nur noch für Stempel benutzt.

3 Dong Qichang (1555-1636): berühmter Maler und Kalligraph.

4 Die Qin ist ein zitherartiges Musikinstrument, das beliebteste Musikinstrument der Gebildeten und Vornehmen im traditionellen China.

5 Ming-Porzellan: besonders berühmt aus der Ming-Zeit (1368-1644) ist das Blau-Weiß-Porzellan. Beliebte Motive bildeten Drachenmuster, buddhistische Symbole wie Lotusblüten und andere Blumen. Beliebt war auch farbig emailliertes Porzellan.

6 Qipao: Prototyp des chinesischen Frauenkleides; er wurde ursprünglich

durch die mandschurische Qing-Dynastie (1644-1911) nach China gebracht.

7 Es war früher in China nicht unüblich, daß jemand schon in relativ jungen Jahren seinen eigenen Sarg kaufte und zu Hause aufbewahrte. Das Lackieren des Sarges war von besonderer Bedeutung. Je mehr Lackschichten aufgetragen wurden, desto wertvoller war der Sarg. Der beste und auch teuerste Lack war der aus der Provinz Fujian; mit dem Auftragen dieses Lacks wurde daher in der Regel der Lackiervorgang abgeschlossen.

8 *Zhaoming-Anthologie:* Eine von Xiao Tong (posthumer Name Zhaoming, 501-531), einem Kronprinzen der Liang-Dynastie, zusammengestellte Anthologie, die Prosa und Lyrik von 127 Autoren seit dem Ende der Zhou-Dynastie (221 v. Chr.) enthält; bekannt auch unter dem Titel *Wen-xuan.*

9 *Long-wen bian-ying:* eine von dem Gelehrten und Beamten Yang Yin (511-560) zusammengestellte Sammlung von Geschichten zum Rezitieren für Kinder.

10 Festjacke: die Festkleidung eines Chinesen bestand meist aus einer schwarzen Jacke und blauen Robe.

11 Yuan Zecai (1716-1797), Dichter.

12 Der Blumenkeller war eine Art Treibhaus in Form einer abgedeckten Grube.

13 Das *Buch der Lieder* und das *Buch der Urkunden* gehörten neben dem *Buch der Wandlungen,* dem *Buch der Riten* und den *Frühlings- und Herbstannalen* zu den fünf konfuzianischen Klassikern.

14 Yin war das weibliche, passive, dunkle Prinzip. Es stellte mit seinem Gegenüber, dem männlichen, aktiven, hellen Yang einen Dualismus dar, der nach Auffassung der Chinesen den Lauf der Natur regelte. Ebenso wurde angenommen, daß der Dualismus zwischen Yin und Yang auch im menschlichen Körper wirkte. Ist die Harmonie zwischen ihnen gestört, überwiegt also eines der beiden Prinzipien, führt das nach Auffassung der traditionellen Medizin zu Krankheiten.

15 Das Drachenbootfest findet nach dem chinesischen Mondkalender am 5. Tag des 5. Monats statt. An ihm wird des Dichters und Ministers im Staate Chu, Qu Yuan (332-295 v. Chr.), gedacht; er war mit seinen Reformvorschlägen an den Intrigen seiner politischen Gegner gescheitert und hatte sich aus Trauer darüber ertränkt. Am Drachenbootfest werden Reiskuchen für ihn ins Wasser geworfen, in Bambusblätter eingewickelt und verschnürt, damit sie nicht von Wasserdrachen an sich gerissen werden. Außerdem finden Wettfahrten mit Booten in Drachenform statt. Das Drachenbootfest ist einer der Termine der Begleichung von Schulden (s. Anm. 1).

16 »Herbstklänge«, ein Gedicht von Ouyang Xiu (1007-1072), einem bekannten Historiker, Literaten und Politiker aus der Song-Zeit.

17 Lu You (1125-1210) war ein berühmter Dichter der Süd-Song-Zeit.

18 Der Kreis Yixing in der Provinz Jiangsu war bekannt für seine lila Keramik.

19 »Menschenfressermoral« ist ein Begriff aus der Konfuzianismuskritik der Bewegung des 4. Mai 1919. Geprägt wurde der Begriff von Wu Yu (1872-1949), der in seinem Aufsatz »Menschenfresserei und sittliche Lehre« in der *Neuen Jugend* den Gegensatz zwischen den schönen Theorien konfuzianischer Moral und der unmenschlichen Wirklichkeit geißelte.

20 Du Fu (712-770) war neben Li Bo und Bo Juyi der bekannteste Dichter der Tang-Dynastie (618-906).

21 Li Hongzhang (1823-1901), mächtiger Politiker und Generalgouverneur mehrerer Provinzen; er hatte erheblichen Einfluß auf die chinesische Außenpolitik. Ende des 19. Jahrhunderts wurde er auch im Ausland bekannt durch seine Europareise, auf der er u. a. auch mit Bismarck zusammentraf.

22 »Physiognomik des Daoisten im Hanfrock«, verfaßt von dem Daoisten und Eremiten Chen Tuan (?-989); er hinterließ mehrere Schriften über daoistische Lebensverlängerungs- und Wahrsagepraktiken, u. a. auch über die Physiognomik.

Tian Han

Rückkehr nach Süden

Ein Einakter

田漢

南歸

Personen

Mutter
Tochter
Junger Mann
Der Wanderer

Zeit

Gegenwart

Kulisse

Vor dem Tor eines Bauernhauses,
ein Brunnen, Pfirsichbäume.

Die alte Mutter sitzt auf dem Brunnenrand und näht ein Kleid; der junge Mann tritt mit einer Angelrute in der einen und einer Leine mit einigen aufgereihten Fischen in der anderen Hand von rechts auf.

JUNGER MANN Guten Tag!

MUTTER Oh, mein Junge, du warst angeln?

Legt das Kleid nieder.

JUNGER MANN Sehen Sie, heute hab ich Glück gehabt!

MUTTER O ja, wirklich, da könnt ihr euch mal ordentlich sattessen.

JUNGER MANN Nein, das ist für Sie. Holen Sie rasch eine Schüssel.

MUTTER Tausend Dank! *Holt eine Schüssel und legt die Fische hinein* Du bist ein guter Junge, fleißig und voller Eifer!

JUNGER MANN Da übertreiben Sie aber bestimmt!

MUTTER Wirklich! Wie schön wär' es, hätte ich einen Jungen wie dich.

JUNGER MANN Sie haben eine Tochter, ist das nicht genauso gut?

MUTTER Mädchen sind nun einmal Mädchen, sie können eben nicht so schaffen wie Jungen. Außerdem, eine Tochter wird eines Tages verheiratet und kann dann nicht mehr für ihre alte Mutter sorgen, nicht wahr?

JUNGER MANN Wenn aber Ihre Tochter auch nach ihrer Heirat noch für Sie sorgen könnte, wär' dann nicht alles in Ordnung?

MUTTER Gewiß, aber gibt es dafür denn Aussichten?

JUNGER MANN Warum nicht?

Mutter schweigt.

JUNGER MANN *ganz schüchtern* Worum ich sie gebeten habe, haben Sie sie das einmal gefragt?

MUTTER Ja, mein Junge. Aber sie hat immer noch jenen Menschen im Kopf.

JUNGER MANN *verärgert* Aber sind Sie denn mit ihrer Absicht einverstanden?

MUTTER Ich habe doch nur diese eine Tochter. Was bleibt mir anderes übrig, als mit ihr einverstanden zu sein? Soll ich etwa jeden Tag mit ihr schimpfen und sie schlagen?

JUNGER MANN Aber das ist doch keine Lösung! Dieser Mensch ist doch schon seit über einem Jahr fort, und niemand weiß, ob er überhaupt zurückkommen wird. Und wenn er zurückkommt, wer weiß, ob er für Sie in Ihren alten Tagen sorgen kann. So ein Mann treibt sich immer nur da draußen irgendwo herum; wissen Sie, wohin es ihn schließlich noch verschlagen wird? Wie sehr bemühten

Sie sich im letzten Jahr, als er fortgehen wollte, ihn zum Hierbleiben zu bewegen! Aber konnten Sie ihn aufhalten? Wenn er später wieder einmal weggeht, kann Ihre Tochter ihn ja begleiten. Sie aber, Sie werden kaum mitgehen können.

MUTTER Ja, daran habe ich auch schon gedacht. Früher, als mein Mann noch lebte, habe ich mir nie über etwas Gedanken gemacht. Aber seitdem er im letzten Jahr gestorben ist, hab ich nur noch diese eine Tochter. Ist es denn da verwunderlich, daß ich mich sorge, sie an einen ordentlichen Mann zu verheiraten?

JUNGER MANN Dann gebt sie doch mir! Bin ich etwa kein ordentlicher Mann? Meine Familie hat einige Morgen guten Boden, außerdem noch etwas Boden am Berghang. Ich kann gut zupacken, bin noch nie ein Faulenzer gewesen. Dann liegen unsere Häuser noch so dicht beieinander. Sehen Sie selbst, was gibt es da also noch einzuwenden?

MUTTER *nachdenklich* Ja, gewiß. Aber das Mädchen will doch nicht!

JUNGER MANN Heute denkt sie wohl noch an diesen Mann. Aber im Laufe der Zeit wird sie ihn gewiß vergessen. Seit unserer Kindheit sind wir zusammen aufgewachsen, da kann sie doch nichts gegen mich haben.

MUTTER Ja, das denke ich auch. Wenn man die Angelegenheit also so beschließt, kann sie eigentlich nichts mehr dagegen haben.

JUNGER MANN *erfreut* Warum haben Sie es nicht schon längst so beschlossen?

MUTTER Das kann man ja auch jetzt noch machen.

JUNGER MANN *überglücklich ergreift er ihre Hand* Dann wären Sie ja meine Mutter! Chun hat keinen Vater, ich habe keine Mutter. Auf diese Weise bekämen wir beide ja Vater und Mutter!

MUTTER Mein Junge, ich habe doch gesagt, wie sehr ich mir einen Sohn wie dich wünschen würde.

JUNGER MANN Wie glücklich bin ich! Weinen könnte ich vor lauter Glück!

Das Mädchen ruft von drinnen.

MÄDCHEN Mutter, das Gemüse muß zubereitet werden!

MUTTER Ja, ich komme schon. *Zu dem jungen Mann* Ich geh' das Gemüse zubereiten. Setz dich einen Moment hierher. Ich rufe Chun, daß sie zu dir rauskommt.

Die Mutter nimmt das fertig geflickte Kleid und die Schüssel mit den

Fischen und geht hinein.

JUNGER MANN Ach, nun bin ich endlich beruhigt. Aber ...

MUTTER *ruft im Hause* Chun, hol schnell mal einen Eimer Wasser, das Wasserbecken ist leer!

Das Mädchen kommt mit einem Schöpfeimer heraus.

JUNGER MANN Tag, Chun!

TOCHTER *nickt schweigend mit dem Kopf* Zhengming, seit wann bist du denn hier?

JUNGER MANN Schon einige Zeit.

Die Tochter schweigt. Schweigend trägt sie den Eimer zum Brunnen, um Wasser zu schöpfen.

JUNGER MANN *gibt sich einen Ruck* Du willst Wasser holen? Komm, ich helfe dir.

TOCHTER Nein danke. *Schöpft selbst Wasser.*

JUNGER MANN *sie aufhaltend* Chun ...

Die Tochter schweigt.

JUNGER MANN *verzweifelt, den Tränen nahe, stotternd* Chun, ich habe in den letzten Jahren jeden Tag an dich gedacht und auf dich gehofft. Hast du das denn überhaupt nicht bemerkt?

Die Tochter schweigt.

JUNGER MANN Seitdem dein Vater tot ist, ist deine Mutter mit dir allein. Ihr habt keinen Mann im Haus. Soll das denn so noch weiter gehen?

TOCHTER Zhengming, ich warte auf jemanden.

JUNGER MANN Ich weiß, aber wird er wirklich zurückkommen?

TOCHTER Er wird zurückkommen.

JUNGER MANN Woher bist du so sicher, daß er zurückkommen wird?

TOCHTER Ich glaube daran.

JUNGER MANN Hat er einen Brief geschrieben?

TOCHTER Nein, nachdem er fortgegangen ist, habe ich nichts von ihm gehört. *Ärgerlich* Jeden Tag geht der Briefträger an unserem Haus vorbei, aber noch kein einziges Mal ist er stehengeblieben.

JUNGER MANN Er hat dich doch bestimmt längst vergessen! Wie kannst du nur immer noch an ihn denken?

TOCHTER *heftig widersprechend* Woher willst du wissen, daß er mich vergessen hat?

JUNGER MANN Er hat keinen Ton von sich hören lassen; heißt das nicht, er hat dich vergessen?

TOCHTER Ist keinen Brief zu schreiben denn gleich Vergessen? Nein, denn jede Nacht besucht er mich im Traum.

JUNGER MANN Bedeutet das, daß du ihn nicht vergessen kannst?

TOCHTER Ja, Zhengming! Ich kann ihn einfach nicht vergessen. Sieh, hier am Brunnen unter dem Pfirsichbaum hat er, seit wir uns liebten, immer gesessen und Gedichte geschrieben. An diesen Baum hat er sich immer gelehnt und meine Hand festgehalten, hat mir Geschichten von seinen weiten Wanderungen erzählt! Sieh, hier hat er ein Gedicht für mich in die Baumrinde geschnitzt. Noch lebt dieser Baum und blüht, die Zeichen in seiner Rinde sind so frisch, als wären sie eben erst geschnitzt worden. Wie kann ich ihn also schon vergessen haben? . . .

JUNGER MANN Also, Chun . . .

Das Mädchen schweigt

JUNGER MANN . . . irgendwann wirst du ihn vergessen können?

TOCHTER Wenn dieser Baum verdorrt ist, seine Blätter herabgefallen und seine Blüten verblüht sind, wenn die Zeichen in seiner Rinde nicht mehr da sind . . .

JUNGER MANN Das ist ein ganzes Leben . . .

TOCHTER Ja, Zhengming, ein Leben lang werde ich ihn nicht vergessen können.

JUNGER MANN *kniend umfaßt er ihre Beine* Ihn kannst du nicht vergessen. Chun, wie aber kannst du mich vergessen? Sind wir nicht zusammen aufgewachsen? Hab ich dich denn jemals verlassen? Will ich nicht immer für dich sorgen? . . .

TOCHTER Zhengming! Das ist es ja gerade, du bist mit mir zusammen aufgewachsen, nie hast du mich verlassen und wirst gewiß immer für mich sorgen. Aber sieh dagegen ihn, wie ganz anders er ist: Wenn er kommt, weiß ich nicht, woher er kommt; wenn er fortgeht, weiß ich nicht, wohin er geht. Im tiefsten Inneren erscheint er mir wie ein übernatürliches Wesen. Wo immer er auch sitzt oder steht, stets sind seine Augen auf einen weit entfernten Ort gerichtet. Ich denke immer, wie bedeutungsvoll muß dieser ferne Ort sein, ganz erfüllt mit den schönsten Dingen! Er ist ein so übernatürlicher Mensch, selbst wenn er weit fort ist, habe ich immer das Gefühl, daß er die ganze Zeit an meiner Seite steht und leise zu mir spricht. Eines Tages aber wird er plötzlich zurückkommen und mich mitnehmen, wird mich zu jenem ganz fernen Ort, den er immer vor sich sieht, mitnehmen.

JUNGER MANN Ach, Chun! Er ist bestimmt nur ein Spuk, ein böser Geist, und du bist ihm ganz verfallen.

TOCHTER Vielleicht, aber ich selbst will es so.

JUNGER MANN So willst du mich also nicht?

TOCHTER Ich kann nicht, Zhengming!

JUNGER MANN Ach, Chun . . .

Ihre Mutter kommt aus dem Haus.

MUTTER Hallo, ihr beiden unterhaltet euch so gut, daß ich wohl beruhigt sein kann.

Ihre Tochter erhebt sich schnell und geht mit dem Wasser in die Küche.

MUTTER *leise zu dem jungen Mann* Ist sie einverstanden, mein Junge?

JUNGER MANN *lacht bitter* Ha!

MUTTER Na also! Morgen gehst du zu Herrn He und bittest ihn herzukommen. Ich will ihm Tag und Stunde von Chuns Geburt geben, zur Bestimmung eines glückverheißenden Datums.

JUNGER MANN *ausweichend* Ach!

MUTTER Wie kannst du nur jetzt immer noch so schüchtern sein! Schnell, geh rein und deck den Eßtisch!

JUNGER MANN Nein, ich möchte nach Haus gehen.

MUTTER Was, immer noch solche Umstände? Schnell, rein mit dir! Du gehörst doch jetzt mit zur Familie!

JUNGER MANN Nein, ich gehe.

MUTTER Du willst also wirklich gehen? Vergiß aber nicht, morgen Herrn He vorbeizuschicken. Ich warte auf euch.

Junger Mann nimmt schweigend seine Angelrute und geht nach rechts ab.

MUTTER Wie schüchtern er ist! Er ist eben noch ein Kind. *Will hineingehen* Ach ja, die Hühner sind noch nicht eingeschlossen. Chun! Füttere schnell noch die Hühner! Und schließ die Stalltür zu, damit sie nicht vom Wolf geholt werden!

TOCHTER Ja, Mutter!

Mutter geht ins Haus und zündet ein Licht an. Die Tochter füttert die Hühner.

TOCHTER Komm! Komm! Komm!

Während die Hühner fressen, ergreift sie eines nach dem anderen und steckt es in den Verschlag. Nachdem sie dessen Tür verschlossen hat, hält sie plötzlich inne; vor ihr liegt ein zerrissener Schuh. Mutter! Wer hat diesen Schuh herausgenommen?

MUTTER *drinnen* Welchen Schuh?

TOCHTER *hält ihn hoch* Diesen hier!

MUTTER *in der Tür* Ach so, den kaputten Schuh, den dieser Mann hier gelassen hat. Wer kann das gewesen sein? Laifu war es sicherlich nicht. Bestimmt war es eines dieser nutzlosen Tiere! Gerade gestern hat eins die Regenschuhe, die ich unters Bett gelegt hatte, herausgezerrt.

TOCHTER *sieht den Schuh schweigend und verträumt an, seufzend* Ach, mein Schuh, bist ganz zerrissen!

MUTTER *immer noch an der Tür* Nun komm endlich rein, Kind! Stehst da mit deinem »zerrissen«, »zerrissen«! Nicht einmal seinen zerrissenen Schuh kannst du wegwerfen! Dabei hat er wahrscheinlich sogar deinen Namen schon vergessen!

TOCHTER Das kann er nicht, Mutter!

MUTTER Das kann er nicht? Ha! Wie viele Dinge gibt es auf der Welt, von denen ich früher sagte: das kann nicht sein! Dann sind sie aber eins nach dem anderen doch passiert. Als dein Vater krank war, nahm er meine Hand und sagte, daß es wohl zuende gehe. Ich sagte: »Das kann doch nicht sein! Wenn du stirbst, wie kann ich mit deiner Tochter denn weiterleben?« Aber er ist dann doch gestorben. Genauso mit deinem Herrn Xin. Über ein Jahr lang hat er in unserem Haus gewohnt, und wir haben ihn immer gut behandelt. Er war einfach einer von uns, und wir dachten, daß er nie weggehen könne. Schließlich aber ist er doch weggegangen.

TOCHTER Er wollte sein Zuhause einmal wiedersehen. Wer kann denn sein Zuhause vergessen? Wäre ich in die Ferne hinausgezogen, hätte ich nach so langer Zeit auch an Zuhause gedacht.

MUTTER Du törichtes Mädchen! Glaubst du wirklich, daß er nur an sein Zuhause gedacht hat?

TOCHTER Warum nicht? Als er ging, sagte er mir, daß er viel an den verschneiten Norden denken müsse, nachdem er nun die Pfirsich- und Pflaumenblüten im Süden gesehen habe. Den ganzen Tag ist es dort grau verhangen, es gibt dunkle Wälder und das ganze Jahr über Schnee auf den Bergen. Fast drei Jahre lang hatte er die schneebedeckten Berge nicht mehr gesehen. Wären wir fortgegangen, hätten auch wir an unser Dorf mit seinen vielen Pfirsichblüten zurückdenken müssen. Außerdem, am Fuße der Berge lebt noch sein alter Vater und seine liebe Schwester. Ist es daher ein Wunder, daß er an seine Heimat dachte?

MUTTER Aber Kind, wenn du dich da nur nicht selbst betrügst! Hast du ganz vergessen, wie er sagte, daß am Fuße jener Schneeberge auch ein tiefgrüner See liegt, daß auf einer leuchtend grünen Wiese am Seeufer eine Schafherde grast, und daß unter einer Weide ein Mädchen sitzt, das die Schafe hütet?

Die Tochter schweigt.

MUTTER Hast du vergessen, wie er sagte, daß das Mädchen jeden Tag mit den Schafen zu dieser Weide kommt, daß sie abends, wenn die Sonne sich anschickt, hinter den Bergen zu versinken, mit leiser Stimme ein Lied singt?

Die Tochter schweigt.

MUTTER Hast du denn auch vergessen, daß er sagte, auch hier im fernen Süden könne er dieses Mädchen nicht vergessen; immer klinge in seinen Ohren das Lied des Mädchens weiter.

Die Tochter schweigt

MUTTER Oder wie er dieses Mädchen beschrieb, den zarten Bogen ihrer Augenbrauen, ihre tiefschwarzen Augen und die schwarzen Wellen ihrer Haare?

Die Tochter schweigt

MUTTER Auch sagte er, daß er deshalb den Süden verlassen und nach Hause zu den Schneebergen zurückkehren müsse. Seinen Vater und seine Schwester wollte er wiedersehen und auch dieses Mädchen mit den Schafen. Hast du das alles vergessen? Inzwischen hat er das Mädchen sicher längst geheiratet. In den Bergen und am See sehen sie zusammen nach den Schafen und singen Lieder; abends plaudern sie fröhlich im warmen Haus, vielleicht auch in einem Zelt. Sollen sie etwa an ein törichtes junges Mädchen fern im Süden im Pfirsichblütendorf denken, nur weil es einen zerrissenen Schuh, den dieser Mann zurückgelassen hat, festhält, weil es die ganze Zeit seufzt und jammert?

Die Tochter hält den Schuh und sinkt wie versteinert um.

MUTTER Ach Kind, ich habe mich geirrt! Es stimmt garnicht, was ich gesagt habe. Wie konntest du das nur für bare Münze nehmen! Chun! Chun!

TOCHTER *streichelt den Schuh* Mein Schuh, dein Schicksal muß ich teilen!

MUTTER Oh, dem Himmel sei Dank! Immer hab ich dir beigebracht, du sollst keinen Hirngespinsten nachlaufen, Kind! Wie soll man heutzutage zurechtkommen, wenn man solche Luftschlösser baut! Du mußt endlich aufwachen! Wirf diesen Schuh ganz schnell fort. Deine Kleider sind schmutzig geworden, ich muß sie schnell noch waschen!

TOCHTER Ich will nicht . . .

MUTTER Steh schnell auf, Kind! Sei nicht ungezogen!

TOCHTER Ich will nicht aufstehen . . .

MUTTER Streite dich nicht mit mir! Unsere Familie besteht doch nur noch aus uns beiden. Außer uns selbst haben wir niemanden, der sich um uns kümmert.

TOCHTER *bewegt hält sie ihre Mutter fest* Mutter . . .

MUTTER Kind . . . *Spürt den Küchenduft* Oh, das Essen brennt an. Nun steh schon auf, Kind. Ich bereite das Essen. *Schnell ab.*

TOCHTER *langsam erhebt sie sich und setzt sich auf den Brunnenrand unter den Baum, bewegt liest sie das Gedicht in der Baumrinde*

Einst hab ich hier meinen Stock angelehnt,
mein Gepäck neben diesen Brunnen gelegt.
Auf meiner einsamen Reise
ist mir ein liebliches Mädchen begegnet.

Wir saßen unter dem Baum zusammen,
von meinen Geschichten ließ sie sich fangen.
Aus ihren tiefschwarzen Augen
ganz ruhig blickt' sie mich unverwandt an.

Mir, Mädchen, bedeutet die Liebe nur Last,
du in den Träumen die Zukunft sahst.
Geh ich wieder auf Reisen,
Die Erinnerung wird sein unser beider Gast.

Den Abendwind hör' in den Blättern singen,
mit ihm meine Rufe zu dir dringen.
Blüten, am Abend heruntergeweht,
fernher meine Träume sie zu dir bringen.

Unversehens nähert sich langsam eine Gestalt, das Mädchen hebt zögernd den Kopf.

GESTALT Wohnt in diesem Haus Fräulein Chun?

TOCHTER Ja, und Sie ...? *Nähert sich ihm langsam, erschrickt* Sind Sie nicht Herr Xin?

GESTALT Ich bin zurückgekommen, Chun.

TOCHTER Sie sind es wirklich? Es ist kein Traum? *Blickt ihn noch einmal genau an* Es tut sehr weh, Sie anzusehen, Herr Xin! *Umarmt ihn weinend.*

Es ist tatsächlich der Wanderer, auch er umarmt das Mädchen.

MUTTER Warum kommst du nicht 'rein zum Essen, Kind? Wer ist da gekommen? *Kommt langsam näher, ebenfalls erschrocken* Sie?

Der Wanderer schweigt.

TOCHTER Ja, er ist zurückgekommen. Er ist wirklich zurückgekommen. Es ist kein Traum! Siehst du, Mutter, er hat doch noch an mich gedacht!

MUTTER Es ist wirklich unglaublich, gerade hab ich mit Chun über Sie gesprochen. Setzen Sie sich!

TOCHTER Ja, setzen Sie sich, legen Sie Ihre Sachen ab. *Nimmt ihm das Gepäck und seinen Hut ab.*

DER WANDERER *geht zum Brunnen* Der Baum ist gewachsen.

TOCHTER Sehen Sie erstmal, wie Laifu gewachsen ist! Laifu! Laifu! Wo ist er?

MUTTER Er ist mit dem jungen Li gegangen. Immer geht er dorthin!

DER WANDERER *geht zu dem Baum* Bin ich endlich wieder bei diesem Baum!

Die Tochter nimmt ihm auch den Stock ab und bringt ihn schnell ins Haus.

DER WANDERER Auch Chun ist im letzten Jahr noch größer geworden.

MUTTER Natürlich, sie ist jetzt 18. Aber das Kind ist wirklich zu verträumt! Sehen Sie hier!

DER WANDERER Ein Schuh. Wem gehört er?

MUTTER Ich wußte, daß Sie das längst vergessen haben. Es ist Ihr alter Schuh, den Sie hiergelassen hamten. Bis heute hat sie ihn aufbewahrt, als wär er etwas besonders Wertvolles.

Der Wanderer schweigt. Die Tochter kommt mit einer Schüssel Wasser zum Waschen heraus.

MUTTER Gut, waschen Sie sich das Gesicht, Herr Xin, dann werden Sie sich gleich schon viel wohler fühlen.

DER WANDERER Vielen Dank! *Wäscht sich.*

MUTTER Woher kommen Sie denn jetzt?

DER WANDERER Aus dem Norden.

TOCHTER So haben Sie die grau verhangenen Tage, die dunklen Wälder und die schneebedeckten Berge wiedergesehen?

DER WANDERER Ja. Und so ausgiebig, daß ich bald wieder einmal den Süden sehen wollte.

TOCHTER Herr Xin, ist der See am Fuße der Berge immer noch so grün?

DER WANDERER Ja, wie dunkle Jade.

TOCHTER Und die Wiese am See, ist sie auch noch so schön?

DER WANDERER Sie gleicht einem Samtteppich. Wir nennen sie »Nephritglas-Wiese«.

TOCHTER Und hütet auf dieser Wiese noch jemand die Schafe?

DER WANDERER Oh, noch oft grast auf dieser Samtwiese eine Schafherde.

TOCHTER Und unter der Weide daneben . . .

MUTTER Das Mädchen, das neben der Wiese unter der Weide saß und die Schafe hütete?

Der Wanderer schweigt.

MUTTER Haben Sie sie geheiratet?

Der Wanderer schweigt.

MUTTER Warum ist sie nicht mit Ihnen nach Süden gekommen?

TOCHTER Ja, warum aben Sie sie nicht mitgebracht? Bestimmt ist sie ein sehr lieber Mensch.

DER WANDERER . . . Sprich nicht von ihr, Chun. Hör einmal dieses Gedicht: *Er singt zur Gitarre*

In der dunstigen Ferne das Dorf tauchte auf,
weit sichtbar ragte der Kirchturm empor,
wie vor Jahren in den Gärten die Weiden zuhauf,
über den Dächern sich still der Rauch verlor.

Als abends der Pflüger vom Felde kam,
stand ich vor ihrer Tür schon lang,
bis der Mond hinter den westlichen Bergen versank
und im Osten kündet' der Tag sich an.
Gedankenversunken,
kein Schlaf kam mir,
stand ich dort unten
vor ihrer Tür.

So wartete ich
eine lange Zeit,
ob der Tag auch mir sein Licht wohl leiht.

Bald von den Leuten ich dieses vernahm:
ein Jahr nachdem du das Haus verließest,
heiratete sie einen anderen Mann;
drei Jahre, nachdem du das Haus verließest,
endet' der Tod ihren tiefen Gram.

MUTTER Was, Sie haben sie nicht geheiratet?

TOCHTER *es für ihn erklärend* Erst als er hinging, um sie zu suchen, erfuhr er, daß sie bereits geheiratet hatte, ein Jahr, nachdem der das Haus verlassen hatte; doch nach weiteren zwei Jahren wurde sie vor Trauer krank und starb . . .

MUTTER Oh, sie ist gestorben? Das ist wirklich . . . aber Ihr Vater, lebt er noch am Fuße der Schneeberge?

TOCHTER Und Ihre Schwester? Geht es ihnen gut?

DER WANDERER Chun . . . *mit Tränen in den Augen singt er weiter*
Ich hab von den Leuten auch dies gehört:
Das Elternhaus wurde vor Jahren zerstört,
im Bürgerkrieg hat man es niedergebrannt.
Der Vater war längst schon gestorben,
die Schwester hat aus dem Ort man verbannt.
»Von eures Hauses stillem Frieden
eine wüste Ruine nur ist geblieben.«

TOCHTER Ach, sein Vater ist gestorben und seine Schwester irrt irgendwo in der Welt umher.

MUTTER Entsetzlich! Daß unser aller Schicksal so schwer sein muß!

DER WANDERER Und dein Vater, Chun? Ist er zurückgekommen?

TOCHTER Auch mein Vater kann nicht mehr zurückkommen. Ich habe keinen Vater mehr, wie Sie. *Weint.*

DER WANDERER *erschrocken* Wann ist er gestorben?

MUTTER Vor bald einem halben Jahr.

DER WANDERER Wie schnell ändert sich doch das Leben! Die Menschen kommen, und ebenso schnell gehen sie wieder.

TOCHTER Dieses Mal werden Sie doch nicht wieder so schnell fortgehen, Herr Xin! Sie sind ganz allein, und von unserer Familie sind auch nur noch meine Mutter und ich da. Wir brauchen jemanden, der uns hilft. Sie dürfen uns nicht wieder verlassen. Auch meine Mutter läßt Sie bestimmt nicht gehen, nicht wahr Mutter?

MUTTER *verlegen* Gewiß.

TOCHTER Sie müssen einfach bleiben! Ich habe so viel an Sie gedacht. Die alten Schuhe, die Sie hiergelassen hatten, waren mein Kopfkissen. Jeden Tag habe ich das Gedicht hier im Baum gelesen. Als Sie fortgegangen waren, hieß es, Sie würden nie mehr zurückkommen. Ich aber habe immer an Ihre Rückkehr geglaubt. Nun ist mein Wunsch in Erfüllung gegangen und Sie sind wirklich zurückgekehrt. Was auch immer geschieht, ich möchte Sie nie mehr fortlassen!

DER WANDERER Auch ich möchte dich nicht verlassen, Chun. Aber ich bin ein unsteter Wanderer, ich kann es dir daher nicht fest versprechen. Um eine Zeitlang Ruhe zu finden, kehrte ich in meine Heimat zurück. Ich dachte, die Wolken am Himmel, die dunklen Wälder, die schneebedeckten Berge und der grüne See könnten mir ein wenig mütterliche Wärme und Ruhe geben. Aber als ich erfuhr, daß jenes Mädchen geheiratet hat und gestorben ist, daß auch mein Vater nicht mehr da ist und meine Schwester in der Fremde herumirrt, da bedrückten mich der Himmel, die Wälder, die Berge und der See. Meine Freunde hielten mich noch ein wenig dort zurück, auch hatte ich noch etwas Geld. Aber nach einigen Monaten merkte ich, daß jeder Tag, den ich noch bliebe, meine Not nur vergrößern würde. In der unerträglichen Einsamkeit mußte ich an eure Herzlichkeit denken. Da packte ich meine Sachen, nahm meine Gitarre und so zog es mich wieder hierher. Ich konnte nicht ahnen, daß es noch Menschen gibt, die sich noch so um mich ruhe- und heimatlosen Wanderer sorgen. Chun! Du sagst, du willst mich nie mehr fortlassen. Auch ich möchte dich nicht verlassen. Aber wer kann mit Bestimmtheit sagen, daß ich dich eines Tages nicht doch verlassen muß?

TOCHTER Nein, Herr Xin, glauben Sie mir! Niemand wird uns wieder trennen können!

DER WANDERER Gut, Chun! Ich werde dich bestimmt nicht verlassen. *Umarmt sie.*

TOCHTER Wie glücklich ich bin! Mutter, bist du nicht auch froh? Er will mich nicht mehr verlassen!

MUTTER Was quälst du Herrn Xin mit einem solchen langen Gespräch, Kind! Nach einer so langen Reise hat er bestimmt Hunger. Mach schnell das Essen fertig.

TOCHTER Natürlich! Ja, sofort! Aber man kann kein Gemüse mehr kaufen, Mutter, was wollen wir tun?

MUTTER Für heute abend reicht es erst einmal, morgen können wir dann mehr kaufen.

TOCHTER Gut, ist der Fisch von Vetter Zhenmgming fertig gekocht?

MUTTER Ja.

TOCHTER Setzen Sie sich einen Moment, Herr Xin, ich mache das Essen. *Tochter geht in die Küche.*

DER WANDERER Ein Jahr fast bin ich nicht mehr hier gewesen.

MUTTER Nein, über ein Jahr. Als Sie im letzten Jahr fortgingen, waren die Pfirsichblüten noch geschlossen. Jetzt sind sie schon herabgefallen.

DER WANDERER Wie schnell die Zeit vergeht!

MUTTER Ja, die Pfirsichbäume, die wir hinter dem Haus gepflanzt haben, sind in diesem Jahr ebenfalls herrlich gekommen. Vor einigen Wochen hätten Sie es noch selbst sehen können. Aber Sie sind leider zu spät gekommen.

DER WANDERER Die Tage sind schon sehr lang. Wenn ich bleibe, möchte ich auf dem Berge noch mehr Pfirsichbäume pflanzen. Ich möchte hier einen richtigen »Pfirsichblütenquell« anlegen.[1]

MUTTER Mh, gut. *Doppeldeutig* Sie sind wirklich zu spät gekommen, Herr Xin. Nicht daß Sie einige Wochen früher hätten kommen sollen, aber wären Sie nur eine Stunde früher gekommen, sähen die Dinge schon ganz anders aus.

DER WANDERER Was, sind die Pfirsichblüten so schnell heruntergefallen?

MUTTER Nicht die Pfirsichblüten fallen so schnell, die Situation ändert sich so schnell, Herr Xin . . .

DER WANDERER Inwiefern?

MUTTER In dem Moment, bevor Sie kamen, habe ich Chun dem jungen Herrn Li versprochen.

DER WANDERER *wie vor den Kopf geschlagen* Wirklich?

MUTTER Bitte seien Sie nicht traurig, Herr Xin. Sie können natürlich weiter bei uns wohnen, und ich kann mich um Sie kümmern. Aber ich muß Ihnen doch folgendes sagen: Chun mag Sie sehr gern, immer hat sie an Sie gedacht und von Ihnen geträumt. Aber nachdem Sie über ein Jahr fort waren und nicht einmal einen Brief geschrieben haben, mußte ich annehmen, daß Sie dieses Mädchen geheiratet haben. Daher habe ich Chun zugeredet, sie solle den jungen Herrn Li heiraten. Sie wissen ja, sie ist schon 18 Jahre alt, da sollte ein Mädchen doch heiraten ... Der junge Herr Li ist ein ordentlicher Mensch, ehrlich und fleißig. Seine Familie hat einige Morgen Land, außerdem noch etwas Land am Berg. Auch wohnt er nicht weit von hier und ist mit Chun zusammen aufgewachsen. Chun lehnt ihn auch keineswegs ab. Wenn ich Chun mit ihm verheirate, habe ich auch eine Stütze fürs Alter. Gerade habe ich ihm gesagt, er soll Chun selbst fragen.

DER WANDERER Und was hat Chun gesagt?

MUTTER Sie ist auch einverstanden ...

DER WANDERER Oh ...

MUTTER Im nächsten Monat will ich einen günstigen Tag auswählen, dann soll sie heiraten. Was halten Sie davon?

DER WANDERER *lacht bitter* Sehr gut.

TOCHTER *aus der Küche rufend* Wollen wir im Haus essen, oder draußen?

MUTTER Draußen ist es zu kalt. Es ist besser, wir essen drinnen.

TOCHTER Dann stelle ich die Hocker drinnen hin. Einen Moment noch, ich hole noch etwas frisches Gemüse aus dem Garten.

MUTTER Lassen Sie uns reingehen, Herr Xin. Am Tag ist es sehr warm, aber abends kühlt es doch ab. Es ist eben noch Frühling.

DER WANDERER Ja. Aber ich möchte Sie um etwas bitten.

MUTTER *beunruhigt* Was denn? Wenn Sie nur etwas früher gekommen wären, wäre alles in Ordnung.

DER WANDERER Nein, nein. Bitte holen Sie mir meinen Hut und meinen Stock heraus.

MUTTER Was haben Sie denn vor?

DER WANDERER Nichts.

MUTTER Wollen Sie fortgehen, Herr Xin? Dann wird Chun sehr traurig sein. Heute können Sie sowieso nicht mehr gehen. Bleiben Sie doch einige Tage.

DER WANDERER Gerade weil ich nicht möchte, daß Chun traurig ist, will ich gehen.

MUTTER Dann essen Sie doch wenigstens vorher etwas.

DER WANDERER Nein, wenn es noch später wird, finde ich kein Gasthaus mehr.

MUTTER Nicht doch, heute abend können Sie doch nicht mehr gehen.

DER WANDERER Doch, ich gehe, Sie kennen mich. Bitte holen Sie mir den Hut und den Stock, solange Chun noch nichts gemerkt hat.

MUTTER Dann ist wohl wirklich nichts mehr zu machen. *Sie geht ins Haus.*

DER WANDERER *mit einem kleinen Messer entfernt er das Gedicht in der Baumrinde, dann hebt er den alten Schuh auf*

Mein alter Schuh, bist zerrissen, zerrissen,
hab dich im Süden zurückgelassen.
Das Mädchen hat dich bei sich behalten,
während ich in der Heimat war, der alten.
Du weckst Erinnerung in meinem Herzen
an die früheren Reisen, die alten Schmerzen.
Einem einsamen Schwan gleich, mit gebrochenen Schwingen,
such einen Platz ich, der mir Heilung kann bringen,
such ihn im Süden und such ihn im Norden,
bin zum ewigen Wanderer geworden.
Fortan, alter Schuh, werd in allen Gefahren
wie ein teures Kleinod ich dich bewahren.
Mit der Tasche, dem Stock und dir als Begleiter
auf der einsamen Straße wandre ich weiter.
Wann werden wir schließlich am Wegrand hinsinken?
Wann wird man uns zum Friedhof bringen?
Mein Schuh, meine Einsamkeit, mein' Trauer ...

MUTTER *kommt mit dem Hut und dem Stock heraus* Hier, Ihr Hut, Ihr Stock und Ihr Rucksack. Meine törichte Tochter hatte sie so gut versteckt, daß ich sie fast nicht gefunden hätte. Wollen Sie nicht doch erst noch etwas essen, bevor Sie gehen, Herr Xin?

DER WANDERER Nein. *Setzt den Hut auf, hängt sich das Gepäck und die Gitarre um und nimmt den Stock* Leben Sie wohl, liebe Frau.

MUTTER Wollen Sie ... wollen Sie wirklich so gehen! Das betrübt mich sehr. Wenn Sie irgendwann in die Gegend kommen, besuchen Sie uns doch wieder.

DER WANDERER Danke. Aber ich werde nicht wieder die alten Wege gehen.

MUTTER ... soll ich Chun nicht noch etwas bestellen?

DER WANDERER Etwas bestellen? ... Um Ruhe und Wärme zu suchen, kam ich nach Süden. Aber ich bin zu spät gekommen; die Blüten sind heruntergefallen, der Frühling ist gegangen ... Bitte sagen Sie Chun, sie soll nicht mehr an mich denken. Das Leben ist eine lange Reise, sie kann nur in die eine oder die andere Richtung gehen. Ich bin ein unglücklicher Mensch, ich möchte nicht, daß sie meine Traurigkeit teilt. Sagen Sie ihr, Traurigkeit soll man nicht mit anderen Menschen teilen. Den Schuh habe ich mitgenommen. Das Gedicht in der Baumrinde habe ich gelöscht. Ich möchte einem glücklichen Menschen keine Spuren meiner Traurigkeit zurücklassen. Natürlich ist das Leben nicht nur Glück und Freude; wenn es ihr irgendwann einmal schlecht geht, soll sie wissen, daß es irgendwo in einem entfernten Winkel der Welt einen Wanderer gibt, der wünscht, daß sie glücklich ist . . . Leben Sie wohl. *Ab.*

MUTTER *hinterherrufend* Leben Sie wohl. Achten Sie auf sich!

TOCHTER *von drinnen* Das Gemüse ist fertig, Mutter, die Stühle sind auch aufgestellt, bitte Herrn Xin zum Essen.

MUTTER Mh.

TOCHTER *von drinnen* Oh, wo ist Herrn Xins Hut?

MUTTER Er hat ihn aufgesetzt.

TOCHTER *von drinnen* Und der Stock?

MUTTER Er hat ihn genommen.

TOCHTER *von drinnen* Aber da war doch noch sein Rucksack!

MUTTER Er hat ihn umgeschnallt.

TOCHTER *in der Tür* Herr Xin?!

MUTTER Er ist fort.

TOCHTER Er wollte doch nicht gehen. Wieso ist er doch gegangen? Es ist deine Schuld, nicht wahr?

MUTTER *verlegen* Nein! Nein!

TOCHTER Hat er denn nichts gesagt?

MUTTER . . . Nein, er sagte nur, du sollst auf deine Mutter hören.

TOCHTER Das ist doch nicht möglich! *Wirft sich einen Mantel über und will loslaufen.*

MUTTER Wohin gehst du, Kind?

TOCHTER Ich gehe mit ihm, ich gehe mit ihm zu jenem weit entfernten Ort. Herr Xin! Herr Xin! *Läuft hinterher.*

MUTTER *läuft hinter ihr her* Kind! Mein Kind!

Vorhang

Anmerkung

1 »Pfirsichblütenquell« (Tao-hua yuan) ist der Titel eines Gedichts von Tao Yuanming (365-427). Seitdem traditionell eine Bezeichnung für einen paradiesisch schönen Ort.

Xiong Foxi

Der Schlächter

Schauspiel in drei Akten

熊佛西

屠户

Personen

WANG DA	Bauer, ca. 30 Jahre alt
WANG ER	Sein Bruder, ca. 25 Jahre alt, Bauer
WANG DA-SAO	Frau des Wang Da
WANG ER-SAO	Frau des Wang Er
KONG, DER SCHLÄCHTER	Eine Art lokaler Vertrauensmann und Patriarch, ca. 50 Jahre alt
GENDARM VOM KREIS YAMEN	
XIAO-QI	Wirt einer kleinen Herberge
WU-LAI	Ein Taugenichts

Zeit

Die Gegenwart

Ort

Ein Dorf in der Umgebung einer chinesischen Kreisstadt.

Bühne: Raum in einem Bauernhaus. Gerade in der Mitte die Haupttür, Durchgänge nach rechts und links. Links geht es in die Wohnung von Wang Da, rechts geht es in die Wohnung von Wang Er. Das Zimmer bildet eigentlich eine Art Durchgangsflur, deshalb ist es ohne Einrichtung. Außer einem verblichenen Tisch und einigen wackligen Schemeln gibt es nichts weiter.

Wenn der Vorhang aufgeht, sieht man Wang Da voller Zorn mit den Zähnen knirschen und mit der Faust auf den Tisch hämmern. Er sagt: »Das geht nicht.«

Wang Er scheint in seiner Haltung verhältnismäßig ruhiger, doch ist sein Gesichtsausdruck ernst genug.

WANG ER Bruder, ich sage: Das kannst du nicht!

WANG DA *hämmert noch heftiger mit der Faust auf den Tisch* Ich will es aber so! Was nimmst du dir eigentlich gegen mich heraus!

WANG ER Du bist der Ältere, was soll ich mir gegen dich herausnehmen. Aber so unverschämt kannst du nicht sein!

WANG DA Unverschämt? Woll'n doch mal sehen, wer unverschämt ist!

WANG ER Ich erinnere mich ganz genau. Wie der Vater im Sterben lag, hat er mir diesen Flur zugesprochen.

WANG DA Aber was die Mutter auf ihrem Sterbebett gesagt hat, das hast du vergessen? Die hat mir nämlich diesen Flur zugeteilt.

WANG ER Des Vaters Wort gilt mehr!

WANG DA Der Vater ist vor der Mutter gestorben, wir müssen uns an Mutters Wort halten.

WANG ER Die Mutter war eine Frau. Und die Frauen mögen ja Stricken, Nähen und dergleichen verstehen, von Erbteilung aber verstehen sie nichts.

WANG DA Quatsch! Die Mutter soll nichts von Erbteilung verstehen?

WANG ER Ich sage dir, Bruder! Du sollst nicht auf andere schimpfen!

WANG DA Auf dich schimpfe ich! Wie? Wenn du eben sogar an der Mutter herumgemäkelt hast, dann kann ich doch wohl dir auch mal etwas sagen!

WANG ER Wo hätte ich an der Mutter herumgemäkelt? Ich sage, der Vater hat bei Lebzeiten diese elf Hausräume verteilt; dir die fünf nach Osten zu, mir die fünf nach Westen zu. Und diesen Durchgangsflur, der übrig war, teilen ließ er sich nicht gut, so hat er gesagt, weil ich der Kleinere bin, soll ich ihn haben.

WANG DA Wie der Vater gestorben ist, hat er da nicht im größten Fieber gelegen? Damals war doch seine Rede ziemlich verworren, da kann man nicht soviel darauf geben.

WANG ER Was sagst du, auf Vaters Rede sei nichts zu geben? Auf wessen Rede ist denn dann was zu geben?

WANG DA Auf Mutters Rede!

WANG ER Auf Vaters Rede!

WANG DA Quatsch!

WANG ER Du quatschst!

WANG DA Du ... du wagst auf mich zu schimpfen! Ich verhau' dich!

WANG ER Verhauen! Du mich verhauen! Ich verhau' dich!

WANG DA Gut! Gut! *Wang Da will gerade anfangen, Wang Er zu schlagen, da kommt Wang Das Frau.*

WANG ER Schlag nur zu! Schlag nur zu!

DA-SAO Was ist los! Was ist denn los!

Wang Da-sao reißt beide auseinander.

WANG DA Ich komme noch um vor Ärger. Wirklich ich komme noch um vor Ärger!

DA-SAO Was ärgert dich denn so sehr?

WANG DA Er ... der unvernünftige Kerl da ... er ... er riskiert's, auf mich, den Älteren zu schimpfen! Das ist geradezu wider die Natur! Gibt es denn kein Gesetz mehr! Ich ... ich muß dem Kerl an den Kragen! Laß mich los ... sag ich ... laß mich ... ich ... ich ...

DA-SAO Hör' auf! Hör' auf! Es ist doch schließlich dein Bruder und kein Fremder. Was tut's schon, wenn er nun schon mal was gegen dich gesagt hat? *Zu Wang Er* Bruder! Was machst du auch?

WANG ER Schwägerin! Du weißt nicht, wie er mir Unrecht getan hat! Der Bruder ist in letzter Zeit unausstehlich gegen mich!

DA-SAO Du bist aber auch der Jüngere, der Ältere muß dir manchmal was sagen. Das ist doch auch zu deinem Besten.

WANG ER Wie Vater und Mutter noch lebten, da hat niemand über mich geschimpft. Jetzt will der anfangen! Das kann er nicht machen! Mit m i r nicht!

WANG DA Auf dich schimpfen? Du kannst froh sein, wenn ich dich nicht verhaue!

DA-SAO Laß ihm doch das letzte Wort! Worum geht es denn eigentlich? Geht es wieder um den Flur hier?

WANG DA Freilich! Er versteift sich immer darauf, daß der Vater in seiner Sterbestunde ihm diesen Flur zugesprochen hätte. Wie unser Vater starb, bist du doch auch dabei gewesen. Hat er damals eigentlich so etwas gesagt?

DA-SAO Daran erinnere ich mich ganz genau. Er hat überhaupt nichts gesagt. *Zu Wang Er* Du hast nicht recht. Warum fängst du eigentlich immer wegen diesem Flur mit deinem Bruder Krach an? Die Mutter hat ihn ganz eindeutig deinem älteren Bruder zugeteilt. Übrigens auch wenn sie ihn ihm nicht zugeteilt hätte, solltest du, als Jüngerer, ihn doch ihm lassen.

WANG ER Wieso ihm überlassen?

DA-SAO Weil er eben der Ältere ist.

WANG ER Ho! Der Ältere!

DA-SAO Ho! Was meinst du mit dem »Ho«! Ich bin die Frau deines älteren Bruders, verstehst du?

WANG ER Das weiß ich nur zu gut! Und ich weiß auch, daß ihr beiden mich beschummeln und mir diesen Flur wegnehmen wollt!

WANG DA Den Flur wegnehmen? Wer wem?

WANG ER Ihr mir!

DA-SAO Bruder, ich sage dir: du kannst nicht so zuchtlos und gottlos sein!

WANG DA Laß mich ihn verhauen! Der Junge braucht eine Tracht Prügel!

WANG ER Riskier's! Probier's mal! Ich zeig' dich beim Yamen an!

WANG DA Anzeigen willst du mich? Ich sollte nicht riskieren, dich zu verhauen? Paß mal auf!

Wang Da stürzt auf Wang Er los und wirft ihn nieder. Wang Er aber kommt wieder hoch und drückt Wang Da zu Boden. Wang Da-sao, als sie sieht, wie die Sache steht, kommt Wang Da zu Hilfe. Gerade in diesem Durcheinander kommt Wang er-sao mit einem Korb voll Gemüse herein.

ER-SAO Das ... das ... ja was ist denn jetzt das? Was ... was ... Ihr zwei wollt ihn prügeln?

DA-SAO Schwägerin! Du kommst gerade recht, bring mal gleich deinen Mann hier weg!

Wang er-sao stellt den Korb nieder, stößt Wang Da zurück, nimmt ihren Gatten und zieht ihn hinter sich.

WANG ER Ihr ... ihr ... giftigen Luder! Zwei gegen einen! Kommt her! Kommt her! Schlagt mich doch tot!

WANG DA Daß wir dich nicht totschlagen, kannst du dir als Gnade anrechnen!

DA-SAO Schwager, rede keinen Unsinn, was denn für zwei? Ich habe dich doch nicht geschlagen!

ER-SAO Du nicht geschlagen? Ich habe ganz deutlich gesehen, wie du ihm einen Faustschlag gegeben hast. Was für ein Spielchen spielt ihr zwei eigentlich?

Wang Er-sao, voller Wut, stößt mit der Faust ihre Schwägerin auf die Brust.

DA-SAO Was! Du willst mit mir anbändeln? Na warte, dir geb ich's!

Noch im Reden stürzt sich Da-sao auf Er-sao und ohrfeigt sie. Er-sao antwortet mit Faustschlägen. Es geht herüber und hinüber, das ganze Haus fliegt nur so. Zuletzt nimmt Er-sao aus ihrem Korbe Zwiebelstengel und Knoblauchknollen und wirft damit. Da-sao sieht sich nach Deckung um und benutzt die Tischplatte wie einen Schild. »Frechheit« zetern und schimpfen sie. So kommen die beiden Frauen ins Handgemenge. Dabei langt Er-sao aus dem Korbe einige Hände voll Sesamöl und schmiert es Da-sao gerade ins Gesicht, das danach nicht gerade schön aussieht. Gerade in diesem Unglücksaugenblick kommt der Ortspatriarch, der Schlächter Kong. Er ist von untersetzter Gestalt, hat tiefliegende Augen, Hakennase, großen Bart. Wo er auch immer geht und steht, nie trennt er sich von einem roten Bündel und seinem Tabakspfeifenbeutel.

KONG Ach je! Was ist denn da los?

WANG DA Herr Kong, Sie kommen gerade recht, mit den zweien da ist es direkt nicht mehr zum aushalten!

KONG Ach! Worum geht's denn eigentlich? Wasch schnell dein Gesicht! Das sieht ja scheußlich aus, wie dein Gesicht zugerichtet ist! Was? Sesamöl? Jammerschade! Wang Er-sao! Komm mal schnell her und stell' den Tisch auf! Was für ein Unglück! Was ist denn nun eigentlich los?

WANG ER Es hat so angefangen, daß mich die beiden da totschlagen wollten!

DA-SAO Nein! Aber unter allen Umständen muß das Weibsbild da heute einen Denkzettel von mir kriegen!

ER-SAO Her mit dem Denkzettel! Komm schon her! Du unverschämtes Ding, du!

DA-SAO Ich unverschämt, ich auch nur ein bißchen unverschämt? Das sagst du! Das sagst du!

KONG Schluß! Schluß! Haltet alle beide den Mund. Schwägerinnen sind keine fremden Menschen, sie sollten sich verstehen können. Gut! Gut! Wang Er, nimm deine Frau und geh hinein.

WANG ER Richtig, Herr Kong. Aber der Ärger bringt mich heute wirklich um!

KONG Nichts gibt's. Ihr seid doch alle Verwandte. Was macht denn das, wenn einem einmal der eigene Bruder und die Schwägerin etwas sagen?

ER-SAO Ho! Bruder, Schwägerin, – das Pärchen da? Die unverschämten Dinger!

KONG Schluß! Schluß damit!

WANG DA Sag noch was! Und ich verhau dich!

ER-SAO Hau mal zu! Hau mal zu!

KONG Raus! Raus! Und sei endlich still!

Wang Er und seine Frau ab nach rechts.

WANG DA Verdammte Weibermenschen! Ich hab' noch nie so zänkische Weiber gesehen!

KONG Tatsächlich. Diese Frau von deinem Bruder ist wirklich übel!

DA-SAO Gottseidank, daß Sie heute gekommen sind, Herr Kong. Nehmen Sie Platz. Ich gehe und wasche mich. Ich sehe ja beinahe nicht mehr wie ein Mensch aus.

KONG Auf deinem Gesicht da, das ist alles Sesamöl?

DA-SAO Freilich. Im Gesicht und überall. Alles hat mir dies schamlose Ding angeschmiert!

KONG Wirklich schade darum! Ich glaube, wenn du es ganz sorgfältig abschabst, kann man es noch essen.

Wang Er kommt zurück und steht in der Tür rechts.

WANG ER Herr Kong, bitte kommen Sie einmal her, ich möchte Ihnen etwas sagen.

KONG Ja. *Kong geht hin und bespricht sich leise mit Wang Er. Wang Da-sao nach links ab. Wang Er nach beendetem Gespräch auch ab.*

KONG Ich glaube, da gibt es irgendeine dumme Geschichte, und natürlich hat man dummes Zeug geredet!

WANG DA Ich habe mich heute wirklich geärgert!

KONG Überlege, wie du den Ärger los wirst.

WANG DA Manchmal schlüg' ich ihn am liebsten tot!

KONG Leider hast du's aber nicht getan. Wenn du ihm ganz schnell und heftig einen Schlag versetzt, ist's aus, ob du's glaubst oder nicht. Es ist nicht viel los mit dem Menschen. Um was schlagt ihr euch denn nun eigentlich?

WANG DA Wieder wegen diesem Flur da!

KONG So, wegen diesem Flur hier?

WANG DA Freilich. Diesen Flur hat mir die Mutter ganz deutlich zugeteilt, er behauptet steif und fest, der Vater habe ihn ihm gegeben!

KONG Er ist tatsächlich blöd! Diesen Flur hat deine Mutter dir zugeteilt! Das weiß ich ganz genau!

WANG DA Er behauptet, man habe ihm den zugeteilt! Was meinen Sie, was man da tun soll?

KONG Was meinst du denn selber dazu?

WANG DA Ich möchte Sie einmal in der Sache bemühen. Reden Sie doch mal mit meinem Bruder und sagen Sie ihm, Sie hätten mit eigenen Ohren gehört, daß unsere Mutter mir den Flur zugesprochen hat.

Kong sieht plötzlich die Zwiebelstengel und Knoblauchknollen am Boden und sammelt sie sofort eifrig auf, zieht ein Taschentuch heraus und wickelt sie ein.

KONG Das hier . . . das brauchst du wohl alles nicht mehr? Wie jammerschade, wenn es zertreten würde!

WANG DA Wenn Sie wollen, können Sie sie nachher mitnehmen. Würden Sie also einmal zu meinem Bruder hingehen und mit ihm reden?

KONG Ich kann ja einmal hingehen. Bloß, er wird mir nichts glauben, da er gerade einen gewaltigen Zorn hat. *Kong bückt sich plötzlich so hastig unter den Tisch, daß Wang Da erschrickt. Er hebt dort aber nur eine große Knoblauchknolle auf.*

KONG Es ist doch tatsächlich jammerschade um das da!

WANG DA Darf ich Sie einmal um Rat fragen, Herr Kong, was ich nun eigentlich tun soll?

KONG Nach meiner Ansicht ist das beste Mittel, einen Prozeß anzufangen! Zum Yamen gehen und ihn verklagen!

WANG DA Ich habe schon einmal an diesen Weg gedacht.

KONG Wenn du bereits daran gedacht hast, warum hast Du's nicht getan?

WANG DA Sie wissen nicht, daß es da einige Schwierigkeiten gibt!

KONG Was gibt's da für Schwierigkeiten? Ich kann dir doch helfen.

WANG DA Wenn man so einen Streit vor den Yamen bringt, braucht man erstens mal Geld. Ich habe aber bereits soviel Schulden, daß ich mein ganzes Leben daran zahlen muß.

KONG Richtig, wenn du mich nicht darauf gebracht hättest, hätte ich es ganz und gar vergessen. Da ist ja gerade heute ein Betrag fällig.

Kong öffnet sein Bündel, entnimmt ihm ein Kontobuch und zeigt es ihm, danach kramt er auch noch zwischen etwa 50 bis 60 Notizbüchern eins hervor, schlägt es auf und zeigt es Wang Da.

KONG Da sieh, ob der Betrag nicht heute fällig ist?

WANG DA Ich kann doch nicht lesen. Aber ich erinnere mich so ziemlich, daß heute etwas fällig war. Wieviel ist es denn alles zusammen?

KONG Der ursprüngliche Betrag sind 6 Dollar. Hier oben steht, daß nach drei Monaten dafür 12 Dollar zurückzuerstatten sind. Heute sind gerade 3 Monate um, so macht es mit den Zinsen 12 Dollar.

WANG DA Ich bitte Sie, warten Sie noch drei Monate!

KONG Aber nach wieder drei Monaten mußt du mir mit Zinsen eben 24 Dollar geben?

WANG DA Schon gut. Ich bitte Sie nur, mir noch drei Monate Frist zu geben.

KONG Wenn es aber dann soweit ist, mußt du unbedingt zahlen!

WANG DA Bestimmt kriegen Sie alles wieder.

Kong nimmt Pinsel und Tusche aus dem Bündel und schreibt in sein Notizbuch. Dann gibt cr Wang Da den Pinsel zum unterschreiben.

KONG Mach also cin Kreuz hierhin.

Wang Da malt ein Kreuz hin.

KONG Denkst du nun am Ende doch daran, einen Prozeß anzufangen?

WANG DA Dem läge ja weiter nichts im Wege. Aber ich bin in Geldverlegenheit!

KONG Wenn du wirklich den Prozeß anfangen willst, kann ich dir ja noch 20 Dollar borgen.

WANG DA Geld wäre dann da, aber wenn ich nun vor Gericht keinen Helfer habe, dann fürchte ich, geht der Prozeß verloren.

KONG Ich kann ja vor Gericht dein Zeuge sein.

WANG DA Wirklich?

KONG Ich werde vor Gericht so aussagen: Ich habe mit eigenen Ohren gehört, daß deine Mutter dir diesen Teil des Hauses zugeteilt hat.

WANG DA Wollen Sie das wirklich sagen? Das ist sehr gut. D e n Prozeß gewinne ich bestimmt. Bitte, leihen Sie mir also diese 20 Dollar.

KONG Gut. Aber zu diesem Betrag kommen auch Zinsen?

WANG DA Wieviel denn?

KONG Zusammen mit den Zinsen schuldest du mir nach drei Monaten 60 Dollar.

WANG DA Das sind aber hohe Zinsen!

KONG Sind sie dir zu hoch? Dann kann ich eben nichts borgen. Ich persönlich, ich habe selber kein Geld zum Verleihen. Was du von mir borgst, muß ich erst von jemand anders borgen. Wenn dir die Zinsen zu hoch sind, dann meine ich, braucht es ja mit dem Prozeß nichts zu werden.

Da-sao kommt.

DA-SAO Herr Kong, Sie sind noch nicht gegangen?

KONG Ich will gerade gehen. *Er raucht* Wie ist das nun, wird prozessiert oder nicht?

DA-SAO Was – prozessiert! Gegen wen denn?

WANG DA Gegen den Bruder. Ich zeige ihn an, daß er das Erbe widerrechtlich an sich bringen will.

DA-SAO Der Rat ist sehr gut. Wer hat denn das ausgedacht?

WANG DA Herr Kong. Dazu will er mir noch 20 Dollar leihen.

DA-SAO Immer besser. Jetzt gehen wir zum Yamen und verklagen die beiden. Ich bin immer noch sehr geladen!

WANG DA Aber Herr Kong verlangt sehr hohe Zinsen, für 20 Dollar will er nach drei Monaten 60 Dollar.

DA-SAO Macht nichts! Kümmere dich nur darum, den Prozeß zu gewinnen und diesen Ärger los zu werden, dann kannst du mit Freuden 600 Dollar zahlen!

KONG Da-sao, deine Rede ist goldrichtig. Alles andere ist nicht so wichtig, aber dieser ewige Ärger! Über so etwas kann man nicht hinweg! Daß der jüngere Bruder den älteren schlägt, daß die jüngere Schwägerin die ältere schlägt, so etwas soll es in der Welt geben? Ho! Sowas ist doch unerhört!

DA-SAO Das stimmt. Wenn wir diese Kinder nicht verklagen, kommen wir nie aus dem Ärger heraus.

KONG Wang Da, also was nun? Wenn du den Prozeß anfängst, soll ich dann für dich das Geld aufbringen?

WANG DA Dieser Ärger ist wirklich schwer hinunterzuwürgen! Aber wenn wir nun prozessieren, werden dann die Leute nicht über uns reden?

DA-SAO Was heißt »über uns reden«! Hier in unserem Dorfe haben eine ganze Menge Leute Prozesse!

KONG Stimmt. Also entschließ dich kurz. Ich will gehen.

WANG DA Ich denke, es ist am Ende doch besser, mit diesem Streite nicht zum Yamen zu gehen. Ich möchte nicht, daß die Leute sagen, so kurze Zeit erst sind die Eltern tot, und schon haben die Brüder Prozesse miteinander. Am liebsten, Herr Kong, möchte ich Sie bemühen, nochmal mit meinem Bruder zu reden.

KONG Was soll ich denn sagen?

WANG DA Sagen Sie ihm, er soll mir den Flur lassen. Das gibt mir wenigstens etwas Gesicht. Ich will nur, daß er mir Gesicht gibt, dann ist alles gut.

KONG Schön, ich will mal sehen, aber ich fürchte, leicht ist nicht mit ihm zu reden. So will ich mich denn ein bißchen in seinem Hof zu ihm setzen.

WANG DA Gut. Vielen Dank, Herr Kong. Wenn Sie es fertig bringen, uns auszusöhnen, dann mache ich vor Ihnen Kotau!

Kong will gerade hinausgehen, da kommen Wang Er und seine Frau. Wang Da und seine Frau ab.

KONG Das trifft sich gut, ich wollte euch eben aufsuchen!

WANG ER Wieso, will mir etwa mein Bruder den Flur überlassen?

KONG Dein Bruder, das ist wirklich kein anständiger Kerl!

WANG ER Wieso?

KONG Ich habe ihm deine Absicht mitgeteilt. Ich habe gesagt, daß du nur in der Erregung mit ihm zusammengeraten bist, daß er dir nicht böse sein möchte und daß es dir leid tue und du nur darum bätest, er solle dir nicht böse sein.

WANG ER Und was sagt er dazu?

KONG Rate mal, was er sagt? – Er sagt, er will zum Kreisyamen gehen und dich anzeigen, daß du dir widerrechtlich sein Erbe angeeignet hast.

ER-SAO Was! Einen Prozeß will er anfangen?

KONG Freilich. Es ist wirklich höchst gemein!

ER-SAO Schön, soll er prozessieren.

WANG ER Ist das wirklich wahr, Herr Kong?

KONG Betrüge ich dich etwa? Ich wundere mich, wie man einen so gemeinen, perversen Bruder haben kann!

WANG ER Diesen Flur hat mir mein Vater bei seinem Tode tatsächlich zugesprochen. Das wissen viele im Dorfe.

KONG Ich weiß es auch.

WANG ER Na also. Sehen Sie, Herr Kong, was soll ich denn nun jetzt machen?

KONG Nach meiner Ansicht, wie du mir, so ich dir. Und etwas muß nun schon unternommen werden! Wenn er dich beim Yamen verklagen will, warum gehst du denn nicht vorher hin und verklagst ihn?

ER-SAO Richtig, Herr Kong, das ist sehr richtig. Wir müssen ihn eben zuerst anzeigen, – anzeigen, daß er sich das Erbe widerrechtlich aneignen will!

WANG ER Richtig! Das ist mal ein Wort. Aber braucht man denn nicht viel Geld zu einem Prozeß?

KONG Macht nichts! Das Geld kann ich dir schließlich borgen. Ich gebe dir, soviel du willst.

WANG ER Wir machen Ihnen wirklich viel Mühe! Wir wollen doch gleich jemanden beauftragen, uns eine Anklageschrift zu schreiben!

ER-SAO Bitte, Herr Kong, wie wäre es denn, wenn Sie das täten?

KONG Kann ich nicht. Habe noch nie so etwas gemacht. Geht doch in die Stadt und sucht den »Einäugigen Drachen« auf, der ist ein Spezialist für so was.

ER-SAO Gut. Wir werden die Geschichte regeln, auf der Stelle gehen wir in die Stadt.

KONG Richtig. Je schneller, je besser. Ich gehe nach Hause und treibe für euch Geld auf.

WANG ER Gut. Auf Wiedersehen also, Herr Kong. *Wang Er und seine Frau ab nach rechts. Kong raucht. Anscheinend will er gehen, hält aber plötzlich inne und lacht in sich hinein. Sehr zufrieden geht er nach links ab, kommt gleich mit Wang Da wieder.*

KONG Ich habe dir nichts weiter zu sagen, aber das will ich dir sagen, dein lieber Bruder, das ist ein ganz gemeines Schwein!

WANG DA Was hat er denn gesagt?

KONG Er will zum Yamen gehen und dich verklagen!

WANG DA Was! Er will mich verklagen?

KONG Freilich. Ich habe ihm zugeredet so gut ich konnte, er hat nicht darauf gehört. Er muß dich unbedingt verklagen!

WANG DA Was sagt er denn, warum er mich verklagen will?

KONG Frag' lieber nicht. Man sollte ihn tatsächlich totschlagen. Ich mag das gar nicht wiedersagen!

WANG DA Was sagt er? Bitte, sagen Sie! Ich will ihm entgegentreten.

KONG Er sagt ... er sagt ...

WANG DA Er sagt was?

KONG Ach je! Man sollte ihn totschlagen. Ich kann es direkt nicht herausbringen!

WANG DA Was hat er über mich gesagt? Sagen Sie es nur immer frei heraus, es macht nichts!

KONG Er hat die Absicht, über zwei Punkte einen Klageantrag einzubringen. Erstens, du sollst dir widerrechtlich sein Erbe aneignen wollen.

WANG DA Davor fürchte ich mich nicht! Sie sind ja mein Zeuge, daß er sich mein Erbe widerrechtlich aneignet! Und zweitens?

KONG Für den zweiten Punkt sollte man ihn totschlagen!

WANG DA Was ist das? Heraus damit!

KONG Er beschuldigt dich: Du wolltest was von seiner Frau!

WANG DA Was?

KONG Er sagt, du hättest etwas von seiner Frau gewollt. Er will mit seiner Frau zusammen zum Yamen gehen und sie das bezeugen lassen.

WANG DA Man sollte ihn tatsächlich totschlagen. Wie kommt er dazu, das zu sagen! Mich bringt die Wut um, mich bringt die Wut um! *Wang Da kratzt sich vor Aufregung in den Haaren und trampelt mit den Füßen. Er rennt im Zimmer hin und her, weiß sich keinen Rat. Wang Da-sao kommt.*

DA-SAO Was gibt's denn wieder?

WANG DA Unerhört! Dieser verfluchte Kerl will uns verklagen!

DA-SAO Wofür will er uns denn verklagen?

WANG DA Ach je! Ich mag dir das selber gar nicht sagen!

DA-SAO Was ist denn nun schon wieder los? Du bist ja richtig aus dem Häuschen!

KONG Sag es doch schon deiner Frau, vielleicht sagt sie dir einen Ausweg.

WANG DA Er ... er ... der gottverfluchte Hund ... er sagt ... er sagt, ... ich ...

DA-SAO Was sagt er? Schnell raus damit!

WANG DA Er sagt, ich wollte etwas von seiner Frau! Der . . . sag selber, sollte man ihn nicht totschlagen?

DA-SAO Oh!

KONG Was soll man da tun, Da-sao?

WANG DA Wenn er uns mit einer so schweren Sache beim Yamen verklagt, dann verlieren wir bestimmt den Prozeß!

DA-SAO Das sehe ich nicht ein!

WANG DA Wieso?

DA-SAO Könntest du dir denn nicht auch noch was anderes ausdenken und ihn daraufhin anzeigen?

KONG Richtig!

WANG DA Mir fällt wirklich nichts ein!

DA-SAO Wenn er sagt, Du hättest seine Frau belästigt, könntest du nicht auch sagen, er hätte deine Frau belästigt?

KONG Richtig, ist das nicht ausgezeichnet?

WANG DA Aber . . .?

DA-SAO Ich selber sage das vor dem Yamen aus!

KONG Das ist direkt großartig! Du wirst deinen Prozeß unbedingt gewinnen.

WANG DA Also, wenn das so ist, dann wollen wir mal den Prozeß vorbereiten! Herr Kong, ich bitte Sie noch einmal, mir 20 Dollar zu leihen!

KONG Aber in drei Monaten rückzahlbar, und zwar zusammen mit den Zinsen das Dreifache.

WANG DA Gemacht, soll's so sein!

KONG Dann gehe ich also jetzt nach Hause und mache das Geld fertig. Wenn alles fertig ist, bring ich dir's her. Gut. Auf Wiedersehen! *Wie Kong mit seinem Bündel hinausgehen will, verliert er auf dem Tisch einige von den aufgelesenen Zwiebelstengeln und Knoblauchknollen. Er geht auf die Tür zu, plötzlich aber macht er kehrt und hebt das Heruntergefallene auf.*

WANG DA Haben Sie sonst nichts mehr verloren?

KONG Da-sao, hast du das abgekratzte Sesamöl alles aufheben können?

DA-SAO Ich habe alles abgewaschen!

KONG Alles abgewaschen? Wirklich jammerschade, wirklich jammerschade!

Vorhang

Bühne: Tee- und Weinstube in der Nähe des Kreisyamen. Die Bühne ist links und rechts in zwei Räumlichkeiten geteilt; die linke ist eine Teestube, in der Teetische und Schemel herumstehen. Die rechte Seite ist wieder unterteilt. Der eine Teil ist der Küchenraum mit Heißwasserkesseln und Küchengeräten. Auf der einen Seite steht ein alter, verfaulter Tisch, über demselben ein vielfächriges »Taubenhaus«-bord, auf dem noch verschiedene Dinge liegen, z. B. Gläser, Tassen, Tellerchen, Eßstäbchen, Salzgemüse, Melonenkerne, Erdnüsse usw. Weiter hinten ist eine Tür, die zu den Gastzimmern führt.

Zu Beginn ist früher Morgen; der Wirt der Herberge, Xiao-qi, ist gerade beschäftigt, Küchengeräte zu reinigen. Kong, der Schlächter, mit seinem Bündel, aus dem die Pfeife hervorschaut, tritt auf.

XIAO-QI Herr Kong, was machen Sie denn heute schon so früh?

KONG Ist das früh, wenn die Sonne schon so hoch ist? Ist der Mann aus dem Dorfe der Familie Wang schon auf?

XIAO-QI Gestern abend haben sie hier auch noch gespielt. Wir haben die ganze Nacht nicht geschlafen.

KONG Wang Da hat auch gespielt?

XIAO-QI Wang Da hat nicht gespielt.

KONG Wer hat verloren?

XIAO-QI Wu-lai hat verloren.

KONG Schon wieder Wu lai? Warum dieser Knabe nur immer verliert!

XIAO-QI Freilich. Ich habe Sie immer davor gewarnt, ihm soviel Geld zu borgen. Hat er Sie hier gestern abend nicht auch wieder angegangen?

KONG Wieso angegangen?

XIAO-QI Haben Sie noch etwas anderes mit ihm? Ist es denn nicht so, daß er geglaubt hat, Sie würden ihm etwas borgen?

KONG Eigentlich dachte ich heute daran, ihm wieder 2 Dollar zu leihen, aber . . .

XIAO-QI Es ist möglich, daß er also wieder zu Geld kommt. Ich will ihn gleich einmal holen.

KONG Sachte!

XIAO-QI Wie?

KONG Ist Wang Da schon aufgestanden?

XIAO-QI Nein. Ich habe gehört, die beiden Brüder wären in die Stadt gekommen, um miteinander zu prozessieren? Wang Da hat mir gesagt, Sie wollten ihm helfen? Stimmt das?

KONG Es ist schon diekt unanständig, wie sich die beiden zanken. Ich habe ihnen immer zugeredet, sie sollten nicht prozessieren. Sie haben aber nicht darauf gehört. Sie wollten es unbedingt soweit kommen lassen. Na, auch gut, da kannst du wenigstens ein kleines Geschäft dabei machen.

XIAO-QI Das ist wahr.

KONG Das hast du mir zu verdanken. Wang Da wollte erst da drüben zum »Einäugigen Drachen« gehen. Ich habe gesagt: Nein, du mußt da hinüber zu Xiao-qi gehen, das ist nahe am Yamen und gemütlich. Die Preise sind auch annehmbar. So ist er denn zu dir gegangen.

XIAO-QI Ich fühle mich Ihnen verpflichtet, Herr Kong. Möchten Sie etwas essen?

KONG Ich esse nichts. Brühe mir ein bißchen heißes Wasser auf.

XIAO-QI Soll ich Ihnen ein bißchen Xiang-bian-Tee machen?

KONG Was soll er denn kosten?

XIAO-QI Ebensoviel wie der Long-jing-Tee, jeder 8 mei. Soll ich Ihnen eine Kanne voll bringen?

KONG Danke nein, ich habe den Xiang-bian-Tee noch nie gemocht.

XIAO-QI Wenn Sie den Xiang-bian-Tee nicht mögen, soll ich Ihnen dann Long-jing machen?

KONG Nein, nein, den Long-jing-Tee kann ich nicht ausstehen! Bring' mir einfach eine Kanne heißes Wasser.

XIAO-QI Das macht doch nichts, wenn ich ein bißchen Xiang-bian-Tee hineintue. Es kommt mir auf Ihr Geld nicht an.

KONG Wenn es für andere 8 mei kostet, wieviel kostet es dann für mich?

XIAO-QI Lassen Sie's gut sein. Zahlen Sie nichts, ist's auch recht.

KONG Also dann bring mir mal eine Kanne Long-jing-Tee. Ich habe dir ja auch dies Geschäft verschafft, da kannst du mir ja auch schon mal etwas schenken! *Lacht kalt.*

XIAO-QI Selbstverständlich. Das gehört sich doch so. *Xiao-qi brüht Tee auf. Kong trinkt und faltet dabei sein Bündel auf. Vor sich hinmurmelnd untersucht er seine Geldverleihnotizbücher.*

KONG So, nun laß mal Wu-lai kommen, Xiao-qi.

XIAO-QI Gut. *Xiao-qi ab. Kong geht zu einem anderen Tisch, auf dem Salzgemüse steht. Er sieht vor sich ein Gefäß mit Erdnüssen. Er ißt einige und steckt einige in seinen Beutel. Gerade in diesem Augenblick kommt Wu-lai von innen und dehnt die Glieder. Absichtlich markiert er ein Niesen.*

KONG Was machst du da?

WU-LAI Nichts! Was machen Sie denn hier, Herr Kong?

KONG Nichts weiter, Xiao-qi hat viele Mäuse in seiner Wirtschaft hier, gerade haben einige Mäuse sein Salzgemüse fressen wollen. Wenn ich nicht schnell noch dazu gekommen wäre, hätten sie es ganz aufgefressen!

WU-LAI Sie waren nicht nur am Salzgemüse, ich fürchte, sie waren auch über den Erdnüssen?

KONG Ich habe sie nur bei dem Salzgemüse gesehen, nicht bei den Erdnüssen!

WU-LAI Ich konnte es aber von innen sehen!

KONG Lieber Junge! Du hast ja verdammt gute Augen? Von da drinnen gesehen!

WU-LAI Werden Sie nur nicht böse. Nehmen Sie an, ich hätte nichts gesehen! Ich habe gehört, Sie hätten mich rufen lassen, Herr Kong!

KONG Gar nichts hast du gesehen, verstehst du!

WU-LAI Ich sage nichts mehr. Bitte, Herr Kong, werden Sie bloß nicht ärgerlich. Warum haben Sie mich denn rufen lassen, Herr Kong?

KONG Da ist heute ein Betrag von dir fällig!

WU-LAI Ich bitte, Herr Kong, warten Sie noch einige Tage.

KONG Geht nicht!

WU-LAI Ich habe ja gar kein Geld mehr zum Leben!

KONG Und da spielst du wieder?

WU-LAI Ich habe gespielt, weil ich dachte, ich würde ein bißchen was gewinnen.

KONG Unmöglich! Du mußt mir heute das Geld wiedergeben!

WU-LAI Ich habe tatsächlich nicht ein bißchen Geld. Ich bitte Sie, gibt es denn keine andere Möglichkeit?

KONG Was soll ich denn tun? Aber . . . hast du nicht eine recht junge Frau?

WU-LAI Ja, meine Frau ist noch sehr jung. Aber sie versteht nichts, womit man Geld verdienen könnte. Ich muß sie ernähren.

KONG Was willst du mit einer solchen Frau?

WU-LAI Ja, das ist nun einmal so

KONG Könntest du sie denn nicht verkaufen?

WU-LAI Sie verkaufen? Da ... da ist doch gar nicht daran zu denken.

KONG Du brauchst bloß zu wollen, ich bringe sie schon an den Mann. Willst du?

WU-LAI Das ... das ...? Ich ... ich tu' so was nicht!

KONG Du könntest dabei ein schönes Stück Geld verdienen. Jetzt hast du ja nicht einmal mehr das Geld zum Leben?

WU-LAI Wieviel kann man denn dabei verdienen?

KONG Deine Frau – ich denke – mindestens 80 Dollar könnte man für sie bekommen. Verkaufst du sie?

WU-LAI Nein. Ich denke nicht daran. Wir kommen so gut miteinander aus. Wenn ich auch arm bin, etwas so Gemeines tue ich doch nicht! Ich tu's nicht! Ich tu's nicht!

KONG Warum willst du sie denn nicht verkaufen? Sieh mal an – 80 Dollar wenn man da die 30 Dollar Schulden an mich abzieht, sind immer noch 50 Dollar. Da kannst du ordentlich spielen.

WU-LAI Herr Kong, was wollen Sie? Ohne Grund soll ich meine Frau verkaufen?

KONG Also, um die Wahrheit zu sagen, ich kenne jemanden, der ein Auge auf deine Frau geworfen hat! Dieser Jemand hat mich schon mehrere Male angegangen.

WU-LAI Was! Jemand hat ein Auge auf meine Frau? Dann ... dann verkaufe ich erst recht nicht!

KONG Warum?

WU-LAI Gar kein Warum!

KONG Also dann gib mir mal mein Geld wieder!

WU-LAI Ich bitte Sie, Herr Kong, bloß noch einige Tage.

KONG Unmöglich! Du mußt mir das Geld gleich geben!

WU-LAI Ich habe es wirklich nicht. Was kann man da machen?

KONG Dann will ich dir mal ein bißchen das Fell abziehen! Herunter mit deinem Rock da!

WU-LAI Mein Rock ist aber doch so zerrissen, der ist doch wirklich nicht einmal 35 Kupferstücke wert.

KONG Ganz egal, schnell herunter damit! Sofort ziehst du mir den Rock aus!

WU-LAI Aber ich habe gar keine anderen Kleider an!

KONG Du sollst den Rock heruntertun, hast du gehört?

WU-LAI Na schön, wenn Sie es wollen, muß ich mich schon ausziehen. Aber für diesen Rock werden Sie so gut wie nichts bekommen! *Wu-lai zieht seinen Rock aus, Kong reißt ihm den Rock aus den Händen.*

WU-LAI Herr Kong, ich bitte Sie, geben Sie mir doch meinen Rock wieder. *Wenn die Vorstellung im Winter ist, kann man an dieser Stelle einfügen: »Bei einer solchen Kälte«* So mit nackten Schultern, das kann man doch nicht aushalten.

KONG *lacht kalt* Das merkst du auch schon, daß man das nicht aushalten kann?

WU-LAI Ich kann das wirklich nicht aushalten, Herr Kong, bitte, bitte, ich mache vor Ihnen Kotau. *Wu-lai macht, während er das sagt, vor Kong Kotau.*

KONG Wirst du nun auf mich hören?

WU-LAI Wie würde ich wagen, nicht auf Herrn Kong zu hören?

KONG Ich habe dir gesagt, du sollst deine Frau verkaufen, warum verkaufst du nicht?

WU-LAI Sie wissen eben nicht, Herr Kong, wie gut sie zu mir ist. Sie tut mir auch leid. Ich kann es nicht übers Herz bringen, sie zu verkaufen!

KONG Wenn ich nun von dir verlange, daß du etwas anderes für mich tust, willst du's tun?

WU-LAI Ganz egal was, ich will alles tun.

KONG Wenn du eine bestimmte Sache für mich erledigst, dann lasse ich dir nicht nur diesen Monat noch Zeit mit deiner Rechnung, ich will dir dann außerdem auch noch etwas dazu geben.

WU-LAI Was ist es denn, Herr Kong? Bitte, sagen Sie's, ich gehe sofort hin und tu's!

Kong läßt Wu-lai seinen Rock wieder anziehen.

KONG Aber es muß streng unter uns bleiben, du darfst niemandem etwas darüber erzählen!

WU-LAI Jemand anderem erzählen? Sie können mich dafür bestrafen!

KONG Du kennst doch den Wang Da, der hier einen Prozeß hat?

WU-LAI Ich habe ihn schon gesehen. Er kennt mich aber nicht.

KONG Noch besser.

WU-LAI Ich habe gehört, daß die beiden Brüder wegen einer lächerlichen Kleinigkeit prozessieren.

KONG Also, das braucht dich nicht zu kümmern. Ich möchte nun, daß du folgendes für mich tust . . .

Von hier an sprechen Kong und Wu-lai leise miteinander. Zuerst zeigt sich Wu-lai erschrocken und ablehnend, später stimmt er augenscheinlich bei.

KONG Kannst du das also sofort für mich tun?

WU-LAI Das ist doch nicht so schwer.

KONG Kannst du dir die Kleider dazu leihen?

WU-LAI Seien Sie nur unbesorgt, ich werde schon alles richtig machen.

KONG Ich gebe dir also erst einmal zwei Dollar. Wenn die Sache richtig erledigt ist, sollst du noch ein schönes Stück Geld haben.

Kong gibt Wu-lai 2 Dollar.

WU-LAI Also dann geh' ich jetzt?

KONG Sachte. *Kong nimmt aus seinem Beutel eine gefälschte Gerichtsvorladung und gibt sie Wu-lai.* Das ist eine gerichtliche Vorladung. Wenn man nicht so einen Wisch hat, glaubt er nichts.

WU-LAI Gut. Warten Sie ein bißchen und Sie werden mich gewiß nicht wiedererkennen. Ich gehe jetzt, Herr Kong.

KONG Mach' ein bißchen rasch.

WU-LAI Also wie gesagt, da drüben in der Teestube kann ich mir die Kleider leihen.

Wu-lai ab, Wang Da kommt von innen.

WANG DA Herr Kong, wie ist das, der Prozeßantrag ist doch nun schon seit mehreren Tagen eingereicht, gibt es nichts Neues?

KONG Stimmt! Ich bin noch unruhiger als du. Ich fürchte beinahe, die Sache geht schief.

WANG DA Wieso schief?

KONG Ich habe gehört, der Yamen will jemanden verhaften!

WANG DA Verhaften; wen denn?

KONG Wenn nicht dich, dann Wang Er!

WANG DA Das ist ja komisch. Wie ist denn das, gibt es denn da im Yamen nicht erst eine Untersuchung, bevor man jemanden verhaftet?

KONG Ich fürchte, Wang Er hat da mit Geld etwas gemacht?

WANG DA Dazu hat er doch kein Geld!

KONG Ich habe gehört, daß er sämtliche Räume seines Hauses verpfändet hat.

WANG DA Ho! So ist die Sache?

Xiao-qi kommt. Er hat einen Heißwasserkessel und brüht für Kong Wasser auf.

KONG Wang Da, ich fürchte, du mußt nun auch einmal darüber nachdenken, was du nun tun willst?

XIAO-QI Möchten Sie nicht etwas essen, Herr Kong?

KONG Nein, ich esse nichts.

XIAO-QI Darf ich Ihnen nicht mal einen Teller Erdnüsse bringen?

KONG Nein! Ich habe selber eine ganze Menge Erdnüsse mitgebracht. Da ... sieh! *Kong nimmt einige Erdnüsse aus seinem Beutel und zeigt sie Xiao-qi.*

XIAO-QI ...

KONG Wang Da, hast du schon mal meine Erdnüsse versucht?

WANG DA Mir ist die Lust am Essen vergangen!

KONG Reg' dich nicht auf. Schließlich läßt sich die Sache schon regeln.

WANG DA Ich bitte Sie wiederum, Herr Kong, denken Sie sich einen Ausweg für mich aus.

Zu dieser Zeit kommt Wu-lai als Polizist verkleidet, mit dunkler Brille und falschem Bart, in der Hand einen Strick und einen Haftbefehl. Er spricht mit veränderter Stimme.

WU-LAI Xiao-qi, wohnt hier nicht bei dir ein Wang Da?

XIAO-QI Jawohl. Was wollen Sie denn?

WU-LAI Ich komme vom Yamen, will jemand festnehmen.

WANG DA Verdammt!

KONG Ruhig! Laß mich mit ihm fertig werden.

WU-LAI Bist du denn nicht der Wang Da?

KONG Nein, nein! Der ist nicht Wang Da.

WU-LAI Der ist doch Wang Da! *Wu-lai kommt und tut, als ob er Wang Da binden will. Wang Da flieht erschrocken nach hinten und zittert.*

WANG DA Herr Kong! Ich bitte Sie ... bitte Sie ...

KONG Machen Sie mal ein bißchen sachte. Kennen Sie mich?

WU-LAI Sie ... Sie ... sind Sie nicht Herr Kong?

KONG Richtig. Somit sind wir doch alte Bekannte und können die Sache doch erst einmal besprechen.

WU-LAI Herr Kong, ich will Sie nicht im unklaren lassen, ich habe gehört, daß Wang Da etwas Tolles angestellt hat. Der Yamen will ihn jedenfalls unbedingt heute haben!

KONG Warum denn eigentlich, weißt du's?

WU-LAI Er soll da Erbgut widerrechtlich an sich gebracht haben! Hat er nicht auch mit seiner Schwägerin etwas gehabt? Schließlich brauche ich aber gar nicht zu sagen warum. Aber ich muß ihn eben jetzt mit aufs Amt nehmen! *Nachdem Wu-lai dies gesagt hat, will er wieder Wang Da binden. Kong hindert ihn dabei.*

KONG Sachte! Wir sind doch alte Bekannte und können uns doch mal über die Sache klar aussprechen. Gehen wir doch mal da drüben in die Teestube. Geh'n wir schon. Wir sind doch alte Bekannte, da gibt's doch gar nichts. Ha, ha, ha, ha . . . *Kong nimmt Wu-lai mit fort. Wu-lai wendet den Kopf und sagt zu Xiao-qi:*

WU-LAI Xiao-qi, laß den Wang Da ja nicht entwischen. Reißt er mir aus, dann mach ich deine Wirtschaft zu, verstehst du?

Kong und Wu-lai ab.

XIAO-QI Das ist doch ein verdammter Kerl! Woher ist denn dieses Ekel eigentlich?

WANG DA Was, du kennst ihn nicht?

XIAO-QI Ich kenne doch sonst alle unsere Yamenpolizisten. Aber der Junge muß eben erst gekommen sein!

WANG DA Ist nicht in seiner Stimme irgend etwas Bekanntes?

XIAO-QI Richtig, seine Stimme kommt mir bekannt vor, aber ich habe ihn bisher noch nicht gesehen! Ich möchte dich einmal fragen, Wang Da, warum willst du eigentlich mit deinem Bruder prozessieren?

WANG DA Xiao-qi, reden wir besser nicht darüber!

XIAO-QI Ich habe gehört, es geht dabei um einen lächerlichen alten Flur? Die Sache ist doch nicht wert, daß Brüder sich gegenseitig so heruntermachen und prozessieren!

WANG DA Du kennst alle die vorliegenden Gründe nicht. Es ist zu lang zum erklären! Gib mir mal die Rechnung, ich will fort.

XIAO-QI Was, fortgehen willst du?

WANG DA Der Yamen wird mich festnehmen, wenn ich nicht ausreiße.

XIAO-QI Geht nicht, du kommst mir nicht fort von hier. Verdammich! Wenn du ausreißt, was wird denn dann mit mir?

WANG DA Was, Xiao-qi, warum willst du mich denn nicht fortlassen?

XIAO-QI Wenn du ausreißt, wird mir der Laden zugemacht!

WANG DA Wie kann denn das sein?

XIAO-QI Hast du nicht gehört, was gerade eben der Polizist gesagt hat? Er hat dich mir übergeben, verstehst du?

WANG DA Ich meinesteils haue ab! *Wang Da will gehen, Xiao-qi hält ihn fest.*

XIAO-QI Geht nicht! Das geht nicht

Kong und Wu-lai kommen.

WU-LAI Was ist denn los? Was ist denn los? Was ist denn da los?

XIAO-QI Wang Da will ausreißen!

WU-LAI Ausreißen? Wenn du ausreißt, was soll ich dann beim Yamen sagen?

KONG Setzen Sie sich doch bitte einmal da hinein und lassen Sie mich mal die Sache regeln! Xiao-qi, geh doch mal mit dem Herrn Wachtmeister da hinein und brühe Tee auf, ich habe da noch eine ganze Menge Erdnüsse.

XIAO-QI Nehmen Sie doch mal von den Erdnüssen auf dem Teller da!

KONG Nein, nein! Die ich da mitgebracht habe, sind mürber und würziger als deine. Versuch sie mal. *Kong nimmt aus seinem Beutel zwei Erdnüsse und gibt sie Xiao-qi.*

WU-LAI Höflich sind Sie nicht gerade, Herr Kong?

KONG Da gibt es gar nichts. Jeder für sich selber. Ruhen Sie sich doch da drinnen ein bißchen aus.

WU-LAI Herr Kong, ich bitte Sie dringend, daß Sie den Wang Da nicht entwischen lassen!

KONG Ich binde ihn mir schon vor, er wird nicht fortlaufen. Setzen Sie sich ruhig ein bißchen da hinein.

Xiao-qi führt Wu-lai hinein.

WANG DA Herr Kong, das sieht übel aus, was ist da zu tun?

KONG Sei man nicht ängstlich, es gibt schon etwas.

WANG DA Was gibt es da für eine Möglichkeit, daß er einen nicht festnimmt?

KONG Geht schon, nur wirst du 30 Dollar ausgeben müssen.

WANG DA Was?

KONG Ihn schmieren!

WANG DA 30 Dollar? Bin ich etwa ein Millionär?

KONG Das kommt dir viel vor? Zuerst hat er 100 gewollt. Aber er ist ziemlich schnell auf 30 heruntergegangen, das hat mein Ansehen gemacht.

WANG DA Diesmal geht es mir an den Kragen. 30 Dollar kann ich unmöglich aufbringen! Ich bitte Sie, könnten Sie nicht noch einmal für mich sprechen? Ich bitte Sie, Herr Kong!

KONG Du brauchst bloß zu wollen. Ich habe schon alles für dich fertig gemacht. Das Geld könnte ich für dich zahlen; du brauchst bloß diesen Vertrag zu unterzeichnen. *Kong nimmt aus seinem Beutel einen Vertrag und gibt ihn Wang Da zum Unterzeichnen.*

WANG DA Was wird denn nun da gespielt, Herr Kong?

KONG Hier oben steht, daß du mir die fünf Räume deines Anwesens verpfändest. Die Pfandsumme sind 30 Dollar. Ein Monat Frist. Verstreicht die Frist, fällt das Haus mir zu.

WANG DA Das geht nicht! Das geht auf keinen Fall! Außer diesem Haus habe ich nichts mehr. Es ist all mein Hab und Gut; unmöglich! Was auch immer kommen mag, das geht nicht!

KONG Gut, auch recht! Dann kommst du eben todsicher ins Gefängnis! Schön, war eben alle meine Mühe umsonst. Jetzt wäre es noch ziemlich leicht gewesen, die Sache zurechtzubiegen, nun springst du ab? Gut, du kommst todsicher ins Gefängnis! Ich habe mich umsonst in die Sache hineingehängt!

WANG DA Ich bitte Sie noch einmal, Herr Kong, helfen Sie mir doch anderswie!

KONG Du hörst ja nicht auf mich, was kann ich denn da machen? Das Gefängnis ist dir sicher!

WANG DA Was Sie mir sonst auch sagen, ich will gerne alles tun. Nur mein Haus verpfänden, das kann ich nicht. Ich habe doch nur dies Haus und sonst nichts!

KONG Gut, dann kannst du eben nicht! Ich heiße Kong und kann dich auch nicht dazu zwingen! Ich gehe also jetzt. Ich werde ihn herausrufen, damit er dich mitnimmt.

Kong will hineingehen, Wang Da hält ihn auf, weint und kniet schließlich nieder.

WANG DA Ich bitte Sie, Herr Kong, ich flehe Sie an, Herr Kong, tun Sie etwas Gutes an mir!

KONG Dann setze deine Unterschrift unter diesen Vertrag!

WANG DA Das kann ich wirklich nicht! Ich bitte Sie . . . ich flehe Sie an . . . tun Sie doch etwas für mich! Ich – . . . mache vor Ihnen Kotau!

KONG Was nützt das Betteln und das Kotaumachen? Sie wollen dich festnehmen. Kann ich denn befehlen, daß sie dich nicht festnehmen?

WU-LAI *innen* Herr Kong, wie steht's denn? Ich will den Mann nun endlich mitnehmen!

KONG Hast du das gehört? Also ich sage ihm jetzt, daß er dich mitnehmen soll!

WANG DA Ich bitte Sie! Ich flehe Sie an! Ich mache wieder Kotau vor Ihnen!

KONG Unterschreibe also endlich diesen Vertrag!

WANG DA Herr Kong, nicht, daß ich diesen Vertrag nicht unterzeichne, aber wenn nun mein Haus verpfändet ist, wohin soll ich denn dann gehen?

KONG Mein Junge, du bist doch wirklich dämlich! Das ist doch tatsächlich nur eine Formalität, die nun einmal nicht zu umgehen ist. Wenn du mir das Haus verpfändest, kannst du doch nach wie vor darin wohnen.

WANG DA Und der Verfallstermin, können Sie mich auch danach noch dort wohnen lassen?

KONG Warum sollte denn das nicht gehen? Wir sind doch alte Bekannte. Dein Vater und ich waren früher gute Freunde. Wenn du mir somit dein Haus verpfändest, so denke ich, daß du mir das Geld schon bald wiedergeben wirst. Man kann mir doch kaum nachsagen, daß ich ein begehrliches Auge auf dein »kostbares« Häuschen geworfen hätte?

WANG DA Liegt Ihnen wirklich nichts an meinem Haus?

KONG Könnte ich dich etwa betrügen? Steh mal auf. Mach ein Kreuz hierhin und dann ist's fertig. *Wang Da erhebt sich. Kong führt seine Hand und läßt ihn das Kreuz hinmalen.*

WANG DA Abgemacht?

KONG Fertig. Nun ist nichts weiter. Hau mal schnell ab. Was ist mit deiner Frau?

WANG DA Die ist schon gestern nach Hause gegangen. Ist denn dieser Prozeß nun eigentlich aus?

KONG Jetzt ist alles aus.

WANG DA Und mein Bruder?

KONG Auch seine Sache ist bald aus. Ich habe gehört, daß er auch im Yamen verlangt wird!

WANG DA Was, den wollen sie auch verhaften?

KONG Fragen hat jetzt keinen Sinn. Mach, daß du wegkommst!

WANG DA Wieso haben Sie's jetzt so eilig mit meinem Weggehen?

KONG Wenn du nicht gehst, und dieser Polizist nun zum Yamen zurückkommt und über den Fall Meldung macht? Mach ja, daß du fortkommst!

WANG DA Geht nicht! Ich muß mir noch meine Schlafdecke aus dem Zimmer holen!

KONG Hör auf! Um so eine Schlafdecke hast du dich, wo es um's Leben geht. Hau ab, hau ja ab! *Kong schiebt Wang Da hinaus.*

KONG Xiao-qi!

Xiao-qi kommt.

XIAO-QI Was ist denn, Herr Kong?

KONG Schick mir mal diesen Polizisten her.

XIAO-QI Diesen Vogel von Polizisten! Was ist das für eine Schiebung? Das ist doch nur der verkleidete Wu-lai! Dieser verdammte Rock ist wirklich sehr ähnlich. Wu-lai, komm schnell mal her! Hör auf mit den Faxen. *Wu-lai kommt.*

WU-LAI Herr Kong, wie ist's denn, habe ich die Sache gut gemacht?

KONG Ja, recht gut.

WU-LAI Sehen Sie mal her, wie ist denn meine Verkleidung?

KONG Sehr gut, aber . . .

XIAO-QI Viel liegt an jener schwarzen Brille!

WU-LAI Der falsche Bart ist auch nicht schlecht!

KONG Ganz egal, wie nun deine Fähigkeit in Verkleidungen ist, trotzdem muß ich dir den versprochenen Lohn kürzen! Ich dachte erst daran, dir etwa 5 Dollar zu geben, jetzt aber kann ich dir bloß 2 geben!

WU-LAI Warum?

KONG Wer hat dich denn geheißen, dem Xiao-qi etwas zu sagen? Habe ich dir nicht gesagt, daß du die Sache streng geheim halten und niemand etwas sagen sollst?

WU-LAI Ich habe niemandem etwas gesagt! Xiao-qi ist von selber dahinter gekommen. Sie können ihn fragen.

XIAO-QI Herr Kong, Wu-lai hat wirklich keine Schuld, ich bin wirklich selber darauf gekommen!

KONG Mir ganz egal, jedenfalls zahle ich nichts mehr.

WU-LAI Sie sind geradezu . . .

KONG Gut, ich kann auch zahlen, aber dann mußt du noch ein anderes, ähnliches Geschäft für mich machen.

WU-LAI Ein ähnliches Geschäft?

KONG Der Bruder von Wang Da wohnt in der Wirtschaft gleich nebenan, mit dem wollen wir jetzt auch so ein Spielchen spielen.

WU-LAI Ich nicht!

KONG Warum denn nicht?

WU-LAI Diese Art Geschäft ist mir zu unsauber!

XIAO-QI Richtig, tu's nicht. Das Geschäft ist wirklich unsauber, ja direkt gemein. Zur Strafe würdest du später bestimmt keine Kinder haben!

KONG Ich gebe dir wieder 2 Dollar, wie dann?

XIAO-QI Tu's auch dann nicht!

WU-LAI Richtig, auch dann tu ich's nicht!

KONG Gut. Wenn du's nicht tust, kann ich auch jemand anders suchen! Einer macht's schon in dieser Zeit. Ihr Kindsköpfe, ihr könnt mir noch lange nicht! Aber nehmt euch vor mir in acht, ich gehe jetzt!

WU-LAI Herr Kong, so können Sie nicht weggehen!

KONG Wieso?

WU-LAI Sie haben mir fünfe versprochen, aber bloß 2 gegeben!

KONG Du willst also noch ein paar haben?

WU-LAI Geben Sie mir wenigstens noch zweie!

KONG Gut. *Kong haut in aller Gemütsruhe Wu-lai zwei Ohrfeigen und sagt dazu: »Das ist eine und das ist eine«, nimmt sein Bündel und geht ab.*

WU-LAI Dieses verfluchte Schwein!

XIAO-QI Der ist hundertmal gemeiner als ein Schlächter! Verdammt, das ist geradezu ein Teufel! Warum hast du nicht wiedergeschlagen?

WU-LAI Ich soll's riskieren und ihn verhauen! Da kannst du lange reden, weder ich noch jemand anders wagt das! Auf 50 Meilen im Umkreis gibt es niemand, der ihn nicht haßt, aber wer wagte es schon, ihn zu verhauen?

XIAO-QI Verdammt noch mal, es gibt geradezu keine Gerechtigkeit mehr in dieser Welt. Laß mich ihn verhauen! Totschlagen das Schwein und wenn ich selber mit draufgehe!

WU-LAI Dieser alte Hund ist wirklich widerlich! Im vorigen Jahr hat er mir mal 4 Dollar geliehen, jetzt soll das mit einemmale zusammen mit den Zinsen mehr als 20 Dollar sein! Ich weiß nicht, ob das nicht eine wahre Satansrechnung ist!

XIAO-QI Das ist Wucherrechnung, verstehst du? Noch viel schlimmer als des Teufels Rechnungen!

WU-LAI Aber er selber ist ein kleiner Spitzbube. Ich habe gerade gesehen, wie er deine Erdnüsse gestohlen hat!

XIAO-QI Dieser alte Hund ist wirklich gemein! Wir werden ihn beim Yamen anzeigen, wie wäre denn das?

WU-LAI Riskierst du's?

XIAO-QI Ich, Xiao-qi, ich treibe mich nun schon zwanzig Jahre lang im Lande herum und habe mich dabei immer für die Schwachen eingesetzt! Auf jeden Fall zeige ich ihn an! Was ist denn dabei eigentlich zu fürchten?

WU-LAI Der hat eine große Nummer beim Yamen! Können wir kleinen Pinscher mit einer Klage gegen ihn überhaupt ankommen?

XIAO-QI Wenn es mit dem Klagen nicht geht, dann schlagen wir ihn tot! Und wer ihm hilft, den schlagen wir mit tot.

WU-LAI In diesem Falle, da gibt es aber einen Skandal!

XIAO-QI Na schön, wenn schon, was macht das aus? Jedenfalls haben wir alle nur ein Leben, und man kann uns nur einmal hinrichten.

WU-LAI Ich riskiere das nicht! Wenn ich nun in einen Schlamassel komme, was wird dann aus meiner Frau?

XIAO-QI Ho! Wenn du gegen den nichts riskierst, dann riskiert er eben etwas gegen dich und wird dich bestimmt noch zwingen, deine Frau zu verkaufen. Vorgestern hat er bereits Andeutungen gemacht, daß jemand ein Auge auf deine Frau habe!

WU-LAI Oho? Kein Wunder, daß er mich gerade dazu bringen wollte, sie zu verkaufen! Dieser alte Hund ist doch ein Schwein!

XIAO-QI Los! Wir zeigen ihn an! Alle, die von ihm begaunert worden sind, sollen ihn anzeigen! Und wenn wir ihn nicht anzeigen können, schlagen wir ihn tot!

Vorhang

DRITTER AKT

Bühne: wie im ersten Akt. Wenn der Vorhang aufgeht, sieht man Wang da-sao und Wang er-sao wieder beim Streiten. Wang er-sao hat gerade einen Stuhl genommen und in die Mitte der Bühne gestellt. Voller Wut setzt sie sich darauf.

WANG ER-SAO Solange der Prozeß noch nicht entschieden ist, möchte ich den sehen, der zu behaupten wagt, daß dieser Flur nicht mir gehört! *Wang Da-sao rückt sich ebenso einen Stuhl herbei und setzt sich neben Er-sao.*

WANG DA-SAO Solange im Yamen noch nichts entschieden ist, möchte ich den sehen, der zu behaupten wagt, daß dieser Flur nicht mir gehört!

ER-SAO Frechheit!

DA-SAO Du bist aber erst unverschämt!

ER-SAO Wen meinst du?

DA-SAO Wen meinst du?

ER-SAO Dich meine ich!

DA-SAO Und ich meine dich!

ER-SAO Ich hau' dich!

Er-sao springt auf und gibt Da-sao eine Ohrfeige. Da-sao gibt Er-sao die Ohrfeige zurück und sagt dabei: »Ich hau' dich auch.« Beide langen nach den Stühlen, um damit aufeinander loszugehen. Kong, der Schlächter kommt mit seinem Bündel auf dem Rücken.

KONG Sachte! Schlagt euch nicht! *Kong reißt sie auseinander.*

ER-SAO Herr Kong. Wie ist denn unser Prozeß nun endlich ausgegangen?

DA-SAO Bitte, sagen Sie nur gleich.

KONG Wang Da und Wang Er haben euch noch nichts gesagt?

ER-SAO Die sind noch gar nicht zurückgekommen.

DA-SAO Was ist nun eigentlich los, Herr Kong?

KONG Gut! Jetzt ist also alles entschieden. Von jetzt an hat es gar keinen Sinn mehr, sich zu streiten.

ER-SAO Wirklich?

KONG Nun können auch gar keine Schwierigkeiten mehr entstehen.

DA-SAO Wem ist denn nun eigentlich dieser Flur zuerkannt worden?

ER-SAO Natürlich doch dem Wang Er?

KONG Nein.

DA-SAO Dann ist er bestimmt Wang Da zuerkannt?

KONG Auch nicht.

DA-SAO Wieso? Wenn Wang Er diesen Flur nicht bekommen hat, muß ihn doch natürlich Wang Da bekommen!

KONG Dieser Flur gehört jetzt mir!

DA-SAO Was? Machen Sie doch keine Witze!

KONG Das ist kein Witz!

ER-SAO Herr Kong, Sie machen wirklich gute Witze!

KONG Ich mache wirklich keinen Witz. Hier ist der Beweis. Nicht nur dieser Flur gehört mir, sondern auch eure beiden Wohnungen hier!

DA-SAO Was ist denn mit Ihnen los, Herr Kong, daß Sie heute solche Witze machen!

KONG Witze? Wer hat denn überhaupt Zeit, mit euch Witze zu machen? Hier ist der Beweis, seht doch her! *Kong sieht dabei sehr ernst aus, öffnet sein Bündel und entnimmt ihm ein Papier.*

ER-SAO Wissen Sie denn nicht, daß wir nicht lesen können?

DA-SAO Das ist doch wirklich komisch! Unser Haus, – wie kommen Sie denn zu unserem Haus? Das . . . das ist doch . . .

KONG Reden nützt nun nichts mehr. Nun macht mal beide, daß ihr raus kommst.

ER-SAO Was, Sie wollen uns rausschmeißen?

KONG Stimmt, ich schmeiße euch raus.

DA-SAO Mit welchem Recht wollen Sie uns eigentlich hinauswerfen?

KONG Euer ganzes Haus hier ist mir verpfändet!

ER-SAO Wer hat es dir verpfändet?

KONG Wang Da und Wang Er.

ER-SAO Da wollen wir denn doch erst einmal warten, bis die beiden hier sind!

DA-SAO Richtig, warten wir erst einmal ab, bis die beiden hier sind!

KONG Die kommen nicht wieder, die sind auf der Flucht!

ER-SAO Auf der Flucht?

KONG Jawohl, im Yamen will man sie nämlich verhaften lassen.

DA-SAO Herr Kong, wirklich, je mehr Sie reden, umso komischer wird das!

KONG Wieso komisch? Ich spreche ganz sachlich mit euch. Macht nur schnell, daß ihr mir hier rauskommt!

ER-SAO Ich geh' nicht!

DA-SAO Ich geh' auch nicht!

KONG Gut, dann will ich mal einen Polizisten holen. Mal seh'n ,ob ihr rausgeht oder nicht? Heh! *Kong ab.*

ER-SAO Eine schöne Bescherung! Was ist denn das für eine Geschichte!

DA-SAO Nach meiner Ansicht hat dieser Alte da bestimmt irgend ein faules Spiel gemacht. Das ist doch wirklich komisch! Warum mögen die beiden nur noch nicht zurückgekommen sein?

ER-SAO Ich denke, ich gehe mal sofort in die Stadt und seh' mal nach, was mit den beiden Brüdern los ist!

DA-SAO Auch gut.

ER-SAO Aber du achtest hier darauf, daß uns der alte Kong unter gar keinen Umständen unser Haus wegnimmt!

DA-SAO Aber du mußt schnell wiederkommen.

Wang Er-sao will gerade weggehen, da kommen Wang Da und Wang Er, beide sehr niedergeschlagen.

ER-SAO Da seid ihr ja!

WANG ER Da sind wir!

DA-SAO Was ist denn mit euch los?

WANG DA Reden wir nicht davon! Ach!

ER-SAO Was ist denn nun im Yamen ausgemacht worden?

WANG ER Im Yamen sind wir überhaupt nicht gewesen!

ER-SAO Ach! Was ist denn das für eine Geschichte?

WANG ER Ach! An alledem bin nur ich schuld!

WANG DA Bruder, nicht doch; ich der Ältere, habe Fehler gemacht!

WANG ER Nein, Bruder, es ist nur meine Schuld. Ich hätte dem alten Kong nicht glauben sollen. Das verdammte Schwein hat uns hineingeritten! Dieser Gauner! Dieser gemeine Hund! Bruder, kannst du mir verzeihen? *Ihm kommen fast die Tränen.*

WANG DA Bruder, sag sowas nicht! Je mehr du redest, um so weniger kann ich das ertragen! Einzig und allein ich bin schuld. Ich, als der Ältere, hätte mit dir gar keinen Streit um den Flur anfangen sollen! Ich bin auch diesem alten Schwein auf den Leim gegangen! Er hat uns immer gegeneinander aufgestachelt. Er hat uns aufgestachelt, beim Yamen diesen Prozeß anzufangen! Kannst du mir verzeihen, Bruder?

DA-SAO He! Nun sagt mal endlich, was ist denn mit euch beiden los?

WANG DA Wir sind alle dem alten Kong auf den Leim gegangen! Das sind alles seine Schlingen. Meinem Bruder ins Gesicht hat er allerhand über mich erzählt und hat gesagt, ich wolle ihn anzeigen; mir ins Gesicht hat er allerhand über meinen Bruder erzählt. So hat er uns beide mit seinem Klatsch gegeneinander gebracht und hat es fertig gebracht, uns zu zwingen, unser Haus ihm zu verpfänden.

DA-SAO Oho! So ein altes Schwein ist das also. Gesicht wie ein Mensch, Herz wie eine Bestie.

ER-SAO Wir haben ihn immer für einen anständigen Menschen

gehalten, haben ihn immer wie einen hohen Herrn behandelt, nun ist das so ein gemeiner Kerl.

DA-SAO Er hat euch gesagt, daß ihr ihm das ganze Haus verpfänden sollt?

WANG DA Freilich! Oh!

ER-SAO Und ihr habt es auch verpfändet?

WANG ER Hat gar keinen Zweck, darüber zu reden! Dieser alte Gauner hat ganz gemeine Praktiken! Der hat sich mit einem Lumpen in der Stadt zusammengetan, hat ihn als Polizist verkleidet, der uns festnehmen sollte. Dann hat der alte Halunke Geld von uns gewollt, um ihn zu bestechen. Geld hatten wir nicht, und so hat er uns gezwungen, zu verpfänden! Da könnt ihr sehen, wie niederträchtig dieser alte Halunke ist?

ER-SAO Totschlagen sollte man den Kerl!

DA-SAO Nun wundert's mich nicht mehr, daß uns der Kerl gerade eben zwingen wollte, das Haus zu räumen.

WANG DA Was, der war schon da?

DA-SAO Der ist gerade dagewesen und hat gesagt, wir sollten hier ausziehen!

WANG ER Hat uns ausziehen heißen?

ER-SAO Freilich. Gerade ist er fort, um einen Polizisten zu holen, der uns hinausjagen soll!

WANG ER Bruder! Da . . . was soll man da machen? Was soll man da machen?

WANG DA Macht gar nichts. Wenn er kommt, verhauen wir ihn!

WANG ER Aber wenn er nun einen Polizisten dabei hat?

WANG DA Wenn der Polizist irgend etwas von uns will, verprügeln wir die beiden zusammen!

WANG ER Richtig! Verprügeln wir dies verdammte alte Schwein! Wir alle zusammen geben ihm Hiebe!

DA-SAO Aber hat er denn nicht eine ganz große Nummer im Yamen?

WANG DA Kümmert uns nicht! Jedenfalls wird jetzt Krach gemacht. Ganz egal, wir verhauen ihn unbedingt! Ich weiß nicht, wie viele Leute es hier in der Gegend gibt, die er hereingelegt hat! Ganz egal, wir verhauen den Kerl unbedingt! Und wenn der Polizist was will, verprügeln wir den Polizisten dazu! Jedenfalls wir . . .

Kong tritt auf.

KONG Ah! Da seid ihr ja alle?

WANG DA Was willst du hier?
WANG ER Richtig, was willst du hier?
KONG Nanu, warum seid ihr denn heute so geladen?
WANG DA Geladen? He! Paß man auf, daß es nicht losgeht!
WANG ER Sag' mal! Was willst du hier?
KONG Das wißt ihr noch nicht?
WANG DA Wir wissen nur, daß du ein altes, gemeines Schwein bist!
WANG ER Du bist ein großer Gauner!
DA-SAO Ein Vagabund bist du!
ER SAO Ein hinterlistiges Reptil bist du!
WANG DA Nein, er ist geradezu ein Schlächter, der Menschen schlachtet, ohne daß man Blut sieht!
KONG Habt ihr nun genug geschimpft?
WANG DA Genug geschimpft? He! Das ist noch zu früh!
KONG Macht ja, daß ihr euch hier verrollt! Das ist jetzt mein Haus.
WANG DA Das ist dein Haus?
KONG Das ist mein Haus. Verrollt euch ja schnell, sonst hole ich die Polizei!
WANG DA Du holst die Polizei? Davor haben wir keine Angst mehr! Bisher haben wir dich immer für einen alten Ehrenmann gehalten und gemeint, du wärest ein todanständiger Mensch, darum haben wir dich immer unsere kleinen Angelegenheiten schlichten lassen, dir Geschenke gemacht, dir gehorcht, wir haben nicht gedacht, daß du so ein altes Schwein bist mit einem Gesicht wie ein Mensch und einem Herzen wie ein Vieh!

Alle umringen wütend und erregt Kong; der Schlächter, der sieht, daß die Dinge nicht gut stehen, will entfliehen, aber Wang Er schneidet ihm den Weg ab.

KONG Was wollt ihr denn eigentlich?
WANG ER Dich verhauen!
WANG DA Dich verdammtes Schwein verhauen! *Wang Da stößt Kong mit der Faust vor die Brust, Kong fällt zu Boden, bevor er den zweiten Schlag bekommt. Sie sehen, daß er die Farbe wechselt und ihm Speichel aus dem Munde tritt. Alle erschrecken.*
WANG ER Was ist denn mit dem alten Kerl los?
ER-SAO Oh je!
DA-SAO Schöne Bescherung! Mit einem Faustschlag habt ihr ihn totgeschlagen?

WANG DA Ist er denn wirklich tot?

DA-SAO Freilich ist er tot! Sieh doch her!

Wang Da wendet Kong herum. Er scheint tot zu sein.

WANG ER Der alte Kerl verträgt doch gar nichts, wie kann man von einem Schlage draufgehen?

WANG DA Totgeschlagen ist totgeschlagen! Hat er das etwa nicht verdient?

DA-SAO Aber auf Totschlag steht doch Todesstrafe?

WANG DA Wenn schon!

WANG ER Macht nichts, wenn sie mich töten wollen, ich bin bereit!

WANG DA Daß dies gemeine Schwein schon beim ersten Schlage draufgegangen ist, scheint mir sehr billig weggekommen!

ER-SAO Jetzt, da noch kein Mensch und kein Teufel etwas von der Sache weiß, wollen wir ihn doch schnell nehmen und in das Brunnenloch hinter'm Hause werfen!

DA-SAO Richtig, das ist das Allerbeste.

WANG DA Nein, wir bringen seine Leiche zum Yamen und lassen alle Leute sehen, daß wir dies gemeine Schwein totgeschlagen haben!

DA-SAO Wenn wir ihn zum Yamen bringen, ja, werden wir dann nicht hingerichtet?

WANG DA Na schön, wenn schon! Ein richtiger Kerl steht für seine Taten ein!

WANG ER Wir können ihn auch da hinten in den Brunnen werfen. Laß mich mal! *Wang Er hebt das linke Bein von Kong auf, dabei geht das rechte Bein von Kong zugleich mit hoch. Wang Er höchst erstaunt, läßt los und tritt zurück.*

WANG ER Was ist denn das?

WANG DA Was?

WANG ER Wenn ich sein eines Bein aufhebe, geht das andere von selber mit hoch?

ER-SAO Das wird doch kein Teufelstrick sein?

DA-SAO Vor Teufelskünsten hab' ich Angst!

WANG DA Ach was Teufelskünste! So etwas gibt es nicht. Wir beide tragen ihn jetzt weg!

Wang Da und Wang Er richten Kong am Kopfe auf, wobei er ihnen entgleitet. Erst nachdem sie ihn einige Male herumgewälzt haben, gelingt es ihnen, Kong aufzurichten. Jetzt verdreht Kong die Augäpfel nach oben, er macht ein sogenanntes »Gespenstergesicht«.

Die Leute springen erschrocken mit einem »Ach je« zurück. Wang Da und Wang Er zittern die Beine. Kong fällt wieder zu Boden. Alle rufen durcheinander: Der Teufel ist da! Ein Teufel ist da! Ein richtiger Teufel ist da! *Zur selben Zeit hört man draußen Stimmen:* Bestimmt ist er hier! Ist Herr Kong hier drinnen? *Wang Da, Wang Er und ihre Frauen fliehen aufgeregt durch die Tür rechts. Als Kong sie enteilen sieht, rappelt er sich schleunigst auf und will wie ein Dieb mit seinem Bündel entwischen. Gerade ist er im Begriffe, hinauszulaufen, da kommen Wu-lai und Xiao-qi mit einem Polizeileutnant und schneiden ihm den Weg ab.*

KONG Ich hätte nicht gedacht, daß ihr hierherkommen würdet. Das ist ausgezeichnet. Ich wäre beinahe von jenen totgeschlagen worden! Ich bitte dich, führe sie sofort ab zum Yamen.

POLIZEILEUTNANT Wir hätten dich hier nicht erwartet. Das ist sehr gut!

XIAO-QI Es trifft sich, daß wir Sie gerade hier gesucht haben, Herr Kong!

WU-LAI Sie waren ja ziemlich leicht zu finden!

KONG Ich danke euch. Ich habe doch nicht hier enden sollen. Ihr alle seid meine Retter. Jetzt wollen wir aber alles andere auf sich beruhen lassen. Ich bitte euch, mir schnell zu helfen, Wang Da und Wang Er gebunden zum Yamen zu bringen. Kommt, kommt! Sie sind alle dahin entwischt.

Kong zerrt gerade den Polizeileutnant zu der Tür nach rechts, da kommen Wang Da, Wang Er und ihre Frauen wieder herein.

WANG DA Ho! Was ist denn jetzt das? Jetzt ist der gar nicht tot!

KONG Tot? Ho! Das ist nicht so einfach! Ich treibe mich nun schon 50 Jahre lang in der Welt herum und bin mit allen Wassern gewaschen. Habe ich euch jetzt auch mal wieder aufsitzen lassen, ihr Kinder? Hierher, hierher, Polizeimeister, führe sie sofort gebunden ab zum Yamen.

POLIZEILEUTNANT Warum soll ich sie denn binden und zum Yamen bringen?

KONG Weil sie mich ermorden und ausrauben wollten!

POLIZEILEUTNANT Hast du einen Beweis dafür?

KONG Natürlich habe ich einen Beweis! Der Beweis ist hier. *Kong öffnet eilig sein Bündel, nimmt zwei von seinen Abrechnungen heraus und zeigt sie dem Polizeileutnant.*

KONG Siehst du, das haben sie eigenhändig unterschrieben. Sie hatten nun gerade die Absicht, mich totzuschlagen, um diese Papiere zu vernichten!

WANG DA Gibt's gar nicht! Seine Papiere wollten wir nicht vernichten. Aber ihn hassen wir und wollen ihn totschlagen!

POLIZEILEUTNANT Redet mal nicht so viel. *Der Polizeileutnant nimmt die beiden Pfandverträge und übergibt sie Wang Da und Wang Er.*

KONG Oho! Polizeimeister, was machst du da?

POLIZEILEUTNANT Gar nichts. Ich hab' da eine Vorladung, sieh sie dir mal an! *Der Polizeileutnant zeigt Kong eine Gerichtsvorladung. Kong liest und erschrickt.*

KONG Unerhört! Wieso will mich denn der Yamen festnehmen? Xiao-qi, Wu-lai, versteht ihr, was hier los ist?

XIAO-QI Oh, Herr Kong, Sie werden das wohl auch selber verstehen!

WU-LAI Richtig, Sie sollten das von selber verstehen! Sie wissen ja am besten, was Sie alles verbrochen haben!

KONG Ich?

XIAO-QI Um es dir kurz und sachlich zu sagen: es haben sich jetzt über zweitausend Leute zusammengetan, um dich beim Yamen zu verklagen!

KONG Mich verklagen? Mich?

XIAO-QI Wen denn sonst?

KONG Wessen verklagt man mich?

XIAO-QI Man klagt dich an, du wärest ein gemeiner Halsabschneider, ein Menschenschlächter!

KONG Oho!

XIAO-QI Über zweitausend Leute erwarten dich jetzt alle am Yamen. Es heißt, man will dich erschießen!

POLIZEILEUTNANT Los! Marsch! Sie warten schon alle im Yamen auf dich.

KONG Du unterstehst dich, mich gehen zu heißen? Wer bist denn du, Kerl?

POLIZEILEUTNANT Kommt! Xiao-qi und Wu-lai, helft mir mal, diesen Kerl da zu binden!

Der Polizeileutnant zieht einen Strick heraus und bindet Kong die Hände. Kong wendet den Kopf herum und schimpft unausgesetzt: »Ihr gemeinen Dreckschweine!«

WU-LAI Na, Herr Kong, wie gefällt es Ihnen denn jetzt?

XIAO-QI Na warten Sie nur! Am Yamen, da können Sie erst was erleben!

WU-LAI Wollen Sie mich jetzt noch immer meine Frau verkaufen lassen?

XIAO-QI Herr Kong, stehlen Sie nun mal wieder bei mir Erdnüsse oder nicht?

WANG DA und WANG ER Zwingst du uns beide nun noch mal, unser Haus zu verpfänden? Stiftest du uns beide nun noch mal an, zu prozessieren?

POLIZEILEUTNANT Marsch!

KONG Na schön! Doch mal sehen, was ich eigentlich verbrochen habe?

POLIZEILEUTNANT Die Dokumente über deine Verbrechen haben wir alle in diesem Bündel!

Alle stoßen Kong von vorne und hinten und treiben ihn hinaus.

Vorhang

Lao She
Das Teehaus

Stück in drei Akten

老舍

茶館

Personen

WANG LIFA — Im ersten Akt ist er gerade über zwanzig. Nach dem frühen Tod seines Vaters ist er, obwohl noch so jung an Jahren, der Wirt des Yutai (»Blühendes Glück«)-Teehauses geworden. Tüchtig, etwas eigennützig, aber gutmütig.

»EISENMAUL« TANG — Etwa dreißig. Verdient sein Leben durch Wahrsagerei. Opiumraucher.

SONG ER — Etwa dreißig. Ängstlich, aber ein großer Schwätzer.

CHANG SI — Etwa dreißig. Guter Freund Song Ers. Beide sind Stammgäste im Yutai. Chang Si ist rechtschaffen und kräftig.

LI SAN — Etwa dreißig. Kellner im Yutai. Fleißig und anständig.

ERDEZI — Etwa zwanzig. Kaiserlicher Ringer.

MA WU — Etwa dreißig. Kleiner Despot. Steht in Verbindung mit christlichen Missionaren.

POCKEN-LIU — Etwa dreißig. Mädchenhändler. Kalt und heimtückisch.

KANG LIU — Etwa vierzig. Hungernder Bauer aus der Umgebung Pekings.

»DICKER« HUANG — Über vierzig. Bandenchef.

QIN ZHONGYI — Eigentümer des Yutai-Teehauses. Im ersten Akt über zwanzig. Sohn einer reichen Familie. Später wird er Fabrikunternehmer und tritt für politische Reformen ein.

ALTER MANN — Zweiundachtzig Jahre alt. Ohne Verwandte.

FRAU VOM LAND — Etwa dreißig. So arm, daß sie ihre Tochter verkaufen muß.

KLEINES MÄDCHEN — Zehn Jahre alt. Tochter der Frau vom Land.

EUNUCH PANG — Etwa vierzig. Ist reich geworden und will heiraten.

KLEINER NIU	Zehn Jahre alt. Diener des Eunuchen Pang.
SONG ENZI	Über zwanzig. Agent alten Schlages
WU XIANGZI	Über zwanzig. Song Enzis Kollege.
KANG SHUNZI	Im ersten Akt fünfzehn Jahre alt. Tochter Kang Lius. Wird an den Eunuchen Pang verkauft.
WANG SHUFEN	Um vierzig. Wang Lifas Frau. Rechtschaffener als ihr Mann.
POLIZIST	Über zwanzig.
ZEITUNGSJUNGE	Sechzehn Jahre alt.
KANG DALI	Zwölf Jahre alt. Adoptivsohn des Eunuchen Pang. Liebt später Kang Shunzi wie seine Mutter.
LAO LIN	Über dreißig. Deserteur.
LAO CHEN	Über dreißig. Deserteur.
CUI JIUFENG	Über vierzig. Ehemaliger Parlamentsabgeordneter, der ein strenger Buddhist geworden ist. Wohnt im Teehaus zur Miete.
ARMEE-OFFIZIER	Dreißig Jahre alt.
WANG DASHUAN	Vierzig Jahre alt. Ältester Sohn des Wirts. Aufrichtig.
ZHOU XIUHUA	Vierzig Jahre alt. Wang Dashuans Frau.
WANG XIAOHUA	Dreizehn Jahre alt. Wang Dashuans Tochter.
DING BAO	Siebzehnjähriges Animiermädchen. Mutig und klug.
JUNGER POCKEN-LIU	Über dreißig. Sohn des Pocken-Liu. Übt den gleichen »Beruf« wie sein Vater aus.
STROMGELD-KASSIERER	Über vierzig.
JUNGER »EISENMAUL« TANG	Über dreißig. Sohn des »Eisenmaul« Tang. Folgt beruflich seinem Vater und will in einer Geheimgesellschaft »Weiser des Himmels« werden.
MEISTER MING	Über fünfzig. Kochmeister für Bankett-Essen.

ZOU FUYUAN	Über vierzig. Bekannter Balladenerzähler.
WEI FUXI	Über dreißig. Hat mit Zou Fuyuan zusammen beim gleichen Meister gelernt. Ursprünglich Balladenerzähler, später Peking-Opern-Sänger.
FANG LIU	Über vierzig. Handelt mit Gebrauchtwaren. Schlau.
CHE DANGDANG	Etwa dreißig. Betreibt Geldgeschäfte.
MADAME PANG	Etwa vierzig. Häßlich und böse. Will Kaiserin werden. Frau des vierten Neffen des Eunuchen Pang.
CHUNMEI	Neunzehnjährige Zofe von Madame Pang.
LAO YANG	Über dreißig. Krämer.
JUNGER ERDEZI	Dreißig Jahre alt. Sohn von Erdezi. Schläger.
YU HOUZHAI	Über vierzig. Wang Xiaohuas Lehrer.
XIE YONGREN	Über dreißig. Yu Houzhais Kollege.
JUNGER SONG ENZI	Etwa dreißig. Sohn von Song Enzi. Agent.
JUNGER WU XIANGZI	Etwa dreißig. Sohn von Wu Xiangzi. Agent.
DIE KLEINE XINYAN	Neunzehnjähriges Animiermädchen.
BEZIRKSLEITER SHEN	Über vierzig. Bezirksleiter im Hauptquartier der Militärpolizei.
»DUMMKOPF« YANG	Trägt improvisierte Knüttelverse vor.
FLÜCHTLINGE	Alte und junge Männer und Frauen; Kinder.
WOHNGÄSTE	Alle männlich.
DREI BIS FÜNF SOLDATEN	Alle männlich.
VIER MILITÄRPOLIZISTEN	Alle männlich.
TEEHAUS-GÄSTE	Alle männlich.
EIN ODER ZWEI KELLNER	Männlich.
SONDERKOMMANDO	Sieben Mitglieder. Alle männlich.

ERSTER AKT

ZEIT *Anfang Herbst 1898, nach der Niederlage der Reformbewegung von Kang Youwei und Liang Qichao. Morgens.*

ORT *Das Yutai-Teehaus in Peking.*

DER VORHANG ÖFFNET SICH *Solch ein großes Teehaus wie auf der Bühne gibt es heute in den Städten nicht mehr. Vor Jahrzehnten fand man in jeder Stadt wenigstens eines, wo nicht nur Tee ausgeschenkt, sondern auch billige Kuchen und einfaches Essen verkauft wurden. Singvogel-Liebhaber kehrten täglich nach dem Spaziergang mit ihren Drossel- und Pirolkäfigen ein, ruhten sich aus, tranken Tee und ließen ihre Vögel um die Wette singen. Auch Leute, die etwas zu besprechen hatten, sowie Heiratsvermittler und Mädchenhändler erschienen häufig im Teehaus. In jener Zeit kam es nicht selten zu Raufereien, jedoch es tauchte immer jemand auf, der beide Seiten aussöhnte; dreißig bis fünfzig Menschen der ausgesöhnten Parteien trafen sich dann im Teehaus und tranken eine Schale Tee und aßen Nudeln mit weichgekochtem Fleisch (eine wohlfeile Spezialität des Teehauses, die leicht zuzubereiten war), und es herrschte wieder Frieden. Alles in allem: das Teehaus war eine wichtige Stätte, in der man sich zu geschäftlichen Zwecken oder zum Nichtstun niederließ. Hier verbreiteten sich die verrücktesten Neuigkeiten, beispielsweise wie sich eine Riesenspinne in einen Dämonen verwandelte und schließlich vom Blitz erschlagen wurde. Sonderbarste Auffassungen wurden im Teehaus geäußert, etwa, daß man an der Küste eine große Mauer hätte bauen sollen, damit die ausländischen Soldaten nicht an Land gelangen konnten. Hier hörte man, welche neue Arie irgendein Peking-Opern-Sänger jüngst dargeboten hat, oder man lernte die beste Art der Opium-Aufbereitung. Hier konnten die Leute ihre neuerworbenen Schätze vorzeigen – einen ausgegrabenen Jadefächerring oder eine dreifarbige Schnupftabakdose. Wahrhaftig ein wichtiger Ort also! Zu Recht nannte man das Teehaus ein Zentrum des kulturellen Austauschs.*

Neben dem Eingang befinden sich die Theke und der Herd. Man braucht natürlich auf der Bühne keinen Herd aufzubauen; es genügt, wenn von der Seite hinter der Bühne das Klappern von Pfannen und Töpfen vernehmbar ist. In der geräumigen Gaststube stehen große und kleine Tische mit Bänken und Hockern. Durch die Fenster sieht man den von einer Zeltplane überdachten Hof, in dem ebenfalls Tische und Stühle stehen. Im Raum und im Hof befinden sich mehrere Haken zum Aufhängen von Vogelkäfigen. An den Wänden sind Plakate angeklebt mit der Aufforderung: »SPRECHEN SIE NICHT ÜBER POLITISCHE ANGELEGENHEITEN!«

Zwei Gäste, die namenlos bleiben, summen mit halbgeschlossenen Augen eine Melodie, zu der sie im Takt mit den Händen schlagen und den Kopf bewegen. Zwei bis drei weitere, ebenfalls namenlos, beobachten aufmerksam den Kampf zweier Grillen in einem Tontopf. Song Enzi und Wu Xiangzi tragen hellgraue Mäntel und führen flüsternd ein Gespräch. Man sieht ihnen von weitem an, daß sie Agenten vom Sicherheitsamt des Nord-Bezirks sind.

Heute war es zu einem Streit gekommen, angeblich um eine Taube, der ohne Schlägerei nicht lösbar schien. Wäre wirklich eine Prügelei entstanden, hätten sicher einige ihr Leben gelassen, denn unter den Beteiligten sind einige Kaiserliche Ringer[1] *und Wächter des Kaiserlichen Lagerhauses, die wahrhaftig zuzuschlagen verstehen. Sehr wahrscheinlich wird nichts geschehen, denn ein Vermittler kam schon, bevor die Teilnehmer der möglichen Prügelei alle beisammen waren. Jetzt treffen sich beide Parteien hier im Teehaus. Zu zweit und zu dritt, mit finsterem Gesicht und in kämpferischem Aufzug, betreten sie das Teehaus, und gehen dann in den Hinterhof.*

Ma Wu sitzt alleine unauffällig in einer Ecke und trinkt Tee.

Wang Lifa überblickt von einem hohen Hocker hinter der Theke aus das Gastzimmer.

»Eisenmaul« Tang tritt ein in einem schmutzigen Kittel und in abgerissenen Schuhen. Hinter seine Ohren hat er einige Zettel gesteckt.

WANG LIFA Warum willst du deinen Spaziergang draußen nicht fortsetzen?

»EISENMAUL« TANG *lacht bitter* Bitte, Herr Wang, spendieren Sie mir, dem »Eisenmaul« Tang, eine Schale Tee. Ich werde Ihnen dafür Ihre Gesichtszüge deuten und aus Ihrer Hand lesen. Und es soll Sie nichts kosten. *Wartet nicht auf eine Antwort und greift sogleich Wang Lifas Hand* Nun sind wir im 24. Regierungsjahr von Kaiser Guangxu, im Jahr des Hundes, und Ihr Geburtstag fällt auf . . .?

WANG LIFA *zieht seine Hand zurück* Laß das. Ich schenke dir eine Schale Tee, und du kannst dir deine Faselei ersparen. Meine

Gesichtszüge brauchen nicht gedeutet zu werden. Wir haben beide unsere liebe Not mit dem Leben. *Tritt hinter der Theke hervor* Setz dich! Ich sage dir, das Glück wird sich niemals zu dir gesellen, wenn du dir das Opiumrauchen nicht abgewöhnst. Das ist meine Wahrsagerei, die besser zutrifft als deine.

Song Er und Chang Si treten ein. Jeder von ihnen trägt einen Vogelbauer in der Hand. Wang Lifa begrüßt sie. Sie hängen ihre Käfige an zwei Haken und nehmen Platz. Song Er besitzt das Gehabe eines Gelehrten, und in seinem kleinen Käfig befindet sich ein Pirol. Chang Si sieht wie ein kühner Krieger aus. Er hat einen großen Käfig mit einer Drossel darin. Li San, der Kellner, eilt herbei und bringt ihnen heißes Wasser in zugedeckten Schalen. Die beiden haben ihren eigenen Tee bei sich. Sie bieten den Gästen an den nebenstehenden Tischen von ihren Teeblättern an.

SONG ER und CHANG SI Bitte, möchten Sie diesen versuchen? *Sie schauen durch die Seitentür in den Hinterhof.*

SONG ER Dort scheint es dicke Luft zu geben.

CHANG SI Keine Sorge! Sie werden sich nicht schlagen, sonst würden sie sich draußen vor der Stadtmauer treffen und nicht gerade im Teehaus.

Erdezi ist eingetreten und hat Chang Sis letzte Worte gehört.

ERDEZI *nähert sich drohend* Von wem sprichst du?

CHANG SI *läßt sich nicht einschüchtern* Fragst du mich? Was geht es dich an, wenn ich hier anständig meinen Tee bezahle?

SONG ER *mißt Erdezi mit den Augen* Herr, Sie sind Kaiserlicher Ringer, nicht wahr? Nehmen Sie doch Platz und trinken Sie eine Schale Tee mit uns. Wir sind alle Brüder.

ERDEZI Was geht es dich an, ob ich Kaiserlicher Ringer bin oder nicht?

CHANG SI Wer seine Kraft und Arroganz zeigen will, der sollte besser die Ausländer bekämpfen, denn die besitzen zu viel Macht! Als die englischen und französischen Truppen den Sommerpalast in Brand setzten, haben wir Sie nicht kämpfen sehen, obwohl Sie von staatlichem Gehalt leben!

ERDEZI Lassen wir jetzt einmal die Ausländer aus dem Spiel! Zuerst muß ich dich belehren! *Will losschlagen.*

Die anderen Teehausgäste mischen sich nicht ein. Wang Lifa eilt herbei.

WANG LIFA Brüder! Wir sind doch alle Freunde und Nachbarn! Es läßt sich alles in Ruhe besprechen. Warum gehen Sie nicht in den Hof und essen mit den anderen, Meister Erdezi?

Erdezi hört nicht auf Wang Lifa. Er fegt mit der Hand eine Teeschale vom Tisch, die zerbricht, und greift Chang Si am Kragen.

CHANG SI *widersetzt sich* Was willst du denn von mir?

ERDEZI Was ich will? Du meinst, ich dürfte dich nicht berühren, weil ich die Ausländer nicht berührt habe?

MA WU *gelassen* Du bist ein Held, Erdezi!

ERDEZI *dreht sich um und erkennt Ma Wu* Ah, Sie sind hier, Herr Ma Wu! Ich habe Sie gar nicht gesehen. *Geht auf Ma Wu zu und begrüßt ihn mit einem Knie auf dem Boden, die traditionelle Geste des Gehorsams.*

MA WU Man kann ohne Aufregung über diese Dinge reden. Warum sollte man sich schlagen?

ERDEZI Sehr richtig! Ich stimme Ihnen völlig zu. Ich gehe in den Hof. Li San! Ich bezahle die Rechnung für diesen Tisch. *Geht in den Hinterhof.*

CHANG SI *nähert sich Ma Wu, um seinen Ärger loszuwerden.* Gnädiger Herr! Sie sind sicher klug und erfahren. Nun sagen Sie doch bitte, wer recht hat.

MA WU *erhebt sich* Ich habe keine Zeit! Adieu!

Geht ab.

CHANG SI *zu Wang Lifa* Wirklich ein Sonderling!

WANG LIFA Kennen Sie Herrn Ma Wu nicht? Dann ist es nicht verwunderlich, daß Sie ihn unwissentlich gekränkt haben.

CHANG SI Wieso? Ich habe ihn gekränkt? Heute wäre ich wohl besser nicht ausgegangen.

WANG LIFA *leise* Eben haben Sie etwas über Ausländer gesagt. Verstehen Sie, er lebt von den Ausländern. Er glaubt an ihre Religion und spricht ausländische Sprachen. Wenn er Schwierigkeiten hat, geht er einfach zum Bürgermeister von Peking. Darum behandeln die Beamten ihn alle mit Vorsicht.

CHANG SI *kehrt zu seinem Platz zurück* Pah! Ich habe keine Hochachtung vor solchen Leuten!

WANG LIFA *mit einer Kopfbewegung zu Song Enzi und Wu Xiangzi, flüsternd* Seien Sie vorsichtig! *Laut* Einen Tee hierher, Li San! *Sammelt die Scherben auf.*

SONG ER Wieviel kostet eine Schale? Ich bezahle sie. Wir wollen nicht so kleinlich sein wie geizige Weiber.

WANG LIFA Das eilt nicht, das berechnen wir nachher. *Geht weg vom Tisch.*

Mädchenhändler Pocken-Liu führt Kang Liu herein. Er grüßt Song Er und Chang Si.

POCKEN-LIU Sie sind früh hier heute morgen! *Holt eine Schnupftabakdose aus der Tasche und schüttet etwas Tabak heraus.* Probieren Sie 'mal! Den habe ich eben gekauft. Echte englische Ware! Rein und ganz fein!

CHANG SI Aha, Schnupftabak muß also auch eingeführt werden! Wieviel Silber bloß hinausfließt!

POCKEN-LIU Unser großes Qing-Reich hat so viele Silberberge, daß uns das Geld nie ausgeht. Ich hoffe, Sie bleiben noch. Ich habe nur eine geschäftliche Angelegenheit zu erledigen. *Führt Kang Liu zu einem unbesetzten Tisch.*

Li San bringt Tee.

POCKEN-LIU Bist du mit zehn Tael einverstanden oder nicht? – Sag schon, denn ich habe viel zu tun und nicht soviel Zeit für dich!

KANG LIU Kostet ein fünfzehnjähriges Mädchen nur zehn Tael, Herr Liu?

POCKEN-LIU Wenn du es an ein Freudenhaus verkaufst, bekommst du vielleicht einen bis zwei Tael mehr, aber das willst du ja nicht.

KANG LIU Es ist meine eigene Tochter! Wie kann ich . . .

POCKEN-LIU Du hast eine Tochter, aber du kannst sie nicht ernähren. Wessen Schuld ist das, he?

KANG LIU Wir Bauern auf dem Land haben nichts zum Leben. Wenn ich meiner Familie täglich nur eine Mahlzeit, eine Schüssel Brei geben könnte, würde ich meine Tochter nie verkaufen. Ich wäre ja ein Unmensch!

POCKEN-LIU Eure Angelegenheiten auf dem Land kümmern mich überhaupt nicht! Auf deinen Auftrag hin habe ich eine Stelle gefunden, wo deine Tochter sich sattessen kann, und du bist dabei nicht benachteiligt. Was ist nun nicht in Ordnung?

KANG LIU An wen soll sie verkauft werden?

POCKEN-LIU Du wirst dich sicher freuen, wenn ich dir's sage: an einen Beamten im Kaiserpalast!

KANG LIU Wer im Kaiserpalast will denn ein Mädchen vom Dorf zur Frau haben?

POCKEN-LIU Nicht war, deine Tochter hat großes Glück?

KANG LIU Wer ist es?

POCKEN-LIU Der Ober-Eunuch Pang. Hast du von ihm gehört? Er betreut die Kaiserinwitwe und genießt hohes Ansehen. Und er hat so viel Geld! Sogar seine Essigflasche ist aus Achat.

KANG LIU Aber wenn ich meine Tochter einem Eunuchen zum Weib gebe, kann ich ihr niemals mehr ins Gesicht sehen, Herr Liu!

POCKEN-LIU Wenn du sie überhaupt verkaufst, kannst du ihr nicht mehr ins Gesicht sehen, du Dummkopf! Aber überleg doch! Das Mädchen wird nur vom besten essen und sich in Seide und Atlas kleiden, wenn sie ihn heiratet. Fällt ihr das Glück nicht wie vom Himmel? Du brauchst nur zu nicken oder mit dem Kopf zu schütteln. Nun?

KANG LIU Wie kann es so etwas geben? Nur zehn Tael Silber?

POCKEN-LIU Hast du in deinem Dorf denn schon einmal zehn Tael gesehen? Bei euch tauscht man fünf Pfund Weizenmehl gegen ein Kind, das weißt du doch genau!

KANG LIU Oh! Oh! Ich ... ich muß alles mit dem Mädchen besprechen.

POCKEN-LIU Dies ist eine seltene Gelegenheit, sage ich dir, die sich nicht wiederholt. Es ist nicht meine Schuld, wenn du sie nicht nutzt. Sag mir bald Bescheid.

KANG LIU Ja, ja! Ich komme bald wieder!

POCKEN-LIU Du kannst mich hier im Teehaus treffen!

Kang Liu geht schleppend hinaus.

POCKEN-LIU *zu Song Er und Chang Si gehend* Diese Dorfdeppen müssen immer erst lange überlegen, bis sie sich entscheiden.

SONG ER Sie machen wieder einen großen Handel, nicht?

POCKEN-LIU Viel springt nicht dabei heraus. Wenn ich Glück habe, verdiene ich einen Silberbarren.

CHANG SI Was ist bloß auf dem Land los, daß sie ihre Kinder so billig verkaufen müssen?

POCKEN-LIU Woher soll ich das wissen? Jedenfalls will sogar ein Hund lieber in Peking geboren werden.

CHANG SI Sie haben wahrlich ein kaltes Herz, Herr Liu! Wie können Sie nur eine solche Heirat vermitteln?

POCKEN-LIU Wenn ich nicht vermitteln würde, fänden sich Käufer und Verkäufer wahrscheinlich gar nicht. *Wechselt das Thema* Herr Song Er! *Holt eine Taschenuhr hervor* Schauen Sie!

SONG ER *nimmt die Uhr in die Hand* Wirklich schön!

POCKEN-LIU Hören Sie nur einmal – Tiktak! Tiktak!

SONG ER *horchend* Wie teuer?

POCKEN-LIU Gefällt sie Ihnen? Ich gebe sie Ihnen für fünf Tael Silber. Wenn Sie sie später nicht mehr mögen, können Sie sie mir zurückgeben. Ich zahle denselben Betrag zurück. Das ist doch ein Stück zum Vererben!

CHANG SI Ich denke gerade darüber nach, wieviel ausländische Sachen man mit sich herumtragen kann. Betrachten Sie sich nur einmal, Herr Liu: ausländischen Schnupftabak, ausländische Uhr, ausländische Jacke und Hose, einen Mantel aus ausländischer Seide ...

POCKEN-LIU Ja, die ausländischen Waren sind wunderbar! Würde ich Kleidung aus unserem Stoff tragen, wie einer vom Dorf – wer würde sich schon gerne mit mir sehen lassen wollen?

CHANG SI Ich finde unseren Atlasbrokat und unsere Sichuaner Seiden schöner!

POCKEN-LIU Nehmen Sie die Uhr, Herr Song Er! Wenn man solch eine Uhr zeigen kann, sehen einen die Leute mit ganz anderen Augen an. Stimmt's?

SONG ER *mag die Uhr, aber sie ist ihm zu teuer* Ich ...

POCKEN-LIU Sie können sie jetzt behalten und geben mir das Geld erst nach ein paar Tagen.

»Dicker« Huang tritt ein.

»DICKER« HUANG *infolge einer Augenkrankheit sieht er schlecht und ruft daher schon von der Türschwelle aus* Brüder! Wartet ihr auf mich? Ich grüße euch! Wir sind alle Brüder, und wir dürfen unsere Eintracht nicht stören!

WANG LIFA Sie sind nicht hier, sie sind im Hinterhof.

»DICKER« HUANG Ah, entschuldigen Sie bitte, Herr Wirt. Ich kann nicht gut sehen. Bringt uns Nudeln und weiches Fleisch! Wenn ich, der dicke Huang, hier bin, wird sich niemand schlagen! *Geht zum Hinterhof.*

ERDEZI *empfängt ihn an der Tür zum Hof* Kommen Sie! Die beiden Parteien sind bereits da.

Erdezi begleitet Huang in den Hof.

Kellner bringen immer wieder Teewasser in den Hof. Ein alter Mann tritt ein, der Bartkämme, Ohrlöffel, Zahnstocher und verschiedene Kleinwaren mit sich trägt. Er geht von Tisch zu Tisch, aber niemand kauf ihm etwas ab. Li San hält ihn zurück, als er in den Hinterhof gehen will.

LI SAN Alter, geh nicht hier hinein. Dort gibt es gerade wichtige Besprechungen, und niemand wird jetzt etwas kaufen wollen. *Reicht dem Alten eine benutzte Schale mit einem Rest Tee.*

SONG ER *leise* Li San! *Deutet zum Hinterhof* Worum handelt es sich, daß sie mit Messer und Knüppel aufeinander losgehen wollen?

LI SAN *leise* Es dreht sich angeblich um eine Taube. Eine Taube ist aus Zhangs Hof in Lis Hof geflogen, und Li will die Taube nicht herausgeben. Ach, sprechen wir lieber nicht darüber! *Wendet sich dem Alten zu* Du mußt schon einige Jährchen auf dem Buckel haben, Alter, nicht?

ALTER MANN *trinkt den Tee aus* Vielen Dank! Zweiundachtzig. Ich habe keinen, der sich um mich kümmert. Heute nimmt man das Leben eines Menschen leichter als das einer Taube. Aiya! *Geht schlurfend hinaus.*

Qin Zhongyi tritt ein. Er ist sehr elegant gekleidet und scheint in guter Stimmung.

WANG LIFA Oh, Herr Qin, welche Ehre! Was führt Sie ins Teehaus? Sie haben heute keinen Burschen bei sich?

QIN ZHONGYI Ich möchte nur sehen, ob du, junger Mann, vom Geschäft etwas verstehst.

WANG LIFA Oho? Ich lerne jeden Tag, denn ich muß ja mein Essen verdienen. Mein Vater ist früh gestorben, und ich bin nun plötzlich gezwungen, das Geschäft alleine zu führen. Die Stammgäste sind alle Freunde meines Vaters, die es mir nicht übelnehmen, wenn ich einmal nicht aufmerksam genug war. Wenn man sein Geld verdienen will, müssen einen die Leute mögen. Ich verhalte mich wie mein Vater: ich sage gute Worte zu den Gästen, begrüße jeden freundlich, und ich versuche, alles ihnen zum Gefallen zu tun. So stoße ich wohl niemanden vor den Kopf. Setzen Sie sich doch! Ich bringe Ihnen eine Schale von unserem wohlschmeckendsten Tee.

QIN ZHONGYI Nein. Ich trinke keinen Tee, und ich will mich auch nicht setzen.

WANG LIFA Oh, bitte nehmen Sie nur einen Augenblick Platz, denn das ist für mich eine Ehre.

QIN ZHONGYI Nun gut! *Setzt sich.* Aber du brauchst mir nicht zu schmeicheln.

WANG LIFA Eine Schale guten Tee, Li San! Ihrer Familie geht es gut, hoffe ich? Wie steht's mit Ihren Geschäften, Herr Qin? Läuft alles wie es soll?

QIN ZHONGYI Nein, nicht wie es soll.

WANG LIFA Aber was haben Sie schon zu fürchten? Sie besitzen so viele Häuser und Ländereien. Nur ein Stückchen davon – und meine Lebenssorgen wären verschwunden!

»EISENMAUL« TANG *nähert sich Qin Zhongyi* Der Herr sieht sehr klug aus – breite Stirn und festes, eckiges Kinn. Wenn Sie nicht mächtig wie der Kanzler sind, gehört Ihnen sicher ein großes Vermögen!

QIN ZHONGYI Fort von mir! Weg!

WANG LIFA Sie haben genug Tee getrunken, Herr Tang! Sie müssen nun auch mal wieder woanders Ihrem Beruf nachgehen. *Schiebt »Eisenmaul« Tang zur Tür.*

»EISENMAUL« TANG Ach! *Geht mit hängendem Kopf hinaus.*

QIN ZHONGYI Wang, was meinst du, sollte ich die Miete nicht ein wenig erhöhen? Mit der Miete, die dein Vater bezahlte, konnte ich nicht einmal den Tee bezahlen.

WANG LIFA Jawohl, Herr! Sie haben recht, ganz recht! Aber um solche Kleinigkeiten brauchen Sie sich nicht persönlich zu bemühen. Schicken Sie Ihren Verwalter, und ich werde es mit ihm ausrechnen. Ich zahle auf jeden Fall in der angemessenen Höhe! Ganz bestimmt!

QIN ZHONGYI Du Spitzbube! Du bist noch gerissener als dein Vater! Aber warte nur, früher oder später werde ich mir das Haus zurücknehmen.

WANG LIFA Machen Sie mir keine Angst, Herr Qin! Ich weiß doch, wie sehr Sie sich um mich kümmern. Sie wollen bestimmt nicht, daß ich meine Teekanne auf die Straße tragen und hausieren muß.

QIN ZHONGYI Warte nur!

Eine Frau vom Land tritt mit einem kleinen Mädchen ein. Im Haar des Mädchens steckt ein hoher Strohhalm, als Zeichen, daß das Kind zum Verkauf angeboten wird. Li San will die beiden am Eingang zurückhalten, aber dann überkommt ihn das Mitleid, und er läßt sie herein. Kaum betreten sie den Raum, hören die Gäste auf, sich zu unterhalten, und beobachten sie.

KLEINES MÄDCHEN *bleibt in der Mitte zwischen den Tischen stehen* Mutter, ich habe Hunger! Ich habe solchen Hunger!

Die Mutter blickt hilflos das Mädchen an, fällt dann weinend auf die Knie und schluchzt in ihre Hände.

QIN ZHONGYI *zu Wang Lifa* Treib sie hinaus!

WANG LIFA Ja. Hinaus mit euch! Hier ist kein Platz für euch!

FRAU VOM LAND Wer hat die Güte und nimmt das Kind! Nur zwei Tael Silber!

CHANG SI Bring ihnen zwei Schalen Nudeln auf meine Kosten, Li San! Laß sie vor der Tür essen.

LI SAN In Ordnung. *Zu der Frau* Steh auf und warte vor der Tür. Ich bringe euch Nudeln.

FRAU VOM LAND *steht auf, wischt sich die Tränen ab und geht zur Tür; sie scheint benommen, als habe sie das Kind vergessen, aber dann kehrt sie zurück, umarmt und küßt es* Schatz, mein Schatz!

WANG LIFA Schnell! Geht schon!

Die Frau und ihre Tochter gehen hinaus. Li San folgt ihnen mit zwei Schalen Nudeln.

WANG LIFA *zu Chang Si* Herr Chang, Sie sind sehr gütig und geben den beiden etwas zu essen, aber ich sage Ihnen: es gibt zu viele Bettler, und dagegen kann man einfach nichts tun. *Zu Qin Zhongyi* Was meinen Sie, Herr Qin? Habe ich recht?

CHANG SI *zu Song Er* Ich glaube, das große Qing-Reich geht bald zugrunde.

QIN ZHONGYI *belehrend* Ob es zugrunde geht oder nicht – das hängt sicher nicht davon ab, ob man einem Armen eine Schale Nudeln gibt! Ich sage dir, Wang, ich möchte tatsächlich das Haus zurücknehmen.

WANG LIFA Das dürfen Sie nicht, Herr Qin!

QIN ZHONGYI Nicht nur dieses Haus, auch die Äcker auf dem Land und die Geschäftsläden in der Stadt – alles werde ich zurücknehmen und dann verkaufen.

WANG LIFA Warum denn bloß?

QIN ZHONGYI Ich will Kapital zusammenlegen und Fabriken bauen!

WANG LIFA Fabriken bauen?

QIN ZHONGYI Ja! Und zwar große Fabriken! Nur so kann man den Armen helfen, und nur so kann man die ausländischen Waren draußen halten und das Reich retten. *Während er spricht, blickt er Chang Si an* Ach, wozu spreche ich mit dir darüber, du verstehst davon ja doch nichts!

WANG LIFA Sie wollen all Ihr Vermögen weggeben und denken nicht mehr an sich selbst?

QIN ZHONGYI Du verstehst eben nichts. Nur so kann sich das Land stärken! Also, ich gehe. Wie ich sehe, betreibst du das Geschäft gut. Aber bilde dir nicht ein, ich würde die Miete nicht erhöhen!

WANG LIFA Warten Sie, ich hole Ihnen eine Rikscha.

QIN ZHONGYI Nicht nötig. Ich gehe gern zu Fuß.

Wang Lifa begleitet Qin Zhongyi zur Tür. Da tritt der Eunuch Pang ein, gestützt von seinem Begleiter Xiao Niuer, der eine Wasserpfeife trägt.

EUNUCH PANG Seien Sie gegrüßt, Herr Qin!

QIN ZHONGYI Ich grüße Sie, würdiger Herr Pang! Sie fühlen sich bestimmt wohler in den letzten Tagen, nicht wahr?

EUNUCH PANG Natürlich. Jetzt herrscht endlich wieder Frieden. Der kaiserliche Befehl ist erlassen, Tan Sitong wird hingerichtet.[2] So ist das nun einmal: wer es wagt, die Gesetze unserer Vorfahren zu ändern, dessen Kopf fällt!

QIN ZHONGYI Ich weiß das sehr wohl!

Unter den Gästen an den Tischen herrscht große Stille. Jeder hört gespannt zu.

EUNUCH PANG Ah, ja, Sie müssen sehr klug sein, Herr Qin! Sonst wären Sie nicht so reich.

QIN ZHONGYI Mein kleines Vermögen ist wirklich nicht der Rede wert.

EUNUCH PANG Aber, aber – warum denn so bescheiden? Wer in Peking hat denn nicht von Herrn Qin gehört! Sie sind mächtiger als ein Beamter. Wie man sagt, unterstützen einige Reiche die Reformisten.

QIN ZHONGYI Oh, ich würde das so nicht sagen! Welche Würde habe ich schon im Vergleich zu Ihnen? Hahaha!

EUNUCH PANG Gut gesagt! Lassen wir die acht Götter um die Wette schwimmen, damit sie ihre Fähigkeiten zeigen! Hahaha!

QIN ZHONGYI Ich werde Ihnen zu gegebener Zeit einen Besuch abstatten, um Ihnen meine Verehrung zu bezeugen. Leben Sie wohl! *Schreitet hinaus.*

EUNUCH PANG *zu sich selbst* Die Zeiten haben sich sehr geändert. Solch ein kleiner Emporkömmling wagt schon einen Wortwechsel mit mir! *Zu Wang Lifa* Ist Pocken-Liu hier?

WANG LIFA Ich begrüße Sie, hoher Herr. Lassen Sie sich in meiner bescheidenen Stube nieder und ruhen sich ein wenig aus.

Pocken-Liu hat den Eunuchen Pang seit seinem Eintreten beobachtet, jedoch nicht auf sich aufmerksam gemacht, da er dessen Gespräch mit Qin Zhongyi nicht zu stören wagte.

POCKEN-LIU Guten Morgen, ehrwürdiger Herr! Wie geht es Ihnen?

Ich warte ergebenst auf Sie. *Stützt ihn beim Gehen. Song Enzi und Wu Xiangzi gehen dem Eunuchen entgegen und grüßen ihn. Der Eunuch flüstert ihnen etwas zu.*

Die Teehausgäste, die gerade wieder zu sprechen begonnen hatten, verstummen einen Augenblick, dann setzen die Unterhaltungen wieder ein.

GAST A Wer ist dieser Tan Sitong?

GAST B Ich glaube, ich habe schon von ihm gehört. Er hat große Verbrechen begangen, sonst würde man ihn nicht hinrichten.

GAST C In den letzten Monaten haben gewisse Beamte und einige Gelehrte Wühltätigkeiten betrieben. Man weiß nicht, was für Übeltaten sie vorhatten.

GAST A Jedenfalls sind mir als Bannermann[3] meine geldlichen Zuschüsse wieder gesichert. Wenn es nach dem gewissen Tan und nach Kang Youwei gegangen wäre, würde alle Zuschüsse abgeschafft werden, und wir müßten unseren Lebensunterhalt selbst verdienen. Sie sind wirklich voller Gift!

GAST C Den größten Teil unseres Einkommens stecken doch die höheren Herren ein. Es ist so oder so ein Hundeleben.

GAST D Naja, besser als nichts. Ein hartes Leben ist besser als ein herrlicher Tod. Wenn ich mich nur auf mich alleine verlassen müßte, wäre ich schon längst unter der Erde.

WANG LIFA Meine Gäste, sprechen wir lieber nicht über politische Angelegenheiten!

Stille tritt ein, dann plaudern die Gäste erneut über ihr Alltagsleben.

EUNUCH PANG *hat sich inzwischen an einen Tisch gesetzt* Wie bitte? Ein Dorfmädchen kostet 200 Tael Silber?

POCKEN-LIU *verharrt in unterwürfiger Verbeugung* Sie kommt aus einem Dorf, aber sie ist wunderschön, und in der Stadt mit gestickter Kleidung und bei guter Erziehung wird sie alle Blicke auf sich ziehen, und man wird sich nicht über sie zu beklagen haben. In Ihren Diensten, hoher Herr, erfülle ich meine Aufgabe umsichtiger als ich es für meinen Vater tun würde.

»Eisenmaul« Tang tritt ein.

WANG LIFA Warum bist du schon wieder hier, »Eisenmaul«?

»EISENMAUL« TANG Auf den Straßen herrscht solch ein Durcheinander. Überall Soldaten und Reiter! Was ist bloß los?

EUNUCH PANG Man muß doch die Anhänger Tan Sitongs aufspüren, nicht? Aber mache du dir keine Sorgen, »Eisenmaul« Tang. Niemand wird dich verhaften.

»EISENMAUL« TANG Oh, hoher Herr! Wenn Sie mir nur einige Opiumkügelchen spenden, bin ich immer Ihr treuer Diener!

Einige Gäste fühlen die Spannung der Lage und verlassen nacheinander das Teehaus.

SONG ER Es ist Zeit zu gehen.

CHANG SI Ja, gehen wir!

Die beiden Männer in grauen Mänteln – Song Enzi und Wu Xiangzi – stellen sich ihnen in den Weg.

SONG ENZI Augenblick mal!

CHANG SI Warum? Was wünschen Sie?

SONG ENZI Du hast eben gesagt, »das große Qing-Reich geht bald zugrunde«, nicht wahr?

CHANG SI Ich . . . ich liebe das große Qing-Reich und fürchte, es könnte zugrunde gehen.

WU XIANGZI *zu Song Er* Du hast doch gehört, was er sagte, ja?

SONG ER Brüder! Wir trinken hier jeden Tag unseren Tee. Der Wirt weiß, daß wir gesetzestreue Menschen sind!

WU XIANGZI Ich frage dich, ob du gehört hast, was er sagte?

SONG ER Setzen wir uns doch noch einmal hin und besprechen alles ohne Aufregung!

SONG ENZI Also, du willst nicht sagen, was du gehört hast! Wir nehmen dich auch mit. Er hat gesagt, »das große Qing-Reich geht bald zugrunde«. Er ist ein Anhänger von Tan Sitong!

SONG ER Ich . . . ich habe . . . es gehört. Er meinte aber . . .

SONG ENZI *zu Chang Si* Los jetzt!

CHANG SI Wohin denn? Man muß doch erst einmal die Sachlage klären!

SONG ENZI Oho! Willst du etwa Widerstand leisten? Sieh her, ich habe das »Gesetz« bei mir! *Zieht unter dem Mantel ein Paar Handschellen hervor und wirft sie auf den Tisch.*

CHANG SI Ich sage euch: ich bin selbst ein Bannermann!

WU XIANGZI Verräter der Bannerleute werden schwerer bestraft! Du kommst in Handschellen!

CHANG SI Nicht nötig! Ich fliehe nicht!

SONG ENZI Du würdest uns auch nicht entkommen! *Zu Song Er* Du gehst mit! Es wird dir nichts geschehen, wenn du die Wahrheit sagst.

»Dicker« Huang erscheint mit drei bis fünf Leuten aus dem Hinterhof.

»DICKER« HUANG Geschafft! Die Wogen sind geglättet, und ich bin nicht umsonst gekommen.

SONG ER Herr Huang! Herr Huang!

»DICKER« HUANG *reibt sich die Augen* Wer ist da?

SONG ER Ich, Song Er! Bitte, kommen Sie und erklären Sie den Herren, daß wir gute Menschen sind!

»DICKER« HUANG *bemerkt Song Enzi und Wu Xiangzi* Oh! Sie sind dienstlich hier, Herr Song und Herr Wu. Ich möchte nicht stören!

SONG ER Helfen Sie uns bitte, und sagen Sie einige gute Worte über uns!

»DICKER« HUANG Ich kümmere mich nur um Dinge, die die Behörde nicht für ihre Sache hält. Es ziemt sich nicht, daß ich mich in die Angelegenheiten der Behörde einmische. *Zu seinen Begleitern* Habe ich recht?

MEHRERE BEGLEITER Jawohl, ganz richtig!

Song Enzi und Wu Xiangzi führen Chang Si und Song Er Richtung Tür.

SONG ER *zu Wang Lifa* Kümmern Sie sich bitte um unsere Vögel!

WANG LIFA Keine Sorge! Ich bringe sie zu Ihnen nach Hause! *Chang Si, Song Er, Song Enzi und Wu Xiangzi gehen ab.*

»Eisenmaul« Tang macht den dicken Huang auf den Eunuchen aufmerksam.

»DICKER« HUANG Welche Freude, ehrwürdiger Herr! Man sagt, Sie wollen eine Familie gründen. Ich beglückwünsche Sie schon im voraus!

EUNUCH PANG Du kannst sicher meinen Hochzeitswein mittrinken.

»DICKER« HUANG Eine Ehre, eine große Ehre für mich! *Geht ab.*

Die Frau vom Land kommt, gefolgt von ihrer Tochter, mit den leeren Schalen herein und stellt sie auf die Theke.

KLEINES MÄDCHEN Ich bin noch nicht satt, Mutter!

WANG LIFA Ihr . . . ihr müßt von hier verschwinden!

FRAU VOM LAND Gehen wir. Komm, mein liebes Kind.

KLEINES MÄDCHEN Verkaufst du mich nicht mehr, Mutter? Nein? Doch nicht?

FRAU VOM LAND Mein liebes Kind! *Führt weinend das Kind an der Hand hinaus.*

Kang Liu kommt mit seiner Tochter Kang Shunzi herein. Beide bleiben gleich nach der Tür an der Theke stehen.

KANG LIU Mädchen, meine Shunzi! Dein Vater ist ein Unmensch, ein Tier! Oh! Aber was kann ich sonst tun? Wenn ich für dich keinen Platz finden würde, wo du dich sattessen kannst, würdest du verhungern. Mein Kind! Und wenn ich dem Herrn die Schulden nicht bezahle, schlägt er mich tot! Shunzi, du . . du mußt dich dem Schicksal ergeben. Vergib mir . . . bitte! Oh! Oh!

KANG SHUNZI Ich . . . ich . . . *Ihr versagt die Stimme.*

POCKEN-LIU *eilt herbei* Ah, ihr seid endlich hier! Einverstanden? Sehr gut! Laßt mich euch dem hohen Herrn vorstellen! Macht vor dem hohen Herrn Kotau!

KANG SHUNZI Ich . . . *Wird ohnmächtig.*

KANG LIU *stützt die Tochter* Shunzi, Shunzi!

POCKEN-LIU Was ist los? Was hat sie?

KANG LIU Sie ist ohnmächtig geworden. Sie hat zu lange nichts gegessen, und sie begreift die Welt nicht. Shunzi, Shunzi!

EUNUCH PANG Ich will sie lebend haben . . . doch nicht tot!

Stille.

GAST A *spielt mit Gast B Schach* Schach! Du bist matt!

Vorhang

ZWEITER AKT

ZEIT *Fast zwei Jahrzehnte später. Yuan Shikai*[4] *war 1916 gestorben. Mit der Absicht, sich Einflußsphären zu schaffen, hetzen die ausländischen Imperialisten die chinesischen Kriegsherren in ununterbrochenen Bürgerkriegen aufeinander. Anfang Sommer. Vormittags.*

ORT *Wie im ersten Akt.*

DER VORHANG ÖFFNET SICH *Die großen Teehäuser in Peking waren eines nach dem anderen bankrott gegangen. Das Yutai ist das einzige, das noch erfolgreich besteht. Verschiedene äußerliche und betriebliche Änderungen aber hatten vorgenommen werden müssen. Der vordere Teil ist immer noch die Teestube, aber die rückwärtigen Teile mit dem Hinterhof wurden in eine Pension umgebaut. In der Teestube werden neben Tee nur Melonenkerne angeboten; von »Nudeln mit weichgekochtem Fleisch« kann man nur noch als von etwas Vergangenem schwärmen. Die Küche wurde nach hinten verlegt und bereitet allein für Wohngäste Essen zu. Das Teehaus ist jetzt mit Korbsesseln ausgestattet, und auf den Tischen liegen hellgrüne Tischtücher. Wo früher an der Wand auf einer Bildrolle die Acht Unsterblichen des Weinbechers*[5] *tafelten, hängt nun ein Plakat, auf dem eine modisch gekleidete Schönheit für ausländische Zigaretten wirbt. Selbst der Schrein des Gottes des Geldes ist verschwunden. Nach wie vor existieren die Anschläge mit der Aufforderung* »SPRECHT NICHT ÜBER POLITISCHE ANGELEGENHEITEN!«, *nur sind die Schriftzeichen noch auffälliger und größer. Wang Lifa hat sich den Zeitläuften weise angepaßt; so hat er das Yutai nicht nur vor dem Untergang bewahrt, sondern es sogar modernisiert und ausgebaut.*

Das Teehaus war wegen Reparaturarbeiten an der Fassade einige Tage geschlossen. Morgen soll es wieder geöffnet werden. Wang Shufen und Li San rücken Tische und Stühle, bis die besten Plätze gefunden sind. Wang Shufen trägt einen neuartigen Haarknoten. Li San hat sich noch nicht von seinem Zopf gelöst, den die Chinesen zur Mandschu-Zeit tragen mußten.

Ein paar Studenten kommen aus dem Hinterhof, grüßen die beiden im Vorbeigehen und verlassen das Teehaus.

WANG SHUFEN *mit dem Blick auf Li Sans Zopf* Li San! Wir haben unser Teehaus »reformiert«, und es wird nun Zeit, daß du deinen Zopf abschneidest!

LI SAN Reform! Reform! Je mehr man reformiert, desto tiefer geht es mit uns bergab!

WANG SHUFEN Das kannst du nicht sagen. Sieh doch mal, das Detai am Westtor, das Guangtai an der Beixin-Brücke und das Tiantai vor dem Trommelturm – alle großen Teehäuser mußten schließen, aber unser Yutai nicht. Warum nicht? Weil mein Mann die Reform versteht!

LI SAN Pah! Der Sturz des Kaisers war eine große Reform, ja? Alles hat man reformiert, aber dann wollte Yuan Shikai doch wieder auf den Thron, und nach seinem Tod herrschte große Unruhe unter dem Himmel. Heute böllern die Kanonen, und morgen werden die Stadttore verrammelt. Wahrlich eine Reform! Da behalte ich lieber noch meinen Zopf. Vielleicht holen sie den Kaiser doch noch wieder?

WANG SHUFEN Sei nicht so starrköpfig! Jetzt sind wir eine Republik und wir müssen mit dem Fortschritt gehen. Findest du nicht, daß nach der Renovierung jetzt alles viel sauberer und schöner aussieht? Ist es denn nicht besser, wenn nur zivilisierte Menschen bei uns einkehren? Aber dein Zopf ist solch ein unschöner Anblick.

LI SAN Du meinst also, das sei ein unschöner Anblick, Gnädigste? Ich aber fühle mich hier auch nicht mehr wohl.

WANG SHUFEN Oh! Du fühlst dich hier nicht mehr wohl? Warum denn nicht?

LI SAN Hast du dir das einmal überlegt? Im Teehaus und hinten in den Zimmern fallen alle Arbeiten auf den Wirt und auf mich. Wir können es einfach nicht schaffen, wie sehr wir uns auch anstrengen!

WANG SHUFEN Laß die Arbeit vorn seine Sache sein, und hinten kann ich dir helfen.

LI SAN Für 20 Zimmer verantwortlich sein, über 20 Gäste betreuen, für sie kochen, Tee aufbrühen und Wasser holen, einkaufen und Briefe zur Post bringen – frag dich selbst, wie ich allein dies alles fertigbringen soll. Auch wenn du hilfst, schaffen wir es nicht.

WANG SHUFEN Du hast recht. Aber in Kriegszeiten muß man sich glücklich schätzen, wenn man überhaupt Arbeit hat. Wir müssen Geduld haben, mit der Zeit wird es sicher besser.

LI SAN Ich kann dies nicht weiter ertragen! Jeden Tag nur vier bis fünf Stunden Schlaf! Ich bin doch nicht aus Eisen!

WANG SHUFEN Aiya! Jetzt hat niemand ein angenehmes Leben, Li San. Warte, bis Dashuan mit der Schule fertig ist in diesem Sommer und unser zweiter Sohn alt genug ist, um zu helfen. Dann haben wir es leichter. Als der alte Wirt noch lebte, warst du schon hier. Wir sind solche guten alten Freunde und Arbeitskameraden!

Wang Lifa, recht selbstsicher, tritt aus dem Hinterhof ein.

LI SAN Arbeitskameraden? Seit mehr als zwanzig Jahren habt ihr nie meinen Lohn erhöht. Dies reformieren und jenes reformieren – aber warum wird mein Lohn nicht mitreformiert?

WANG LIFA Eh? Was soll denn solches Gerede? Wenn es erst einmal aufwärts geht, werde ich selbstverständlich deinen Lohn erhöhen! Lassen wir das jetzt und streiten uns nicht; ab morgen haben wir wieder offen. Also! All right?

LI SAN Also was? Wenn die Reform sich auf mich nicht auswirkt, werde ich mich an ihr nicht mehr beteiligen!

Jemand ruft von hinten: »Li San!«

WANG LIFA Geh schnell! Herr Cui ruft. Sprechen wir später weiter, wenn wir Zeit haben!

LI SAN Eh!

WANG SHUFEN Gestern haben sie das Stadttor geschlossen, und man weiß noch nicht, ob es heute offen bleibt. Der Wirt soll die Teestube hier in Ordnung bringen, und du gehst Gemüse kaufen, Li San. Wenn du nichts anderes bekommst, mußt du eben Salzgemüse nehmen.

Von hinten wird wieder gerufen: »Li San!«

LI SAN Dort ruft jemand, und ihr drängt mich hier! Soll ich mich denn zerreißen? *Geht ärgerlich durch die Tür zum Hof.*

WANG LIFA *zu Wang Shufen* Du mußt ... er ist nun doch schon etwas alt ...

WANG SHUFEN Er hat die ganze Zeit geschimpft, aber er hat recht. Zu ihm habe ich es nicht gesagt, aber ich denke auch, daß wir noch jemand einstellen müssen.

WANG LIFA Das kostet Geld! Woher sollen wir denn den Lohn nehmen? Wenn ich einen anderen Beruf hätte ausüben können, wäre ich ja verrückt, immer in diesem Teehaus zu stehen!

Von weitem hört man Kanonenschüsse.

WANG LIFA Hörst du? Verdammt, sie schießen wieder! Nun schau dir das an! Was soll bloß werden? Morgen können wir bestimmt nicht öffnen!

WANG SHUFEN Ein kluger Mann redet nicht solchen Unsinn, ist der Kanonendonner denn meine Schuld?

WANG LIFA Was redest du daher? Mach deine Arbeit!

WANG SHUFEN Eins ist sicher; früher oder später werde ich entweder durch deine Antreiberei umkippen, oder die Kanonen töten mich. *Geht langsam Richtung Hinterhof.*

WANG LIFA *sanft* Hab keine Angst, Shufen. Uns hat's niemals getroffen, obwohl schon soviel geschossen wurde in unserer schönen Stadt Peking.

WANG SHUFEN Schöne Stadt, wahrlich! Mir schlägt das Herz bis zum Hals! Ich hole Li San Geld für Gemüse.

Geht zum Hinterhof.

Eine Gruppe Flüchtlinge, Männer und Frauen, bleiben bettelnd auf der Straße vor der Tür stehen.

FLÜCHTLINGE Herr Wirt! Bitte, eine milde Gabe! Erbarmt euch!

WANG LIFA Fort mit euch! Ich habe mit dem Geschäft noch nicht begonnen und kann keine Almosen verteilen.

FLÜCHTLINGE Bitte, haben Sie Erbarmen mit uns! Wir sind Flüchtlinge.

WANG LIFA Geht weiter! Ich komme selbst nicht aus.

Ein Polizist erscheint.

POLIZIST Weg! Weg von hier!

Die Flüchtlinge gehen weiter.

WANG LIFA Wie geht's, mein Freund? Wie sieht es aus mit dem Krieg?

POLIZIST Schrecklich! Wirklich schrecklich! Wo kämen sonst so viele Flüchtlinge her. Na, von oben kommt Anordnung, daß Sie vor zwölf Uhr 80 Pfund Pfannkuchen abzuliefern haben. Die Soldaten in der Stadt brauchen Rationen, bevor sie an die Front gehen.

WANG LIFA Nun hören Sie! Ich habe keinen Imbißverkauf mehr, ich koche nur noch für meine Wohngäste. Und außerdem haben wir noch nicht geöffnet. Nicht ein einziger Pfannkuchen kommt in Frage, geschweige denn 80 Pfund!

POLIZIST Sie haben ihre Meinung, aber ich habe meinen Befehl. Tun Sie, wie Sie wollen! *Will gehen.*

WANG LIFA Warten Sie! Mein Geschäft ist tatsächlich noch nicht in Betrieb, das wissen Sie. Nach der Eröffnung werde ich bestimmt noch ihre Hilfe brauchen. Also – *steckt dem Polizisten Geld zu* kaufen Sie sich dafür ein Päckchen Tee. Bitte, legen Sie für mich ein paar gute Worte ein, dafür wäre ich Ihnen äußerst verbunden.

POLIZIST Ich werde für Sie sprechen, aber ich weiß natürlich nicht, ob es wirkt.

Drei bis fünf mit Gewehren bewaffnete Soldaten in ungepflegten Uniformen stürzen ins Teehaus.

POLIZIST Hallo, Brüder! Ich führe hier gerade eine Hausuntersuchung durch. Das Geschäft ist noch nicht in Betrieb.

EIN SOLDAT Scheiße!

POLIZIST Wirt, geben Sie ihnen etwas Geld für Tee, damit sie anderswo Tee trinken können!

WANG LIFA Entschuldigen Sie bitte, meine verehrten Herren, aber das Teehaus ist noch nicht geöffnet. Sonst wären Sie mir sehr willkommen! *Reicht dem Polizisten einen Geldschein.*

POLIZIST *gibt den Schein einem Soldaten* Seid ihm nicht böse, aber er kann jetzt nichts für euch tun.

EIN SOLDAT Scheiße! Wer will Papiergeld? Wir wollen Silberdollars!

WANG LIFA Woher soll ich denn Silberdollars nehmen?

EIN SOLDAT Scheiße! Haut dem kleinen Kerl eins in die Schnauze!

POLIZIST Noch was hinzu, schnell!

WANG LIFA *sucht in der Tasche seines Gewandes und findet Geld, das er den Soldaten hinreicht* Wenn ich noch einen Dollar habe, können Sie mein Haus anstecken!

SOLDATEN Scheiße! *Nehmen das Geld und reißen beim Hinausgehen zwei Tischtücher an sich.*

POLIZIST Na, ich habe Sie gerettet! Wären sie nicht gegangen, wäre Ihnen nichts mehr geblieben, nicht eine heile Tasse!

WANG LIFA Ich werde nie Ihre Liebenswürdigkeit vergessen.

POLIZIST Wollen Sie Ihre Dankbarkeit nicht zeigen?

WANG LIFA Sie haben recht. Ich bin ganz durcheinander. Aber sehen Sie selbst, ich habe keine einzige Münze mehr! *Läßt den Polizisten seine Taschen nachsehen* Sehen Sie ruhig nach.

POLIZIST Gut, Sie haben gewonnen. Auf Wiedersehen, bis morgen. Wer weiß, was morgen ist. *Geht ab.*

WANG LIFA Machen Sie's gut! *Blickt dem Polizisten nach und stampft mit dem Fuß auf den Boden* Verdammt noch mal! Krieg! Krieg! Heute Krieg und morgen Krieg; warum gibt es diesen verdammten Krieg?!

»Eisenmaul« Tang tritt ein. Er ist immer noch dürr und unordentlich, jedoch nun in Seide gekleidet.

»EISENMAUL« TANG Ich gratuliere, Herr Wirt!

WANG LIFA *noch in Zorn* He, Tang! Aber ich habe keinen Tee zu verschenken! *Sieht ihn prüfend an und lächelt* Mir scheint, dir geht's nicht schlecht. Du bist nun in Seide, hm?

»EISENMAUL« TANG Ja, ich stehe besser da als früher. Ich bin diesen Zeiten dankbar.

WANG LIFA Diesen Zeiten dankbar? Das ist ja eine ganz neue Melodie!

»EISENMAUL« TANG Je unruhiger die Zeiten, um so besser mein Geschäft. Heutzutage hängen Leben oder Tod allein vom Schicksal ab, und alle wollen sich ihre Zukunft deuten lassen. Verstehst du?

WANG LIFA Ganz klar.

»EISENMAUL« TANG Man sagt, du hast hinten Zimmer eingerichtet. Vermietest du mir eins?

WANG LIFA Du kannst mit deiner Liebhaberei hier nicht ...

»EISENMAUL« TANG Ich rauche kein Opium mehr.

WANG LIFA Wirklich? Dann wirst du bald reich werden.

»EISENMAUL« TANG Ich nehme jetzt Heroin. *Deutet zur Zigarettenreklame an der Wand* Der Tabak in dieser Marke ist locker, und die Zigeratte ist lang. *Nimmt eine Zigarette aus seiner Schachtel und demonstriert seine Technik* Wenn man das eine Ende leicht auf den Tisch aufstößt, entsteht oben Platz, und da hinein steckt man Heroin. Die Zigaretten aus Großbritannien und das Heroin aus Japan – zwei große Staaten kümmern sich um mich kleinen Menschen. Ist das nicht ein glückliches Zusammenspiel?

WANG LIFA Ja, bestimmt. Aber alle Zimmer sind besetzt. Wenn eins leer wird, reserviere ich es auf jeden Fall für dich.

»EISENMAUL« TANG Du ... du verachtest mich und glaubst, ich würde die Miete nicht bezahlen.

WANG LIFA Überhaupt nicht! Wir sind alte Freunde. Wie könnte da einer den anderen verachten! Ich spreche ganz ehrlich.

»EISENMAUL« TANG Ich habe schon eine geschickte Zunge, aber von dir kann ich noch lernen.

WANG LIFA Ich schwatze nicht nur daher, sondern ich bin anständig. Rechne einmal aus, wieviel Tee du in fast zwanzig Jahren bei mir umsonst getrunken hast! Jetzt geht es dir gut, aber würde es dir einfallen, mir den Tee zu bezahlen?

»EISENMAUL« TANG Ich werde ihn dir bestimmt bezahlen. Sowieso ist es ingesamt nicht viel. *Spricht diese Worte murmelnd und versucht sich davonzumachen.*

Ein Zeitungsjunge ruft auf der Straße: »Nachrichten über die große Changxindian-Schlacht! Lesen Sie die heutige Ausgabe! Neue Nachrichten über die Changxindian-Schlacht!« Der Zeitungsjunge schaut ins Teehaus.

ZEITUNGSJUNGE Wollen Sie eine Zeitung kaufen, Herr Wirt? Neue Nachrichten über die Changxindian-Schlacht!

WANG LIFA Steht auch etwas anderes drin als nur über den Krieg?

ZEITUNGSJUNGE Wahrscheinlich. Suchen Sie selbst!

WANG LIFA Nein, ich will keine! Verkauf deine Zeitung woanders!

ZEITUNGSJUNGE Der Krieg geht weiter, auch wenn Sie nicht die Zeitung lesen, Herr Wirt. *Zu »Eisenmaul« Tang* Wollen Sie eine Zeitung?

»EISENMAUL« TANG Ja! Ich sorge mich sehr um die Angelegenheiten unseres Staates – nicht wie er! *Nimmt eine Zeitung und geht hinaus, ohne sie zu bezahlen.*

Der Zeitungsjunge läuft laut rufend hinter »Eisenmaul« Tang her.

WANG LIFA *zu sich selbst* Changxindian! Changxindian! Das ist nicht mehr weit von hier. *Laut* Li San! Li San! Du mußt Gemüse kaufen, sonst ist es zu spät! Sie werden sicher bald das Stadttor schließen! Aiya! *Niemand antwortet, und er geht zornig Richtung Hinterhof.*

Chang Si tritt ein, in der Hand ein Bündel Rüben und in der anderen zwei Hühner.

CHANG SI Wang Lifa!

WANG LIFA Ja. Wer? Ah, Chang Si! Was treibst du?

CHANG SI Ich bin Gemüsehändler. Lebe ganz auf mich alleine gestellt. Lasse mich doch nicht unterkriegen! Heute war draußen vor der Stadt die Hölle los, man konnte kein Gemüse kaufen. Hat mich große Anstrengung gekostet, diese zwei Hühner und die Rüben zu bekommen! Ich bringe sie dir, vielleicht brauchst du sie. Ich habe gehört, du öffnest morgen wieder.

WANG LIFA Oh, ich danke dir sehr! Du hilfst mir aus einer Notlage.

CHANG SI *schaut sich um* Prächtig! Du hast deinen Laden doch verschönert! Alle großen Teehäuser mußten schließen, nur du hast es geschafft, dich den neuen Umständen anzupassen.

WANG LIFA Danke für deine Komplimente. Ich habe mir wirklich Mühe gegeben, aber wenn dieser Wirrwarr im Land nicht aufhört, ist alles für die Katz.

CHANG SI Also – einer wie ich kann nicht in solch ein feines Teehaus einkehren.

Song Er tritt ein mit seinem Vogelbauer. Er ist jämmerlich gekleidet.

SONG ER Wang Lifa, ich gratuliere dir zur Neueröffnung! Man sagt, morgen hat das Teehaus wieder auf. *Sieht Chang Si* He, Chang Si! Du bist hier? Ich denke so oft an dich!

CHANG SI Wie geht's, Song Er?

WANG LIFA Setzt euch doch.

SONG ER Wie geht's dir, Wang Lifa? Wie geht's der Wirtin und den Kindern? Wie steht's mit dem Geschäft?

WANG LIFA Gut, gut, alles gut.

Nimmt die zwei Hühner und die Rüben.

Wieviel kostet das alles, Chang Si?

CHANG SI Ach, bezahle soviel, wie du für richtig hältst.

WANG LIFA Ah, ja. Ich hole euch eine Kanne Tee.

Nimmt Hühner und Rüben mit in den Hinterhof.

SONG ER Wie kommst du durch, Chang Si?

CHANG SI Ich verkaufe Gemüse. Ich sorge selbst für meinen Lebensunterhalt, seitdem die finanzielle Unterstützung für die Bannerleute abgeschafft ist. Und du?

SONG ER Ich? Ich möchte laut weinen! Schau meine Kleidung an! Sehe ich wie ein Mensch aus?

CHANG SI Bruder Song, du kannst schreiben und rechnen. Du mußt doch Arbeit finden können?

SONG ER Aiya! Wer will schon gern hungern! Aber will denn jemand einen ehemaligen Bannermann einstellen? Unter der Qing-Regierung ging es uns wahrhaftig nicht gut, aber heute in der Republik muß ich hungern.

WANG LIFA *kommt mit einer Kanne zurück, gießt jedem Tee ein und gibt Chang Si Geld* Ich weiß nicht, wieviel du bezahlt hast. Hoffe, das genügt.

CHANG SI *nimmt das Geld und steckt es ohne zu zählen in die Tasche* Ist schon in Ordnung.

WANG LIFA *deutet auf Song Ers Vogelbauer* Immer noch ein Pirol? Wie singt er?

SONG ER Ja, ein Pirol. Ich habe für mich nicht genug zu essen, aber ich darf ihn nicht hungern lassen. *Etwas aufgeregt* Schau doch mal! *Hebt die Bedeckung über dem Vogelbauer hoch* Ist er nicht wunderschön? Immer wenn ich ihn sehe, möchte ich nicht mehr sterben.

WANG LIFA Rede nicht vom Tod, Song Er! Eines Tages wird das Glück zu dir kommen.

CHANG SI Bruder Song, gehen wir in eine Weinschenke. Ein Rausch vertreibt alle Sorgen! Wang Lifa, ich habe nicht soviel Geld, dich auch einzuladen.

WANG LIFA Ich kann jetzt auch nicht einfach von hier fort. Entschuldigt, daß ich euch nicht begleite.

Chang Si und Song Er schicken sich an zu gehen, als Song Enzi und Wu Xiangzi eintreten. Sie tragen immer noch die gleichen grauen langen Gewänder – die Ärmel sind jedoch abgenutzt – und darüber eine blaue Jacke.

SONG ER *erkennt sie wieder und kniet nieder* Ah, die beiden Herren!

Wang Lifa, wie angesteckt, kniet ebenfalls nieder. Die Agenten zeigen Verwunderung.

SONG ENZI Was ist los? Seit Jahren haben wir die Republik, und Sie knien immer noch nieder? Wollen Sie sich nicht verbeugen, wie es heute üblich ist?

SONG ER Als ich Sie in ihren langen grauen Gewändern sah, fühlte ich mich wie unter der Qing-Dynastie und kniete unwillkürlich nieder.

WANG LIFA Ich auch. Ich finde den Kniefall besser als die Verbeugung.

WU XIANGZI Ha, ha, Herr Song, ihr staatlich garantiertes Einkommen als Bannermann gibt's nicht mehr. Unsere grauen Gewänder aber garantieren uns nach wie vor ein sicheres Einkommen. Ha. ha! *Erkennt Chang Si* Bist du nicht Chang Si?

CHANG SI Ja. Du hast ein gutes Gedächtnis! Im Jahr 1898 hatte ich einmal gesagt: das große Qing-Reich geht bald zugrunde. Und ihr hattet mich deshalb verhaftet. Über ein Jahr saß ich dafür im Gefängnis!

SONG ENZI Dein Gedächtnis ist auch gut! Und wie geht's dir nun?

CHANG SI Oh, danke! Nach dem Gefängnis, 1900 beteiligte ich mich am Boxeraufstand. Unsere Parole war: Unterstützt die Qing-Regierung und vernichtet die Ausländer! Jahrelang habe ich gegen die Ausländer gekämpft. Aber am Ende ging das große Qing-Reich doch zugrunde. Das hat es verdient! Das muß man gerechterweise sagen, wenn ich auch selbst Mandschu bin! Jetzt stehe ich jeden Tag um fünf Uhr morgens auf, und dann gehe ich Grüngemüse kaufen, zwei Körbe voll, das ich bis zehn Uhr auf den Straßen verkaufe. Ich lebe völlig selbständig und fühle mich richtig wohl in meiner Haut. Wenn die Ausländer noch einmal einen Krieg anfangen, werde ich, Chang Si, wieder gegen sie ziehen. Ich bin Bannermann, aber wir Bannerleute sind auch Chinesen. Doch sagt, wie geht's euch beiden?

WU XIANGZI Wir gehen so mit dem Leben. In der Kaiserzeit dienten wir dem Kaiser. Als Yuan Shikai Präsident wurde, dienten wir dem großen Präsidenten. Und heute – Song Enzi, was soll ich sagen?

SONG ENZI Wir dienen dem, der uns zu essen gibt.

CHANG SI Und wenn's die Ausländer sind, die euch zu essen geben?

SONG ER Gehen wir, Chang Si!

WU XIANGZI Ich sage dir, Chang Si, hinter all den Herren, denen wir dienen, stehen Ausländer! Wie sollten sie ohne ausländische Gewehre und Kanonen denn Krieg führen?

SONG ER Richtig, richtig. Chang Si, nun gehen wir aber!

CHANG SI Also, ich verabschiede mich. Ich wünsche euch baldige Belohnung und Beförderung! *Geht ab mit Song Er.*

SONG ENZI Dieser Lackaffe!

WANG LIFA *gießt Tee ein* Chang Si ist ein Dickkopf. Vergessen Sie ihn! Trinken Sie diesen Tee, ich habe ihn gerade aufgebrüht.

SONG ENZI Was für Leute wohnen bei ihnen?

WANG LIFA Oh, hauptsächlich Studenten, außerdem noch einige alte Bekannte von mir. Ich habe sie alle registriert und bei der Polizei gemeldet. Ich hole ihnen die Liste.

WU XIANGZI Wir wollen keine Liste, wir wollen die Leute sehen!

WANG LIFA Sie brauchen sie nicht zu sehen. Ich stehe für sie ein.

SONG ENZI Warum vermieten Sie Ihre Zimmer an Studenten? Die Studenten gehören doch gewöhnlich nicht zu den Ruhigsten.

WANG LIFA Die Beamten sind heute Beamte, und morgen werden sie ihres Amtes enthoben. Mit den Handelsleuten ist es ebenso. Heute machen sie Geschäfte, und morgen liegen sie auf der Straße. Zur Zeit kann man sich auf niemand verlassen. Nur die Studenten zahlen pünktlich die Miete. Denn wenn sie kein Geld hätten, könnten sie doch nicht auf die Hochschule gehen. So kalkuliere ich. Stimmt's oder nicht?

SONG ENZI Alles gut überlegt. Es ist schon, wie Sie sagen. Wir bekommen ja auch nie unseren vollen Lohn.

WU XIANGZI Ja. Darum müssen wir jeden Tag Leute verhaften – wegen der Prämien.

SONG ENZI Wir leben eben von falschen Verhaftungen. Falsche Entlassungen gibt es dann natürlich nicht. Für jeden, den wir festnehmen, kriegen wir eine Prämie. So, gehen wir mal einen Blick in ihre Zimmer werfen!

WU XIANGZI Ja, los!

WANG LIFA Sie brauchen sich wirklich nicht zu bemühen! Bei mir ist doch alles in Ordnung!

SONG ENZI Wie sollen wir denn unsere Prämien bekommen, wenn wir niemanden fassen?

WU XIANGZI Er will nicht, daß wir nachsehen. Dann will er uns wohl einen anderen Vorschlag machen. Und wir müssen doch auf die

Interessen des Wirts Rücksicht nehmen, nicht wahr, Herr Wang?

WANG LIFA Ich ...

SONG ENZI Ich habe eine Idee. Vielleicht nicht glänzend, aber doch annehmbar. Wir machen's monatlich. Am Ersten jeden Monats liefern Sie uns ...

WU XIANGZI ... eine kleine Anerkennung!

SONG ENZI Ja, eine kleine Anerkennung. Das ist für Sie einfach, und wir ersparen uns Mühe.

WANG LIFA Wie hoch soll denn diese Anerkennung sein?

WU XIANGZI Wir sind doch alte Freunde, und Sie sind ein kluger Mensch. Sie werden die kleine Anerkennung sicher nicht herabwürdigen wollen, nicht wahr?

LI SAN *erscheint mit einem Korb* He, die zwei Herren! *Kniet nieder* Heute werden die Stadttore wohl wieder geschlossen?

Geht weiter, ohne auf eine Antwort zu warten.

Zwei bis drei Studenten treten ein, gehetzt.

STUDENT Geh nicht hinaus, Li San! Auf den Straßen fangen die Soldaten Männer ein! *Gehen in die hinteren Zimmer.*

LI SAN *unbeeindruckt* Sollen sie mich doch fangen! Ich wäre bei ihnen auch nichts anderes als ein Kuli, wie hier! *Hals über Kopf stürmt Pocken-Liu herein und stößt mit Li San zusammen.*

LI SAN Was ist los? Warum so erschrocken?

POCKEN-LIU *atemlos* Nicht ... nicht hinausgehen! Beinahe hätten sie mich gefangen!

WANG LIFA Bleib hier, Li San!

LI SAN Und was ist mit dem Mittagessen?

WANG LIFA Sag in der Küche Bescheid, wir essen zum Mittag Reis und eingeweckte Rüben. Zum Abendessen nehmen wir die zwei Hühner.

LI SAN Wie du willst. *Geht ab.*

POCKEN-LIU Verdammt! Ich wäre fast gestorben vor Angst.

SONG ENZI Na und? Was ist schon dein Leben, außer daß du nun ein paar Mädchen mehr verschacherst?

POCKEN-LIU Geben Sie mir nicht die Schuld! Die einen bieten an, die anderen wollen kaufen. Ich vermittle bloß.

Trinkt nacheinander die drei Schalen Tee auf dem Tisch aus.

WU XIANGZI Hör mal gut zu: seit der Zeit der Qing-Regierung fahnden mein Freund und ich nach Mitgliedern der revolutionären

Parteien, und wir machen unsere Hände gewöhnlich nicht schmutzig mit Menschenhändlern und Zuhältern wie dir. Aber wenn wir dich erwischen, werden wir nicht einfach zusehen! Einer wie du gehört ins Scheißhaus gefesselt!

POCKEN-LIU Bitte, bitte! Sie brauchen nicht so zu sprechen, meine Herren! Sehen Sie nicht, daß ich wie jeder andere am Rand des Hungers stehe? Früher unterhielt ich geschäftliche Verbindung mit Mandschu-Adligen und Palast-Eunuchen. Seit der Revolution lebe ich wie ein Hund. Jetzt kaufen sich die Minister und Generale ihre Konkubinen für dreitausend bis fünftausend Silberdollar, und sie nehmen nur Schauspielerinnen oder bekannte Opernsängerinnen. Bei solchen Geschäften kann ich nur zusehen. Mein Handel ist im Vergleich dazu ein Spott!

SONG ENZI Du gehörst ins Scheißhaus gefesselt, sonst weißt du nichts Gescheites zu reden!

POCKEN-LIU Heute kann ich Ihnen leider meine Hochachtung nicht beweisen, aber später auf jeden Fall!

WU XIANGZI Du bist heute geschäftlich hier, sonst hättest du dich in diesen unruhigen Tagen nicht hinausgewagt, he?

POCKEN-LIU Nein, wirklich nicht!

SONG ENZI Aus deinem Mund kommt doch nie die Wahrheit. Aber es nutzt dir nichts, wenn du uns betrügst. Also, Wang Lifa, wir sagen ›auf Wiedersehen‹! Vergiß nicht den ersten Tag des nächsten Monats!

WANG LIFA Selbst wenn ich meinen Namen vergäße, Sie würden mir sicher nicht aus dem Kopf gehen!

WU XIANGZI Das gefällt uns.

Geht mit Song Enzi ab.

WANG LIFA Genug Tee getrunken, alter Liu? Du kannst nun wieder gehen.

POCKEN-LIU Kümmere dich nur um deine Arbeit! Ich warte hier auf zwei Freunde.

WANG LIFA Ich spreche offen mit dir. Dies ist kein Platz für deine Geschäfte! Das Teehaus ist jetzt reformiert und ein anständiges Lokal!

Kang Shunzi – in der Hand Gepäck, an der anderen führt sie den Jungen Kang Dali – schaut durch die Tür herein.

KANG DALI Ist es hier?

KANG SHUNZI Es muß hier sein. Aber es sieht so anders aus. *Tritt ein und blickt sich um. Erkennt Pocken-Liu* Dali, doch, doch, komm, hier ist es richtig!

KANG DALI Ist es hier, Mama?

KANG SHUNZI Ja! Ja! Es muß wohl hier sein, wenn er hier ist!

WANG LIFA Wen suchen Sie?

KANG SHUNZI *stürzt zu Pocken-Liu* Kennst du mich noch, Pocken-Liu? *Sie will zuschlagen, zittert aber zu sehr vor Aufregung* Du ... du bist ... *Ihre Stimme versagt.*

POCKEN-LIU Dämliches Weib! Warum störst du mich hier ohne jeden Grund?

KANG SHUNZI *außer sich* Ohne Grund? Sieh genau her, wer ich bin! Was für einen abscheulichen Beruf du hast! Kannst du dein Fressen nicht auf andere Weise verdienen? Du Scheusal!

WANG LIFA Beruhigen Sie sich, Frau!

KANG SHUNZI Sind Sie der Wirt? Erinnern Sie sich, daß hier in diesem Teehaus vor fast zwanzig Jahren ein Eunuch eine Frau gekauft hat?

WANG LIFA Sie, Sie sind Eunuch Pangs ...

KANG SHUNZI *zeigt auf Pocken-Liu* Alles seinetwegen! Er verdiente damals an mir viel Geld, und jetzt wird er mir's bezahlen. *Versucht erneut zu schlagen, aber wieder erfolglos.*

POCKEN-LIU *tritt einige Schritte zurück* Du wagst ... du wagst ... Ich ... ich bin ein Mann und schlage mich nicht mit Weibern! *Läuft fort in den Hinterhof* Ich hole jemanden, der die Sache für mich klarstellt.

WANG LIFA *zu Kang Shunzi* Setzen Sie sich. Erzählen Sie mir bitte, was alles mit Ihnen geschehen ist. Wo ist der Eunuch?

KANG SHUNZI *atmet tief* Tot! Seine Neffen haben ihn verhungern lassen. In der Republik hatte er keine Macht mehr. Aber er war noch reich, und seine Neffen hatten es auf sein Geld abgesehen. Gleich nach seinem Tod trieben sie uns aus dem Haus. Nicht einmal eine Decke ließen sie uns mitnehmen!

WANG LIFA Und er ... Wer ist ...?

KANG SHUNZI Mein Sohn.

WANG LIFA Ihr Sohn?

KANG SHUNZI Der Eunuch hatte ihn auch gekauft – als Adoptivsohn.

KANG DALI Hier hat dich dein Vater verkauft, Mama?

KANG SHUNZI Ja, mein Kind. Ich wurde gleich ohnmächtig. Mein ganzes Leben lang werde ich dieses Haus nicht vergessen.

KANG DALI Ich kann mich nicht mehr erinnern, wo mein Vater mich verkauft hat.

KANG SHUNZI Du warst ja erst ein Jahr alt, und dann habe ich dich großgezogen, und nun gehören wir zusammen. Mein Kind!

KANG DALI Der Alte haute dich immerzu und biß, und mich stach er mit seinem Pfeifenstocher! Sie waren zu viele, und wir konnten nichts gegen sie tun. Aber ohne dich würde ich schon lange nicht mehr leben.

KANG SHUNZI Sie waren zu viele, und wir waren zu schwach. Du siehst, wie ich diesen Pocken-Liu hasse. Ich möchte ihn zerreißen! Aber ich kann nicht einmal meinen Arm ausstrecken und ihm ins Gesicht schlagen!

KANG DALI Ich werde dir beistehen, wenn ich groß bin, Mama. Ich weiß nicht, wer meine richtige Mutter ist. Also bist du es eben.

KANG SHUNZI Oh, ja! Wir bleiben für immer beieinander. Ich finde irgendwelche Arbeit, damit wir leben können, und du gehst in die Schule. *Nach einer Pause* Herr Wirt, da ich hier verkauft wurde, sind wir gewissermaßen – hm – Bekannte. Können Sie mir helfen, Arbeit zu bekommen? Nicht meinetwegen – aber dieses brave Kind muß genug zu essen kriegen.

Wang Shufen erscheint und hört unbemerkt zu.

WANG LIFA *zu Kang Shunzi* Was können Sie arbeiten?

KANG SHUNZI Waschen und flicken, kochen – ich kann alles. Ich stamme vom Land. Hartes Leben macht mir nichts. Wenn ich nur nicht noch einmal an einen Eunuchen verkauft werde, will ich gern alles ertragen.

WANG LIFA Wie hoch soll der Verdienst sein?

KANG SHUNZI Drei Mahlzeiten am Tag, ein Bett für die Nacht, und ich muß Dalis Schulbesuch bezahlen können.

WANG LIFA Gut, ich werde sehen, was ich für Sie tun kann. Bis heute habe ich nicht vergessen, wie Sie hierher gebracht wurden. Es war schrecklich!

KANG SHUNZI Wohin können wir jetzt bloß gehen?

WANG LIFA Vielleicht zu Ihrem Vater aufs Land?

KANG SHUNZI Zu ihm? Ich weiß nicht, ob er überhaupt noch am Leben ist. Und wenn er noch lebt, möchte ich nicht zu ihm. Er hat soviel Schuld auf sich geladen, daß die Tochter ihn nicht mehr Vater nennen mag.

WANG LIFA Aber es ist nicht leicht, so rasch eine Arbeit zu finden.

WANG SHUFEN *tritt näher* Sie versteht Hausarbeit, und sie verlangt nicht viel. Ich will, daß sie bei mir bleibt!

WANG LIFA Bei dir?

WANG SHUFEN Bin ich nicht die Wirtin hier? Soll ich mich etwa mit Li San zu Tode schaffen?

KANG SHUNZI Bitte, Herr Wirt, versuchen Sie es mit mir! Wenn Sie dann meinen, ich sei nicht gut genug, werde ich bestimmt sofort gehen.

WANG SHUFEN Komm mit mir, Schwester.

KANG SHUNZI Damals war ich hier verkauft worden, und so betrachte ich dies einfach als mein Elternhaus. Komm, Dali!

KANG DALI Herr Wirt, wenn Sie mich nicht schlagen, helfe ich auch im Haus. *Geht mit Wang Shufen und Kang Shunzi ab.*

WANG LIFA Himmel! Mit einem Mal zwei Münder mehr! Mit den Eunuchen ist Schluß, aber ihre Verwandten gesellen sich zu mir.

LI SAN *tritt ein, schützend Pocken-Liu begleitend* Los jetzt, schnell weg! *Kehrt zurück.*

WANG LIFA Hau ab! Wartest du wirklich noch auf Ohrfeigen?

POCKEN-LIU Ich habe dir doch gesagt, ich erwarte zwei Freunde!

WANG LIFA Ich werde dir gleich etwas erzählen, du!

POCKEN-LIU Was soll ich denn tun? Jeder hat sein Gewerbe. Du verkaufst Tee, und ich mache meine Geschäfte. Die Zeiten ändern sich, aber ich muß immer meinem Geschäft nachgehen.

Lao Lin und Lao Chen treten ein mit strahlenden Gesichtern.

POCKEN-LIU *nennt sie ältere Brüder, obwohl sie jünger sind als er* Alter Bruder Lin! Alter Bruder Chen! *Hastig zu dem ärgerlichen Wang Lifa* Jetzt ist kein Mensch da. Laß mich dieses eine Mal noch hierbleiben, das letzte Mal!

WANG LIFA Vergiß nicht, sie *deutet in Richtung Hinterhof* ist noch hier!

POCKEN-LIU Keine Sorge, sie kann mir nicht viel tun. Wenn sie's versucht, helfen mir diese beiden.

WANG LIFA Zum Teufel mit dir! *Geht ab.*

POCKEN-LIU Setzt euch! Worum dreht sich's?

LAO LIN Du sprichst, jüngerer Bruder!

LAO CHEN Zuerst du, älterer Bruder!

POCKEN-LIU Ist doch gleichgültig, wer zuerst redet.

LAO CHEN Erst du, denn du bist der ältere Bruder.

LAO LIN Ach was, wir sind doch Blutsbrüder.

LAO CHEN Ja, Blutsbrüder. Wir sind uns so nah, wir würden das gleiche Paar Hosen miteinander teilen.

LAO LIN Er hat ein paar Silberdollars.

POCKEN-LIU Silberdollars?

LAO CHEN Älterer Bruder Lin hat auch ein paar.

POCKEN-LIU Wieviel zusammen?

LAO LIN Jetzt dürfen wir dir das noch nicht sagen.

LAO CHEN Erst wenn wir uns einig sind.

POCKEN-LIU Mit Silberdollars erreichen wir alles!

LAO LIN und LAO CHEN Wirklich?

POCKEN-LIU Ich wäre ein Gauner, wenn ich nicht die Wahrheit sagen würde!

LAO LIN Sprich schon, jüngerer Bruder!

LAO CHEN Du sollst als erster sprechen, älterer Bruder!

LAO LIN Also, wir sind zwei.

POCKEN-LIU Hm!

LAO CHEN Und wir zwei sind uns so nah, wir würden das gleiche Paar Hosen miteinander teilen.

POCKEN-LIU Hm!

LAO LIN Du lachst doch nicht über unsere Freundschaft?

POCKEN-LIU Niemand lacht über eure Freundschaft.

LAO CHEN Es lacht auch niemand über die Freundschaft von – hm – dreien?

POCKEN-LIU Von dreien? Wer kommt noch hinzu?

LAO LIN Ein Weib!

POCKEN-LIU Hm! Hm! Hm! Ich verstehe. Aber das ist nicht leicht, jedenfalls habe ich so etwas noch nie gemacht. Zwei Ehegatten sind üblich – aber drei?

LAO LIN Was meinst du?

POCKEN-LIU Das ist nicht so leicht.

LAO LIN *zu Lao Chen* Siehst du?

LAO CHEN Sollen wir es lassen?

LAO LIN Nein! Wir sind über zehn Jahre Soldat gewesen und sollen nicht einmal ein halbes Weib verdient haben? Verdammt noch mal!

POCKEN-LIU Ihr dürft nicht aufgeben! Wir müssen einen Weg finden. Aber wieviel Silberdollars habt ihr denn?

Wang Lifa und Cui Jiufeng treten ein aus dem Hinterhof. Pocken-Liu und seine Kunden hören auf zu sprechen.

WANG LIFA Warum nahmen Sie das Angebot von Herrn Qin gestern nicht an, Herr Cui? Sie sind gebildet. Sie wissen Bescheid über alles im Himmel und auf der Erde und waren Parlamentsabgeordneter. Nun schließen Sie sich bei mir ein und beten ununterbrochen! Warum unternehmt Ihr nicht mal etwas? Ein wertvoller Mensch wie Sie muß Beamter werden! Wir einfachen Bürger können erst in Frieden leben, wenn die Beamten so aufgeklärt sind wie Sie.

CUI JIUFENG Sie beschämen mich! Es war eine Sünde, jemals Abgeordneter gewesen zu sein! Was nützt die Revolution? Alles Selbstbetrug! Und man betrügt das Volk! Äh – jetzt muß ich versuchen, mich zu bessern und muß Buße tun.

WANG LIFA Aber denken Sie doch an Herrn Qin! Er leitet eine Fabrik und wird bald eine Bank eröffnen!

CUI JIUFENG Was will er mit den Fabriken und Banken? Er sagt, er will das Land durch Industrie und Handel retten. Wen hat er in Wirklichkeit gerettet? Nur sich selbst, und er wird immer reicher! Die Ausländer aber können seine Unternehmen mit dem kleinen Finger erdrücken, und er könnte nichts dagegen tun.

WANG LIFA So dürfen Sie nicht sprechen. Gibt es denn keine Hoffnung?

CUI JIUFENG Schwer zu sagen, sehr schwer. Sehen Sie, heute führt der Kriegsherr Wang Krieg gegen Li, morgen der Kriegsherr Li gegen Zhao. Und wer steht hinter ihnen allen?

WANG LIFA Ja! Welcher Mistkerl?

CUI JIUFENG Die Ausländer!

WANG LIFA Wieso die Ausländer? Ich verstehe nicht.

CUI JIUFENG Mit der Zeit werden Sie verstehen. Eines Tages werden Sie und ich Sklaven in einer Kolonie sein. Ich habe die Revolution mitgemacht, und ich weiß, was ich sage. Ich greife meine Worte nicht aus der Luft.

WANG LIFA Aber warum tun Sie nichts und finden einen Ausweg, daß unser Land nicht untergeht?

CUI JIUFENG Als ich jung war, dachte ich wahrhaftig so und betrachtete den Fortschritt der Welt als meine Aufgabe, aber jetzt – ich habe alles erkannt, China wird untergehen!

WANG LIFA Dann muß man das sterbende Pferd retten!

CUI JIUFENG Das sterbende Pferd retten? Nichts als Träumerei! Das Sterbende läßt sich nicht wiederbeleben, wie alles Lebende eben früher oder später sterben muß. Gut denn. Ich gehe in den ›Tempel der umfassenden Gnade‹. Sollte Herr Qin noch einmal nach mir fragen, dann sagen Sie, ich verstünde nur Sutren auswendig zu lernen.

Geht ab.

Song Enzi und Wu Xiangzi treten ein.

WANG LIFA Was gibt's Neues, die Herren?

Ohne zu antworten, setzen sie sich an den Tisch gleich neben der Tür und richten ihre Blicke auf Pocken-Liu und seine Tischgesellschaft.

Pocken-Liu senkt unsicher den Kopf.

Lao Chen und Lao Lin fühlen sich ungemütlich und sehen sich an. Eine Weile herrscht Stille.

LAO CHEN Laß uns gehen, älterer Bruder!

LAO LIN Ja, auf!

SONG ENZI Einen Augenblick! *Stellt sich ihnen entgegen.*

LAO CHEN Was ist denn?

WU XIANGZI *erhebt sich* Du fragst noch, was ist?

Die vier starren einander an.

SONG ENZI Keine Geschichten! Klar? – Kommt mit!

LAO LIN Wohin sollen wir mit euch kommen?

WU XIANGZI Fahnenflüchtige, nicht wahr? Ihr habt einige Silberdollars und wollt sie in Peking verstecken! So ist es doch? Und wenn das Geld alle ist, raubt ihr euch neues, he?

LAO CHEN Was schert's dich? Ich nehme es mit acht von deiner Sorte auf! *Will losschlagen.*

SONG ENZI Bürschchen, du hast leider deine Knarre schon verscheuert! Aber ohne Knarre wirst du nichts ausrichten! *Klopft auf seine Pistole* Ich erledige acht von deiner Sorte mit einem Finger!

LAO LIN Warum redet ihr so grob, wir sind doch alle Brüder!

WU XIANGZI Richtig! Sprechen wir ganz in Ruhe. Wollt ihr euer Leben oder die Silberdollars? Ihr habt die Wahl.

LAO CHEN Für dieses bißchen Geld sind wir durch die Hölle gegangen! Wir haben für den gekämpft, der uns bezahlte! Verdammte Scheiße! Wieviele Schlachten haben wir durchgemacht!

SONG ENZI Ihr wißt, was auf Fahnenflucht steht!

LAO LIN Warum verhandeln wir denn nicht wie Brüder?

WU XIANGZI Ah, du sprichst unsere Sprache! Verhandeln wir!

WANG LIFA *am Eingang* Oh, da kommt ein Sonderkommando!

LAO CHEN und LAO LIN Oh! *In panischer Angst wollen sie zum Hinterhof laufen.*

SONG ENZI Hiergeblieben! Das letzte Angebot: teilt ihr die Silberdollars mit uns, gibt es keine Gefahr für euch! Dann sind wir Brüder!

LAO LIN und LAO CHEN Ja! Ja! Wir sind Brüder!

Das Sonderkommando tritt ein: voran zwei Soldaten mit geschultertem Gewehr und Schwertern, an deren Griff ein rotes Tuch hängt. Ein Soldat folgt mit der Vollmacht, die die Form eines großen Pfeils hat.[6] *Vier weitere Soldaten sind mit am einen Ende rot und am anderen schwarz bemalten Knüppeln bewaffnet. Am Schluß ein Offizier.*

WU XIANGZI *mit Song Enzi, Lao Lin, Lao Chen in Reih' und Glied, nimmt den Hut ab, holt einen Ausweis aus dem Hut und zeigt ihn dem Offizier* Meldung, Herr Offizier! Wir untersuchen hier gerade einen Fahnenflüchtigen.

OFFIZIER Ihn? *Deutet auf Pocken-Liu.*

WU XIANGZI *deutet ebenfalls auf Pocken-Liu* Ihn!

OFFIZIER Fesselt ihn!

POCKEN-LIU *schreiend* Ich bin es nicht! Nicht ich! Gnädiger Herr!

OFFIZIER Fesselt ihn!

Das Sonderkommando führt Pocken-Liu ab.

WU XIANGZI *zu Song Enzi* Komm, holen wir die beiden Studenten raus!

SONG ENZI Ja, los!

Beide eilen nach hinten.

Vorhang

DRITTER AKT

ZEIT *Nach dem Sieg über die Japaner 1945. Guomindang-Agenten und US-Soldaten treiben in Peking ihr Unwesen. Herbst. Frühmorgens.*

ORT *Wie im zweiten Akt.*

DER VORHANG ÖFFNET SICH *Das Yutai sieht nun recht traurig aus; lange nicht so prächtig wie im zweiten Akt. Die Korbsessel sind verschwunden, ersetzt durch Hocker und Bänke. Die Einrichtung und überhaupt die ganze Teestube scheinen ohne Glanz. Wenn etwas auffällt, dann die noch zahlreicheren und größeren Anschläge* »SPRECHT NICHT ÜBER POLITISCHE ANGELEGENHEITEN!« *Außerdem kann man nun lesen:* »BITTE DEN TEE GLEICH BEI DER BESTELLUNG BEZAHLEN!«

Es ist früh am Morgen, die Fensterläden sind noch nicht geöffnet. Trübsinnig bereitet Wang Dashuan, der älteste Sohn Wang Lifas, die Teestube für den Tag vor.

Zhou Xiuhua, Wang Dashuans Frau, tritt mit ihrer Tochter Wang Xiaohua von der Seite des Hinterhofs ein. Sie unterhalten sich.

WANG XIAOHUA Ich will heute Mittag Nudelsuppe essen, Mama. Wir haben schon so lange keine Nudeln mehr gehabt.

ZHOU XIUHUA Ja, Kind. Ich werde versuchen, Nudeln zu bekommen. Aber selbst wenn es welche im Laden gibt, weiß ich nicht, ob ich sie bezahlen kann. Solch ein Leben!

WANG XIAOHUA Hoffentlich beides, Mama.

ZHOU XIUHUA Meinst du, das ist so einfach, wie du denkst? Nun geh zur Schule! Paß auf die Jeeps auf der Straße auf!

WANG DASHUAN Xiaohua! Warte!

WANG XIAOHUA Ja, Papa?

WANG DASHUAN Über letzte Nacht . . .

ZHOU XIUHUA Ich hab's ihr schon eingeschärft. Sie hat begriffen.

WANG DASHUAN Du darfst mit niemandem über deinen Onkel Dali reden! Sonst schlagen sie unsere ganze Familie tot! Hast du das verstanden?

WANG XIAOHUA Ich sage zu niemandem etwas! Selbst wenn man mich umbringen will! Und wenn sie mich fragen, ob Onkel Dali hier war, dann sage ich: Er ist vor einigen Jahren weggegangen, und wir haben nichts mehr von ihm gehört.

Kang Shunzi tritt von hinten ein. Sie geht etwas gebeugt, ist jedoch gut bei Kräften. Sie ruft Wang Xiaohua.

KANG SHUNZI Xiaohua! Du bist noch hier?

WANG XIAOHUA Was ist, Großmutter Kang?

KANG SHUNZI Xiaohua, laß die Großmutter dich noch einmal ansehen. *Streichelt Xiaohuas Kopf* Was für ein hübsches Kind! Nur ein bißchen dünn. Sonst würde sie noch besser aussehen.

ZHOU XIUHUA Willst du uns verlassen, Tante?

KANG SHUNZI Ja. Dann bin ich keine Last mehr für euch. Ich kann auch nicht hierbleiben, wenn Dali will, daß ich zu ihm komme. Ich habe ihn doch großgezogen. Als wir ankamen, war er noch nicht einmal so groß wie Xiaohua.

WANG XIAOHUA Jetzt ist Onkel Dali ganz groß und stark!

KANG SHUNZI Wirklich! Er war nur ein paar Minuten hier, aber ich fühle mich gleich um Jahre jünger! Ich besitze nichts, aber wenn ich ihn sehe, bin ich der glücklichste Mensch der Welt. Wenn ich nun zu ihm gehe, werde ich bestimmt kein einfaches Leben haben, aber ich werde doch zufrieden sein. Habt ihr seine großen Hände gesehen, und seine Füße? Er ist ein richtiger Mann geworden.

WANG XIAOHUA Ich gehe mit dir, Großmutter!

KANG SHUNZI Du mußt in die Schule gehen, Xiaohua. Ich komme später wieder und besuche dich.

WANG DASHUAN Es ist Zeit für dich, Xiaohua. Du kommst sonst zu spät.

WANG XIAOHUA Aber, Großmutter, du wartest auf mich, bis ich aus der Schule zurück bin?

KANG SHUNZI Ja, mein Kleines! Du mußt jetzt fort!

Wang Xiaohua geht ab.

WANG DASHUAN Will mein Vater dich gehen lassen, Tante?

KANG SHUNZI Er hat noch nicht entschieden. Ich fürchte eben, daß sie erfahren könnten, wo Dali ist. Aber wenn ich so plötzlich von hier verschwinde, wird das euch unter Umständen Schaden bringen. Zur Zeit werden jeden Tag Menschen verhaftet. Ich will auf keinen Fall, daß man euch meinetwegen etwas antut.

ZHOU XIUHUA Nein, nein, geh nur, Tante! Man muß fliehen und sich in Sicherheit bringen. Die Gäste hier im Teehaus sagen oft leise zueinander: wenn du am Leben bleiben willst, mußt du in die Westberge[7] gehen.

WANG DASHUAN Richtig!

KANG SHUNZI Komm, Xiuhua, sprechen wir noch einmal über alles. Ich darf nicht nur an mich denken und euch dadurch vielleicht großes Leid bringen. Überlege du auch, Dashuan! *Geht mit Zhou Xiuhua ab.*

Ding Bao tritt ein.

DING BAO Hallo! Herr Wirt!

WANG DASHUAN Wer bist du?

DING BAO Ich heiße Ding Bao. Der junge Pocken-Liu schickt mich. Der alte Wirt hier bat ihn, ihm eine Kellnerin zu empfehlen.

WANG DASHUAN Wie? Fräulein, schauen Sie sich diese schäbige Gaststube an! Könnte man hier eine Kellnerin brauchen? Aber unser alter Wirt ist schon so arm, daß er immer irgendwelche verrückten Ideen hat!

Wang Lifa tritt ein. Er geht langsam, ist jedoch noch recht gesund. Seine Kleidung ist die armer Leute.

WANG LIFA Dashuan, wie kannst du mich hinter meinem Rücken verunglimpfen? Wer ist so arm, daß er immer irgendwelche verrückten Ideen hat? Mach die Fensterläden auf! Und die Tür ist immer noch nicht geöffnet!

Wang Dashuan geht hinaus, um die Fensterläden zu öffnen.

DING BAO Sie sehen recht gesund aus, Herr Wirt.

WANG LIFA Naja, hätte ich Nudeln und Sojabohnentunke, könnte ich drei Schalen herunterbringen. Aber leider habe ich so etwas nicht. Wie alt bist du, Mädchen?

DING BAO Siebzehn.

WANG LIFA Erst siebzehn?

DING BAO Ja. Ich lebte mit meiner Mutter zusammen, mein Vater ist gestorben. Nach dem Krieg wurde unser kleines Häuschen, das mein Vater gebaut hatte, als »Verrätergut« beschlagnahmt. Meine Mutter starb vor Ärger. Ich verdiente dann Geld in Gasthäusern. Bis heute weiß ich nicht, was »Verrätergut« bedeutet. Wissen Sie das, Herr Wirt?

WANG LIFA Sei vorsichtig mit dem, was du sagst, Fräulein! Wenn du einmal am falschen Ort zur falschen Zeit etwas Falsches sagst, nehmen sie dir alles weg, was du besitzt und sagen, das sei »Verrätergut«. Schau, hier hinten das Lagerhaus von Herrn Qin! Jemand hatte ein Auge drauf geworfen und behauptet, es sei »Verrätergut«, und prompt wurde es konfisziert. So einfach war das!

Wang Dashuan kehrt zurück.

DING BAO Ja. So ist es wohl. Ich bin auch »Verrätergut«. Ich muß jeden bedienen, der gerade will. Oh! Ich bin erst siebzehn, aber oft wäre ich lieber tot. Dann bliebe wenigstens mein Leichnam heil! Aber wenn ich so weiter leben muß wie jetzt, verrotte ich langsam.

WANG DASHUAN Willst du wirklich ein Mädchen einstellen, Vater?

WANG LIFA Ich habe mich mit dem jungen Pocken-Liu nur einmal darüber unterhalten. Ich bin immer für Neuerungen, und es bereitet mir eben Sorgen, daß es mit unserem Geschäft so schlecht steht.

WANG DASHUAN Also ich mache mir auch Sorgen. Aber wir dürfen den alten Namen unseres Hauses nicht vergessen! Der gute Name Yutai besteht seit sechzig Jahren – und heute sollen wir anfangen, Animiermädchen einzustellen?

DING BAO Von wegen »alter Name«! Je älter der Name, desto wertloser! Wäre ich achtundzwanzig, würde mich niemand ansehen, auch wenn ich mich »süße kleine Ding Bao« nennen würde.

Zwei Gäste treten ein.

WANG LIFA Zwei frühe Gäste! Sie haben Tee mitgebracht? Hol heißes Wasser, Dashuan!

Wang Dashuan geht hinaus.

WANG LIFA Entschuldigen Sie bitte, meine Herren, aber würden Sie bitte zuerst bezahlen!

GAST A Das ist ja unerhört!

WANG LIFA Ich betreibe seit Jahrzehnten dieses Teehaus und finde es auch unerhört. Aber verstehen Sie: die Preise von Tee und Kohle ändern sich laufend. Hier trinken Sie Tee, und gleichzeitig geht vielleicht der Teepreis in die Höhe. So können Streitereien vermieden werden, wenn man im voraus bezahlt. Denken Sie nicht auch?

GAST B Ich denke, es ist am besten, überhaupt keinen Tee zu trinken!

Geht mit Gast A ab.

WANG DASHUAN *kommt mit heißem Wasser* Wie? Sie sind fort?

WANG LIFA Nun begreifst du wohl, worüber ich mir Sorgen mache!

DING BAO Wenn ich zu ihnen gegangen wäre und lieb gesagt hätte: »Da seid ihr ja, ihr Burschen«, hätten sie sicher einen Dollar bezahlt.

WANG LIFA Du bist halsstarrig wie ein Esel, mein Sohn!

WANG DASHUAN *stellt die Kanne hin* Es ist mir hier drin zu drückend! Ich muß nach draußen gehen.

Geht ab.

WANG LIFA So, es ist dir hier zu drückend? Ich komme schon fast um vor Sorgen!

Der junge Pocken-Liu tritt ein. Er ist westlich gekleidet und trägt eine Aktenmappe unterm Arm.

JUNGER POCKEN-LIU Ah, du bist schon da, kleine Ding Bao!

DING BAO Du hast es mir doch befohlen!

JUNGER POCKEN-LIU Herr Wang, was halten Sie von dieser Süßen, die ich Ihnen geschickt habe? Aussehen, Alter, Kleidung und Erfahrung – alles erstklassig!

WANG LIFA Aber ich fürchte, ich kann sie nicht bezahlen.

JUNGER POCKEN-LIU Oh, machen Sie sich keine Sorgen darüber! Sie verlangt kein Geld von Ihnen. Stimmt's, Kleine?

WANG LIFA Wieso nicht?

JUNGER POCKEN-LIU Oh, Alter, verlassen Sie sich nur auf mich! Sie brauchen sich um nichts zu kümmern. Ich werde alles mit der kleinen Ding Bao regeln. Stimmt's, Kleine?

DING BAO Ja, ja, wenn du nicht auf deine krumme Art die Dinge regeln würdest!

JUNGER POCKEN-LIU Krumme Art? Was du nicht sagst! Genau hier haben sie damals meinen Vater gefesselt! Frage den Wirt, wenn du mir nicht glaubst! Sage ich die Wahrheit, Herr Wang?

WANG LIFA Ich hab's mit eigenen Augen gesehen.

JUNGER POCKEN-LIU Siehst du, Kleine, ich erzähle keine Märchen. Gleich draußen auf der Straße hauten sie ihm mit dem Schwert den Kopf ab. Stimmt's, Herr Wang?

WANG LIFA Ich hab's mit angehört.

JUNGER POCKEN-LIU Verstehst du, Kleine, ich hab das also doch nicht erfunden. Mit meinem Vater war nie so richtig was los, er hat es nie wirklich weit gebracht in seinem Leben. Jetzt bin ich an der Reihe. Ich mache es besser als er, und ich werde eine tolle Sache starten! *Öffnet seine Mappe und holt einige Papiere heraus* Komm, guck mal meinen Plan an, Kleine.

DING BAO Dazu habe ich jetzt keine Zeit. Ich muß nach Hause und schlafen. Morgen komme ich hierher zur Arbeit.

WANG LIFA Aber ich habe mich noch nicht entschieden, Ding Bao!

JUNGER POCKEN-LIU Ich habe für Sie schon alles durchdacht, Herr Wang. Ab morgen früh können Sie sich selbst überzeugen, wenn Sie mir heute noch nicht glauben. Die Kleine wird sich vor die Tür stellen und auf ihre gewisse Art die Leute ansehen, und gleich haben wir zweihundert Gäste hier. Kleine, laß mich dir meinen Plan erklären. Der geht dich nämlich auch etwas an.

DING BAO Hm. Ich wünschte, er würde mich nichts angehen.

JUNGER POCKEN-LIU Kleine, du solltest nicht so abweisend sein! Hör zu ...

Der Stromgeld-Kassierer tritt ein.

STROMGELD-KASSIERER Das Elektrizitätsgeld, Herr Wirt!

WANG LIFA Das Elektrizitätsgeld? Für wieviele Monate?

STROMGELD-KASSIERER Für drei Monate.

WANG LIFA Dann warten Sie noch einmal drei Monate! Aber auch nach einem halben Jahr werde ich die Rechnung nicht bezahlen können!

STROMGELD-KASSIERER Was reden Sie?

JUNGER POCKEN-LIU Er sagt die einfache Wahrheit! Dieser Laden untersteht dem Kontrollbereich des Bezirksleisters Shen. Ich vermute, du weißt, wer Bezirksleiter Shen ist? Mitglied des Pekinger Guomindang-Komitees und Bezirksleiter der Militärpolizei! Willst du etwa sein Stromgeld eintreiben? Sag!

STROMGELD-KASSIERER Selbstverständlich nicht! Entschuldigen Sie bitte, ich habe mich geirrt! Entschuldigen Sie! *Geht ab.*

JUNGER POCKEN-LIU Da sehen Sie's, Herr Wang! Ohne mich kommen Sie zu nichts. Auf Ihre altmodische Weise geht's heute nicht mehr.

WANG LIFA Richtig! Deshalb heißt es ja auch, daß man bis ans Lebensende lernen muß. Ich habe gewiß noch zu lernen.

JUNGER POCKEN-LIU Das meine ich auch!

Der junge »Eisenmaul« Tang tritt ein. Er trägt ein seidenes Gewand und Schuhe aus Atlas.

JUNGER POCKEN-LIU Ah, du Hurensohn, du bist hier?

JUNGER »EISENMAUL« TANG Ah, du Hurensohn, du bist hier? Komm, laß deinen Großvater dich einmal ansehen! *Betrachtet ihn von vorn und von hinten* Du Hurensohn, siehst von hinten in diesen ausländischen Lumpen noch ausländischer als ein Ausländer aus! Herr Wang, ich habe in der Nacht die Sterne beobachtet, und es ist sonnenklar, daß der wahre Sohn des Himmels sehr bald unter uns weilen wird. Deshalb sind solche Wunderkinder wie ich und der junge Pocken-Liu und . . .

JUNGER POCKEN-LIU Die kleine Ding Bao – sie ist in allen Stadtteilen bekannt!

JUNGER »EISENMAUL« TANG . . . und die kleine Ding Bao gerade in dieser Zeit auf der Welt. Sehen Sie uns an! Wir haben brillianten Geist, Schönheit, sind literarisch gebildet und besitzen Mut! Und wir werden unser Vergnügen haben! Herr Wirt, zeigen Sie Ihr Gesicht. Ich werde Ihre Züge deuten. Gut, gut, eine prächtige Stirn! Sie gehen noch glücklichen Zeiten entgegen! Nun, spendieren Sie mir einen Tee?

WANG LIFA Junger »Eisenmaul« Tang!

JUNGER »EISENMAUL« TANG Reden Sie mich nicht mehr mit diesem Namen an! Ich bin jetzt Tang, der Weise des Himmels!

JUNGER POCKEN-LIU Wer hat dich denn in diesen Rang erhoben?

JUNGER »EISENMAUL« TANG Ihr werdet bald alles wissen!

WANG LIFA Also, Weiser des Himmels, Ihr Vater trank bei mir sein Leben lang umsonst Tee. Denken Sie bitte nicht, das sei ein vererbbares Recht.

JUNGER »EISENMAUL« TANG Herr Wirt, wenn ich bald in meinem Priestergewand vor Ihnen stehe, werden Sie bereuen, dies gesagt zu haben! Warten Sie nur!

JUNGER POCKEN-LIU Tang, mein guter Freund, ich lade dich nachher mit der Kleinen zu einem Kaffee ein, aber zuerst habe ich mit dir etwas Wichtiges zu besprechen. Einverstanden?

JUNGER »EISENMAUL« TANG Überlegen Sie, Herr Wang: heute eine Schale Tee für den Priester könnte Ihnen morgen eine Kreismagistraten-Stellung einbringen. Aber Sie müssen ja wissen, was Sie wollen. So, junger Liu, Kumpan, worüber willst du sprechen?

JUNGER POCKEN-LIU Ich sagte gerade zur Kleinen: ich habe einen einmaligen Plan.

JUNGER »EISENMAUL« TANG Erzähl schon, ich bin ganz Ohr!

JUNGER POCKEN-LIU Ich organisiere einen »Trust«. Das ist ein amerikanisches Wort, vielleicht verstehst du es nicht. Im Pekinger Dialekt bedeutet es »alles gehört einem«.

JUNGER »EISENMAUL« TANG Natürlich verstehe ich. Du meinst, du willst dich um alle Pekinger Mädchen kümmern.

JUNGER POCKEN-LIU Richtig. Du bist ein kluger Junge. Kleine, hör du auch zu, du spielst dabei eine Rolle. Auch Sie, Herr Wang!

WANG LIFA Ja, ich höre zu!

JUNGER POCKEN-LIU Ich will alle Tanzmädchen, gemeldete und nichtgemeldete Prostituierte, Jeep-Girls und Animiermädchen in einem großen »Trust« organisieren.

JUNGER »EISENMAUL« TANG *schließt die Augen* Hast du die Offiziellen hinter dir?

JUNGER POCKEN-LIU Und ob! Der Bezirksleiter Shen wird der Direktor. Ich bin Generalmanager.

JUNGER »EISENMAUL« TANG Und ich?

JUNGER POCKEN-LIU Wenn du einen guten Firmennamen ausdenkst, machen wir dich zum obersten Berater.

JUNGER »EISENMAUL« TANG Aber ich nehme kein Honorar in unserer Währung an.

JUNGER POCKEN-LIU Nein! Jeden Monat nur amerikanische Dollars!

JUNGER »EISENMAUL« TANG Sprich weiter!

JUNGER POCKEN-LIU Wir werden vier Abteilungen einrichten: für Kauf und Verkauf, für Transport, für Ausbildung und für Dienstleistung. Ob jemand Mädchen kaufen oder verkaufen will, ob sie von Shanghai nach Tianjin oder von Hankou nach Chongqing geschickt werden sollen, ob sie zu Jeep-Girls oder Animiermädchen ausgebildet werden, ob die amerikanischen Truppen oder unsere Regierungsbeamten versorgt werden – unsere Firma ist für alles zuständig. Wir stellen garantiert jeden zufrieden! Wie hört sich das an?

JUNGER »EISENMAUL« TANG Phantastisch! Wunderbar! Was du sagst, entspricht voll dem Prinzip der einheitlichen Kontrolle. Auf diese Weise wird der Bedarf der amerikanischen Soldaten befriedigt, und dies ist gleichzeitig im Interesse des Staates.

JUNGER POCKEN-LIU So, jetzt ist's an dir, einen schönen Namen zu finden. Irgendwie dichterisch muß es klingen, wie »Weidenblatt-Brauen«, »Mandel-Augen« oder »Zarter Kirschmund« oder so ähnlich.

JUNGER »EISENMAUL« TANG Hm ... »Trust« klingt wirklich nicht dichterisch. Hört sich an wie »traktieren und tranchieren«. Das ist die Sprache von Kidnappern, aber hat mit Poesie nichts zu tun.

JUNGER POCKEN-LIU Zwar nicht sonderlich fein, aber amerikanisch.

JUNGER »EISENMAUL« TANG Ich meine, »Vereinigte Gesellschaft« wäre gefälliger und hört sich auch respektabler an.

JUNGER POCKEN-LIU Vielleicht hast du recht, aber was für eine Vereinigte Gesellschaft ist es?

DING BAO Warum nicht »Vereinigte Gesellschaft der Untugend«? Das würde doch hinhauen.

JUNGER POCKEN-LIU Red nicht solchen Unsinn, Kleine! Es dreht sich um eine ernste Sache. Wenn du gut arbeitest, könntest du Chef-Ausbilderin für die Animiermädchen werden.

JUNGER »EISENMAUL« TANG Was haltet ihr von »Vereinigte Gesellschaft Blumen und Blüten«? Die Mädchen sind wie frische Blumen, und je mehr sie benutzt werden, desto mehr blüht unser Gewinn – deshalb »Blumen und Blüten«. »Zwischen grünen Hügeln und blauen Wassern eine Welt der Blumen und Blüten.« Das ist aus der berühmten klassischen Oper »Am Berghang der Familie Wu«. Was meint ihr?

JUNGER POCKEN-LIU Vielen Dank, Tang, vielen, vielen Dank! *Schüttelt begeistert »Eisenmaul« Tangs Hand* Ich werde gleich dem Direktor diesen Vorschlag unterbreiten, und wenn er zustimmt, bist du unser oberster Berater! *Steckt die Papiere in die Mappe und will gehen.*

WANG LIFA Moment noch! Was ist jetzt mit Ding Bao?

JUNGER POCKEN-LIU Habe ich Ihnen nicht gesagt, Sie brauchen sich darum nicht zu kümmern? Alles wird vom »Trust« geregelt, und hier im Teehaus probiere ich es.

DING BAO Du hast doch versprochen, daß wir einen Kaffee trinken gehen, Liu.

JUNGER POCKEN-LIU Frag Tang, ob er mitgeht.

JUNGER »EISENMAUL« TANG Geht ihr schon, ich muß hier noch auf jemand warten.

JUNGER POCKEN-LIU Dann gehen wir, Kleine.

DING BAO Auf Wiedersehen, Herr Wirt. Bis dann, Weiser des Himmels. *Geht ab mit dem jungen Pocken-Liu.*

JUNGER »EISENMAUL« TANG Bringen Sie mir die Zeitung, Herr Wang!

WANG LIFA Da muß ich erst einmal suchen. Vielleicht habe ich noch einige Seiten von vor zwei Jahren.

JUNGER »EISENMAUL« TANG Solch eine Frechheit!

Drei Gäste treten ein: Meister Ming, Zou Fuyuan und Wei Fuxi. Meister Ming setzt sich allein an einen Tisch. Zou Fuyuan und Wei Fuxi nehmen an einem anderen Tisch Platz. Wang Lifa kennt sie alle und nickt ihnen zu.

WANG LIFA Entschuldigt, Freunde, aber ich muß euch bitten, zuerst zu bezahlen.

MEISTER MING Das versteht sich, älterer Bruder.

WANG LIFA Aiya! Dieses »Ich muß euch bitten, zuerst zu bezahlen« tut mir im Mund weh! *Gießt ihnen Tee ein.*

ZOU FUYUAN Wie ist's, Herr Wang, veranstalten Sie abends noch Balladenvorträge?

WANG LIFA Nein. Ich hab's versucht, aber niemand kam, und so war es nur Stromvergeudung.

ZOU FUYUAN Ich verstehe sehr gut. Vorgestern habe ich in einem

Vorort Balladen vorgetragen, und zwar die Geschichte wie drei Räuber, vier Rechtschaffene, fünf Könige, zehn Kavaliere, dreizehn Helden, neun Alte und fünfzehn Junge die Räuberburg am Phönix-Berg erobern, und wie hundert Vögel dem Phönix aufwarten, und wie sich der Phönix das Bein verletzt. Raten Sie mal, wieviel Karten verkauft wurden.

WANG LIFA Wie viele? Sie sind doch der einzige, der solch ein Programm noch beherrscht.

ZOU FUYUAN Das stimmt, aber es kamen nur fünf Zuhörer, und einige hörten ohne Eintrittskarten zu.

WEI FUXI Bruder, dir geht's besser als mir. Ich bin seit einem Monat nicht aufgetreten.

ZOU FUYUAN Warum bist du denn auch zur Peking-Oper übergewechselt?

WEI FUXI Ich kann singen und mich auf der Bühne bewegen. Also warum nicht?

ZOU FUYUAN Aber wenn du auf der Bühne bist, setzt du dich nicht mit ganzem Herzen ein.

WEI FUXI Nun hör mal her! Da singt man eine ganze Oper, und dann kann man sich dafür nicht einmal drei Maiskuchen kaufen! Wozu soll ich mich abmühen? Ich bin doch nicht verrückt!

ZOU FUYUAN Aiya! Fuxi, die Schlager und Trivialopern verdrängen uns. Ob du und ich leben oder sterben, das kümmert niemanden, aber es bricht mir das Herz, wenn ich immer wieder erkennen muß, daß unsere Kunst in wenigen Jahren völlig vergessen sein wird! Wir haben gegenüber unseren Meistern versagt. Es heißt, das Böse könne das Gute nicht bezwingen. Aber in diesen bösen Zeiten muß alles Gute verrotten!

WANG LIFA Aiya! *Geht zu Meister Ming* Meister Ming, Sie haben sich lange nicht sehen lassen.

MEISTER MING Ich komme nicht oft hinaus. Ich bin jetzt Gefängnis-Koch.

WANG LIFA Sie? Ihre Hände, die für Banketts mit ein- bis zweihundert Gästen die besten Gerichte zubereiten können, dämpfen Gefängnisvögeln Maisbrot?

MEISTER MING Was kann ich sonst machen? Heutzutage sind mehr Menschen im Gefängnis als draußen. Feine Kochkunst ist nicht mehr meine Aufgabe. Ich habe alle meine Kochgeräte verkauft.

Fang Liu tritt ein mit einigen Rollbildern.

MEISTER MING Fang Liu, komm her! Hast du die Tischservice für mich losbekommen? Ich brauche nämlich Geld!

FANG LIU Meister Ming, ich schlage vor, du suchst dir besser eins von diesen Gemälden aus.

MEISTER MING Wie? Was soll ich denn mit einem Bild anfangen?

FANG LIU Aber dies sind einzigartige Werke! Von Dong Ruomei!

MEISTER MING Sehr schön, nur leider werde ich von ihnen nicht satt.

FANG LIU Der Maler weinte, als er mir diese Rollen gab.

MEISTER MING Ich habe auch geweint, als ich dir die Tischservice gab.

FANG LIU Ich weiß sehr gut, wessen Augen voller Tränen und wessen Töpfe voller Fleisch sind. Würde ich mich sonst so abrackern? Glaubst du etwa, unsereins kann vom Handel mit solchem Kleinkram leben?

MEISTER MING Fang Liu, man muß auf jeden Fall ehrlich bleiben, und du willst doch sicher nicht einen alten Freund betrügen?

FANG LIU Nur zwei Tischservice, nicht wahr? Immerzu mußt du von dieser Kleinigkeit reden! Nicht sehr freundschaftlich!

Che Dangdang tritt ein, in der einen Hand geräuschvoll mit zwei Silberdollars spielend.

CHE DANGDANG Wer will Silberdollars kaufen? Will jemand Silberdollars kaufen? Sie, Weiser des Himmels?

Der junge »Eisenmaul« Tang gibt keine Antwort.

WANG LIFA Versuch's doch anderswo, Dangdang. Ich habe schon vergessen, wie ein Silberdollar aussieht.

CHE DANGDANG Dann schau ihn dir wieder mal an, Alter. Das kostet nichts. *Wirft die Münzen auf den Tisch. Madame Pang tritt ein, begleitet von Chunmei. An den Händen von Madame steckt ein Fingerring über dem anderen, und sie erinnert an die Dämonengestalten aus den klassischen Sagen. Den beiden folgt der Plunderhändler Yang.*

JUNGER »EISENMAUL« TANG Gnädige Frau!

FANG LIU und CHE DANGDANG Gnädige Frau!

MADAME PANG Weiser des Himmels!

JUNGER »EISENMAUL« TANG Ich stehe Ihnen zu Diensten! *Begleitet sie zu einem Stuhl und gießt ihr Tee ein.*

MADAME PANG *als Che Dangdang hinausgehen will* Warte, Dangdang!

CHE DANGDANG Ja, Herrin!

Der Plunderhändler Yang öffnet seinen Kramkasten.

PLUNDERHÄNDLER YANG Sehen Sie hinein, gnädige Frau!

MADAME PANG Sing uns dein Lied! Es ist so wahnsinnig toll!

PLUNDERHÄNDLER YANG Ja, Herrin. *Singt.*

Nadel, Garn und Zahnpasta,
alles aus Amerika!
Lippenstift und Nylonstrumpf,
Hautsalbe und Wolletuch.
Mein Kasten ist klein,
alle Waren sind fein,
nur Atombomben leg' ich nicht hinein!

MADAME PANG *nimmt lachend zwei Paar Nylonstrümpfe aus dem Kasten* Chunmei, steck sie ein! Dangdang, du rechnest mit Yang ab!

CHE DANGDANG Oh, gnädige Frau, nein, bitte nicht so!

MADAME PANG Ich habe dir dein Grundkapital geliefert, und zusammen mit den Zinsen – wie hoch stehst du in meiner Schuld? Weiser des Himmels, rechnen Sie doch einmal aus!

JUNGER »EISENMAUL« TANG Sofort! *Holt ein Notizbuch hervor.*

CHE DANGDANG Lassen Sie nur, Weiser des Himmels, ich werde mit Yang abrechnen.

PLUNDERHÄNDLER YANG Bitte, gnädige Frau, haben Sie Mitleid mit mir! Ich werde sonst niemals zu meinem Geld kommen!

MADAME PANG Er wird dich nicht übers Ohr hauen. Ich werde schon dafür sorgen.

PLUNDERHÄNDLER YANG Ja, Herrin. *Zu den anderen* Will noch jemand etwas kaufen? *Beginnt wieder sein Lied zu singen.*

Nadel, Garn und Zahnpasta ...

MADAME PANG Genug! Weg mit dir!

PLUNDERHÄNDLER YANG Ja, Herrin.

... alles aus Amerika!
Ging nun ich nicht fort,
ich wär' doch ein Tropf!
Gehen wir, Dangdang! *Geht mit Che Dangdang ab.*

FANG LIU *nähert sich Madame Pang* Gnädige Frau, ich habe fünf Cloisonné-Räuchergefäße bekommen. Wunderbare Antiquitäten. Und billig! Gerade richtig für den Tempel der Geheimgesellschaft. Wollen Sie sie sehen?

MADAME PANG Zeige sie dem Kaiser!

FANG LIU Oh, wie gerne! Ich höre, unser Kaiser wird bald den Thron besteigen. Meine Glückwünsche! Ich hole jetzt die Räuchergefäße und bringe sie in den Tempel. Wenn Sie ein paar gute Worte für mich übrig hätten, gnädige Frau, könnten Sie immer auf mich zählen. *Geht zum Ausgang.*

MEISTER MING Wie steht's mit unserem Handel, Herr Fang?

FANG LIU Paß vorerst auf die Rollbilder hier auf! *Geht ab.*

MEISTER MING Halt! Der stiehlt mir meine Tischservice! Aber ich habe noch mein Hackmesser, du . . .! *Läuft Fang Liu hinterher.*

MADAME PANG Herr Wirt, ist Tante Kang hier? Holen Sie sie bitte!

JUNGER »EISENMAUL« TANG Ich hole sie! *Läuft zur Hintertür* Frau Kang, kommen Sie bitte! Frau Kang!

WANG LIFA Was wollt ihr von ihr?

JUNGER »EISENMAUL« TANG Große kaiserliche Angelegenheiten!

Kang Shunzi tritt ein.

KANG SHUNZI Was wollen Sie von mir?

MADAME PANG *begrüßt sie überschwenglich* Schwiegermutter! Ich bin die Frau Ihres vierten Neffen. Ich bin gekommen, um Sie nach Hause zu holen. Bitte, setzen Sie sich doch. *Drückt Kang Shunzi in einen Stuhl.*

KANG SHUNZI Die Frau meines vierten Neffen?

MADAME PANG Ja. Als Sie den Pang-Hof verließen, hatte ich noch nicht in die Familie geheiratet.

KANG SHUNZI Ich habe seit langer Zeit mit den Pangs nichts mehr zu tun. Was wollen Sie noch von mir?

MADAME PANG Ihr vierter Neffe, Haishun, ist jetzt der Hohepriester der Drei-Kaiser-Geheimgesellschaft. Er ist ein großer Kopf in der Guomindang, und er ist Blutsbruder des Bezirksleiters Shen, und er wird bald den Thron besteigen. Freuen Sie sich nicht darüber?

KANG SHUNZI Er wird bald den Thron besteigen?

MADAME PANG Oh ja! Sein kaiserlicher Drachenmantel ist schon fertig, und die Krönung wird in den Westbergen stattfinden.

KANG SHUNZI In den Westbergen?

JUNGER »EISENMAUL« TANG Alte, in den Westbergen ist die kommunistische Achte Armee. Wenn der vierte Pang Kaiser wird, ist dort Schluß mit den Kommunisten. Sollte die Nanjing-Regierung etwa was dagegen haben?

MADAME PANG Der vierte Herr ist in Ordnung, nur trinkt er neuerlich und treibt's mit den Weibern. Hat sich schon einige Konkubinen genommen.

JUNGER »EISENMAUL« TANG Aber, gnädige Frau, dem Kaiser gehören drei Paläste, sechs Höfe und zweiundsiebzig Konkubinen. Das ist doch im Buch vorgeschrieben.

MADAME PANG Du bist keine hohe Dame. Was weißt du also schon von meinem Leid. Nun, alte Frau, ich habe mir überlegt: wenn Sie mit mir einig sind, mache ich Sie zur Kaiserinwitwe, und wir beide haben den Kaiser dann unter unserer Fuchtel. Mein Leben wäre viel leichter. Kommen Sie mit mir, und Sie werden gut essen und trinken und immer einige Silberdollars in der Tasche haben. Ein herrliches Leben!

KANG SHUNZI Und wenn ich nicht mitkomme?

MADAME PANG Wie bitte? *Wie vor einem Zornesausbruch.*

JUNGER »EISENMAUL« TANG *zu Madame Pang* Lassen Sie sie überlegen, geben Sie ihr Zeit.

KANG SHUNZI Nicht nötig. Ich will nichts mit den Pangs zu tun haben! Sie bleiben die gnädige Frau und ich bleibe besser ein armes altes Weib, und wir sollten uns beiden nicht im Wege stehen. Sie wollten mir gerade drohen, ja? Meinen Sie, ich hätte Angst vor Ihnen? Mein Leben hat mich ziemlich hart gemacht. Und wer mir mit großen Augen drohen will, dem haue ich eine herunter! *Erhebt sich und will fortgehen.*

JUNGER »EISENMAUL« TANG Liebe Frau! Liebe Frau!

KANG SHUNZI *bleibt stehen, dreht sich um zum jungen »Eisenmaul« Tang* Du junger Bursche, kannst du nicht auf deinen beiden Beinen stehen und ein anständiges Leben führen? *Geht ab.*

MADAME PANG *läßt ihre Wut an Wang Lifa aus* Kommen Sie her, Herr Wirt! Sie sprechen mit der alten Hexe! Wenn Sie sie überzeugen, belohne ich Sie mit einem Sack Weizenmehl. Wenn nicht, jage ich ihr Teehaus in die Luft! Gehen wir, Weiser des Himmels!

JUNGER »EISENMAUL« TANG Heute abend bin ich wieder hier, um die Antwort zu hören, Herr Wang!

WANG LIFA Wenn ich am Nachmittag sterbe?

MADAME PANG Ha, dann wären wir Sie ja los! *Geht ab mit Chunmei und dem jungen »Eisenmaul« Tang.*

WANG LIFA Pah!

ZOU FUYUAN Bruder, aus welchem Stück war denn dieser Akt? Hahaha!

WEI FUXI Ich habe über 200 Theaterstücke gelernt, aber dieses noch nicht! Woher kommt dieses Weib?

ZOU FUYUAN Kennst du sie nicht? Ihr Vater ist ein stadtbekannter Verbrecher, der den Pekinger Ost-Bezirk tyrannisiert, und sie hat schon vor der Ehe ein Kind ... Aber lassen wir das! Solche Schurken toben sich noch einmal aus vor ihrem Untergang. Aber sie kommen doch zu nichts.

Wang Dashuan kommt zurück.

WANG LIFA Bleib du hier, Dashuan. Ich habe hinten etwas zu besprechen. *Geht ab.*

JUNGER ERDEZI *draußen laut rufend* Platz da! *Tritt ein.* Bruder Dashuan, eine Kanne vom Besten! Heute schwimme ich im Geld! *Holt aus der Tasche vier Silberdollars und legt sie nacheinander auf den Tisch* Rechne mal für mich. Hier sind vier Dollars. Einen habe ich eben schon ausgegeben. Für jedes Mal bekam ich einen halben Dollar – also wieviele Male habe ich zugeschlagen?

WANG DASHUAN Zehnmal.

JUNGER ERDEZI *zählt an den Fingern* Richtig! Vorgestern vier, und gestern waren es sechs, macht zehn. Nimm du zwei, Bruder Dashuan. Wenn ich keinen Zaster habe, trinke ich bei dir umsonst; habe ich Zaster, gebe ich ihn dir. Nimm! *Hält einen Dollar an den Mund und bläst, dann hält er ihn ans Ohr* Der ist gut – soviel wert wie zwei! Nimm schon!

WANG DASHUAN *lehnt ab* Was für einen Schwindel hast du getrieben? Silberdollars liegen heutzutage nicht auf der Straße.

JUNGER ERDEZI Ich war in der Hochschule!

WANG DASHUAN Du kannst nicht einmal lesen. Was suchst du in der Hochschule?

JUNGER ERDEZI *nimmt die Kanne in die Hand und trinkt aus der Tülle, spricht dann flüsternd* Die Guomindangleitung von Peking hat mich in die Hochschule geschickt, wo sie Recht und Politik studieren. Was für ein Auftrag! Ein phantastischer Auftrag! Viel besser als sich mit den Herumtreibern im Tianqiao-Viertel[8] abzugeben! Einen halben Dollar für jeden Studenten, dem ich eins reinhaue. Wieviel waren's gestern?

WANG DASHUAN Sechs.

JUNGER ERDEZI Richtig! Zwei davon waren Studentinnen. Was für ein herrliches Gefühl, mit der Faust in dieses weiche Fleisch zu knallen! Faß mal meine Arme an, Dashuan, faß nur an! Hart wie Beton! Stell dir vor, mit solchen Fäusten so richtig auf die Studenten losgehen! Toll, was?

WANG DASHUAN Lassen die sich das einfach alle gefallen?

JUNGER ERDEZI Ich bin natürlich nicht blöde, ich suche mir die Schwächlinge heraus.

WANG DASHUAN Hör zu, junger Erdezi. Es ist nicht anständig, die Leute zu schlagen.

JUNGER ERDEZI Wieso denn? Der Chef des Erziehungsbüros der Guomindang, wenn der vor den Studenten die Politik der Partei erklärt, legt er als erstes seine Pistole auf das Pult. Ich schlage nur mit meinen Fäusten und habe niemals eine Pistole.

WANG DASHUAN Der ist ein Verbrecher und kein Chef des Erziehungsbüros.

JUNGER ERDEZI Ja! Ein Verbrecher ist er! Äh, nein, dann wäre ich ja auch ein Verbrecher! Bruder Dashuan, du hast schon eine Art, mich so hinten herum zu beleidigen! Du bist zu mutig! Zitterst du nicht vor meiner Beton-Faust?

WANG DASHUAN Du kannst mich totschlagen, aber wenn ich anderer Meinung bin als du, bin ich es eben. Begreifst du?

JUNGER ERDEZI Du redest vielleicht schwierig daher! Du solltest Guomindang-Politik lehren. Du hast das Zeug dafür. Also gut, ich greife mir heute keine Studenten.

WANG DASHUAN Warum nur heute nicht? Du solltest überhaupt damit aufhören.

JUNGER ERDEZI Ich habe heute noch einen anderen Auftrag.

WANG DASHUAN Was für einen?

JUNGER ERDEZI Heute sind die Lehrer dran!

WANG DASHUAN Du willst auch noch die Lehrer schlagen? Daß du die Studenten schlägst ist schon schlecht, und jetzt gehst du auch noch auf die Lehrer los?

JUNGER ERDEZI Ich tue nur das, womit man mich beauftragt! Sie sagen, die Lehrer wollen streiken. Zu streiken ist ungehorsam! Wer ungehorsam ist, verdient Prügel. Ich soll hier bleiben und alle Lehrer vermöbeln, die ich sehe.

ZOU FUYUAN *erkennt die Gefahr* Kollege, gehen wir.

WEI FUXI Ja. *Wei Fuxi geht ab mit Zou Fuyuan.*

JUNGER ERDEZI Nimm diesen Dollar, Bruder Dashuan!

WANG DASHUAN Ich will kein Geld, das du dir durch das Verprügeln von Studentinnen verdient hast!

JUNGER ERDEZI *nimmt einen anderen Dollar* Dann nimm eben diesen, den habe ich für die Schlägerei mit Studenten bekommen. Klar? *Wang Dashuan schüttelt den Kopf* Dann machen wir es so: du paßt hier für mich auf, und ich gehe etwas Gutes zu essen kaufen. Ich lade dich ein. Wozu lebt man denn, wenn man nicht gut ißt und trinkt und etwas Spaß im Leben hat? *Steckt das Geld ein und geht ab. Kang Shunzi kommt herein mit Gepäck in der Hand. Wang Lifa und Zhou Xiuhua folgen ihr.*

KANG SHUNZI *zu Wang Lifa* Wenn du deine Meinung geändert hast und willst, ich soll bleiben, dann bleibe ich.

WANG LIFA Ich . . .

ZHOU XIUHUA Die alte Pang wird nicht wagen, unser Teehaus zu zerstören.

WANG LIFA Woher weißt du das so genau? Mit der »Drei-Kaiser-Geheimgesellschaft« hat man besser keine Händel.

KANG SHUNZI Was mir wirklich Sorgen macht, ist Dalis Besuch letzte Nacht. Wenn herauskommt, daß er hier war, müssen wir alle dran glauben! Das wäre schlimmer als die Zerstörung des Teehauses.

WANG DASHUAN Du solltest jetzt gehen, Tante. Ich begleite dich ein Stück. Bist du einverstanden, Vater?

WANG LIFA Hm . . .

ZHOU XIUHUA Die Tante hat all die Jahre mit uns das Leid geteilt und uns geholfen. Natürlich wirst du sie begleiten!

WANG LIFA Habe ich denn nein gesagt? Geh mit ihr!

WANG DASHUAN Einen Augenblick, Tante, ich hole nur eine Jacke. *Geht ab.*

ZHOU XIUHUA Was ist los mit dir, Vater?

WANG LIFA Frag nicht. Ich kann nicht richtig denken. In meinem Kopf ist alles durcheinander. Es ist mir noch niemals so gegangen. Geh du mit der Tante schon voraus, und ich sage Dashuan, er soll nachkommen. Shunzi, wenn es dir da draußen nicht gut geht, komme einfach wieder!

ZHOU XIUHUA Hier ist immer dein Zuhause, Tante.

WANG LIFA Aber wer weiß, ob . . .

KANG SHUNZI Ich werde euch nie vergessen. Ich wünsche, daß du gesund bleibst, alter Wirt!

WANG LIFA *folgt ihnen ein paar Schritte* Wozu soll ich noch gesund bleiben?

Zwei Lehrer, Xie Yongren und Yu Houzhai, treten ein.

XIE YONGREN *nach einem Blick an die Wand legt er Geld auf den Tisch* Eine Kanne Tee, bitte, Herr Wirt. *Setzt sich.*

WANG LIFA *nimmt das Geld* Sofort!

YU HOUZHAI Das ist vielleicht das letzte Mal, daß wir in einem Teehaus sitzen, Yongren.

XIE YONGREN Ich komme möglicherweise später öfter her. Ich habe mich nämlich entschlossen, mit dem Unterrichten aufzuhören und Rikschafahrer zu werden!

YU HOUZHAI Ein Rikschafahrer verdient bestimmt mehr als ein Grundschullehrer!

XIE YONGREN Ist es denn nicht verrückt? Da ist man Turnlehrer und hungert, und die Schüler hungern auch, und trotzdem muß ich Turnunterricht geben!

Wang Xiaohua kommt hereingelaufen.

WANG LIFA Warum kommst du schon so früh aus der Schule?

WANG XIAOHUA Die Lehrer streiken! *Sieht Yu Houzhai und Xie Yongren* Herr Yu, Herr Xie! Sie waren heute nicht in der Schule. Wollen Sie uns keinen Unterricht mehr geben? Bitte, kommen Sie doch wieder. Wir haben alle geweint, wir mögen Sie so sehr! Und jeder hat versprochen, von nun an beim Unterricht immer artig zu sein, damit Sie sich über uns nicht zu ärgern brauchen.

YU HOUZHAI Xiaohua, wir wollen den Unterricht ebensowenig wie ihr behindern! Aber wie können wir mit leerem Magen unterrichten? Zu Hause haben wir selbst auch Kinder. Ist es gerecht, daß wir für die Kinder in der Schule arbeiten, und unsere eigenen Kinder hungern? Überlege einmal. Nun sei nicht so traurig! Wenn wir ausgetrunken haben, gehen wir zu einer Versammlung. Vielleicht findet sich doch eine Lösung.

XIE YONGREN Vertrödel nicht die Zeit, sondern wiederhole zu Hause den Stoff, Xiaohua.

Wang Dashuan tritt ein vom Hinterhof, ein Paket unterm Arm.

WANG XIAOHUA Dies sind meine Lehrer, Papa.

WANG DASHUAN Lehrer? Geht schnell weg! Sie lauern euch hier auf!

WANG LIFA Wer?

WANG DASHUAN Der junge Erdezi! Er ist eben fortgegangen und wird gleich wieder hier sein.

WANG LIFA Meine Herren, ich gebe Ihnen Ihr Geld zurück. *Reicht ihnen das Geld* Gehen Sie schnell! Bitte!

WANG DASHUAN Kommt mit mir!

Der junge Erdezi tritt ein.

JUNGER ERDEZI Überall auf den Straßen ist Demonstration! Verdammt! Ich habe nichts Eßbares kaufen können. Wohin läufst du, Bruder Dashuan? Wer sind die beiden?

WANG DASHUAN Kundschaft. *Geht mit Yu Houzhai und Xie Yongren zum Ausgang.*

JUNGER ERDEZI He! Halt! *Die drei beachten ihn nicht* Wie? Ihr hört nicht? Ich werd's euch zeigen!

WANG LIFA Junger Erdezi!

JUNGER ERDEZI *schwingt die Faust* Nimm dies!

XIE YONGREN *gibt ihm eine Ohrfeige und einen Fußtritt* Und du nimm dies!

JUNGER ERDEZI Ah! *Fällt zu Boden.*

WANG XIAOHUA Es geschieht ihm recht! Es geschieht ihm ganz recht!

XIE YONGREN Steh auf, damit ich dir noch ein paar versetzen kann!

JUNGER ERDEZI *erhebt sich und hält mit einer Hand seine Wange* Ah! Ah! *Tritt zurück* Ah!

WANG DASHUAN Gehen wir schnell! *Drängt die beiden zur Tür hinaus.*

JUNGER ERDEZI *läßt seinen Zorn an Wang Lifa aus* Warte nur, du verrückter Alter! Du läßt sie gehen! Mit dir werde ich noch abrechnen! Wenn ich die zwei jetzt nicht geschafft habe, komme ich gegen dich doch jeder Zeit an! Klar? *Geht ab.*

WANG XIAOHUA Großvater! Großvater! Was können wir bloß tun, wenn er hinter unseren Lehrern her ist?

WANG LIFA Er würde nicht wagen, mit ihnen anzubändeln. Solche Kerle kenne ich. Die schikanieren Schwächere, aber in Wirklichkeit sind sie Feiglinge.

WANG XIAOHUA Und wenn er nachher kommt, um dich zu prügeln?

WANG LIFA Mich? Oh, dein Großvater versteht, die Leute mit ein paar Worten zu beruhigen.

WANG XIAOHUA Wo ist mein Vater hingegangen?

WANG LIFA Er kommt bald zurück. Mach dir keine Sorgen. Geh jetzt, und steck die Nase in die Bücher. Sei ein gutes Mädchen!

WANG XIAOHUA Ich hoffe nur, den Lehrern wird nichts angetan. Oh, alles ist so aufregend! *Geht ab.*

Ding Bao kommt hereingelaufen.

DING BAO Herr Wirt! Herr Wirt, ich muß ihnen etwas sagen!

WANG LIFA Was ist, Fräulein?

DING BAO Der junge Pocken-Liu hat nichts Gutes vor! Er will Ihnen das Teehaus wegnehmen!

WANG LIFA Wie? Was will er denn schon mit dieser alten Spelunke?

DING BAO Sie kommen gleich. Ich kann ihnen jetzt nichts erklären. Aber Sie müssen sich schnell etwas ausdenken!

WANG LIFA Vielen, Dank, Fräulein.

DING BAO Wollte Ihnen nur helfen. Bitte, verraten Sie mich nicht.

WANG LIFA Ich bin nicht verrückt, Kleine. Keine Sorge.

DING BAO Gut denn. Bis bald! *Geht ab.*

Zhou Xiuhua kommt zurück.

ZHOU XIUHUA Sie sind fort, Vater.

WANG LIFA Gut.

ZHOU XIUHUA Dashuan sagt, du brauchst dir keine Gedanken zu machen. Er kommt zurück, sowie er sie in Sicherheit gebracht hat.

WANG LIFA Ist doch mir egal, ob er wiederkommt oder nicht!

ZHOU XIUHUA Was ist mit dir? Warum bist du so verärgert?

WANG LIFA Nichts, nichts! Kümmere dich um Xiaohua. Sie wollte doch Nudelsuppe haben. Wenn noch Mehl da ist, mache ihr Nudeln. Das arme Kind kriegt ja nichts Richtiges zu essen.

ZHOU XIUHUA Wir haben kein Weizenmehl mehr im Haus. Ich werde sehen, was ich tun kann – vielleicht Klößchen aus Mischmehl. *Geht ab.*

Der junge »Eisenmaul« Tang tritt ein.

JUNGER »EISENMAUL« TANG Nun, haben Sie sie überzeugt, Herr Wang?

WANG LIFA Heute abend – heute abend sage ich Ihnen Bescheid.

JUNGER »EISENMAUL« TANG Sie haben sich beklagt, mein Vater hätte seinen Tee nicht bezahlt. Dafür gebe ich Ihnen jetzt einen Rat, durch den Sie Ihr armseliges Leben retten können. Die »Drei-Kaiser-Geheimgesellschaft« hat jetzt noch mehr Macht als unter den Japanern. Die zerschlagen Ihr Teehaus wie einen Tontopf! Nehmen Sie sich also besser in acht!

WANG LIFA Oho, ich verstehe! Sie wollen sich mit mir gut stellen und auch bei Ihrer gnädigen Frau gut angesehen sein. Hab' ich recht?

Der junge Song Enzi und der junge Wu Xiangzi treten ein, beide in modischen Anzügen.

JUNGER »EISENMAUL« TANG Die Herren sind heute wieder sehr beschäftigt, eh?

JUNGER SONG ENZI Zu sehr! Die Lehrer machen Aufruhr!

WANG LIFA Jetzt nennen Sie es schon »Aufruhr« und nicht mehr »Streik«?

JUNGER »EISENMAUL« TANG Wie ist die Lage?

JUNGER WU XIANGZI Sie kriegen ihre Strafe. Wir haben schon über hundert verhaftet und über siebzig zusammengeschlagen. Denen zeigen wir's!

JUNGER SONG ENZI Sie wissen einfach nicht, was sich gehört. Wenn sie nicht verrückt spielen würden, würden uns die Amerikaner Reis und Mehl schicken.

JUNGER »EISENMAUL« TANG Richtig! Vergeßt mich nicht, wenn ihr Reis und Mehl bekommt. Wenn es an der Zeit ist, eine günstige Grabstelle für euch zu finden, werde ich dafür nichts verlangen. Also, bis später! *Geht ab.*

JUNGER WU XIANGZI Hatten Sie gerade gefragt, wie ein »Streik« zu einem »Aufruhr« wird, Herr Wang?

WANG LIFA Ich bin zu alt, um diese neuen Spitzfindigkeiten zu begreifen. Ich habe nur so gefragt.

JUNGER SONG ENZI Aha, Sie sind einer von denen!

WANG LIFA Ich? Sie geben mir zuviel Ehre!

JUNGER WU XIANGZI Wir haben keine Zeit, um uns dein Geschwätz anzuhören! Sprechen wir offen miteinander.

WANG LIFA Was meinen Sie?

JUNGER SONG ENZI Hinter dem Aufruhr der Lehrer steht jemand.

WANG LIFA Wer?

JUNGER WU XIANGZI Wer war gestern abend bei dir?

WANG LIFA Kang Dali.

JUNGER SONG ENZI Der ist es! Gib ihn heraus!

WANG LIFA Wenn ich davon etwas wissen würde, hätte ich Ihnen dann so einfach seinen Namen genannt? Ich habe lange genug Ihre Väter gekannt, um wenigstens das zu begreifen, glaube ich doch!

JUNGER WU XIANGZI Lassen Sie die alten Beziehungen aus dem Spiel, und sprechen wir über die Sache!

WANG LIFA Den Mann oder das Geld, nicht wahr?

JUNGER SONG ENZI Mein Vater hat Ihnen zweifellos etwas beigebracht! Wie Sie sagen: den Mann oder die versteckten Goldbarren. Andere Läden mußten schließen, aber Sie haben sich immer ganz gut über Wasser gehalten. Bestimmt liegt hier irgendwo ein nettes kleines Vermögen versteckt.

Der junge Erdezi stürzt herein.

JUNGER ERDEZI Kommt raus! Von unseren Leuten sind nicht genug auf den Straßen. Wir sind zu schwach! Schnell!

JUNGER WU XIANGZI He, wofür bezahlt man dich denn, Kerl!

JUNGER ERDEZI Ich tu' doch was ich kann! Hier, mein Gesicht ist überall geschwollen!

JUNGER SONG ENZI Wirt, wir kommen gleich wieder. Entscheiden Sie sich also rasch!

WANG LIFA Haben Sie keine Angst, ich könnte fortlaufen?

JUNGER WU XIANGZI Alter Halunke! Willst auch noch unverschämt werden? Wir würden dich bis in die Hölle verfolgen! *Versetzt Wang Lifa einen Schlag ins Gesicht und geht mit dem jungen Song Enzi und dem jungen Erdezi ab.*

WANG LIFA *ruft nach hinten* Xiaohua! Schwiegertochter!

ZHOU XIUHUA *eilt herein mit Wang Xiaohua* Ich habe alles mitgehört. Was machen wir bloß?

WANG LIFA Ihr müßt schnellstens weg! Versucht Tante Kang einzuholen! Schnell!

WANG XIAOHUA Ich nehme meine Schultasche! *Geht ab.*

ZHOU XIUHUA Auch Kleidung, Xiaohua! Was willst du nur alleine hier tun, Vater?

WANG LIFA Dies ist mein Teehaus. Hier habe ich gelebt, und hier will ich sterben!

Wang Xiaohua läuft herein mit ihrer Schultasche über der Schulter und Kleidungsstücken unter dem Arm.

ZHOU XIUHUA Vater!

WANG XIAOHUA Großvater!

WANG LIFA Weint nicht! Nur los! *Holt sein ganzes Geld aus der Tasche und zieht ein altes Foto hervor* Nimm dieses Geld, Schwiegertochter. Xiaohua, dies ist ein Foto unseres alten Yutai-Teehauses von vor dreißig Jahren. Gib es deinem Vater. Und jetzt geht!

Der junge Pocken-Liu und Ding Bao treten ein.

JUNGER POCKEN-LIU Na, besuchst du deine Großmutter, Xiaohua, weil die Lehrer streiken?

WANG XIAOHUA Ja!

WANG LIFA *paßt sich geschickt an* Kommt bald zurück, Schwiegertochter!

ZHOU XIUHUA Wir bleiben nur ein paar Tage. *Geht mit Wang Xiaohua ab.*

JUNGER POCKEN-LIU Gute Nachricht, Herr Wang! Der Bezirksleiter hat meinen Plan genehmigt.

WANG LIFA Ich gratuliere.

JUNGER POCKEN-LIU Ich gratuliere Ihnen auch! Der Bezirksleiter hat zugestimmt, daß das Teehaus renoviert wird. Als ich ihm das vorschlug, sagte er gleich »gut«. »Gut« spricht er immer »good« aus – wie ein richtiger Ausländer!

WANG LIFA Was soll das alles?

JUNGER POCKEN-LIU Sie haben von nun an keine Sorgen mehr. Ich leite jetzt den Laden, und Sie werden ausziehen. Ist das klar? Belästigen Sie mich also später nicht!

WANG LIFA Oh, nein, nein! Durchaus nicht. Welch ein Zufall! Ich will gerade ausziehen.

DING BAO Der Wirt hat immer hier gewohnt, Liu. Es ist keine Art, wie du ihn behandelst.

JUNGER POCKEN-LIU Wir werden sehen. Ich bin im allgemeinen großzügig. Herr Wang, Sie schaffen hier Ordnung! Ich hole den Bezirksleiter, damit er sich das Haus einmal ansieht. Kleine, finde du die Kleine Xinyan. Ihr beide müßt hier sein und den Bezirksleiter empfangen. Versprühe dein Parfüm, sonst stinkt's hier zu sehr. *Geht mit Ding Bao ab.*

WANG LIFA Großartig! Wahrhaftig großartig! Äußerst großartig! Hahaha!

Chang Si tritt ein mit einem kleinen Korb. In dem Korb hat er Erdnüsse und Papier-Totengeld, das bei Beerdigungen verstreut wird. Er ist über siebzig, aber noch gesund.

CHANG SI Was ist so großartig, alter Freund?

WANG LIFA Oho, Bruder Chang! Eben mit jemandem wie dir möchte ich mich unterhalten. Warte, ich koche uns eine Kanne vom besten Tee. *Geht Tee zubereiten.*

Qin Zhongyi tritt ein. Seine Kleidung ist zerschlissen, und er ist so gealtert, daß man ihn kaum wiedererkennt.

QIN ZHONGYI Ist Herr Wang, der Wirt, hier?

CHANG SI Ja. Sie sind . . .?

QIN ZHONGYI Ich heiße Qin.

CHANG SI Herr Qin!

WANG LIFA *kommt mit Tee* Wer? Herr Qin? Ich will Ihnen von einer neuen großen Reform erzählen, die gerade hier stattfindet. Setzen Sie sich! Setzen Sie sich!

CHANG SI Ich habe gebrannte Erdnüsse. *Greift in den Korb* Es ist so herrlich, Tee zu trinken und dabei Erdnüsse zu essen.

QIN ZHONGYI Aber wer von uns kann noch Erdnüsse kauen?

WANG LIFA Was für ein Pech! Nun haben wir endlich einmal Erdnüsse, aber keiner von uns hat noch Zähne! Wirklich zum Lachen! Wie geht es Ihnen, Herr Qin? *Sie setzen sich.*

QIN ZHONGYI Niemand will mehr etwas mit mir zu tun haben. Nun komme ich zu Ihnen und will mich mit Ihnen unterhalten. Ich war in Tianjin, um nach meiner Fabrik zu sehen.

WANG LIFA Aber war sie nicht beschlagnahmt? So hat man sie Ihnen wieder zurückgegeben? Meinen Glückwunsch!

QIN ZHONGYI Sie wurde abgerissen!

CHANG SI und WANG LIFA Abgerissen?

QIN ZHONGYI Abgerissen! Vierzig Jahre habe ich dafür Schweiß und Blut vergossen, und nun ist alles am Boden! Andere wollen's nicht wissen, aber Sie, Herr Wang, Sie wissen's doch noch: seit meinen Zwanzigern habe ich für den Aufbau der Industrie gearbeitet, weil ich helfen wollte, unser Land vor dem Untergang zu retten. Und dann – dann haben sie meine Fabrik besetzt, und ich, ich war machtlos! Ich konnte gegen sie nicht ankommen. Dennoch hoffte ich immerhin, sie würden den Betrieb richtig führen, denn die Industrie stärkt das Land und bringt den Menschen Wohlstand. Jetzt ist sie abgerissen! Die Maschinen haben sie als Schrott verkauft! Nun frage ich euch: wo in der Welt findet man solch eine Regierung?

WANG LIFA Meine Zimmervermietung lief damals gut, aber Sie wollten unbedingt ein Warenlager bauen! Und was dann? Ihr Lager wurde geschlossen, und die Waren nahm man Ihnen weg! Ich riet Ihnen auch, Sie sollten Ihr Vermögen nicht aus der Hand geben, aber Sie mußten ja Fabriken bauen!

CHANG SI Erinnern Sie sich noch, wie Sie mich verspotteten, als ich der jungen Frau, die ihre Tochter verkaufen wollte, zwei Schalen Nudeln gab?

QIN ZHONGYI Ich verstehe jetzt alles viel besser! Herr Wang, Sie können mir eine Freude machen. *Holt einige kleine Maschinenteile und einen Federhalter aus der Tasche* Meine Fabrik ist zerstört. Dies habe ich aus den Trümmern mitgenommen. Auf diesem Federhalter, sehen Sie, ist mein Name eingraviert; mit ihm habe ich wer weiß wie viele Schecks unterzeichnet und Pläne entworfen. Ich gebe Ihnen dies, und wenn Sie nichts Besseres zu tun haben, können Sie Ihren Gästen Geschichten darüber erzählen. Erzählen Sie ihnen, es habe einmal einen gewissen Qin gegeben, der wie verrückt Fabriken habe aufbauen wollen, und nach vielen Jahren seien dies die einzigen Dinge gewesen, die er unter den Trümmern seines Unternehmens habe retten können. Raten Sie ihnen, sie sollten auf keinen Fall versuchen, etwas Nützliches zu schaffen, sondern ihr Geld für Wein, Mädchen und Glücksspiel ausgeben und das Leben voll genießen! Sagen Sie ihnen, der gewisse Qin habe dies erst nach über siebzig Lebensjahren begriffen, denn er sei ein wirklicher Dummkopf gewesen!

WANG LIFA Behalten Sie den Federhalter selbst, ich ziehe nämlich hier aus.

CHANG SI Wohin?

WANG LIFA Was weiß denn ich! Ich bin nicht solch ein besonderer Mensch wie Sie, Herr Qin oder du, Meister Chang. Herr Qin, Sie waren reich und hatten große Ziele, aber, wie das Sprichwort heißt, ist der hohe Baum dem Sturm am meisten ausgesetzt. Meister Chang, du hast dich nie kleinkriegen lassen und hast nie Ungerechtigkeit hingenommen. Und ich? Mein ganzes Leben lang war ich unterwürfig. Ich grüßte jeden und machte vor jedem eine Verbeugung. Ich wollte nur, daß meine Kinder nicht frieren, nicht hungern und nicht krank werden. Sie sollten es einmal leichter als ich haben. Aber mein zweiter Sohn lief fort, als die Japaner kamen, und meine Alte starb aus Kummer darüber. Dann zogen die Japaner ab, und wir dachten, alles würde nun anders werden. Wer hätte geglaubt . . . *lacht bitter* Ha! Ha! Ha!

CHANG SI Mir geht's nicht besser als dir. Ich lebe durch meiner eigenen Hände Arbeit und habe immer nur getan, was mein Gewissen für richtig hielt. Und wohin hat's mich gebracht? Über siebzig bin ich und muß mit Erdnüssen hausieren! Natürlich zählt das Leben eines einzelnen nichts. Aber ich hatte gewünscht, in unserem Land würden einmal anständige Verhältnisse herrschen und wir hätten nicht mehr die Ausländer im Nacken. Doch . . . Ha! Ha! Ha!

QIN ZHONGYI Als die Japaner hier waren, sprachen sie von Zusammenarbeit, und ich hatte keine Fabrik mehr. Unsere Regierung kam zurück, und meine Fabrik wurde von heute auf morgen Verrätergut! Alle Waren im Lager *deutet nach hinten* nahm man mir weg! Ha! Ha! Ha!

WANG LIFA Reform! Immer dachte ich an Reform. Ich hatte Angst, ich würde wurückbleiben. Als mit dem Tee kein gutes Geschäft mehr zu machen war, vermietete ich Zimmer. Dann ging das nicht mehr, und ich lud Balladenerzähler ein, um die Leute ins Lokal zu ziehen. Aber das nützte nichts, und ich entschloß mich, ein Animiermädchen einzustellen, ohne Rücksicht auf die Schande. Man muß ja leben, nicht wahr? Was habe ich mir den Kopf zerbrochen, wie wir uns bloß am Leben erhalten konnten! Ja, ich habe bestochen, wenn ich mußte. Aber ich habe nie etwas Schlechtes getan oder ein Verbrechen begangen. Warum will man mich nicht leben lassen? Wen habe ich geschädigt? Wen? Alle diese Teufel und jener »Kaiser« mit seiner gnädigen Frau leben, wie es ihnen gefällt! Warum soll ich nicht einmal trockenes Maisbrot essen dürfen? Wessen verrückte Idee ist denn das?

CHANG SI Meine Hoffnung war, jeder wäre gerecht, und niemand würde schikaniert werden. Aber ich habe mitansehen müssen, wie meine Freunde einer nach dem anderen verhungerten oder geköpft wurden. Und ich mußte meine Tränen hinunterschlucken! Mein guter Freund Song Er verhungerte! Ich habe um Almosen gebettelt, damit ich für ihn einen rohen Sarg aus dünnen Brettern besorgen konnte. Er hatte einen Freund, der für ihn einen Sarg erbettelte, aber was wird mit mir, wenn meine Zeit kommt? Ich liebe unser Land, aber wer liebt mich? Seht! *Holt aus dem Korb einige Scheine Totengeld* Immer wenn ich eine Beerdigung sehe, lese ich Totengeld auf. Ich werde kein Totengewand haben. Nicht einmal einen Sarg! So sammele ich immerhin Totengeld auf für mich. Ha! Ha! Ha!

QIN ZHONGYI Meister Chang, opfern wir davon doch etwas für uns drei Kauze! Wirf die Scheine in die Luft![9]

WANG LIFA Richtig! Und, Meister Chang, wir müssen singen, wie sich's bei einer Beerdigung gehört!

CHANG SI *erhebt sich und singt* Den Sargträgern an den vier Ecken gibt die Familie eine Belohnung von einhundertzwanzig Schnüren Geld! *Wirft die Scheine in die Luft.*

QIN ZHONGYI und WANG LIFA Einhundertzwanzig Schnüre Geld!

QIN ZHONGYI *gibt beiden die Hand* Nichts mehr zu sagen. Auf Wiedersehen! *Geht ab.*

WANG LIFA Auf Wiedersehen!

CHANG SI Ich trinke noch eine Schale. *Trinkt sie aus mit einem Zug* Auf Wiedersehen. *Geht ab.*

WANG LIFA Auf Wiedersehen!

Ding Bao und die Kleine Xinyan treten ein.

DING BAO Sie kommen, Herr Wang! *Versprüht Parfüm im Raum.*

WANG LIFA Gut, sie kommen, und ich muß Platz machen. *Sammelt die Scheine auf.*

KLEINE XINYAN Warum liegt hier Totengeld?

WANG LIFA Wer weiß! *Geht ab.*

Der junge Pocken-Liu tritt ein.

JUNGER POCKEN-LIU Er kommt! Stellt euch auf!

Ding Bao und die Kleine Xinyan stellen sich an beide Seiten des Eingangs.

Geräusch eines anhaltenden Autos. Zwei Militärpolizisten treten ein. Ihnen folgt Bezirksleiter Shen. Er trägt Uniform, Reitstiefel mit Sporen, und in der Hand hält er eine kurze Peitsche. Zwei weitere Militärpolizisten treten nach ihm ein.

BEZIRKSLEITER SHEN *schaut wie bei einer militärischen Inspektion prüfend auf Ding Bao und die Kleine Xinyan* Good! *Ding Bao holt einen Stuhl, und Shen setzt sich.*

JUNGER POCKEN-LIU Kann ich Bericht erstatten, Bezirksleiter? Das alte Yutai-Teehaus besteht seit über sechzig Jahren und ist in allen neun Stadtteilen bekannt. Die zentrale Lage ist ausgezeichnet, und der alte Name verspricht Erfolg, wenn wir hier unsere Basisniederlassung aufbauen. Ich habe vor, weiter Tee zu verkaufen. Die *deutet mit dem Finger* Kleine und Xinyan arbeiten als Animiermädchen. Das Lokal ist ideal, und wir werden hier Menschen aus allen Kreisen beobachten können. Wir kriegen Berge von Informationen, und so können wir die Kommunisten schnappen.

BEZIRKSLEITER SHEN Good!

Ding Bao nimmt von einem Polizisten eine Packung »Camel«-Zigaretten und steckt Shen eine in den Mund, die Kleine Xinyan zündet sie ihm an.

JUNGER POCKEN-LIU Da hinten war früher ein Lager. Alles, was sich darin befand, wurde auf Ihre Anweisung hin bereits hinausgeschafft. Jetzt steht es leer. Ich will die Räume umbauen. In die Mitte kommt ein kleiner Tanzsaal, und an den Seiten richten wir einige Schlafzimmer mit Bad ein. Wenn Sie Zeit haben, können Sie hier tanzen, Karten spielen und Kaffee trinken, und wenn's spät wird, und Ihnen danach zumute ist, können Sie in den Zimmern die Nacht verbringen. Betrachten Sie das Lokal als Ihren Privatklub, und unter meiner Obhut wird's sicher angenehmer, bequemer und vergnüglicher zugehen als in Ihrem Büro.

BEZIRKSLEITER SHEN Good!

DING BAO Herr Bezirksleiter, darf ich einen Vorschlag machen?

BEZIRKSLEITER SHEN Good!

DING BAO Der alte Wirt hier hat wirklich Mitleid verdient. Kann er nicht als Türsteher bei uns arbeiten? Wir geben ihm eine Uniform, und er empfängt die Gäste mit ihren Autos und hilft ihnen beim Ein- und Aussteigen! Er ist schon eine Ewigkeit hier. Jeder kennt ihn. Der Alte ist dann sozusagen unser Markenzeichen.

BEZIRKSLEITER SHEN Good! Her mit ihm!

JUNGER POCKEN-LIU Zu Befehl! *Läuft nach hinten* Alter Wang! Herr Wirt! Freund meines Vaters! Meister Wang! *Verschwindet. Kehrt sogleich zurück* Herr Bezirksleiter, ich melde: er hat sich aus irgendeinem Grund aufgehängt!

BEZIRKSLEITER SHEN Good! Good!

Vorhang

Anhang

Da die Schauspieler für Kostümwechsel und Schminke zwischen den Akten einige Zeit brauchen, lasse ich einen Künstler mit einer Bambusklapper auftreten, der improvisierte Knüttelverse vorträgt und gleichzeitig als eine der dramatis personae zu betrachten ist. So langweilen sich die Zuschauer nicht während der Pausen, und sie erfahren einiges über den Hintergrund des Stückes.

ERSTER AKT

Bevor sich der Vorhang öffnet.

»DUMMKOPF« YANG

Ich bin der »Dummkopf« Yang und geh' von Haus zu Haus,
vielleicht bekomm' ich hier nun doch mal einen Schmaus.
Dies große Teehaus, Yutai genannt,
welch blühend' Geschäft, bei allen bekannt.
So viele Bänke und Tische und Regsamkeit,
herein, jung und alt, hier gibt's kein' Einsamkeit.
Die einen singen, die andren haben Spaß,
tragen Bettlergewand oder Kleidung nach Maß.
Manche lieben Vögel, die zwitschern so hell,
andre Heimchen und Hüpfer, die springen sehr schnell.
Bei Tee und Nudeln ruht sich aus der Gast,
ohne Geld wird man zu des Wirtes Last.
Schachfreunde streiten, wer wohl spielt besser,
doch geht's allein um Klößchen mit Pfeffer.
Alles soll glänzen, auf Manieren man schaut,
auch Räuspern gefällt, wenn's nur geschieht laut.
Staatspolitik, versteht sich von selbst,
niemals sag, was du davon hältst.
Der Staat, wahrlich, ist am Verrotten,
in der Drachenflagge nisten die Motten.
Mandarine und Generale, die wollen nur sehn,
den fremden Armeen aus dem Wege zu gehn.
Ausländische Waren treffen ein immer mehr,
Kisten voll Opium vermarkten sich sehr.
Die Bauern besitzen kein Getreide, kein Kleid,

verkaufen die Kinder, unsagbar ihr Leid.
Die Beamten sind reich, den Armen geht's schlecht,
doch Tan Sitong rief, dies sei nicht gerecht.
Auch Kang Youwei und Liang Qichao,
verlangen Reform, und zwar nicht lau.
Deren Rede den Unterdrückern bringt Schrecken,
läßt die Kaiserinwitwe die Zähne blecken.
»Verrat!« schreit sie, dürstend nach Blut,
will köpfen die Rebellen in ihrer Wut.
Ich hör' lieber auf und zügele mein Wort,
sonst begeht man an mir noch einen Mord.
Der Vorhang öffnet sich. Auf der Bühne sieht man das Teehaus, das »Dummkopf« Yang nun betritt.
Meine Klapper schlagend, im Teehaus ich bin,
um Kunden zu suchen, das ist der Sinn.
Mögen Sie vielleicht, ich erzähl' Ihnen gern,
eine Geschichte von Helden, wie wär's meine Herrn?
Wang Lifa tritt ihm entgegen.
Der Wirt darf nicht schimpfen, das Glück ist ihm hold,
ich hab' nur meinen Mund, der ist mein Gold!
Geht ab.

ZWEITER AKT

Bevor sich der Vorhang öffnet.

»DUMMKOPF« YANG

Ich und meine Klapper, hier sind wir wieder,
der Reimer wird nicht reich durch seine Lieder.
Die Republik ist gegründet, mein Zopf ist ab,
überall Chaos, und alles ist knapp,
Der Wirt reformiert und hält immer Schritt,
damit jeder Mensch sein Teehaus betritt.
sotto voce Groß ist sein Mühen, sein Dasein zu fristen,
doch die Zeiten lassen sich nicht überlisten.
Die teuflischen Kriegsherren, in furchtbarer Hatz,
trachten sie nur nach des anderen Platz.
Zhao bekämpft Qian, Sun und Li führen Krieg,
solch ein Gewirr bringt niemandem Sieg.
Sie betteln um Kanonen und Munition dazu,

das Ausland schickt sie für Silber im Nu.
Die fremden Mächte Land und Reichtum begehren,
wollen jede für sich einen Kriegsherrn bekehren.
Die Truppen vertreiben die Bauern mit Gewalt,
rauben ihr Vieh und töten kalt.
Wang, der Wirt, nach Reform er jetzt strebt,
bei seiner Kundschaft auf Bildung Wert legt.
Hochschulstudenten wohnen bei ihm oft,
er deshalb auf einen guten Ruf hofft.
Nur die Soldaten bereiten ihm Sorgen,
können zerstören den Laden von heut' auf morgen.
Doch ich so finster nicht fortfahren mag,
will den Wirt noch begrüßen zum Öffnungstag.
Viele Gratulanten schon zu ihm gingen,
auch ich möcht' für ihn einige Verse singen.
Geht ab.

Zweiter Auftritt. Nach Wang Shufens erstem Abtritt und vor dem Erscheinen der Flüchtlinge.

»DUMMKOPF« YANG
Das alte Yutai blitzt ganz neu,
über dein Glück ich mich sehr freu'.

WANG LIFA Heute gibt's keine Spenden! Wir öffnen erst morgen.

»DUMMKOPF« YANG
Oh, morgen wird's schön, morgen wird's fein,
für dich kommen Schätze gleich Sonnenschein.
Man hört Geschützdonner.

»DUMMKOPF« YANG
In der Ferne die Geschütze bellen,
werden dir doch nicht die Eröffnung vergällen?

WANG LIFA Oh, hinaus mit dir!
»Dummkopf« Yang geht ab.

DRITTER AKT

Bevor sich der Vorhang öffnet.

»DUMMKOPF» YANG
Alte Bäume besitzen nur spärlich noch Saft,
alte Menschen sind gebeugt, weil ohne Kraft.

Mein armes Leben neigt sich dem Schluß,
sogar der Wirt Wang ans Ende denken muß.
Niedergedrückt von den Jahren, seine Schätze dahin,
allein die schäbige Jacke blieb von seinem Gewinn.
Die Japsen besetzten Peking acht Jahre lang,
brachten Blut und Tränen dem Volk, das ums Leben rang.
In dieser Hölle unser einziges Licht,
der Achten Armee Siegesbericht.
Die große Hoffnung trotz allem nicht verschwand,
bis eines Tages man den Feind überwand.
In Peking dann die Guomindang-Herrschaft,
tyrannisch wie unter den Japsen, grauenhaft.
Des alten Wangs Träume sind völlig vergessen,
er hat nicht einmal genügend zu essen.
Das Teehaus vor seinen Augen zerfällt,
so sehr er sich auch dagegen stellt.
Im Himmel oder auf Erden, wessen Schuld,
daß die Beamten empfangen Silber und Huld?
Geht ab.
Nach Wang Lifas Tod tritt »Dummkopf« Yang ein letztes Mal auf und sieht die weinende Ding Bao.
Nun, Mädel, mach kein traurig' Gesicht,
die Finsternis hat ein Ende, wenn der Tag anbricht.
Mädel, laß es dich nicht verdrießen,
das Quellwasser der Westberge wird ostwärts fließen.
Sein süßer Geschmack alles Bittere vertreibt,
die Sklaven befreien sich von ihrem Leid.

Anmerkungen

1 Kaiserliche Ringer nannte man die Mitglieder des Ringercorps am kaiserlichen Hof, die mit den mongolischen Berufsringern der mongolischen Adligen um die Wette rangen.

2 Tan Sitong (1865-1898) war eins der führenden Mitglieder der Reformbewegung von 1898, durch die das chinesische imperiale Herrschaftssystem auf eine neue administrative, wirtschaftliche und geistige Basis gestellt werden sollte. Nach dem Scheitern der Reformbewegung infolge

des Staatsstreichs der Kaiserinwitwe Cixi i. J. 1898 wurde er hingerichtet.

3 Bannerleute. Die herrschenden Mandschus organisierten sich im 17. Jh. in acht sog. Bannern, die militärische administrative und soziale Einheiten waren. Während der Qing-Dynastie wurden die Banner in der Mandschurei formell bis 1907 erhalten, und gleichzeitig bildeten die Qing jeweils acht Banner für die Han und für die Mongolen. Zur Konsolidierung ihrer Herrschaft betrieben die Qing eine Politik des Teile-und-Herrsche. Sie gaben den Mandschus ein festes Einkommen und sicherten ihnen zahlreiche Privilegien. Bannerleute brauchten nicht zu arbeiten.

4 Yuan Shikai (1859-1916) war ein hoher Militärführer unter der Qing-Dynastie. In der Endphase der Revolution von 1911 schloß er sich dieser an und wurde dafür 1912 zum Präsidenten der Republik ernannt. Sehr bald jedoch wurde sein Bestreben deutlich, eine eigene Dynastie zu gründen. 1915 ließ er sich zum Kaiser ausrufen, wurde aber schon kurz darauf zum Abdanken gezwungen und starb im darauffolgenden Jahr.

5 Das waren acht Dichter und Literaten der Tang-Zeit (618-906), die, nachdem sie sich aus dem öffentlichen Dienst zurückgezogen hatten, sich ebenso wie durch ihre Werke auch durch ihren ungezwungenen Lebenswandel einen Namen machten; unter ihnen Li Taibo, He Zhizhang, Li Shizhi etc.

6 Der Befehlspfeil war eigentlich ein Wimpel, der als Beweisstück einer Befehlserteilung diente und dessen Stange mit einer pfeilgleichen Spitze versehen war. Bei Bühnenvorführungen benutzt man gewöhnlich einen hölzernen Pfeil als Symbol für Befehlserteilung.

7 Zu jener Zeit kämpften kommunistische Guerillas in den Westbergen bei Peking.

8 Früher ein Elends- und Vergnügungsviertel in Peking.

9 In der alten Gesellschaft war es in Peking üblich, daß eine reiche Familie zur Beerdigungsprozession 32, 48 oder 64 Männer als Sargträger anstellte. Vier Männer liefen an den Ecken, jeder einen Wimpel tragend, und gaben den Trägern die Signale beim Marschieren und zum Trägerwechsel. Beim Beginn der Prozession und beim Opfergeben auf dem Weg verlangte der Leiter der Träger von der Familie oder den Verwandten des Verstorbenen Trägerlohn und gab auf übertriebene Weise die den Trägern gespendete Summe bekannt. In dem Augenblick warf dann gewöhnlich jemand »Toten-Geld« in die Luft.

Materialien

Die Autoren

Cao Yu

Cao Yu (sein eigentlicher Name war Wan Jiabao) wurde 1910 als Sohn einer wohlhabenden Familie in Qianjiang/Provinz Hubei geboren. Er wuchs in Tianjin auf, wo seine Familie ein großes Haus in der ausländischen Konzession besaß. In den Jahren 1926 bis 1928 besuchte er die renommierte Nankai-Mittelschule in Tianjin, in deren Theatergruppe er sehr aktiv mitwirkte. Wie andere Theatergruppen dieser Zeit, brachte auch diese vorwiegend europäische Stücke auf die Bühne. So spielte Cao Yu in Ibsens *Puppenheim* (noch mußten traditionsgemäß Frauenrollen von Männern übernommen werden: Cao Yu spielte die Rolle der Nora), und *Volksfeind*, sowie in Molières *Der Geizige*. Zusammen mit anderen übersetzte er in diesen Jahren John Galsworthy's *Strife* ins Chinesische. 1930 bis 1933 studierte er an der Fakultät für westliche Literatur der Qinghua-Universität in Peking. 1934 bis 1935 war er Englisch-Dozent in Tianjin, 1935 bis 1940 Professor und Dekan an der Nationalen Theaterschule in Nanking, nach Kriegsausbruch 1937 in Jiang-an/Provinz Sichuan. Nach 1937 lehrte er außerdem Englisch an der Fudan-Universität, die aus Shanghai in die Nähe der Kriegshauptstadt Chongqing/Sichuan umgezogen war. Chongqing war neben Guilin/Guangxi während der Kriegsjahre ein Zentrum des Theaterlebens. Nach dem Kriege kehrte Cao Yu nach Shanghai zurück. 1946 machte er auf Einladung des State Department zusammen mit Lao She eine Vortragsreise in die Vereinigten Staaten. Nach seiner Rückkehr im Dezember 1946 war er als Dozent an der Shanghaier Experimentier-Theaterschule tätig; außerdem arbeitete er in dieser Zeit als Drehbuchautor und Regisseur in einer Shanghaier Filmgesellschaft. Im Juli 1949 nahm er in Peking an der Konferenz der Schriftsteller und Künstler Chinas teil. Nach Gründung der Volksrepulik China 1949 übernahm er mehrere leitende Posten in der Kulturbürokratie; darüberhinaus wurde er 1954, 1958, 1964, 1975 und 1978 zum Abgeordneten des Nationalen Volkskongresses gewählt. Er nahm an mehreren Delegationen ins Ausland teil: 1949 zum Weltfriedenskongreß in Prag (im Zusammenhang mit einem seiner hier vorgestellten Dramen ist anzumerken, daß auch Pei Wenzhong, jener Archäologe, der 1929 in Zhoukoudian bei

Peking die Überreste des Pekingmenschen entdeckt hatte, zur chinesischen Delegation gehörte), ferner 1956 zum Kongreß asiatischer Schriftsteller in Moskau und zum Anti-Atombomben-Kongreß in Nagasaki. 1957 trat er in die Kommunistische Partei ein. Im Bereich des Theaters übernahm er bedeutende Funktionen: 1950 wurde er Direktor des Pekinger Volkskunst-Theaters – bis heute eine der bedeutendsten Sprechtheaterbühnen Chinas – und Vizepräsident der Zentralen Theaterakademie, an der Schauspieler, Regisseure und Bühnenbildner für das Sprechtheater ausgebildet wurden; 1960 wurde er Stellvertretender Vorsitzender des Verbandes der Theaterschaffenden Chinas, der zentralen Organisation aller im Bereich des Theaters tätigen Dramatiker, Regisseure, Schauspieler und Theaterkritiker. Diese drei Stellungen nimmt er (mit einer Unterbrechung durch die Kulturrevolution) bis heute ein; außerdem ist er zur Zeit Mitglied des Ständigen Ausschusses des Nationalen Volkskongresses.

Cao Yu ist wohl der bedeutendste Dramatiker des Sprechtheaters in China; seine Bedeutung gründet sich vor allem auf seine in den 30er- und frühen 40er-Jahren geschriebenen Dramen. Schon sein erstes Stück, *Das Gewitter* (Leiyu), wurde zu einem überwältigenden Erfolg; bis heute ist es das populärste und meistgespielte moderne chinesische Drama geblieben. Es wurde 1935 durch die Theatergruppe der Fudan-Universität, die führende nichtprofessionelle Theatergruppe dieser Jahre, in Shanghai uraufgeführt. Besonders bekannt aber und zu einem theatergeschichtlichen Ereignis ersten Ranges wurde die Aufführung durch die erste professionelle Sprechtheatergruppe in China, die Chinesische Wander-Theatergruppe, im Jahre 1936. – Zhou Fanyi, die Frau eines erfolgreichen Unternehmers, hat sich gegen die engen gesellschaftlichen Fesseln ihres Lebens und gegen die Gleichgültigkeit ihres Mannes aufgelehnt und sich ihrem Stiefsohn, Zhou Ping, zugewandt. Dieser aber hat eine Liebesbeziehung zu einer Hausangestellten begonnen. Des Dreiecksverhältnisses müde, will er die drückende Atmosphäre seines Elternhauses verlassen. Zhou Fanyi sieht sich durch zwei Generationen der Familie Zhou betrogen und sinnt auf Rache. Die Gelegenheit dazu ergibt sich, als sich herausstellt, daß Zhou Pings Geliebte, die inzwischen ein Kind von ihm erwartet, seine Halbschwester ist, die Tochter einer früheren Hausangestellten der Zhous, deren Verhältnis zu seinem Vater er selbst entstammt. So wird die Familie Zhou ins Verderben gestürzt.

Die Kinder wiederholen die Fehler der Eltern; doch was einst nur ein Fehler war, erweist sich nun als Katastrophe. Der Mensch ist seinem Schicksal ausgeliefert, und all seine Handlungen und Gefühle führen ihn näher heran an den von ihm selbst geschaffenen Abgrund. »Welch' armselige Kreaturen sind die Menschen: selbstzufrieden, als seien sie Herren ihres eigenen Schicksals; wie oft aber widerspricht das der Realität! Machen nicht ›die weisesten aller Lebewesen‹ die dümmsten Dinge, getäuscht durch ihr eigenes Verhalten (das emotionale, wie das rationale) und durch unbekannte Mächte (zufällige, wie den Umständen entsprechende), in einem engen Käfig prahlerischer Einbildungen lebend und meinend, daß sie sich in einer Welt der Freiheit bewegten. Mit einem Gefühl des Mitleids habe ich die Auseinandersetzungen zwischen den Personen dieses Stückes beschrieben.«[1]

Die Brutalität und Verlogenheit einiger Säulen der städtischen bürgerlichen Gesellschaft und die Armut und Ausweglosigkeit derer, die von ihnen abhängig sind, ist das Thema des zweiten Stücks von Cao Yu, *Sonnenaufgang* (Richu, 1935). Es ist dasjenige seiner frühen Stücke mit der deutlichsten gesellschaftspolitischen Tendenz. Auch Cao Yus weiteren Stücken lagen Gesellschaftskritik und moralisch motivierter Protest zugrunde. Stark vom griechischen Drama (besonders dem Thema der aus früherer Schuld schicksalhaft erwachsenden tragischen Verwicklungen), von O'Neill, Ibsen und Tschechow beeinflußt, beschreiben sie vor allem den Niedergang der alten gesellschaftlichen Elite und der Mittelschichten. Cao Yus reifstes Drama ist *Der Pekingmensch* (Beijing-ren, 1940), eine meisterhafte Darstellung der Krise der traditionellen Werte und Normen am Beispiel einer alten Pekinger Gelehrten- und Beamtenfamilie. Den durch Selbstbetrug, Unfähigkeit, Intrigen und leere Formen gekennzeichneten Verhältnissen in einer solchen Familie, die noch vor einer Generation zu den reichsten und angesehensten Pekings gehörte, die aber in ihrer Traditionsgebundenheit nicht fähig war, den gewandelten Zeiten zu begegnen, stellt er die ebenso gebildeten wie natürlichen Charaktere eines Anthropologen und seiner Tochter gegenüber. Dieser Anthropologe äußert sich tief beeindruckt über das durch keine Zivilisation und falsche »Menschenfressermoral« gefesselte Leben seines Studienobjektes, des 1929 von Pei Wenzhong in der Nähe von Peking

1 Cao Yu: *Leiyu,* Shanghai 1934, Vorwort, S. 4. In späteren Versionen des Vorworts tauchen diese Sätze nicht mehr auf.

nachgewiesenen Urmenschen. Der chinesische Titel des Stücks (Beijing ren) ist in der Übersetzung nur unvollkommen wiederzugeben, denn er bedeutet zweierlei, nämlich sinanthropus pekinensis und Pekinger, also Einwohner von Peking.

Nur gelegentlich machte Cao Yu Andeutungen über die Möglichkeit einer neuen, besseren Gesellschaft, zum Beispiel in *Sonnenaufgang*. Sein Anliegen war der Nachweis der unausweichlichen Notwendigkeit der gesellschaftlichen Veränderung. »Vieles lernen wir erst durch großen Schmerz«, sagt Zeng Ruizhen im 3. Akt des *Pekingmenschen* und drückt damit zugleich einen Grundgedanken der dramatischen Arbeit Cao Yus aus.

Nach 1949 schrieb Cao Yu nur noch drei Dramen, die darüberhinaus bei weitem nicht mehr die dramatische Qualität und psychologische Tiefe der Charaktere erreichten wie seine früheren Stücke, *Himmel ohne Wolken, Schwert und Galle* und nach langer, durch ein Schreibverbot während der Kulturrevolution erzwungener Pause *Wang Zhaojun*. Die beiden letztgenannten Stücke sind historische Dramen. Bescheidene Produktivität und ein Ausweichen in historische Themen nach 1949 sind Merkmale, die Cao Yu durchaus mit einigen anderen der großen kritischen Dramatiker seiner Generation teilt, besonders mit Tian Han. So zeigt sich in der Dramatikergeneration Cao Yus ein geradezu tragisches Moment: durch die Kritik an den moribunden gesellschaftlichen Verhältnissen, in der ihr ganzes Schaffen sachlich wie auch emotionell begründet war, wirkten sie mit, ihre eigene dramatische Begabung eben dieser Grundlage zu berauben.

Tian Han spielte eine hervorragende Rolle bei der Verbreitung des Sprechtheaters in China. Unter den modernen chinesischen Dramatikern war er gewiß der Produktivste – die Zahl seiner Stücke liegt etwa bei 70 bis 80.

1898 in Changsha/Provinz Hunan geboren, kam er schon während der Schulzeit in seiner Heimatstadt mit dem Theater in Berührung; er schrieb seine ersten Stücke und trat als Schauspieler in Schüleraufführungen auf. Seine literarische Begabung und sein Interesse für das Theater entwickelten und vertieften sich während seiner langen Studienzeit in Japan, von der er erst 1921 nach China zurückkehrte. Die frühen Stücke Tian Hans zeichnen sich durch soziales Engagement ebenso aus wie durch eine lyrische und vielfach sentimentale Verarbeitung des Stoffes; darüberhinaus nimmt die Handlung der Stücke in der Regel einen tragischen und hoffnungslosen Verlauf. So zum Beispiel ist sein frühes, 1920 noch in Tokyo geschriebenes Stück *Eine Nacht im Café* die Geschichte eines armen Mädchens, das sich in den Sohn einer reichen Familie verliebt und sich von einer Heirat die Befreiung aus ihrer Armut erhofft. Sie wird in dieser Hoffnung bitter enttäuscht, als der junge Mann eine andere, standesgemäße Verbindung eingeht. Das in diesem Stück angesprochene Thema des persönlichen, gefühlsbetonten Aufbegehrens, das sehr schnell an die harte Realität der nach wie vor in traditionellen Bindungen verharrenden gesellschaftlichen Rücksichten und Verpflichtungen stößt und daran zerbricht, hat Tian Han in mehreren seiner frühen Dramen beschäftigt, besonders in dem sehr populären Stück *Die Nacht des Tigerfangs*. Es schildert, wie die Tochter eines reichen Tigerjägers von ihrem armen Freund getrennt wird, weil ihre Eltern sie standesgemäß verheiraten wollen. Während einer Tigerjagd wird ihr Freund schwer verletzt. Das Mädchen offenbart seinen Plan, das Elternhaus verlassen und mit ihm fortziehen zu wollen, wird jedoch an der Ausführung des Planes gehindert. Das Stück endet mit dem Selbstmord ihres Freundes.

In diesen und anderen seiner frühen Stücke tritt die soziale Komponente noch deutlich hervor. Das war indes durchaus nicht bei allen Stücken der Fall. Einige waren auch in hohem Maße durch Wirklichkeitsflucht, Traum und Phantasie gekennzeichnet, besonders deutlich das hier abgedruckte Stück *Rückkehr nach Süden.*

Tian Han war nicht nur Dramatiker, sondern Zeit seines Lebens auch Theaterpraktiker. Er war Gründer und Leiter einer der wichtigsten Theatertruppen der 20er-Jahre, der »Südchina-Gesellschaft«. Neben einigen europäischen Stücken führte diese Gruppe vor allem die Dramen Tian Hans auf, der auch bei fast allen ihrer Aufführungen Regie führte. Ihre Aufführungen in Shanghai und anderen Städten Mittelchinas fanden eine außerordentliche Resonanz. Offensichtlich hatte Tian Han mit seinen Stücken das Sentiment und die gesellschaftlichen Frustrationen eines großen Teils der städtischen Jugend sehr genau getroffen. Während seiner Arbeit mit der Südchina-Gesellschaft war Tian Han auch als Schauspiellehrer tätig.

Einen tiefen Einschnitt in Tian Hans Schaffen stellte das Jahr 1930 dar. Sein Leben als Dramatiker spiegelt daher am deutlichsten und am direktesten die Entwicklungsstufen wider, die das Sprechtheater in China allgemein durchlief. Seit 1930, als neben anderen Theatergruppen auch die Südchina-Gesellschaft von den Behörden aufgelöst wurde, war der Aufruf zur gesellschaftlichen Revolution Hauptanliegen der Stücke Tian Hans. Die Darstellung individueller Tragödien der Ausweglosigkeit und Verzweiflung wurde abgelöst durch das Eintreten für die Befreiung durch den gemeinsamen Kampf der unterdrückten und armen Bevölkerung, später immer mehr durch das Eintreten für den Widerstandskampf gegen Japan. Tian Han setzte sich aktiv für die Kommunistische Partei ein, deren Mitglied er in diesen Jahren wurde; er war einer der Leiter der 1931 von ihm mitgegründeten Liga linker Theaterleute Chinas. Seine Aktivitäten in diesem Rahmen brachten ihn für mehrere Monate ins Gefängnis. Nach Ausbruch des Krieges gegen Japan 1937 war Tian Han für die antijapanische Propaganda und Agitation in den Bereichen Theater, Film, Musik und Kunst im Rahmen der zwischen der Guomindang und der Kommunistischen Partei gebildeten Einheitsfrontorganisation verantwortlich.

Tian Hans Stücke aus dieser Zeit zeichnen sich – anders als die Dramen Cao Yus – weniger durch ihre literarische Qualität und künstlerisch überzeugende Dramatik aus, als vielmehr durch eine ganz direkte agitatorische Absicht. Viele seiner Stücke hatten eine ganz außerordentliche politische Wirkung, da er es vermochte, in seinem dramatischen Schaffen auf aktuelle Ereignisse und Themen sofort und unmittelbar einzugehen. In einem krassen Gegensatz zum Ästhetizismus früherer Jahre wollte er Stellung beziehen und aufrütteln. Tian

Han selbst schrieb über die große Eile, mit der er viele seiner Stücke verfaßt hatte: »Da ich auf die Kämpfe eines gegebenen Zeitpunkts eingehen wollte, ehe es zu spät war, blieb mir häufig garnichts anders übrig, als ›meine Stücke aus dem Hut zu ziehen‹.«[1]

Der Absicht, aus Anlaß eines historischen Ereignisses möglichst schnell ein möglichst großes Publikum zu erreichen, entspricht auch die Form vieler Stücke Tian Hans: Es sind kurze Einakter, deren Aufführung durchaus keiner Theaterbühne mit ihren technischen Mitteln bedurfte, sondern die sehr einfach in Schulen, öffentlichen Plätzen oder Versammlungsräumen aufzuführen waren.

Nach 1949 schrieb auch Tian Han nur noch wenige Stücke; außerdem wandte er sich historischen Themen und den traditionellen Theaterformen zu. Er war in mehreren führenden Stellungen des chinesischen Theaterlebens tätig, besonders als Vorsitzender des Verbandes der Theaterschaffenden Chinas und als Direktor der Theaterreform-Abteilung des Kulturministeriums.

1968 ist Tian Han infolge der Ereignisse während der Kulturrevolution umgekommen. »Das Wasser, welches das Boot trägt, bringt das Boot auch zum Kentern,« ließ er die Kaiserin Wu Zetian in seinem 1961 geschriebenen historischen Drama *Xie Yaohuan* sagen, wohl kaum ahnend, daß dieses Bild genau sein eigenes Schicksal beschreiben sollte.

Der hier vorgestellte Einakter *Rückkehr nach Süden* stammt aus der frühen, romantischen Schaffensperiode Tian Hans; das Stück wurde 1929 geschrieben und von der Südchina-Gesellschaft uraufgeführt. Unschwer ist die enge Anlehnung an Ibsens *Frau vom Meere* zu erkennen, das wohl am stärksten romantisch geprägte Drama Ibsens und daher nicht zufällig auch dasjenige, mit dem sich Tian Han in diesen Jahren am meisten beschäftigte. Der Schluß der *Rückkehr nach Süden* indes läßt das Mädchen Chun weniger als chinesische Ellida erscheinen, sondern vielmehr als eine der zahlreichen chinesischen Schwestern der Nora aus dem *Puppenheim*. Man mag sich angesichts dieser Thematik auch daran erinnern, daß Theodor Storms Novelle *Immensee* damals eine große Beliebtheit in China genoß. Eskapismus, Lyrik, Melancholie und Sentimentalität bestimmen Ton und Inhalt dieses Stückes. Es ist ein Stück der Ungeborgenheit und Ruhelosig-

1 *Tian Han juzuo xuan* (Ausgewählte Dramen Tian Hans), Peking 1955, S. 502.

keit: zwischen der zerstörten Heimat (in mehreren anderen Stücken Tian Hans taucht dieses Thema der durch die Bürgerkriegswirren zerstörten und auseinandergerissenen Familien ebenfalls auf), dem Traum eines nicht zu realisierenden friedvollen Lebens und einem unbekannten fernen Ort irrt der Wanderer unstet umher. Selbst der im Titel gebrauchte Begriff der Rückkehr nach Süden – eine aus der traditionellen Poesie geläufige Wendung für die Rückkehr der Zugvögel in die Heimat – erweist sich als irreführend; es gibt keinen Ort der Rückkehr – außer dem Grab. Noch deutlicher zeigt sich das Gefühl der Ungeborgenheit in der Gestalt des Mädchens Chun: während das Ziel des Fremden zunächst noch die Suche nach einem Platz heimatlichen Verweilens ist, drängt das Mädchen aus ihrem ruhigen, vorgezeichneten und konventionellen Leben hinaus auf der Suche nach einem geheimnisvollen, nicht näher bezeichneten Ort (entsprechend dem Meer in Ibsens Stück).

Auch in der reichlichen Verwendung einer ganz europäischen Symbolik ist das Stück ein hervorragendes Beispiel jener suchenden Phase des chinesischen Sprechtheaters. Der mit einer Gitarre herumziehende Dichter, das Schafe hütende Mädchen gar entstammen einer bestimmten europäischen literarischen Tradition der bukolischen Dichtung, an der Tian Han die Naturnähe, Einfachheit des Lebens und Gefühlsbetontheit beeindruckt haben mögen. Diese Elemente fallen in der ansonsten ganz chinesischen Umgebung und unter einigen auch der chinesischen literarischen Tradition entlehnten Bildern und Symbolen (zum Beispiel dem des Pfirsichbaums) stark auf.

So entsprach dieser Einakter Tian Hans in vollkommener Weise dem Geschmack und dem Lebensgefühl einer Jugend, die, abgestoßen von den Verhältnissen in China und der Tradition entfremdet, auf die Suche gegangen war nach neuen Werten und Lebensformen, ohne sicher zu sein, wo diese zu finden und wie sie beschaffen sein würden.

Xiong Foxi war einer der ganz wenigen Dramatiker, die mit einigem Erfolg versuchten, das Sprechtheater auch der bäuerlichen Landbevölkerung nahezubringen.

Er wurde 1900 in Fengcheng/Provinz Jiangxi geboren. Schon während seiner Schulzeit in Hankou begann er, sich in Schüleraufführungen als Schauspieler und Regisseur mit dem Theater zu beschäftigen und schrieb dort auch seine ersten Stücke. Von 1919 bis 1923 studierte er an der Yanjing-Universität in Peking. 1921 war er an der Gründung einer bedeutenden Theatergruppe beteiligt, der »Gesellschaft für Volkstheater« (s. Dokument S. 450). 1923 bis 1926 studierte er in den Vereinigten Staaten an der Columbia University Geschichte und Technik des Theaters. Nach seiner Rückkehr 1926 wurde er – neben seiner Dozententätigkeit an der Yanjing-Universität und an der Theaterabteilung der Peking-Universität – Direktor der Theaterfakultät der Pekinger Kunstfachschule. Auf diesem Posten blieb er bis 1932. Die Arbeit dieser Theaterfakultät ging von der Annahme aus, daß das neue Theater noch weit entfernt davon war, die ihm für seine Aufgabe in der Gesellschaft zukommende Stellung einzunehmen. Als Grund für die geringe Bedeutung des Sprechtheaters in den 20er-Jahren wurde nicht ein geringer Bedarf angesehen, sondern vielmehr die Tatsache, daß es noch keine ausreichende Zahl von Personen gab, die sich um seine Ausbreitung kümmerten. Hauptaufgabe der Theaterfakultät war also die Ausbildung von Schauspielern, Regisseuren, Theaterhistorikern, Theaterkritikern und Dramatikern, die in Zukunft an führender Stelle im Theaterleben Chinas arbeiten und die Theaterreform anleiten sollten. Dementsprechend deckte der Lehrplan ein sehr breites Feld ab, von der Ausbildung als Schauspieler und Regisseur, dem Schreiben von Stücken, über die Beschäftigung mit Geschichte und Besonderheiten des westlichen Theaters bis hin zur Geschichte des chinesischen Musiktheaters.

Die Bedeutung Xiong Foxis als Dramatiker und Theaterpraktiker beruht vor allem auf seiner Tätigkeit als Leiter des Theaterforschungs-Komitees der Chinesischen Gesellschaft zur Förderung der Volkserziehung in den Jahren 1932 bis 1937. Im Rahmen eines Projekts der Volkserziehung und des ländlichen Aufbaus im Kreise Ding-xian/Provinz Hebei bekam er Gelegenheit, seine bereits vorher in mehreren Veröffentlichungen entwickelten Ideen des Theaters als Mittel der Erziehung und Aufklärung der bäuerlichen Bevölkerung in die Tat umzusetzen. Er selbst ließ sich, um das ländliche Leben kennenzulernen und somit besser auf der Bühne darstellen zu können, für längere Zeit in Ding-xian nieder. Der Erfolg seiner Stücke und der Aufführungen der von ihm ins Leben gerufenen Theatergruppen war so außerordentlich, daß sich binnen kurzer Zeit in mehreren Dörfern des Kreises Amateurgruppen des Sprechtheaters bildeten. Xiong sah dies als einen großen und hoffnungsvollen Schritt in Richtung auf ein Theater an, das nicht nur eine aparte Erscheinung des städtischen Kulturlebens darstellte, sondern das wirklich von der überwiegenden Mehrzahl der Bevölkerung, vor allem auch von der Landbevölkerung, akzeptiert werden könnte. Voraussetzung dafür allerdings sei, daß man sich verstärkt um seine Popularisierung kümmern müsse.

Der Beginn des Krieges gegen Japan 1937 brachte dem Theaterexperiment ebenso wie dem gesamten Volkserziehungs-Projekt in Ding-xian ein jähes Ende. Mit den Resten seiner Theatertruppe aus Ding-xian zog Xiong Foxi nach Changsha in der Provinz Hunan, später nach Chengdu/Sichuan, wo diese Gruppe – nun unter dem Namen »Widerstands-Theatergruppe der Bauern« – an ihre früheren Erfolge anknüpfen konnte. 1942 wurde Xiong Direktor einer Theaterschule in Sichuan. Schon bald aber geriet seine Tätigkeit so sehr unter den Druck der Zensurbehörden, daß er es vorzog, nach Guilin/Provinz Guizhou zu ziehen, während des Krieges eines der wichtigsten Zentren des Theaterlebens. Nach dem Kriege zog er wieder als Leiter einer Theaterschule nach Shanghai.

Nach Gründung der Volksrepublik China im Jahre 1949 war er vor allem in mehreren leitenden Stellungen im Theater- und Kulturleben Chinas tätig. Er starb 1965.

Xiong Foxi verstand sich vor allen Dingen als Erzieher der bäuerlichen Landbevölkerung und sein Schaffen als Dramatiker wie seine Tätigkeit als Lehrer stand weitgehend im Dienste dieses Zieles.

Er war der bekannteste und gewiß wichtigste Dramatiker des sogenannten Volks-Theaters – im Gegensatz zum literarischen Drama der anderen in diesen Band vorgestellten Dramatiker. Gemäß dem Geschmack des ländlichen Publikums schrieb er viele Komödien, in denen er – oft in satirischer Weise – rückständige Verhaltens- und Denkweise oder auch besondere Probleme des dörflichen Lebens schilderte. Eines seiner populärsten und für seine Dramatik besonders typischen Stücke ist *Der Schlächter* (Tu-hu), in dem er das weitverbreitete Unwesen des Geldverleihens gegen hohe Zinsen aufgreift. Das Stück entstand im Rahmen seiner Tätigkeit in Ding-xian und wurde dort auch uraufgeführt. Es konnte besonders deshalb eine so große Wirkung auf das Publikum erzielen, weil der Autor sich durchaus nicht damit begnügte, eine einfache und einseitige negative Typisierung in der Gestalt des Geldverleihers Kong vorzunehmen, dessen zuweilen geradezu ins Skurrile gesteigerter Geiz ihn bereits wieder bedauernswert erscheinen läßt, sondern auch auf Seiten der beiden Brüder Wang und ihrer Frauen gab es manche Eigenschaft, die ihm alles andere als rühmenswert erschien. Ohne deren Streitsucht und Einfalt wäre auch dem Geldverleiher der Boden für sein Tun entzogen gewesen; und ohne ihren Mangel an Bildung wären sie ihm ebenfalls kaum so ausgeliefert gewesen. Für Xiong stand das Theater in engstem Zusammenhang mit dem Bemühen, den Mangel an Bildung der Landbevölkerung, besonders ihre Schreib- und Leseunfähigkeit zu überwinden. Ein weiterer Grund für den Erfolg seiner Stücke liegt gewiß darin, daß Xiong Foxi trotz seiner erzieherischen Absichten in erster Linie stets ein Mann des Theaters blieb, daß er es vermied, die Bühne als Rednerforum zu mißbrauchen.

Lao She

Lao She (eigentlich Shu Qingchun) wurde als Sohn einer mandschurischen Familie 1899 in Peking geboren. Peking und seine Bewohner blieben eng mit seinem literarischen Schaffen verbunden, da sie den Hintergrund für viele seiner Romane, Geschichten und Dramen lieferten und da er ausgiebig den Pekinger Lokaldialekt verwandte. Er wuchs in einem Armenviertel Pekings auf, und es waren die einfachen, unterdrückten und unterprivilegierten Bewohner dieses Viertels, denen später auch sein Mitgefühl als Schriftsteller galt. Sein mandschurischer Familienhintergrund ist insofern von Bedeutung, da er im *Teehaus* einige Mandschus auftreten läßt und diesem Volk somit, nachdem es nach dem Sturz seiner über China errichteten Fremddynastie der Verachtung und Verfolgung anheimgefallen war, mit diesen Charakteren (vor allem Chang Si) ein spätes Denkmal setzt.

Nach seiner Schulausbildung wurde er Lehrer in Peking. 1924 bis 1929 lebte er in London als Chinesischlehrer. In dieser Zeit lernte er die Romane von Charles Dickens kennen, die ihn zu seiner ersten schriftstellerischen Arbeit, einer Novelle, inspirierten. Besonders in der humoristischen, mitunter satirischen Charakterisierung der Personen und in seinem Interesse für die Menschen, die auf der Schattenseite der Gesellschaft stehen, ähnelt Lao She seinem englischen Vorbild.

Als Lao She 1930 – nach einer längeren Reise durch Europa und einem halbjährigen Zwischenaufenthalt als Lehrer in Singapur – nach China zurückkehrte, hatte er sich bereits einen Namen als Schriftsteller gemacht. Bis 1934 arbeitete er als Dozent an der Universität in Jinan/Provinz Shandong, später an der Universität Qingdao/Shandong. 1936/37 erschien sein berühmtester Roman *Das Kamel Xiangzi* (Luotuo Xiangzi, oft auch als *Rikscha-Kuli* übersetzt).

Als Dramatiker trat Lao She seit Beginn des Krieges gegen Japan hervor. Er war zu dieser Zeit bereits einer der bekanntesten Repräsentanten der modernen chinesischen Literatur. Stets hatte er es abgelehnt, sein schriftstellerisches Schaffen politischen Tagesforderungen zu unterstellen; den literarischen und literaturpolitischen Grabenkämpfen der 20er- und 30er-Jahre war er ferngeblieben; während des Krieges aber schrieb er mehrere propagandistisch-patriotische und zugleich sozialkritische Theaterstücke. Er ging diesen Weg, obgleich er der Meinung war, daß seine Begabung nicht auf dem Gebiet des Dramas, sondern auf dem der Prosaliteratur lag, aus der Einsicht heraus, daß China nunmehr vor allem eine Literatur zur Unterstützung der nationalen Verteidigung brauche, in Kunstformen, die der Masse des Volkes zugänglich seien. Die zunächst zurückhaltende Einschätzung seiner Fähigkeiten als Dramatiker hinderte ihn jedoch nicht, auch in dieser literarischen Form einige bedeutende Werke vorzulegen. Seine Stücke waren so erfolgreich, daß von verschiedenen Seiten die Bitte an ihn herangetragen wurde, zu bestimmten Themen und Personen Stücke zu schreiben. Das Drama *Zhang Zizhong* schrieb er auf Bitten aus Kreisen der Armee, den General dieses Namens durch ein Theaterstück zu ehren, der 1938 in einer Schlacht den ersten wichtigen Sieg der chinesischen Truppen über die Japaner errungen hatte und dabei gefallen war. Das sehr erfolgreiche Stück *Das Vaterland über alles* schrieb er 1940 zusammen mit dem Dramatiker Song Zhidi als Auftragsarbeit für eine patriotische Vereinigung der Moslems in China; es hat die Einheit zwischen der mohammedanischen Minderheit und der Mehrheit der Han-Chinesen im antijapanischen Krieg zum Thema. Das bekannteste Stück dieser Zeit, die Satire *Das Problem des Gesichts* – ebenfalls 1940 geschrieben – greift, wie auch andere Stücke Lao Shes, die Verlogenheit, Korruption und Geldgier einer nur oberflächlich modernisierten Oberschicht und ihrer politischen Vertreter an; ihnen werden einige charakterstarke, zu aufopferndem Einsatz für ihr Land entschlossene Persönlichkeiten aus dem Volk gegenübergestellt.

In dem Bestreben, ein möglichst großes Publikum anzusprechen, schrieb er neben den Dramen auch zahlreiche Stücke in den in China äußerst populären kleinen, einfachen Theaterformen, wie den *Gesängen zur Trommel,* den gereimten Balladen, oder den *Wechselgesprächen.* Diese kleinen Formen darstellender Kunst wurden von einem oder zwei Darstellern aufgeführt und waren daher bei jeder Gelegenheit und unter allen, auch den schwierigsten Bedingungen aufzuführen. Auch im *Teehaus* verwendet er diese Formen einer alten Volksliteratur, indem er zwischen den Akten einen Balladensänger auftreten läßt, der die historische Entwicklung auf seine Weise kommentiert. Mit der Integrierung dieser Formen in das Sprechtheater leistete Lao She einen Beitrag zur Angleichung des europäischen Sprechtheaters an den chinesischen Publikumsgeschmack.

Ähnlich wie im Fall Cao Yus war auch Lao Shes politische Orientierung nach links weniger ein Ergebnis marxistischer Weltanschauung (für diese hatte er sich nie interessiert), sondern vielmehr ein Ergebnis seiner Enttäuschung über das moralische Versagen und die Gleichgültigkeit der Oberschichten in den drängenden nationalen und sozialen Fragen Chinas.

1938 wurde Lao She zum Vorsitzenden der »Vereinigung der Schriftsteller und Künstler Chinas gegen den Feind« gewählt, der wichtigsten Einheitsfrontorganisation im Bereich der Kultur. Da er sowohl zu den Kommunisten als auch zu Kreisen der Guomindang gute Beziehungen hatte, konnte er diese Aufgabe bis zum Kriegsende – meist in der Kriegshauptstadt Chongqing in Sichuan lebend – wahrnehmen, wenn auch keineswegs unangefochten durch die jeglichem liberalen und unabhängigen Denken zunehmend mißtrauisch und feindselig gegenüberstehende Regierung der Guomindang. Nach dem Krieg, 1946, unternahm er zusammen mit Cao Yu eine Reise in die Vereinigten Staaten, wo er Vorträge über chinesische Literatur hielt und sich um die Übersetzung einiger seiner Romane kümmerte. Erst 1949 kehrte er nach China zurück. Wie andere Dramatiker und Schriftsteller arbeitete er nach 1949 in mehreren Funktionen in der Verwaltung und Organisation des chinesischen Kulturlebens. Lao She gehörte aber zu den ganz wenigen Schriftstellern und Dramatikern, deren literarischer Produktivität durch die neuen politischen Verhältnisse kein Abbruch getan wurde. Er schrieb nach 1949 nur noch Dramen und diese waren – darin unterschied er sich von den meisten Dramatikern seiner Generation, die ihre bedeutenden Werke vor 1949 schrieben – zweifellos seine besten; es waren darüberhinaus wohl überhaupt die besten in China nach 1949 geschriebenen Dramen. Zu erwähnen ist zuerst das im Jahre 1950 geschriebene, bei Publikum und Kritik sehr erfolgreiche Stück *Der Drachenbart-Kanal*. Die am Rande dieses Abwasserkanals in einem Armenviertel Pekings lebenden Menschen hatten früher unter dem Gestank, den Moskitos und der Malaria zu leiden; außerdem waren sie der Bedrückung durch lokale Machthaber hilflos ausgeliefert. Nach dem Sturz der Guomindang-Regierung wurde der Kanal gereinigt, die Wohnverhältnisse wurden verbessert und die Arbeitslosigkeit überwunden. Am Beispiel dieses Wohnviertels und seiner Bürger werden also die Verhältnisse unter der neuen Regierung denen unter der unfähigen Guomindang-Regierung gegenübergestellt. Lao She schrieb noch mehrere andere Stücke, in denen er die Fortschritte unter der kommunistischen Regierung unterstützte, nicht weil er sich genötigt sah, sich der kommunistischen Sache unterzuordnen, wie es so viele andere um den Preis des Verlustes ihrer literarischen Qualität und Glaubwürdigkeit getan haben. Vielmehr schien ihm diese Regierung im Gegensatz zu der Regierung der Guomindang eine im ganz umfassenden Sinne – und durchaus auch in einem wohlverstandenen traditionell-chinesischen Verständnis – eine gute Regierung zu sein, eine Regierung also, die sich um das Wohl des einfachen Volkes kümmerte.

Obwohl Lao She das also anerkannte und wiederholt in seinen Stücken darstellte, fand er doch auch wieder zu Ausdrucksformen zurück, in denen er schon früher Meisterschaft gezeigt hatte. Das Stück *Blick westwärts nach Chang'an* von 1955 zum Beispiel ist eine beißende Satire auf die neuen Bürokraten in der kommunistischen Partei und deren leere Phrasendrescherei.

Das bemerkenswerteste aber seiner späten Stücke und Höhepunkt seines dramatischen Schaffens überhaupt ist *Das Teehaus,* 1957 veröffentlicht und 1958 durch das von Cao Yu geleitete Pekinger Volkskunst-Theater uraufgeführt. Die chinesische Geschichte in der ersten Hälfte des 20. Jahrhunderts wird im Spiegelbild der materiellen, geistigen und moralischen Entwicklung, der Gespräche und Handlungen einiger in einem Pekinger Teehaus arbeitenden und verkehrenden Personen gezeigt.

Das »Teehaus« ist ein Panoptikum der verschiedenartigsten Typen der Pekinger Gesellschaft; kaiserliche Ringer, moderne Unternehmer, Schläger, Bettler, Spione, Mädchenhändler und Prostituierte, Schwätzer und Geheimbündler, Eunuchen, Studenten, Schauspieler und viele andere Typen werden uns vorgestellt, von Lao She meisterhaft in wenigen Worten und Gesten charakterisiert. Sie alle verbindet keine dramatische Handlung, keine bewegende Geschichte, sondern nur ihr mehr oder weniger zufälliges Zusammentreffen in einem Pekinger Teehaus (einem Mikrokosmos der chinesischen Gesellschaft) und der Lauf der Zeiten, von dem sie alle so viel für sich erhoffen und der fast alle so bitter enttäuscht.

Die drei Akte des Stücks spielen jeweils in den Jahren 1898 – kurz vorher hatten Kang Youwei, Tan Sitong und andere Reformer zusammen mit dem Kaiser versucht, das chinesische Regierungs-, Wirtschafts- und Erziehungssystem zu modernisieren; der Versuch war von der Kaiserinwitwe Cixi gewaltsam beendet worden –, 1917 – die hohen Erwartungen, mit denen 1911 die mandschurische Qing-Dynastie gestürzt worden war, hatten sich angesichts des auch nach diesem Ereignis immer schwerer und unsicherer werdenden Lebens verflüchtigt – und kurz nach Beendigung des Krieges gegen Japan.

Allein in der Terminierung der drei Akte liegt ein deutlicher Hinweis auf Lao Shes tiefe Skepsis gegenüber den großen politischen Akteuren und Ereignissen, sowie auf seine humanistische Grundüberzeugung: Die großen Akteure und Ereignisse mögen die Seiten der Geschichtsbücher füllen, das Leben des einfachen Volkes wurde durch sie kaum berührt. Für das Jahr 1898 hätte man erwartet, daß die Reformbewegung stärker in den Vordergrund der auf der Bühne geschilderten Begebenheiten gerückt werde; statt dessen zeigt sich, daß diese Bewegung im Teehaus der einfachen Leute lediglich als blasses Gerücht einer fernen Hofintrige zur Kenntnis genommen wird. Mit dem Jahr 1917 hat Lao She irgendein beliebiges Jahr nach der Revoluton von 1911 gewählt. Jeder mit der neueren chinesischen Geschichte auch nur mäßig Vertraute hätte das Jahr 1919 erwartet, das Jahr der Bewegung des 4. Mai, mit dem viele die neuere Geschichte in China erst beginnen lassen; doch auch dann hätte der Autor die Aufmerksamkeit auf Vorgänge lenken müssen, die trotz ihrer historischen Bedeutung in dem ihn interessierenden Zusammenhang keinerlei Relevanz hatten. Und die Zeit nach dem Krieg, die Zeit des großen nationalen Triumphes über Japan, zeigt sich gerade hinsichtlich der Beziehung Chinas zum Ausland in einem äußerst kläglichen Licht: Amerikanische Filmplakate, »Jeepgirls« für die amerikanischen Soldaten, US-Dollars, in den Worten des Plunderhändlers Yang »Nadel, Garn und Zahnpasta, alles aus Amerika«, beherrschen das Leben und Denken der Menschen. Das Stück endet ohne jeden versöhnlichen Optimismus in einer eindrucksvollen Szene, wie der Wirt Wang Lifa, der Unternehmer Qin Zhongyi und der stets anständige Chang Si auf den Trümmern ihrer lebenslangen Bemühungen um ein besseres Dasein nach einem traditionellen Ritus gleichsam ihr eigenes Begräbnis feiern. Kaum einen Hinweis gibt es auf den wenig später errungenen Erfolg der Revolution und damit auf die Möglichkeit einer neuen, besseren Gesellschaftsordnung. Besonders delikat ist natürlich die Tatsache, daß Lao She den letzten Akt nicht nach 1949 spielen läßt. Mit Sicherheit ist darin eine gewisse Reserviertheit des Autors manchen Erscheinungen unter der kommunistischen Regierung gegenüber zu sehen. Besonders die Einschränkung der Freiheit der Intellektuellen und Schriftsteller muß ihn enttäuscht haben. Man bedenke, daß das Stück 1957, nach der desillusionierenden und raschen Beendigung der Hundert-Blumen-Bewegung, vollendet wurde. In dem Klima der dieser Bewegung folgenden Kampagne gegen die sogenannten Rechten konnte sich auch ein Lao She nur noch eine verdeckte Kritik durch Ausklammerung eines als Schlußszene dieses Stücks selbstverständlich erwarteten Gegenstands erlauben. In der Tat scheint Lao She zunächst ein sehr viel zuversichtlicheres, positiveres *Teehaus* geplant zu haben, das zeitlich sogar bis in die Zeit der Volksrepublik China reichte; offenbar erst unter dem erschütternden Eindruck der Ereignisse von 1957 änderte er sein Konzept.

Lao She hat seine zeitlebens aufrechterhaltene Einstellung, jede politische Ordnung sei allein an dem Kriterium zu messen, welches Maß an Würde es auch dem einfachsten Menschen – und gerade ihm – in seinem Leben erlaube, mit dem Leben bezahlen müssen. Zu Beginn der Kulturrevolution, 1966, wurde er in den Tod getrieben. Erst 1978 wurde er rehabilitiert; ein Jahr später wurde, wiederum vom Ensemble des Pekinger Volkskunst-Theaters, *Das Teehaus* unter großer Anteilnahme des Publikums erneut aufgeführt.

China hat mit Lao She einen großen Humanisten der Weltliteratur hervorgebracht. Nachdem er gerade der Menschenverachtung, gegen die er in seinem gesamten literarischen Werk gekämpft hatte, selbst zum Opfer fiel – mit wie vielen kompromißlosen Humanisten mag er dieses Schicksal teilen? –, hat man sich über ein Jahrzehnt nach seinem Tode seiner wieder erinnert, als eines unbequemen aber unerläßlichen Mahners, zum Wohle der allzuoft zum Schweigen und Erdulden verurteilten einfachen Menschen.

Quellentexte

Das Theater als Motor und als Spiegel der Gesellschaft

Die Zeiten, da man lediglich zum Zeitvertreib ins Theater ging, sind vergangen. Denn in der heutigen Gesellschaft hat das Theater eine große Bedeutung. Einerseits treibt es unsere Gesellschaft auf dem Wege des Fortschritts wie ein Schwungrad voran; andererseits spürt es gleich Röntgenstrahlen die Ursachen der gesellschaftlichen Krankheit auf. Auch ist es ein völlig unvoreingenommener Spiegel; der Entwicklungsgrad eines Volkes wird in diesem großen Spiegel nackt, und ohne daß auch nur das Geringste verborgen bleibt, sichtbar.

Aus dem Manifest der »Gesellschaft für Volkstheater«, 1921; *Xiju*, Vol. I, Nr. 1, 1921, S. 95.

Der Aufschwung des Sprechtheaters

Besonders von 1928 bis 1929 erfuhr die Theaterbewegung in China einen zuvor nie erlebten Aufschwung ... Alle fortschrittlichen Elemente der Gesellschaft nahmen regen Anteil an der Theaterbewegung. Ein noch größeres Interesse zeigte sich in der Masse der Schüler und Studenten. Wenn man die Theatergruppen aller Ausbildungsstätten, die großen und kleinen, offiziellen und inoffiziellen, zusammenzählt, ist die Zahl sicher sehr groß ... Der wahre Grund dafür, meine ich, liegt in dem gesellschaftlichen Aufruhr der letzten Jahre. Das Bemerkenswerteste an diesem Aufruhr ist die Stärkung und Vereinigung der Macht der Volksmassen. Die früher vielbesungenen Worte »individuelles Selbst« und »Liebe« sind in den Augen der Massen blaß und farblos geworden. Werke, die das Leben einzelner Menschen beschreiben und ihre Schmerzen beklagen, können nur dem ›Leser‹ einen indirekten Reiz vermitteln; sie können nicht frei und tief in die Massen hineinwirken. Will man so direkt und kraftvoll wie möglich die Volksmassen mitreißen und organisieren, muß man natürlich das Theater entwickeln. Sei es nun in Kanton, in Wuhan oder in anderen Orten, überall verlangt man in dieser Zeit der revolutionären Hochflut begeistert nach dem Theater ... Besonders die Schüler und Studenten verlangen nach dem Theater, nicht nur um sich selbst mitreißen zu lassen, sondern sie wollen außerdem mit dem Mittel des Theaters alle Ungerechtigkeiten anprangern und ihre Forderungen ausdrücken. Auf diese Weise sind die Theatergruppen der Schüler und Studenten entstanden.

Zheng Boqi: »Zhongguo xiju yundong de jinlu« (Die Zukunft der chinesischen Theaterbewegung), in *Yishu yuekan*, Nr. 1, 1930, S. 2/3.

Im Frühjahr und Sommer des Jahres 1933 gab es in Shanghai eine Organisation des Namens ›Großer Bund zum Schutz der Volksrechte‹, eine Massenorganisation, gebildet von einigen hochstehenden demokratischen Persönlichkeiten, um gegen die bedrückende Herrschaft der Guomindang Widerstand zu leisten. Zur Durchführung einer abendlichen Propagandaveranstaltung mietete sie den Platz einer Mittelschule ... An jenem Abend waren nicht nur sehr viele Zuschauer dort, die Zuschauer kamen auch aus ganz verschiedenen Bereichen – von den Arbeitern der Jiangnan-Werft und anderen Fabriken bis hin zu den Bauern aus der Umgebung und den Schülern dieser Schule ... Die Aufführung unseres Stücks hatte noch nicht begonnen, als die Schule von einer großen Zahl Militärpolizisten der Guomindang umstellt wurde. Ich erinnere mich noch: als ich mit den Kostümen und Requisiten durch das Tor der Schule ging, sah ich, daß am Eingang ein Maschinengewehr aufgestellt war. Viele Arbeiter und Bauern wurden von der Polizei vor dem Eingang aufgehalten und konnten nicht hineingehen, um sich die Aufführung anzusehen. Gleichzeitig hielt der Verantwortliche des ›Bundes zum Schutz der Volksrechte‹ am Eingang einen Offizier der Militärpolizei fest; einerseits verhandelte er mit ihm, andererseits hinderte er die Militärpolizei hineinzugehen. Auf diese Weise wollte er Zeit gewinnen, damit das gesteckte Aufklärungsziel erreicht würde. Sobald wir auf den Versammlungsplatz kamen, sahen wir eine dichtgedrängte Zuschauermenge ... Schon lange vor dem Ende des ersten Stücks waren die Gefühle der Zuschauer bereits außerordentlich aufgewühlt. Als die Stelle kam, da der Arbeiterführer bei einer Demonstration verletzt wurde und die Losung ›Nieder mit dem Imperialismus!‹ ausrief, konnten sich die Zuschauer nicht mehr halten und stimmten in den Ruf ein. Auf der Bühne und im Zuschauerraum schlug die Erregung gleichermaßen hohe Wellen, so daß sogar die Militärpolizisten vor dem Schultor es deutlich hörten. Sie wurden aufgeregt, gaben einen Warnschuß ab und riefen: ›Wenn die Aufführung jetzt nicht beendet wird, kommen wir 'rein und nehmen die Leute fest!‹ ... Da also das propagandistische Ziel bereits erreicht war, brauchte das zweite Stück nicht mehr aufgeführt zu werden. Vor dem Fortgehen erklärten wir dem Publikum den Grund für den erzwungenen Abbruch der Aufführung; dann verließen wir sofort die Mittelschule.

Jian Qiu: »Huiyi ›Guang-guang ju-she‹« (Erinnerungen an die ›Theatergesellschaft Nichts‹) in *Shanghai xiju* 1961, Nr. 4, S. 33.

Cao Yu zur Entstehung seines Dramas »Das Gewitter«

Schon oft hat man mir Fragen zu meinem Stück *Das Gewitter* gestellt, so zum Beispiel, wie ich *Das Gewitter* geschrieben habe, oder auch, warum ich es geschrieben habe. Was die erste Frage anbelangt, ist es mir, offen gesagt, auch völlig unklar. Die zweite Frage haben andere Leute bereits für mich beantwortet, und manchen dieser Antworten kann ich durchaus zustimmen – zum Beispiel der Erklärung des Stück als einer »Enthüllung des Elends in der Familie«. Aber seltsam, wenn ich mich heute an die Zeit zurückerinnere, als ich vor drei bis vier Jahren damit anfing, so meine ich, daß ich nicht so tun sollte, als könnte ich mich im strahlendsten Licht erscheinen lassen; denn mir war keineswegs klar bewußt, daß ich irgend etwas richtigstellen oder karikieren oder auch attackieren wollte. Wohl erst gegen Ende der Arbeit wurde ich durch eine Art Gefühlsaufwallung bewegt, und indem ich meinem aufgestauten Zorn freien Lauf ließ, griff ich das chinesische Familiensystem und die Gesellschaft scharf an. Aber zu Beginn, als ich erst eine ganz vage Idee des *Gewitters* hatte, galt mein Interesse lediglich einigen Episoden und Personen sowie einer komplexen und kaum zu beschreibenden Gefühlslage.

Cao Yu: Vorwort zu *Das Gewitter* (1936); zit. aus *Leiyu*, Peking 1957, S. 3.

Cao Yu: Theater und Wirklichkeit

In der Realität trifft man auf wirkliche Individuen, nicht auf Verkörperungen allgemeiner Eigenschaften der verschiedenen Menschen. So schrieb ich zum Beispiel *Das Gewitter*, weil mein Interesse durch bestimmte Charaktere und Ereignisse geweckt worden war. Zhou Puyuan und die weibliche Hauptperson, Zhou Fanyi, waren Leute, die ich sehr genau kannte. Wie viele derartige Menschen habe ich getroffen! Noch heute, nach so vielen Jahren, glaube ich, sie vor mir zu sehen ... Oder nehmen Sie das Beispiel des *Pekingmenschen*, dem ebenfalls einige mir sehr gut bekannte Menschen zugrunde lagen. Ich lebte damals in Sichuan. Dort lernte ich zufällig den jungen Schwiegersohn eines Grundherren kennen; er hatte im Ausland studiert, ging aber keiner Arbeit nach, sondern verbrachte seine ganze Zeit beim Angeln und Plaudern. Oft begleitete ich ihn auf seinen Angelausflügen. Er war ein Intellektueller, der nur reden, nicht aber handeln konnte, und dessen Charakter und Konversation mich nachdenklich machten. Alles in allem, wenn Sie über meine Erfahrungen beim Schreiben sprechen wollen, kann ich Ihnen nur sagen, daß ich in den ganzen 30 Jahren nie in der Lage war, über Dinge zu schreiben, die ich nicht im wirklichen Leben erfahren hatte. Ich kann nur über das schreiben, was es im Leben auch wirklich gibt.

Cao Yu in *Chinese Literature* 1963, no. 11, S. 103.

Der Schlächter: Fragen der Dramaturgie

Als ich den *Schlächter* schrieb, gab es für mich drei Möglichkeiten, das Stück abzuschließen:

1. Wang Da und Wang Er erschlagen Kong;

2. Kongs Vermögen wird beschlagnahmt und die Bauern gründen eine Genossenschaft;
3. Kong wird der weisen und aufgeklärten Kreisbehörde übergeben.

Die erste Möglichkeit des Schlusses, nach der Kong also sofort erschlagen wird, wäre gewiß durchaus erfreulich gewesen, auch hätte sie die Wirkung des Dramas ganz sicher noch gesteigert, aber sie wäre auch ein Faktor der Ermunterung zum Aufruhr gewesen, und das ist unter den gegenwärtigen Bedingungen in unserem Land nicht gut. Wenn ich diesen Schluß doch gewählt hätte, wäre es absolut unmöglich gewesen, den *Schlächter* einige hundert Mal in China aufzuführen, denn man hätte es nicht verhindern können, daß das Stück von der Zensur zurückgehalten wird. Darüberhinaus ist es nicht vernünftig, das Volk zum Aufruhr zu ermuntern; denn schließlich hat jede Gesellschaft ihre gesellschaftliche Ordnung, und diese Ordnung müssen wir achten.

Die zweite Möglichkeit eines Schlusses wäre zwar sehr klar und deutlich gewesen, aber sie hätte doch mehr der Denk- und Redeweise eines Erziehers entsprochen. Zumindest können wir einen solchen Weg nur andeuten, nicht aber direkt zeigen. Hätte ich in dem Stück diesen Weg beschritten, wäre es Propaganda geworden; und das ist, so denke ich, nicht notwendig.

Die dritte Möglichkeit, nach der Kong der weisen und aufgeklärten Kreisbehörde übergeben wird, halte ich unter den heutigen Bedingungen Chinas für die einzig richtige, daher habe ich diesen Schluß für den *Schlächter* gewählt. Allerdings könnte mich jemand fragen: wenn Kong der Behörde übergeben wird, wie kann man wissen, daß diese ihn dann nicht wieder freiläßt? Ich halte es aber für die wichtigste Grundlage, daß wir weise und aufgeklärte Behörden annehmen können. Wenn wir das nämlich nicht können, gibt es für den Staat und die Gesellschaft insgesamt keinen Ausweg.

Xiong Foxi. *Xiju dazhonghua zhi shiyan* (Versuche der Popularisierung des Theaters), o. O., 1936, S. 45.

Der Schlächter und sein Publikum

Der Schlächter ist in Ding-xian über 20 mal und auch in den anderen Teilen Chinas sehr oft aufgeführt worden und war dabei sehr erfolgreich. An zwei Ereignisse während der Aufführungen in Ding-xian erinnere ich mich besonders und möchte sie daher hier schildern. Erstens: jedesmal wenn wir im Dorf den *Schlächter* aufführten, sprang an der Stelle, da Kong Wang Das Haus mit Beschlag belegen will, ein junger Bauer aus dem Publikum plötzlich auf; so wütend, daß sein Gesicht ganz rot war und seine Ohren glühten, rief er schimpfend in die Richtung der Bühne: ›Schlagt diesen verdammten Mistkerl doch zusammen!‹ Das zweite war folgendes: Nachdem wir den *Schlächter* in allen Dörfern aufgeführt hatten, wurde es zu einem geläufigen Schimpfwort zu sagen ›Er ist einfach ein Schlächter Kong‹; besonders wenn von Wucherern und Geldverleihern die Rede war, wurde das von den Bauern häufig gesagt.

Xiong Foxi: *Xiju dazhonghua zhi shiyan* (Versuche der Popularisierung des Theaters), o. O. 1936, S. 25.

Lao She: Antwort auf einige Fragen zu ›Das Teehaus‹

Nach der »Teehaus«-Aufführung haben sich viele Freunde die Mühe gemacht mir zu schreiben, und sie fragten etwa, was mich veranlaßt hatte, dieses Stück zu schreiben. Da ich soviel zu tun habe, konnte ich nicht jeden Brief persönlich beantworten. So habe ich nun hier die wichtigeren Fragen ausgewählt und will sie kurz beantworten.

Frage: Warum hatten Sie sich gerade ein Teehaus ausgesucht, um darüber zu schreiben?

Antwort: In einem Teehaus treffen sich Menschen aller Schichten und Kreise; die verschiedensten Charaktere kehren dort ein. Ein großes Teehaus ist wie ein Mikrokosmos der Gesellschaft. *Das Teehaus* besteht aus drei Akten, behandelt jedoch die Wandlungen in einem Zeitraum von über einem halben Jahrhundert. Bei der Beschreibung dieser Wandlungen kann man die Politik nicht auslassen. Aber da ich mit den hohen Beamten und politischen großen Tieren nicht so vertraut war, konnte ich die Art, wie sie den Gang der Geschichte beschleunigten oder aufhielten, nicht so unmittelbar schildern. Außerdem weiß ich nicht viel über Politik. Ich kannte nur einige unwichtige Personen, die Teehäuser besuchten, und ich dachte, wenn ich sie in einem einzigen Teehaus versammelte und den gesellschaftlichen Wandel durch die Veränderungen in ihrem Leben widerspiegelte, würde ich dadurch nicht noch Politisches aufdecken?

Frage: Nach welchem Plan schufen Sie die Charaktere und den Handlungsablauf?

Antwort: In dem Stück sollten viele Personen auftreten, und es würde eine lange geschichtliche Zeitspanne umfassen. Deshalb war es schwierig, ein durchgehendes Thema zu finden. So traf ich vier Festlegungen:

(1) Die Hauptcharaktere treten vom ersten bis zum dritten Akt auf und altern entsprechend. Dadurch bilden diese Charaktere – trotz des lockeren Handlungsaufbaus – eine Art Brennpunkt, der verhindert, daß das Stück zu sehr auseinandergeht und die Abfolge verliert. Anhand dieser Charaktere habe ich die Handlung entwickelt. Das Stück mag vielleicht wie eine Reportage erscheinen, ist jedoch keine, denn der Schwerpunkt liegt auf den Charakteren, während sich eine Reportage meist um ein Ereignis dreht.

(2) Die zweitrangigen Charaktere gehen auf die nächste Generation über und werden dann von den gleichen Schauspielern dargestellt. Dies dient

ebenfalls dazu, dem Handlungsablauf eine logische Abfolge zu geben. All dies ist lediglich ein Einfall und nicht Ausdruck irgendeiner Theorie. Im wirklichen Leben braucht der Sohn nicht zwangsläufig den Beruf des Vaters zu übernehmen. Im Theater ist jedoch für das Publikum leichter die Verbindung zwischen den Akten – deren Handlung viele Jahre voneinander getrennt liegt – zu erkennen, wenn der gleiche Schauspieler Vater und Sohn verkörpert.

(3) Meine Absicht war, daß jeder Charakter seine eigene Geschichte berichtet und gleichzeitig den historischen Bedingungen verhaftet ist. So ist der Koch eben wie ein Koch und der Balladenerzähler wie ein Balladenerzähler, denn sie sprechen über ihre eigenen Probleme. Dabei sind diese Probleme historisch gebunden. Zum Beispiel enthüllt der Kochmeister, den man degradiert und in einem Gefängnis angestellt hat, dieses sei überbesetzt. Der Balladenerzähler, sich über das geringe Interesse an seiner Kunst beklagend, deutet an, daß das Land drauf und dran ist unterzugehen, und die traditionellen Künste in Vergessenheit geraten könnten ... Obwohl also jeder nur von seinem eigenen Leben spricht, offenbaren sie einiges über die Epoche, in der sie leben, so daß die Zuschauer verschiedene Menschentypen vor sich haben und dabei Eindrücke von deren Zeiten gewinnen. Obwohl manche von ihnen sogar nur wenige Zeilen zu sprechen haben, geben sie doch Hinweise auf ihr jeweils zu erwartendes Schicksal.

(4) Was die unwichtigeren Charaktere betrifft, so treten sie ohne viel Umstände je nach Bedarf auf oder ab.

Sind die Charaktere auf diese Weise vorgeplant, kann die Handlung ohne besondere Schwierigkeiten in Angriff genommen werden. Da die Charaktere vorhanden sind, kann man für sie immer ein Gesprächsthema finden. Manche Leute meinen, dem Stück fehle eine verwickelte Geschichte, und sie schlagen vor, ich sollte die Handlung um Kang Shunzis unglückliches Leben und Kang Dalis Beteiligung an der Revolution aufbauen, und ich würde mit solch einem Leitfaden wahrscheinlich ein besseres Stück schreiben als das gegenwärtige. Ich bin dankbar für solche Anregungen, kann sie jedoch nicht annehmen, denn sonst wäre es schwierig, mein Ziel zu erreichen, nämlich ein für allemal jene drei bitteren historischen Perioden zu »begraben«. Hätte ich das Stück nur auf einen einzigen Fall hin konzipiert – ich fürchte, das Teehaus wäre zusammengebrochen schon lange bevor es dann vom jungen Pocken-Liu übernommen wurde. Beim Verfassen dieses Stücks versuchte ich neue Wege zu beschreiten und legte mir keinerlei Beschränkungen durch herrschende Konventionen auf.

Frage: Würden Sie bitte einiges über die Sprache des Stückes ausführen?

Antwort: Darüber gibt es nicht viel zu sagen. Ich will nur betonen, daß ohne Leben auch keine lebendige Sprache bestehen kann. Ich kenne etwas die alte Gesellschaft und auch die Art Leute, die Teehäuser zu besuchen pflegten. Ich weiß, wie die Leute lebten und daher auch, wie sie sprachen. Davon ausgehend, konnte ich die Worte der einen Person übertreiben und bei der anderen etwas hinzufügen, so daß ihre Zeilen gleichzeitig von ihnen und von mir stammen. Beispielsweise sagt »Eisenmaul« Tang: »Ich rauche kein Opium mehr . . . Ich nehme jetzt Heroin«. So spricht er wirklich, denn er ist solch ein kaltschnäuziger Mensch. Aber ich legte ihm zusätzlich noch die kommentierende Bemerkung in den Mund: »Die Zigaretten aus Großbritannien und das Heroin aus Japan – zwei große Staaten kümmern sich um mich kleinen Menschen. Ist das nicht ein glückliches Zusammenspiel?« Zu einer derartig frechen Erklärung ist dieser schamlose Bursche fähig, und dadurch lasse ich ihn die Boshaftigkeit der Imperialisten jener Zeit aufdecken, die es auf unsere Reichtümer und unser Leben abgesehen hatten.

Frage: Gestatten Sie bitte noch eine Frage. Gibt es im realen Leben Grundlage für einen Charakter wie den Bezirksleiter Shen, der nur auf der Bühne erscheint, um mit affektiertem ausländischem Akzent sein »Good! Good!« zu sagen?

Antwort: Ja. Ich habe viele hohe Offiziere und Beamte der Guomindang beobachtet. Sie hatten Dünkel und schauten immer mürrisch drein. Es war unter ihrer Würde, anderen die Hand zu schütteln, oder sie hielten nur ein paar kalte Finger hin (kalt, denn diese Personen befanden sich im Zustand allgemeiner Schwäche), die sogleich wieder weggezogen wurden. Sie waren anmaßend und voller Selbstüberschätzung. Unter sich verstanden sie sich aufs Erzählen schmutziger Witze, aber zu Menschen, die ihnen rangmäßig unterlegen waren, sagten sie so wenig wie möglich, um ihre eigene Wichtigkeit spüren zu lassen. Ja, es gibt doch Grundlage für jenes »Good! Good!« Kurz: ohne reiche Erfahrung im Leben wird man die Sprache nicht meistern können.

(1958)

Lao She: »In Reply to some Questions about *Teahouse*«, in *Chinese Literature* No. 12, 1979.

Wolfram Schlenker
Dramatik und Theaterarbeit nach der Kulturrevolution

Theater bedeutet in China etwas anderes als bei uns in Europa – heute sogar vielleicht noch mehr als in früheren Jahrzehnten, zur Zeit von Cao Yus und Lao Shes Stücken. Was aber anders ist, wird leicht verkannt, gerade weil sich bestimmte Unterschiede aufdrängen und von gebildeten chinesischen Theaterleuten jederzeit bestätigt werden: Ja, das Sprechtheater hat keine lange Tradition hier, ist weitgehend vom Naturalismus geprägt und von Stanislawskis Schule dominiert, es gibt zu wenig Fortschritte und Experimente, dafür umso mehr Schablonen und Klischees, produziert wird zu schnell und die Fabeln sind meist nicht sehr tief, nicht »philosophisch«, wie man hier sagt, auch die Schauspieler sind oft ungenügend ausgebildet ... So erscheint das andere am chinesischen Theater als Unterentwicklung, Zurückgebliebenheit im Vergleich zu den Standards des west- oder ostdeutschen Theaters. Das ungemütliche Gefühl des Eurozentrismus, das sich bei dieser Betrachtung einstellt, wird man im nächsten Atemzug dadurch verdrängen, daß man voll Hochachtung von den vergangenen Leistungen eines Lao She oder Cao Yu sprechen und in höchsten Tönen die großartige chinesische Operntradition preisen wird. Doch lohnt es sich, weniger skrupulös, auch durchaus kritisch, aber gründlicher das chinesische Theater von heute zu betrachten. Man muß es zunächst vor allem mit seinem eigenen Maß messen, indem man seine spezifische gesellschaftliche und ästhetische Funktion und seine objektiven materiellen und politischen Bedingungen untersucht – was sich dabei ergibt, läßt sich unter dem Begriff der Zurückgebliebenheit nicht fassen. Nur so wird man Phänomene erklären können wie die erstaunliche Produktivität, die das Theater in den letzten drei Jahren seit dem Sturz der Ultralinken entfaltet hat. Sie geht weit über das hinaus, was das Theater vor 1966 hervorgebracht hatte. Zwar wurden nicht viel neue dramatische Kunstmittel und Formen entwickelt, doch es ergoß sich ab 1977 ein wahrer Strom von neuen Stücken auf die Bühnen. Das Sprechtheater stellt nicht nur den schöpferischsten Bereich der darstellenden Künste, sondern – neben den Kurzgeschichten vielleicht – der Kunst in China überhaupt dar.[1] Ungefähr 300 Bühnenproduktionen sind in den gut drei Jahren geschaffen worden, und mehr als die Hälfte davon dürften Theaterstücke sein. Oder, am Beispiel eines der drei großen Theaterhäuser in Peking: Von Mitgliedern des Jugendkunsttheaters wurden 1977 sieben Stücke geschrieben (neben kleinen Einzelszenen für die Verwendung in anderen Programmen) und im gleichen Jahr kamen acht Stücke auf die Bühne – mehr als in den vorhergegangenen zehn Jahren der Kulturrevolution. Die meisten Stücke entstehen in den Theatern selbst, die als lohnzahlende »Einheiten« auch Schriftsteller umfassen, in denen aber auch oft Schauspieler oder Regisseure schreiben. Diese Einheit hat zwei Seiten: sie erleichtert unter bürokratischen Verhältnissen die Einengung und Gängelung der Produktion, andererseits jedoch können sich die einzelnen Elemente der Theaterarbeit zu einem wirklichen Ensemble gleichberechtigter künstlerischer Tätigkeiten zusammenschließen, sich gegenseitig anregen und dadurch nicht nur ein hohes Niveau, sondern auch große Aktualität und schnelles Reagieren auf gesellschaftliche Befürfnisse erreichen. Wie gesagt: können. Trotz Befreiung von der sozialfeudalen Politik der Ultralinken ist die Situation in China noch keineswegs entschieden.

Die Produktivität des Theaters ist um so erstaunlicher, als die Kulturrevolution bis zuletzt jede schöpferische Arbeit unmöglich gemacht hatte. Alle Stücke aus der Zeit vor 1966 waren verboten; von den acht »revolutionären Musterstücken« war keines ein Sprechtheaterstück, denn hauptsächlich von der Oper her wollte man mit Gewalt eine nationale, revolutionäre Theaterkunst schaffen. Diejenigen Schauspieler, die nach 1966 überhaupt noch spielen durften, hatten beinahe ausschließlich diese »Musterstücke« zu geben. Die dort kultivierte opernhafte und ballettartige Gestik wurde selbst für die Filme verbindlich und blieb durch ihr absolutes Monopol nicht ohne heute noch spürbare Wirkung auf die Theaterschauspieler, deren Gestik oft noch einerseits übertrieben, andererseits schablonenhaft und leblos wirkt – weit entfernt von der feinen Kunstfertigkeit des in der Kulturrevolution als bürgerlich denunzierten Stanislawski, der jetzt wieder als Hauptlehrmeister der Schauspieler rehabilitiert ist. Man muß sich das Ausmaß der Katastrophe vorstellen: Es konnten zehn Jahre lang keine neuen Stücke geschrieben, keine alten und neuen Dramen gespielt, keine Erfahrungen gemacht und ausgetauscht werden; die alten, erfahrenen Theaterleute konnten sich nicht weiterentwickeln, die jungen konnten nicht ausgebildet werden. Die Masse der Angehörigen der Theatereinheiten wurde für viele Jahre aufs Land oder zur Armee geschickt, um körperlich zu arbeiten.

Das sind die Ausgangsbedingungen des Theaters, die man im Auge behalten muß, wenn man seine Besonderheiten und seine Funktion analysiert. Doch betrachten wir diese im Theater selbst – nicht der geschickte Blick hinter die Kulissen, sondern das Produkt selbst vermag darüber am besten Auskunft zu geben.

Eines der ersten und beliebtesten Stücke nach dem Sturz der »Viererbande« *(Als die Ahornblätter rot wurden)* war innerhalb der Theaterproduktion eher eine Ausnahme: Es war eine Parodie auf die vier früher Großen, die im Stück satirisch auf kleine, dumme, aber ebenso hinterlistige wie brutale Bösewichte heruntergespielt werden. Satiren oder Komödien mit satirischen Zügen werden zwar, wie dieses, meist beliebt, sind aber kulturpolitisch im Abseits, kommen schnell unter Kritik und sind entsprechend selten. Auch an diesem Stück wurde öffentlich bemängelt, daß es, genau besehen, nur negative, keine positiven Helden aufzuweisen habe. In einer Satire ist das beinahe unvermeidlich, was aber nach Meinung der doktrinären Kritik gerade gegen dieses Genre im Sozialismus spricht. Der Spaß an der Demontierung ehemaliger Gewaltherrscher soll dringend ergänzt werden durch positive Einfühlung in Heldenfiguren, z. B. einen im Stück auftretenden, von der »Viererbande« abgesetzten Parteisekretär. Da das Stück trotzdem zu jener Zeit sehr gut in die laufende Entlarvung der Ultralinken paßte und durch seinen Erfolg im ganzen Land (ca. 300 Ensembles übernahmen es) nach Äußerung eines Kritikers »ein Nagel am Sarg der Vier« wurde, blieb diese Kritik ohne Folgen. Die Fabel ist einfach: In einem wissenschaftlichen Institut übernehmen zwei eingeschleuste Vertreter der »Viererbande« die Leitung, der bisherige, gute Parteisekretär wird abgesetzt auf Weisung von oben, konkret: von einer Frau, die Jiang Qing aufs Haar gleicht. Das wichtige Forschungsprojekt für die Armee wird gestoppt und statt dessen das Projekt eines Schwindlers aufgenommen – die Konstruktion eines Lügendetektors, der zur Verfolgung und Absetzung bewährter alter Kader benötigt wird. Der Schwindler wird zum Direktor gemacht, doch die Institutsbelegschaft hält zusammen und arbeitet heimlich an dem Armeeauftrag weiter. Schließlich wird das Ergebnis auch glücklich hinausgeschmuggelt, und als die mißtrauische Leitung ihre Unterdrückung verstärken will, kommt die Nachricht von der Absetzung der »Viererbande«. Ihre Gegenstücke auf der Institutsebene werden, zitternd und bebend, als jämmerliche Figuren abgeführt.

Das so gebotene satirische Abbild der »Viererbande« ist natürlich nicht realistisch, der Konflikt ist zu einfach. Fragen nach den sozialen Wurzeln der feudalfaschistischen Diktatur, die in der Kulturrevolution entstanden war, wurden damals noch kaum gestellt. Alles war ausschließlich auf den in China damals wirklich offenkundigen Haß des dankbar mitgehenden Publikums zugeschnitten; mehr Kabarett als Theater, nur auf den Tagesgebrauch hin gearbeitet. Nicht nur die simple Fabel und die unmittelbare Aktualität sind typisch. Vor allem der damit verbundene Charakter eines einfachen Gebrauchsgegenstandes, der auch schnell, im Laufe von Monaten oder wenigen Jahren, *ver*braucht wird, ist mit Abstufungen charakteristisch für alle neuen Theaterstücke, auch wenn sie sich dauerhafter geben als diese schnell produzierte Satire.

Vielleicht hängt gerade damit die Produktivität des Theaters zusammen. So kann rasch produziert werden, mit solchen einfachen Stücken kann das Theater schnell und vielfältig reagieren auf Ereignisse und Bedürfnisse. Weniger zentralisiert als der noch immer daniederliegende Film und dadurch auch etwas weniger kontrollierbar, hat das Theater über alle großen Städte verstreut eine große Menge ideenreicher Mitarbeiter zur Verfügung, die für ihr Publikum produzieren wollen.

Der Grund für seine verbrauchsorientierte Eigenart ist im Verhältnis des Theaters zu seinem Publikum zu suchen, wenigstens teilweise. Natürlich waren die Zuschauer bei dem beschriebenen Stück besonders lustig und locker. Die

Leute lachten schallend, reckten die Hälse, hoben mitgebrachte Kinder in die Höhe, damit sie besser sähen, und machten sich gegenseitig laut auf Besonderheiten, Pointen und Gags aufmerksam. Doch ist das Publikum allgemein nicht so bildungsbürgerlich wohlsituiert, gedämpft sprechend und gediegen gekleidet wie bei uns; man geht ins Theater wie ins Kino. Man erwartet keine höchste Menschheitsproblematik, keine tiefschürfenden psychologischen Studien, sondern Unterhaltung, Verständlichkeit, Aktualität und auch ein bißchen action, Liebe, Bühnenzauber . . . Das Verhältnis zu den darstellenden Künsten war in China immer anders als im bürgerlichen Theater – auch in der Oper reden die Zuschauer, begutachten die Vorgänge, gehen sogar aus und ein. Das heutige Sprechtheaterpublikum besteht vor allem aus jüngeren Leuten, die in ihrer überwiegenden Mehrzahl an der alten Oper gar nichts mehr finden können, vor allem aus jungen Arbeitern und Angestellten, aber auch Intellektuellen. Karten werden oft über die Arbeitseinheiten verkauft, nicht über den freien Vorverkauf. Dieses Publikum trägt wesentlich dazu bei, dem Sprechtheater einen plebejischen, um nicht zu sagen proletarischen Charakter zu verleihen. Für dieses Publikum *muß* das Theater in der beschriebenen Weise produzieren; niemand verlangt Stücke für die Ewigkeit.

Diese spezifische Funktion ist den meisten Theaterleuten nicht bewußt. So kann ich als Europäer in die Lage kommen, daß mir die Vorzüge des deutschen Theaters vorgehalten werden, in dem so tiefe philosophische Ideen abgehandelt würden vor einem so kultivierten, wohlgekleideten, ruhigen Publikum, in dem niemand spricht, spuckt, ißt oder plötzlich weggeht, während ich entgegenzuhalten versuche, daß das chinesische Theater gerade aufgrund seines »proletarischen« Charakters viel mehr als unseres entwicklungsfähig sei in Richtung auf eine gesellschaftlich eingreifende Kunst – unter bestimmten Bedingungen.

Entsprechend sieht die Bewertung der eigenen Schauspielhäuser aus. Ein Beispiel: Das Pekinger Volkskunst-Theater, geleitet von Cao Yu und Stammhaus von Lao Shes Stücken, mit hervorragend ausgebildeten Schauspielern, wird unbezweifelt als erstes Haus am Ort betrachtet. Es residiert in einem Gebäude, das einem gediegenen altmodischen Theaterbau bei uns gleicht und die Atmosphäre eines bildungsbürgerlichen Theatererlebnisses aufkommen lassen kann. Das Pekinger Jugendkunsttheater dagegen, bekannt durch seine mutige 79er »Galilei«-Produktion, sieht mehr wie eine kleine Fabrik oder wenigstens ein altes Kleinstadtkino aus. Während im einen tatsächlich vorwiegend alte, berühmte Dramen von Cao Yu, Lao She, Guo Moruo usw. (manchmal etwas museal) inszeniert werden[2] und das Publikum immer um eine Nuance feiner und gedämpfter wirkt als im Jugendkunsttheater, gibt es dort vor allem neue, oft auch simple Stücke, doch mit mutigen, gegenwartsbezogenen, realistischen Tendenzen. Bei ebenfalls überdurchschnittlichem künstlerischem Niveau ist es für ein gewöhnliches chinesisches Großstadttheater typisch – und das ist für einen möglichen Fortschritt des Theaters in China ein Pluspunkt.

Im Pekinger Volkskunst-Theater lief 1978 ein Drama *(Loyale Herzen)*, das durch seine Gediegenheit im konventionellen Sinn zum Charakter dieses Hauses gut paßte. Wie der größte Teil aller Stücke der Jahre 77/78 hatte es die Abrechnung mit der »Viererbande« zum Thema. Auch in ihm ging es um die Sabotage wissenschaftlicher Forschungen und die brutale Unterdrückung der Wissenschaftler. Von einem Laienschriftsteller, selbst Wissenschaftler, geschrieben, hält der Fünfakter in bester Nachfolge Cao Yus die Einheit von Ort, Zeit und Handlung strengstens ein. Auf der makellose naturalistische Interieurs schaffenden Bühne rollt der Konflikt zwischen einem Vertreter der »Viererbande« und einem alten, liebenswürdigen Wissenschaftler ab. Es geht auch hier um die Weiterführung eines wichtigen Projekts in einem medizinischen Forschungsinstitut. Dieser Konflikt ist eingelassen in das Gefüge einer Familie, um ihn emotional zu verstärken und damit für die herrschende Auffassung vom Einfühlungstheater überhaupt erst genügend theaterwirksam zu machen: Der »Agent« der »Viererbande« ist zugleich der Schwiegersohn des Helden; sein miserabler Charakter, schon am Anfang erkennbar, entblößt sich im Laufe der sich zuspitzenden Handlung, an deren Ende die Verstoßung des Schwiegersohns aus der Familie und die weitere Festigung der Entschlossenheit des alten Mediziners zum Weiterkämpfen und Weiterarbeiten steht. Eine eigentliche Entwicklung der Figuren ist nicht erkennbar, aber gegen die Bosheit des einen hebt sich auf der Bühne bei allen anderen soviel Edelmut ab, wie man es für das reale Leben nur erträumen kann. Weiteres Interesse (und Wertschätzung der Kulturbeamten) verschafften dem Stück das indirekte Auftreten Zhou Enlais, in den Erinnerungen des Helden, durchs Telefon und schließlich durch die Nachricht seines Todes, bei der sich die Schauspieler auf der Bühne zu einem stehenden Bild weinender Menschen gruppierten. Die tatsächliche Wirkung dieser Szene beruhte nicht auf der Ausstrahlung des Bühnenvorgangs selbst, sondern auf der psychischen Disposition der Zuschauer. Tatsächlich konnte man bei dieser Szene und auch bei ähnlichen in anderen Stücken erleben, wie ein ganzes, volles Haus weinte – nur verständlich, wenn man in Betracht zieht, wie sehr damals Zhou Enlai tatsächlich verehrt wurde, und wenn man bedenkt, daß es in China zur Krönung eines befriedigenden Theater- oder Kinoerlebnisses gehört, wenigstens einmal ein wenig geweint zu haben. Selbst ernsthafte Kritiken von Theateraufführungen benutzen diesen Maßstab. Erzeugung von möglichst umfassenden, tiefaufgerührten Gefühlen ist eines der wichtigsten Ziele.[3.]

Auch an diesem Stück ist deutlich, daß es sich ganz in die damalige politische Situation einpaßte. Ein schlagenderes Beispiel für das Verhältnis von Politik und Theater lieferte das Drama *Stiller Zorn,* das gleichzeitig den tiefgehenden Einfluß des Naturalismus, vermittelt über Cao Yus frühe Stücke, noch deutlicher zeigt. Das Stück hatte als erstes den Aufruhr auf dem Pekinger Tiananmen-Platz am 5. 4. 1976, ein Vorspiel für den Sturz der »Viererbande«, zum Hintergrund. Das Ereignis selbst taucht in dem Stück nur in Gestalt von

Gedichten auf, die vom Tiananmen-Platz stammen und von einem kämpferischen jungen Mann allen Gefahren zum Trotz vertrieben werden. Noch strenger als in *Loyale Herzen* wird hier die Einheit von Ort, Zeit und Handlung eingehalten: in nur wenigen Stunden mehr, als das Stück selbst dauert, rollt der Konflikt im Schoß zweier Familien, in einer Wohnung und unter nur sechs Personen ab – als Entlarvung eines schwarzen Schafs, des künftigen Schwiegervaters des Helden, der ein Anhänger der Ultralinken ist. Die auch für neue Theaterstücke typische Tendenz, als organisierendes Element des Fabelbaus die Familie zu verwenden und nur über die dadurch schon strukturierten Beziehungen gesellschaftliche Verhältnisse zu zeigen, ist bei diesem Stück am hervorstechendsten. Ziel des Autors war nach eigener Aussage[4], den Helden vom Tiananmen-Platz ein Denkmal zu setzen; in Cao Yus Stück *Das Gewitter* habe er dafür die Form gefunden. Ein ausgeprägt gesellschaftlicher Vorgang, ein Massenkampf, wird also nur in seiner Spiegelung im Bewußtsein und in wesentlich privatem Verhalten auf der Bühne gezeigt. Im Unterschied zu Cao Yus *Das Gewitter* und anderen Familiengeschichten der früheren chinesischen Literatur erscheint die Familie jedoch heute nicht mehr als der Krisenherd, in dessen Widersprüchen sich der Zerfall der feudalen Gesellschaft spiegelt. Vielmehr erscheint die Familie eher als Symbol der neuen Gesellschaft, als Ort einer prästabilierten Harmonie und Einheit, die durch schlechte Elemente aller Art bedroht wird. So entsteht beim Zuschauer eine wirksame Basis der Identifikation. Darin äußert sich natürlich die Tatsache, daß in China familiäre Beziehungen als Rest feudaler Tradition noch eine weitaus größere Rolle spielen als in westlichen Gesellschaften. Aber die Institution der Familie (in der heute in der Regel beide Ehepartner arbeiten) zersetzt sich weiter und ist eine Quelle von Konflikten, etwa mit den Kindern. Das wird, mit wenigen Ausnahmen, auf der Bühne nicht gezeigt.

Nur von wenigen wird schon erkannt, daß diese stereotype Verwendung von Familiengeschichten eine ernsthafte Behinderung für die Entwicklung eines realistischen Theaters ist, das für die weitere Befreiung der Gesellschaft »praktikable Abbilder« liefert – um vom hohen Anspruch Brechts auszugehen. In *Stiller Zorn* können bei seiner gegebenen Form gar keine eigentlich politischen oder gesellschaftlichen Fragen aufgeworfen, geschweige denn beantwortet werden. Dies gilt auch für die meisten anderen Stücke.

Interessanter als das inzwischen beinahe wieder vergessene Stück selbst ist die Geschichte seines Ruhms. Was bei uns der Unterhaltungsindustrie und den Medien überlassen bleibt, ist in China ein ›Geschäft‹, das die Partei selbst wahrnimmt: ein kulturelles Produkt »aufzubauen«. Nicht immer gelingt das so gut wie in diesem Fall. Geschrieben wurde es von einem Shanghaier Laienschriftsteller, bevor der »Tiananmen-Zwischenfall« erst 1978 offiziell positiv umbewertet wurde. Das Shanghaier Volkstheater mußte das Stück deshalb ablehnen. Eine mutige Laiengruppe im politisch weniger streng angeleiteten, weil weniger »offiziellen« Shanghaier Arbeiterkulturpalast wagte es und fand mit dem Stück bei seinen Zuschauern Anklang, auch wegen dieses politischen Muts. Erst später kamen führende Shanghaier Kulturbeamte, gerade als sich in der Parteiführung diejenigen durchgesetzt hatten, die eine volle Rehabilitierung des Aufruhrs forderten, um den Kampf gegen die Ultralinken noch weiter in die Breite führen zu können. In dieser Situation wurde zur Überraschung des nichtsahnenden Autors das Stück »entdeckt« – binnen kurzem war es auf beinahe jeder Bühne im ganzen Land und auch im Fernsehen zu sehen, um den darauffolgenden Rehabilitierungsbeschluß einzuläuten. Vielleicht war das Stück gerade wegen seiner Widerspruchslosigkeit und seiner Gefühlsbetontheit für diesen Einsatz geeignet. Nach einiger Zeit hörte man schon von erbosten Theaterleuten in verschiedenen Teilen des Landes, die nicht einsahen, warum auch sie noch auf amtlichen Wunsch hin dieses Drama spielen sollten.[5]

Das ist eine der Kehrseiten der Aktualität des chinesischen Theaters und seiner politischen Orientierung: die oft bedingungslose Unterordnung unter politische Tagesaufgaben und deren Schwankungen. Auf dem Kulturkongreß Ende 1979[6] wurde dieses Problem von den Künstlern wieder kritisch aufgeworfen, wie früher schon so oft. Doch trotz gewisser allgemein gehaltener Versprechungen von Parteivertretern änderte sich bisher nichts – und wird sich auch nicht ändern, solange die administrativen Leistungsstrukturen der Kunst, die Zensur und die Behandlung der Bühne als eines offiziellen Propagandaforums so bleiben. Vor allem das letztere ist wohl entscheidend. Da muß jedes gesprochene Wort auf die Goldwaage gelegt, da darf nichts »Falsches«, »Negatives« vorgestellt werden, alles muß sorgfältigst gewichtet und ausgeglichen sein, Widersprüche müssen mit Lösung oder gar nicht geliefert werden, und Optimismus hat zu dominieren. Also: nicht zuviel Kritik, auch in ihrem besten Marxschen Sinn der vorurteilslosen Analyse, keine Dialektik, nichts Offenes. Hier kann sich das Theaterstück noch weniger erlauben als eine Kurzgeschichte. Daher rühren im wesentlichen die Happyends, die undialektischen Figuren und diese unglaubwürdige Anhäufung von Optimismus und Edelmut. All das kann sich gerade wegen seiner Einfachheit, wegen seines »plebejischen« Charakters des Theaters bemächtigen, das oft zur platten, bunten bis kitschigen, durch und durch beschönigenden und klischeehaften Apologie der Verhältnisse und der Tagespolitik pervertiert wird. Man darf das nicht alles den Künstlern anlasten. Ein Bühnenbildner sagte einmal, je enger die Wohnungen in der Wirklichkeit seien, desto größer und schöner würden sie auf der Bühne aufgebaut.

Selbst für die Außen- und die Taiwan-Politik wird das Theater funktionalisiert – es hat eben offiziösen Charakter: Nachdem man 1979 etwa verstärkt die Wiedervereinigung mit Taiwan propagiert hatte, wurden eilig Stücke entworfen. So das Stück *Ein Segelboot kehrt zurück:* die konstruierte, mit schicksalsbestimmenden Zufällen überhäufte Geschichte von der Rückkehr eines alten Guomindang-Reaktionärs in die frühere Heimat. Er hat sich inzwischen zum guten Patrioten gewandelt und wird von seinem alten, kommunistischen Erzfeind in Ehren aufgenommen – das alles natürlich verpackt in einer Liebes- und Familiengeschichte. Gleichzeitig, und das ist vielleicht noch typischer, durfte in Peking ein Stück zur Würdigung von Zhou Enlais Verdiensten beim historischen *Xi'an-Zwischenfall* (so auch der Titel), bei dem Jiang Kaishek natürlich nicht im besten Licht auf der Bühne erscheint, nicht öffentlich, nicht »offiziell«, sondern nur intern, für ausgewähltes Publikum gespielt werden, um die Bemühungen um Taiwan nicht zu beeinträchtigen.

Durch seinen »offiziellen« Charakter ist das Theater sehr stark daran gehindert, als Mittel der Kommunikation und Selbstverständigung des Publikums und der Künstler zu fungieren, wie im frühbürgerlichen Europa oder in den 30er Jahren in China selbst. Es kann sich nicht umfassend als Forum der unterhaltsamen Auseinandersetzung mit allen Lebensfragen der gesellschaftlichen und privaten Existenz des Menschen, mit allen Widersprüchen und Problemen der Entwicklung auf dem sozialistischen Weg etablieren, so nötig das in China gerade jetzt wäre. Auch seine in einem Entwicklungsland wichtige erzieherische Funktion, auf die die Partei solchen Wert legt, kann es deshalb nur beschränkt wahrnehmen.

Das Thema, dessen Dominanz die Parteiführung seit längerem wünscht, ist die Modernisierung des Landes und die wichtige Rolle der Wissenschaft. Wissenschaftler stellen deshalb (und natürlich auch wegen ihrer früheren Unterdrückung) auf der chinesischen Bühne seit 1977 wahrscheinlich die größte Gruppe von Heldenfiguren. Bereits in den zuerst beschriebenen Stücken war das der Fall, ebenso bei vielen Stücken bis heute. Dabei sind diese Stücke formal nicht immer so traditionell, aber auch gediegen, wie *Loyale Herzen.* Ein Beispiel dafür ist der Dreiakter *Bergquelle,* der ebenfalls 1978 im etwas experimentierfreudigeren Jugendkunsttheater in Peking lief. Eine alte Wissenschaftlerin, ihre Tochter und deren Verlobter arbeiten in einem Forschungsinstitut und entpuppen in dem Konflikt um die Einstellung der Arbeit ihren wahren Charakter: der Verlobte wird ein Agent der »Viererbande«, die junge Frau trennt sich von ihm, und er erfährt mit der Absetzung der Vier seine gerechte Strafe. Hinsichtlich Fabel und Figurengestaltung deckt sich das Stück also im wesentlichen mit *Loyale Herzen,* wenn es auch etwas weniger lebendig wirkte. Neu waren gewisse Formen. Sie wurden durch eine andere Aufteilung der Bühne ermöglicht, die zwei Ebenen besaß. Die zweite Ebene lag hinter der ersten in einem erhöhten Kasten, dessen Öffnung mit einem dünnen Schleier überzogen war. Hinter diesem wurden Vorgänge nur sichtbar, wenn sie beleuchtet waren, im übrigen konnten auf ihm auch Filmprojektionen als Kulisse für die erste Ebene vorgenommen werden. Die beiden Ebenen dienten dazu, räumlich und zeitlich entfernte Ereignisse gleichzeitig zu zeigen: Las man auf Ebene 1 einen Brief aus Tibet, so erschien auf Ebene 2 der Briefschreiber bei den brieflich erwähnten Tätigkeiten. Im Grunde handelte es sich um Einblendungen, also um eine typische Filmtechnik. Filmtechnik wurde auch unmittelbar bemüht, indem zur Schaffung einer naturgetreuen Kulisse für eine Fahrt übers Meer wogende See projiziert wurde. Auch Musik wurde wie ganz durchschnittliche Filmmusik zur Steuerung der Emotionen eingesetzt. Obwohl damit der Rahmen des naturalistischen Theaters in vieler Hinsicht verlassen wurde, richtete sich der erhebliche technische Aufwand auf das traditionelle Ziel, Illusion und Einfühlung des Zuschauers zu fördern, ihn in den Fluß der Dinge hineinzureißen und selbst das, was sonst auch eine naturalistische Bühne noch der Phantasie überlassen muß, sinnlich greifbar vorzuführen. Also, grob gesprochen, alter Wein in neuen Schläuchen; formale Experimente, ohne die traditionelle Funktion des Theaters selbst ändern zu wollen. Auch wenn man diese experimentierfreudige Haltung in China nicht hoch genug schätzen kann – vor der Kulturrevolution gab es Vergleichbares überhaupt nicht – zeigt das Stück, daß nur formale Neuerungen nicht weiterführen. Noch deutlicher wurde das bei einem Drama mit dem denkwürdigen Titel *Atom und Liebe*, das Anfang 1980 von einem Ensemble der Armee aufgeführt wurde. Es hatte von den beschriebenen Techniken viel gelernt, ohne mit diesen äußerlichen Effekten den dürftigen, klischeehaften Inhalt überspielen zu können.

In *Bergquelle* waren auch romantische Elemente[7] relativ stark, die unmittelbar an das Gefühl der Zuschauer appellieren sollten – etwa eine kulturpolitisch damals schon beinahe obligate tränenreiche Erinnerungsszene an Zhou Enlai. Am deutlichsten läßt sich ein Eindruck von romantischen Elementen im chinesischen Sprechtheater vielleicht an einer Gruppe von Stücken gewinnen, die nach den Wissenschaftsdramen in den Jahren 1978/79 die stärkste ausmachte. In ihrem Mittelpunkt stehen führende, bewährte revolutionäre Kader, die meist während der Kulturrevolution kritisiert und jetzt auch auf der Bühne posthum rehabilitiert und als Beispiele der guten Tradition und der vorbildlichen Qualitäten der Partei dem Publikum in Erinnerung gerufen werden. Hier bemerkt man natürlich unschwer die Handschrift der ausrichtenden und fördernden Ämter. Eins mit der geringsten Qualität, auch nach Meinung von chinesischen Theaterleuten, nämlich ein Stück über Chen Yi, den früheren Außenminister und Marschall, wurde im Rahmen eines großen Wettbewerbs zum 30jährigen Jubiläum der Volksrepublik nicht nur mit einem der zahlreichen ersten Preise versehen, sondern besonders hervorgehoben.[8] Schon Anfang 1979 war das von einer Armee-Theatertruppe in Peking aufgeführte Stück »aufgebaut« worden. Das Stück, dessen Fabel jetzt auch verfilmt wird, schildert den politischen und militärischen Kampf, den Chen Yi 1937 in einem befreiten Gebiet führte. Auch in diesem Stück fand sich etwas aus der Filmtechnik, eine Neuerung, die hier ebenfalls dem traditionellen Ziel der Einfühlung dienen sollte. Als Chen Yi von kommunistischen Guerillas der Prozeß gemacht wird, weil sie ihn für einen Kapitulanten halten, erzählt eine alte Frau, wie er sich persönlich im heftigen Gefecht um ihren Sohn gekümmert habe. Das wird dann in einer stummen Szene mit viel Schlachtenlärm, lodernden Feuern im Hintergrund und möglichst naturgetreuer Landschaftskulisse wie in einem Film eingeblendet. Was also in der Phantasie der Zuhörer auf der Bühne abrollt, sieht der Zuschauer im Parkett vor sich; der phantasiebeflügelnden Macht der Sprache wird nicht mehr so recht getraut. Der dramatische Ablauf wird durch diese technisch aufwendige Phantasiekrücke auch hier eher gestört. Infolge dieses bewegenden Berichts der blinden Alten, die Chen Yi als guten Sohn des Volkes kennzeichnet, wird er von den wilden Kämpfern doch nicht hingerichtet – nicht etwa aus Einsicht in die Richtigkeit der von Chen Yi vertretenen Linie der KP. Ein solch rationaler Vorgang ließe sich offenbar in dieser extrem auf gefühlvolle und gefühlspendende Vorgänge abgestellten Dramaturgie nicht zeigen. Die ganze Szene, die den dramatischen Höhepunkt darstellt, wird unter gefärbter Beleuchtung mit vielen Gefühlsäußerungen der zahlreichen beteiligten Schauspieler gespielt. Die alte Frau in bunten, keineswegs schmutzigen Lumpen, ist eine sehr typische chinesische Theaterfigur, halb noch aus der Oper stammend. Sie bricht, krumm am Krückstock humpelnd, aus dem Hintergrund in die Szene herein wie ein deus ex machina, der der Sache die nötige glückliche Wendung gibt; als Repräsentant des Volkes, das seine guten kommunistischen Kader zu schützen weiß. So blickt am Ende des Stücks alles in Verehrung auf Chen Yi – und so soll es auch sein, meinen wohl Autoren und Preisverleiher.

Solche Wirkungen kann man natürlich mit nüchtern realistischen Mitteln kaum erreichen, und das hohe Lob, das solche Stücke ernten, zeigt, daß die Parteiführung eine gefühlsmäßige Identifikation mit der Parteipolitik in der Kunst für besonders angemessen hält. Dafür sind solche als revolutionär betrachteten romantischen Mittel, oft wie hier an der Grenze zum Kitsch, durchaus erwünscht.[9]

Es gab in dieser Gruppe auch bessere Stücke, z. B. eines über den Marschall He Long *(Morgendämmerung)*, geschrieben von Bai Hua, der auf dem erwähnten Kulturkongreß sehr deutliche, mutige Worte für wirklichen Realismus und gegen seinen ärgsten Feind, die Bürokratie, fand. Der große He Long wird von ihm als ein Mann mit Schwächen geschildert und das Stück ist lockerer und heiterer als das über Chen Yi. Doch die Regie brachte durch dräuend-tragische Musik, übersteigerte Gestik und Bühnenzauber – wie vielfältigen Lichtwechsel und bedrohlich blasenden Wind auf leerer Bühne – romantische Elemente in die Aufführung hinein.

Die verhältnismäßig große Zahl dieser Stücke ist nicht im Bedürfnis des Publikums begründet. Meiner Erfahrung nach mögen die meisten solche Stücke nicht, vor allem die Jüngeren. Auch die romantischen Mittel vermögen daran nichts zu ändern. Bei älteren Zuschauern werden Reminiszensen, persönliche Erinnerungen angesprochen, sie sehen gerne mal Chen Yi oder Zhou Enlai wieder – das können sie so. An tradierten, noch lebendigen Strukturen in der Gesellschaft liegt es, wenn Szenen immer noch eine gewisse

Wirkung haben, in denen ein großer Mann sich um kleine Sorgen kleiner Leute kümmert wie um warme Kleidung, Essen, Wiederfinden eines verlorenen Sohns – idealistische Standardszenen in diesen Stücken, die in guter bürokratisch-feudaler Tradition nicht die abgehobene Höhe der Staatsdiener problematisieren, sondern diese durch übermenschliche Charakterqualitäten legitimieren sollen.

Alle bisher beschriebenen Theaterfiguren, insbesondere die letzten, zeichnen sich durch ihren Mangel an Widersprüchlichkeit aus. In dieser Hinsicht erregte Brechts *Galilei* 1979 tatsächlich Aufsehen: diese Einheit von Held und Verbrecher lag eigentlich außerhalb der Grenzen des Möglichen – auch bei einer historischen Figur. In der umfangreichsten Debatte über ein Theaterstück seit der Kulturrevolution führte es deshalb auch zu der betrübten Einsicht, daß ein chinesischer Autor zur Zeit wohl nicht wagen könne, ein solches dialektisches, realistisches Stück zu schreiben. Gleichzeitig provozierte es aber Aufrufe von Künstlern, auf dem bisherigen Weg des chinesischen Theaters nicht weiterzugehen, die herrschenden Schablonen und Tabus zu durchbrechen, ebenso ungeschminkt, aber an der Zukunft und Befreiung der Menschen orientiert, realistisch zu schreiben.[10] Huang Zuolin, neben Chen Yong vom Jugendkunsttheater Koregisseur des Brecht-Stücks und reformwilligster und experimentierfreudigster der alten Männer des chinesischen Theaters, hatte schon 1962 als einsamer Rufer in der Wüste die Sprengung der ästhetischen Fesseln des Naturalismus verlangt. Er forderte, vor allem zwei Punkte zu entwickeln: einerseits einen tieferen philosophisch-weltanschaulichen Inhalt, der nicht nur vordergründig an Problemen des Zeitalters orientiert ist, andererseits eine vielseitigere, entwicklungsfreudigere Dramaturgie. Das *Galilei*-Projekt war sein letzter Beitrag in diese Richtung. Schon 1978 war er an seinem Shanghaier Volkskunsttheater mit einem eigenen Stück *(Symphonie des neuen langen Marsches)* hervorgetreten, das den traditionellen Rahmen des chinesischen Theaters sprengte. Durch die lose Folge von Szenen, die jeweils eine Station der letzten hundert Jahre in China skizzieren, wird die Einheit von Ort, Zeit und Handlung zerbrochen und teilweise die vierte Wand zwischen Bühne und Publikum niedergerissen. Verwendet werden Rezitation, Pantomime und Tanz neben »gewöhnlichem« Theaterspiel. Huang, der allerdings trotzdem am Primat der Einfühlung festhält und romantische, rührende Elemente gerne verwendet, versucht eine eigene, spezifische dramaturgische Theorie zu entwickeln, in der er bestimmte künstlerische Eigenheiten der Oper mit dem Sprechtheater verbinden möchte, um ein neues, modernes Nationaltheater zu schaffen. Ich kann darauf hier nicht näher eingehen.[11] Obwohl diese Versuche noch nicht den Beweis erbracht haben, daß sie einen Weg zur schöpferischen Überbrückung der tiefen Kluft zwischen der quantitativ immer noch absolut dominierenden Oper und dem Sprechtheater darstellen, sind sie doch eines der so bitter benötigten weitertreibenden und zur Selbstreflexion führenden Elemente im chinesischen Theaterleben.

Auch Cao Yu versuchte, sein neues historisches Drama *(Wang Zhaojun)* ein wenig zu »sinisieren«, doch blieb das dem traditionell gebauten Stück äußerlich: Ausstattung und Bühnenbild waren der Peking-Oper angeglichen, die Gestik der Figuren manchmal opernhaft langsam.[12] Das Drama ist nicht besonders interessant, auch für das durchschnittliche chinesische Publikum, das weniger auf eine ästhetisch-preziöse Aufführung als auf einen interessanten, aktuellen Inhalt achtet.

Das leisten einige Stücke von 1979 besser, die sich mit sozialen Problemen und politischen Fragen befassen, wie sie jetzt dem chinesischen Publikum auf den Nägeln brennen. Diese Stücke dienen nicht mehr der »Abrechnung« mit der »Viererbande«, auch soweit es sich um Folgen der Politik in den letzten fünfzehn Jahren handelt. Formal und ästhetisch sind sie meist ganz traditionell und konsumorientiert geschrieben und auf der Bühne eingerichtet. Auffällig ist nur, daß auf romantische Mittel weitgehend verzichtet wird, auch auf andere Effekte, denn Fabeln und Aussagen sind stark genug – auch für die Erzeugung von Gefühlen –, um das Interesse zu fesseln. Unter diesen Stücken herrschen zwei Themen vor: die Probleme der Jugend und die Bürokratie mit ihren Privilegien. Bereits im Sommer 1978 sah ich im Shanghaier Kindertheater ein Stück über einen Lehrer *(Tong Xin)*, das auf überraschend realistische Weise und mit wenig Klischees (z. B. ohne einen alles in die richtige Bahn lenkenden, leutseligen Parteisekretär), aber unterhaltsam der Frage nachspürte, wie es eigentlich zu der Verrottung der Jugendlichen in den letzten Jahren gekommen war. Selbst die Erziehungsproblematik in Arbeiterfamilien wurde dabei angesprochen. Zu jener Zeit war sonst noch der pauschale Verweis auf die »Viererbande« als ausreichende Erklärung üblich. Nachdem Jugendprobleme in den Städten immer brennender geworden waren und man auch über solche Dinge wie Liebe wieder sprechen durfte, entstanden Stücke, die sich noch direkter mit den tatsächlichen Schwierigkeiten der Jugendlichen befaßten. Ein Drama *(Rette sie!)*, das Ende 1979 aus der Provinz nach Peking kam, zeigt die Besserung einer jungen Kriminellen, die in der Kulturrevolution, als sie sich für eine Lehrerin einsetzte, aufs Land zwangsverschickt und übel behandelt wurde, so daß sie zum letzten Mittel greift, sich als hohe Kadertochter auszugeben, um wieder in ihre Stadt zurückzukommen. Statt dessen wandert sie, ertappt, ins Gefängnis und damit engültig ab in die Unterwelt des jugendlichen Bandenwesens. Nur der glückliche Zufall, daß ihre frühere Lehrerin sich verzweifelt um sie bemüht und auch die Parteiorgane ihr helfen möchten, rettet sie schließlich aus diesem Milieu. Obwohl das Ende der Geschichte zu bruchlos, zu harmonisch ist, um dem Stück den Weg zu seiner Verbreitung zu sichern, hat es durch seine Herausarbeitung realer Gründe für Jugendkriminalität, die nicht in den Jugendlichen selbst zu suchen sind, eine große Wirkung und auch eine fortschrittliche Funktion.

Durch ihre Kritik an Bürokratie und Privilegien haben zwei Stücke relativ viel Aufsehen erregt. Im Pekinger Jugendkunsttheater hinterfragte ein offiziell wenig gelobtes, sehr beliebtes Drama das Verhältnis von *Macht und Recht* (so der Titel). Eine Frau, die öfter schwankt, was sie tun soll, entschließt sich, bei der lokalen Zeitung brieflich die Veruntreuung von Geldern für ein Katastrophengebiet durch den ersten Sekretär des Stadtparteikomitees zu enthüllen. Dieser hatte sich damit in schöner Lage eine hübsche Villa bauen lassen. Seine Macht reicht aus, die Veröffentlichung dieses wie auch anderer Briefe über ihn zu verhindern und die Frau nicht nur mit erfundenen Behauptungen zu erpressen, sondern am Ende auch noch beinahe verhaften und verschwinden zu lassen, wenn nicht, gerade zur rechten Zeit, sein alter Kampfgenosse und Schwager auftauchen würde. Dieser ist gerade rehabilitiert worden und bezieht seinen alten Posten als erster Sekretär wieder. Dieser mutige Mann setzt in einem sehr langen, mühsamen Kampf im Parteikomitee durch, daß die Frau nicht verhaftet, sondern statt dessen die Kritik an seinem Schwager offengelegt und auch vor Gericht gebracht werden darf. Darüber hat die Partei, nicht die Justiz, selbst zu entscheiden. Dieser edle Mann denunziert zur Freude des Publikums, das spontan Beifall klatscht, die – in China nicht selten anzutreffende – Maxime seines Schwagers, daß er Jahrzehnte gekämpft, sein Leben für die Massen aufs Spiel gesetzt und jetzt auch das Recht auf ein gutes privilegiertes Leben habe. Trotz der glücklichen Wendung bleibt das auf einem realen Fall beruhende Stück realistisch, weil es die Existenz der negativen Tendenzen nicht abschwächt und den Privilegien suchenden Bürokraten, obwohl doch führendes Parteimitglied, ohne Einsicht läßt: das Stück deutet an, daß Kämpfe dieser Art weitergehen und Kopf und Kragen kosten können.

Das andere vielbeachtete Stück (aus Shanghai) konnte ich leider nicht selbst sehen, da es bald verboten und nur noch für besonders ausgewähltes Publikum gespielt wurde. Wie *Macht und Recht* stellt es ein gutes Produkt des spezifisch chinesischen, plebejischen Theaters dar, das die mögliche inhaltliche und formale Produktivität dieses Theatertyps unter Beweis stellt. Selbst wie es produziert wurde, ist typisch: Ein Kollektiv junger Leute im Shanghaier Volkstheater Huang Zuolins schrieb das Stück in fünfzehn Tagen, und vor der Aufführung dort wurde es nur sechs Tage geprobt. Schon der Beginn des Stücks wurde allenthalben zum Gesprächsthema: Vor den geschlossenen Vorhang kommt plötzlich der angebliche Direktor des Theaters und bittet um Geduld: wie es in China oft vorkomme, seien zwei führende Genossen und ein Ehrengast noch nicht eingetroffen, man müsse noch ein wenig warten . . . und verschwindet, ein murrendes, schimpfendes Publikum im Rücken, das die Sache ernst nimmt. Dann kommen die hohen Gäste tatsächlich, setzen sich, man hofft, daß sich jetzt endlich der Vorhang auftut – da kommt die Polizei herein und verhaftet den »Ehrengast«. Der Schauspieldirektor bittet die Polizei, dem etwas verwirrten, unruhigen Publikum den Grund dieser plötzlichen Verhaftung zu nennen – und jetzt stellen sich alle als Schauspieler heraus, die die Geschichte, die sie da in ihrer Endphase zeigten, dann auf der Bühne von Anfang an dem Publikum erzählen. Dieser geglückte, unkonventionelle

Einstieg mit seinen verfremdenden Mitteln bringt das Publikum in Schwung und das satirische Stück hält, was es verspricht. Bei dem jungen *Hochstapler* (so heißt auch der Titel, oder auch: *Wenn ich wirklich einer wäre ...*) handelt es sich auch um einen ganz einfachen Mann bar aller guten Beziehungen, weshalb er es nicht schafft, vom Land wieder in die Stadt zu kommen. Dort aber wartet seine Freundin, die schon ein Kind von ihm hat, auf ihn. Ihre Eltern wollen sie diesen jungen Mann nur heiraten lassen, wenn er in die Stadt zurückkehrt. So greift auch er zu dem Mittel, sich als Sohn eines hohen Kaders aus Peking auszugeben – und prompt öffnen sich ihm alle Türen, alles klappt, er kann alles haben, Geld, gutes Essen, den ersten Platz im Theater. Doch dann kommt sein angeblicher Vater nach Shanghai, der Junge wird verhaftet, kritisiert, doch läßt er es an wahrer Reue fehlen: »Wenn ich wirklich ein hohes Kaderkind gewesen wäre«, sagt er, »hätte mich kein Mensch kritisiert.« Im Stück weist ein durchaus vorhandener guter Parteigenosse, der angebliche Vater, darauf hin, daß nicht eigentlich der Junge schuld sei an der Hochstapelei, sondern bestimmte gesellschaftliche Strukturen. Durch das Einschleusen dieses jungen Mannes aus einfacher Familie kann das Stück geschickt und rücksichtlos jenes ganze soziale, schon relativ verfestigte Gefüge von Beziehungen und Privilegientausch aufdecken, in dem eine Hand die andere wäscht und Fremdkörper ferngehalten werden – diese bürokratisch-feudale Tradition, die noch so mächtig auf China lastet und eine der anerkannten gesellschaftlichen Wurzeln der feudal-faschistischen[13] Diktatur in der Kulturrevolution war, in die das politische System der Volksrepublik so erschreckend plötzlich umgekippt war. Verteidiger des Stücks auf einer Diskussion im Shanghaier Volkstheater betonten deshalb, Privilegien hinderten heute die Modernisierung des Landes an der Verwirklichung, daher sei ihre Entlarvung nötig, um im Interesse des Volkes zu zeigen, was gut und schlecht sei.[14] Eine kurze Zeit schien die Kulturpolitik das zu unterstützen, aber spätestens seit dem Kulturkongreß Ende 1979, u. a. mit dem kurz vorher verhängten Verbot dieses Stücks, zeigte sich eine bis heute anhaltende Wendung zurück. Einer der wenigen Kritiker des Stücks auf jener Diskussion fragte rhetorisch: »Beeinträchtigt das Stück nicht die Autorität der Partei?« Ein zweiter vermißte positive Figuren: »... nur eine, das ist zu wenig!« Solche Vorwürfe sind zwar alles andere als originell, aber bedrohlich; sie bereiteten damals das Verbot vor. Doch die Lage ist nicht mehr wie vor der Kulturrevolution. Man spricht offener, wie ein erboster Diskussionsteilnehmer, der zurückfragte: »Warum dürfen Kunst und Literatur die Realität nicht berühren? Ist das nicht gerade ein Beweis für die Stärke der Privilegien?« Die Mehrzahl der Künstler hat dazugelernt und beharrt darauf, daß die Realität selbst der Prüfstein ihrer Kunst ein muß und die »Volksmassen über Stücke entscheiden sollen«. Ob das chinesische Theater die in ihm schlummernden Potenzen weiter entfalten können wird, hängt vom Fortschritt der Emanzipation in dieser Gesellschaft überhaupt ab – und ein wenig auch umgekehrt.

(Peking, im Mai 1980)

1 Im Februar 1980 sagte Zhou Yang, wichtigster Kulturfunktionär der KPCh bis 1966 und jetzt in seine führenden Positionen wieder eingesetzt: »Unter allen Kunstformen ist das Drama, vor allem das moderne Drama, am lebendigsten und hervorragendsten. Das wäre in den zehn Jahren der Herrschaft der ›Viererbande‹ unmöglich gewesen und war selbst in den 17 Jahren vor der Kulturrevolution nicht so.« (*Xinhua* v. 26. 2. 80, Nr. 11 365, S. 29) Ähnlich äußerte sich auch der Leiter des Organisationsbüros für den Theaterwettbewerb zur Feier des 30jährigen Jubiläums der Volksrepublik China, Wu Xue, in der *Beijing Ribao* v. 14. 10. 79.

2 Z. B. Cao Yus *Gewitter* wurde 1978/79 mit einem Bühnenbild und, wie ältere Zuschauer bestätigten, einer Spiel- und Interpretationsweise inszeniert, die bis ins kleinste Detail der Aufführung vor der Kulturrevolution entsprach. Insbesondere darauf führe ich den etwas »musealen« Eindruck zurück, den die Aufführung auf mich machte. Jüngere chinesische Theaterleute teilten diesen Eindruck.

3 Ich erinnere mich noch, welchen Triumph das Ensemble des Jugendkunsttheaters empfand, als Altmeister Cao Yu nach dem Besuch ihres *Galilei* zugestand, Brecht habe dieses Stück offenbar »nicht ohne Gefühl« geschrieben: es sei gut.

4 In einem Gespräch am 14. 12. 1978 in Peking anläßlich einer Veranstaltung mit Kämpfern des »Tiananmen-Zwischenfalls« im Freundschaftshotel.

5 Die Propaganda für das Stück schlug sogar bis nach Westdeutschland durch. Von M. Krott liegt in dem Bändchen *Politisches Theater im Pekinger Frühling 1978* (Bochum 1980) eine kommentierte Übersetzung vor. Krotts Absicht ist hauptsächlich, die politische Funktionalisierung des Stücks (und damit der Kunst in China überhaupt) zu zeigen. Als eines der besten Stücke seit der Kulturrevolution sollte man es jedoch nicht charakterisieren, wie Krott es implizit tut – das chinesische Theater ist in seinen besten Vertretern auch heute künstlerisch besser und politischer. Auch Krotts Einschätzung, daß es – als Folge der Kulturpolitik – vor allem Laienschriftsteller seien, die die mutigsten Stücke auf das Theater brächten, teile ich nicht. Von den im vorliegenden Aufsatz erwähnten Stücken etwa ist außer *Stiller Zorn* nur *Loyale Herzen* von einem Laien geschrieben.

6 Der »Allchinesische Dachverband der Literatur- und Kunstschaffenden«, der sich hier nach der Kulturrevolution wieder konstituierte, umfaßt unter anderem den Verband der Theaterschaffenden. Über den widerspruchsvollen Ablauf dieses Kongresses ist mir leider kein guter Bericht in deutscher Sprache bekannt, auf den man verweisen könnte.

7 Ich verwende den Begriff »romantisch« hier so, wie er spätestens seit 1949 in der Volksrepublik China allgemein benützt wird, insbesondere in dem

grundlegenden ästhetischen Postulat von der »Verbindung des revolutionären Realismus mit revolutionärer Romantik« (vgl. Anm. 9). Selbstverständlich deckt sich dieser Begriff der Romantik nicht mit dem der europäischen Geistesgeschichte und auch nicht mit dem Romantik-Begriff, wie er an anderer Stelle des vorliegenden Bandes im Zusammenhang mit der Literatur und Dramatik der 20er Jahre verwendet wird.

8 Vgl. z. B. *Xinhua* vom 9. 4. 1980, Nr. 11 408, S. 25.

9 Theoretisch wird dieses Primat des Gefühls über die kritische Vernunft, des romantischen Rührstücks über das sozialkritische Stück mit der sogenannten »Verbindung von revolutionärem Realismus mit revolutionärer Romantik« begründet. Diese Theorie, die mindestens bis auf Maos Yan'an-Reden von 1942 zurückgeht, erfreut sich zwar immer weniger wirklicher Anerkennung bei den Künstlern, wird von der Partei aber mehr oder weniger offen *praktisch* festgehalten – wie dieses Stück zeigt. Da gegenwärtig keineswegs grundlegende gesellschaftliche und politische Strukturen geändert werden, hat in diesem Punkt auch die Abkehr von Mao enge Grenzen.

10 Vgl. dazu meinen ausführlichen Aufsatz: »Brecht in China. Zur Rezeption Brechts in China bis heute«, in: *Brecht-Jahrbuch 1980,* hg. v. R. Grimm u. J. Hermand, Frankfurt (Suhrkamp) 1980. In diesem Aufsatz ist auch eine ausführlichere Darstellung der ästhetischen Voraussetzungen des chinesischen Theaters und ihrer Entwicklung seit Ende der 50er Jahre enthalten.

11 Vgl. dazu Huang Zuolin: »Einige durch die ›Symphonie des neuen langen Marsches‹ angeregte Bemerkungen – Ein Ausblick auf die Sprechtheaterkunst unseres Landes«, in: *Renmin Xiju,* 1978, Nr. 11, oder meine ausführliche Erörterung im o. a. Aufsatz im *Brecht-Jahrbuch 1980.*

12 Cao Yu schrieb das Stück zur Bekräftigung der Nationalitätenpolitik der KP und zur Ehrung Zhou Enlais, der die historische Figur, die das Stück feiert, einmal lobte.

13 Ohne materialistische Analyse der gegebenen Gesellschaft und ihrer Entwicklung sind Begriffe wie »feudalfaschistisch« oder »sozialfeudal« natürlich mehr denunziatorisch als analytisch. Da man sie auch in China benützt und sie wenigstens ungefähr die Richtung angeben, in der man die damit bezeichneten Erscheinungen verstehen könnte, verwende ich sie hier mangels Besserem.

14 *Wenn ich wirklich einer wäre . . .* Sonderheft von *Xiju Yishu* und *Shanghai Xiju,* September 1979, Shanghai, S. 38. Auch die folgenden Zitate aus dieser Quelle, S. 38 f.

Bibliographie

Chen, David, Y.: »The Hairy Ape and the Peking Man: Two Types of Primitivism in Modern Society«, in *Yearbook of Comparative and General Literature,* vol. XV (1966), S. 214-220

Häringová, J.: »The Development of T'ien Han's Dramatic Writings during the Years 1920-1937«, in J. Prusek (Hrsg.): *Studien zur modernen chinesischen Literatur,* Berlin 1964, S. 131-157

Howard, Roger: *Contemporary Chinese Theatre,* London/Hong Kong 1978

Hu, John Y. H.: *Ts'ao Yü,* New York 1972

Lau, Joseph S. M.: *Ts'ao Yü. The Reluctant Disciple of Chekhov and O'Neill. A Study in Literary Influence,* Hongkong 1970

Mackerras, Colin: *The Chinese Theatre in Modern Times – From 1840 to the Present Day,* London 1975

Slupski, Z.: *The Evolution of a Modern Chinese Writer,* Prag 1966 (über Lao She)

Tung, Constantine: »T'ien Han and the Romantic Ibsen«, in *Modern Drama* vol. IX, no. 4 (1967), S. 389-395

Tung, Constantine: »Lonely Search into the Unknown – T'ien Han's Early Plays«, in *Comparative Drama,* vol. II (Spring 1968), S. 44-54

Vohra, Ranbir: *Lao She and the Chinese Revolution,* Cambridge/Mass. 1974

Weitere Übersetzungen

Cao Yu: Das Gewitter (Leiyu, 1934):

Tsao Yü: *Thunderstorm,* tr. by Wang Tso-liang and A. C. Barnes, Peking 1960

Cao Yu: Sonnenaufgang (Richu, 1936):

Tsao Yü: *Sunrise,* tr. by A. C. Barnes, Peking 1960

Cao Yu: Die Wildnis (Yuanye, 1937):

Ts'ao Yü: *The Wilderness,* tr. by Christopher C. Rand / Joseph S. M. Lau, Bloomington 1979

Cao Yu: Himmel ohne Wolken (Minglang de tian, 1954):

Tsao Yü: *Himmel ohne Wolken,* Peking 1961

Tian Han: Guan Hanqing, 1958:

Tien Han: *Kuan Han-ching,* Peking 1961

Xiong Foxi:

Hsiung Fu-hsi: *Chinesisches Bauernleben – Drei Stücke aus dem chinesischen Landleben,* übers. von W. Eichhorn, Tokyo 1938.

»Das Modell«, ein Einakter von Hiung Fu-hsi, übers. von W. Eichhorn, in *Sinica,* XII. Jahrg., Heft 3/4 (1937) S. 161-172.

»Vaterlandsliebe«, übers. von A. Forke, in *Orient et Occident,* 2me année, nos. 11-12 (1936), S. 413-435.
Lao She: Der Drachenbart-Kanal (Longxu gou, 1950):
Lao Sheh: *Dragon Beard Ditch,* tr. by Liao Hung-ying, Peking 1956.
Lao She: Das Teehaus. Schauspiel, hg. von Volker Klöpsch. Deutsch von Volker Klöpsch, Liu Jen-kai und Pai Ying-lin, Hamburg 1980.

Zur Umschrift und Aussprache chinesischer Namen

In diesem Band wurde die heute in China übliche *pinyin*-Umschrift verwendet. Ausnahmen sind lediglich bekannte Ortsnamen, die sich bereits in anderer Schreibweise eingebürgert haben (z. B. Peking). Hier seien nur einige Erläuterungen zu solchen Lauten gegeben, deren Lautwert stark von dem der lateinischen Buchstaben abweicht.

a nach einem Vokal wird wie ä gesprochen (Ti*a*n Han).

ei wie das englische ay in to say (W*ei* Fuxi).

i hinter c, s, z, ch, sh, zh, r wird kaum artikuliert, setzt nur den Laut des davorstehenden Konsonanten fort; etwa wie i in singen (Chang S*i*); auslautendes i in allen anderen Fällen wie ie in biegen (L*i*, Siy*i*); *i* in der Wortmitte in allen anderen Fällen wie kurzes i in Flinte (X*i*n, L*i*n).

o vor ng wie u (S*o*ng, Xi*o*ng, K*o*ng).

u hinter j, q, y wie ü (Cao Y*u*, Y*u*an).

c wie z in zaubern (*C*ao Yu).

ch wie tsch in Tschechow (*Ch*ang Si, *Ch*un).

h wie ch in ach (Tian *H*an, Zeng *H*ao).

j wie dj in django (*J*iang Tai).

q wie tch in Frettchen (*Q*in Zhongyi).

r wie j im französischen Jean (*R*ui Zhen).

x wie ch in rechnen (*X*iong Fo*x*i, *X*in).

z wie ds.

zh wie j in job (*Zh*ang).

Quellennachweis

Cao Yu: *Das Gewitter (Leiyu),* übersetzt aus *Cao Yu xuanji* (Ausgewählte Werke Cao Yus), Peking 1978, S. 1-134. Das Stück wurde im Rahmen einiger Seminarveranstaltungen am Chinesischen Seminar der Universität Hamburg unter Leitung des Übersetzers gelesen. Mehrere Teilnehmer haben Teile des Stücks übersetzt und als Grundlage und Hilfsmittel der vorliegenden Übersetzung zur Verfügung gestellt. Der Übersetzer möchte ihnen an dieser Stelle seinen Dank aussprechen. Der Dank gilt besonders Wolf Baus, Wolfgang Moese, Wolfgang Pfänder, Otto Schütte und Brunhild Staiger. Bernd Eberstein und Hans-Wilm Schütte halfen bei der stilistischen Bearbeitung der Übersetzung.

Cao Yu: *Der Pekingmensch (Beijing ren),* übersetzt aus op. cit., S. 273-424. Die Übersetzer möchten Herrn Jung-lang Chao für seine Unterstützung und wertvollen Hinweise bei der Übersetzung danken.

Tian Han: *Rückkehr nach Süden (Nan gui),* übersetzt aus *Tian Han xuan ji* (Ausgewählte Werke Tian Hans), Peking 1959, S. 111-130.

Xiong Foxi: *Der Schlächter (Tuhu);* die Übersetzung erschien in *Chinesisches Bauernleben – Drei Stücke aus dem chinesischen Landleben* von Hsiung Fu-shi, übersetzt von W. Eichhorn, Tokyo 1938, S. 3-53; sie wurde für den vorliegenden Band überarbeitet und korrigiert.

Lao She: *Das Teehaus (Chaguan),* übersetzt aus *Lao She juzuo xuan* (Ausgewählte Dramen von Lao She), Peking 1978, S. 73-144. Die Übersetzung erschien erstmals in: Lao She: *Das Teehaus. Mit Aufführungsfotos und Materialien* herausgegeben von Uwe Kräuter und Huo Yong, Frankfurt am Main 1980 (edition suhrkamp Neue Folge Band 54).

Antwort auf einige Fragen über »Das Teehaus«, übersetzt von Uwe Kräuter nach »In Reply to some Questions About ›Teahouse‹,« in *Chinese Literature* Nr. 12, 1979.

Die übrigen Quellentexte übersetzte Bernd Eberstein.

Die Kalligraphien der Stücktitel schrieb Wang Yu Min.